JN317417

ターゲット

楡 周平

角川文庫
15573

謝辞……


この物語を考える上で、大きなヒントをくださったM・S氏に。

生物学に関してはまったくの素人である私に、多大な時間を割き、根気強く説明をしてくださったパイオニア　バイオサイエンス研究所の村井　深・農学博士に。

またいつものように、銃器に関しての知識を惜しみなく提供してくれたT・S、同様に航空管制についてアドヴァイスをくれたH・Iの友人ふたりに。

そして諜報（ちょうほう）機関について重要な情報を与えてくれたゲイリー・カスマン氏に。


ここにあげた人たちの協力なくしては、この小説はとうてい完成しなかったであろう。

1

七月が二週に入ったとたんに、夏がいきなり牙を剝いた。

中央情報局（CIA）の最上階にある長官室からは、この建物を取り巻く広大なラングレーの森が一望に見渡せたが、降り注ぐ午後の太陽の光と熱の強さに、心なしかその緑もいくぶんくすんで、元気がないように見える。

だが窓を背にして座る長官のジェイ・ホッジスには、そうした光景を眺めることも、熱波に襲われた外気の気配を感じる余裕さえもなかった。部屋を快適な温度に保つために天井に設置されたエアコンから乾いた冷気を吹き出す低い音がしんとした室内に響く。ホッジスは上着を脱いだ姿でマホガニーの執務机に両肘をつき、両の手を眉間の辺りで合わせ、祈るような姿勢のままじっと動かずにいた。老眼鏡の奥の目はずっと閉じられたままだ。

それはついいましがたまで続いていた報告が、この国の諜報機関の頂点に立つ人間にとって、いかにショッキングで深刻なものであったかを知らしめるのに十分な仕草だった。

「もう一度聞くが、ビル、あのテポドンの発射は単なる長距離ミサイルのテストではなく、ＩＣＢＭ、つまり大陸間弾道弾の実験だったというのかね」

ホッジスは暫く閉じていた目をようやく開くと、上目遣いの視線をウイリアム・ハーマン情報担当副長官に固定して静かに訊いた。

「その通りです」二度目の質問に、ハーマンは今度は机の上のファイルに目を向けることなく断言した。「実のところ、まさか連中の技術がここまで進んでいるとは予想だにしていませんでした。まず第一に、発射されたテポドンが三段式のものであったこと。この構造自体は国家偵察局の衛星写真でもはっきりとは確認できていなかったのです。てっきり二段式のものだとばかり思っていましたからね。ところが実際に発射してみると三段式。しかも高度な技術を要するステージングもほぼ完璧でした。それに一段目、二段目に使用された燃料は液体燃料でしたが、三段目には固体燃料を使用しています。ここからだけでも、連中がＩＣＢＭの開発を念頭においてあのミサイルを開発したのは明らかです」

「どこかの国じゃ、自国の上空をミサイルが通過したといって大騒ぎだったがな」

「日本ですか」作戦担当副長官のテッド・エヴァンスの皮肉な言葉に、ハーマンの口許に歪んだ笑いが一瞬浮かんだ。「日本は自国、それも東京がミサイルの射程距離に入ったといって懸念の色を濃くしています。もちろんそれは事実には違いありません。しかし連中の狙いがＩＣＢＭを前提とした実験だとしたら、事はわが国にとって直接的な脅威となるものです。おそらく、この次に発射されるテポドン三号の射程は、アラスカのエルメンドーフ、イールソン。もしかすると、ワシントン州のマッコード空軍基地まで届くかもしれません」

「つまり、そう遠くない将来、ワシントンやニューヨークを狙えるだけのＩＣＢＭを開発する可能性もあるというのだな」

「その通りです。とは言ってもまだ先のことではありますが……。改良を重ねたテポドンの性能がその域に達するまでには、どう考えてもまだ三年から四年はかかると思います」

「三年から四年か」ホッジスは軽い安堵の吐息を洩らすと、身を起こし、背もたれの高い椅子に体をあずけたが、眉間に寄った皺は消えなかった。

「それでも、従来の予想よりも遥かに開発の期間が短いな」

「それについては二つの理由が考えられます。まずテポドンですが、これは、もともと旧ソ連の技術供与によって開発されたスカッド・ミサイルがベースになっています。その技術がイラン経由で北朝鮮にもたらされているのです。それから第二の理由ですが、パーツの供給はどうも中国が提供しているふしがあるのです」

「中国が？」

「ええ、実際、今回のテポドン発射の二週間前には人民解放軍の副参謀長が北を訪問しています。彼は情報部長を兼務している人物ですから、今回の実験に関わっていると見て間違いないでしょう」

「もし彼らがテポドンの開発に密接に関わっているとしたら、開発のペースは我々が予てから想定していた以上に早まると見て間違いないな」

「その通りです、長官」ハーマンは座っていたソファの上から上半身をぐっと乗りだした。

「今回のテポドンに搭載された航法装置は、正直いってあまり精度の高いものではありません。発射時の初速スピード、それにステージングの技術は我々の予想を遥かに上回っていましたが、航跡が不安定だったところからも、これは明白です。しかし改良に中国がいままで以上に深く関与するとなれば話は別です。精度、性能は今までにも増して早い速度で進歩を遂げるでしょう」

「これは厄介な問題ですな」エヴァンスが手にしたデカフェのカップを手で弄(もてあそ)ぶようにしながら、先ほどの皮肉な口調とは打って変わって深刻な声を洩らした。「テポドンが改良され、性能がよくなると、命中精度が増すということになります。そうなれば先ほど長官が言われたように、いずれはニューヨークでもワシントンでも、連中が狙った所にミサイルを打ち込むことができるようになるわけです。もちろん通常弾頭のミサイルならば一発や二発打ち込まれたところで、今のテポドンの能力からいって、一トン爆弾を落とされた程度の被害で済みますから、さほどの痛手とは言えません。核を搭載するといっても、たしかに北朝鮮は少なくとも五個程度の核を保有していると考えられますが、彼らはこれまでに核実験を行なっておりませんし、たとえ核弾頭の開発に成功しているとしても、これが実用に耐えうるほどの小型軽量化に成功しているかどうかと言えば、かなり疑問です。少なくとも現在のテポドンの能力からいけば、まず考えられないでしょう」

「すると問題は」

「最も可能性の高いのは生物・化学兵器の搭載ということになります」ホッジスの問いが

終わるか終わらないかのうちに、エヴァンスは断言した。「サリン、マスタード・ガス、炭疽菌、ボツリヌス菌……僅かな量でも大都市に落ちれば絶大な効果を発揮する化学兵器や生物兵器はいくらでもありますからね」

「実際、旧ソ連では細菌兵器の開発が盛んに行なわれていましたが、たとえばカザフスタン辺りでそれに携わっていた研究者、技術者の多くが海外に出て行っているという現実があります。もちろんそのノウハウを買われてのことですが、この時に菌の株が同時に流出したということは十分に考えられます。イラク経由、イラン経由、あるいは直接北朝鮮にこうした技術者が入っているということは紛れもない事実ですからね」

「それとてわが国に届くほどに、つまりＩＣＢＭとなりうるほどにミサイルの性能が向上するまでには、まだ数年は必要とされるでしょう。可能性として、つまりかかる事態に対応すべく論議しておく意味はあるとしても、現時点で我々が早急になんらかの手を打たねばならないというものではないでしょう。それに、連中のオプション次第では、アメリカまで届くＩＣＢＭを開発できるか否かは、さほど大きな問題ではないと思われます」

ハーマンがエヴァンスの言葉を継いで言った。

「それはどういう意味かね」

ホッジスは老眼鏡を外すと、ゆっくりと机の上に置いた。金属の細いフレームがマホガニーの重厚な机の上で堅い音を立てた。

「戦術的見地から言えば、の話ですよ、長官。もしも連中がわが国に攻撃を加える、つまりこれは北が南進を決意するのと同義語と考えていただいて結構ですが、もしそうした事態になれば、テポドンが日本に届く。それだけでも作戦上わが国に与える影響は大きなものがあるからです。沖縄、三沢、横須賀、岩国、佐世保……。在日米軍基地に生物・化学兵器を搭載したテポドンが打ち込まれたら、どうなりますか。その直後に連中が南進を始めたら、朝鮮半島で行なう戦闘は、在韓米軍と、おそらくは黄海に展開するであろう第七艦隊だけで行なわなければならなくなるでしょう」

「しかし、それに関して言うならば、我々はすでに『オペレーション五〇二七』を立案し、それを前提とした大規模な訓練まで行なっている。もしも複数のテポドン発射の兆候が見られたら、即座に作戦は実行されるだろう。そうなればテポドンの発射以前に北を叩（たた）くことが可能じゃないか」

　ホッジスが口にした『オペレーション五〇二七』とは、北朝鮮との交戦状態を想定し、米韓合同で一気に半島を統一することを狙って企画立案された作戦の名前である。この作戦が従来の半島有事を想定して企画立案されたものと大きく異なるのは、北朝鮮になんらかの南進の兆候が見えただけでも米韓両軍が戦闘行動、つまり先制攻撃を行なう、という点にある。現在、北朝鮮軍の兵力は休戦ライン（DMZ）に全兵力の六五パーセント、航空機の四〇パーセント、艦艇の六〇パーセントを配備し、随時――といっても休戦時からこの配置はほぼ変わっていないので、ここまで長期にわたると、これが通常の態勢とも言えるのだが――臨戦態勢にある。しかしながらこれらの動きは、偵察衛星のＫＨ９、ＫＨ11によって一日に二回から三回上空から監視され、そのうえ韓国に向けて配備された約一万八〇〇〇の長距離砲、ロケット砲の動きも、偵察機をはじめとする早期警戒システムによって監視されている。もしも、北が南進を決断すれば、大規模に展開された前線部隊にはそれなりの兆候があるはずで、米軍は南進の兆候を一六時間以内に探知できるとされている。近代兵器を装備した米韓両軍が先制攻撃を行なえば、旧式の装備しか持たない北朝鮮軍を徹底的に叩き潰し、南北統一を成し遂げるまで最短で四八日、最長でも一二〇日で終わるであろうというのが、シミュレーションの結果だった。

「たしかに長官のおっしゃる通り、『オペレーション五〇二七』が実行に移されれば、北朝鮮を叩き潰し、南北統一を成し遂げることは可能でしょう。南進の兆候が見えた時点でこちらが先制攻撃をしかける。すでに長距離砲やロケット砲、それにDMZの地下を掘り進んだトンネルの位置もわが軍はほぼ正確に把握しています。しかし、正直なところ『オペレーション五〇二七』を本当に実行できるかどうかと言えば、ここに大きな問題が生じます」

エヴァンスの言葉に、ホッジスの眉間に寄った皺が深くなった。まるで神経痛の発作が起きたかのように、老いの兆候がみられる乾いた指先がその辺りをつまんで揉みしだく。

「問題は二つあります」エヴァンスには、すでに目の前の聡明な長官がこれから自分が言わんとすることを知っているであろうことは容易に推測できたが、それでもあえて続けた。

「一つは戦費の問題です。ご承知の通り、韓国に駐留させている現状三万五〇〇〇の兵力を維持するだけでも、莫大なコストがかかっています。『オペレーション五〇二七』の作戦要項によれば、三沢に駐留している第五空軍、沖縄の海兵隊第三師団、アラスカの第一一空軍、それに第七艦隊が、半島に向かいます。海軍だけでも五個の航空母艦戦闘団。おそらくこれは五ないしは七隻の空母が投入されるでしょうし、それに他の戦闘艦、潜水艦、上陸艦を含めれば約一六〇隻、戦闘機、爆撃機となれば、約五〇〇。緒戦だけでも二一万人の兵力が動員されることになります。この戦費をどうやって賄うか。これは大きな問題です」

「しかし半島の安定によって利益をこうむるのは、なにも韓国とわが国だけではあるまい」

ハーマンは冷めたデカフェを一口啜った。

「このオペレーションは湾岸戦争とは状況が違うんだ、ビル」エヴァンスは顔を動かすことなく、傍らに座った情報担当副長官を見た。「デザート・ストームは多国籍軍、つまり事実上の国連軍とイラクとの戦いであったがゆえに、いくつかの国が戦費を分担するということも可能だった。それに何よりもイラクがクウェートに先に進攻したという事実があったからな。だが今回は、そうはいかない。あくまでも米韓両軍と北との戦いということになる。英国でさえ、参戦することはないだろう」

「しかし、日本は少なくとも当事国の一つと言えるんじゃないのかね」

ハーマンの言葉にエヴァンスはゆっくり首を振った。

「たしかに湾岸戦争では、日本は莫大な戦費の一部を負担した。しかしそれはクウェートをはじめとする湾岸諸国から原油を安定供給してもらっているという事実があったからだ。しかし今回は違う。『オペレーション五〇二七』は、たとえ北に進攻の兆しがあってのことだとはいえ、事実上は先制攻撃だ。おそらく中国、ロシア、ほかにも我々の行為を支持しない国は出てくるだろう。ましてや日本は我々が実際に戦場に兵を送り込む、いわば後方支援基地。否応なしに戦争当事国になるんだからな。そうした事態においても、戦費を負担するどころか、国内のコンセンサスを得ることすら難しいだろう」

「しかし、そのおかげで、作戦成功のあかつきには、ミサイルの脅威はおろか、北朝鮮という事実上の仮想敵国から解放される。つまり十分な利益享受があるというわけだ」

エヴァンスは軽い溜息（ためいき）をつくと、今度は僅（わず）かに体をずらし、ハーマンを正面から見据えた。

「日本の世論はそうは言わんさ。在日米軍などという厄介者がいるからわが国が北のミサイルの標的（ターゲット）になったんだ、お前らさえいなければ、こんな面倒に巻きこまれずに済んだんだ、とね」

その言葉の持つ意味の大きさに、ハーマンの目が、手にしたマグカップに注がれた。

「世論というなら、わが国の中でもごうごうたる非難の声が上がるでしょう。たとえ作戦が成功裏に終わったとしても、戦争終結までに想定される戦死、負傷者数はシミュレーションの段階でも五万人という膨大な数です。これほどの犠牲はどう考えてもとうてい受け入れられるものではありません。その点からも、これはきわめて大きな問題です。負担が大きすぎるのです。これが解決できないかぎり、『オペレーション五〇二七』は机上のシミュレーションにすぎません。そして問題の第二は、こうした問題にあえて目を瞑り、実行に移した後のことです」

エヴァンスの右腕が伸びると、オックスフォード生地のボタンダウンシャツの襟元を堅く結んでいたネクタイを、二度三度と緩めた。

「仮に戦費、戦死傷者の問題に目を瞑り『オペレーション五〇二七』が実行されたとしましょう。最短で四八日、長くとも一二〇日で米韓連合軍は勝利を収め、半島は統一されるでしょう。しかしそうなれば、それ以降半島にわが軍が駐留する理由が存在しなくなる。いや半島だけではありません。日本にすら駐留軍を置く理由が存在しなくなるのです」

ホッジスはその言葉に黙って頷いた。

「これは極東におけるアメリカの影響力が無きに等しいものになることを意味します」エヴァンスはホッジスの反応に満足すると、さらに続けた。「日本に駐留軍を置く必要があるのは、ソ連という、わが国に直接的脅威を及ぼす存在があったがゆえのことです。しかしそれもソ連崩壊後、冷戦構造の終結とともに、事実上仮想敵国は北朝鮮という存在に変わりました。もし、今回、北と事を構え、戦争に勝利すれば半島に駐留米軍を置く必要もなければ、日本もまた同じことになります」

「中国か」

エヴァンスの次の言葉を先取りするように、ホッジスの口から呻きのような声が洩れた。

「その通りです。半島の統一は間違いなく極東の軍事バランスに大きな影響を及ぼします。北との戦争に勝利した後も、我々が半島、あるいは日本にいままで通りに駐留軍を残したとしたら、当然次の仮想敵国は、誰が解説するまでもなく中国ということになるでしょう。そうなれば、当然、中国は猛反発するでしょう」

「朝鮮半島の統一は、アジアで中国がリーダーシップを取る絶好のチャンスになるというわけだ」

ハーマンの言葉にエヴァンスが頷いた。

「事実、東南アジア……フィリピンから我々が撤退した後、中国はインド洋からホルムズ海峡、そして尖閣諸島までの制海権を握るべく、ロシアから『キロ級』の潜水艦を輸入し、配備を完了するなど、南方の海軍兵力を増強しつつあります。もしも我々が朝鮮半島、日本から撤退したら、インド洋から東シナ海にまで彼らの影響力は及ぶことになるでしょう」

「そうなれば、いったい誰が台湾を守るんだ。いや、それ以前に、半島でこちらが戦っている間に中国が台湾に進攻することだって十分に考えられる」

苦々しげにハーマンが呻く。

「いや中国だけじゃない。半島で戦争という事態になれば、中東でイラクがどのような動きに出るか……化学兵器の開発疑惑だってまだ完全に解決したわけではありません。サウジ駐留の軍はいまだに準戦闘態勢を解除させてはいません。長官、半島の問題は、北と南の戦いのみを考えればいいというわけにはいかないのです。中東、中国と台湾、いやアジアにおける微妙な軍事バランスを考慮しなければなりません。繰り返しますが『オペレーション五〇二七』を行なうに当たっては、緒戦でわが軍の約二分の一の兵力を派兵することを前提としています。その間にこれらいずれかの地域で紛争が起きたら……想定通りにいったとしても最長四か月の空白の期間ができます。そして中国と台湾……もしそんな事態に陥れば、正直いって三か所、いや二か所でも、同時に戦争を行なうことなど不可能です」

「つまり我々にとって、〝北〟はイラク同様に必要悪であり続けねばならない、というわけだな」

　ホッジスの短い言葉の裏には、世界戦略という点でのアメリカの見地が見事に表現されていた。イラク、そしてアメリカがテロ国家と名指しするリビア……。これらの国の指導者として君臨するサダム・フセインやカダフィを何ゆえに生かし続け、はっきりとした決着をつけずにいるのか。アメリカが持つ軍事機能、そしてピンポイントで狙える最新兵器を用いれば、悪の根源であるこの二人の指導者を抹殺することなど、いとも簡単なことに違いない。しかし常に曖昧なまま事態を引き延ばし、決定的なダメージを与えることなく、見ようによっては中途半端な結末に終始するのは何故なのか。もちろんこの二人のいずれかを倒すことによって生じるイスラム国家、つまり中東諸国の反発が一つの懸念材料になっていることは否めないが、それ以上に、この二人を悪役として存在させることで、アメリカ軍がサウジアラビアに基地を置く理由が成立し、中東において絶大な影響力を及ぼすことができるからにほかならない。つまり世界経済にとって最も重要かつ必要不可欠な原油、それをコントロールすることこそ、まさにアメリカにとって最重要な課題の一つなのだ。その見地からすれば、中東の和平は世界万人の願いと言いつつも、その一方で常になんらかの紛争、あるいはその懸念が絶えない――そうした状況こそがアメリカにとって最良の状況と言えるのだ。世界の警察官を自任できるのも犯罪者あってのこと、犯罪者のいない街に警察官などいらないからだ。

「その通りです。北に向かって先制攻撃をかければ間違いなく半島は統一されますが、しかし、そのオプションは決して選択してはならないものなのです」

「つまり『オペレーション五〇二七』は絵に描いた餅というわけか。これからも生かさず殺さず……それを続けなければならんというわけだな」

「ええ、中東と同じように、半島、いやアジアにもヒールは必要なのです」

「だが、問題は、その当の北がどう出るかだな」

ハーマンの言葉を聞き終えたホッジスは再び背もたれに体を預けると、片足で軽く床を蹴り、椅子を半回転させた。窓の外に広大なラングレーの森が見える。熱を帯びた一陣の風が吹き、太陽の光が密生した木々の葉に反射し、無数の光が異なった波長で煌めいた。厚いガラス窓の向こうに音もなく波打つ森を見ながら、ホッジスは、それが何か不吉なことの起こる予兆であるような気がした。

*

ちょうど同じ頃、長官室のあるフロアから三階下にある部屋で、極東担当の上級アナリスト、ロナルド・ベーカーはうんざりした表情を浮かべ、深い溜息をつきながら手にしていたファイルを机の上に放り投げた。それはFBIからの報告書で、西海岸ワシントン州タコマにあるコンテナ積み出しヤードで、日本行きの貨物から三〇〇丁もの中国製AK—47が発見されたというレポートだった。

発見は偶然だった。四〇フィートのリーファー・コンテナを船に積み込む直前、冷却ユニットに不具合が発見され、急遽、近くの施設で積み替えの作業が行なわれることになったのだ。コンテナの中には日本に輸出されるファイバー・カートンに入れられたダンジネス・クラブやソフト・シェル・クラブといった冷凍の海産物が満載されていた。その作業が終了した時点で、コンテナの内壁が不自然に歪んでいるのが見つかった。リーファー・コンテナは温度管理を必要としないドライ・バンとは違い、外壁と内壁の間に分厚い断熱材が詰められている。その厚み（空間）を利用して三〇〇丁ものAKを隠していたのだ。

コンテナを搭載する船は東南アジア系の船会社のもので、コンテナの仕向け地は横浜ということになっていた。船荷証券に記載されている本来の貨物は、東海岸のメイン州にある小さな海産物加工会社で積載の後、陸路ニューヨークまで運ばれ、その後大陸横断鉄道を使用してタコマまで運ばれてきたものだ。FBIのこれまでの調査によれば、海産物加工会社と輸出を依頼した荷主とは初めての取引で、出荷と同時に代金の決済は現金で行なわれたということだった。価格にして七万ドル相当の取引を小切手でなく現金で行なうとは、キャッシュレスが当然のこの国にあってはなんとも不自然きわまりないことだが、反面、初めての取引ともなれば、これほど安全確実なやり方はない。FBIのメイン支局はこの海産物加工会社を徹底的に洗ったが、直接的にこの事件に関与した形跡はまったく見当たらないということだった。

それを裏付けるかのようにタコマ支局からのレポートには、コンテナを封印していたシールはオリジナルの番号を偽造したものが取り付けられていたことが記載されていた。となれば、コンテナを改造し、AKを隔壁の中に仕込んだのはメインからニューヨークまでの間のどこかで、という公算がきわめて高くなる。ニューヨーク（正確にはハドソン川を挟んだ対岸のニュージャージーだが）に貨物が運ばれてくる途中のどこかで、密輸をたくらんだ連中がコンテナを開け、中身をいったん取りだした後、隔壁を外し、AKをその内部に仕込んだ――と考えるのが、状況からみて最も成り立ちやすい推測だった。

メイン州の海産物加工会社がこの事件に関与していないというのは、おそらく本当だろう、とベーカーは思った。問題は、その背後にどんな組織が動いているかだ。

ベーカーの脳裏に、この数年の間に起きたいくつかの深刻な武器密輸に絡む事件が浮かんだ。ロング・ビーチで見つかった二〇〇〇丁のAK―47の密輸摘発。ニューヨーク郊外で起きた中国製グレネード・ランチャーによるマフィアのボス襲撃事件。軍縮に伴う軍の兵器廃棄オペレーションの不手際から生じた、機密部品や情報の流出。そして昨年はついに、廃棄して使用不能のスクラップにされたはずの戦闘ヘリコプター〝コブラ〟が見事に再生され、マフィア同士の抗争に使用された。

まだ我々の知らないところで、大きな組織が世界的規模で武器取引を活発に行なっている。中国という「国家」が直接関わっているかどうかは分からぬが、高官レベルの人間が深く関与していることは、まず間違いない……とベーカーは踏んでいた。そして今度は日本……。

この三〇〇丁のＡＫの最終目的地が日本だとすれば、積み込み前にリーファー・ユニットの故障などというハプニングがなければ、密輸は容易に行なわれていたに違いない。ここアメリカと同じように、日本でも、税関によるコンテナの内容物検査がヤードで行なわれることはない。コンテナ通関といわれる書類審査のみで、直ちに船からトレーラーに積み込まれた貨物は通関業者の倉庫へと向かう。そこで初めてコンテナの扉が開かれ、内容物が検査される。それも税関の立会いなしにだ。もしも密輸組織と業者が結託していれば、そこで密輸品を摘発することなどできはしない。倉庫の中で密かに内壁が取り外され、ＡＫは部外者の目に触れることなく犯罪者の手に渡る。いや、それればかりではない。もしも通関業者が犯罪に関与していなかったとしても、手はまだある。荷卸しの済んだ空のコンテナは必ず集積場所に回送される。鍵もかかっていなければシールで封印されてもいないただのジュラルミンの箱。えてして港湾地区というのはどこの国でもうら寂しいものだ。もちろん税関の目が光っていないわけではないが、監視をかいくぐってヤードに侵入し、夜陰に紛れて隔壁内に隠したブツを取りだすのはそう難しいことではあるまい。なんらかの情報があって張り込みをしているのならともかく、通常の見回り程度の警戒には、必ずや隙が存在するものだ。

ベーカーの想像はさらに膨らんでいく。

もっと厄介なのは、船会社のコンテナ・オペレーターに協力者がいて、日本向けの貨物を東南アジア系の船会社にブッキングした場合だ。もしもAKの最終目的地が日本ではなく、ほかの国だとしたら。単に日本を中継点として第三国に持ち込むことだって、なんら難しいことではない。最終目的地に向かう貨物を積載する倉庫に、AKを隠したコンテナをそのまま回してやればいいだけの話だ。武器のみならず麻薬に関しても、日本に運び込まれる可能性は考えられても、日本から流入してくるなどとは、どこの国でもまず疑わないだろう。それぞれの国の事情を考慮して、使用航空会社、あるいは到着便の出発先によって空港での税関検査の厳しさに差があるのは、どこの国でもまま
あることだ。当然のごとく日本からの到着貨物のチェックは甘くなる。ましてや監視態勢が十分でない国、賄賂が横行する国はまだ世界には山ほどある。そしてそれとは逆に、武器を闇のルートで売り捌く連中のネットワークは、取り締まる側よりも遥かに整備完成され、国境を越えて機能している。残念ながら、それが現実というものだ。

おそらく今回のケースでは、すでにＦＢＩを通じて日本の警察当局にしかるべき形で情報が伝えられていることは間違いない。荷受人となった会社、通関業者、倉庫、船積書類に記載されたすべての場所、関連する人々は漏れなく調査を受けるだろう。そこに、東京のアメリカ大使館に駐在しているＦＢＩの職員が立ち会う場合もあるかもしれない。

しかし、そこからこの密輸に関わった組織の全容が解明できるような幸運は、万に一つもないだろう。おそらくこの船積書類に記載された人々は、何も知らない善意の第三者で終わるか、たとえなんらかの関与があった人間が見つかったとしても、しょせんは蜥蜴の尻尾で、とうてい組織の全容が解明できるわけではない。

それほどに武器密輸を行なう組織は複雑かつ強大で、二重三重の安全策が施してあるものなのだ。

しかし、だからといって、連中の行為をじっと指をくわえて見ているわけにはいかない。いや、その実態を解明し、その組織、ネットワークを破壊する。少なくともこのアメリカ合衆国の脅威となる存在は、できるだけ早期に芽を摘み、徹底的に叩き潰す。たとえそれが合法的とは呼べない手段をとってもだ……。そのためにこの組織が存在し、そして自分がいるのだ。

その行為を可能にするためには、やはり実行力のある工作員が不可欠だ。

実のところ、単に情報を提供するスパイという点では、ＣＩＡは、ほとんどの国において、さほど不自由はしていない。それは極東の日本においてもそうだ。たぶんこの組織のために働いている人間の実数を聞けば、たいていの日本人は耳を疑うか、「そんな馬鹿な」と笑い飛ばすほどの数になるだろう。もっともその多くは予備軍というべき存在で、常時活動しているわけではない。ほとんどは、こちらが欲しい情報を必要な時に提供してくれる存在、その程度のものだ。それは彼らの多くをリクルートする手段に起因すると言っていい。

たとえばアメリカにやってくる日本人留学生などはその絶好のターゲットになる。大学、あるいは大学院を卒業する際に、アメリカ企業で働くことを望む人間も当然出てくるが、CIAは政府の関連機関、あるいは研究所といった形で、これと目星をつけた日本人留学生を採用する。同時に国家への忠誠と秘密保持を誓わせる。そして、完全にこちらの手に落ちたところで、初めて彼らに本当の使命が与えられる。

「日本の××会社に入社して働け」

その時点で、彼らの多くがただならぬ事態に陥ったことに気がつくのだが、もう遅い。諜報（ちょうほう）機関と契約した人間――そうしたレッテルが貼（は）られ、もしも命令を拒絶するようなことがあれば、CIAは彼のそうした過去を転職しようとする企業、あるいはその人間の周辺に洩らす。たとえ実際に諜報機関の手先として働いたことがなくとも、どこの企業もそうした匂いのついた人間を採用したりしない。

かくして、本意、不本意にかかわらず、彼らは日本企業の社員として働き、やがてはそれなりのポジションを得るようになる。そして多くの場合、リクルートされた本人ですら忘れた頃に突然のコンタクトがある。それは入社して一〇年を経た頃であるかもしれないし、二〇年を経た頃かもしれない。ある日職場に、あるいは自宅に、突然一本の電話がかかってくるのだ。

たいがいのケースにおいては、日本企業特有の愛社精神に毒され、結婚し、子供もいて幸せな社会人として安定した生活を営んでいる。忘れた頃にやってきた電話に対する反応はまず間違いなくネガティヴ（否定的）なもので、過去のことは忘れたいとばかりにすぐに電話を切ろうとする。しかし、こうした人間を操る側は、相手を深みへと引きずり込む、それなりの手順とテクニックというものをちゃんと心得ている。

「面倒なことをお願いするわけじゃない。君の会社の社員名簿が欲しいだけなんだ」

ささやかな社則を破る行為の強要である。誰でもやっているような違反行為……それが次の要求へのステップとなっていくのだ。

「名簿でいいんだな」

そうした返事がくれば、しめたものだ。それを皮切りに本来の目的とする情報が得られるまで、要求がエスカレートしていくだけの話だ。

こうした手口でスパイを日本で組織・運営しているのは、アメリカに限っても、何もCIAだけではなく、陸軍情報部、海軍情報部といった組織も、それぞれのリソース（情報供給源）を日本社会の中に数多く潜り込ませている。そして他の国々の諜報機関もまた同じことだ。時に「スパイ天国日本」と揶揄（やゆ）されるように言われるのは、何も各国の諜報機関が東京に集結しているからだけではない。自分が気がついているかいないかにかかわらず、どこかの国の諜報機関の手先となって動いている人間が実際に日本社会の中に数多くいるからにほかならない。

しかし問題は、こうしたスパイのほとんどが、単なる情報源として運営されているだけで、ベーカーが思ったように、実行力のある工作員となると、その存在は皆無に等しい。ところが今回の武器密輸のようなケースともなると、単なるスパイの域を超えた人材が不可欠なのだ。

ふとベーカーの脳裏に、結婚二五周年の記念日に息子のスティーヴがプレゼントしてくれたコロンビア大学の学生新聞『コロンビア・スペクテーター』の記事のスクラップが浮かんだ。

そうだ、あの男なら使えるかもしれない。たしかあの記事はコピーをとってファイルしてあったはずだが……。

ベーカーの手がキャビネットに伸びた。その中にはA4のサイズのファイルが整然としまい込まれている。彼はその中からひときわ薄い緑色のファイルを取り出すと、もどかしげな仕草で、しかし一ページ一ページを確実に確認しながらページを捲(めく)った。

あった、こいつだ。

『ブラウン大生を襲った悲劇』その見出しを見つけたベーカーの目が、忙しく文字を追い始めた。そしてひとしきり記事を読み終えたベーカーは、ファイルを開いたまま机の上に置き、暫く何事かを考えているようだった。それは時間にして一分もなかったろう。今度はその手が電話に伸びると、受話器を取り上げ、数桁の番号をプッシュした。

「ケントか、ちょっと調べてほしいことがある……少しばかり古い話なんだが、八九年にプロビデンスでブラウンの学生が正当防衛で二人のギャングを殺した件なんだ……ああ、そうだ。この時の学生、名前をキョウスケ・アサクラというんだが、この男が今どうしているか、その後の足取りを追ってほしいんだ……いや特に急ぐというわけではないんだが、早いにこしたことはない……なに？　アメリカにいるのかって。いや、それは分からない。それも含めて調べてくれないか。分かったら連絡をくれ。報告は正式なレポートでなくていい。頼んだぞ」

ベーカーはそう言うと、静かに受話器を置いた。

*

リビングの窓からは、午前零時ちょうどにライトアップの灯が消された東京タワーが、一定の間隔で赤い光の点滅を繰り返しながら存在を誇示しているのが見える。午前四時。もう一時間もすれば夜が明ける。闇が一番濃い時間だけに、点滅光の赤い光はひときわ鮮かに朝倉恭介の目には映った。

大きな窓際に置かれた観葉植物の傍らのスタンドからは、ランプシェードを通して漏れてくる柔らかな光が二〇畳ほどのリビングの半分を照らしている。革張りのソファに体を埋めた恭介はリラックスした姿勢で大きく足を組み、受話器の向こうから流れてくる嗄れ声に耳を傾けていた。声の主は言うまでもない、ニューヨークに君臨するマフィアのボス、ロバート・ファルージオだった。

『で、例のディスクの件だが』

ファルージオはゆっくりとした口調で喋り始めた。しかしその声にかつての威厳はなく、それ以上に明らかに体の衰弱を窺わせる兆候があった。ニューヨークの郊外で、ラテン系マフィアの襲撃を受け、かろうじて命だけはとりとめたが、以後ファルージオは半身不随となり、いまや車椅子での生活を余儀なくされていた。健常者が回復不能な深刻な障害を受けた時、えてして身体的な面よりも精神的な部分に大きなダメージを受けるものだ。もちろん身体に受けたダメージを跳ね返し、より強い精神力を養い、強く生きる人間もいるが、それには年齢というものが大きく影響する。いかにマフィアという犯罪組織の、それもニューヨークという最大の街に君臨するとはいえ、齢七〇を超えたファルージオにとって、このダメージは単に肉体的なものを超えて、精神面にも大きな影響を及ぼしていることは間違いなかった。

「有望な取引先が見つかりましたか」

恭介はテーブルの上のゴロワーズのパッケージを手にすると、中の一本を口にくわえて火をつけた。薄い形のいい唇が細められ、そこから白い煙が宙に勢いよく吐き出される。その煙は高い天井の中ほどで、エアコンから吹きだす冷気に、たちまちのうちにかき消された。

『ああ、これまでに繋（つな）がりのあった何人かの武器商人にそれとなくコンタクトをとった』

「で、その結果は」

『どれも反応は上々だった。連中の扱う武器は、銃器の類（たぐい）はもちろん、それこそミサイルでも戦車でもなんでもござれだが、核兵器の設計図というようなソフトに関しては、いいネタがそうそうあるもんじゃないらしくてな。もっとも最初は半信半疑だったんだが、出所が防衛機器再利用販売センター（DRMO）、それもサン・アントニオにあるケリー空軍基地だと聞いた途端に態度が一変した。まるで血統書付きの珍しい犬にぶちあたったみたいにな』

「血統書付きの犬ね」恭介の口許（くちもと）が歪（ゆが）み、それに伴って左頰にうっすらと残る鋭い刃物による古傷が歪んだ。「DRMOから武器や機密情報が流出しているといっても、連中が日頃扱っている、すぐに実戦に使えるような完成されたものではありませんからね。うまくパーツを寄せ集めて組み立てれば復元できるといった、いわばジャンクに等しいものですから」

『その通りだ。しかし、このブツは違う。もしもそのディスクに核、それも弾頭の設計図が入っていたりでもすれば、欲しがる国はたくさんあるさ』

「そうでしょう。イラク、イラン、北朝鮮、パキスタン、インド……核保有国であろうとなかろうと、アメリカほどにソフィスティケートされた核兵器を保持している国はありません。引く手あまたでしょうよ」

『だがそれも、本当に連中が価値を見出すような核兵器の設計図ならばの話だがな』

たしかにその通りだった。ディスクを手に入れてから一年の間に、これがブランク・ディスクではないこと、その中に明らかに設計図とおぼしきデータが入っていることまでの解析は済んでいた。軍の機密兵器を開発するコンピュータに使われる使用言語は、通常のオフィスで使われるものとなんら変わるものではないが、使用するソフトということになれば、機密レベルが高くなるほど専用のものが使われる。それなりの専門知識を持たない者が、うかつにディスクの内容を覗こうとでもすれば、なんらかのセキュリティが働き、データそのものが破壊されて、ただの樹脂の工作物になる可能性も十分に考えられた。

解析は結局アメリカで行なわれることになった。ファルージオの組織が、かつて軍でコンピュータの専門家として働き、除隊して今は民間企業で働いている人間の中から、条件に見あった人間——つまり、金で動く人物ということだ——を見つけだし、それに見あった報酬と引き換えに解析を行なわせたのだ。しかしそこに浮かんだ図形と文字……それが何であるかは、正直なところ、恭介にも解析に携わった人間の誰にも分からなかった。

「それをはっきりさせなければなりませんが、そのためにはやはり専門家に見せるのが一番早いでしょう」

もちろんファルージオの頭の中に、取引に当たって最適と思われる武器商人の名前がすでにあることを、恭介は疑わなかった。

『ラス・バッケン……彼が一番いいだろう』

「ラス・バッケン、何者です」

恭介はサイドテーブルに置かれたティファニー・ランプの灯をつけ、傍らにあったメモ用紙に素早く名前を書きながら訊いた。蜻蛉をかたどった鮮かな色彩のステンドグラスの光が、恭介の端整な顔立ちに複雑な色の紋様を浮かび上がらせた。

『武器商人の中では世界でも一、二の大物だ。元々はベルギー人だが、普段はパリに住居を構えている。こいつの一声で、それこそ拳銃からミサイルや戦車まで、ありとあらゆる武器が動く』

「信用できる相手なんでしょうな」

反射的に口をついて出た質問が、必要のないものであることに、恭介はすぐに気がついた。

『我々の仕事にもまんざら関係のない人間じゃないからな』ファルージオの言葉に微かな笑いが混じった。『長い付き合いだ。信用のおけるやつだ。決してこちらを騙したり、裏切ったりするやつじゃない』

闇の世界の繋がりは実に複雑なものだ。一見したところまったく関係のないように見える人間たちが、国や主義、主張、思想の枠を超えて密接な関わりを持つ。中でも武器商人というのはある種特異な存在で、時に一国の政府の依頼を受けて武器の調達に動く場合も少なくはない。つまり裏社会に居ながら表の社会を代表する組織とも密接な関わりを持つのだ。その行動原理はいたって単純明快、つまりは「金」である。自分たちが供給した武器によってどこかの国同士が紛争状態に陥ろうと、誰が死のうと知ったことではない。武器を欲しがる人間がいて、金を払う人間がいる。それですべては終わりなのだ。いやむしろ、自分たちが供給した武器が紛争に使われる、あるいはどこかの国にそうした武器が渡ったという情報を敵対する国が入手しただけで、新たな需要が生ずる。まさしくマッチポンプの効果が生じ、商売の規模は確実に広がっていくのだ。

「あなたが言うのなら間違いはないでしょう。で、コンタクトの方法はどうしたらいいんです」

恭介は半ばまで燃えたゴロワーズを一口吸うと、煙を吐きながら、クリスタルの灰皿にそれを押しつけて火を消した。

『電話でのコンタクトはまずい。やつの動向を監視している諜報機関も多いからな。盗聴される恐れがないとはいえない』

「こちらもできることなら通話記録は残したくありませんからね」

『やり取りはすべてEメールを使ってやるということだ』

「なるほど、プロキシを使えば、発信者の特定は困難になりますからね」

『さすがに分かりが早い。私のような老いぼれにはなんのことか、さっぱり分からんが』

「こういうことです。インターネットに接続したコンピュータにはIPアドレスという固有の番号が割り当てられているんですが、プロキシという代理サーバーを経由すると、それが誰からの発信であったのか分からなくなるんです。もっと分かりやすく言えば、東京からニューヨークに行くのに、グアムからサンフランシスコ、デンバーを経由すればその男はデンバーから来たように見える……」

『なるほど、遠回りすることで痕跡（こんせき）を消してしまうというわけか』

「その通りです。ダイレクトにコンタクトすれば、万が一の場合、プロバイダーのレコードから、どこの誰とコンタクトしたか、たちどころに分かってしまいますからね。もっともプロキシを複数経由する多段プロキシでも、理屈の上では追跡は不可能ではありませんが、実際の手間を考えれば、まず不可能でしょう」

『年寄りにはいくら聞いてもわけの分からん話だ。手にしたディスクをどう捌（さば）くか、ここから先はお前の才覚次第だ』ファルージオの言葉のどこかに寂しい笑いが隠れている。もう自分のような人間が先に立って仕事をする時代は過ぎ去ったとでもいうように……。しかしそれも一瞬のことで、『ときにキョウスケ。コカインのビジネスのほうはどうなっている』

ファルージオは気をとり直したかのように、力の籠（こも）った声で訊いた。

「順調です。捌いている量も確実に増えています。もっともこの一年ばかりは田代（たしろ）に任せきりで、私が関わることはあまりないのですが」

恭介の口から、二年前にアメリカの組織から恭介を補佐すべく送られてきた男の名前が出た。

〝別途保管〟という日本の通関システムの盲点をつき、コカイン入りの〝誤送品〟を夜陰に紛れてすり替え、回収する。オーダーはEメールを使って受ける。あとは、これまた外為法の盲点をついて香港の幽霊会社に代金が振り込まれたのを確認し、コカインを郵送する。完全に確立されたオペレーションを、新たに送り込まれた田代正明が、自分一人の手でハンドリングするようになるまで、それほどの時間はかからなかった。ほぼ二か月に一度、アメリカからコカインは送られてきた。田代はそれ以降の仕事を何のミスもなくこなしていた。しかし今年二五になる田代の経歴は、文字通りアメリカのエリートコースを歩んできた恭介とは似ても似つかぬものだった。

　彼は、高校に入学すると同時にアメリカに渡った。留学をすることになったのも、別に成績がそれに相応しいものだったからではない。小学校に入るとすぐに塾通い。都内にある中高一貫教育の名門私立に入学するまでは、いわゆる優等生だった。しかし自分と同程度の偏差値の人間が集う学校の中では、きわめて平均的、いやそれ以下の存在でしかなかった。中学での田代は、最低のクラスの、成績順に並ぶ最後尾近くの席に身を置く存在だった。一三歳にして早くも味わう挫折と屈辱。それが学業への興味を失わせ、やがて諦めに変わり、不登校へと進んでいくまで、そう時間はかからなかった。中学二年に進級した頃には、田代は早くも夜の渋谷に入り浸り、家に帰らないのも度々のことだった。母親はそれまで優等生だったわが子の変貌ぶりを大いに嘆き、どうしていいのか分からずにおろおろするばかりで、中小企業のオーナー社長の父親は、息子の非行を気にかけながらも、仕事に忙殺され、わが子のことに真剣に取り組むことはなかった。中等部から高等部へ進む段になって、出席日数も成績も、進級の条件を満たしていないことを田代は担任から告げられた。選択肢は一つしかなかった。名門といわれる学校を去り、新たに受験をし、他の高校に進学する。

一五歳にして刹那的な享楽と、もはや犯罪以外の何物でもない非行に明け暮れる田代には、それでも構わなかった。しかし全国でも屈指の名門校に入学させた親にとっては、それは有り得べからざる選択肢だった。両親はつてを頼って、当時ニューヨークの郊外で日本食料品店を営んでいた遠縁の夫婦に田代を預けた。子供のいないその夫婦は申し出を快く引き受け、そこからさほど離れていない公立の高校に田代を入学させた。

だが、そこで待ち受けていたのは、ある意味ではアメリカが抱える大きな問題である学校荒廃の極みにある学習環境だった。学校にはセキュリティ・ポリスが常駐し、校内に入る際には、生徒が武器を持ち込んではいないかどうかをチェックするための金属探知器が設置されていた。

最初のうちこそ慣れぬ英語で苦労した田代だったが、そもそも日本とアメリカでは学習の内容がまったく違う。特に数学や物理、化学といった万国共通の教科に関していうならば、中学受験の時に塾で学習していたようなことを再び学ぶのだ。特別な勉強などしなくとも、これらの教科に関しては、テストの度の満点はむしろ当たり前のことだった。田代は居心地のよさを感じるようになった。しかしその一方で、校内に蔓延るドラッグに手を染めるようになるのにも、さほどの時間はかからなかった。渋谷の夜の街を根城に、夜な夜な遊び回っているうちに覚えたマリファナの味。ここではそれがもっと安く、簡単に手に入った。いやマリファナなどガキの遊びだ。クラックでもコカインでもヘロインでも欲しいドラッグはいくらでも手に入った。

しかし田代はそうしたハード・ドラッグには一切手を出さなかった。渋谷の街で遊んでいた時代、まわりには覚醒剤に手を出す仲間も少なくなかったが、それゆえに習慣性のあるドラッグに染まることがどれだけ恐ろしいことか、身に沁みて分かっていたからだ。高校の三年間を、田代は不良グループと、普通の高校生の間のつき合いを要領よくこなしながら過ごした。そして卒業と同時にニューヨークにある州立大学の一つに進学した。

田代がドラッグ・ディーリングの道に手を染めることになったのは、大学も二年の半ばに差しかかった頃だった。中学時代からの悪癖で、マリファナは田代にとって煙草よりも身近な存在になっていた。キャンパスで、あるいは寮で、買い置きのマリファナを必要とする連中に分け与えるうちに、やがていくばくかの手数料を取るようになった。仕入は週末、マンハッタンまで出かけた。ミッドタウンのウエスト・サイドにある、ホテルとは名ばかりの、エレベーターもなければ掃除もされたことのないような朽ち果てた建物。裸電球だけが灯る窓一つない階段には、小便のアンモニア臭が充満し、クラックやヘロインで半ば意識を失った人間がボロ屑のようになって転がっている。その階段を上り、べとつくような絨毯が敷き詰められた廊下のつきあたりに、密売人の部屋があった。

鉄の扉を拳で叩くと、覗き窓で姿を確認するのだろう、少しの間を置いて扉が僅かに開き、逞しい男の手がにゅっと突き出される。ドア・チェーンは通常のものよりも遥かに太いものに付け替えられていた。そこに必要な分だけの紙幣を握らせると扉が閉まり、再び腕が突き出された時にはビニール袋に入ったマリファナが握られていた。金とブツの交換はすべて無言のまま行なわれた。時間とともに量は確実に増え、いつの間にか田代はコカインの密売にも手を染めるようになっていた。一時的に精神状態をハイにするこの白い粉の需要は、キャンパスの中でも、特に試験前になるとその魔力に頼ろうとする者も多く、田代が捌く量も次第に増えていった。

大学四年になったある日、いつものように密売所に向かう道すがら、一人の男に声をかけられた。みすぼらしい軍払い下げの戦闘服にジーンズ。頭には黒い毛糸のワッチ・キャップを被った黒人の男だった。初めて見るその男は「今日はどれくらい欲しいんだ」、田代の顔を見るなりそう聞いた。とまどう田代に白い歯を剝き出しにして笑いかけた。その男こそが、いつも厚い鉄の扉の向こうから腕だけを見せるドラッグの仲卸し人だった。田代が扉の向こうにいる人間の顔を知らずとも、男のほうにしてみれば嫌というほど見知った顔だった。

「実は、お前に会いたいという人がいてな」

男は田代にぐっと顔を近づけると耳許で囁いた。その口調には有無を言わせぬ響きがあった。突如その逞しい手が田代の腕を摑むと、半ブロックほど離れた所に停車していた黒塗りのキャデラックの後部座席に押し込んだ。

そこには仕立てのいいスーツを着た、イタリア系と一目で分かる中年の男が座っていた。

黒人の男がドアを閉めると同時に、キャデラックは音もなく滑るようにゆっくりと走り始めた。

「名前は」

イタリア系の男は、前を見つめたまま胸のポケットからシガーケースを取り出し、葉巻を一本抜くと、なれた手つきで長いマッチに火をつけて先端をあぶり、ゆっくりと口にくわえた。

「マサアキ・タシロ……」

事の展開が読めない田代の口から、かろうじて言葉が洩(も)れた。

「日本人だな」

「ええ……」

「グッド」

イタリア系の男は、そこで初めて満足した目つきで田代を見た。値踏みするような光が、大きな瞳(ひとみ)の奥から鋭い視線となって、一瞬の間に田代の全身を舐(な)める。

「何をやっている。まさかドラッグ・ディーリングがお前の本業じゃあるまい」

「学生です」

「どこの」

田代は質問に正直に答えた。

「何年だ」

「四年です」

「卒業の見込はあるのかね」

「ええ、どうにか」

「で、その後は」

「まだ決まっていません」

「日本に戻るのかね。それともこのアメリカで職を探すつもりかね」

田代は答に窮した。正直言ってこれからの進路など真面目に考えたことはなかった。田代には二人の兄がいて、父が経営する中小企業にはすでに長兄が入り、取締役として名を連ねている。祖国に帰り、どこかの日本企業に入社しても、後はしがないサラリーマン生活を送るだけだ。だが、たとえこのままアメリカに留まるにしても、生活する国が違うだけで、たぶん中身は同じことだろう。これまで享楽的に生きてきた田代にとって、ただ漠然とだが、組織の中で毎日与えられた仕事をしながら決まった給料を貰う——そんな生活はごめんだという気持ちだけがあった。

「どうだ、私の仕事を手伝ってみないか」

無言のままでいる田代の顔を見つめていた男の口から、思いもかけない言葉が出た。

「あなたの仕事?」

「そうだ。正確には私たちの仕事だが……」

男はそう言うなり、懐に手を入れ、一枚の名刺を取り出した。

「ジョン・チアーザ……投資顧問会社を経営なさっているんですか」

怪訝な顔で田代が尋ねた。MBAでも持っているならともかく、カレッジ卒の人間にとっては分不相応な話である。

「私たちの仕事は名刺に書かれているものだけじゃない。ほかにもいろいろある。君に相応しいものもね。だからこうして会いに来た」

恭介の日本でのコカイン・ビジネスが拡大していくに従って、彼一人では手不足になることは容易に推測できた。これがアメリカ国内での話なら、補充の要員はすぐに確保できるが、太平洋を挟んだ島国のこととなると、事は簡単ではなかった。組織の中には何人か東洋系の人間もいないわけではなかったが、日本で働かせるとなれば、単に東洋系の外見をしているというだけでは不十分だった。完全な日本人。それが必要だった。

もちろん先を読んで組織に命令を下したのはファルージオだった。その命令はたちまちのうちにピラミッドの頂点から底辺へとあまねく行き渡り、その網に田代がかかるまで、そう長い時間はかからなかった。

「で、どんな仕事をやれというんです」

「なにも難しいことではない。すでに出来上がった完璧なオペレーションを日本で確実にこなすだけでいい。実入りもいい」

「やばい仕事なんでしょう。それ」

犯罪者といっても単なる麻薬の売人。はすっぱな男には違いないが、それでも田代は、チアーザの言葉の裏に潜む危険な匂いを早くも嗅ぎつけていた。

「内容を話す前に断っておくが、仕事の内容を聞いたかぎりは君の返事に選択肢はない。〝イエス〟の一つだけだ。断るなら話を聞く前、つまり今しかない」

チアーザは口にくわえた葉巻を一度ふかすと、じっと前を見据えたまま低い声で言った。

キャデラックはウエスト・サイドから東に向かって走り、ブロードウェイに出たところで右折した。たちまち交通量が多くなり、黄色い車体のタクシーがけたたましいクラクションを鳴らしながら、狂ったように割り込みを繰り返す。タイムズスクエアの洪水のような極彩色のネオンの光が、車窓を流れていく。ダウンタウンに向かって走る車の中では、チアーザが無言のまま葉巻をくゆらす。先端から伸びた灰が三分の一ほどの長さにきたところで、彼は静かにそれを灰皿の上に折った。

「いいでしょう。やりましょう」

沈黙が長かったわりには、答は意外なほど簡潔なものだった。中学でドロップアウトを経験して以来、おおよそ〝まとも〟という言葉とはほど遠い暮らしをしてきた男にとって、大学を卒業後、日本に帰るにせよアメリカに残るにせよ、世間で言う当たり前の暮らしをするという選択肢など、ありはしなかった。どれだけやばい仕事かは分からないが、今のサイドビジネスにしても、いやアメリカに渡る前から渋谷の街でやっていたことも、もともとやばいことであったのだ。

まさか人を殺せというわけでもあるまいし……。

田代には、すでに法を破るという感覚などなかった。いやむしろ法を遵守しながら生きるなどという考えは、煩わしいこと以外の何物でもなかった。そしてそれからチアーザに聞かされた、恭介の作り上げた密輸の絡繰り、さらに完璧なそのオペレーションは、田代を興奮させこそすれ、落胆や後悔の念を抱かせるようなものではなかった。

そして田代は、恭介の右腕として働くようになった……。

だが、一方の恭介はといえば、田代を、必ずしも自分のパートナーとして相応しい男とは見ていなかった。最初の対面からこの男に漂う、どこかはすっぱな雰囲気を見抜いていた。

田代が日本に帰って以来、二度の密輸を二人で行ない、確実にそれがこなせるようになったことを確認すると、それ以降、かつて恭介が仲卸しに相当する顧客である『ひよこ』を扱ったのと同様の方法でメールを通じてのやりとりを行なうだけで、二人は直接電話で話すこともなければ顔を合わせることもなかった。

いつか、こいつはへまをする。

それは数々の修羅場をくぐり抜けてきた人間だけが身につけた勘というものだったかもしれない。あるいは完全犯罪だけを常に成し遂げてきた男の鋭い本能が嗅ぎ分けた危険な匂いだったのかもしれない。

住所を教えることもしなければ、もちろん電話番号も教えなかった。いくつかの転送電話を通じて流されてくる報告を受け、あるいはその逆を辿って指示を与えるだけで、一切顔を合わせることはなかったのだ。

『いったん軌道に乗ったビジネスには、さほどの興味はないか』

ファルージオは嗄れ声のどこかに笑いを含んだ口調で聞いた。

「ここまでオペレーションが出来上がってしまえば、あとはルーティンワークですからね」

『たしかに肉体労働はお前の仕事じゃないからな。お前の明晰な頭脳が次に何を生みだしてくれるのか、この老いぼれには、それがただ一つのたのしみだ』

「うまい話をせいぜい考えることにしましょう。とにかく今は目の前にあるディスクを処分することが先決です。また連絡します」

恭介は、薄い笑いを浮かべると受話器を静かに置き、ファルージオから聞いたメールアドレスのメモを手に立ち上がった。そして闇の中で点滅を続ける東京タワーに一瞥もくれることなく、奥の書斎に置いてあるコンピュータに向かうべく、リビングを後にした。

2

スチールで出来た分厚い扉が開くと、宇宙服のような暗緑色の防護服に身を包んだ三人の男が姿を現わした。二〇畳ばかりの空間を隅々まで照らす蛍光灯の白い光が、リノリウムでコーティングされた床に鈍く反射している。部屋の中には大小さまざまな実験機器が設置され、テーブルの上には、シャーレやピペット、フラスコといった器具が置かれている。三人目の男が部屋の中に入ったところで、ゴムのパッキンがついた分厚い扉が閉められ、円形のハンドルが回されると、完全に外界から遮断された。室内は外界よりも常に気圧が低くなるように設計されており、この中で扱われる物が万が一にも外に漏れだすことのない仕組みになっている。その機能を果たすべく常に稼働している空調設備から漏れてくる低い唸(うな)りが狭い空間に充満する。

レベル4に該当する生命体封じ込めゾーン。この世に存在する最も危険な生命体やウイルスを扱ういわゆる〝ホットゾーン〟。それがこの部屋の正体だった。

彼らは手慣れた仕草で、傍らの機械から伸びた伸縮自在なチューブを、防護服の腰のあたりにつけた丸い金属の接続ユニットに繋(つな)ぐ。金具をスライドさせると、シュッという鈍い音とともに空気が送り込まれる音がする。男たちはまるでバディを組んだダイバーがするように、顔面を覆った透明の風防越しにめいめいのチューブの接続具合を目で確認しあった。

片隅には上半分が天井まで伸びる強化ガラス、下がスチールの壁によってさらに隔離された三畳ほどの区画がある。三人はそこに向かって宇宙服に身を包んだようなぎこちなさでゆっくりと近づいた。歩を進める度に、防護服の足のゴム底とリノリウムの床が擦れて、鳥の囀りにも似た甲高い音が響く。

隔離された一画に近づくにつれて、強化ガラスの中の様子が徐々に明らかになる。蛍光灯の白い光に満たされた狭い空間。その隅で何かに怯えるように肩を寄せ合いながら小さくなっている二人の男女。年の頃四〇代の前半といったところだろう、男のほうは頬骨が突きだした顔に細い眉が特徴的で、どちらかといえば痩せ気味の体つきと相まって、それがひどく神経質な印象を与える。女のほうはといえば、三〇代後半といったところで、ふくよかな顔が、乱れたパーマのかかった髪の下から覗いている。顔つきこそ対照的だが、二人に共通したものがあるとすれば、もう何日も着替えをしていないことが傍目にもはっきりと分かる薄汚れた着衣。それにやつれた顔、そして恐怖の色がありありと浮かぶ目だった。

二人は防護服に身を包んだ三人の姿を窓越しに認めると、反射的に寄りかかっていた隔壁にぴたりと体を押しつけ、身を固くした。女の手が伸び、男の腕を掴む。男はもう一方の腕を女の肩に回し、ぐいと自分のほうに引き寄せる。

その姿を強化ガラス、風防と二つの透明な物質を通して確認した三人は、無言のまま体を捻るようにして顔を見あわせると頷きあった。その中の一人が、手にしたボードに挟まれたメモを目の高さまで持ち上げると、初めて口を開いた。

「辛甲東、四三歳に、その妻金春仙、三八歳か……馬鹿なやつらだ。北京大使館の二等書記官という恵まれた身分にありながら、首領様の恩に報いるどころか背いて亡命を企てるとは」

その言葉を聞いた二人の男女は瘧にかかったように震えだし、体全体から膿んだような、さらなる恐怖が発せられた。

「違う。それは誤解だ。私たちは亡命など企ててはいない。もう一度私たちの話を聞いてくれ。きちんと調べてくれればすべて分かることだ。決して首領様に背くようなことは……」

「もう調べは嫌というほど受けただろう。証拠も十分あがっているんだ。そうでなければこんな所へ送られてくるわけがない」

「違う！」

辛と呼ばれた男が突如立ち上がると、強化ガラスに爪を立てるようにしながら、必死の形相で訴えかけようとした。その刹那、

「何を言ってももう無駄だ」防護マスクの下から冷酷な声がそれを遮った。「本来ならば

お前たちの二人の子供も同じような運命を辿るところを、特別の慈悲をもって強制収容所送りで済んだんだ。それだけでも感謝するんだな」

さらにわめき続ける辛をはねつけるように、先頭に立って部屋に入ってきた男が言うと、真ん中に立つ、明らかに体格の違う大柄な男に向かって静かに頷いて合図を送った。男はそれに応えるように頷き返すと、防護服と繋ぎになったグラヴに握り締めた小さなアンプルを目の高さに掲げた。

『人体用テスト＃1』

琥珀色の小さなアンプルには、白いマジックインキでそう記してあった。それまでの会話がすべて朝鮮語で交わされていたにもかかわらず、アンプルの上に書かれた文字はロシア語だった。それが合図だったかのように、男たちが交わす会話がロシア語に一変した。

「男は年齢四三歳。女は三八歳。健康状態は良好……実験室の中の温度は二三度。湿度は六〇パーセント……」

「分かった。それでは始めよう」

中央の男が、アンプルに目をやったまま答えた。

左手の指で掲げるようにして持ったアンプルを、夫婦が入れられた狭い空間から漏れてくる光に翳す。中には底のほうに微細な粉状の物質が不定形の塊となって溜まっている。男はそれを右の人差指で軽くはじくと、小さな鑢で縊れた部分に切れ目を入れた。その作業を見守っていたもう一人の男が、すかさず強化ガラスの底辺とスチールの隔壁で仕切られた部分に設けられた引きだし式のユニットを開けた。その両サイドには丸い穴が一つずつ開いており、その先は分厚いゴムの手袋になっている。

アンプルが引きだしの中に入れられ、静かに元の状態に戻される。その間に中央の男が丸い穴のそれぞれに両手を入れる。向こう側に突き出した引きだしの中のアンプルを、分厚いグラヴで覆われた手が器用に動いてつまみ上げると、少しばかりの力が込められた。鑢を入れられていたアンプルは、切れ目の部分からポキリと折れた。瞬間、折れた部分に付着していたのであろう、微細な粒子となった白い粉末が湯気のように空中に漂うのが見えた。

辛と金の二人は部屋の隅にさらに身を押しつけ、もうこれ以上小さくなれないというほどに体を丸めながら、恐怖に見開いた目で一連の動作を見つめていた。

「助けて……お願いだから……助けて……何をするの⁉」

金が引き攣った悲鳴を上げる。

アンプルを手にした男はその方向にちらりと視線をやると、次の瞬間、粉末の入った本体を、手首を器用に動かし、おもむろに振った。

中の粉末が宙に舞い、それは蛍光灯の白い光を反射しながら煙となって空間に充満した。逃げ場のない二人は反射的に反応し、腕の着衣の部分で自分の鼻と口を塞ぎ呼吸を止めた。中の物質の正体を知る由もなかったが、いま撒かれた粉末が自分たちに決定的な何かを及ぼすであろうことは容易に推測できた。しかしそうした努力も長くは続かなかった。絶望的な短い時間が流れ、やがて金が微かに、小刻みに呼吸を始めた。そしてそれから数秒後、辛が同じ動作を始める。

その様子を確認した三人の顔に残忍な笑いが広がっていく。いま確認した小さな呼吸で十分だった。すでに二人が閉じ込められた空間には、アンプルの中に入っていたものが充満し、確実に彼らの体内に入り込んだことは間違いない。

「一〇時三三分です」

ボードを手にしていた男が壁に掛けられた時計に目をやると、静かな声で言い、二枚目のシートにそれを書き込んだ。

「おそらく症状が出始めるまで、一日か二日もあれば十分だろう」

二つの穴から両手を抜いた男の口から流暢なロシア語が洩れた。

「よし、あとはモニターで監視して経過を見よう」

先頭に立って部屋に入ってきたリーダーと覚しき男が言うと、三人はそこを立ち去る準備を始めた。

*

「読めば読むほど興味深い男だろう。リック、そう思わないか」

定員六人の小さなミーティング・ルームで、ロナルド・ベーカーは、机を挟んで向かい合う男が分厚いファイルの最後のページを読み終えたと覚しきあたりで言った。

「まったくだ」日本担当のリック・スナイダーが椅子の背を一杯にもたせかけ、高く足を組んだ膝の上で開いていたファイルを閉じると、縁なし眼鏡の下から上目遣いにベーカーを見た。「ブラウンをストレートAで卒業。その直前に正当防衛とはいえ、二人を殺している男か……しかしチンピラとはいえ窃盗や強盗の常習者、いわばギャングもどきを、よくも一人で殺れたもんだ」

「彼に格闘術を教えた人間が人間だからな」ベーカーは机の上にあった別の薄いファイルを手にするとカバーを開いた。「デービッド・ベイヤー。ベトナムにグリーンベレーの軍曹として従軍。空手、テコンドー、サンボの格闘技はもちろん、人を倒すという点ではプロ中のプロだからな。アサクラは彼の道場にまる三年以上通って腕を磨いている。事件を起こした頃にはベイヤーと互角にわたりあえるほど腕を上げていたそうだ」

「こんな端整な顔立ちをしたやつが、最も効率よく人を殺す手ほどきを受けたやつの愛弟子とは、悪党どもも想像もしなかっただろう」

スナイダーは卒業記念アルバムからコピーした写真に目をやった。まだ二二歳の恭介の若々しい顔が、白い歯を見せて、こちらに微笑みかけている。

「さしずめ兎の皮を被った狼ってところさ」

「しかし、いくらギャングもどきとはいえ、二人を殺っておいて、よくも正当防衛を勝ち得たもんだ。それだけ格闘術に精通した達人なら、過剰防衛にとられても仕方がないところだが」

「まあ、悲劇の主人公になるだけの素地は十分にあったってことなんだろうな。なにしろ高校卒業時に両親をなくした天涯孤独の男。名門ブラウンの優等生。かたやギャング崩れの犯罪常習者。地元紙はもちろん、ブラウンの学生新聞も、アサクラの無罪が確定するまでは、未来ある若者が、大馬鹿者のせいで天から降ってきたような災難に巻き込まれた――そんな論調で連日大キャンペーンを繰り広げたからな。陪審法廷、といっても予備(プリリミナリー)審理(ヒアリング)の段階で陪審員全員一致で無罪放免さ」

ベーカーは、恭介に関するすべての情報は頭に入っているとばかりに、当時の新聞をスクラップしたもう一つの分厚いファイルに手を置きながら答えた。

「銃器に関しても彼はエキスパートなのかな」

「それはどうかな」スナイダーの問いかけに、ベーカーはこの日初めて曖昧(あいまい)な返事をした。

「アサクラはフィラデルフィアにある中高一貫教育のミリタリースクールを出ている。拳(けん)銃(じゅう)に関しては分からんが、小銃に関してはそこそこの心得はあるだろう」

そこそこどころか、恭介がこれまでに関与した犯罪の数々を知ったなら、今ここで持たれている会話はまったく意味をなさないことが分かっただろう。日本で台湾マフィア五人をイングラムで始末し、フロリダでは組織を裏切ったマフィアのボスをボディガードもろとも文字通り殲滅(せんめつ)した。中央情報局(CIA)という組織に身を置くベーカーが暗鬱(あんうつ)たる気分になったこれまでの事件のうち、少なくともフロリダの一件に関しては、恭介が深く関与するどころか、当事者そのものにほかならなかった。しかしそんな事実を知らないベーカーは、度重なる事件に対処しようと、いまこうして恭介を自らの組織にリクルートすべく目をつけた。なんとも皮肉な運命の巡り合わせだった。

「すると、工作員としてリクルートに成功したとしても、ある程度の訓練は必要というわけだな」

「もちろんだ。訓練は何も拳銃や小銃に限ったことじゃない。格闘術、尾行、罠(トラップ)……彼に覚えてもらわなければならないことは、ほかにもたくさんある」ベーカーはそう言うと、「ところで、彼が日本に帰ってからの足取りは掴(つか)めているのか」今度はスナイダーに向かって聞いた。

「ああ、先日、日本の駐在員から調査報告が上がってきている。それと香港からもね」

「香港?」

ベーカーの顔に意外な地名を聞いたとばかりに、怪訝(けげん)な表情が宿った。

「ロン、アサクラがこの国を離れて日本に帰るまでの足取りは、私が読んだレポートには何も書かれていなかったが、何か掴んでいるか」

「いいや、特には何も……」

「そうか」そう言うと、スナイダーはさほど厚くないファイルをベーカーに差し出した。

日本には七人のＣＩＡ職員が常駐している。通常そのうちの五人は赤坂にあるアメリカ大使館に、二人は西麻布の交差点を青山方向に少し行ったところにある『スターズ・アンド・ストライプス』のビルの中に勤務している。彼が差し出したレポートは、そのうちの一人が日本のエージェントを通じて調査した、恭介に関する結果報告だった。

「どうも、この男には裏がありそうだ」

「裏?」

スナイダーは黙って頷くと、

「アサクラはブラウン卒業後間もなく、日本で『グローバル・インベストメント』という投資顧問会社を設立すると同時に、『アンドリュー・マーチン』という香港の会社の日本法人の社長として東京に赴任している」

「ほう」ベーカーがちらりとスナイダーを見ると、ファイルに目を走らせ始めた。青みがかった灰色の瞳がせわしげに左右に動き始めた。「ブラウンの優等生にしても、初っ端から大したポジションじゃないか」

「それが、まともな会社ならね」

「まともな会社なら?」

「そう、まともな会社ならね。実は香港の連中にこの『アンドリュー・アンド・マーチン』について調べてもらった」

ベーカーのページを捲る手が早くなった。瞳がせわしなく上下左右に動く。

「ここか……」ベーカーの目が何ページ目かの一点で止まった。「なんだって……『アンドリュー・アンド・マーチン』は、休眠状態の幽霊会社……」

口を半開きにしたまま、眉が吊り上がる。

「アサクラはブラウンを卒業したその年に、この会社を買い上げている。それからずっとこの会社の日本法人の社長ということになっているが、妙だと思わんか」

「稼ぎはいったいどうなってるんだ」ベーカーの手が慌ただしくレポートを前後に捲る。

「東京では月に一万五〇〇〇ドルもするアパートに住んでいる。それに赤坂に小さいながらも事務所を構えている。たしかに両親が飛行機事故で亡くなった時には、三〇〇万ドルもの賠償金を手にしているが、そのうち三〇パーセントは弁護士の手数料に消え、ブラウンの授業料だってそこから捻出（ねんしゅつ）しているはずで、相当に目減りしているはずだ。しかも卒業してからもう十数年、その間を残りの金で食いつなぐにしても、こんな豪勢な暮らしなど、できはしないだろう」

「その通りだ」

「この『アンドリュー・アンド・マーチン』の金の流れは掴めているのか」

「そのレポートの最後のほうに書いてある」その言葉に従ってレポートを捲るベーカーの手元を見ながら、「これがアメリカでの調査なら、金の流れの全容を掴むのは難しいことじゃないんだが、なにしろ香港のことだからな。ただ、『アンドリュー・アンド・マーチン』にはオーストリアから一定の金額が振り込まれ、そこから毎月決まった金額がアサクラに送金されている」

「オーストリア?……分からんな。やつはそこに資金をプールしているのか。たとえそうだとしても、どうしてこれほどややこしい手順を踏む必要があるんだ」

ベーカーはレポートの最後のページに目を走らせながら呻いた。

日本で恭介の手によって捌かれたコカインの代金は、タックス・ヘヴンであるブリティッシュ・ヴァージン・アイランズに籍を置く、これもまたまったくのペーパー・カンパニーの香港口座に小口の海外送金として振り込まれ、そこを経由してオーストリアの恭介の番号口座に転送される仕組みになっていた。つまり入金と出金はまったく別の流れとなっており、この絡繰りを解明するためにはオーストリアの銀行を調査する以外に方法はなかった。しかし、それがいかにＣＩＡの力をもってしても困難を極める仕事であることは、なんの説明もいらなかった。

わざわざヨーロッパの、それもスイスではなくオーストリアの銀行を使う。それにはそれに相応しい理由があるからだ。小さな個人銀行が数多く存在する彼の地では、秘匿性を堅持し、情報の漏洩を防ぐために文明の利器と呼ばれるものは、一切が排除されている。コピー・マシーンはおろか、ファックスすら置かないところが少なくない。いまや普通のオフィスでは当たり前となっているコンピュータなど、もってのほかだ。ハッキングによる外部からの侵入に対して完璧に防御できるシステムなどありえない。ましてや内部の人間が不正にアクセスでもすれば、機密情報などひとたまりもない。効率とか合理性といった言葉からは無縁の、古色蒼然とした手作業による業務。それが皮肉なことに現代社会においては最も安全なオペレーションなのだ。それゆえにこの国の銀行には、世界の裏で流れる膨大なホットマネーが集中することになるのだ。

早くも二人は、恭介の裏にある何かの匂いを、そこから敏感に嗅ぎ取っていた。諜報機関に働く者が持つ独特の嗅覚が働いた瞬間だった。

「こいつは何か裏があるな」

「ああ」

ベーカーは手にしていたファイルを机の上に放り投げると、じっとスナイダーを見た。二人の視線がぶつかり合い、互いの意思を無言のうちに確認し始める。

「弱みを持っている人間ほど、この仕事にはリクルートしやすいというものだ」

「頭脳明晰で殺しの〝前〟がある。そして格闘術と武器の扱いに慣れている男か」

「工作員にはもってこいってわけじゃないか、ええ」

「その通りだ。まさに我々が探していた男に違いない」スナイダーが、結論が出たとばかりにゆっくりと頷いた。「問題はどうやってこの男をリクルートするかだが……」

「そうだな。相当に切れるやつには違いないようだ。一筋縄ではいかんだろう」

「とりあえず、日本支局の連中には監視を続けるように指示をしておく」

「そうしてくれ。チャンスは必ずあるはずだ。必ずな」

ベーカーはそう言うと、机の上に無造作に置かれたファイルを片づけ始めた。

＊

白黒のモニターには、リノリウムの床に力なく横たわる二人の姿が映しだされていた。

両名ともに胸から肩にかけて嘔吐した胃の内容物がこびりつき、飛び散ったそれらは垂れ流した糞尿とともに床の上に不定形の模様を描いて溜まっている。

短い間隔で微かに上下する胸の動きが、まだ生命の灯火が消えていないことをかろうじて告げている。それは、マウスを使っての実験で予測された人体に対する効果そのものだった。そうなることが分かってはいても、実際に目前で二人の人間が死に瀕している――それも目には見えないウイルスの感染によってということになると、いま自分がいる部屋とモニターの中の二人がいる部屋とは完全に隔絶されているとはいえ、そこはかとない恐怖に、事態の推移を観察していた若い研究者は襲われた。

感染の最初の兆候は、二人を閉じ込めた小部屋に粉末を撒いて二四時間ほどで現われた。

最初の変化は劇的なものではなく、そうと気をつけていなければ分からないほど緩やかなものだった。じっとうずくまっている女のほう、金の瞬きの感覚が長く緩慢になった。そのうちに全身から力が抜け、身を固くしていた両の手がだらりと弛緩した。半開きになった口。小刻みに上下する肩のリズムが先ほどよりもずいぶんと早くなる。熱が出て、おそらくは鼻が詰まり、口からでないと呼吸が苦しくなっているのだ。

狭い部屋の中を満遍なく照らしだす蛍光灯の白い光の中で、金の鼻の下に光るものがあるのがはっきりと分かった。物憂げな表情で、金はしきりに鼻を啜り上げる。まさに風邪の初期症状だった。それから暫くして男のほうにも同様の症状が現われた。時間の経過に従って症状はさらに明白になり、激しい悪寒、そして咳が二人を襲った。

粉末の中に潜んでいたウイルスが喉の粘膜に取りつき、そこから確実に増殖を始めたのだ。

さらに半日、それまでとは違った兆候が二人の症状に現われた。おそらくは視覚になんらかの異常を感じているのだろう。しきりに瞬きを繰り返す。しかしその動きは彼らの意思に反して極めて緩慢なもので、目蓋が十分に開かない眼瞼下垂という症状が現われた。そして時をほぼ同じくして、それまではひっきりなしに自分たちに降りかかった不幸な境遇を嘆き、国家を罵り、あるいは互いを思いやる言葉を吐いていた口調に明らかな変化が見られた。発語障害だ。まるで酒に酔ったかのように呂律が回らなくなり、会話がいやに間延びし、発音そのものが明瞭さを欠き始めた。おそらくこの時点で食物を与えれば、咀嚼、嚥下の行為にも明らかな異常が見られたはずだ。そして、もしもこの時点で普通の医師の診断を受けさせたなら、おそらくは百人中百人の医者が、かなり重症のインフルエンザという診断を下すだろう。しかしモニターを監視する研究者たちは、これがウイルスが順調に体内で増殖しそのセカンド・フェーズの機能を発揮し始めた証拠であることを知っていた。

インフルエンザ・ウイルスの中に組み込まれたボツリヌス毒素の遺伝子が増幅・発現して、毒素が運動神経を麻痺させ始めたのだ。ボツリヌス菌による死亡率は、食中毒の場合でも五〇パーセントと極めて高い。通常この菌による食中毒に対する治療法は、抗毒素血清を注射し、毒素を中和するという方法が取られるが、もちろん研究者たちはなんの処置子をかけあわせて人為的に作り上げられたウイルスが、想定した通りに確実に作用するか、期待した通りの結果を得られるのか、それを確認することが目的なのだ。

症状は時間の経過とともにさらに進んだ。床に転がった金が地の底から絞りだすような呻き声を上げると、緩慢な動作で体を捻った。小刻みだった胸の上下動が、不規則になっている。

息を吸う際にはゆっくりと胸が盛り上がり、吐き出す時は一瞬。間隔が開くのは、その行為を行なう体力が消耗し、余力が少ないばかりではないだろう。

ボツリヌス菌は、体内に入り増殖を始めると運動神経の麻痺を引き起こす。これまでに観察された筋肉の麻痺や眼瞼下垂も、すべては典型的なボツリヌス中毒の症状だった。そしていま始まった呼吸困難の兆候は、毒素が横隔膜まで浸透し、呼吸困難を起こし始めたものに違いなかった。もはやここまでくれば、モニターに映し出された金の辿る運命には何の説明もいらなかった。さほどの時間を経ずして横隔膜は完全に運動機能を失う。それは同時に呼吸の停止を意味し、紛れもない死が訪れることを意味するのだ。そして多少の時間の差はあるにしても、辛の辿る運命もまた同じだ。

モニターを監視する男たちにとっては、それこそがこの実験の成功を示すことでもあったが、ボツリヌス菌の存在を知らない医師がこの二人を診察したとすれば、おそらくは悪性のインフルエンザに感染し、たとえ死に至ったとしても、それによって引き起こされた心不全と診断するのがせいぜいだろう。もちろん同様の症状を示す患者が発生し、次々に死んでいくようならば、当然患者の血清を調べるに違いなく、真相はそう長くない間に判明する。しかしその時にはもう遅い。空気感染によって病は蔓延し、手のつけられない状態になっていることだろう。

人工的に作られたウイルスが人体においても想定通りに機能することが実証されれば、これから先の工程は極めて簡単なものだ。MS培地で増殖させたヒト培養細胞の上に組み換えウイルスの株をまく。五パーセント二酸化炭素条件下で培養している細胞が増殖するにつれて、細胞に感染した組み換えウイルスは細胞から無限に発芽増殖し、一晩で実に10の8乗程度になる。小さな『・』の字の半分にも満たない塊の中に、ウイルス以上に大きな細胞を持つバクテリアでも一〇〇〇万からの数がいる。ウイルスならその数万倍の大きな数が存在することになる。それが猛烈な勢いで増殖するのだ。

あとはMS培地の培養上清を分取して、超遠心分離機にかけ、組み換えウイルスを濃縮するだけだ。集まったものを凍結乾燥させ真空状態でひいてやれば、辛と金夫妻に振りまいたのと同様のサラサラの粉末になる。まさにフリーズドライのインスタント・コーヒーを作るのと同じ製造方法だ。ウイルス兵器も細菌兵器もいったん狙い通りの株さえできてしまえば、いとも簡単に増産することができるのだ。よく化学兵器を指して『貧乏人の核兵器』と称するが、まさに当を得た表現だ。核兵器を作るには膨大な手間と施設が必要になる。それればかりではない。高度な技術と度重なる実験。そして何よりも、開発の事実を隠蔽することは不可能だ。しかし生物・化学兵器は違う。しかるべき実験施設と技術、それもその道に従事する専門的知識を持つ科学者が少数いれば十分なのだ。そして実用面においては、携行が極めて容易であり、さらに効果という点からすれば、これほど効率的に敵にダメージを与える兵器はないだろう。それは生物兵器が本来持つ、肉体に与えるダメージばかりではなく、心理面、ひいては行動の面にも、恐怖に伴う大きな制約を課することになるからだ。そうした点から言っても、まさにウイルス兵器は最強・最悪の兵器と言えた。

そして今ここに完成したウイルス兵器は、人の体内で増殖し空気を媒体として感染するという、無限感染の危険を伴う性質のものだった。

兵器は使用されて初めてその効力が実証される。人体実験を経て量産培養に入るであろうこの新型のウイルスが、極めて近い将来、使用されるものであることを、三人の科学者たちは知っていた。

もしもこのウイルスがばらまかれれば、あの大国を倒すことも夢物語ではなくなる――それは、すでにこの三人の間では、ゆるぎない確信となっていた。

＊

グローバル航空008便、クアラルンプール発成田行きのボーイング747―400は順調に高度を上げ、クルージングの態勢に入っていた。離陸して三〇分。すでに水平飛行に入った機内では、食前酒のサービスが始まっていた。

ファーストクラスの最後列に座る恭介は、シートを若干倒した姿勢で、グラスに注がれた二杯目のシャンペンを飲み干した。空席になっている隣の席の窓越しに、夕陽を浴びた雲と、黄金色に輝く海面が見える。

酔いに任せ、ゆっくりとリラックスするだけで、日本までの七時間の飛行の間、何もすることはない。恭介の心中に、一つの仕事をやりおおせた充実感が、上質のアルコールとともに広がっていく。

――ファルージオのルートを介してコンタクトを取ったラス・バッケンの動きは迅速だった。Eメールでの何度かのやり取りの後、取引の場所に指定してきたのは、マレーシアの首都クアラルンプールだった。マレーシア最高級ホテルの一つ、マンダリンに到着すると、恭介は予め指定された男がチェックインしているかどうかをフロントで確認した。ベルナルド・マーチン。それが男の名前だった。前日にすでにチェックインしていたその男の存在を確認すると、恭介は、その男の名前が書かれた、バブル・パックに裏張りされた分厚い封筒をフロントに預けた。

傍目にはビジネスマンの間で交わされる単なるパッケージのやり取りに見えるその行為こそ、サン・アントニオのケリー空軍基地から流出したフロッピー・ディスクの取引が行なわれた瞬間だった。

部屋に入るとすぐに恭介は衣類をすべて脱ぎ捨てた。七時間の旅。都心から成田まで一時間半。それにフライトを待つ間にまた一時間半。クアラルンプールの空港からホテルまでは、リムジンを予約してあったが、それでも熱帯のべたつくような大気と長い移動時間の間に身についた埃が恭介の体を薄い被膜となって覆っていた。

黒い大理石が貼られたバスルームにはタブとは別に透明なガラスによって仕切られたシャワールームが設けてある。恭介はそこに入ると、金の把手のついたバルブを捻り、熱いシャワーを浴びた。サボテンを思わせる吹き出し口から適温に調節された湯が無数の銀の糸となって流れ出す。強い水圧の湯が恭介の全身をくまなく覆った強靭な筋肉に当たると、その部分から硬直した筋肉がほぐれ、同時に皮膚にまつわりついていた不快な被膜がはがれていくような気がする。銀の糸は恭介の体の上で一本の大きな流れとなり、そして大理石の床に当たって弾ける。

長い時間をかけたシャワーが終わりかけた頃、バスルームに備え付けられた電話が鳴った。恭介は湯を止めると、シャワールームを出た。バスタオルで濡れそぼった髪を手早く拭き、受話器を取り上げる。四度目のコールの半ばだった。

「ハロー」

『ミスター・アサクラ?』

どこかにフランス訛りのある英語が聞こえてくる。向こうからかけてきたということは、盗聴の心配はない、ということだろう。

「ベルナルド・マーチン……だな」

『そうだ』

「ブツは受け取ったか」

『ああ、今たしかに受け取った。ディスク一枚でいいんだな』

「その通りだ」

『こいつが本物なら……めったにお目にかかれないブツだ。買手はいくらでも出てくるだろう』

「分析はどこでやるんだ」

『マレーシアでやる。我々の組織の専門家がすでに到着して準備を進めている。コンピューター・ラボの用意はすでに済んだ』

「結論が出るまで、どれくらいかかる」

『そうだな、三日というところかな……あんたには退屈な日々だろうが、熱帯の国の休暇も悪くはないだろう。一杯でも付き合ってやりたいところだが』

「そんなことは心配しないでいい。あんたと顔を合わせずブツをやり取りするために、ここに来たんだ」

サン・アントニオのケリー空軍基地から核兵器の設計図がＤＲＭＯを通じて流出したことなど、アメリカは気がついてもいないだろう。ましてやそれが退役したコブラのパイロット、アラン・ギャレットの手から恭介に渡ったことを誰が知っているわけでもない。だが、何ごとにも想定外の出来事というのはつきものだ。念には念を入れておいて悪いということはない。

『その通りだ。余計な心配だったな』フランス訛りの英語が軽い笑いを含んだ。『とにかく結果が出たら連絡する』

「分かった。それじゃ」

恭介はそう言うと、壁に掛かったホルダーに受話器を静かに置いた。

次に恭介の部屋の電話が鳴ったのは、それからちょうど三日目の朝のことだった。

『ミスター・アサクラ？』

電話の声はベルナルド・マーチンではなかった。もしかするとファルージオと同じ程度の年だろうか、声に年輪を重ねた熟成の度合いが感じられる。僅かに訛りはあるが、自分の名を呼ぶアクセントにも、どこか洗練された響きがある。

「失礼だが……」

『ラス・バッケンと言えばお分かりかな』

その名前を聞いた瞬間、恭介はベッドの中で身を起こした。

武器商人として、世界経済の裏に一大帝国を築き上げ、その頂点に君臨する男本人からの電話だった。国家の実権を握る人間の持つ権力は強大なものだが、それもしょせんは一国の中でのことだ。国家という枠組みを越え、人種、宗教、主義、主張……あらゆる制約を凌駕して君臨できる人間は、そう多くはない。前者が人々に選ばれた者が手にする表の権力だとすれば、後者の権力はまさに裏。言い換えれば闇の権力と言える。そしてそこには制約というものがない。彼らの行動原理は至って単純明快、つまり「金」でしかない。それ以外に説明可能なポリシーを持たないこの手の人間たちは『死の商人』と称されるが、皮肉なことに、表の世界でリーダーシップを取る人間たちの多くが、裏の世界の人間を最も必要としている。つまり裏の世界に君臨する人間は、事実上国家という枠を越え、世界に君臨することになる。

その点から言えば、受話器の向こうにいるラス・バッケンは、世界でも最も大きな力を持つ人間の一人だった。

「失礼しました。ミスター・バッケン自ら電話をいただけるとは思いもしませんでした」

『ほかでもないファルージオが特に目をかけている男と聞いたものでな』

「光栄です」恭介の口から最高級の言葉が流れた。「で、結論は出ましたか」

『ああ。マーチンから先ほど報告があった。君が手に入れたディスクには、聞いていた通り、アメリカが開発した核兵器の設計図が記録されていた。それも旧式のものではない。小型軽量化された最新鋭の核弾頭の設計図だ』

やっぱり、そうか。

恭介の口許に薄い笑いが広がった。満足と安堵の色が混じった複雑な笑いだった。いかに恭介といえども、核のような兵器に関してはずぶの素人だ。手にしたディスクの中身がどれほどの価値を持つものか、一抹の不安があった。しかしそれも今のバッケンの言葉ですべては過去のものとなった。

『しかし、驚いたな。こんなものがゴミの山に紛れて流出するとは……。もちろんDRMOのずさんな処理は我々も知ってはいたが、まさか、ここまでとはな。こんなことが度々起こるようでは、我々の商売も上がったりだ』

受話器の向こうから微かな笑いが洩れる。

「ミサイルや暗号解析機のパーツならともかく、こんなものを手に入れたところで、まさか通信販売で商売するわけにはいかないでしょう。それなりの販売ルートを持っていなければ、宝の持ち腐れというものですよ」

『たしかにその通りだが』バッケンはそこで大きな笑い声を上げると『これは大きなビジネスになるぞ。欲しがる国を探すのに苦労はしない』

「さしずめ中国、パキスタン、インド……あるいは北朝鮮といったところでしょうか」

『それは、こちらのオファーに対して、最終的にどの国が一番いい値をつけるかだが』

「それはミスター・バッケン、あなたに一任しますよ。どの国にこのディスクが売られようと、私の知ったことではない」

このビジネスに関して、ネゴシエーションは恭介の仕事の範囲外だ。それに、大して興味があるわけではない。

『いい答だ、ミスター・アサクラ。どうだろう、君の取り分は商談成立価格の三〇パーセントということでは。もしそれに異存がなければ、とりあえず五〇〇万ドル……それをミニマム・ギャランティとして支払おう』

最終的にいくらの値がつくのかは分からないが、もともとコストはないに等しいものだ。それにファルージオとバッケンの関係を考えれば、この男が約束を違えることはないだろう。裏の世界の繋がりは、対立関係にないかぎり、信用が何よりも重要なものだ。

「結構です」

考えるまでもなく、恭介は答えた。

『支払いはどうする』

「オーストリアに匿名の番号口座があります。そちらに……」

恭介の口から脳裏に刻み込まれた銀行名と口座番号が告げられる。

『オーストリアに番号口座、ね。……いったい君は、ファルージオの組織で何をやっているんだ』

口座番号をメモしていたのだろう、しばしの間をおいてバッケンが訊いた。当然の疑問というものだろう。東洋人が遥か彼方のオーストリアの銀行に匿名の番号口座を持つ。それが意味するところは、裏の世界に生きる人間ならば容易に推測がついて当たり前だ。

「ミスター・バッケン。それについては、いくらあなたでも答えるわけにはいきません」

恭介の口調は丁寧だったが、にべもなかった。

『そうだったな。君との取引は恒常的なものではない。このビジネスが終われば、お互い繋がりはきれいさっぱり忘れてしまう……』

「ありがとうございます」

『とにかく、久々に身が震えるようないいネタをありがとう。それが言いたくてな』

その言葉がバッケンの最後の言葉だった。ただの一度もバッケンの組織の人間と顔を合わせることもなく、ディスクは処分され、恭介の元には最低でも五〇〇万ドルの金が転がり込んでくることになったのだ。もちろんこの金の半分はＤＲＭＯでディスクを発見した戦闘ヘリコプター〝コブラ〟の元パイロット、アラン・ギャレットに支払ってやるつもりだ。


「ミスター・アサクラ。オードブルをお持ちしましたが」

心地よい酔いとともにビジネスが順調に終わった感慨に浸っていた恭介の耳に、ファーストクラスを担当するキャビン・アテンダントの丁重な言葉が聞こえた。

トレーの上には、豪勢に盛り付けされた色とりどりのオードブルが載せられている。

「キャビアとロブスターを」

どれも特に珍しい食べ物ではなかったが、恭介は、クラッシュ・アイスの上の缶の中で猫目色の光を放つキャビアとロブスターをオーダーした。

「キャビアは、どのようにいたしましょう」

「クレープにサワークリーム。それにオニオンとゆで卵を」

心得たとばかりにキャビン・アテンダントが頷く。ロブスターにはロシアン・ドレッシングをかけてもらった。

「お飲み物は、いかがいたしますか」

「ウオツカを貰おうか」

白い陶器の平皿にオーダー通りに盛られたオードブルが恭介の前に置かれ、ウオツカの小瓶が新しいグラスとともに差し出される。

『ご搭乗の皆様、こちらはフライト・デッキです』いかにもパイロットらしい事務的な口調で、お決まりの機長の挨拶が流れ始める。『本日はグローバル航空008便をご利用下さいましてありがとうございます。当機はクアラルンプールを定刻一四時に離陸し、現在高度三万七〇〇〇フィート、対地速度毎時八七〇キロで順調に飛行を続けております。新東京国際空港への到着は現地時間の二一時を予定しております。途中、乱気流等の報告も入っておりません。快適な飛行になるものと思います。どうぞリラックスしてフライトをおたのしみ下さい』

何もかもすべてが決まった手順で流れていた。恭介はフォークとナイフを慣れた手つきで使い、サワークリームをクレープの上に塗り、キャビアを載せ、さらに細かく刻まれたオニオンとみじん切りのゆで卵を添えた。

その最初の一口を口に入れようとした時、後方で、にわかに人の動きが激しくなった。気配を感じた恭介が体を捻り後ろを振り向く。キャビン・アテンダントがスキップをするような足取りで、ギャレーやファーストクラスとはカーテンで仕切られた後方のビジネスクラスを出入りする。その顔色が明らかに変わっている。

何かあったな。

恭介がそう思った瞬間、緊迫した声でフライト・アテンダントのアナウンスが流れ始めた。

『お客様にお知らせいたします。当機に急病のお客様がいらっしゃいます。医師または看護婦のお客様がいらっしゃいましたら、もよりの乗務員までお知らせ下さい。繰り返してお知らせいたします……』

ファーストクラスの、通路を挟んだ反対側の席に座る白人の男が、静かに立ち上がった。額から頭頂部に向けて禿(は)げ上がった頭。側頭部にはきっちりと刈り込まれたブラウンの髪が貼りついている中年の男だ。

「私は医者だが」

男は一番近くにいるフライト・アテンダントに声をかけた。

「よかった」

まだ若い女性の顔に、一瞬の安堵(あんど)の色が宿る。

「急病人かね」

「ええ。ビジネスクラスのお客様が、急に胸を押さえて苦しみだしたのです」

「私が診(み)よう」

男はそう言うと体を伸ばし、オーバー・ヘッド・ストウェッジを開けた。すかさず中の荷物が落下しないようにフライト・アテンダントが手を貸す。黒の革張りのドクターバッグを取り出した男は、フライト・アテンダントに先導されるように、恭介の傍らを通り、後方へと向かう。

どうやら病人の席はビジネスクラスの最前列に近いらしい。カーテンのすぐ向こうから複数の人間が動く気配とともに、医師の声が聞こえてきた。

「いつごろから苦しみだしたんだ」

「つい五分ほど前です」

問いかけに答えているのは患者ではない。乗務員だ。そして暫くの沈黙。単調なエンジンの音が密閉された空間に充満する。

ほどなくして二階に続く螺旋階段を踏みならしながら、半袖姿の男が駆け降りてきた。肩についた肩章には四本の金モール。連絡を受けた機長が様子を見にきたに違いない。

「ドクター、機長のマクドゥネルですが、患者の様子はいかがですか」

機長が消えたカーテンの向こう側から、低音だがはっきりとした口調で尋ねる声がする。

「いや、いけませんな。心臓発作を起こしています。意識がまったくありません。一刻も早く病院に運ばないと……」

「緊急を要すると」

「その通りです。しかるべき施設に運んで治療を受けさせなければなりません。極めて危険な状態です」

再び、しばしの沈黙。しかし今回はそれも長くは続かなかった。

「分かりました」

機長の声がさらに低いものに変わったのは、事態の深刻さのせいばかりではなかった。そのどこかに、失望と、厄介事を抱え込んだ時に判断を下さなければならない立場に置かれた人間特有の響きがあった。

　再びカーテンが開き機長が姿を現わすと、今度はさっきよりも早い足取りで螺旋階段を上って行く。すぐ後方では、医師が治療しやすいようにするのだろう、フライト・アテンダントたちが周囲の乗客の席を移動させる言葉が飛び交っている。その騒ぎが一段落した頃だった。

『ご搭乗の皆様に申し上げます。こちらは機長です。当機に緊急の治療を必要とする急病のお客様がいらっしゃいます。事は一刻を争います。当機はただいまからクアラルンプールに引き返します。これから引き返しますと、再び出発しても、目的地の成田への到着は発着制限時間を遥かにオーバーいたします。そのため、まことに遺憾ながら、しばらくの間クアラルンプールで待機ということになります。皆様にはご不便をおかけいたしますが、どうか事情をご理解いただきますようお願いいたします。クアラルンプールでのホテル等の用意は、追ってフライト・アテンダントからご案内申し上げます』

　キャビンの中に乗客の不満と失望、諦めの入り交じったどよめきが充満した。その声を無視するかのように、グローバル航空008便はぐいとバンクを取ると、それまで進んでいた方向とは逆に向かうべく旋回を始めた。

旅の最後にとんだハプニングだ……しかし仕事はすべて終わった。別段急ぐ旅でもない。一日帰国が延びたところで、どうということもない……。

恭介は、この騒ぎが自分に仕掛けられた罠とも知らず、食べかけのオードブルをそのままにして、リクライニング・シートの角度をさらに深くした。

*

人気のないオフィスで、ロナルド・ベーカーは電話が鳴るのをじっと待っていた。壁にかかった時計の針は、まもなく午前四時を指そうとしている。計画が予定通り運んでいるなら、もうそろそろ報告があってもいい時間だった。

机の上に置いたマグの中には、とうの昔に熱を失ったコーヒーが半分ほど残ったままだった。もう何杯飲んだだか、常飲するデカフェとは違うカフェインのたっぷり入ったコーヒーのせいで、胃の辺りが妙に重苦しい。微妙なオペレーションに際してはいつものことだったが、これほど極度の緊張を強いられる事態というのは、そう発生するものではない。

結果の如何を問わず、家に帰ったらすぐに胃薬の世話にならねばなるまい。しかし家に帰れるのはまだ先のことだ。それまでに、あと何杯この黒い液体を胃の中に送り込まなければならないか……。

緊張に耐えかねるかのように、ベーカーは机のキャビネットの中から一冊のファイルを取り出した。表紙を開くと、最初のページに貼られた男の写真が目に飛び込んでくる。もう何度見たか分からない顔。ブラウンの卒業アルバムから複製された朝倉恭介の顔だった。そしてそれに続いて経歴、最近の行動監視報告……。まだ一面識もないにもかかわらず、ベーカーにとってはすでに一〇年来の知己のごとく見慣れた顔だった。

正直な話、これほど大胆かつ大掛かりな罠を張って工作員をリクルートするのは、長いＣＩＡ勤務の中でも初めてのことだった。通常、非合法活動を伴う工作員は、その多くがＣＩＡ内部の職員の中から、あるいは軍の中から、志願者を募るか、時には特性を見極め、しかるべき人間をピックアップして、訓練を施しながら育て上げるものだ。外部に人材を求める場合もないわけではないが、まったく海のものとも山のものともつかぬ人間をいきなりリクルートしたりしはしない。戦場で、あるいはそれに匹敵する実戦で経験を積んだ人間を選び抜く。それゆえに、なぜこれほどまでに朝倉恭介という男に執着するのか、その理由を問われれば、正直なところ、論理的に説明できるだけの根拠など、ベーカーにありはしなかった。

ただ一つ言えることは、諜報(ちょうほう)関係の仕事に長く就いた者が持つ、おそらくは勘と呼ぶものがそうさせるのだということだろう。華麗な経歴の陰に潜む恐ろしく暗い過去。そして東京、香港の支局の力をもってしても全容が解明できない現在の仕事、金の流れ……。決して表舞台に出ることなく、その存在、そして仕事も人知れず闇から闇へと消えていく。そう、まさに恭介の現在(いま)が、すでに工作員の在り方そのものなのだ。

恭介がなんのためにクアラルンプールに飛んだのか。行動は突然で、目的も分からなかった。誰かと接触することもなく、日中はプール・サイドで日光浴をたのしみ、夜になると食事に出かける。それを四日間繰り返しただけだ。それは見ようによっては優雅な休暇の一時とも見えたが、それにしては行動にバリエーションというものがない。動きがない分だけ却ってそこに何か明白な目的があったことを窺わせる。

しかし、それがどんなものであろうと、ベーカーにはもうどうでもいいことだった。クアラルンプールに朝倉恭介がいる――彼をＣＩＡの工作員としてリクルートする、またとないチャンスだった。そして罠を仕掛けるのに間に合った。それがすべてだった。

突然、机の上の電話が鳴った。最初のコールが終わらないうちに受話器を取った。

「ロナルド・ベーカー」

名前を名乗る口調が早くなった。心臓の鼓動が高くなるのを感じる。

『ジェフリー・クラウスだ』相手はクアラルンプールにいるＣＩＡの駐在員だった。『うまく行ったぞ、ロン。００８便は予定通りクアラルンプールに引き返すことになった』

「よし」

思わずベーカーは立ち上がりかけた。タイミング。それが今回仕掛けた罠が想定通りにいくかどうかの決め手だった。事態の発生があまりに早ければ、機は躊躇することなく引き返し、病人と医師を降ろしただけで、再び日本に向けて飛び立つだろう。といって、遅くなればいいというものでもない。うかうかしていると、引き返すよりも距離的に近い空港に着陸する可能性が出てくる。たとえばベトナムのホーチミン辺りへだ。そうなれば、せっかく張った罠も計画通りにいかなくなる。

『到着はこちらの時間で午後六時を少し回る。すでにグローバル航空は今日の便の欠航を決めて、乗客をもよりのホテルに宿泊させる手配を始めている』

「何もかも予定通りに運んでいるんだな」

『その通りだ』

「次の手立ては？」

『万事怠りないさ。あとはやつがどのホテルにチェックインさせられるか、それが確定すればグレイ・ステファンがやっとご対面ってわけさ』

「運び屋の準備は完了しているんだろうな」

『もちろん。クアラルンプールの空港にリア・ジェットを待機させてある。なあに心配するな、ロン。ここまでくれば、もうやつはこっちの手に落ちたも同然さ』

「分かった。くれぐれも抜かりのないようにやってくれ。こっちは次の準備に入る」

ベーカーはそう言うと、右の指先で電話のフックを一度押した。断続的な発信音が聞こえる。返す手で今度は五桁（けた）の番号を押す。世界中に散らばっているＣＩＡの支局とは内線で繋（つな）がっているのだ。

『デール・バーナード』

待ち構えていたようなタイミングで相手が出た。赤坂のアメリカ大使館に常駐するベテランの日本支局員だった。

「ロナルド・ベーカーだ。デール、オペレーションの第一段階は成功だ。008便はクアラルンプールに引き返した」

『それじゃ、思惑通り今日は欠航だな』

「その通りだ。そちらの準備はできているか」

『ああ、計画通り空軍の定期便を確保してある。もっともクアラからの便が横田に到着し次第、貸し切りに変更だ。すぐにそちらに向かって飛ぶことになっている』

「よろしい。それでやってくれ」

『おやすい御用さ。クアラからの便が到着したら、こちらから連絡する』

「ああ、そうしてくれ」

『長い夜だったな、ロン』

電話の向こうの声のトーンが、一瞬、緊張感から解放されたものになった。

「ああ、まったくだ。コーヒーをがぶ飲みしたせいで胃が痛いよ」ベーカーは机の上に起こした体を背もたれに預けた。「だが、まだ終わりじゃない。グレイ・ステファンがやつからいい返事を聞いて、飛行機に乗せるまでは安心できない」

『やつにどんな選択肢が残されているってんだ。答は一つ。〝イエス〟以外にありゃしないさ』

「それはそうに違いないだろうが」

『まあ、そう心配するな。あとせいぜい三時間かそこらで結果は出る。クアラから横田を経由してそちらに着くまでにまる一日かかる。その間はゆっくりと休むことだな。たとえ相手が男でも、初対面の印象ってのは大事なもんだぜ』

「ああ、グレイから朗報がもたらされたら、ゆっくりと休むことにするさ」

ベーカーは小さく肩をすくめると受話器を置いた。人気のないオフィスに静寂が戻った。机の上に開いたまま置かれたファイルに目が行った。

中央からボリュームを持たせて分けられた頭髪。がっしりとした顎。どこかに孤独感を漂わせるような瞳。わずかに左を向きポーズを取ってはいるが、そのどこかに決して他人が踏み込むことのできない厳しい翳がある。まだ二二歳の頃、それも卒業アルバムに載せるともなれば、四年間の苦行にも等しい学業を終了した歓びと誇りに満ちあふれていてもいいはずだとベーカーは思った。

それが正当防衛とはいえ人を殺めた過去からくるものなのか。いやそうじゃない。この男にはもっと違う何かがある。

ベーカーはそこから漂う翳の匂いを嗅ぎ分けようとするかのように、じっと恭介の写真を見つめていた。

＊

ホテルの車寄せに一台のマイクロバスが滑り込んで来ると、ゆっくりと停車した。白い制服に身を包んだドアマンが、すかさず駆け寄りドアを開ける。数人のベルボーイが、サイド・ボディの格納スペースになっているドアを引き開け、中のトランクを次々に取り出しては並べていく。一〇人ほどの乗客が次々にマイクロバスから降り立つと、待機していた航空会社の職員が、リストを手に案内を始める。すでにその手にはキーが束となって握られている。

「ファーストクラスのお客様。大変ご迷惑をおかけいたします。すでにチェックインは済んでおりますので、これからルーム・キーをこちらでお渡しいたします」

降り立った乗客たちの名前とリスト上のそれを比較し、次々にルーム・キーが手渡されていく。

「お荷物をご確認の上、ベルボーイに部屋ナンバーをおっしゃって、そのままお部屋にお入り下さい。出発は深夜、二時の予定でございます」

すでに時間は七時になろうとしていた。ホテルに収容されたのは、ファーストクラスの乗客たちだけだ。ビジネスクラスの乗客たちはラウンジで待ち、エコノミーの乗客たちはそのまま空港の待合室で待機だ。僅か七時間に満たない滞在だが、航空会社にしてみれば、ビジネスクラスの倍の料金を払って乗る最も重要な客だ、扱いも違って当然というものだ。

「キョウスケ・アサクラだ」

一番最後に降り立った恭介が、丁寧な発音で名乗る。

「ミスター・アサクラ……ご不便をおかけ致します。お部屋は二〇一五号室でございます」

金色に鍍金されたホルダーのついた鍵が手渡される。ルーム・ナンバーを書き込みながら次々にタグを付けていくベルボーイに、自分のスーツケースを指し、部屋の番号を告げる。

「かしこまりました。二〇一五号室ですね」

中国系のマレー人が、愛想笑いを浮かべながらタグに部屋番号を記載し、スーツケースの把手にそれを取り付けるのを確認した恭介は、アタッシェケースを手に、ゆっくりとした足取りで回転扉を押してロビーに入った。大理石が敷き詰められ、豪華なシャンデリアが天井からぶら下がるロビーの一画には、待ちあわせに使われるチェアがいくつか置かれている。その一つに人待ち顔で座っていた白人の男が、恭介の姿を認めるなり、何気ない様子で立ち上がった。手にはブルーのファイルが握られている。

サマースーツにオックスフォード地のシャツ。襟元はペーズリー柄のネクタイでしっかりと整えられている。年の頃は四〇代前半、後退した左側の分け目の部分から広い額に柔らかなブラウンの頭髪がきちんと撫でつけられている。ホテルの中。エアコンで快適な温度と湿度が保たれているにしても、熱帯のこの国では、銀行員でもこれほどきちんとした恰好などしやしない。

真っすぐエレベーターホールに向かう恭介の後を、その男は一定の距離を保ちながら歩き始めた。ホールには上りのエレベーターを待つ人間が数人たむろしている。ほどなくエレベーターのドアが開き、恭介を含むすべての人間が中に乗り込む。そして一番最後にスーツの男。乗りあわせた人々が、自分の階のボタンを押す。恭介もまた二〇階のボタンを押した。しかしその男はなんのアクションも起こさなかった。誰一人として声を発する者がない狭い空間に、エレベーターが上昇する機械音だけが響く。そして指定された階で停止する度に、「エクスキューズ・ミー」という短い言葉が機械的に繰り返される。二〇階に着く頃には、エレベーターの中は恭介を含め四人が残るだけとなった。軽やかな音とともにエレベーターが停止し、ドアが開く。一番最初に恭介が、そしてスーツの男が降り立った。正面の壁にはルーム・ナンバーを示す矢印が左右に分かれて記してある。恭介は左手に歩き始めた。一瞬遅れて、スーツの男は右だ。左右に二人の距離が離れていく。しかし恭介がエレベーターホールから部屋に向かうべく直角に折れた瞬間、スーツの男は突然身を翻すとエレベーターホールを速足で横切り、廊下の手前で止まると、その向こうの気配をじっと探った。

厚い絨毯を踏みしめる恭介の微かな足音。いやそれは気配といった密やかなものだった。ほどなく足音が止む。そして鍵をユニットに差し込む音、続いてドアが開く音が聞こえた。

スーツの男はその瞬間、素早く、そして僅かに顔を覗かせ、廊下を窺った。左右にずらりと並ぶ客室のドア。その向こうに部屋に入ろうとしている恭介の半身が見えた。ドアはすぐに閉められ、静寂が辺りを包む。スーツの男はおもむろに廊下に出ると、ゆっくりとした足取りで恭介の部屋に向かって歩き始めた。ドアの前で立ち止まる。『二〇一五』。部屋の番号を確認した男の目が、そこに浮かんだ微かな笑いのせいで細くなった。男は再びエレベーターホールにとって返すと、左の腕を上げ、そこにはめられたロレックスの時計で時間を確認した。

行動を起こすまで、三分だ。獲物は檻に入った。あとは首に縄をつけて生け捕りにするだけだ。

＊

恭介は部屋に入ると、手にしていたアタッシェケースをツインのベッドの一つに放り投げ、窓際に置かれたソファに腰を下ろした。暮れなずむ南国の街並みが、レースのカーテン越しに見える。オレンジ色の街路灯にパーム・ツリーの植栽が黒いシルエットになって浮かび上がる。

恭介はシルクのジャケットを脱ぎ、ポケットからゴロワーズを取り出した。両切りの短い煙草を口にくわえ、マッチで火をつける。一度肺の中に送り込まれた煙が、白い筋となって吐き出され、エアコンの風にたちまち拡散し、特有の香りが部屋に漂い始める。

機内で口にしたシャンペン、それにウオッカの酔いはすでに完全に抜けきっていた。半端にアルコールを体内に入れたせいで、恭介の体は良質のアルコールを欲していた。堅い氷でしっかりとステアされたマティーニ、それも飛びきりドライなやつだ……透明な液体の中に塩漬けのオリーヴを浮かべる。ベースになるジンはもちろんボンベイ・サファイアだ。ペール・ブルーのボトルの中には一〇種類のボタニカルから抽出された香りが凝縮されている。カクテル・グラスに入ったそれを口に運ぶ至福の瞬間。その前に、空港からここに来るまでの間に熱帯の大気で滲み出た不快な汗をシャワーで流しておこう。まもなく、ベルボーイが預けてあったスーツケースを持ってくるだろう。

そんな考えを裏付けるかのように、部屋のドアが二度ノックされた。

恭介は立ち上がりざま、ゴロワーズを一口吸うと、煙を吐き出しながら席を立ち、ドアに向かって歩き始めた。覗き窓を通して来訪者を確認する。しかし魚眼レンズの向こうの歪んだ世界に立つのは、制服に身を包んだベルボーイではなかった。サマースーツを着込み、ネクタイまでしている白人の男だった。

「どなたですか」

恭介の口から当然の言葉が出た。

「ミスター・アサクラですね。グローバル航空の者です。本日はお急ぎのところ、ご迷惑をおかけして申しわけございません。ご出発に関してのお知らせがございまして……」

慇懃な声がドアを通して聞こえてくる。男の姿を素早く確認する。手にはブルーのファイルを持っているだけで、危険な匂いはどこにもなかった。

チェーンを外してドアを開けた。

「はじめまして、ミスター・アサクラ」

男は満面に笑みを湛えて手を差しのべてきた。航空会社の職員がトラブル処理にきたにしては変な挨拶だが、反射的に恭介は手を握り返していた。

「お部屋は気に入っていただけましたか」

相変わらず笑みを絶やすことなく、慇懃な口調で男は聞いた。

「ええ、別に不便はありませんが」

不測の事態に七時間かそこら滞在するだけの部屋に、気に入ったかもないものだが、と思いながらも、恭介はぎこちない笑いを浮かべた。

「実はミスター・アサクラ、少し込み入った話があるのですが」

男は視線を外すと、奥の窓際に二つ置かれたチェアのほうを見た。

「込み入った話？」

恭介の顔に怪訝な表情が宿る。と、その一瞬の間隙を縫って、男は強引に部屋の中に入り込むと、次の瞬間には後ろ手でドアを閉めた。不意をつかれた恭介は、勢いに押されるまま二、三歩後ずさりしながら、それでも防御、攻撃のどちらにも移れる姿勢を取る。

「何をする！」

恭介が怒声を発する。

「待て！　君と戦う意思はない」

身構えた恭介の姿を見るなり、男は片手を上げ、次の行動を制した。

空手、テコンドー、サンボ……さらに、格闘という意味ではもっと本質的な意味での技術に長けた男。目的は、この男と一戦を交えることじゃない。

「じゃあ、なんだ！」

恭介の鋭い一喝が飛ぶ。左手を僅かに前に突き出し、右手をぐっと引いて手首を脇腹に添え、半身に構える姿勢は崩してはいない。瞳孔が収縮し、男を見つめる目に冷酷な光が宿る。

「失礼の段は謝ろう。こうでもしないと、話を聞いて貰えないと思ったんでね」男は右手にファイルを持ったまま、スーツの上着を開いて見せた。「君に危害を加えるつもりはない。ほらこの通り、武器は何も持っちゃいない」

男は恭介と視線を合わせたまま、冷静な声で言った。

「誰だ、お前」

「その前に、そこに座ってもいいか。少しばかり長い話になりそうなんでな」

男はスーツを掴んだ両手を広げたまま、顎で恭介の背後にあるソファを指した。

「いいだろう」

どうやら危害を加えようとしていないことだけは確かなようだ。恭介は構えを解くと、男に、奥のチェアに座るよう、目で合図した。

「サンキュー」

スーツの第一ボタンの辺りを掴み、乱れた上着を直しながら、男は奥のチェアに腰を下ろした。

「航空会社の人間じゃないことは分かったが、いったい誰なんだ、あんたは」

もう一つの椅子に座り、男と向かい合ったところで恭介が訊いた。

「駆け引きはなしだ。単刀直入に言おう。私はＣＩＡの人間でグレイ・ステファン」

「ＣＩＡ？」恭介の頬がピクリと動いた。「ＣＩＡが私になんの用だ」

と言いながら恭介は反射的に心の内に起きた動揺を悟られはしなかったかという不安に駆られた。ファルージオとの関係。コカイン密輸のネットワーク。それに今回クアラルンプールに来ることになった目的である核兵器の設計図が入ったディスクの処分。考えてみるまでもなく、自分が日々行なっていることは、ＣＩＡにマークされてもおかしくないことばかりである。

どこかで俺の正体を摑んだのか。

だが、早暁の水面を吹き抜ける一瞬の風がさざ波を起こして過ぎ去ったかのように、恭介は急速に冷静さを取り戻すと同時に、即座にその考えを否定した。

何か尻尾(しっぽ)を摑んだというのなら、現われるのはこいつら(ＣＩＡ)ではない。その国の司法当局、あるいはＦＢＩあたりの人間が出てきてしかるべきだ。事実、ＦＢＩのネットワークはアメリカ国内に限ったことじゃない。どこの国の大使館にも駐在員を置き、国を越えて行なわれる犯罪には常に目を光らせている。俺を捕まえる気ならば、マレーシアの警察と合同で来るだろう。ならば、なんだ……。

フル回転する恭介の脳裏に、もう一つの疑問が浮かんだ。

俺がここに戻ってくることを、どうしてこいつらは知ったんだ。本来ならば今ごろは日本に向かう飛行機の中だったはずだ。ここに泊ることになったのも、たまたま機内で急病人が出たからのことだ。それを見透かしたかのようなこの行動は？

「最初に言ったように、私は駆け引きというものが好きではないんだ。というより、いささか苦手なたちでね」

「ほう」

さあ、何が出てくるんだ。

恭介は内心とは裏腹に、さも迷惑だと言わんばかりにテーブルの上に置かれたままになっているゴロワーズのパッケージに手を伸ばすと、中の一本を口にくわえ火をつけた。顎を僅かに上げ、吸い込んだ煙をステファンに吹きかけた。ステファンがあからさまに嫌な顔をした。本当は手で煙を払いたかったのだろうが、そのかわりにチェアの上で座った位置を僅かにずらす。

「どうだろう、我々の組織で働いてみないか」

今度は恭介が顔をしかめる番だった。

「君たちの組織？　つまりＣＩＡでか」

「その通りだ」

「馬鹿な」恭介は二度目に吸い込んだ煙を笑いとともに勢いよく吐き出した。フィルターのない両切りの煙草が、陶器の灰皿の上でもみ消される。「冗談だろう。俺がＣＩＡに入って何をやるというんだ」

「工作員だ」ステファンはまだ恭介の笑いが収まらないうちに話を続けた。灰色がかった緑色の目がじっと恭介の顔を見つめている。「実は極東、それも日本、中国、アメリカの三国間にまたがった厄介な問題が持ち上がっている。知っての通り、我々の行動には必ずしも合法的なものとは言いがたい部分がある。いろいろな意味で、優秀な工作員が必要なのだ。だが残念なことに、この地域で行動してもらう工作員となると、圧倒的に不足しているというのが現状だ。なにしろ人種、それに語学の壁というものがあってな。なかなか適当な人材を見つけだすのが難しい」

「それなら見当違いもはなはだしい。なんで俺なんかに目をつけたのかは知らんが、俺は一介のビジネスマンだ。そんなタフな任務を遂行できるような人間じゃない」

「そうかな」ステファンの目が、不遜（ふそん）な光を宿した。「キョウスケ・アサクラ。一九九〇年ブラウン卒。その前年八九年にはプロビデンスで二人の強盗を返り討ちにする。もっともこれは正当防衛が立証され、予備審理（プリリミナリーヒアリング）が終わった段階で無罪放免。その後日本に帰国してからは香港の投資顧問会社『アンドリュー・アンド・マーチン』の日本法人の社長に就任、同時に『グローバル・インベストメント』を起業……しかし『アンドリュー・アンド・マーチン』はタックス・ヘヴンのブリティッシュ・ヴァージン・アイランズに籍を置く幽霊会社。いや、幽霊会社という言葉が悪ければ宿借り会社だ。まあ、どちらにしても実体のない会社には違いはないがね」

諳（そら）んじていた恭介の経歴が、淀（よど）みなくステファンの口をついて出る。

「さすがに調査はお手のものだな」

恭介は再びゴロワーズをくわえた。口調は落ち着いていたが、内心は穏やかではなかった。手の先、足の爪先までもが冷たく感じるのは、体内を駆け巡るニコチンのせいではない。

いったい連中はどこまで俺の正体を掴んだんだ。まさかコカイン・ディーリングの絡繰りまで解明したわけじゃ……。もしそうだとすれば、かなり厄介なことになる。

恭介の中で久しく忘れていた不安といった感情が頭をもたげてくる。

「そればかりじゃない。『アンドリュー・アンド・マーチン』には、オーストリアの銀行から毎月一定額が振り込まれている。いったいこれはどういうわけだ」男は相変わらずの不遜な眼差しを恭介に向けると、容赦ない質問をしてくる。「君はたしかに三〇〇万ドルという大金を手にした。両親を航空機事故で亡くした賠償金としてね。だが全額が君の手元に残っているはずはない。弁護士に三〇パーセントもの報酬を払っている。それにブラウンのばか高い授業料もあの金から出ているはずだ。どう考えても東京で月に一万五〇〇〇ドルものアパートを借り、一〇年ちかく生活を維持していけるはずがない。とうてい一介のビジネスマンなどと言えるような人間ではないと思うがね」

「それはあんた達には関係ないことだ。今の世の中、寝転がっていても金を儲ける方法はいくらでもある。要はここの問題だ」

恭介は人差指で自分のこめかみを軽く叩くと、うそぶいた。

「そんな方法があればあやかりたいものだが……」ステファンは相変わらず不遜な表情を

崩さない。「まあいい。とにかく君には〝ノー〟という選択肢は残されてはいない。残念ながらね」

「なぜ、そんなことが言える。俺は君たちの組織に入って工作員になるなど、まっぴら御免だ」

「変だとは思わないかね。ミスター・アサクラ」

ステファンは鼻を鳴らした。

「何がだ」

煙を吸い込む恭介の目が細くなった。

「賢い君のことだ。もう気がついているかもしれないが、一度マレーシアを離れた君が再び戻ってくることを我々が事前に知っているかのように現われたことを」

言われるまでもなかった。この男が現われた時から、それは疑問に感じていたことだった。

「すべては最初から仕組まれていたことなんだよ。君がクアラルンプールに現われた時からね」

「それじゃ、あの機内で発生した急病人は……」

「もちろん、患者も医師も我々の組織の人間がやったことだ」

「あれはすべて芝居だったというのか」

「ああ、その通りだ。具合の悪くなった乗客を疑うこともなければ、医師にしたって、ああいう状況で本物かどうか、免許を見せろなどという馬鹿はおるまい」

「なんともごたいそうなことだ。わざわざ定期便を引き返させてまで、こんな馬鹿げたことをするなんて、どうかしてる」

そこにどれだけの意味があるのか、恭介には分からなかった。工作員にリクルートするために接触してくるのなら、別にここでなくともいいはずだ。東京でもできるだろう。それをわざわざクアラルンプールでやる。それはなぜだ。恭介の心に再び疑念が宿った。

「それには、ちゃんとした理由があるのさ。君に〝ノー〟と言わせないためのね、ミスター・アサクラ」

ステファンは話の最後に恭介の名前を付け加え、いやに丁寧な言葉遣いで締めくくった。そこには明らかに勝者の傲慢さと敗者に投げかける哀れみの匂いがあった。いや匂いどころか、それを態度に表わすことを隠そうともしない。窓際に置かれた椅子に座り足を高く組み、両手は肘掛けに載せ、まるで一〇年来の友人と会ったかのような素振りだった。

「そうかな」

恭介は手にしていたゴロワーズを再び口にした。今度は煙を深く吸い込んだ。パステル・ピンクのポロシャツの下に隠れた引き締まった胸が一度大きく膨らむと、ゴロワーズ特有の香りに満ちた煙が薄い唇から吐き出された。

「どうして俺に〝ノー〟という選択肢がないと言えるんだ」

恭介の問いに答える代わりに、男は再び鼻を鳴らして笑うと、

「もうすぐ分かるさ」

この男の自信はいったいどこから来るのだろう。どんなカードを持っているというんだ。

恭介がそう思った瞬間だった。部屋のドアが二度ノックされた。

「出たらどうだ。ボーイが君の荷物を運んできたんだろう」

男の目が微かに笑ったような気がした。恭介は立ち上がりざまに半分ほど吸ったゴロワーズを灰皿に押しつけた。

ドアを開けると、白い制服に身を包んだボーイが立っている。

「ミスター・アサクラ。お荷物をお持ちしました」

部屋に入りかけたボーイを制して、恭介はパンツのポケットからチップの小銭を渡すと、ドアを閉めた。

「とにかく迷惑な話だ。あんたの提案に興味はない。つまり答は〝ノー〟だ。さあ、もういいだろう。ここから出て行って、二度と俺の前に姿を現わさないでくれ」

断固とした口調の恭介の言葉に、ステファンは緩慢な動作で首を横に振った。

「残念ながらミスター・アサクラ……先ほども言ったように君にその選択肢はないんだよ」

「なぜだ」

恭介の唇が白くなった。

「たとえばの話だが……」ステファンは一向に椅子から立ち上がる様子もなく、

「その中に何か入っていたとしたら」視線を恭介の足元に向け、軽く顎をしゃくった。

「何かが入っている？」

「ああ、この国の法律に触れるような何かがね」

反射的に恭介の視線が足元に置かれたスーツケースに走る。

「この国の法律で最高刑はなんだか知っているな」

「最高刑？」

「もちろん死刑だ」

「それがどうした」

「僅か一グラムのヘロインでも見つかれば、君は間違いなく一週間以内に絞首刑だ」

「馬鹿な」

吐き捨てるように言った恭介だったが、そう言われてみるとボーイがスーツケースをこの部屋に持ってくるまで、その気になれば細工する時間は十分にあった。いま来たボーイだって、本物かどうか分かりはしない。自分一人をリクルートするために定期便をUターンさせる大芝居を打った連中だ。その程度のことなど朝飯前だろう。

「君の返事が〝ノー〟なら、それでもいい。私は黙ってこの部屋を立ち去ろう。だがな、ミスター・アサクラ。私が部屋を出たらすぐに、外で待機している警察がここへ押し寄せてくる手筈になっている。身柄は拘束され、持ち物はスーツケースの裏張りの中まで徹底的に調べられることになるだろう。何が発見されるかはその時のおたのしみというわけだが……」

恭介の目が凄まじいばかりの憤怒の光を湛えた。そればかりではない。誰の束縛を受けることもなく自らの能力と感性の赴くままに生きてきた男が、他人によって支配される現実を突きつけられ、屈辱にまみれた姿がそこにあった。

「自国の人間がなんらかの容疑で逮捕されたとなれば、普通ならば大使館が乗りだし、事情聴取をするなり、手助けをしようとするものだ」男は勝ち誇った眼差しを恭介に向けると話を続けた。「だが君の国の大使館にどれほどの手助けが期待できるかな。かつて英国の青年が僅か一グラムのヘロインを所持していただけで死刑の判決を受けた。英国大使館の動きは迅速だった。だがそれでも、逮捕されてから吊るされるまでたった一週間では、何一つとして役に立ちはしなかった。抗議している間にすべては終わりさ。君の場合も文句のつけようのない現行犯逮捕だ。つまり君が辿る運命は同じということさ」

恭介の頭脳が猛烈な速度で回転する。この危機を脱するためのあらゆる選択肢がシミュレートされていく。全身に、冷たくなった血流とともにアドレナリンが駆け巡る。堅く握りしめた拳が両腕に貼り付いた強靭な筋肉を膨張させる。

状況は最悪だ。こいつの言う通り、もしもスーツケースの中に麻薬が隠されているとしたら、間違いなく一週間のうちに俺は吊るされる。日本の大使館など期待できるものか。ならばどうする。こいつをここで始末するか。いや、それも根本的な解決にはなるまい。誰がこの男を始末したかは、たちどころに分かってしまう。国外に出るために空港に行けば、すぐに捕まってしまう。陸路にしたところで同じことだ。第一このホテルを無事に出ることすらおぼつかないだろう。それに——。

恭介の心中にもう一つの疑念が生じた。

いったい、こいつらはどこまで俺のことを調べているんだ。これまでの話からすれば、少なくとも俺がファルージオと手を組み、日本でコカインを捌いていることには気がついていないようだ。金の流れも香港に作った幽霊会社『アンドリュー・アンド・マーチン』にオーストリアの銀行から毎月一定額が振り込まれていることまでは分かっていても、その元の金の正体は摑んではいない。もしも絡繰りの全貌を摑んでいるとすれば、脅し方もまた違っていたはずだ。ならば、あくまでもプロポーザルをはねつけるか。一か八かの賭けだが、スーツケースの中に麻薬を入れたというのはブラフかもしれない。

だが、たとえそうだとしても、連中は『はい、そうですか』と引き下がるようなことは絶対にない。国際線の定期便を引き返させるというような大掛かりな手を使っても俺を組織にリクルートしようとしたんだ、相当な決意を秘めてのことだ。それにこいつらには少なくとも日本と香港で俺が運営している幽霊会社の存在は摑まれている。日本のアメリカ大使館には、CIAだけじゃなくFBI、麻薬取締局の駐在員もいる。こいつらは日本の捜査当局と太いパイプを持っている。たとえスーツケースの中に何も入れられておらず、とりあえずこの危機的状況を脱したとしても、こいつらが俺の存在を、金の絡繰りを、調査したことのすべてを話せば、当然日本の警察は調査を始める。コカインの件までばれるとは思えないが、少なくとも外為法違反で捕まるのは目に見えている。金の出処はそう簡単には分からないにしても、やつらとてそうやすやすとは諦めまい。それこそ必死になって金の出処、流れを徹底的に洗い出しにかかる。

ふと、自分の代わりにコカインのディーリングを行なっている田代の存在が脳裏をよぎった。

田代……。万が一にでもあいつの存在が明らかになれば、状況は最悪だ。俺だけならまだしも、あいつが捕まるようなことにでもなれば、しょせんはチンピラに毛が生えた程度の男だ。まず間違いなく口を割る。全容が白日の下に晒されれば、大変なことになる。日本の麻薬犯罪史上、最大級の事件だ。俺は田代もろとも、いや、当然やつよりも長い懲役に服することになる。

それは恭介にとってありうべからざる選択肢だった。どっちに転んでも事態は最悪だった。

最悪の中からどちらか一方を選ぶとなれば、少しでも危機を逃れる確率の高いほうを選ぶのは鉄則というものだ。そうして考えてみると、これだけ大がかりな方法を講じて、自分をリクルートしようとしたCIAのほうが、まだチャンスが多いように思えた。

おそらくこれから先、自分が与えられる任務は、やつらにしても決して表沙汰にできないものに決まっている。そうなればその工作に直接関与するのは自分だとしても、同時にそれは連中の弱みを握ることにもなる。ことによっては、アメリカという大国を根幹から揺さぶることになるような……。

　恭介の腹は決まった。

「分かった……どうやらあんたの話に乗るよりほかに手はないようだな」

　呻くような言葉が恭介の口から洩れた。ステファンは一つ大きく頷くと、黙って椅子から立ち上がり、スーツの前を合わせた。その瞬間、ドアが二度静かにノックされた。ステファンが予め予期していたように恭介の傍らを通り、ドアを開けると、スーツに身を包んだ屈強な男が二人、部屋に入ってきた。ステファンは無言のまま二人を招き入れながら、上着のポケットに手を入れたが、再び出したその手には、黒い樹脂で出来た小さな物体が握られていた。部屋の会話は余すところなく盗聴されていたのだ。見透かしたようなタイミングで二人の男が現われるはずだった。

「なんともご丁寧なことだな」

　恭介は、半ば呆れたような口調で肩をすくめた。

「さあ、行こうか」

　男の手が恭介の肩をそっと押した。スーツケースとアタッシェケースは、すでに別の二人がそれぞれ手にしている。

「どこへ？　日本行きの便はこの時間にはないはずだが」

「使い慣れたファーストクラスのように乗り心地はよくないが、君専用の特別機が用意してある。少しばかり長い旅になるがな」

男の顔に、任務を達成した満足感に溢(あふ)れた笑いが広がっていった。

＊

「ロナルド・ベーカー」

早朝のオフィスは、いつものように決まった顔ぶれの職員が出勤し、それぞれの業務を始めていた。ガラス張りになったベーカーの部屋からは、オフィスの中を行き来する男女の姿が見える。待ちかねたとばかりに取った受話器の向こうから、落ち着いた男の声が聞こえてくる。

『ロン。ジェフリー・クラウスだ』

「ジェフ！　待ちかねたぞ。首尾はどうだった」

もどかしい挨拶(あいさつ)など抜きだ。ベーカーはいきなり結論を聞きにかかった。

『獲物は罠(わな)にかかった。何もかも予定通りだ』

「よかった」徹夜明けのベーカーの顔に安堵(あんど)の色がさした。「で、アサクラはもう横田に向かったのか」

『いや、まだだ。たったいまホテルを出て、ステファンといっしょに空港に向かっている』

「そうか」ベーカーはそこで初めて背もたれに体を預けた。長時間の緊張から解放されたせいで、喋(しゃべ)る言葉に吐く息が混じる。

『そんなにてこずりゃしなかったぜ』ベーカーの口調の微妙な変化に気がついたのだろう、クラウスは笑いを含んだ口調で言うと『どんなやつでも、あの状況じゃイエス以外の返事なんかしようがないじゃないか』

「それはそうに違いないが」

『だがな、さすがに君が目をつけただけのことはあるぞ。あいつは、かなり使えるやつかもしれない』

「どうしてそう思う」

『一つは決断に至るまでの早さだ。俺たちの仕掛けた罠にノーの選択肢がないことはたしかだが、工作員になれなどと普通の人間が言われたら、腕に覚えのないやつならばそう簡単にイエスなんて言いやしないさ。だが、あいつは違った。たしかに最初の反応はネガティヴなものではあったがね、逃げ道がないと悟ると、こちらが驚くほど素直に呑みやがった。これはやつなりに腕に覚えがあることを意味しているように思う』

ベーカーの返事も待たずに、クラウスは続けた。

『第二は、いま言ったことにも繋がるのだが、素直に呑んだ理由の一つには、我々に知られては困る何かがあるからだろう。君から送られてきた調査書を見ると、やつが何で生計を立てているのか、もう一つ背後関係に明らかでないところがあるが』

それは、ベーカーにも謎の部分としていまだに把握できていないところだった。しかし、それをリクルーターであるクラウスに話す必要もなければ、彼が知らなければならないことでもなかった。リクルーターとしてのクラウスの仕事は終わったのだ。

短い沈黙があった。

『まあ、そんなことは俺の知ったことではないと言われればそれまでだが。それに、表に出せないような方法で生計を立てているやつほど、この手の仕事にはうってつけというわけだしな』

「その通りだ、ジェフ……リクルートがうまく行った。その事実だけで十分だ。今後彼をどう使うかは、こちらの仕事だ」

『分かった。とにかく便がクアラを発ったところで、もう一度報告を入れる』

「ありがとう。ごくろうだった」

ベーカーは受話器を置くと、マグの中に残っていた冷めきったコーヒーを一口、空っぽの胃の中に送り込んだ。すでに飲みつけないカフェインによって十分に荒れた胃が、急に質量を増してその存在を腹の中で誇示する。

飲むんじゃなかった。そう思いながらベーカーは時計を見た。おそらく一時間のうちには恭介を乗せたリア・ジェットはクアラルンプールを飛び立つだろう。そこから横田までは約七時間、空軍の定期便に乗り換え、西海岸の基地を経由してアンドリューズ空軍基地に着くまでは一七時間はかかるだろう。時計を見ながら恭介が到着するまでの時間を計算していたベーカーは、もうまる一日寝ていないことからくる疲労を急に感じた。

あと一時間。もう一度クラウスの報告を受けたところで家に帰り、ゆっくり休むとしよう。

糊(のり)のきいたシーツ。柔らかなベッドの感触が急に恋しくなったその時、たったいま受話器を置いたばかりの電話が、短く二度ずつの呼び出し音を立てた。内線だ。

やれやれ、どこのどいつだ。もっとも、かけているほうは、俺が徹夜したことなど知りはしないいんだろうが……。

ベーカーは肩をすくめ、背もたれに預けていた体を緩慢な動作で起こすと、受話器を持ち上げた。

「ロナルド・ベーカー……」

声が自然と不機嫌なものになった。

『テッド・エヴァンスだ』

作戦担当副長官(DDO)からだった。弛緩(しかん)していたベーカーの体が、とたんに一本芯(しん)が入ったかのように緊張する。お決まりの朝の挨拶を始めようとした刹那(せつな)、その声を遮(さえぎ)るように、エヴァンスはおもむろに喋り始めた。『ロン。すぐ長官室に来てくれ。重大な事態が起きた』

エヴァンスの声は緊張に重く沈んでいた。重大な事態などと言われずとも、その声だけで深刻さが伝わってくるトーンだった。

「分かりました。すぐ行きます」

いったい何事ですか、などという質問は愚の骨頂というものだ。この組織の中では、電話ではとうてい話せない極秘の情報がそれこそ星の数ほど存在する。直接会わなければ話ができない、それも長官室でとなれば、それだけでも事の重大さが分かろうというものだ。

ベーカーは再び胃の質量が増すことを知りつつも、冷めたコーヒーを一気に飲み干すと席を立った。その顔には、もう先ほどまでの疲労感など、どこにもなかった。そこにあるのは諜報(ちょうほう)機関に身を置く者が早くも嗅(か)ぎ分けた、新たな危機への緊張、それだけだった。

3

梅雨明け間近の最後の長雨。日本列島を横断する形で停滞した前線のせいで、この数日間、能登の天候はすぐれなかった。地上では時折吹きつける生暖かい風を感じる程度だったが、天空を一面に覆う低く垂れ込めた雲が、驚くほどの速度で流れて行くのは、嵐が近いせいだ。

闇に包まれた空間。一定のリズムで海岸に押し寄せる波の音だけが重い大気を震動させる。岬の突端に立つ灯台が、寸分の狂いもないリズムで点滅し、白い光を放つ。いつもならば甲板上に祭りの提灯のようにぶら下げた集魚灯を煌々と点灯している漁船の姿も、今夜ばかりは見えなかった。

自然の力が生み出した複雑な岩場が続く海岸線。その岩場にじっと身を潜めるように動かない男の影があった。瞬間、その手元に仄かな光が灯った。蛍の発するような儚い光だった。デジタル式の腕時計が発したものだった。

午後一一時。男はその時間を確認すると、手にしていた懐中電灯を沖に向け、素早く二度、点滅させた。闇に覆われた空間に光は見事に吸い込まれ、その行為は何の意味も持たないように思われた。

しかしさほどの時間を経ずして、一キロほどはあるだろうか、距離のわりには驚くほど近くに感じる闇の中から、一度、小さなフラッシュを焚いたかのような反応があった。

予定通りだ……。

男の顔が不敵に歪んだ。しかし次の瞬間には、新たな緊張の色がその顔に浮かんだ。素早く周囲を見渡す。もうここへ来てから一時間。背後には、密生した松の防風林が続く海岸線が黒いシルエットとなって見えるだけで、人の気配もなければ、動きというものもなかった。時折吹く風に騒めく木々の枝の音が、波の音に混じって聞こえるだけだ。

それを確認した男は、今度は一度、再び沖に向けて懐中電灯を点滅させた。

*

エンジンを止めて漂流する船体の舷側を洗う波の音が聞こえる。航行灯はもちろん、すべての光を消した船上では、五人の男たちが、闇の中で忙しく準備を始めていた。三人はウエットスーツに身を包み、それぞれの背には、すでにアクアラングのボンベが装着されている。

白く塗られた船体も、明り一つない闇の中では微かな灰色に見えるだけだ。舷側からは重油のような質感を感じさせる黒い海面が広がり、その向こうには陸が黒いシルエットとなって見える。腰に着けた鉛のウエイトを調整し、装備の最後の点検に入る。その視界の端に海岸からの二度目の発光が確認できた。

「よし。二度目の合図だ。準備はいいか」

ブリッジから陸のほうを注視していた男が、甲板にいる五人に向けて声をかけた。明らかにそれは日本語ではなかった。朝鮮語だ。三人は答える代わりにレギュレーターを口にくわえ、大きく呼吸をし始めた。丸い金属でできた弁から洩れる呼吸の音が、静寂に包まれた大気を震わす。三人の装備を点検していた二人の男が、

「準備、完了しました」

ブリッジに向かって告げた。

「よし、行け」

その言葉に促されるように、三人はフィンをつけた不自由な足で、舷側に向かってぎこちなく進み始める。それを補助するように、二人の男が舷側の扉を開ける。

最初の一人がマスクを片手で押さえると、大きく右足を前に踏みだし、まるで空中を歩くような姿勢のまま、海面に向かって飛び降りた。大きな水飛沫が上がり、甲板の上に飛び散る。二人目がそれに続く。

舷側の扉を開けた二人は最後の男のところに駆け寄ると、いままでの二人とは違う確認作業を、もう一度行なった。その男の胸に装着された、プラスチックで密閉された弁当箱ほどの箱の装着具合を確認したのだ。

なんの問題もないと見た一人が軽く二度、潜水具に身を固めた男の肩を叩いた。

「よし、行け。成功を祈る」

最後の男はウエットスーツに包まれた右の手を上げると、その言葉に応えた。シューッと一度息を大きく吸う音がし、次の瞬間右足を大きく踏みだす。右の手はマスクに添えられ、着水の衝撃に対する防御の姿勢を取った。三度目の大きな飛沫が上がった。

水中に体が没した瞬間、男は開いていた脚を一搔きし、水を蹴った。体に装着したアクアラングの重み、それに腰に着けた鉛のウエイトのせいで、それでも五メートルは優に沈んだだろう。それが証拠に水圧によって耳の鼓膜が圧迫され、マスクが強く顔面に押しつけられるのを感じる。すかさず男は左の手で鼻を押さえると耳抜きを行ないながら、右の手で、ライフジャケットのように上半身を覆うBCにボンベから空気を送り込み、浮力を調整しにかかった。ボンベからBCに空気が流れる音が、周囲にまつわりつく気泡の音に混じって断続的に響く。

夜間潜水。それも明り一つない漆黒の海中でのこととなれば、通常では危険極まりないものだが、それでもこうした訓練を幾度となく繰り返してきた男にとっては、慣れたものだった。中間浮力を得たところでBCに空気を送り込む操作を止める。BCの胸ポケットには防水を施したペンライトが差し込んであった。男はそれを左手で取り出しながら、体を右に捻ると、手を大きく搔き、コンパスと空気の残量計が一体となったインディケーターを手繰り寄せる。ペンライトに明りを灯し、そこに照射する。蛍光塗料が塗られたコンパスの中の針が発光し、進むべき位置を確認する。男が目を上げると、その光に吸い寄せられるように、すでに潜水していた二人の男たちが寄ってくる。海岸まであと一キロ。直線で進めばいいだけだった。仄かな明りの中に浮かび上がる昆布や海草の類の揺らめきの度合いを見ていると、潮の流れもさほど強くはない。目的の上陸地点まで、どうやら流されずに行けそうだ。注意を払わなければならないのは、北の海ならではの、昆布をはじめとする海草類だ。これに絡まると体の自由を奪われ、命取りにならないとも限らない。しかし、それも海面下五メートルの深度を維持していけば、さほどの心配もないだろう。

男はそう判断すると、二人に前方へ進む合図をし、ペンライトの光を消した。漆黒の暗闇が再び訪れ、無重力状態に陥ったような錯覚を覚える。三人は慎重にフィンで水を掻きながら前に進み始めた。

フィンを上下させる度に僅かに露出した頬の辺りを、海水が撫でていく。閉ざされた無重力の闇の中で、それが確実に陸に向かって進んでいることを示すただ一つの証しだった。

胸にプラスチックの小箱を装着した男は、両側にやや遅れて続く二人を従えてゆっくりと進んだ。あと二〇分もしないうちに目的とする岩場に到着し、そこで待ち受ける男と予定通りの会合が行なわれるはずだった。エアが一時間分は優に充填されていることも潜水前に確認済みだ。すべては順調に行っているように思えた。

両腕を体の側面から僅かに離し、脚を上下させて一定のリズムで進む。時折海底に密生した昆布の中でも特に成長した株の先端が腹を、肩を撫でていく。それは同時に目指す海岸が近いことを告げるものでもあった。しかしそうした些細な障害物との接触もなくなる。

おそらくもう五〇〇メートルは進んだのだろう。岸が近くなるにつれ海底の様相は一変し、深度が浅くなるにつれて砂地と岩床に覆われるだけになるのだ。

もう大丈夫だ。危険な地帯は脱した。

男がそう思った瞬間だった。異変は突然に訪れた。ゴーグルの先端に、何かが引っかかるような感触を男は感じた。それは緩やかで頼りなげだが、反面細く強靭な、相矛盾した不思議な感覚だった。男は反射的に、体に沿って後方に垂らしていた腕で、その正体を見きわめようと前方を掻いた。細く強靭な糸の感触がグラヴを通して伝わってくる。

網だ！

男は即座にその正体を悟った。心臓の鼓動が高なり、それに呼応するかのようにレギュレーターから吐き出される呼吸の回数が、にわかに増した。

ここは落ち着いて対処しなければ、取り返しのつかないことになる。

脚の動きを即座に止めたが、その間にも体は惰性で前に進む。男は体勢を変え、前方に進む体を立て直そうと試みた。ゴーグルに引っかかった網を外すのはそれからだ。とにかく慎重にやらなければ。男の体が水中で直立する形になった。その時、明らかに別の何か、それも大きなものが網に引っかかる感触があった。少し遅れてついてきた第二の男が網にかかったのだ。そして第三の衝撃……。

暴れるな！　もがけばもがくほど逃れるのは難しくなる。

陸上でのことなら、すかさず叫び声を上げ注意を促すところだが、水中ではそうもいかない。明り一つない漆黒の闇の中、昼間でも、ともすると上下の感覚さえも定かでなくなる海中での突発事態は、訓練を受けた人間をもパニックに陥れるには十分だった。

意思の疎通を欠いたままの突発事態への対処。しかもお互いの行動が見えないというおまけつきときている。男はパニックを静めるべく最善の方法を考えた。

明りだ。とにかくこの状況を三人が正確に把握するのが先決だ。それにこのいまいましい網を切断するためのナイフを用意しなければ。

男は垂直に立ち上がった姿勢のままフィンを一掻きすると、網にかかったままの手でＢＣのホルダーに差し込んであるペンライトを探った。もう一方の手はふくらはぎに装着してあるダイバーズナイフに伸ばす。

しかしここで、二人のうちのどちらか、いや、もしかすると二人ともだったのかもしれない、明らかにパニックに陥ったと分かる行為のせいで、網が大きく揺れた。ダイバーの装備には、いったん網にかかったとなれば、引っかかるような部分は山ほどある。昼間にレジャー・ダイビングを楽しむダイバーが漁網にかかり、溺死（できし）することも珍しくないのが何よりの証拠だ。この予期しなかった網の動きは、二つのアクションを起こそうとした男の自由を一瞬に奪い取った。ＢＣのホルダーから抜きかけたペンライトが男の手から滑り落ちた。そしてレギュレーターに、ボンベのバルブに、フィンにといった順番で次々に網が絡みついてきた。

もはやこうなると、取れる行動は一つしかなかった。網にかかったそれぞれの手で、指先だけを使ってこの網を破ることしかなかった。しかしそれはあまりにも空しい努力だった。同じ状態に置かれた三人が三様に統一のとれない行動をする度に確実に網は全身に絡まり、もはや自力でこの危機を打ち破る術はなくなっていった。

　呼吸は早まり、立ち上る気泡の間隔が短くなった。それは確実にボンベの中の空気の残量を減らすことを意味し、男はそれに気がついた時、初めて死への恐怖を感じた。

＊

海岸の岩陰に身を潜める男はじっと待っていた。こちらが懐中電灯を一度点滅させてからほどなく、洋上の船からは再びフラッシュライトの点滅があった。それはブツを持ったダイバーが海中に潜ったことを意味していた。しかしすでに四〇分。いまだにその姿は見えない。ざっと目算で海岸と船との距離、そしてダイバーが海中を進む速度を計算してみる。どう考えても時間が経ち過ぎていた。

海中で流され、離れたところに上陸したのだろうか。

　岩陰から身を起こし、周囲の海岸線を窺う。しかし視界のどこにもそれらしき気配がない。もしも彼らがなんらかの理由で引き返したのなら、海上に停泊している船からは所定の合図があるはずだった。しかし、それもまだない。

　男は判断に窮していた。やはり、もしかしたら、この岩場のどこかに連中がいるのかもしれない。死角はたくさんある。探しに行くべきか。だが会合地点は、予め打ちあわせてあり、それを連中が間違うわけがない。第一、今日自分がピックアップする男たちは、いつものような単なる工作員ではない。明確な目的の下に、国家の命運を左右するような重要物の運搬を任された精鋭たちなのだ。

やはり、ここに留まるべきだ。

男の腹は決まった。再び岩陰から絶え間ない視線を海岸線に払う。そして五分が過ぎた。その時、洋上の船から赤い光が一度短く放たれた。小さな光だ。結果を催促する合図だった。

連中も焦っているのだ。本来ならば二〇分もあれば十分なオペレーションが、すでに倍の時間かかっても終了しない。鍵がかかっていない留守宅に忍び込むかのごとく侵入が容易な国とはいえ、これほど長い時間レポ船が停泊するのは、危険極まりない行為だった。

男は懐中電灯を海の方向に向けると、二度短く点滅させた。

まだ受け取りが完了していないことを告げる合図だった。

やはり何かが起きたのだ。

推測が確信に変わった。胸の鼓動が、早鐘を打ち鳴らしたようになる。不測の事態に陥った時、自分がとるであろう行為を頭の中でシミュレートしてみる。潜水器具に何かの不都合が生じたとしたら……。まず最初にとるアクションは、その事態を一緒に潜っている仲間に伝えること。そのためにバディを組み単独潜水を避けているのだ。レギュレーター、あるいはそれに続く空気を供給する部分に不具合が生じたとしても、バディ・ブリーディング、つまり相互にレギュレーターを口にあて、呼吸を続ける手法をとるのは、潜水を行なう者の初歩的な技術だ。その時点で潜水は中止となり、事故を起こした人間はBC、そして腰に巻いたウエイトを放棄する。ウエットスーツの浮力で海面に浮上し、そこから先は自力で通常の泳法に切り替え、岸に向かって泳ぎ始めることだろう。もしも、三人の器具に同時に不具合が生じたとしたら……。そんな確率はかぎりなくゼロに近い。仮にそうだとしても、そこで取る行為は同じだ。三人が器具を放棄し、海面に浮上する。そしてもし計画を中止せざるを得ない場合は、その時点で、しかるべき合図がなされる手筈になっていた。だがそれもない。

いったいこれは、どうしたことだ。

男は迷った。デジタル式の腕時計に明りを灯し、時間を確認する。もう潜水開始から五〇分を回った。間もなく空気が切れる時間だ。もしも不測の事態が水中で起きたなら、空気の消費量は格段に増す。一〇分の消費量など、誤差の範疇のことだ。やはり何かあったのだ。

その時、二度、海上のレポ船から微かな発光があった。直後に咳き込むような音とともにエンジンがかかると、闇を通してスクリューが海水をかき混ぜる音、そして船首が波を切りながら進み始める音が聞こえてきた。レポ船は侵入者を潜水させた後、上陸を確認してから引き上げる手筈になってはいたが、失敗し、戻って来る気配もないとなれば、そこに留まる理由は何もない。むしろ留まる時間が長ければ長いほど、日本の当局に発見される確率が増す。危険を承知でこれまで留まっていただけでも、通常で考えられる限界を超えていた。

もはやこれから先は、潜水した三人と、岩陰に隠れる男の四人で状況を打破しなければならない。そして男に残された手立てはただ一つ。じっとその場で待つことしかなかった。

夜が明けるまであと四時間半。その間に三人を回収できなければ大変なことになる。国家の存亡をかけて動き始めた作戦が、その第一歩で躓いてしまうのだ。

いつもはうまく行くオペレーションが、なぜ今夜に限って……。

男は心の中で罵りの言葉を吐きながら、岩陰から身を乗り出し、複雑な岩床が入り組む海岸線に目を凝らした。時折吹く強い風の間隔が狭くなりつつあった。こころもち岩に当たって砕け散る波の勢いが増してきているような気がした。まるで男の淡い期待を打ち砕くかのように……。

*

「おはようロン。先ほどから皆さんお待ちかねよ」

長官室の厚いドアの前にあるブースの中から、秘書のエレンが爽やかな声で言うと、長官のデスクと直結しているインターフォンに手を伸ばしかけた。

「おはよう。といっても、こっちはあいにく昨夜は徹夜でね。これから家に帰って一休みしようと思っていたところだったのに」

ベーカーは肩をすくめるような仕草をしながらエレンを手で制すと、デスクの上にあったドーナッツを一つ摘(つま)んで、おもむろに口に入れた。

「朝食はまだなの？　ロン」

「ああ、昨夜から胃に入れたのはコーヒーばかりさ。それもカフェインたっぷりのやつをね。すまないが、こいつを片づけてからにしてくれないか」

ドーナッツを入れたまま、舌がよく回らない口で言いながら、ベーカーはすかさず二口目を口にした。

「それはそれは、お気の毒に。でも、待たせるのはどうかしら。皆さん急いでおいでのようだから」

口調はいつもと変わらないが、そこは長年長官秘書として働いてきた人間だ。集まった人間の顔ぶれから、事態がただならぬものであることは先刻承知とばかりに、ベーカーをせかした。

「いったい、誰が集まっているんだ」

ベーカーは、急いで残りのドーナッツを口に押し込むと聞いた。

「長官、情報担当副長官(DDI)、作戦担当副長官(DDO)……」

エレンが、早口ながらも平然とした顔で答える。

「そいつぁ大事(おおごと)だな……」

ドーナッツを咀嚼(そしゃく)する速度が速くなった。そして口の中の残りを急いで飲み込むと、唇のまわりを手で拭い、目で合図した。

「中にはデカフェが用意してあるわ」エレンは微かな笑みを浮かべながらそう言うと、インターフォンのボタンを押した。「ミスター・ロナルド・ベーカーが見えました」

『中に入れてくれ』

間髪を容れず、長官のジェイ・ホッジスの声がスピーカーから流れてきた。

二度ノックをして中に入る。そこにはエレンが言った通りの三人の男たちが集まっていた。普段座る席を背にして長官。そしてそれを左右に挟む形でDDIのウイリアム・ハーマンとDDOのテッド・エヴァンスがソファに身を沈め、深刻な顔で最後に訪れたベーカーを見た。空いている席は一つだけだった。自然とベーカーは長官と向かい合う席に座る形になった。張り詰めた空気に圧倒され、部屋に入る前にエレンが言ったデカフェをパーコレーターから注ぐことなど、すでに頭の中から吹き飛んでいた。

「ずいぶん疲れた顔をしているな、ロン」

席に着くなりエヴァンスがベーカーの顔を見る。

「昨夜は徹夜だったもので……」

ベーカーの手が、髭が伸びた顎と頰の上を這う。

「そいつぁご苦労なことだ」

「いったい何事ですか。こんな朝早くから」

問いかけてからベーカーは、自分が発した言葉がCIAでは最も相応しくないものであることに気がついた。世界中に網を張り巡らした諜報機関に朝も夜もない。重大な情報が寄せられる、あるいは事変が起これば、ラングレーの時間など何の意味も持たないのだ。

ベーカーの問いに答える代わりに、長官のホッジスが赤いファイルを差しのべた。反射的にベーカーがそれを受け取り、カバーを開いたところでハーマンが喋り始めた。

「『マーズ』からの情報だ」

ファイルの文面に目を走らせようとした瞬間、ハーマンから発せられた言葉にベーカーの顔色が変わった。CIAには日々膨大な情報が国の内外から寄せられるが、そのすべてが誰に対してもオープンであることはない。情報の機密の度合いによって、それに接する資格が決められ、たとえ高い地位にある人間といえども、特別の許可なくしては接しえない情報が多々ある。いまハーマンの口から洩れた『マーズ』と呼ばれる情報源からのものもその一つで、その語源は『火星』つまり『赤い星』を意味するところからきており、北朝鮮に関する最も機密性の高いものであることを意味していた。もちろんベーカーも『マーズ』からの情報に接する資格を持ってはいたが、それも長官が許可したものに限られる。それゆえにこの『マーズ』が何者であるか、どういう方法で情報を寄せられるものかは、ベーカーの知るところではなかった。おそらくその正体を知るのは、CIA広しといえども、自分を除くこの部屋にいる三人、そのほかに一人か二人といったところだろう。与えられた情報を基に情勢を分析しその対処の方法を考える、それがベーカーの仕事だった。

「マーズから？」

ベーカーの目がファイルの文字を追い始める。その行為を無視するかのように、ハーマンが要点を喋り始めた。

「連中はついに動き始めた。それも、こちらが考えもしなかった方法でだ」

「考えもしなかった方法ですって？」ベーカーの目が一瞬ファイルから離れた。

「生物兵器を使うつもりらしい」

「生物兵器を？　どんな」

「詳細は分からない。ただその報告によれば、連中の作戦は我々が考えていたよりも遥かに巧妙だ。北の南進に対し我々が考えていたオペレーション五〇二七を根底から見直さなければならないほどにな」

レポートの文字を追うベーカーの目が左右に忙しげに動く。

「連中の作戦は大きく分けて二段階に分かれる。第一段階は、生物兵器を日本に持ち込み、そこでなんらかの細菌とかウイルスを在日米軍基地に散布、それによって生ずる病を蔓延させる。どうも文面から読み取る限りでは遅発性、それも感染から発症まで数日を要するようなタイプのものらしい」

「すると、ボツリヌスや炭疽菌といった、従来型の菌とは別のタイプということですか」

「おそらくは……」

「そんなことが可能なのですか」

「遺伝子の組み換えによって新しく開発された菌かウイルスだろう」

「その新しいタイプの生物兵器の開発に、連中が成功したということですか」

「連中が成功したのかどうか、それは分からない」ベーカーの問いに、今度はエヴァンスが答えた。「この数年の間に、カザフスタンから、生物兵器開発に従事していた科学者の多くが姿を消している。そのうちの何人かの消息は摑んではいるが、すべてを把握しているわけではない。イラン、イラク、シリア、それに北朝鮮に入ったことも確認している。崩壊前からソ連では、遺伝子操作による生物兵器の開発が盛んに行なわれていたことは周知の事実だが、もしもカザフスタンから流出した科学者が、何かの菌やウイルスの株を所持していたとしたら、それを培養、増殖させることは難しいことではない。極端な話、ちょっとした理科実験室程度の設備があれば、簡単にできることだ」

それが十分過ぎるくらいに可能性の高いストーリーであることは全員が知っていた。実際二年ほど前には、中国経由で北朝鮮に入国しようとした科学者たちが、一度に二〇名も空港で見つかり、カザフスタンに強制送還という事件があったばかりだ。この事件にしても、たまたま一度に二〇人などという大量の科学者が北朝鮮へ向かおうとしたことを不審に思った中国当局の機転により発覚したもので、実際に流入した科学者の人数からすれば、氷山の一角に過ぎないだろう。

「いずれにしても連中は新型の生物兵器の開発に成功した。それはどうも事実らしい」ハーマンが説明を続ける。「それも伝染性かつ遅発性のものだ。連中はそれを日本に持ち込み、在日米軍基地でばらまく計画らしい」

「ジーザス……」

ベーカーの顔色が変わった。

「そんな計画が成功したら、どんなことになると思う。考えるだに恐ろしい」

ハーマンに言われるまでもない。日本には沖縄、佐世保、岩国、横須賀、横田、座間、三沢と、主だった所でも、七か所のベースがある。この間には頻繁に定期便が行き交っており、訓練のための人員の往来もまた同じだ。同様に、決して少なくない数の便が、定期的に、また訓練のために、世界中の基地の間を行き来している。生物兵器の正体や、感染から症状が出るまでの時間などは分からぬが、もしもレポートの通り、発症まで一日か二日かかるとすれば、『何かが起きた』と気がついた時にはもう遅い。遺伝子が操作された新型の生物兵器によって引き起こされた病は、世界中のベースに蔓延し、事実上、軍の機能は麻痺状態に陥るだろう。いや軍ばかりではない。軍人といえども二四時間ベースの中で暮らすわけではない。通常時は自宅から通勤し、当然家族や民間人とも接触する。そうなれば、病は社会全体に、たちまちのうちに広がって行くことになる。

「そうなれば、たしかにおっしゃる通り、オペレーション五〇二七は絵に描いた餅になることは明白です。半島有事の際には日本の基地が事実上の後方支援基地になりますが、そこが汚染源となれば、使用することは不可能です。我々は身動きが取れなくなる」

「その通りだ」ベーカーの言葉にハーマンは苦々しげに頷いた。「そこが連中の狙いだ。生物兵器を日本の基地でばらまく。おそらく、いや間違いなくその行為が実行されたところで、連中は攻撃の準備を始めるだろう。それが第二段階だ。この時点で連中の動きを察知して、先制攻撃をかけようと我々が動き始めれば、逆にそれは感染を広げることになる。それも緒戦に参加することが予定されている二一万の兵だけじゃない。四〇万を超す全軍がその危険に晒されることになる」

「その生物兵器の種類や特性は、まったく分かっていないのですか」

「分からない」エヴァンスが答えた。「だが、もしもカザフスタンから北に入った科学者が開発に従事しているとなれば、先ほどからビルが言っているように、おそらくは空気感染を伴う特性を持ったものであることは間違いないだろう。連中も馬鹿じゃないからな。最も効果的なものを考えているさ。単に炭疽菌をばらまく、ボツリヌス菌を水源地に入れるなんて行為は、限定的な効果はあったにしても、戦略的にわが軍に与える影響は微々たるものだ。いや逆に虎の尾を踏むことになる。そんな馬鹿なことはしやしないさ」

「と、いうことは新手のウイルス……と言ったほうが当たっているんでしょうね。しかしウイルスということになれば、その核酸を分析しワクチンを開発すれば……」

「おいおい、そう簡単に言ってくれるな」ハーマンが、ベーカーの言葉を途中で遮った。

「新型のインフルエンザ一つに対しても、ワクチンの開発はそう容易なことじゃない。たしかに今の技術力をもってすれば、核酸の解析はさほど難しいことではないが、新型のウイルスのワクチンを開発するには、それ相応の時間がかかる。ましてや全軍、それに民間人に行き渡るほどの量のワクチンを製造、確保するとなればどれくらい時間がかかるか分かったもんじゃない」

「その間に、北は南進の準備を誰はばかることなく進める」

「そして悪いことには、そのレポートによると、すでにその生物兵器を日本に運ぶオペレーションは実行に移されている」

「なんですって！」

ベーカーは手にしていたファイルを、それまでにも増して速い速度で読み始めた。その目が何枚目かのページの一点で止まった。

「……ジーザス……」

「事態はすでに動き始めている。もし連中が予定通り日本に侵入し、生物兵器を持ち込むことに成功したとすれば、我々はオペレーション五〇二七そのものを根本的に見直さなければならなくなる。おそらく日本を後方支援基地として使うことは不可能になるだろうからな。そうなれば在韓米軍三万五〇〇〇の兵力だけで戦うか、本土から支援を行なうにしても、日本をスキップして、直接韓国に兵力、物資を送りこまなければならなくなる。それに最も厄介なのは、先制攻撃をかけるにしても、この情報だけでは、議会と世論を納得させるのが不可能なことだ」ホッジスが初めて口を開いた。

「それじゃ長官は、座して連中の先制攻撃を待てと……」

「問題はそれだけじゃない。仮に生物兵器の先制攻撃を受けたとしても、それが誰の手によって行なわれたかを、どうやって証明するかだ」

すかさずそれに答えようとしたベーカーを、ホッジスが老眼鏡の下から鋭い視線で制した。

「それは……」

「証明ができないうちにこちらが攻撃に出たら、おそらく中国、ロシアも黙ってはおるまい。かといって、事が連中の仕業だと分かってからではもう遅い。その頃にはソウルは、連中がかねがね言っているように火の海になっていることは間違いない」

「それでは、何の対処のしようもないと……」

「それを考えるためにこうして集まっているんじゃないか。とにかくこの情報は日本政府に直ちに伝えることにする。連中がどれだけ役に立つかは分からんが、舞台はあの国を中心に回り始めているのだからな」

ベーカーにとって長い一日は、まだ終わりを告げてはいなかった。

＊

それは奇妙な水死体だった。

嵐が近づいたせいで荒れ始めた海は鉛色に沈み、沖には白波が無数の兎のように飛び交っている。時折押し寄せる大きな波が、コンクリートの防波堤に当たって砕け散る。

入江の一番奥まった岸壁には漁船が接岸し、今朝引き上げられたばかりの三人のダイバーの死体がコンクリートの地面に置かれている。薄い水色のナイロンが複雑に絡みあったままの死体は、いずれも黒いウエットスーツを着ており、同色のゴーグル、BC、フィンと、どう見てもレジャー・ダイバーのカラフルな物とは違っていた。こんな恰好をするのは職業ダイバーか、自衛隊の潜水部隊ぐらいのものだろう。

時化る直前、夜明けとともに、いやに持ち重りのする網を半ばまで小舟の上に引き上げたところで、暗い水中から姿を見せた最初のダイバーの姿を目にした漁師は、悲鳴を上げると作業を即座に中断した。黒いウエットスーツに巻きついた薄い水色のナイロンの漁網で、硬直した体が文字通りがんじがらめになっているのが、はっきりと分かった。動きもなく、本来ならレギュレーターから吐きだされる気泡もない。すでにその男が絶命していることは明らかだった。

漁師は遺体を引き上げることを断念すると、港にとって返し、警察に連絡した。

もよりの警察署から警官が駆けつけ、漁協の協力の下に直ちにダイバーの収容作業が行なわれた。そして遺体が回収され、三人のダイバーが一度に溺死していたことが分かると、騒ぎはにわかに大きくなった。

すでに岸壁では、もよりの警察署、それに県警本部から駆けつけた警官たちによって、死体の実況見分が始まっていた。つば付きの帽子を後ろ向きに被った鑑識の男たちが忙しく動き回る度に、カメラのシャッター音が、幾度となく人垣の中から上がった。

その動きが一段落したところで、

「網を外しにかかってもいいですか」

現場の長に、次のステップに移る許可を求める声がした。地元の警察署の指揮官が、県警本部からやって来た数人の男に顔を向けると、その中の一人、一番年かさに見える男が黙って頷いた。

「よし、漁網を外せ」

本格的な見分は署に運んでからやるにしても、三人の死体を網に絡まったまま運ぶわけにもいかない。それにこうしてわざわざ県警本部から人がやってくること自体、この事故がただならぬ可能性を秘めていることを窺わせた。いや、と言うまでもなく、この場に居合わせた人間すべてが、口にはしないものの、確信めいた一つの推測の下に動いていた。

複雑に絡みあったナイロン製の漁網が鋏で切られ、三人の体から外されていく。

「網を入れたのはいつだ」

県警本部からやってきた男の一人が訊いた。

「昨日の昼のことだそうです」

「すると引っかかったのは、昨夜のことだな」

全身を覆うウエットスーツから僅かに覗く頬から口許の部分を見ながら、男が言う。水死体は、時間の経過に伴って肉体に大きな変化が及ぶ。水中に長く放置された死体は、まるで麩が水分をたっぷりと含んだようにむくみ、時には歯茎が口から飛び出すというような無残なありさまを示すものだ。しかし、目の前にある死体のいずれにも、視覚的範囲での変化とよべる兆候はなかった。

「ゴーグルを外します」

網を切り裂いていた鑑識の一人が後ろを振り向きざまに言い、県警の男が頷くと、ラテックス製のゴーグルを、水死体の頭部を支えるように持ちながら剝ぎ取った。

頬骨が張った顔。半開きになった薄い唇の間からは、少し黄色みを帯びた歯が覗いている顔面が露になった。すかさずシャッター音が響く。それが一段落した所で、今度は上半身につけていたＢＣを外しにかかる。黒いＢＣ。胸には、日本でもよく見られるアメリカのメーカーのラベルが貼られている。胸の前で二本のベルトで止められていたＢＣを死体から脱がしにかかる。硬直した腕のせいでベストの形状をしたＢＣを脱がせるのはそう容易なことではなかった。おまけにＢＣの背の部分はエア・タンクと一体になっており、空になっているとはいえ、スチール製のそれは、かなりの重量がある。コンクリートの地面にタンクが擦れないように細心の注意を払いながらＢＣ、タンク、そしてレギュレーターを取り外す。どこにこの男の正体を示す手掛かりが隠されていないとも限らないからだ。その作業と並行して、もう一人の鑑識員が脚からフィンを抜き取る。

二人の鑑識員が身を起こした時、地面の上には、ウエットスーツに身を包んだだけの男の死体が横たわっていた。その傍らにはたった今外されたばかりの潜水器具が並べられている。そして再びシャッター音……。

改めて見るとそれは異様な光景だった。何もかも黒ずくめ。ゴーグル、ウエットスーツ、フィン、グラヴ、ＢＣ、そしてタンク……。普通のダイバーなら万が一に備えて、どこかに目につきやすい色の器具を用いるものだが、そうしたものは一切ない。特にゴーグルのラテックス部分が黒いのは、潜水中の視界、それに光を遮るため、レジャー・ダイバーはあまり好まないものだ。

夜間潜水。それも三人。そして人目につかないことに気を配ったとしか思えないような器具。もはやこの三人が何者であるのか、そこにいる全員の推測は確信となりつつあった。三人目の死体が並べられた時、ほかの二人とは異なる装備があることに、県警の捜査員は気がついた。弁当箱ほどの大きさのプラスチックのボックス。手袋をした手でそれを拾い上げてみると、大きさのわりにはさほどの重量がない。

何だろう……。

捜査員はそれを注意深く観察した。間近に見るとボックスは四か所が留め金で封印されており、分厚いパッキンを嚙ませた完全な防水加工が施してあるらしい。

地図か、それとも暗号書の類だろうか。

捜査員は、注意深く留め金を外していった。一つ、二つ……。完全に密着した蓋は、留め金を外しただけでは開くことはなかった。林檎を手で割るような仕草でそれを開きにかかる。留め金の力、それに水圧によって押しつけられ密着していたボックスが開いた。

中には、ウレタンの切り抜きにきっちりと収まる形で七本の小さな透明のケースが収納され、さらにその中に、さも大切なもののようにアンプルが入っていた。琥珀色の薄いガラスのアンプル。注意深く一本のケースを抜き取り、厚く雲が覆った空に向かって翳してみる。アンプルの中には、白い粉末が三分の二ほど詰まっている。そっとそれを振ると、中で粉末が動くのが確認できた。極めて微細な粒子の粉末だった。

こいつはいったい何だ？

もしもこの男たちの正体が推測通りだとすれば、中の粉末についてはいくつかの推測が成り立つ。一つは麻薬だ。日本国内に流通する覚醒剤は、二つの国で精製、製造されているものが圧倒的に多い。しかしそれにしては量が少なすぎる。それにこんな方法で日本に持ち込もうとした前例がない。次に考えられるのは毒薬だ。それも潜入工作が発覚、失敗した時に用いられる青酸カリの類だ。だがそれは通常カプセルにして所持するのが普通で、こんなアンプルに入れて持つなどとは聞いたことがない。もちろん水中というルートで侵入しようとした連中だ。カプセルではなく、気密性を保持するためにアンプルという形態をとったのかもしれない。

だがそれなら、なぜ七つなんだ。ほかに四人の人間がいたということか……。いや、それもおかしい。毒薬を素早く服用するためならアンプルという形状は不自然だ。それに、なぜ箱に入っているんだ。カプセルをビニールの袋に入れ、上陸後すぐに各自に分け与えればいいだけの話だ。

二つ目の推測も、すぐに否定された。

男がさらに中の粉末に推測を巡らそうとした時、鑑識班のチーフが声をかけた。

「仏を運んでもいいですか」

すでに十分な写真を撮り終えたのだろう、死体の傍らには運搬用の担架が三つ。それにそれを覆い隠すための毛布が応分に用意されていた。

「ああ、そうしてくれ」

県警の捜査員はそう言いながら、手にしたアンプル入りのケースを慎重に元に戻し、箱の蓋を合わせると、留め金をかけた。

いずれにしても、鑑識に回して分析が行なわれれば、そう遠くないうちに粉末の正体ははっきりする。その頃にはこの男たちの正体も……まあこれについては、おそらく推測通りで間違いないだろうが……。

警官たちの手によって担架に乗せられた死体が、毛布で覆われ次々に運び出されていく。周囲を囲っていた水色のシートが持ち上げられ、その先に待機していた白いバンに収容されていく。その一瞬の間隙をぬって、封鎖ラインの向こうに待機していた報道陣のカメラが一斉にシャッターを切り始める。

嵐のようなシャッター音。それが、これからさほどの時を経ずして、日本を舞台に繰り広げられ、日米の諜報機関を震撼させる暗闘の始まりの合図だった。

*

霞が関にある公安調査庁の一室、ソファに二人ずつ向かい合って座る四人の男たちの間には、ただならぬ緊張感が漂っていた。窓一つない部屋の中には冷気を吹き出すエアコンの音だけが静かに響いている。外事第二課長。中国、北朝鮮に関する諜報・分析のトップの役職にある林田俊一は、目の前に座る二人のＣＩＡ東京支局駐在員の顔を交互に見つめながら静かに喋り始めた。ゆっくりとだが、明瞭な英語が林田の口をついて出る。

「すると、すでにそのウイルスがわが国に持ち込まれたというんですね」

「我々の摑んだ情報によると、その可能性が極めて高い、と言わざるを得ないのです」

所どころにシルバーの交じったグレーの固い髪を搔き上げるようにしながら、エリック・リズニックは重い言葉を吐くと、その手を肘掛けに戻した。右手の薬指につけたカレッジ・リングがカチリと乾いた音を立てた。

「その情報の出処は確かなんでしょうな」

愚問であることを知りつつも、課長補佐を務める武田裕之が念を押すように訊く。実際のところ、海外にスパイ網も持たなければ監視機能もない日本の公安当局にとっては、彼らの情報に頼らざるを得ないというのが現実だった。その点から言えば、常に彼らから寄せられる情報は貴重なものばかりだった。特にこうしてわざわざ向こうから出向いてくる際には、それなりの危機が進行しつつあることは間違いない。時には偵察衛星から撮影した写真を持参し、北朝鮮がノドンミサイルの発射準備に入った状況を事細かに説明した。発射台に取りつけられたミサイル。その傍らには補給車が停車し、燃料を注入している。周囲には数台の軍用車が停車し、作業に当たる人間の姿形さえはっきりと認識できるものもあった。

密かに入手したこうした情報の取り扱いがどれだけセンシティヴなものかを理解していない国家公安委員長を務める代議士は、それがさも自らの情報網を使って手に入れたものであるかのごとく自慢気にマスコミの前で披露するという愚を犯した。発射台の角度、そしてその周囲の状況。写真に写ったそのものを、細部にわたって口頭で再現してみせたのである。最高機密に属する偵察衛星の性能が、そのコメントですべて明らかになることなど想像だにしていなかったのだ。CIAは当然のごとく激怒した。その馬鹿な政治家のお陰で、以来しばらくの間、公安当局にCIAから寄せられる情報は、かなりの制限を受けることになった。

しかし、ついいましがた、二人の男の口から伝えられた情報は、そうした過去の経緯など構ってはいられないほどに切迫したものだった。武田が愚にもつかない質問を発したのも、事態が日本にとって、あまりに容易ならざるものであったからだ。

「情報の出処については確かだ」

もう一人の男、クリーブ・ディクソンが答えた。リズニックよりも少し若い、まだ三〇代半ばの男だ。左の分け目から生え際が後退し、柔らかなブロンドの髪を右に流している。金縁眼鏡の奥の目が瞬き一つしないで、じっと武田を見つめている。

「知っての通り、北朝鮮の上層部にも我々の協力者はいる。ただ、国の体制が体制だ。情報が寄せられるまでにはいくつかのステップを踏まねばならず、それなりの時間がかかる。今回我々がこの情報を手に入れた時には、すでに工作部隊は日本に向かって出発した後のことだったのだ」

リズニックがディクソンの言葉を補足した。

「しかし、予想だにしない方法に打って出たものですな」林田の口から重々しい言葉が洩れた。「遺伝子操作をしたウイルスや細菌を日本国内に持ち込む……。我々の想定では、化学兵器、あるいは生物兵器を連中が使うことがあったとしても、テポドンの弾頭に装着し、直接撃ち込んでくるだろうというものでしたからな。それを、こうした形で仕掛けてくるとは……」

「東京で、こんなものをばらまかれたら、大変なことになります。ウイルスや細菌のタイプも分からない。したがって対処すべき方法も分からない。もしもこれを地下鉄のような密閉された空間で使用されたら、東京はパニックに陥ります」

「いや、連中の狙いは東京でのテロ行為の類ではないと、我々は見ています」

リズニックが武田の推測を即座に否定した。その口調から言葉には出さないものの、北の工作員の狙いについてもかなり確度の高い情報を摑んでいることを林田は悟った。

「すると、連中の狙いは他にあると」

「おそらく」リズニックが頷くと、声のトーンを落とした。「連中が所持している生物兵器はカザフスタンから北に入った科学者の手によって開発されたもので、単に直接触れた人間が被害を被るに留まらず、空気感染によって伝染するという特性を持つ可能性が非常に高いのです」

「空気感染ですって！」

林田の口が呆けたように開いた。

「理論的には、この手のウイルスを遺伝子操作によって作りだすことは可能です。たとえばインフルエンザになんらかの毒素の遺伝子を組み込む。そうなれば、通常の風邪と同じような勢いで、次々に感染者は拡大していく」

「そんな……」

「いや、これは絵空事ではありません。カザフスタンで旧ソ連が行なっていた生物兵器の開発には、こうしたタイプのものが実際にあったのです。確実な情報ではありませんが、我々が摑んでいる情報の中には、連中がこの手のウイルスの開発に成功したらしいという情報もあります」

「すると、もしも……もしもですよ。カザフスタンから北朝鮮に入った科学者が、その株を所持して行ったとしたら」

武田の言葉がまだ終わらないうちにリズニックが話を続けた。

「我々が最も危惧しているのはまさにその点です。実はその可能性が極めて高いと我々は見ているのです。そしてその目標は……」リズニックはそこで一息置くと「在日米軍基地です」

「在日米軍基地！」

林田、武田の二人が思わず顔を見合わせた。

「オペレーション五〇二七。これについてはお二人とも十分にその内容をご存じでしょう。図らずもこのオペレーションが、彼らが今回の作戦を行なうに当たってのヒントとなってしまったのです」

「北朝鮮に南進の気配があれば、その時点で米軍は先制攻撃をかける。三沢にある第五空軍。アラスカに駐屯している第一一空軍。第七艦隊。それに沖縄に駐屯している海兵隊第三師団。これらが、直ちに朝鮮半島に投入される」

「その通りです。ですが、このオペレーションは連中が南進の兆候を見せた段階で実行に移されるというものです。この場合の南進の兆候とは、軍需物資や医薬品の前方への輸送増加、そうした動きを含んでのことです。しかし連中がこうした行動に出る前に、我々の後方部隊、いや、この場合本隊と言ったほうがいいかもしれません。それらが完全に無力化されたらどんなことになると思いますか」

「あっ……」

リズニックの言葉に、呻きのような声を上げ、二人は顔色を失った。

「そうです。連中の狙いは在日米軍の兵士たちにこのウイルスを感染させ、事実上行動不能にすることを目的としているのです」

「しかし、そんなことが」

「できるか、とおっしゃりたいのですか」武田の言葉をディクソンが継いだ。「もしも我々が考えている通りの生物兵器だとすれば、そんなことは簡単です。いいですか、空気感染によって拡散していくとなれば、何もミサイルや爆弾といった誰の目にも明らかな方法でアタックをかけなくとも、目的を遂行することはいとも簡単です。基地周辺の状況を考えてごらんなさい。兵士はおろか、家族が出入りしている民間施設はごまんとあります。兵士が第一次感染源にならなかったとしても、家族の一人が感染すれば、確実にその兵士にうつります。そしてその兵士が勤務につくべく基地に入れば、今度はそのオフィス、あるいは部隊に病は広がっていく……」

「なんてことだ……」

林田の口から呻き声が洩れた。

「戦争は何もミサイルや大砲、あるいは空爆といった、誰の目にも明らかな形で始まるとは限らないのです。いや、実際連中が考え出した方法は、効率の点から言っても、効果の点から言っても実によく考えられた方法です。実際、舌を巻くほどによくできている……」

「しかし、そこまで事実関係が明白ならば、オペレーション五〇二七を直ちに実行に移しても……」

「馬鹿なことを言うな」

武田のあまりにも迂闊（うかつ）、かつ直情的な言葉を林田が厳しい言葉で制した。もちろん日本語でだ。その意味を解するリズニックではなかったが、気配で悟ったらしい。僅（わず）かに肩をすくめると、

「仮にそうした事態が起きたとしても、誰がそうしたものをばらまいたか、それをどうやって証明するのです？　あるのはあくまでも状況証拠です。もしも現時点でオペレーション五〇二七を実行に移したとしたら、それこそ米、韓の先制攻撃です。当然、猛然と反発する国が出てくるでしょう。特に中国、ロシア。一歩間違えば、二大国が北朝鮮を支援するような事態に陥らないとも限りません」リズニックは落ち着いた声で続けた。「それと正直なところ、我々は北朝鮮と事を構えたくないのです。現実的な問題として、いったん北朝鮮と戦争を行なうとなれば、莫大な戦費がかかります。……いいですか、オペレーション五〇二七は緒戦で実にわが軍全体の二分の一、二二万の兵力を投入するのですぞ。先に行なったセルビア空爆でさえ、一日一億ドルの経費をわが国は費やしたのです。朝鮮半島有事に際して必要な戦費は、セルビアとは比べものになりません。これまで核開発疑惑や数々の挑発行為にも、我々が常に譲歩の姿勢を取ってきたのは、この問題が一番大きいからなのです。それに……」

　リズニックがさらに言葉を続けようとしたその時、部屋の片隅に置かれた電話が鳴った。二度ずつの短い間隔で鳴る内線電話だった。

「失礼」

　言うが早いか、武田が立ち上がり、受話器を取った。

「武田だ……そうだ、二課長もここにおられる……なに、能登で……それで……本当かそれは！」

武田の顔にみるみる赤みがさしてくる。傍目にも彼が興奮しているのは明らかだった。その様子を三人の男たちが、不安と疑念が交錯した眼差しで見つめる。

「分かった。すぐに行く」

武田は受話器を叩きつけるようにして置くと、興奮を隠しきれない声で言った。

「能登で、北朝鮮の工作員と見られる三人のダイバーの死体が上がったそうです。そのうちの一人は、粉末の入ったアンプル状のものを所持していると」

「なに！」

林田が反射的に立ち上がった。何が起きたかと見つめる二人に向かって、ことの次第を武田が早口の英語で説明する。ＣＩＡの二人の顔つきが、さらに緊張の度合いを増していった。

4

恭介を乗せた米軍のＣ１４１スターリフターは、所定のトラフィック・パターンを辿りながら、徐々に高度を落とし、アンドリューズ空軍基地への最終着陸態勢に入ろうとしていた。世界に点在する在外米軍基地の間は定期便で結ばれ、休暇や任務で移動する軍人、あるいはその家族たちによって座席が埋めつくされるのが普通だったが、この便には恭介の他に二人のＣＩＡ職員が乗っているだけだった。マレーシアからずっと同行しているグレイ・ステファン。それに中継地の横田から同乗してきたデール・バーナードの二人だった。横田を発ってすでに一五時間。途中アンカレッジで給油する際にも、三人が乗る機体のドアは開けられることもなければ、クルーの交代もなかった。

機が順調に高度を下げ、薄い雲の層を突っ切ると、恭介の座る右側の窓越しに、白く輝く川筋が見えた。その位置から、機が現在メリーランド州の上空を飛行しているのが分かった。深い森に覆われた大地。その所々に家々が、そしてビルディングが点在している。

その光景に触発されたのか、恭介の脳裏に、この長い飛行の間に起きた事柄が蘇ってくる。

クアラルンプールを離陸した後、日本までの飛行は、逃れようのない屈辱的な運命を呪うことを除けば退屈きわまるものだった。ホテルからずっと一緒だったステファンは、たまにソフトドリンクを勧めるだけで、何のために恭介をCIAの工作員にリクルートしたのか、その経緯はおろか、目的さえも話すことはなかった。横田までの七時間、会話と呼べるものは一つもなく、恭介はじっと目を閉じ、狭い機内で、いずれ明らかにされるであろう任務について思いをはせるしかなかった。

リア・ジェットが夜も明けきらぬ横田に着き、スポットインするとそこに待っていたのが、いま自分の隣に座るバーナードだった。

「ミスター・アサクラ。ようこそ。デール・バーナードだ」

インクブルーの地にペンシルストライプが入ったスーツ、レジメンタル・ストライプのネクタイ。身長は恭介と同じ一八〇センチはあるだろう。少しばかり腹がせりだしたバーナードは、満面に笑みを浮かべ、手を差し出した。

「ようこそ？　冗談じゃない。なんで俺が君たちの組織で働かなければならないんだ」

差し出された手に目をくれることもなく、鬱積（うっせき）した怒りを一気に吐き出すような勢いで恭介はまくしたてた。めったなことでは怒りを露（あらわ）にしない男が、初めて見せる感情の吐露だった。

バーナードはそうした恭介の反応は予期していたとばかりに、差し出した手を実に自然な動作で引っ込めた。そしてじっと恭介の目を見つめていた目蓋（まぶた）を閉じると、

「それには、それなりの理由（わけ）というものがある」

笑みを絶やさないまま、静かに言った。

「理由？　そんなものがあるなら聞かせて欲しいもんだ」

「もちろん説明するさ」

バーナードはそう言うと、ついて来いとばかりに顎（あご）をしゃくり、先に立って歩き始める。

「ヘイ！」

「まあ、そう焦るな。説明の時間はたっぷりとある。これからラングレーに向かう間にね」

　恭介の呼びかけに、振り向きもせずにバーナードは先に向かって歩を進める。

「ラングレーだと？」もちろんそこに何があるかを恭介は知っていた。ラングレー。ＣＩＡの本部があるところだ。「馬鹿な。俺はそんな所へは行かんぞ」

　その言葉にバーナードの足が止まった。振り返った彼の顔には先ほどまでの笑いはなかった。堅く結んだ唇。そして刺すように冷たい視線が恭介に向けられる。

「まだ君は状況が呑み込めていないようだな。失望したよ、ミスター・アサクラ。もうすでに覚悟は決まっていると思っていたのだが……」

「ああ、大いに失望することだな。一つだけ言っておくが、俺がここまで黙ってついてきたのは、この男、いや君らが組織をあげて俺をはめたからだ。まったく有無を言わさぬ方法を使ってな」

恭介の胸中に言いようのない屈辱感が、猛烈な勢いで湧き上がってくる。

「その状況は、現時点でも何一つ変わっちゃいないんじゃないのかね」

「なに！」

「日本に着いた途端に気を取り直したようだが、それはちょっと違うよ、ミスター・アサクラ。いいかね。ここは日本であって日本じゃない。れっきとしたアメリカ合衆国の空軍基地の中だ。君をどうするか、決定権を握っているのは、いまだに我々であることに変わりはない」

「…………」

憎悪の光に満ちた恭介の射るような視線が、バーナードに向けられる。

「この基地からいったいどうやって抜け出そうというのだ。たとえそれが出来たにしても、それから先のことを考えれば、君にとっては実に厄介な問題が持ち上がることになる。実体のない幽霊会社を日本と香港で運営し、オーストリアの銀行から香港を経由して流れ込む金……。そうした実態を日本の当局に我々が報告すれば、君もずいぶんと困ることになるんじゃないのか」

こいつらは俺のビジネスの実態を摑んでいるのか、いないのか。いったいどっちなんだ。クアラルンプールのホテルでステファンが接触して来て以来の、疑問と不安が入り交じった複雑な感情が恭介の胸中で頭をもたげる。コカイン・ディーリングの件については連中の口から一言も出てはいないが、もしもバーナードが言うように、仮にこの場から解放されたとしても、香港の幽霊会社の件、それにオーストリアの銀行からの資金の流れを徹底的に追及されれば、どこであの絡繰りがばれないとも限らない。おそらくは、香港の幽霊会社への資金の流れが徹底的に洗われるだろう。日本から海外への小口送金の件数は膨大なものだが、いったん目をつけたとなれば、日本の捜査当局は徹底的に該当するものを見つけだそうとするに違いない。もちろん送金はすべて偽名によって行なわれており、即座に日本でのコカイン・ディーリングまで行き着くわけではないだろうが、ネットワークは確実に大きなダメージを被ることになる。それにあの田代の存在だ。へたをすれば……。くそ、やはり逃げ道はないのか！

頭脳をフルに回転させ、恭介は再び打開策を見出そうと試みた。しかし結論を見出すには時間もなく、状況は絶望的なほどに不利だった。

「どうやら納得してくれたようだな。さあ、時間がない。君をなぜ我々がリクルートしたか、何を期待しているかは機内で話そう。申しわけないが、これからさらに長いフライトをしてもらわなければならない。説明はその機中でしよう。時間は十分にある」

バーナードは恭介を勝者の眼差しで見ると、踵を返して再び先に立って歩き始めた。その先には機体全体をオリーヴ・ドラブに塗られた空軍のC141スターリフターが駐機している。リア・ジェットの格納室から恭介、それにステファンの荷物を手にした整備士たちが追いついてくる。

一行が巨大な輸送機に乗り込むと同時にドアが閉められ、待ち構えていたようにエンジンが唸りを上げ始める。短いタキシングの後、滑走路に出た輸送機は、早朝の東京の空に舞い上がると、機首を北東に向け高度を上げていった。

恭介の隣に席を取ったバーナードは、輸送機が水平飛行に移ったところで、一冊のファイルを差し出した。堅く締めていた安全ベルトをバックルを外すことなく緩めると、恭介は足を組み、ファイルのカバーを開けた。民間機のファーストクラスなみとはいかないが、足を伸ばしリラックスするには十分なスペースがある。だが考えてみれば、このフライトはどんな民間機のファーストクラスに乗るよりも贅沢なものには違いない。なにしろ巨大な輸送機が自分一人を運ぶためにこれから太平洋を、そしてアメリカ大陸を横断するのだ。

渡されたファイルはちょっとしたマンスリー・マガジンほどの厚さがあった。とにかく分厚いファイルの一枚目に目をやった。そこには数項目にわたり、このファイルのインデックスが記されていた。

1　キョウスケ・アサクラに関する調査レポート
2　ミッションの目的及びその背景
3　工作員としての訓練スケジュール
……………

「ブラウンの優等生なら、この程度のレポートを読むのはお手のものだろう」バーナードは軽口を叩きながら、にやりと笑った。「詳しい説明はそのあとだ」

たしかに言われるまでもなく、かつてブラウン大学で学生時代を送っていた頃には、一晩に二〇〇ページや三〇〇ページにもわたる教科書や資料を読むのは日常茶飯のことだった。

だが、インデックスの一番最初を見た時から、恭介は新たな不快感とも不安ともとれる感情に襲われていた。

『キョウスケ・アサクラに関する調査レポート』……。かつてブラウン卒業を前にして真っ当な人生を歩もうとしていた頃、自らの手で履歴書（レジュメ）を書いたことはあった。紙ぺら一枚の日本の履歴書とは違って、アメリカのそれは、学生のものであっても時に一〇枚を超すことも珍しくない。それまでの自分の経歴を、現在から過去に逆行しながらこと細かに記載するからだ。しかし、いま目にしているものは、同じ自分の経歴を記したものであっても、自らの手によって作成したものではない。世界最大の諜報（ちょうほう）機関が、しかるべき能力を発揮して調査・作成したものだった。

果たして連中は、俺の闇の部分をどこまで摑んだのか。

クアラルンプールから抱いていた不安は、このペーパーの束の中に隠されている。猛烈なスピードで、びっしりと記載された英文に目を走らせながら、恭介は努めて冷静を保つよう心がけた。微妙な心理の動揺が出るのは、何も目や顔の表情だけに限らない。ページを捲（めく）る手や、ちょっとした体の動きにも出るものだ。隣に座るバーナードは無関心を決め込んでいるが、それはあくまでも表面上のことで、細心の注意を払って自分を観察していることは間違いない。そして通路を挟んだ席でシートをリクライニングさせ、すっかりくつろいだ様子を見せているステファンもまた同じはずだ。

恭介に関するレポートは、いまは亡き両親の経歴も含め、およそ二〇ページにわたる量があった。しかし恭介が膨大な文字の羅列を一字一句見逃すことなく読み進んだのは、現在から過去に向かって書かれているその内容のうち、ブラウンに入学したあたりまでのことだった。ニューヨーク・マフィアのボス、ファルージオとの関係、それにコカイン・ディーリングに関する記載がないか。注意はその一点に向けられていた。

レポートには、二人の口からすでに何度か出ていたように、香港の幽霊会社の件、そしてそこを経由してオーストリアの銀行から送られてくる金の流れ……その程度のことしか書かれていなかった。こうした複雑なトリックを使うこと自体、恭介が表には出せないなんらかの違法行為を働き、それを生業にしているであろうことは当然想像できたのだろうが、全容の解明までには行き当たらなかったらしい。

もしも連中が俺の真の正体にまだ行き当たっていないのなら、金の流れについては、まだ説明のしようがある。

恭介はそのパラグラフを読み終えると、内心安堵(あんど)の吐息をついた。急速に張り詰めていた緊張が弛(ゆる)み、冷静な判断力が戻ってくる。

やはりオーストリアの銀行を使ったのは成功だった。これがスイスの銀行だったらこうはいかなかったろう。麻薬や武器取引のホットマネーの実態を調査するために、CIAがスイスの銀行に密かにハッキングを行なっているのは公然の秘密というものだ。コンピュータというシステムが銀行業務の中に取り入れられ、ネットでそれが結ばれている限り、その程度のことを諜報機関が行ない、狙った人間の口座の金の流れを摑むことなど朝飯前だ。コンピュータはおろか、ファックスさえ持たない、時が止まったかのような旧態然とした銀行を使っていたからこそ、連中も手出しができなかったのだ。

そして、何ゆえにCIAが自分に目をつけたのか。何をやらせたいのかは、第二の項目、つまり『ミッションの目的及びその背景』を読み終えた時、すべて理解できた。

西海岸で度々発覚する中国製の銃火器の密輸。そしてそれを使用した事件。またDRMOのお粗末なオペレーションのお陰で流出する機密部品や情報……。そうした事件のことごとくに中国の、それも高位にある人間の存在が見え隠れする。そのルートを解明するために、実行力を持った工作員を必要としているのだ。もちろん連中の目的が、単に闇のルートを解明し、それを壊滅するといったような単純なところにあるのでないことは、恭介には容易に推測がついた。そう遠くない将来、中国はアジアにおける最大の脅威になることは間違いないだろう。もしもこうした闇組織の全容が解明され、関与している政府あるいは軍の高官の存在を摑むことができれば、それをたてにCIAは脅しにかかり、貴重な情報源を中国国内に設けることができるのだ。しかし当然のごとく、こうしたオペレーションは非合法な行為であるとともに、生命にかかわる危険がつきものであることは間違いない。工作員としての十分な能力はもちろん、外見からしても東洋系であることに加え、ネイティブに近い完璧な語学力が要求される。その点から言えば、どういう所からかは分からぬが、連中が自分に目をつけた理由も理解できないわけではない。

しかし、それにしてもだ……。

恭介はファイルを読み進むにつれ、胸に込み上げてくる笑いを押し殺すのに苦労した。

ここに書かれている、アメリカ国内で起きた密輸重火器による襲撃事件というのは、ファルージオが襲われた一件を指しているのだろう。DRMOから不完全なまま流出した武器や情報？　これだって俺がフロリダのタンパでコジモを殺った際に使用した戦闘ヘリ〝コブラ〟がそうだ。それに今回クアラルンプールに行った目的は、そのDRMOを通じてサン・アントニオにあるケリー空軍基地から流出した核兵器の設計図を武器商人に売り渡すのが目的だった。つまり連中が憂慮している事態に少なからず関与しているこの俺を、そうとも知らずにリクルートし、その問題の解決に当たらせようとする、これほど皮肉な話もあるまい。

恭介は『ミッションの目的及びその背景』と題されたセカンド・パラグラフを読み終えたところで隣に座るバーナードに向かって話しかけた。不快な表情は崩さないままだ。

「ミスター・バーナード」

「デールでいい。もし君が構わなければね」

「O.K.デール。君たちが俺に何をさせたいのかはよく分かったが、一つだけ聞きたいことがある」

バーナードは黙って頷いた。

「どうしてこの俺に目をつけたんだ。ＣＩＡの中にも中国系のアメリカ人はいるはずだ。そいつを訓練して工作員に仕立て上げるのが、常道というものだろう。いやそればかりじゃない、国内を探せばいくらでも、この任務に見あった人間を見つけだすことは可能だろうに」

バーナードは暫く何事かを考えているふうだったが、

「いいだろう」そう言うなり、膝の上に載せていたもう一つのファイルを恭介の前で広げた。

「こいつが、きっかけさ」

広げられたファイルには、恭介が手にしているのとほぼ同じほどの枚数の紙が綴じ込まれていた。その最初の一枚を見たとき、恭介は「あっ」と息を呑んだ。新聞のコピー。それも一面のトップに自分の写真が大きく載り、『ブラウン大生を襲った悲劇』という見出しがゴシックででかでかと記してある。写真の自分の容姿からすれば、大学の最終学年。ストリートギャングの二人を倒した頃のものだということが分かった。たしかにあの当時、ブラウンのあるプロビデンスの街の新聞や、学内新聞ではあの事件が大きく報じられたものだが、いま目にしているようなものに覚えはなかった。記憶の糸を手繰るように、改めて新聞のタイトルを見ると『コロンビア・スペクテーター』の文字が並んでいる。王冠を模した校章。見た記憶がないのも道理、ニューヨークにあるコロンビア大学の学生新聞だ。

「正直なところ、我々が君を知ったのは、まったくの偶然だ。ラングレーに着き次第、すぐに君が会うことになっているロナルド・ベーカーという男がいる。極東担当の上級アナリストだ。彼の息子がこのスペクテーターの編集長に就任してね。両親の結婚二五周年記念に、過去二五年の結婚記念日のスクラップを贈った。その中にこの記事が入っていたってわけさ」

「そんな理由で？」

「そんな馬鹿な、と言いたいところだろうが、現実なんて、実のところ信じがたいほど単純な偶然から大きな事が起きるものなんじゃないのかね」もう必要ないだろうとばかりに、バーナードは新聞のコピーが綴じ込まれたファイルを恭介の手から取り上げた。「頭脳明晰にして格闘技の達人。日本語、中国語、朝鮮語に長け、そして正当防衛とはいえ、人を二人も殺っている……考えてみればこれほど我々の組織で工作員として働いてもらう資質を兼ね備えた人間もおるまい」バーナードは、信じがたい現実を突きつけられ、さすがに唖然とした表情を浮かべている恭介に向かって不遜な笑いを投げかけたが、「それにこれは組織の内部でも公には言えんのだが……」今度は一転して真剣な眼差しでさらに話を続けた。「たしかに我々の組織の中にも中国系のアメリカ人は数多く存在している。国内を探せば、少なくともそれなりの資質を持った人間もいるだろう。だが問題は、彼らがどこまで安全かということだ。つまり彼らの社会が持つ『血』の問題だ。事実、中国系アメリカ人の多くは世界中に散らばった血縁縁者となんらかの関係を維持しているのが普通だ。ひいては中国本土にいる血縁縁者ともな。アメリカで生まれ育った生粋のアメリカ人であるにもかかわらず、中国という国を捨てきれずにいるのだよ。その一つのいい例が、最近ロス・アラモス研究所で起きた、核爆弾に関する機密事項の漏洩事件だ。実際、中国系のアメリカ人の中には優秀な人材が少なくない。国家の中枢で重要なポジションについて働いている者も数多い。しかし本人が意識しないうちに、そうした人間たちが中国によって協力させられていることも、また少なくないのだ」

「その点、日本人の俺なら、そうした『血』の盟約とは無縁だと言うわけか」

「手っ取り早く言えば、そういうことだ」

「だが、俺が君たちの期待に果たして応えられるような人間かな」

「いや、そうなってもらわなければ困る」

「どうかな」

「能力の評価という点では、我々はそれなりに確かな目を持っているつもりだ。たとえば射撃の腕にしてもね。君が高校時代を過ごしたミリタリー・スクールで、どれだけの成績を残したか。君に格闘技を教えたデービッド・ベイヤーがグリーンベレーでどれだけの腕を持ち、君がその彼に優るとも劣らない力を身につけているか。その評価はファイルを読んで分かっているだろう」

「それは昔の話だ」

「一つだけ言っておく。君が我々の組織から一刻も早く解放されたいと思うなら、いずれそう遠くないうちに与えられる使命を達成することだ。それが最も早い方法だ」

「それは一度きりの話か、それとも……」

「残念ながら、私にはそれに答える資格がない」

「ならば、その答を出せる立場の人間に言うんだな。一度だけだと。これは取引だ。目的を達成したらそれ以降一切、俺と君たちとは関係ない。それが約束できないならば、どんなことがあっても俺は働かない」

恭介は腹を括った。こんな形でCIAにリクルートされるのは不本意きわまりないが、この現実を逃れる最も早い術は、連中の要求を呑み、当面の問題を片づけること以外にない。ただ一つ幸運だったのは、自分の本当のビジネスの全貌を連中が摑んでいないことだ。たった一度で縁が切れるかどうかは、それこそ連中のいう〝任務〟を片づけたあとの話だ、いや逆に、秘密工作に関わることが、連中の弱みを握ることになるかもしれない。災いを転じて福となすか否かは、それこそ自分の才覚というものだ。

それが、長い飛行の間に恭介が出した結論だった。

小さな窓の下に遠く見えていたメリーランドの森が、今はすぐ眼下に見える。その距離がどんどん近づく。やがてその景色が密生した芝生一色に変わった時、軽い衝撃とともに主脚が滑走路に接地した。それがアンドリューズ空軍基地への到着の合図だった。

最終目的地であるラングレーまでは、車であと一時間ほどだった。恭介の新たな旅立ちが始まった。

＊

能登で三人のダイバーが水死体となって発見されたとの情報は、公安調査庁にその一報が入ると、まもなくラングレーにいるベーカーの下に寄せられた。それからの一〇時間は、ベーカーにとって、長いCIA勤務の中にあっても、かつて経験したことのない緊張と時間に追われるものになった。

机の上の電話が鳴ったのは、長官室での会議が終わり、東京にいる駐在員に日本の公安当局へ情報を流すように指示してから四時間後のことだった。

「ロナルド・ベーカー」

自分の名前を名乗る口調が明らかに苛立（いらだ）っているのは、肉体的疲労と、いましがた聞いたばかりの北朝鮮の工作情報からくる緊張感がそうさせたに違いなかった。

『エリック・リズニックだ』

受話器の向こうで名を名乗るリズニックの口調が、気のせいか、いつもよりずっと早口に聞こえる。

「エリック。で、どうだった日本の公安の反応は」

『それが、状況を説明している間に大変な事態が起きた』

気のせいではなかった。彼の口調は明らかに早口で、緊張と不安の気配に満ちあふれていた。

「なんだ。いったい何が起きた」

先をせかすようにベーカーの口調にも緊張感がみなぎり、早口になる。

『今朝、能登で三人のダイバーの死体が上がった。漁師が仕掛けた漁網にからまって溺死したんだ』

「三人のダイバー？」

『ああ、状況から見て、夜の闇に紛れて日本に潜入しようとした北の工作員とみなしていいだろう』

「本当か」

ベーカーの声が上ずった。

『現地の警察が撮影した写真を見せられたが、装備、服装、状況からして北の工作員であることは間違いないだろう。三人とも職業ダイバーのような黒ずくめの服装。それにあそこは、昼間でもダイビングをたのしむような場所じゃない。奇麗な魚が泳いでいるわけでもなけりゃ、海の中はケルプばかりだからな。ましてやナイトダイブをするような所じゃない』

「で、連中は何か北の工作員と分かるような特別な装備でもしていたのか」

『あった』

その言葉に、ベーカーの心臓が一度大きく鼓動する。耳に当てていた受話器に力がこもり、強く押しつけられる。

『中の一人が所持していた箱に入った七本のアンプルだ』間髪を容れず、リズニックが返答する。『見たところペーパーバックを一回り大きくしたくらいの箱だ。ゴムのパッキンで完全に防水されていて、中にはウレタンが詰まっている。そこに……』

「七本のアンプルが入っていたというわけだな。それでその中には」

『粉末状の物質が入っていた。写真で見ただけだから状態はよく分からないが、現地からの報告によると、かなり微細な粉末らしい』

ベーカーの心臓の鼓動が断続的に大きくなり、送りだされる血液の量がにわかに増加するのがはっきりと分かる。

「そいつだ！」ベーカーは思わず椅子から立ち上がると叫んだ。「連中が日本に運び込み、ばらまこうとしていた生物兵器だ」

『ああ、たぶん間違いないだろう』

なんという幸運だろう、とベーカーは思った。こうした秘密任務、特に奇襲の類のオペレーションには予期せぬアクシデントがつきものだ。ぎりぎりまで計算されつくしているがゆえに、ちょっとした想定外の出来事がすべてを台無しにする。それはアメリカが同様の作戦を行なってきた中でも、ままあることだった。たとえば七九年、イランでのアメリカ大使館占拠事件に際して行なった『オペレーション・サンダーボルト』などはその好例だ。特殊部隊をイランに送り込み、一挙に人質となった大使館員を救出しようとした。しかし侵入の途中で夜間超低空を飛行するヘリコプター同士が接触し、作戦はものの見事に失敗した。選りすぐりの隊員を選抜し、シミュレーションを何度も積み重ねたにもかかわらずだ。

日頃、日本に侵入して帰ってくるのは朝飯前に散歩に行くようなものだと豪語する北の工作員にしても、同様のことが起きないとは限らない。いや、そもそも、こうしたオペレーションに絶対などという言葉はありはしない。成功と失敗の確率は常に五分と五分……。本当のことを言えば、それが現実的な数字というものなのだ。

「で、そのアンプルはどうなっている」

『現在のところ、所轄の県警で厳重に保管されている。実際、最高のタイミングだった。この件に関して我々が公安当局にブリーフィングを行なっていた最中に入ってきた事件だったからね。連中もこの件に関しては深刻に捉えていることは我々と同じだ。迂闊にアンプルを開け中身を分析しようなどとは考えていないようだ』

「賢明な選択だ」

と答えながら、ベーカーはかつて日本で起きたオウム真理教によるサリン・テロのことを思いだしていた。通勤時間帯の地下鉄の中でばらまかれた化学物質の正体をサリンだと断定したのは、実は日本の捜査機関ではない。わがアメリカのＦＢＩだった。サリンと一口に言っても、製法はさまざまであり、その正体を摑むためには比較母体となるサンプルが必要なのだ。日本には、事件捜査を直接的に管轄する警察当局にも、この手の武器の存在を知る自衛隊にも、その分析能力がなかったのだ。ましてや今回北朝鮮が日本に持ち込もうとしたものは、すでに知られている生物兵器とは異なり、遺伝子操作によって生みだされた、まったく未知のものだ。しかるべき能力、それに施設がなければ分析はもちろん、アンプルを開封することなどできはしない。少なくとも、いや絶対にレベル4に該当する、つまり外界と完全に遮断され、生物兵器が限られたエリアから漏れ出す危険性の絶対にない施設と機器、それにプロフェッショナルの存在が不可欠になる。これらは絶対条件だ。そうして考えてみれば、少なくとも日本がこの条件を満たしていないことは明白だった。たしかに日本にはレベル4の施設を持つ研究施設があることはあるが、こうした兵器に対する分析能力を持ったスタッフ、ノウハウがあるかとなれば、皆無に近い。最終的には我々の力を必要とするに違いなかろう。しかし、その決断を日本の当局に委ねておくほどの時間はなかった。

　生物兵器を無傷のまま手に入れたとなれば、一刻も早くその正体を摑まなければ。そのためには……。

「エリック。一本でもいい。一刻も早くそのアンプルを手に入れることが最重要課題だ」

『私もそう思う。すでに公安の外事二課長にもその旨は伝えてある』

「こちらからも、しかるべきレベルで、すぐにアクションを起こす」

『そうしてくれ。なにしろこの国の官僚機構ときたら、融通が利かないことでは知っての通りだからな』

「いや、絶対にうんと言わせてみせるさ。速やかにな」ベーカーは不遜（ふそん）な口調で言うと

「第一、今回のターゲットは日本じゃないんだ。在日米軍基地。そこで使用し、事実上我々の軍事力を無力化するのが目的だ。つまり当事者は我々ということになる。もちろん日本人にも被害が及ぶことは間違いないが、いずれにしても今回のケースで、脅威に直面しているのは我々だ」

そう言うと回線を切り、今度は短い番号をプッシュした。長官室へのものだった。最初に秘書のエレンが出、短い事務的会話のあとすぐに長官のホッジスの声が聞こえてくる。たったいまリズニックから報告を受けた内容を手短かに話した。それから一〇分後には、ベーカー、ホッジス、ハーマン、エヴァンスと、数時間前に会ったばかりのメンバーが、再び長官室に顔を揃えた。

今度の会議は朝方の会議とは違い、ずっと短い時間で終わった。ほとんどがベーカーからの報告に費やされ、それが終わった時点では、誰が、そしてこの国のそれぞれの機関が何をなすべきかは、議論するまでもなく全員が完全に把握していた。少しばかりの時間を要したのは、それをお互いに確認するためだった。

ホッジスは、会議が終了し三人が部屋を辞そうと立ち上がったその時には、すでに電話に飛びつき、ホワイトハウスにいる大統領へ電話をかけ始めた。それは国家安全保障会議の緊急招集の依頼であり、同時にアメリカが諜報機関、軍、そして政治という国家機関のすべてを傾けて事態の対処に動き始めたことを意味した。

＊

永田町にある首相官邸の執務室で、首相の越村はテレビから流れるニュースに一人見入っていた。テレビのスクリーンには、今朝早く能登で発見された三人のダイバーに関して官房長官が行なった夕方の記者会見の様子が映し出されていた。

能登でダイバーの死体が回収されてからというもの、マスコミはこぞってそのニュースをトップで扱っていた。捜査当局の公式見解がないにもかかわらず、それを速報で流したのはテレビで、最初は『能登で身元不明の三人のダイバーの死体が発見される』というものだったのが、さほどの時間を経ずしてダイバーの前に『北朝鮮工作員とみられる』という文字が躍るようになった。夕刊はどの全国紙もトップで扱い、夕方のニュース番組もまた専門家と言われる人間たちを総動員して、目的の推測、工作員の不正入国の実態、果ては日本人拉致疑惑にまで遡って解説し、彼らはそれぞれ熱弁を振るった。しかし、そのいずれもが、彼ら三人の真の目的を言い当てるには至らなかった。

越村には、ＣＩＡの駐在員が公安調査庁を辞してまもなく、国家公安委員長の飯島の口から直接報告がなされていた。それはまさに驚き以外の何物でもなかった。飯島の口をついて出た最初の言葉が終わらないうちに、越村の顔から急速に血の気が失せていった。

「それは……事実上の宣戦布告じゃないか」

飯島の説明がひとしきり終わったところで、かろうじて越村は言った。

「宣戦布告というよりも、すでに戦争への第一歩を踏みだしたと言うべきでしょう」

「そのダイバーの一人が所持していたアンプルの中身が生物兵器だというのは間違いないのか」

「少なくともCIAから公安に寄せられた情報とは一致します」

「だとすれば、まず間違いないということか……」眉間に皺を寄せ、越村は唸った。「しかも遺伝子を操作して作られた未知の生物兵器か」

「アメリカが最も懸念しているのはその点です。彼らの言葉を借りるなら、この生物兵器は、旧ソ連時代にカザフスタンで開発されたものである可能性が極めて高いというのです。遺伝子を操作して人工的に製造したものとなれば、その特性は無限に広がります。理論上は、いかなる効果を発揮するものも作りだすことができます」

「だが現在のところ分かっているのは、それがなんらかの毒性を持ち、しかも空気感染するということだけなのだな」

「その通りです。もしもこの生物兵器が、連中の目論見通り在日米軍基地で使用されるようなことになれば、事実上その基地及び兵員は完全に無力化されてしまいます」

「いや、被害が出るのはなにも米軍基地だけではあるまい。空気感染するとなれば、日本国民にも感染することは明白だ」

飯島は黙って頷いた。

「そんなことになれば、日本は大変なことになる。正体不明の細菌やらウイルスが、まるで風邪のように空気を媒体にして相手を選ばず感染していくんだ。まさに大パニックだ。とても本当のことなど国民に知らせるわけにはいかんぞ」

「それについては、まったく同感です。北の工作員の目的が何だったのか、所持していた物が生物兵器であるらしいということも極秘にすべきでしょう。すでにマスコミは三人のダイバーの正体を北の工作員と断定した形の報道をし始めていますが、アンプルの件については摑んでおりません。評論家たちの見解も、今まで密かに繰り返されてきた日本侵入工作の延長線上にあるオペレーション、あるいは過激な見解にしても、日本国内での破壊工作、つまり新幹線爆破、電力施設の破壊といったテロ行為が目的だったというものに終始していて、さすがに本来の目的までには想像すら及んでいません」

「だとすれば、早々に彼らが北の工作員だということを公式見解として発表すべきだろう。それさえ認めてしまえば、混乱は最低限に抑え込める」

「同感です」

「よし、ならば官房長官に記者会見を開かせ、三人のダイバーの正体だけは明らかにすることにしよう」

越村は頷きながら言った。

「問題は、このアンプルの中に入った生物兵器と見られる粉末の分析ですが」飯島は次の要件を切りだした。「一刻も早くその正体を摑むことが先決です。すでに侵入工作の失敗は北も摑んでいるに違いありません。もし彼らが間髪を容れず次の行動に出てきたら。そして二度目の潜入工作が成功し、作戦が実行に移されたとしたら。もはや被害を食い止める手立てはありません」

三人のダイバーの正体がほぼ北朝鮮の工作員と判明した時点で、日本海側の海上警備はそれまでにも増して強化されつつあった。自衛隊からは、フリゲート艦、イージス艦をはじめとする多くの艦艇が日本海全域、特に潜入の可能性が最も高いと目される北陸地方沿岸を中心に展開し、八戸（はちのへ）からは海上自衛隊のＰ３Ｃ対潜哨戒機（しょうかいき）が上空から広範囲にわたって監視の目を光らせ始めていた。海上保安庁の巡視船もまた同様の行動を見せていた。その点から言えば、二度目の潜入は遥（はる）かに容易ならざるものがあるには違いないが、何事にも絶対という言葉はない。たしかに飯島が言うように、アンプルの中身の分析は、海上警備と同様に、いやそれ以上に早急に取り組まなければならない最優先課題に違いなかった。

「で、そのアンプルの中身だが。生物兵器だとして、わが国にそれを分析する能力はあるのか」

「まったくないというわけではありませんが……」飯島の口調が急に歯切れの悪いものになった。「一つは大宮にある陸上自衛隊の化学学校。それに国立衛生化学研究所。この二つがとりあえず候補となります」

「とりあえず？」

「ええ、とりあえずです。もしもこれがＣＩＡからの情報通り、遺伝子操作によって人工的に作られた生物兵器だとすれば、まったく未知の生物やウイルスを扱う施設、つまりホットゾーンを持った施設が必要です。『兵器』という観点からすれば自衛隊がその任に当たるのが妥当なところなのでしょうが、自衛隊はそのような施設を持っておりません」

「国立衛生化学研究所はどうなんだ」

「当面考えられるのはそこです。あそこにはレベル４の生命体を扱えるホットゾーンがあります。が、しかし……」

「しかし、なんだ」

「物が物ですからね。国立衛生化学研究所の科学者にしても、自衛隊の人間にしても、こうした兵器……ましてや遺伝子が操作された得体の知れない未知の生命体を扱うことには慣れていません。もちろん理屈の上では核酸の解析を行ない、その特性を分析する……手順的には他の生物を扱うのと同じなのですが、それが迅速に行なえるかどうかということになると……」

「時間がかかる、というわけか」

「残念ながらその通りです。正直申し上げて、そうしたノウハウに関してはアメリカに遠く及ばないというのが現実です」

「で、君の考えはどうなんだ」

「実は総理、これは現場レベルでの話ですが、すでにＣＩＡからはアンプルの内容物の解析をアメリカで行ないたいという申し入れがきております」

「彼らにしてみれば、直接的脅威に晒されているのは在日米軍という捉え方をしているからな。それは無理もあるまい」

「ええ。北朝鮮の目的は、在日米軍基地を事実上使用不能にして、南進に当たっての後方支援基地を無力化する。さらにそこを感染源にして、派遣されてくる米軍兵力に壊滅的ダメージを与えることにあります。その点ではたしかに当事者はアメリカということになるのですが、被害が確実にわが国にも及ぶことは間違いありません」

越村が緊張した顔で頷く。

「一つは、ダイバーが所持していたアンプルの数です。七つ。これは沖縄、佐世保、岩国、横須賀、横田、座間、三沢と、主だった米軍基地の数と一致します。もしもこの兵器がやつらの目論見通り使用されれば、そこで働く日本人従業員にも感染者がでることは間違いありません。いや仮にそうでなくとも、米兵やその家族がわが国の一般人と接触を持つ機会はいくらでもあります。そうなれば、感染がまさに乗数的に広がっていくことは間違いありません」

「ピンポン感染というわけか……そんなことになれば、もしもそれまでに有効なワクチンの開発がなされなければ、大変なことになる。まさに未知の生命体に冒された汚染列島。国全体が巨大な隔離施設となって、その脅威に怯えて過ごさねばならなくなる」

「たとえあの兵器が在日米軍に向けられたものであったとしても、脅威に晒されるのはわが国も同じことです。総理、事態は、もはや北が開戦に向けて第一歩を踏み出したと言えます。そして、それは同時にわが国にも向けられたとも……」

飯島の言葉を聞くまでもなかった。越村はすでに自分の喉元に鋭い刃を突きつけられたような恐怖と緊張感に、息苦しさと、胃の中から込み上げてくる吐き気を感じていた。

もはやどちらの国がどうという問題ではなかった。とにかくアンプルの中の物質の正体を摑み、その対応策を早急に見出すことが最優先課題であることは明白だった。そして何よりも大切なのは、そんな兵器をあの国に使用させないことだ。そのためには……。

「分かった。とにかくその内容物に関して速やかな分析が行なわれることが必要だ。飯島君、アメリカからアンプルについて正式に引き渡しの要請があれば、直ちにそうできるよう、しかるべきルートを通じて準備を始めてくれたまえ。それから防衛庁長官と、海上保安庁長官、警察庁長官、君、それにそれらの事務方のトップを交えて、早急に二次侵入への対応策を練ろう。現在のままでは各組織の間で不整合が起きる可能性がある。もはや変な縄張り意識などに囚われている場合ではない。これはまさに国家存亡の危機だ」

越村は断固とした口調で言うと立ち上がり、執務机の上にあるインターフォンを押し、緊急閣議の招集を秘書官に命じた。

——それがこの半日に起きた出来事だった。執務室に戻った越村がテレビのニュースに見入っていたその時、執務机の上の電話が鳴った。

一度目の呼び出し音が鳴り止まぬうちに受話器を取り上げる。その耳に『総理、合衆国大統領からのホットラインです』という緊張した声が聞こえてきた。

「繫いでくれ」

ホワイトハウスと首相官邸の間が常にホットラインで繋がれていることは広く知られた事実だが、その使用頻度はさほど高くはない。よほどの緊急事態でもなければ使用されることはないからだ。だが今日ばかりは、越村も、このアメリカ大統領からのコールが何を目的にしているのかを瞬時にして悟った。

『ミスター・コシムラ。アメリカ合衆国大統領です……』

日本のテレビで首相の越村の声が流れない日はあっても、合衆国大統領の声が流れない日はない。聞きなれた声が受話器を通して聞こえてくる。しかし、それも一瞬のことで、すぐに二人の間に入った同時通訳の声がそれを邪魔する。

「大統領、お久し振りです」

『いや、面倒な挨拶は抜きにしましょう』

「結構です」

同時通訳の声の向こうで微かに聞こえる大統領の声が緊張に満ちているのが、越村にも分かった。

『今日こうして電話を差し上げたのはほかでもありません。日本時間の今早朝、能登で溺死体となって発見された北朝鮮の工作員が所持していたアンプルの件です』

「ええ、その件については、今朝ほどＣＩＡから情報を貰った公安の者からすでに報告を受けております」

『そうですか、ならば北朝鮮の工作員が所持していたアンプルの中身がどういう可能性を持ったものかもご存じというわけですな』

「存じております」

『ならば話が早い。総理、事態は極めて深刻です。改めて説明はいらないかと思いますが、我々が摑んだ情報によると、連中が持ち込もうとしたのは遺伝子を操作して作り上げた、まったく新しいタイプの生物兵器で、空気感染して広がっていくものだというのです』

「聞いております」

『連中は、これを在日米軍基地を目標（ターゲット）として使用する計画で、作戦の成功と同時に南進の準備を速やかに行なうものとみられます。これがどういうことを意味するか』

「事実上、在日米軍基地は、朝鮮半島有事に際して使用不能になる」

『その通りです。我々がオペレーション五〇二七という計画を持っているのをご存じですね』

「もちろん」

『もしも連中の工作が成功すれば、オペレーション五〇二七はまったく機能しない作戦になります。それどころか在日米軍基地が使用不能になれば、北の南進に際して我々が取れる手段は極めて限定され、使用できるのは在韓米軍だけで、結果的には韓国を防衛することは困難ということになるでしょう』

「この生物兵器を、直接韓国内で使用する可能性はないのですか」

『その可能性は極めて低いと見ております。もしも空気感染で広がるようなものをばらまくとすれば、地上戦に参加する自国の兵士には予め(あらかじ)ワクチンの投与が必要となります。北朝鮮の地上軍全員に行き渡るほどの量のワクチンを開発するには、それなりの施設と時間、それに物資が必要となりますが、現在の国情を考えると、彼らがその準備を整えているとは考えられません。もしもそうした準備を整えるということになれば、その兆候が必ずあるものですが、我々の情報網にはそうした動きは引っかかってきていません』

「すると、やはり目標は、米軍の後方支援機能を完全に麻痺(まひ)させること……ですな」

『我々はそう見ています』

アメリカ大統領は断言した。越村は自分の背筋に冷たいものが走るのを感じた。大統領の言葉は、まさに日本が当事国になっていることを意味していたからだ。

しかし、この危機に際して自分が何をすべきか、にわかには思いつかなかった。感じるものと言えば、闇の中から密かに忍び寄る影のような不気味な気配、それだけだった。

『ミスター・コシムラ』大統領が落ち着いた声で再び名前を呼んだ。『我々が早急に取り組まなければならない問題は、二つあります。一つは、北の工作員の第二次潜入を何としても防ぐことです……』

「その点は、すでに私のほうからも自衛隊、警察、海上保安庁に、特に日本海側の海上監視、海岸線の警備を厳重にするよう指示を出しております」

『わが国も、佐世保に停泊中のイージス艦、それに駆逐艦を日本海に展開させるよう、指示を出しました。横須賀をベースとする第七艦隊は現在オーストラリア近海を航行中ですが、直ちに日本に引き返すよう、指示を出しました』

「それは、ありがたい」

『もう一つは、北のダイバーが所持していたアンプルの中身の分析です』

「もちろん我々も、早急に分析を行なう必要があると思っております」

『どうでしょう。その分析を我々に任せていただくわけにはまいりませんか。いや是非そうさせていただきたい』大統領は断固とした口調で言った。『失礼ながら、わが国はこの手の兵器を分析する能力という点においては、貴国に比べ一日の長があります。総理、国の面子（メンツ）といったつまらない感情に囚われている場合ではありません。生物兵器の分析が一日遅れれば、それだけ日米両国の危機は確実に増します。幸いわが国にはこうした兵器に関する専門家が多くおり、施設、ノウハウも充実しております。早急に七本のアンプルすべてをわが国に預けていただけないでしょうか』

　願ってもない提案だった。もとより越村にこの提案を断るつもりなどありはしなかった。

「すでに、しかるべきルートを通じて貴国機関と調整を行なうよう指示しております。異存はありません」

『そうですか、ご異存がなければ、こちらもすぐにアクションを起こしましょう』大統領はそこでいったん言葉を切ると、今までとは少し違った改まった口調で話を続けた。『それからミスター・コシムラ。一つだけ理解しておいて頂きたいことがあります』

「何でしょう」

『今回の北の作戦はすべて失敗に終わらせなければなりません。それも隠密裏にです』

もちろんそれに越したことはない。その言葉に越村が異を唱える考えなどさらさらなかった。

『北朝鮮の作戦が成功したとなれば、朝鮮半島での米韓軍との全面衝突は成り行き上避けられないものになるでしょう。しかし正直なところ、我々にはもとよりその意志はないのです。理由は二つあります。その一つは、朝鮮半島有事の際には、我々が韓国軍と予てより想定していたオペレーション五〇二七を発令するというのが定石というものですが、実はこれには大きな問題があるのです』

「それは」

『戦費の問題です』越村の問いに大統領は即座に答えた。『予てより半島有事の際のシミュレーションを行なう度に大きな問題となっていた部分なのですが、半島に派兵し、全面戦争に突入するとなれば、戦費は莫大なものになります。セルビアに対して行なった空爆でさえも一日に一億ドルという費用がかかりました。半島に全米軍の半分の兵力を派遣し、勝利を収めるまで戦うとなれば、その何倍もの戦費がかかるでしょう。ましてや後方支援として在日米軍基地が使えないとなれば、さらにその費用は膨らみます。加えて戦死、あるいは負傷兵の数も我々が予て想定していた数を遥かに上回ることは間違いありません。とても世論がそれを認めるとは思えません。たとえその一部を貴国に負担していただくにしてもです』

苦虫を噛み潰したように越村の口許が歪んだ。戦費の負担……。アメリカが世界のどこかで軍事行動を行なえば必ず持ちだされる問題だった。日本から遠く離れた中東の地で起きた湾岸戦争の時でさえ、日本は一兆八〇〇〇億円という気の遠くなるような金額を戦費の一部として負担させられたのだ。あげくに、戦争の後始末に掃海艇を派遣し、お決まりの憲法論争が巻き起こって与党は窮地に立たされた。ましてや今回は、僅かに日本海を隔てた半島で全面戦争が起き、日本は事実上の当事国にもなるのだ。生物兵器は在日米軍に向けて使用されたものだとしても、被害は間違いなく日本人の間にも広がるだろう。そうなれば自衛隊の防衛出動という、日本、いやアジアの国々にとって最も刺激的な事態に陥ることは容易に推測できた。

『たとえ戦費の問題をクリアして軍を派遣したとしても……』押し黙ったままの越村の反応を無視するように大統領は続けた。『第二の問題は、それから先のアジアです』

「と言いますと」

『わが軍が全面的に参戦すれば、当初の予定通りとは行かなくとも北朝鮮に勝利し、半島を統一することは可能でしょう。しかし、そうなれば我々が在日米軍基地を置いておく理由が存在しなくなる……。これが何を意味するか、ご想像がつくでしょう』

「中国ですな」

『その通りです。ソ連崩壊後、我々の仮想敵国は北朝鮮であったわけですが、半島が統一された後、もしもそのまま基地を存続させるとなれば、新たな仮想敵国は中国をおいてほかになるというのは誰の目にも明らかです。これは極めてデリケートな問題です。もしも我々が半島統一に成功し、在日米軍基地を引き払ったとしたら、おそらく中国が近年にわかに推し進めている覇権主義にさらに拍車がかかることになるでしょう。逆に我々が半島統一以降も日本にそのまま存続するようなことになれば、中国の反発を招くことは必至です。我々が韓国の太陽政策に同調し、北朝鮮が核開発を行なっているにもかかわらず徹底した査察を行なわず、穀物や重油の援助に応じているのも、こうした背景があるからです』

「たしかに、おっしゃる通りですな……。北朝鮮は我々にとっては必要悪。現在のまま居てもらわなければならない存在には違いありませんからな」

イラク、イラン、リビアのように……と言いそうになるのをぐっと堪えながら、越村は言った。

『とにかく連中の作戦をことごとく失敗させることです。そのためには連中がどんな生物兵器を使おうとしているのか。それを掴むことが現在のトップ・プライオリティです』

*

小松空港の格納庫から一機のF―15イーグル戦闘機が姿を現わした。タクシーウェイで待機している民間機を尻目に、そのままのスピードで滑走路に出ると、アフターバーナの轟音を残しながら、矢のようなスピードで急上昇し、瞬く間に厚い雲の中に消えて行った。

イーグルの操縦席のちょうど真下にある小さな格納スペースには、七本のアンプルが入った樹脂の箱が、万が一にも開くことのないよう、きっちりと蓋をされ、さらにジュラルミンのケースに厳重に梱包されて置かれていた。僅かに開いた空間にはウレタンの緩衝材が隙間なく詰め込まれていた。

上半身を包みこむように覆ったキャノピーは、全面が灰色の綿菓子の中に突っ込んだようにまったく視界がきかない。ともすれば上下左右の感覚を失う空間識失調に陥りそうになるのを避けるため、パイロットは計器に集中した。フライト・ディレクターの中の機体の状態を示すバーが、水平状態よりも遥かに高い位置で固定したように動かない。アフターバーナによって加速しながら上昇を続けているせいで、前方からかかるGがパイロットの体をシートに押しつける。高度計の針が狂った時計のように回転し、数値を上げていく。その数値が一万フィートに達しようとした頃、突如前方に薄い明りが射したかと思うや、次の瞬間にはイーグルは厚い雲を突き抜け、雲海の上にいた。パイロットはそこで初めてアフターバーナを切ると、さらに高度を上げながらルートの指示を乞うた。

「コマツ・コントロール。ジャガー1。パッシング・テンサウザンド、リクエスト・ファーザー・インストラクション」

『ジャガー1。クライム・アンド・メインテイン・フライト・レベル三三〇、ヘディング〇四五』

すかさず小松から高度をそのまま三万三〇〇〇フィートまで上げて維持し、方位を四五度に取るよう指示が返ってくる。目的とする三沢までは、ほぼ直線の最短距離で行けということだ。

「了解(ラジャー)。ジャガー1」

パイロットは指示を了解した旨を伝えると、もう一度指示を繰り返しながら、右手で握り締めた操縦桿(かん)を軽く右に捻(ひね)り、同時に右のラダー・ペダルを踏み込んだ。

ジャックナイフのような鋭さでイーグルは反応した。上昇を続けながらバンクを取ったキャノピーの右側に、地上を覆った厚い雲海が見え、左側には雲一つない夕暮れの美しいグラデーションにあやどられた空が広がった。指示をすべて実行し終え、水平飛行に入った時には、すでにイーグルは石川県を越え新潟県の上空にいた。マッハ二に近い速度で飛ぶイーグルの三沢到着まで、三〇分もあれば十分だった。

パイロットに与えられた任務はただ一つ、一刻も早く格納スペースに入った荷物を三沢に運ぶこと。ただそれだけだった。自分が何を運んでいるのか、それがどれほど重要な物であるのか、パイロットは一切知らなかった。もちろん、今こうして順調に飛行を続けている間にも、三沢では米第五空軍に所属する一機のF―16がアラスカに向けて飛び立つべく、荷物の到着をいまや遅しと待ち受けていることも。そしてアリューシャンの基地からは、空中補給のためにDC―10を改造したタンカーが燃料を満載してすでに飛び立ち、米軍が全力を上げて動きだしたことなど、想像だにできないことだった。

＊

アンドリューズ空軍基地に到着した恭介が連れてこられたのは、ラングレーにほど近い住宅街にある一軒家だった。外観こそなんの変哲もない二階建ての住宅だったが、一歩中に踏み込んだ時から、それが普通とは少々異なる間取りになっていることに恭介は気がついた。

玄関のドアを開けると、一階はリビングとキッチン、それに奥にはドアが閉じられた部屋があった。リビングにはソファに身をゆだねている二人の男がいた。二階に続く階段はリビングの奥にあり、外に出ようとすれば必ずそこを通らなければならない構造になっていた。

バーナードの姿を見た瞬間、ソファに身を埋めていた二人が同時に立ち上がった。身長はいずれも一八〇センチは優にあるだろう。顔の幅よりも首のほうが太く、分厚い胸。フットボールのディフェンスのラインマンのような鍛え抜かれた屈強な体つきが外観からも分かった。だがその目つきからは、知性に加え、いざとなれば断固とした手段に出ることを辞さない意志が漂ってくる男たちだった。外していたスーツの上着のボタンを慌ててかけると、左の胸から脇の下の部分が不自然に膨らむ。サマースーツの薄い生地の下に潜む、凶暴な鉄の工作物の匂いがする。おそらくはこの二人が、ここでの自分の行動を見張ることになっているのだろう。

バーナードは挨拶の言葉を発する代わりに一瞬視線を二人に向け、頭を僅かに上下させると、そのまま二階へ続く階段を上り始めた。

屈強な二人の、鋭いながらも好奇に満ちた視線を感じながら、恭介が、そして恭介のスーツケースを持ったステファンが、それに続いた。

二階は、階段を上り切ったところが一階よりは少し小さなリビングになっており、奥にある部屋には、開かれたままの扉の向こうに、キングサイズのベッドが置かれているのが見える。ちょっとしたホテルのスイートルームといった感じの間取りだ。

「ミスター・アサクラ。とりあえずはこの部屋で、ゆっくりと長旅の疲れを癒してくれたまえ」

バーナードは、壁に取りつけられている部屋の灯りのスイッチを入れた。昼に差しかかろうというのに、二階の窓という窓のブラインドは閉じられたままだ。その僅かな隙間を縫って漏れてくる自然光と間接照明の灯りが混じって、いやに寝ぼけた感じの光に部屋の中が満たされる。

「悪くない部屋だ」

あんた達がいなければ、もっとな。そう続けたくなるのを堪えながら、恭介は静かに言った。

「気に入っていただけたなら結構だ。何か必要なものがあったら、下にいる二人に遠慮なく言ってくれたまえ。階下には常に二人の人間が待機していることになっている」

俺を見張るために、だろう。

無言のままバーナードを見やる恭介の視線など意に介する様子もなく、彼は部屋の調度品を一つ一つ自らの手で調べ始めた。その手が片隅に置かれた冷蔵庫のドアにかかると、無造作にそれを引き開けた。中には缶入りのソフトドリンクの類に混じって、見慣れた色の特徴あるボトルが入っている。

「キュヴェ・ドン・ペリニヨン・ロゼ……八五年か。悪くないチョイスだ」鼻に抜けるような正確なフランス語の発音でラベルを読むと、ボトルを静かに元に戻す。「たしか君はこれを愛飲しているんだったな」

何気ない言葉だったが、それが恭介の嗜好までをも調べ尽くしていると暗に言っていることは間違いなかった。

冷蔵庫の扉が閉められ、その上にある木製のキャビネットに手が伸びる。扉が開けられ、そこからスコッチのボトルと、丸く切られたワインキャビネットに、尻をこちらに向けて寝かされている数本のワイン・ボトルが見える。

「こいつぁ驚いた。グレン・ガリュッホ。それも二五年ものだ。こんなものをよくも手に入れたものだ」

手前にあったひどく特徴的なボトルを手にすると、大仰な声を上げた。

シングルモルトといっても、ほとんどのものが香りつけのためのピートを重油で焚くのがいまや常識となっている。その中でスコットランドのアイレイ島で生産されるグレン・

ガリュッホは昔ながらの製法を頑なに維持している逸品中の逸品だ。本当のシングルモルトの味を知らない連中にとっては、とても煙臭くて飲めた代物ではないかもしれぬが、本当にうまい物というのは、それなりに癖があるものだ。いや、そもそも人間も含めて癖のない代物にろくなものはない。

「ここは禁煙じゃないんだろう」

グレン・ガリュッホの味の記憶がきっかけになったのか、恭介は自分の体が無性にニコチンを欲しているのを感じた。

「もちろん。自由にやってくれて結構だ」

返事を待つまでもない。残りが半分ほどになったせいでソフトケースのパッケージがしわくちゃになったゴロワーズから一本を取り出すと、恭介は両手でそれを伸ばすようにしながら、口にくわえて火をつけた。特徴のある芳香が、寝ぼけたような光に包まれた部屋の中に流れ出す。横田、アラスカを経由した飛行機が、アンドリューズ空軍基地に着陸態勢に入って以来、ずっと煙草を口にしていなかったせいで、ニコチンが指の先にまでまわっていくのが分かる。

バーナードはワインキャビネットの中の一本を取り出してラベルを見つめていたが、元の位置に戻すと、静かに木製の扉を閉めた。

「さて、本来なら、君に目をつけ、リクルートすることにした人間がここで待っているはずだったんだが、急な用事ができて遅れている。これからの詳しいことは、彼から説明があるはずだ。とにかく我々の仕事はここまでだ。後はゆっくりやってくれたまえ。休養も長くは続かないだろうからな」

バーナードはそう言うと、ステファンを促し、階下への階段に向かって歩きだした。

一人になったところで恭介は短くなった煙草を灰皿に擦りつけると、新たな一本を口にくわえ火をつけた。何気ない仕草で部屋の中を素早く、しかし注意深く観察した。おそらく、いや間違いなくこの部屋、そして寝室にはＣＣＤカメラが隠されており、自分の一挙一動は階下の男たちによって監視されているはずだ。それをモニターしているのはリビングの奥にあった小部屋。たぶんあそこには階下のリビングにいた二人以外に、数人の人間が籠っているに違いない。

だがそのカメラを発見したところでどうする。この状況から抜け出す手立てなど何もありはしない。連中は狙った獲物を確実に罠にかけ、檻に閉じ込めることに成功したのだ。

恭介はその努力を放棄すると、吸いかけた煙草を消し、ゆっくりと立ち上がった。絨毯が敷き詰められたリビングの床に置かれたままになっているスーツケースを軽々と持ち上げると、それを寝室に運び、キングサイズのベッドの上に放り投げた。柔らかなクッションの上で弾んだスーツケースの動きが止まったところで、施錠を解き蓋を開いた。

無性にシャワーが浴びたかった。考えてみるとクアラルンプールを発って以来、まる一日以上シャワーを浴びていない。長旅の間に体全体を被膜のように覆った汗と埃が、ことのほか不快に感じられる。シルクのジャケット、パステル・ピンクのポロシャツを脱ぎ捨てる……。一糸まとわぬ裸になると、鋼のような筋肉に覆われた恭介の見事な肉体が露になった。開け放した寝室のドアから漏れてくるリビングの暖色灯の光、それにブラインドを通して差し込んでくる自然光が、体全体にへばりついた筋肉の凹凸を柔らかな陰影となって浮かび上がらせる。

カーテンを閉め、湯温を調整しコックを捻る。ほどよい温度の湯が無数の銀色の糸となって、頭上から降り注ぐ。硬直した筋肉がほぐれ、交感神経が刺激されて疲労が抜け出していくのが分かる。全身を覆っていた汗と埃が洗い流されていく。石鹸を使い、シャンプーを使う。その清潔感溢れる匂いに満たされた時、その芳香とはまったく違った感情の爆発が恭介の内部に起きた。

くそ！　なんで俺が。それもよりによってCIAのために働かなければならないんだ。

それは、これまで自分の才覚のみで行動し、力で自らの道を切り拓いてきた男が初めて味わう感情だった。屈辱、敗北感、そして自分の力ではどうすることもできないもどかしさ……。普通の人間ならば、この歳になるまでの間に、何度となく味わうものに違いなかろうが、恭介の場合は初めて味わうものだった。

恭介は、必死になってこの危機を脱する方法を考えた。シャワー吹出口から吹きつける無数の糸の中にその答が隠されているような気がした。まるで滝に打たれる修行者のように、じっと動かずバスタブの中に佇んだ。滂沱たる湯が恭介の筋肉の上を流れ、それはたちまちのうちに排水溝へと吸い込まれていく。

何かあるはずだ。何か……。いままでにも危機は何度かあった。それも命をかけるような……。俺はその度に、知恵と力で切り抜けてきたじゃないか。今度だって、どこかに解決策があるはずだ……。

瞬間、恭介の全身の筋肉に凶暴な感情が電流のように走る。

下の人間を倒して、ここを抜け出す。リビングにいたのは二人だ。だが彼らは間違いなく武装している。奥の部屋には俺をモニタリングしている人間が別に最低二人はいるだろう。そいつらも同様に武装していると考えたほうがいい。相手は最低四人……。倒せるか……。

頭脳がフル回転し、状況がシミュレートされていく。屈強な体つきの男の姿が脳裏に蘇(よみがえ)る。

十中八九、格闘術はもちろん、射撃……そうした訓練を十分に受けた男たちに違いない。腕に覚えがあるとはいえ、相手の能力が未知の場合、楽観視するのは危険だ。仮に腕が同程度だとすれば、その時にものをいうのは体力だ。となれば一人ならばまだしも、二人を倒すことは不可能だ。ましてやこちらは丸腰だ。

さらにここを運よく脱出できたとしても、今度はどうやって連中の手から逃げおおせるか……。階下の連中を倒して逃げたことが分かれば、今度は、捕まるのではなく、殺されると思わなくてはいけない。逃げきるためには、ニューヨークにいるファルージオの手助けが必要だ。彼と繋(つな)がりのある組織はこの近辺にもある。組織の手にいったん逃げ込んでしまえば、少なくともこの国のどこかに身を潜めることは可能かもしれない。さらに名を変えてパスポートを用意することは可能だ。だが、少なくとも日本に戻ってからは、元の場所に戻ることもできなければ、いままでのビジネスを行なうことも不可能だ。……いや、脱出してからあとのことを考えるのはそもそもあまりにも幸運に頼りすぎている。

考えが堂々めぐりを始めていることに恭介は気がついた。結論の出ない苛立ちを叩きつけるようにして、シャワーのコックを閉じた。カーテンを引き開けバスタブを出る。濡れそぼった体をバスタオルで乱暴に拭うと、壁にかかっているハンガーからパイル地のバスローブをはおってベッドルームに戻った。

高ぶった気持ちを鎮めるために、強いアルコールが欲しかった。ふと、キャビネットの中にグレン・ガリュッホのボトルがあることを思いだした。

まだ濡れている髪をバスタオルで拭いながら、リビングへ入ったその時、死角になった部屋の角に人の気配を感じた。

「ミスター・アサクラ」

反射的に振り返った恭介の前に、椅子に足を組んで座る中年の男がいた。

「シャワーを使っている間に声をかけるのも失礼かと思ってね」

「誰だ、あんた」

「失礼。ロナルド・ベーカーという。CIAで極東担当のアナリストをやっている」

「つまり、俺をリクルートした張本人というわけか」

「まあ、そういうことになる」

ベーカーはゆっくりと立ち上がると、恭介のほうへ歩み寄った。正面から見据えるとベーカーの顔は目の下に隈ができ、声にも張りがなく、心なしかひどく疲れているように見える。

自然な動作で右手を差し出したが、その動作も緩慢だ。

「迷惑な話だ」

恭介は差し出された手を無視すると、踵を返してキャビネットへ歩み寄り、木製の扉を開けてグレン・ガリュッホのボトルを取り出した。磨き抜かれたショットグラスに琥珀色の液体を満たすと、ベーカーに背を向けたまま一気に呷った。煙臭いピートの強い香りが鼻に抜け、口の中の粘膜が刺激される。舌を使って満遍なくその感触を味わったところで、アルコールの塊を喉に送り込む。熱い塊が喉を駆け下り、胃の中で爆発する。本来ならば長旅の後、ましてやシャワーで汗と埃を流し終えたばかりともなれば、至福の瞬間であるはずだが、面倒の渦中に身を置く立場だ。強いアルコールも恭介の神経を癒す働きをするには至らなかった。すかさず二杯目をグラスに注ぐと、

「あんたも、やるかね」

事務的な口調で恭介は聞いた。

「いや、結構……。つきあいたいのは山々だが、なにしろまる一日以上寝ていないんだ」

疲労の色が隠しきれない答が返ってきた。

「ほう、それはご苦労なことだ。まさか俺の到着を待っていたというわけでもあるまいが」

いささかの皮肉を込めながら恭介は言うと、傍らの椅子に腰を下ろした。

「それも理由の一つには違いないが、少しばかり厄介なことが持ち上がったものでね」

「世界の警察官。非合法活動も含めてそれを裏から支える組織で働くともなれば、二四時間暇なしってわけかね」

恭介はグラスの縁に唇をつけ、中の液体を少し啜った。

「まあ、そんなところだ」

ベーカーは恭介の刺のある言葉を聞き流すと、正面から、長い間待ち焦がれた男の顔を、初めてまともに見つめた。

どんなビジネスでもそうだが、人間の能力を推し量るには、そう長い時間はかからないものだ。極端に言えば、最初の一瞬で大方の力量というものは分かってしまう。身なり。顔つき。それにほんの二言三言の会話が加わればもう十分だ。使える人間にはそれなりの雰囲気というものがあり、逆の場合もまたそうだ。

――こいつは使える。

実際に恭介を見たベーカーは、瞬間的に目の前にいる男の能力を確信した。諜報機関で長く働くうちに何人もの工作員を見、そして使ってきた男の琴線に触れる何かを、この恭介は持っていた。知性、度胸、そして何よりも得体の知れない危険な匂いが恭介にはあった。

「薄給にもかかわらず、ご苦労なことだ。それとも何かね、オーバータイムの手当でもつくのかね」

「残念なことに、私は君のような資産家じゃない。どうやったら君のような生活を送れるものか、うまい資産運用の方法でもあったら一つご教授賜りたいものだが」

皮肉には皮肉をとばかりに、ベーカーは答えた。

「世の中には二つのタイプの人間がいる。自分の才覚で道を切り拓いていける人間と、組織に飼い慣らされて禄を食む人間の二つだ。もしもあんたが前者のタイプの人間だとしたら、そもそもそんな物欲しげな質問はしないものだ」

「そうかね。それなら言わせてもらうが、世の中には二つの種類の金がある。まともな手段で稼いだ金と、そうじゃない金だ。俗にクールマネーとホットマネーと呼ばれるものだ。君がどんな手段で金を得ているのかは、正直なところ我々の力をもってしても全容の解明には至らなかった。ただ分かっていることは、香港に、ブリティッシュ・ヴァージン・アイランズに籍を置く『アンドリュー・アンド・マーチン』という幽霊会社があり、そこを通じてオーストリアにある個人銀行から、毎月一定額の金が振り込まれているという事実だ」ベーカーは睡眠不足のせいで、ともすると鈍りがちになりそうな頭脳に鞭を入れ、恭介の表情や仕草の変化に細心の注意を傾けながら話を続けた。「君は両親の航空機事故で大金を手にした。その金を海外で運用しているのだとすれば、年率で二〇や三〇パーセントの運用益を出すことは可能だろう。アメリカの普通のビジネスマンが、少ない金をまともな形で運用してもそれくらいの利益率を確保するのは当たり前のことだからな。ましてや『グローバル・インベストメント』という会社を東京に作り、そこで事業所得としてきっちり税金も払っている。もちろん君のサラリーからも一定額が毎月税金として納められている。だが、オーストリアの銀行に入ってくる金はどこの国でも申告はされていない。残念ながらオーストリアの個人銀行というのは、我々にとってもブラックボックスで、君に関する金の流れの全容は把握できなかったが、そこにプールされている金は、とうてい表に出せない金。つまりホットマネーであることに違いはあるまい。三か国にまたがった、マネーロンダリング・システム。この情報を日本の税務当局が入手すれば、大いに興味を示すことだろうな」

やはり連中は、俺の本当のビジネスが何であるかを摑んではいない。日本でのコカイン売買であがる金の流れを別にしておいて正解だった。日本への金の流れは把握できても、口座に流れ込む金は、ベーカーがいみじくもブラックボックスと呼んだオーストリアの銀行を調査しなければ、分かるはずがない。そして匿名の番号口座であるそれを調べる方法は、限りなくゼロに近い。

恭介は本来の自分のビジネスが把握されていないことに内心満足しながらも、逆に困惑の表情ともとれるように口を歪ませながら、グレン・ガリュッホの入ったショットグラスの中身を半分ほど口に入れ、一気に胃の中に送り込んだ。

すでに強いアルコールに慣れた胃の粘膜が、煙臭いシングルモルトをたちまちのうちに吸収していくのが分かった。

「で、俺に何をやらせたいんだ」

「すでに我々がどういう目的で君をリクルートしたか、それに関してのファイルはここまでの機中で目を通しているはずだが」

「ああ。アメリカに流入、あるいは再び出ていく武器。そのルートと組織の全容を解明する……」

「その通りだ。流入する武器も、また再び出ていく武器も、我々が、もちろんFBIも含めてだが、これまでに摘発したいくつかの事例から、ことごとく日本が中継地点になっていることは、まぎれもない事実だ」

「そんなことは日本の司法当局に任せておけばいいじゃないか」

恭介は琥珀色の液体を啜りながら言った。

「いや、ことはそう単純じゃない。単に問題を解決すればいいというものではない」

「つまり」

「背後にどういう組織が動いているのか。それを解明するのは我々でなければならない」

「必ずしも組織、ブツの流れを解明し、それを叩き潰すというのが目的じゃないというわけか」

「その通り。この武器の大量密輸には、中国政府のかなり高いレベルの人間が絡んでいることは間違いない。そうでなければ一度に二〇〇〇丁ものAKや、グレネード・ランチャーなんて代物が大量に流れることはないからな。もちろんこれは、発覚した事件での話だ。我々が知らないところでは、どれだけの兵器が流れ込んでいるか、実態を考えれば、そら恐ろしくなる数だろう」

「ぶっ潰すよりも、組織の全容を解明し、それに加担している中国政府の高官が判明すれば……その後の米中交渉において有利にことを運べるし、あるいはそいつをエージェントとして使う可能性も出てくるというわけか」

ベーカーは、曖昧な笑いで恭介の言葉をはぐらかした。

いかにもCIAの考えそうなことだ、と恭介は思った。自分を工作員としてリクルートしたごとく、悪事に目を瞑り、それよりも大きな利を得る。

考えてみれば、それがCIAという組織の中では当たり前のように繰り返されてきた歴史そのものだった。

「いいだろう。ミスター・ベーカー……。正直なところ君たちが調べた通り、俺の資産運用に関しては、表に出るとまずいところがないわけではない。君たちに協力しよう」

ベーカーの目に微妙な笑いが浮かんだ。

長い間諜報機関にいると、嫌でも人間の本性というものを垣間見ることがある。人生を台無しにする危険を冒してまで、あるいは生命を賭してまで、なぜ他国の諜報機関のために働く人間が跡を絶たないのか。それはイデオロギーの違いや、待遇への不満といった形で伝えられがちなものだが、実際はほぼ一〇〇パーセント、動機のすべてが『金』だ。そして目の前にいる恭介もまた、その一人であることをベーカーは疑っていなかった。

こいつは、どちらにしても我々の組織で働かざるを得ない……金を守るためなら絶対に動く。

「だが、二つだけ約束して欲しいことがある」

「何かね」

「一つはここに来る機中でバーナードにも言ったことだが、仕事は一度きりだ。二度目はない。終わり次第、二度と俺と接触しない。つまり俺の存在も、やったこともすべて忘れるということだ」

「それはできない相談だ……と言ったら」

「〝OK〟と言ってもらわなければ困るな」恭介は不遜(ふそん)な口調で言った。「ここに来る途中であんたがどうして俺に目をつけたのか、なぜリクルートする気になったのか、ファイルを見てすべての謎が解けた。今回のオペレーションを行なう工作員には、絶対的に満たさなければならないいくつかの条件がある。完全な東洋人(オリエンタル)であること。語学、少なくとも日本語、そして朝鮮語、中国語ができなければならないこと。武器、格闘術に長(た)けた人間でなければならないこと。それも合法、非合法の如何(いかん)を問わず実際に殺しをした経験がなければならない。そして最も重要なのは、人に知られたくない裏があることだ」

「それで……」

ベーカーは表情を変えずに先を促しながらも、内心で舌を巻いていた。

やはりこいつは只者じゃない。

「この条件を満たす人間は、そう簡単に見つかるもんじゃない。一方で君たちは早急にそうした人間を必要としている。俺一人をリクルートするために、こんな大掛かりな方法を取ったのが何よりの証拠だ。それならこちらの条件も聞いてもらえそうなものだが……」

「安心したよ、ミスター・アサクラ」初めてベーカーが駆け引きなしの笑いを顔一杯に浮かべた。「そこまで読んでいるとはさすがだ……。いいだろう、約束しよう。仕事はただの一回だけだ。その後は一切、我々は君と接触もしなければ、関係そのものもなかったことにしよう。だが、その前に、二つ目の条件とは？」

「簡単なことだ。ＣＩＡの工作員としての報酬をちゃんと払ってもらいたい。つまり、これはビジネスだということだ」

「喜んで……。だが、きっと君がびっくりするぐらい安いはずだがね。仕事がすんだら、まとめて香港の口座に振り込んでおこう」

「ならば取引成立だ……」

恭介はそう言うと、三分の一ほどに減ったグラスの中身を一気に呷った。

「だが、これだけは言っておく。さっそく明日から訓練に入ってもらうことになるが、我々の失望するような成績だけは残さないようにな。一刻も早く解放されたいのなら、満足する成果を上げることだ。手抜きをして駄目印を押されたらお払い箱になると思ったら大間違いだ」

　その場合、生命の保証もない、という言葉まで、口にする必要はなかった。

「分かっている」

　ベーカーは、その言葉に満足したように頷くとゆっくりと立ち上がり、階下に繋がる階段のほうに歩きかけた。

「ミスター・ベーカー」背後から恭介が呼び止めた。「一つだけ教えてくれ」

「何だね」ベーカーが立ち止まり、振り返った。

「スーツケースの中身だ」

「スーツケースの中身？」ベーカーが怪訝な表情で聞き返した。

「どうやらその様子だと、コカインかヘロインか知らんが、スーツケースに細工したというのはブラフだったようだな」

　突如ベーカーの顔に、穏やかな笑いが浮かんだ。

「イエスかもしれないし、ノーかもしれない。クアラルンプールで我々が君の荷物に細工する時間は十分にあった。それと同様に、ここに来るまでそれを抜き取る時間も十分にあった。それが事実ってものだ」

「真相は永遠の謎というわけか。いかにもＣＩＡらしい答だな」

　皮肉を込めた笑いが恭介の顔に浮かんだ。実際こうなった以上、事の真相などどうでもいいことだった。しかし二度目に引っかかるのは御免だ。

結局、いまは互いに紳士協定を結んだが、どうせことある毎に締めつけてくるに違いない。用済みになれば、あるいはその途中でも、消される可能性だってある。だが当面、策を練る時間はあるということだ。

恭介は新たな一杯を注ぐためにグラスを持って立ち上がると、もう用はないとばかりに片手を振った。

5

ワシントンD.C.からそう遠くないアンドリューズ空軍基地に一機のF―15イーグル戦闘機が降り立ったのは、その日の夕刻のことだった。淡い灰色に塗られた機体の二枚の垂直尾翼には、この戦闘機が所属する第一一空軍のマークが記してある。アラスカからカナダ上空、そして北米大陸を斜めに縦断し、何度かの空中給油を繰り返しながらここまで一気に飛んできたのだ。アメリカ上空を網の目のように繋いでいる航空路は、事前に連絡を受けたFAA（米連邦航空局）の通達によって、たった一機の戦闘機の通過に合わせて、まるでそこに一本のトンネルが設けられたように開けられた。そのお陰で、定期便のスケジュールは全米規模でちょっとした混乱に陥ったほどだった。

　イーグルは背面からエアブレーキを盾のように持ち上げながら接地すると、長大な滑走路の半ばからタクシーウェイに入り、速度を緩めることなく格納庫が並ぶ一画へと進んでいく。スポットには、騒音から耳を守るためにレシーバーをしたマーシャラーとメカニックがお約束のポジションで待機していた。そしてそこから少し離れたところには、いつでも離陸ができるように、すでにローターを回転させた一機のヘリコプターが待機している。

オリーヴ・ドラブの地に『U・S・ARMY』と白く鮮かな文字でペイントされたヘリは、ここが空軍基地であることを考えれば、見る者に少しばかりの違和感を感じさせずにおかなかった。

パドルを持ったマーシャラーの手が、器用に、しかし機械的に動き、イーグルを確実に停止位置へと誘導する。前から後へおいでおいでをするように一定のリズムで振られていたオレンジ色の蛍光色に塗られたパドルの間隔がゆっくりになり、それが高く掲げられる。その動きに同調するようにイーグルは前につんのめるように僅かに機首を下げると、停止した。マーシャラーの頭上でパドルがクロスし、次に水平に広げられると、甲高いエンジンが急速に回転を落とし、停止へと向かう。すかさずメカニックが駆け寄り、前輪に車止めを確実に設置する。

通常ならば、即座にタラップが掛けられ、パイロットを狭い空間から解放してやるところだが、今日ばかりはその手順も違っていた。

エンジンブレードが回転を落としていく中で、一人のメカニックが操縦席下部にある小さな格納扉のロックを解除する。それが合図ででもあったかのように、後方で待機していた二人の男が駆け寄ると、中に入っていたジュラルミンのケースを慎重な手つきで取り出した。他のグラウンド・クルーがブルーの制服に身を固めている中で、二人が着ている暗緑色の上下の陸軍の制服は、ことさら目を引いた。

小松から三沢、アラスカのアンカレッジ郊外にあるエルメンドーフ空軍基地、そしてメリーランドのアンドリューズ空軍基地へとリレー空輸された七本のアンプルが、最終リレー者に渡った瞬間だった。

陸軍の制服に身を包んだ一人の男がケースをしっかりと小脇に抱え、急ぎ足にヘリのほうへ向かう。それにもう一人の男が続く。ヘリに近づくにつれ、回転するローターからの猛烈なダウンフォースが二人の制服をはためかせる。一気に駆け寄りたくなるのをこらえたような二人の歩き方が、腕の中にあるものの重要性を示しているようだ。ようやく腰を屈めるようにしてたどりついた二人の姿を見て、パイロットが離陸の準備を始める。右席に座ったコ・パイロット（副操縦士）が即座に離陸の許可を管制塔に向かって要求する。

後方に大きく開いた搭乗口に二人が滑り込むようにして乗り込むと、中で待機していたロード・マスターがスライド式のドアを閉めた。エンジンの音が甲高いものに変わり、ローターの回転が加速していく。その回転が一定のものに変わった瞬間、ヘリは尾翼を持ち上げ、前につんのめるような姿勢で離陸を始めた。まださほどの高度がないにもかかわらず、旋回に入る。機首が北西の方角に向いたところで姿勢を直したヘリは、そのまま一直線に高度を上げながら飛び去って行った。エンジンが回転している赤色灯の光が見えなくなり、やがて存在を示すフラッシュライトの点滅光だけとなる。その先には、暮れなずむ空に瞬き始めた星が一つ、まるでヘリの進むべき方向を指す道標のように輝いていた。

＊

メリーランド州フレデリック市の北の外れにあるフォート・デトリック陸軍基地にヘリが到着した頃には日はとうに沈み、雲一つない空には満天の星が輝いていた。基地を囲む金網のフェンスに沿って、オレンジ色の街路灯が一定の間隔で並んでいる。すべては静寂につつまれ、基地の中の大部分は闇の中に沈んでいた。この広大な基地の中には、ことさら目を引く巨大な建物があり、まだその周囲には、ここで働く人間たちが通勤に使用する自動車が停められている。にもかかわらず、人の気配を示す灯らしいものが見えないのは、ブロックで覆われたこの建物に窓らしい窓がないせいだ。巨大なコンクリートで出来た箱。さらに屋根から突き出した通気管がその建物の外観と相まって、見る者にさらに異様な感じを与える。

アメリカ陸軍伝染病医学研究所。通称USAMRIID(ユーサムリッド)と呼ばれる施設がこの建物の正体だった。世界中で密かに開発、あるいは保持されていると見られる生物兵器に対する防御措置を研究開発するのがこの施設の目的である。ソ連崩壊とともに東西の冷戦が終結したと言われる今日においてさえ、このような施設が存在し、活発な研究活動が行なわれているのは、現在の平和が、いつ終わりを告げてもおかしくはない緊張状態の上に今も成り立っていることの何よりの証(あか)しだ。いや、ソ連との冷戦構造の終結とともにアメリカ軍におけるこの施設の重要性はむしろ増したと言ってもいいだろう。

核に代表される重兵器は、開発の過程でそれなりの兆候というものがあり、計画が事前に露呈しやすい。ましてやそれを使用するとなれば、ほぼ一〇〇パーセントに近い確率で動きを察知することができるし、報復措置を講ずることも可能だ。しかし、生物兵器、あるいは化学兵器と呼ばれるものをどこかの国が使用しようと企(たくら)んだ場合、状況はかなり違ったものになってくる。ちょっとした知識があれば、人を死に至らしめるような菌やウイルスの培養はいとも容易(たやす)いことだ。それをさらにややこしくしているのが、近年の遺伝子操作技術の発達だ。いままでは自然界に存在する毒性を持つものに対しての対策だけを講じておけばよかったが、遺伝子を操作することによって生まれる新種の菌やウイルスは、理論的には無限にある。さらに始末が悪いのは、生物・化学兵器の開発には、核兵器のような大掛かりな施設も必要なければ、コストもさほどかからないのだ。生物・化学兵器が『貧乏人の核兵器』と言われる所以(ゆえん)である。こうした兵器を所持していると見られる国はけっして少なくない。そして開発できるということを考えれば、その可能性は地球上に存在するすべての国に広がる。その中にはいまだにアメリカと友好関係などとは言えない、いやむしろ事実上の敵対関係にあると言っていい国もある。その点から言えば生物・化学兵器による攻撃こそ、アメリカが最も恐れ警戒するものだった。

たった一人のテロリストがアメリカに侵入し、菌やウイルスをばらまく……。たとえばボツリヌス菌を水源地に放り込めば、その水を飲んだ人間は確実に感染し、死に至る者も少なくないだろう。あるいは炭疽(たんそ)菌のように空気感染する菌をニューヨークのような大都市でばらまかれれば、犠牲者が出ることはもちろん、パニックに陥った都市の機能は完全な麻痺状態に陥る。そうなれば被害は人間だけに留まらない。世界経済は大打撃を受け、大混乱をきたすことは間違いない。

考えてみれば、アメリカが幾度となく参戦した戦争で、唯一敗北を喫したのはゲリラを相手に戦ったベトナム戦争だった。いかに近代的な兵器を所持し、兵士を鍛えようとも、極めて少数の人間たちによって行なわれるゲリラ戦には、手の打ちようがないのだ。そしてゲリラ、あるいはテロリストにとって、この生物・化学兵器ほど目的を遂げるに手軽かつ有効な兵器はない。ユーサムリッドの役割が、軍においても最重要視される所以がそこにあった。

その静寂を破るように、突如敷地の一画に複数のサーチライトが点灯し、白く地面を照らし出した。アスファルトで舗装されたその地面にはヘリコプターの着陸位置を示す『H』の文字がペイントされていた。ほどなく、上空から明らかにヘリのものと分かる爆音が微かに聞こえ、徐々に近くなってくる。天空に瞬く星の群れの中に、赤い点滅光、そしてフラッシュ・ライトの白い閃光が見え始めたかと思うと、二つの光をかき消さんばかりのランディング・ライトの強烈な光が灯った。

ヘリは獲物を見つけた猛禽類のように着地点に向け一直線に降下すると、猛烈なダウンフォースを地面に叩きつけながらふわりと接地した。

地上員が駆けつける間もなくスライド式のドアが開くと、中から小さなボックスを手にした男が腰を屈めながら降りてくる。男は予めそれを運ぶ場所は分かっているとばかりに、窓のほとんどない巨大なコンクリートの『箱』に向かって小走りに駆けだした。

リレーのゴールは、もうすぐそこだった。

＊

いつもなら夕食を済ませ、とっくの昔にリビングでくつろいでいる時間だが……。

ユーサムリッドの巨大な箱の奥深く、バイオハザード・エリア、レベル『4』の中で、ブルーの宇宙服に身を包みながら、マーク・ドレクセル陸軍中佐はフェイスマスク越しに壁にかかった時計を見た。針は午後九時を二〇分ほど回ったところを指している。部屋の中央にはステンレス製の机が置かれ、その上で、ついさっきここに着いたばかりのジュラルミン・ケースが白い蛍光灯の光を鈍く反射させていた。部屋の中には机を取り囲む形で、ドレクセルの他に二人の科学者がいた。一人はケビン・ハント。もう一人はキャシー・サンダース。どちらも陸軍少佐で、ハントは細菌やウイルスに関しての、サンダースは遺伝子工学のエキスパートだった。

「よし、作業にとりかかろう」

宇宙服を常に与圧状態に保つために送り込まれる空気のせいで、大声を出すにはいささかの体力を要する。未知の生命体に触れる時、そこには常に得体の知れない恐怖がつきまとうものだ。その点大声を出すという行為は、一見不便なように思えながらも、実はそうした生理的不安を、少しだが和らげる働きがあることを、ドレクセルはここでの長い経験で知っていた。

フェイスマスク越しにお互いの目を見つめ合い、顔の表情を窺い、意思の確認をしあうと、ドレクセルはジュラルミン製のケースの留め金を外した。三重に被せた手袋の上から触れるせいで、手に伝わってくる感触に違和感はあったが、それは作業に支障をきたすほどのものではない。四か所で止められた留め金が、手際よく外されていく。蓋が開くと、中にはウレタンの緩衝材に埋まった樹脂製のボックスが収納されている。ドレクセルの大きな手が緩衝材とボックスの間に差し込まれ、ボックスが取り出されると、すかさず空になったジュラルミン・ケースがハントの手によって机の隅にどけられる。

机の上に置かれた樹脂のボックスは艶消しの黒い塗料でペイントされており、日本の警察の手によって一度開けられた蓋の部分は、テープでしっかりと目張りがされていた。

「ナイフをくれ」

サンダースがフェイスマスクの中で頷き、傍らの小さなテーブルの上に置かれたいくつかの器具の中から、刃の薄いナイフをドレクセルに手渡した。

刃物や、鋭利な器具を扱う時には特に注意をしなければならない。まかりまちがって手袋を、あるいは宇宙服を傷つけるようなことにでもなれば、自分自身が細菌やウイルスに感染する可能性がある。この部屋の中で安全と呼べる空間は、自分の身を包む宇宙服の中、完全に外気と遮断された中にしかないのだ。

慎重に鋭い刃を蓋の境目に入れ、切り裂いていく。その作業が終わったところで、ゆっくりとナイフをサンダースに返すと、四か所ある留め金を次々に外していく。

開けるぞ。

三人は目で意思の確認を行なった。ドレクセルの両手が箱にかかり、蟹の甲羅を開けるようにゆっくりと蓋が開けられる。密着していたパッキンが剝がれる鈍い音がした。二つに分かれた樹脂の箱が机の上に置かれた。中には、プラスチックケースに収納された七本のアンプルが、ウレタンの緩衝材に埋め込まれるようにして入っていた。

こいつか。

ドレクセルは中の一本に手を伸ばすと、ケースの蓋を取り、アンプルをそっと摘み出した。琥珀色のアンプルの中で白い粉末が動くのが分かった。反射的にそれを蛍光灯の光に翳して見る。底から三分の二ほどまで溜まった粉末は極めて細かい粒子で出来ているようだった。試しに軽く振ってみると、僅かな空間の中で粉末が煙となって渦のように舞うのが分かった。

バイオハザード・エリアに入る前に念入りなミーティングを行ない、手順を決めておいたせいで、次のステップに入るのに言葉はいらなかった。サンダースが、小さな鑢をドレクセルに差し出した。一セント硬貨よりも小さな鑢を目の高さに持ち上げ、アンプルの縊れた部分に押し当て、慎重に傷をつけていく。いよいよ生物兵器が外気に触れる瞬間がやってきたのだ。もちろん、閉じ込められていた菌やウイルスがこのホットゾーンの中に充満しようとも、それが漏れ出す可能性は皆無だ。部屋の中は厳重にロックされた外よりも減圧の状態に保たれているうえに、天井に設けられたダクトがたちまちのうちに汚染された空気を除去する。それはコンクリートの巨大な箱の上部に煙突のように突き出した排気管へと続き、その途中には空気中に含まれるあらゆる菌やウイルスを除去するためのフィルターが設置されている。

ドレクセルは罎をサンダースに返すとアンプルを両手で持ち、両手の指先に慎重に力を入れようとした。瞬間、意外なほどの脆《もろ》さでアンプルは先ほどつけられた傷に沿ってポキリと折れ、二つに分かれた。聴覚が自然な状態であったなら、おそらく音がはっきりと聞こえたことだろう。もみ消した煙草が灰皿の上で最後の紫煙を上げるかのように、中の粉末がかすかに外部に漏れ出すのが分かった。

粉末は予想以上に細かい。それも極めて乾燥している。

アンプルの破断面が目に入った。それは通常、医療用に使われるものよりも遥《はる》かに薄く、明らかに特別な目的のため、つまり簡単に割れるように作られたものであることが分かった。ドレクセルの背中に冷たいものが流れた。

どうりで簡単に折れたはずだ。危ないところだった。もしも当たり前の感覚で力を入れていたら、取り返しのつかないことになっていたかもしれない。手の中で砕けたガラスの刃は、三重に保護しているとはいえラテックスでできた手袋を切り裂くか、小さな穴を開けるのに十分だったはずだ。そうなれば得体の知れない生物兵器に俺の体が侵されるところだった。

　フェイスマスクの中のドレクセルの目が緊張のせいで細くなった。常にエアが送り込まれている状態にもかかわらず、その額には汗が浮いている。サンダースが耳掻き(みみか)きのような金属の棒を差し出した。アンプルのキャップの部分をそっと机の上に置き、金属の棒を粉末の入ったアンプルの中に差し込む。プラスチックで出来た二つの試験管が差し出される。その底が蛍光灯の光を反射して白く光った。極めて微量の緩衝液と消毒剤が入れられているのだ。ドレクセルは、棒の先ですくった見えるか見えないかの量の粉末を二つの試験管に入れていく。一つは電子顕微鏡検査に使用されるものであり、もう一つはRT－PCR法による核酸分析用のものだった。菌やウイルスの正体を摑(つか)むには、この二つの検査方法を用いるのが最も早い。特にRT－PCR法を用いて核酸の配列を解明することができれば、中の生命体がどういう特性を持ち、これを意図的に作りだした人間が何をしようとしているのか、大方の推測もつく。そして何よりも重大なのは、それに対する防御措置、つまり血清やワクチンの開発にとりかかることができるということだ。だが口で言うには容易(たやす)いが、それがいかに困難で、時間を要するものであるかをドレクセルは知っていた。

「O.K. じゃあ二つ目のアンプルにとりかかろう」

　即座に分析に入りたい気持ちを抑えながら、フェイスマスクの中でドレクセルは大声を出して指示をした。アンプルは全部で七本。すべてに同じ菌やウイルスが入っているという保証はどこにもない。もしもそれぞれが違っていたら、自分たちがやらなければならない仕事は複雑になり、何よりも事態は一層深刻になる。
どうかアンプルの内容がみな同じでありますように……。
ドレクセルは心の中で祈りながら、二つ目のアンプルに手をかけた。

*

他人によって決められたスケジュールに従って課題をこなしていく。こんなことはブラウンで大学生活を送っていた頃以来のことだった。いや、あの頃はどんな授業を取るか、まだ自らの選択の余地というものがあった。だから、より正確に言えばミリタリー・スクールを卒業して以来だ。

ラングレーに着いた翌日から始まった工作員としてのトレーニング・メニューをこなしながら恭介は、そう思った。実際CIAが恭介に課したトレーニングに無駄というものは微塵(みじん)もありはしなかった。基本的には朝の九時から夕方の六時まで、昼の一時間の休息を挟んで、ブレイクと呼べるような代物すらなかった。それに近いものがあるとすれば、メニューが変わる度に施設内を移動する時間だけだった。

基本的に午前中は工作員に必要な知識。たとえば尾行や監視、あるいは盗聴、情報収集といった基本的な行為を身につけるための座学。そして午後は格闘術、破壊工作——といってもこれは主に目標(ターゲット)を殺傷するためのものだが——、そして射撃訓練に当てられていた。

だがそれも、一か月に及ぶ訓練期間の半分ほどまでのことで、後半の二週間は空白になっていた。

ベーカーとはあの日以来一度も顔を合わせてはいなかった。訓練が始まる当日から恭介がこなすカリキュラムはすべて一人の男が指導していた。アレックス・ワーグナー。名前こそ優雅な印象を受けるが、一目見た瞬間から、この男がそんな言葉とはほど遠い部類に属する人間であることを、恭介は見抜いていた。ワーグナーは『農場』とCIAで呼ばれる工作員養成所の教官だが、現場で優れた実績を残していなければ、つまり実際に合法、非合法の如何を問わず文字通り命を賭けた現場をくぐり抜けてきた経験がなければ、こうした職につけるものではない。少なくともここで学ぶのは理論ではない。この男の実体験に基づいた経験を叩き込まれるのだ。ワーグナーは決して自分の過去を語ることはなかったが、恭介は訓練が始まるとすぐにそれを悟った。そうした推測を裏付ける証拠はいくらでも挙げることができる。四〇の半ばを過ぎただろうというのに、この男の体には無駄な肉というものが一つもない。身長は一八〇センチに少し欠ける程度だろうか。頭部を覆った灰色の髪にも老いの兆しもなく、彫りの深い眼窩の底で光る目は油断という言葉とはまったく無縁のもので、むしろそこに潜む冷徹な影を隠すのに苦労しそうなほど鋭いものだった。それが、直接的、あるいは間接的なものかは分からぬが、数多くの死を見つめ、間違いなくそうした危険をくぐり抜けながら生き抜いてきた男の目であることは間違いなかった。

恭介の推測が確信に変わったのは、最初に格闘技の訓練を行なった時のことだ。かつてブラウンの学生であった頃、ベトナムに従軍した経歴を持つ元グリーンベレーの兵士、デービッド・ベイヤーから、人を倒すという点においては本質的な意味での格闘技を学んで以来、久しく恭介はこうした訓練を受けていなかった。しかし多少なりとも格闘術や武道の心得があるもの同士が一対一で向かい合えば、力量というものは瞬時に分かるものだ。実際マットの上で正対するワーグナーには一片の隙もなかった。自分を見つめる彼の目には殺気ともとれる光が宿り、へたに動けばたちどころにやられる……。かつてベイヤーの下でトレーニングに精を出していた時にも決して味わったことのない、ある種の恐怖さえ恭介は感じたものだ。

当然のことながら、この歳になるまで日課のように継続的なトレーニングを行ない、鍛え上げてきたワーグナーの前では、恭介はいとも簡単に捩じ伏せられた。しかし幾度となくマットの上に叩きつけられ、関節をきめられ、あるいはプラスチックで出来た模擬のナイフを喉元に突きつけられるといった行為を繰り返すうちに、恭介は自分の中で急速に若い頃の勘が蘇ってくる手応えをたしかに感じていた。それは日頃休むことなく続けていた筋力トレーニングの成果だったかもしれないし、あるいは休暇の度の、野生のターキーを狩るべくケンタッキーの山中を彷徨うハンティングによって、獲物を倒すという本能を錆びつかせることなく過ごしてきたせいかもしれない。

そうした恭介の日頃の成果は、射撃訓練の場では、最初から遺憾なく発揮されることになった。訓練センターの地下一階にあるシューティング・レンジ。まるでボウリング場のレーンを取っ払い、グレーのカーペットで壁面を覆ったような巨大な空間。その射撃ブースに最初に立った時、ワーグナーはおもむろに一丁の拳銃を恭介に差し出した。大きさのわりには持ち重りのする鉄の工作物が、天井の蛍光灯の光に鈍く光り、冷たい感触が妙に懐かしく感じられた。冷えたその感覚が、腕を伝わるうちに熱を帯び、恭介の背筋を駆け抜ける。

グリップに彫られた星のマークにまず最初に目がいった。TT－1930／33。通称トカレフと呼ばれる約三〇口径の拳銃だった。

「最初の射撃から、こんな妙なものを使わせるのか」

同じ口径の拳銃なら、アメリカで広く使われているものが他にごまんとある。にもかかわらず初っ端から東側諸国で広く使われている拳銃を使用させるとは……。

「ほんの腕試しというだけだ。お前にはほかにも慣れてもらわなければならない銃がある。だがものには順番というものがある。最初はこいつからだ」

ワーグナーの言葉は返事になってはいなかったが、その裏には明確な意図があってのことに違いない。トカレフは旧ソ連で開発された拳銃だが、今でも中国では五四式拳銃の名で生産され、軍や公安警察の制式として使用されている。いや中国ばかりではない。北朝鮮もまた六八式拳銃の名で生産し、軍用に用いている。そして日本に流入してくる密輸拳銃の中でも最も多いのがこのトカレフで、そうした点から言えば、アジアでは最もポピュラーな拳銃というわけだった。

「なるほど」

恭介は皮肉な笑いをワーグナーに向けた。

「扱い方は知っているな」

ワーグナーは無表情のまま、淡々とした口調で聞いた。

答える代わりに、恭介はシューティング・レンジのほうを向くとゴーグルをかけ、耳栓(イヤーマッフ)で鼓膜を保護した。

お手並み拝見とばかりに、ワーグナーが標的をクリップに挟み、狭いブースの壁面についたスイッチを操作する。モーターによって巻き取られたワイヤーの動きに従って、標的がレンジの奥へと向かって動いていく。レンジの奥行は六〇フィートはあるだろうか。標的はその途中二〇フィートほどの所で止まった。海のものとも山のものともつかぬ男の射撃の腕を見るには、ずいぶんと厳しい条件だった。敵対する相手に向かって拳銃から発射される銃弾が、ことごとくその周囲に着弾、あるいは命中するなどというのは、テレビドラマや映画の中の出来事でしかない。三メートルも離れれば、紙の上に描かれた直径僅(わず)か三〇センチほどの標的の中に命中させるにはそれ相当の腕が必要になる。ましてやこのような広大なシューティング・レンジの中での射撃ともなれば、円形の標的が描かれた正方形の余白の部分を外せば、弾着地点の判別は不可能であり、どこに弾が飛んで行ったものか分からず、二発目からの修正は極めて困難になる。

マガジンを取り出して装弾数を確認する。八発のトカレフ弾が装填(そうてん)されているのが分かった。遊底を引き、チャンバーの中に初弾がないことを点検し、スライドを一度操作した。ハンマーがコックされたところで、おもむろにトリガーを引いて空撃ちをし、トリガープルの感触を確かめる。次にトリガーを引いたまま、スライドを再び引いてまた離し、ハンマーがコックされたまま――ディスコネクトが働いている――であることをチェックして銃をホールドオープン状態にしたところでマガジンをセットした。

流れるような一連の操作から、恭介が銃器の扱いに慣れていることを悟ったのか、ワーグナーは無言のままじっと見つめている。

カチリと音がし、完全にそれが収納されたところで恭介は遊底を引き、初弾をチャンバーの中に送り込むと、おもむろにトカレフを標的に向けて構えた。右腕を前方に突き出し、逆に左手は肋骨（ろっこつ）の側面につくような形で絞り込む。グリップに力を込めた。右手の人差指がトリガーにかかる。左手の人差指をトリガー・ガード下に置き、右手中指を包むようにしながら、しっかりとトカレフを固定した。凹形に切られたリアサイトの中に、遊底の上に突き出したフロントサイトが入ってくる。その延長線上に黒い円形の標的の中心がくるように合わせる。

理論的にはこれで標的の中心をぶち抜くことになるが、実際に弾丸が銃口から発射されるまでには、いくつかの微調整が必要になる。特にトカレフのサイトはあまり正確ではないということでは〝定評〟がある。サイトを中心に狙っても上下左右にかなりバラつく。加えて固定サイトのために調整がきかないときている。それに拍車をかけるのがトリガーを引く際に拳銃にかかる力と、発射の際の反動だ。ほとんどの場合、トリガーを絞る際に指先にかかる力のせいで、発射の瞬間、銃口は狙ったところよりも下を向く。たとえそれが僅かなものであったとしても、銃身が極めて短いため、目標までの距離が長くなればなるほど、着弾点は大きくブレる。

恭介はそうした特性を頭に入れ、狙いを標的の中心から僅かに上に向けた。あとはこのトカレフの着弾にどの程度のバラつきがあるかだが、それだけは撃ってみないことには分からない。恭介の呼吸が自然と止まった。微かに上下していた狙いがピタリと固定する。右の人差指に徐々に力を込める。突然ある一点で炸裂音とともに弾けるような反動が恭介のグリップに、そして両腕にかかる。吸収できなかった衝撃のせいで銃口が上を向く。排出された空薬莢がリノリウムの床の上で乾いた音を立てた。

七・六二MMの着弾痕は極めて小さなもので、二〇フィートの距離からでは肉眼で確認するのがやっとといったところだった。標的の中心よりおよそ五センチ下、右に三センチの所に小さな穴が開いているのが分かった。ワーグナーは無言のまま、その標的を見つめている。

銃の特性が分かった恭介は、再びトカレフを構えると、今度は一度目より少しだけ左斜め上に狙いを修正し、トリガーを絞った。断続的に七回の速射だ。炸裂音が止んだ時、空中に排出された空薬莢が、連続して床に落ち、金属的な音を立てて転がった。装塡していた弾丸をすべて排出したせいで、トカレフの遊底は後に後退し、円筒形の銃身が剝き出しになっている。薬莢の排出口は開いたままだ。恭介は空になったマガジンを抜き、スライドリリースレバーを操作して遊底を元に戻すと、ブースの壁面についたスイッチを操作し、標的を引き寄せた。それに手が届く距離に来る以前に着弾点がはっきりと分かった。二回目に発射された七発の銃弾は標的の中心から五センチ以内の範囲に散らばっていた。

「見事なものだな」

背後からワーグナーの声が聞こえた。その声の裏にワーグナーが初めて洩らす感情と呼べるものが籠っていることを恭介は聞き逃さなかった。トカレフを小さなテーブルの上に置き、両耳を塞いでいた耳栓を抜いた。

「拳銃を撃つのはミリタリー・スクール以来じゃなかったのか。まさか日本じゃ拳銃は撃てまい」

ワーグナーが恭介の動きに同調するように、自分も耳栓をはずしながら訊いた。

「たしかに日本じゃ撃つどころか所持することもできない。だが、この国に来れば、子供だってシューティング・レンジに来て射撃を楽しむことはできる」

「すると、アメリカに来る度に」

「まあ、そういうことだ。ドライバーズ・ライセンスを見せさえすれば、どこのシューティング・レンジでもお好み次第の銃をぶっ放すことができるからね。もちろんそれもアメリカのライセンスである必要なんかありゃしない。日本のものでもOKだ。ハワイあたりじゃ、日本人観光客目当てに商売しているところが少なくないのは知ってるだろう」

「継続は力なりってやつか。君のミリタリー・スクール時代の射撃の成績は抜群だったが……しかし、それにしても」

ワーグナーは手元まで引き寄せた標的をクリップから外すと、驚嘆の声を上げながら考えた。

渡航記録によれば、たしかにこの男は度々アメリカに入国している。だが、射撃の腕というものは、格闘技や語学と同じように、継続的な訓練なしには維持することができない。もっとも中には、極めてまれに、最初から信じられないような成績を上げる者がいる。センス、あるいは才能と言ってもいいだろう。本人は当たり前のように課題をこなしながら、その道の専門家を大いに驚かせるような驚異的な腕の冴(さ)えを見せる。

だが、それにしても……。

ワーグナーは、あらためて手にした標的を見た。

初弾は標的の中心部を僅かに右下に逸(そ)れた。しかしこの男は、そのズレを、二発目からはものの見事に修正し、残りの七発をすべて中心部にまとめている。それも速射でだ。これは海軍の特殊部隊(SEALS)や対テロ工作部隊(デルタフォース)の中でも、トップクラスの射撃の腕と言わねばなるまい。いかにアメリカに来る度にシューティング・レンジに通っていたとはいえ、これだけの技術を維持できるものだろうか。いったいこの男は何者なんだ。

ワーグナーの中で、僅か数日の間に、射撃のみならず、格闘術をはじめとする諸々の訓練を通じて感じ始めていたある種の思いがふつふつと湧き上がってくる。それは決して短くない『ザ・ファーム』での教官生活の中でも初めて覚える不思議な感情だった。最高のダイヤモンドの原石を掘り当てた、いや、すでに多面体にカットされ完成されたダイヤモンドを思いがけず手にしたような興奮にほかならなかった。

　こいつは最高の工作員になる。少なくとも俺と同等、いや、もしかするとそれ以上の働きをして長くCIAで伝説として語り伝えられるような、そうした資質を持っている。もっとも、たとえそうした存在になろうとも、自分と同じようにこの男の名前を知る者はそう多くはないことだろうが……。

「O．K．キョウスケ。どうやら君の訓練メニューは少し見直さなければならないようだ」

　ワーグナーはそう言うと、「ちょっと待ってろ」

　テーブルの上に置かれたトカレフを持つと、踵を返してシューティング・レンジを出ていった。次に戻って来た時、彼の手には艶消しの黒に塗られた別の拳銃と、弾丸が入ったボックスが二箱、握られていた。

「次はこれだ。通常の任務ではこちらの銃を使うほうが多い」

　差し出された拳銃はトカレフよりも一回り小さく、持ち重りも僅かに軽い拳銃だった。

　解説を聞くまでもなく、恭介はその銃の正体を知った。

　SIG／ザウエルP229。FBIでも使用されている拳銃だった。トカレフよりもない、りは小さいが、口径は四〇と大きく、当然殺傷能力もそれに比して強烈になる。おまけにダブル・カーラム・マガジンを使用しているせいで、トカレフよりもグリップだけはやや太く、装弾数も一二発と多いのが特徴だ。

「分かった」

恭介は決められた手順でマガジンを取り出し、チャンバーに弾がないことを確認した。マガジンが空であることを確認すると、銃の本体をテーブルに置き、慣れた手つきでマガジンの中に四〇S&W弾を込めていく。その作業が終わり、マガジンをグリップにはめ込んだところで、ワーグナーが新たな標的をセットした。

「二〇フィートからだ」

恭介はニヤリと笑いながら、耳栓を装着し両耳を塞ぐと、標的に正対した。ワーグナーもまた、耳栓を装着すると、恭介の背後に腕組みをしながら仁王立ちになった。

さあ、お手並み拝見といこうじゃないか。失望させんでくれよ、ボーイ……。

そうしたワーグナーの内心など、意にも介さないといったように、無造作に弾丸が発射される音がシューティング・レンジに鈍く響いた。

*

ユーサムリッドからの報告書がラングレーの長官室に着いたのは、日本からメリーランドまでの長いリレーが終了してから、ちょうど五日後のことだった。

早々に情報担当副長官（DDI）のウイリアム・ハーマン、作戦担当副長官（DDO）のテッド・エヴァンス、そして極東担当上級アナリストのロナルド・ベーカーの三人が長官室に招集された。三人に取り囲まれるようにして座る長官のジェイ・ホッジスの顔には、疲労と苦悩の色が浮かんでいた。それもそのはず、このミーティングが始まる前には、ユーサムリッドからの報告書を真っ先に目にした陸軍大将ラッセル・ニューマンによって国家安全保障会議がホワイトハウスでほぼ午前中のすべての時間を費やして行なわれたばかりなのだ。今回の北朝鮮の工作情報をキャッチし、生物兵器を手に入れたのはＣＩＡだが、ユーサムリッドはその名の通り陸軍の管轄だ。フォート・デトリック陸軍基地の中の施設で行なわれた分析結果をニューマンが誰よりも早く入手できたのも、組織というものの機能からすれば当然のことだった。

「事態は、我々が想定していたよりも遥(はる)かに深刻だ」

ホッジスは三人が揃ったところで静かに話し始めた。

「中身の分析が終わったんですね」

「ああ、おおよそのところはね。だが、まだ完全にじゃない」

エヴァンスの言葉にホッジスが頷(うなず)く。

「大変なウイルスであることが分かった。あれがもし実際に使われていたら、わが軍は北の南進を食い止められないどころか、壊滅的な打撃を受けていたところだった」

「で、どんなウイルスだったのです」

恐怖と緊張からいまだに解放されないホッジスに向かってハーマンが先を促した。

「マーズからの情報は兵器の概要に関しては極めて正確だった。ユーサムリッドでの分析によると、例のアンプルの中身は紛れもないウイルス兵器。それもRNAを操作して人工的に作られた新型のものだった。分析に時間がかかったのも、それなりの手間を要したからだ」ホッジスはテーブルの上に置かれたマグの中のデカフェを一口啜ると、いくぶん滑らかになった口調で話を続けた。「この兵器の正体はインフルエンザ・ウイルスにボツリヌス・トキシン、つまりボツリヌス菌の毒素の遺伝子をかけ合わせたものだそうだ」

「ボツリヌス・トキシン？」

「ああ、そうだ。ボツリヌス菌を兵器として用いることは広く知られているが、こいつ自体の使い方にはそれなりの条件というものがある。なにしろボツリヌス菌は嫌気性の細菌で、空気中には酸素があるので発育できない。この菌を単体で使う場合は、水源地にぶち込むとか、缶詰の中に紛れ込ませるとかでもしないかぎりは、ほとんど害をおよぼさない。生物兵器について無知な連中は、ボツリヌス菌が空中散布されたり、ミサイルの弾頭に詰めてぶち込まれれば、それだけでも大変なことになると思っているらしいが、はっきり言って、この菌はそうした使い方には向かないのだ」

「連中は、その問題点を核酸を操作し、インフルエンザとかけ合わせることで、効果的なものに仕立て上げたというわけですね」

ハーマンがホッジスの言葉を先回りする。

「そういうことだ。連中はインフルエンザのウイルスにボツリヌス・トキシンの遺伝子を組み込むことに成功した。アンプルの中身は、それを凍結し真空状態でひく――つまりフリーズドライとまったく同じ製法で粉末化したものだった。これが実際に使用されたとなればどんなことになるか……」

　三人は顔を見合わせた。もちろんボツリヌス菌に対しての知識は少なからずあったが、それはあくまでも単体の菌が人体に及ぼす効果としてのもので、遺伝子が操作されたもの、ましてやインフルエンザ・ウイルスに組み込まれたものとなると、どんなことになるのか、まるで見当もつかなかった。

「あのアンプルの中の粉末が人体に入れば、まず喉の粘膜に取りつき、たちまちそこで増殖を始める。感染者に最初に現われる症状は、おそらく風邪に似た、いや風邪そのものだろう。だが本領を発揮するのはそれからだ。第二段階として今度はボツリヌス・トキシンが働き始める。ボツリヌス・トキシンは運動神経を麻痺させる。目がおかしくなる。物を飲み込めなくなる。呼吸が苦しくなってくる……そして」

「そして……」

　三人が息を呑んでホッジスの次の言葉に集中する。

「最終的には横隔膜を動かす神経が麻痺する。つまり呼吸麻痺が起こり、ご臨終というわけだ」

「なんてこった」

　エヴァンスが吐き捨てるように言った。

「それが空気感染でどんどん広がっていくんだ」ホッジスはエヴァンスのほうに視線をやると、まだ話は終わってはいないとばかりに続けた。「こんなものを知らないうちにばらまかれた日には、まったくのお手上げだったよ。こいつを弾頭に装塡（そうてん）したミサイルを発射するとか、戦闘機から落とすというのなら、事前に手の打ちようもあれば、誰がやったかもはっきりするのだがな」

「たぶん連中は、在日米軍基地でこいつを使用し、兵士に感染させようとしたのでしょう」注意深く長官の話に耳を傾けていたベーカーが初めて口を開いた。「ボツリヌス・トキシンについては二〇〇グラムあれば全人類の致死量に相当すると言われています。またボツリヌス菌単体の中毒に関しては、通常、発病まで早くて二時間から三時間、最長三六時間とされていますが、インフルエンザの症状が徐々に重くなって、それから毒素が働き始めるとなると、たぶん数日かかるんでしょう」

「まさに君の言う通りだ。実際これは時限装置のついた猛毒と呼べる代物だよ」ホッジスの眉間（みけん）にさらに深い皺（しわ）が寄った。「連中の計画はおそらくこうだ。まず在日米軍兵士の集まる場所でこのアンプルを開ける。これは何も難しいことではない。基地内である必要はないからな。おそらくは限られた空間。それも人が密集しているところならさらに好都合だ。考えてもみたまえ。たとえばクラブやディスコ、あるいはバーといった場所だ。民間人と兵士が日常的に接点を持つ所など、基地のまわりにはいくらでもある」

「外出禁止令を出せば」

走ったエヴァンスにホッジスは冷たい視線を投げかけた。「それが証拠にアンプルの容器は極めて薄いガラスで出来ていたそうだ。たとえばクラブで踊り狂う兵士の足元にそれを転がす。それで任務は完了だ。あとは粉末となったウイルス兵器を吸い込んだ兵士が、人間兵器となって基地で働き、風邪を発症する。そいつは盛んに咳をするだろう。その度に何千万、いやそれ以上の桁のウイルスが空気中に拡散し、その近辺にいる人間に確実に感染していく。感染が広がるにつれ、各基地を結ぶ連絡便に感染者が乗ることもあるだろう。そうなればまさにピンポン感染だ。全米の基地がこの組み換えウイルスに汚染される可能性だって否定できない」

「軍属や兵士の家族に感染させてもいいんだぞ、テッド」愚にもつかない言葉を思わず口

「そこを見計らって北は南進の準備を始め、そして実際に進攻を始める」

「そいつが連中の狙いさ。まさに『マーズ』が言っていたように、これはオペレーション五〇二七を完全に無力化する作戦さ。いったん在日米軍基地がこの組み換えウイルスによって汚染され使用不能になったとなれば、本土から直接後方支援を行なわなければならない。せいぜい使えても、グアムがいいところだ」

「それに航空母艦を中心とする海軍兵力だけですかな」

「すでに第七艦隊はオーストラリアから急遽黄海に向けて引き返しつつあるが、いずれにせよ作戦は根底から練り直さなければならない。今ごろペンタゴンの参謀たちは、上を下への大騒ぎだろう」

エヴァンスとホッジスの言葉が交差する。サイドボードの上で保温状態にあるデカフェが芳しい匂いを放つ。気のせいか、ともするとその香りの中にも得体の知れない生命体が含まれているような気がする。ベーカーはそうした気分を振り払うかのように話題を変えた。

「で、大統領は何と」

「指示は明確だよ。ロン」ホッジスは老眼鏡を外すと、深く寄った眉間の皺を指で押さえて目を閉じた。「第一は、ユーサムリッドの全力を上げて、このウイルスに対するワクチンの開発に直ちにとりかかること。第二はなんとしても北に次の行動を取らせないこと。これは外交ルートを通じて行なわれることはもちろんだが、我々にもその任が課せられた。工作員の新たな侵入、そして生物兵器の使用はいかなる方法を取ろうとも、絶対に阻止しなければならないとな……」

「しかし、それは日本当局の協力がないと」

ハーマンがDDIらしい意見を言った。

「もちろんこの件に関しては、おおよそのところは大統領から直接コシムラ首相にホットラインを通じて連絡済みだ。生物兵器の特性については教えてはいないようだがね。だが、それでも十分だ。日本の当局も、自衛隊、警察、公安の組織をあげて、特に日本海側の警戒を強化している。知っての通り、日本はまわりを海で囲まれた島国だ。その気になれば侵入しようとするのはそう難しいことではない」

「すると、一番確実なのは『マーズ』からの情報ということになりますが」

四人の間に重い沈黙が流れた。北朝鮮の上層部にいるマーズから寄せられる情報はたしかに精度の点、情報の重要性の点においては群を抜いている。だがその立場ゆえに情報の伝達には複雑な手順を踏まねばならず、こうした緊急を要する情報に関しては結果的には後手に回ることが少なくなかった。

「いずれにせよ、第二の侵入、そして作戦の実行は防がねばならん。いいか、あの国はわが国にとっては必要悪なのだ。決して暴走させるようなことがあってはならない。このオペレーションの実行は……」ホッジスはエヴァンスとベーカーを交互に見据えると、「いかなる方法を用いてでも未然に阻止しなければならない。絶対に」

断固とした口調で言った。

エヴァンスとベーカーは黙って頷いた。いかなる方法を用いてでも……それを考えるのが二人の仕事だということは、誰に説明されずとも分かりきったことだった。

＊

ユーサムリッドの一室で、キャシー・サンダースは北朝鮮の工作員が日本に持ち込もうとした粉末の分析を続けていた。すでにそれが紛れもないウイルス兵器で、インフルエンザ・ウイルスにボツリヌス菌の遺伝子を組み込んだものであることは判明していたが、遺伝子の分析の作業はそう簡単に済むものではない。なにしろこのウイルスの遺伝子コードは数十万にも及ぶのだ。それをRT—PCRにかけ、膨大な遺伝子の配列が記憶されたコンピュータの中のデータと照合していくのだ。それは事件現場に残された一つの指紋を、全世界の警察にファイルされているそれらと付け合わせていくのに似た膨大な作業だった。アンプルの中の生物兵器の正体が、インフルエンザ・ウイルスとボツリヌス菌の複合体で出来ている。それはまだこの兵器の正体の一部を解明したに過ぎない。それも生物兵器としては、最もポピュラーで、かつ使用される可能性が最も高かったからこそ早期に発見が可能だったのだ。つまりここまでは、まさにツキは自分たちにあったのだ。

だが、この膨大な塩基の羅列のすべてを解明する作業は、ここからが本番だ。試験問題が最初の何問かは基礎学力を試すもので、徐々に応用を必要とするものに変わっていくのと同じように、その作業も作業の進行とともに困難をきわめていく。砂の山に隠されたダイヤモンド。それも石英とさほど大きさの変わらないダイヤモンドを探し当てろと言っているようなものだ。

サンダースは、殺菌され無毒化された緩衝液に溶かし込んだ粉末のサンプルをRT—PCRにかけては、ホスト・コンピュータの中のデータと付け合わせるという単純作業を淡々とこなしていた。ゴールの見えない作業。それも単純作業というものは、ともすると拷問にも等しい苦行だ。

だが、いま分かっているだけでも、国家、いや人類がこれまでに直面した最大の危機と呼んでも決して過言ではない危険極まりない生物兵器が使われようとしていたのだ。その事実が、彼女の集中力を持続させ、任務へ没頭させる力となっていた。

一刻も早くこのウイルスの全容を解明しなければ。もしもすでに判明している以外に、何か別の生命体の核酸が組み込まれていたら大変なことになる。

すでにこの単純作業に取りかかって一週間が過ぎようとしていた。この間に家に戻ったのはたったの二回。それもシャワーを浴び、着替えをするとすぐにまたこの部屋に籠（こも）るということを繰り返してきた。家には幼稚園に通う五歳の息子がいたが、事態が事態だ。幼稚園への送りは同じ基地で働く夫がやってくれ、迎えはベビーシッターがやってくれていた。夕食の面倒を見るのも、母の姿が見えずにむずかる息子を寝かしつけるのも、すべて夫がやっていた。

日を追うごとに蓄積されていく疲労は、背中の筋肉を硬直させ、座りづめの作業のせいで腰が痛んだ。コンピュータの画面と長い時間睨（にら）めっこをしているせいで、目だけではなくこめかみの辺りがひどく痛む。体を休めるのは、いよいよその痛みに堪えきれなくなった時だけだ。時折、数時間、部屋を離れ仮眠室で休息を取る。だが、一刻も早くこの生物兵器の全容を解明しなければという義務感、そしてもしこの瞬間にも実際にこれが空気中に散布されたらという恐怖感が、彼女の睡眠を妨げた。

薄緑色の手術着と帽子は毎日交換してはいたが、その下に覗（のぞ）く彼女の顔は眼窩（がんか）が落ちくぼみ、人並み以上に白い顔の目の下には薄墨を塗ったような隈（くま）ができていた。

窓一つない部屋の中では時間の感覚もなかった。サンダースは今日になってもう何度照合のために送ったか分からない新たなコードを送り込むと、ホスト・コンピュータからの返事を待った。

　短い時間の後、今までとは明らかに違う文字の羅列がスクリーンに現われた。サンダースの目が、にわかに生気を取り戻し、異常なほどの輝きに満ちた。

　やったわ！　やっぱりあった！

　最初に込み上げてきたものは、長い努力が酬（むく）われたという歓喜の感情だった。しかし、疲労した顔に光が宿ったのは一瞬のことで、スクリーンに表示された文字を追うにつれ、今度はそれに代わって、なんとも納得がいきかねるといった表情になった。

「プリオンですって？　なんでこんなものをわざわざ組み込んだのかしら」

　プリオンは蛋白質（たんぱくしつ）だ。それ自体はなんら珍しいものでもなければ、危険なものでもない。だがこのプリオンには二つの種類がある。通常型プリオンと、変異型（スクレイピー）プリオンだ。問題は後者のプリオンで、これがなんらかの要因で人体に入ると、通常型プリオンを病原性プリオンに変化させる。それはやがて中枢神経に蓄積され、致死性痴呆（ちほう）症のクロイツフェルト・ヤコブ病（CJD）を引き起こす。これが牛に起こった場合、牛海綿状脳症、いわゆる狂牛病となる。怖ろしい謎の蛋白質だ。だがこのプリオンが謎の蛋白質と言われる所以（ゆえん）は、この二つのプリオンのアミノ酸配列がまったく同じであることに由来する。つまりこの二つの物質は、同じ遺伝子を持ちながらも一方は正常な人間の体内に存在し、もう一方は死の病を発症させる因子として働くことになるのだ。つまり二つの蛋白質は遺伝学上、まったく同一のものと考えられるのだ。

サンダースは考えた。

いったいどうしてこのウイルス兵器を作り上げた人間は、プリオンをわざわざ組み込んだのだろう。ベクターとなるインフルエンザ・ウイルスにボツリヌス菌の遺伝子を組み込んだ。そこまでは分かる。人為的に大量の人間に感染させるには、最も可能性の高い手段には違いない。だけどプリオンに関しては、意図するところが理解できない。少なくとも私の知るかぎりにおいて、こうした方法で出来た組み換え体（リコンビナント）蛋白ではアミノ酸配列が同じというだけで病原性を持たないはずだわ。こんなことをしても、苦労ばかり多くて、なんの効果も及ぼさないはずだわ。

だが、その一方で何が原因で病原性プリオンが出現するかということは、いまだ解明に至っていないのも事実だった。

このウイルス兵器を製造した科学者たちが、この二つの蛋白質の間にある相違点、つまり発症までのメカニズムを解明したとしたら……。あるいはＣＪＤを発症させるのが、変異型プリオンのせいではなく、まだ見つかっていないウイルスによって引き起こされるもので、その存在を発見したという可能性は……。

『可能性』という限りにおいては、決して否定できないことだ。ふとサンダースの脳裏に、以前、キャンプ・ザマの陸軍情報部の手によって英訳され、送られてきた日本の新聞記事が浮かんだ。

あれは京都大学だったかしら。核酸断片を病原性プリオンの中から見つけた、という記事を読んだことがあったわ。論文としては発表されはしなかったけれど……。もしも、仮にそれが本当のことだったとすれば、病原性プリオンそのものが感染することもあり得る。それどころか、病原性プリオンという蛋白質の存在に何らかのウイルスが関与しているとすれば、今回のこの生物兵器にプリオンを組み込んだ理由がはっきりする。となると、リコンビナントが体内に入ったと同時に、病原性プリオン蛋白が増殖を始めるという可能性もあるわけだわ……。

新たな恐怖の始まりだった。

スクリーンに表示された文字を見つめるサンダースの顔から血の気が引いて行くのが分かった。ただでさえ人並み以上に白い肌が、さらに白さを増し、睡眠不足と疲労、それに化粧をしていないせいで、荒れた肌が蠟人形のように無機的なものに変わった。

「もしそうだとしたら……なんてことを……最悪だわ……」

サンダースの目が恐怖で見開かれた。小刻みに震える手が受話器に伸びた。

＊

草の香りが土の匂いに混じってむせ返るようだった。黒いバトルスーツに身を包んだ恭介が、この姿勢を維持して三〇分ほどの時間が経っていた。夜露をたっぷりと吸い込んだ地面からは体重を支える肘と両太股の部分を通して水分が染み通ってくる。目の部分だけが開いたバトルスーツと同色のフェイスマスクを被(かぶ)っているせいで、呼吸する息が中に籠り、息苦しさを覚える。恭介が潜む草むらは、人の腰ほどの背丈の雑草が密生しており、なだらかな斜面の向こうには、ちょっとした住宅地を再現したような二階建ての家が通りを隔てて五軒ずつ向きあって並んでいる。おそらくは昼間、太陽の日に晒(さら)された中で見ればみすぼらしいバラックの集合体なのだろうが、闇に包まれた中では、それなりの街並み程度には見える。

その左側、二軒目の家の中にいる人間をすべて倒す。それが今夜恭介に課せられた任務だった。こうした実戦さながらの訓練は、たいていの場合、工作員養成の最終段階で行なわれるものだが、わずか二週間に満たないうちにここまでこぎつけたのは、恭介の能力が卓越したものであったからにほかならない。格闘術こそワーグナーに学ぶ点はまだあったが、それもナイフを使って一瞬のうちに敵を倒すといった、これまで恭介が身につけていなかった分野での話で、素手でのこととなればほぼ互角、いや時にはワーグナーを倒すことすらあった。射撃に関しては言うまでもない。SIG(シグ)／ザウエルを使っての命中精度も、トカレフのそれと変わらなかった。拳銃(けんじゅう)には口径やタイプによってそれぞれに特性というものがあるが、基本的に射撃能力を決定づけるのは、射撃を行なう者に備わった天性のセンスと慣れである。まだ一三歳の頃から中高一貫のミリタリー・スクールで銃の扱いを教育科目の一つとして学んできた上に、数少ない趣味の一つであるハンティングを通じて腕を磨くことはおろそかにしなかった。それにワーグナーはもちろん、CIAの連中も気がついてはいないが、文字通り生命をかけた戦いを三度もくぐり抜けてきたのだ。紙に印刷された決して反撃してこない標的を相手に弾丸を発射することなど、恭介にとっては朝食前のジョギング程度の気軽なレジャーのようなものだった。

　地面に腹ばいになった恭介の目の前には、ヘッケラー&コッホMP—5が夜の闇に溶け込むようにして、黒く艶消しされたボディを横たえていた。シグの訓練が最上等の成績を残したところで、次にワーグナーが差し出したのが、このサブ・マシンガンだった。MP—5を扱うのは初めてのことだったが、一連の操作を教わり、最初の一発を発射したところで、恭介はこの銃が何ゆえに世界の警察組織で、あるいは特殊部隊で使用されるのか、その理由をたちどころに悟った。SMGといえばこれまでイングラムを愛用してきた恭介にとって、それは新鮮な驚きだった。ブリキの塊のようなイングラムが暴れ馬だとすれば、こいつは間違いなくサラブレッドだった。銃身がイングラムのように極端に短くないせいもあるのだろうが、銃には必ずつきまとう反動というものの性質が違った。引き金を絞ると、銃声というものがほとんどしない上に、反動は銃口から一直線にショルダー・ストックへと伝わり、肩で吸収される。つまり、たいていの銃につきものの、反動によるブレというものがほとんどない。フル・オートマチックに替えても、その特性は遺憾なく発揮された。もしもイングラムで同じことを行なえば、反動を吸収しきれない銃は、銃口内に右回り六条に切られたライフリングのせいで、いくら上から押さえていても射線が右上がりにブレる。それはイングラムは一分間に一〇〇〇発、MP—5は八〇〇発という速射速度のせいとばかりは言えなかった。そもそもが銃の完成度というものが違うのだ。それに装弾できる弾丸数はどちらも三〇発。トリガーを一度引くだけで弾倉を空にするような状況に陥ったとしても、この程度の差など比較の対象外だ。どちらの銃が優っているか、いや役に立つかに、なんの解説もいらなかった。イングラムをこれまで愛用してきた恭介にしてみれば、MP—5での射撃訓練は、中古のカローラをレクサスに乗り換えて運転するようなものだ。

草の間からじっと街並みを見つめていた恭介は、行動を起こすことに決めた。これまでの観察では、目標とする家のテラスには、椅子に座りながら通りを窺う男が一人。時折、中から二人の男が出てきて少しばかりの会話を交わしては、再び中に姿を消す。確認できたのは三人だが、もう一人くらいは中にいるとみておいて間違いない。

もちろんこの男たちはCIAの教官で、恭介の襲来の予告などは受けていない。こうした訓練は度々繰り返されるもので、いつ訪れるか分からない来訪者に備えて、ローテーションを組み、この粗末な家に寝泊りしているのだ。

まだ目標とする家までは、三〇メートルほどの距離がある。草むらが切れ、家に辿り着くまでは二〇メートル。その間に遮蔽物となりそうなものは、手前にある一軒の家だけだ。気づかれないように家に侵入するためには、まず草むらの中に身を潜めていられる最大の距離、二〇メートルまで近づくことだ。

連中もよく配置を考えているな。

相当に腕の立つ人間でも、オープンサイトのMP―5を使って狙撃を行なうとなれば、確実に目標を狙い通りに打ち倒せるのは二〇メートルが限界といったところだからだ。

恭介は蛇のように、体を左右に、そして肘を使いながら静かに進み始めた。腰のベルトに装着した三本のMP―5用の弾倉が微かに触れあうのが分かった。しかしそれも黒く染められたカンバスのケースに収納されているために音は立たない。そして右の腰にはホルスターに入れられたシグが、左の腰には刃を落としたコマンド・ナイフがぶら下がっている。

テラスの男は、揺り椅子に腰かけ、ぼんやりと通りを見つめている。時折左右を窺うが、恭介の気配に気がついている様子はない。

理想を言えば、密かに忍び寄り、背後から口を塞ぎ、間髪を容れず喉を掻き切りたいところだが、状況的にそれは不可能だ。やはり狙撃するしかない。

そう考えた恭介は、おもむろに、しかしゆっくりとMP―5のボルトを引き、初弾をチャンバーの中に送り込んだ。適度なリブリケーションと行き届いた手入れのせいで、二つの金属が滑りあう音は微かなものだった。使用されるのはもちろん実弾ではない。蠟で出来た弾頭が装着された模擬弾だったが、手にした黒い金属の塊が上げた囀りが、恭介の闘争本能を目覚めさせた。ふと、かつてタンパでファルージオを裏切ったコジモを襲撃した時の光景が脳裏に蘇った。闇の中で一点に集中した恭介の瞳は、もはや肉食獣のそれだった。全神経を集中して目の前の獲物を屠る。代償は、ほとばしる血と飛びちる肉――、それが高ぶる気持ちを満たすすべてだった。

　草むらの端まで来た恭介は両足を開き、ＭＰ—５を肘で支えると照準を固定しにかかった。狙いを頭部、それも額の中央につける。引き金に手をかけたところで、訓練であるための数少ないルールの一つを思い出した。いくら蠟でできた模擬弾とはいえ、まともに顔面にくらえばただではすまない。万が一、目にでも当たれば、失明はおろか命を失うことすらあるかもしれない。

　一瞬苦い笑いを浮かべた恭介は、狙いを僅かに下げた。セレクター・モードがセミオートの位置になっていることはすでに確認している。突然、揺り椅子の上で男が両手を上げ後頭部を抱えるようなポーズをとった。胸部から腹の辺りが剝き出しになった。狙いをがら空きになった横腹に定めた。無意識のうちにトリガーにかかった指先に力が籠る。次の瞬間、まるで目標と肩を銃口を通して一本の線で繋いだかのような僅かな反動があった。内蔵されたサイレンサーによって発射音はほぼ完璧に消され、金属が擦れあう音がやけに大きく聞こえる。

　蠟でできた銃弾が、命中と同時に薄い衣服の上で砕け散る。無防備な横腹を直撃された男にとって、それは実弾を食らったのと同じような衝撃だった。激痛よりも先に息が上がり、反射的に大きく開いた口からは呻き声すら洩らすことができない。すべての運動機能が一瞬の間に麻痺し、男は揺り椅子の上でうずくまると、衝撃のあった部分を押さえ、動かなくなった。

恭介は腰を屈めた姿勢で半立ちになると、草むらを飛び出す前に目標となる家の中にそれまでとは違った動きがないか、気配を探った。うまい具合に監視の男が倒される気配は封じ込めることができたが、蠟の弾頭が命中と同時に砕けた音は家の中にも聞こえているかもしれない。

暖色灯の光が薄いレースのカーテンを通して漏れてくる窓に、恭介が心配するような気配はない。瞬時に状況を見きわめた恭介は、夜露を吸い込んだ地面を蹴ると、猛烈な勢いでダッシュした。刈り込まれた草むらが一五メートルほど続く間に遮蔽物は何もない。ここで家の中にいる人間のうち一人でも飛び出してくれば必ず見つかる。だがその男が自分を見とがめ反撃の体勢に入るまでには、少しの時間がかかる。その僅かな時間差を利用して、右手に持ったMP—5でそいつを倒すだけだ。目標が近くなればなるほど、選択肢は少なくなってくる。これは訓練に限ったことではない。実戦においても、いったん事を起こせば、あとは目的の完遂に向かって一直線に進む。攻撃、特に奇襲というものは、そもそもそうしたものなのだ。

しかし、恭介の不安は杞憂に終わった。手前の家の壁に恭介がその体を隠すまで、誰一人として目標の家からは出てくる者がいなかった。フェイスマスクの中の息が熱かった。僅か一五メートルの距離を走り抜けただけなのに、不自由な呼吸のせいか、体が十分な酸素を欲しているような疲労感を覚える。だが行動は、迅速かつ確実に行なわなければならない。休んでいる余裕などなかった。背中を貼りつかせるようにもたせかけた壁面から体をずらし、そっと顔を出して通りの様子を窺う。テラスの上で揺り椅子の上にうずくまる男以外に人影はなかった。MP—5を両手で構えると、通りの端を目標の家に向かって駆け抜ける。強靭ではあるがバネのようなしなやかさを持つ恭介の全身の筋肉が、接地の衝撃とともに足音すらも見事に吸収していく。テラスの上に上がった恭介は、揺り椅子の上でじっと動かないでいる男の傍らでうずくまると、動きを止めた。瞬間、苦しげな息を洩らしながら、男が恭介の顔を見た。その視線の中には驚きと憎悪の複雑な感情が混じっている。恭介はフェイスマスクの中で目を細めて言ってやった。

悪いが、あんたは死んだんだ。

言われるまでもなく、ゲームのルールを熟知している男は、そこで声を上げることも動くこともしなかった。ただＣＩＡの教官として、訓練生に大いに傷つけられたプライドと意地が、自然と視線の中に籠っただけだ。

恭介はその男の肩越しに、レースのかかった窓を通して部屋の中を見た。リビングの中では三人の男がソファに腰をかけ、何事か会話を交わしているのが見えた。テーブルの上にはシグが三丁、無造作に転がっている。

やはり全部で四人か。

その配置を頭に叩き込んだ刹那、中の一人、ドアの一番近くにいる男がシグを手にして立ち上がった。教官らしく、皆ごつい体つきをしている中でも、一番若く体力がありそうなやつだ。こいつは外に出てくる、と踏んだ恭介は、僅かに位置をずらすと、フットボールのラインマンがスクリメージを組んだかのような体勢をとり、男が出てくるのを待った。実戦ならば、ドアが開くと同時にワンショットで片づけ、すかさず中の二人を倒す手もあるが、いかに蠟でできた弾頭を使用しているとはいえ、これだけの至近距離での発砲は危険だ。

ドアが開いた。室内を照らす暖色灯の灯を背にした大男の輪郭がシルエットとなって、ドア一杯に立ちふさがる。その目が恭介の姿を認めるまでさほどの時間はかからなかった。まったく予期しなかった男の出現に、男の目が驚愕で見開かれる。しかしその時には、すでに恭介は両足の筋肉のバネを最大限に使い、男に向かって両肘をつっぱる形で猛烈な体当たりを食らわせた。防御の姿勢を取る間もなく、男の体が宙を舞い、部屋の床に背中からぶざまに叩きつけられる。コンタクトの瞬間、反動で男が手にしていたシグが吹き飛ぶのを視線の端で捉えた恭介は、そのままの勢いで部屋の中になだれ込むと、一番奥の男、そしてその隣にいる男へと次々にMP－5の銃口を向け、

「ワン！　トゥ！　そしてスリー……」

口を覆ったマスクの下からくぐもった声を上げた。三番目に銃口を向けられた男は、もちろんいましがた恭介に体当たりを食らわされた男だ。おそらくは床に全身を打ちつけた際に後頭部をしたたかに打ったのだろう。顔を歪めながら罵りの声を上げ、しきりに後頭部をさすっている。ソファに座った男たちは、腰を僅かに浮かせ、テーブルの上に置いたシグに手を伸ばしかけた姿勢で固まり、驚きを隠せない呆けたような表情で恭介を見てい

る。

「どこから来た！」

「ガッデム！　まったく気がつかなかった」

苦虫を嚙み潰したような複雑な表情を浮かべながら、浮かした腰をソファに埋めると、二人は顔を見合わせ肩をすくめた。

その時ふと恭介は背後に人の気配を感じ、振り返りざまMP—5の銃口を向けた。

そこに立っていたのは、新たな目標ではなかった。

「ワーグナー……」

どこに潜んでいたものか、おそらくこの街並みの家のいずれかで恭介の行動を逐一観察していたのだろう、黒いバトルスーツに身を包んだワーグナーが入口に立ちはだかってい

た。

「見事なもんだな。接近、それから見張りを倒し、家に侵入して目標を倒すまで、完璧な行動だった」

その言葉は、恭介にとっては最大の賛辞には違いなかったが、四人の教官にとっては屈辱以外の何物でもなかった。

「連中はいまでこそCIAで教官をやってはいるが、もともとはSEALSで訓練を受けた猛者ばかりだ。もちろん実戦にも参加していれば、工作員としての経験もある。たった一人で倒すにはかなり難しいと見ていたのだが……」

想像以上の出来だ、と思わず続けたくなるのを、ワーグナーは堪えた。

「やられましたよ。ものの見事にね……」ようやく苦痛が和らいだらしく、外で見張りについていた男がおぼつかない足取りで部屋に入ってくると、苦しげに言葉を吐いた。「射撃の腕もピカ一ですな。正確に脇腹を狙って撃ってきた。もちろん実弾なら頭をぶち抜いていたところでしょうがね。模擬弾を使うなら、ここ以外に俺の動きを死人と同じようにしてしまうポイントはありませんからね」

「いったい彼は何者です？　こんな人間をどこから見つけてきたんです？　ＳＥＡＬＳの人間ですか」

ソファに座った男が、矢継ぎ早に質問した。

「悪いが、それは言えない。この男の顔を見ることも許されない」

ワーグナーはけんもほろろに質問を却下した。そして恭介のほうに向き直ると、

「さあ、今夜の訓練は終わりだ。正式な評価は明日の朝一番から行なおう」

そう言うと、顎を僅かに振り、恭介についてくるよう促し、開いたままのドアに向かって歩き始めた。その先にはいつの間にか黒いシヴィーのバンが停まっていた。

バンはワーグナーと恭介を後部座席に乗せると、訓練用のバラックが立ち並ぶ通りを静かに駆け抜け、暗い闇の中に赤いテールランプの光を残しながら消えて行った。

6

北朝鮮と海外の都市を結ぶ定期便の路線は、極めて限られているが、中国の首都北京はその数少ない都市の一つである。闇の中に滑走路に沿って整然と並ぶ誘導灯の光の中に、独特なエンジン音を響かせながら、その細長い胴体が特徴的なイリューシン型旅客機が着陸したのは、午後九時を過ぎた頃のことだった。垂直尾翼の根元についたライトが、そこにペイントされた北朝鮮の国旗を夜目にも鮮かに照らしだす。

逆噴射の轟音（ごうおん）をとどろかせながら減速した機体は、甲高い金属音を辺りに振りまいて、誘導路を一気に駆け抜けると、所定のスポットで停止した。すぐに待機していた地上係員が、決められた手順に従って作業を始める。タラップのついた車がイリューシンの前部ドアに付けられると、係員が駆け足で階段を昇る。ドア上部についた丸い覗（のぞ）き窓を二度ノックすると、中から客室乗務員が親指を突き出してサインを送る。それを確認した地上係員が、レバーを引き、ドアを開けにかかった。機体を密閉状態に保っていたパッキンが剝（は）がれる音とともにドアが開く。転落防止のためのガードが完全な位置にセットされたことを確認した客室乗務員が、出口を開けた。

ドアから最初にタラップの上に出たのは一人の男だった。歳の頃は三〇代の半ばというところだろうか。外気に触れた瞬間、大きく伸びをすると、異国の地の空気を胸一杯に吸い込んだ。身長はそう高くない。一六五センチといったところだろう。痩せた体を包むグレーの夏物のスーツが、さらにその男の体を一回り小さく見せる役割をした。手にしたサムソナイトのアタッシェケースが、貧相な体つきと粗末な服装に、いやに不釣り合いに見える。

男はすぐにタラップを駆け降りると、地上で待機していたターミナル行きのバスに乗り込んだ。バスの中で、男が胸の内ポケットから取り出したパスポートは、一般人が持つものとは違い、公用、つまり外交官が持つパスポートだった。

バスを降りると、男はすぐに人気のないロビーを真っすぐにパスポート・コントロールに進み、無言のまま薄い冊子を差し出した。

「中国にようこそ」

入国審査官が無愛想なのは、どこの国でも同じことだが、それでもさすがに外交官用のパスポートを目にした入国審査官が丁寧な北京語で言った。その間にも手慣れた仕草でカバーを開き、視線を上げると、たったいま目にした写真と目の前の男が同一人物であることを確認しにかかる。

通常ならば、ここで滞在期間や渡航目的などのお決まりの会話があるはずだが、外交官にそうした質問を行なうのは礼を失した行為というものだ。入国審査官は、黙ってスタンプを押すと、丁寧な仕草でパスポートを差し出した。

「ありがとう」

男は事務的な口調で返すと、それを受け取り、バゲッジクレームに向かう。荷物がターンテーブルに流れ出すまでにさほどの時間はかからなかった。まだすべての乗客がバゲッジクレームに揃わないうちに、男は自分のスーツケースを手にすると、それを押しながら、税関検査場へと向かった。

北京の入国に際しては、国情を考えると意外なほど、税関の検査は緩い。一般の旅行者でも特に不審な人物とみなされない限り、X線の箱の中に荷物を通すだけで済む。ましてや外交官の持ち込む荷物が検査を受けるはずもなかった。パスポートに貼られた写真と目の前の男に極めて事務的な一瞥をくれただけで、係官はすぐにそこを通した。

男は無言のまま税関を抜けると、正面のドアからロビーへ出た。都会の雑踏のような賑やかさで、旅行者や迎えの人々が視界一杯に広がるが、高い天井の上から広い空間を照らす蛍光灯の白い光は、一二億の民が暮らす国の表玄関としてはいやにみすぼらしく、田舎のターミナル駅についたような錯覚に陥る。

目的の男はすぐに見つかった。ダークスーツに身をつつみ、頭髪を七三にきっちりと分けた同年代の男。身長はさほど高くない。おそらく自分と同じぐらいだろう。肉付きのいい顔にかけた黒縁眼鏡の奥の目が、他の多くの視線とは違って、じっとこちらを見ていた。

「お待ちしておりました」

スーツケースを持ちながら、ごく自然な仕草で手が差し出された。

「迎えをどうも」

軽い握手が終わると、

「これは私が持ちましょう、車を待たせてあります」

言うが早いか、迎えの男は先に立って人込みの中を歩き始めた。アタッシェケースを手に提(さ)げた男が後に続く。不規則に動く人の波を器用な身のこなしですり抜けながら、二人は外に出た。そこは三つある出入口の中央で、すぐ目の前に古いベンツが駐車していた。傍らには運転役を務める男が立っていた。左手にはタクシー待ちの列ができ、道路の向こう側にはリムジンバスが停まっている。ベンツが道を塞(ふさ)いだおかげで車の流れを悪くし、後方にはちょっとした渋滞ができている。これもまた外交官ナンバーをつけた車ならではの特権というわけだ。

運転手は先導役の男を見つけるとトランクを開け、その中に迎えの男が丁寧にスーツケースを収納している間に、後部座席のドアを開ける。

男は、それがさも当然であるかのごとく、自然に身を滑りこませると、アタッシェケースを膝(ひざ)の上にのせ、両手できっちりと持った。後方でトランクが閉まる音がすると、迎えの男が後部座席に乗り込んでくる。運転手が席につくと、すぐにエンジンがかかった。

行き先は言わずとも分かっていた。北京市内にある自国の大使館だった。

「北京は久しぶりでしょう、徐(ソ)少佐。二年ぶりになりますかな」

ベンツが走り始めるとすぐに、アタッシェケースを抱えた男の名前が呼ばれた。

「君がそう記憶しているならば間違いあるまい。高（コ）大尉」

徐はベンツの革張りのシートの上で、背筋をきちんと伸ばした姿勢を崩さずに正面を見つめながら気のない返事をすると、隣に座る高を鋭い視線で一瞥した。

「この男なら大丈夫です。今回の作戦の全容を知っている、チームの一人です」

徐の視線の意味をたちどころに理解した高が、いささか慌てた口調で言った。

「自分は慎（シン）中尉であります。少佐殿」

ハンドルを握る男が前を見たまま言った。

「北京大使館で今回の任務の全容を知るのは、たしか全部で三人だけだったな」

「その通りです。もう一人は孫（ソン）大尉です。大使館で少佐の到着をお待ちしております」

徐は納得したように頷（うなず）く。

「で、例の物はその中に」

高の視線が徐の膝の上にしっかりと抱えられたアタッシェケースに向いた。

「ああ。全部で七本。しっかりとこの中に入れてある」

高の視線に、にわかに緊張が走った。気のせいか運転席の慎の肩が硬直したように見える。

三人はこのアタッシェケースの中に入った中身を知っていた。もしもここで、その中のたとえ一本でも破損すれば、この狭い空間は遺伝子操作されたウイルスで満たされ、間違いなく自分たちの生命は脅かされる。

敵と刺し違えるならまだしも、つまらないへまをしでかして、こんなところで死ぬのは真っぴらだ。

高はいつ爆発するか分からない時限爆弾の上に腰を掛けているかのような恐怖を覚えた。

「連中があんなへまさえしなかったら今ごろは……」

高速に入ったせいでエンジン音は単調になり、時折、路面の凹凸を拾うベンツ特有の堅いクッションが恐怖を倍増させる。沈黙に耐えかねた高は吐き捨てるように言った。

「大失態だ。後方の準備も含めてすべて予定通りに進んでいたのが、何もかも止まってしまった」

「首領様もさぞや……」

「お怒りなんてものじゃない。今のところ関係者の処分は行なわれてはいないが、これはこの時点でそんなことをすればすべてが公になってしまうからで、作戦が実行された後にはかなり厳しい処分が下ることは間違いない。もっとも二度目、つまり我々がすべて計画通りに作戦を実行し、成功させれば、それも帳消しになるのだろうが」

「しかし、あの連中が日本に持ち込もうとした物はどうなったんでしょう。まさかアメリカの手に渡ったということは……」

「それは分からんが……もしそうだとすれば、アンプルの中身が何か、その正体を摑むまでにそう時間はかからないだろう。我々の意図するところもな」

「そうした兆候はあるのですか」

「事件後、時間をおかずに第七艦隊がオーストラリアから黄海に向かって急遽引き上げてきている。搭載機の訓練も、通常に比して頻繁だ。楽観的な見方をしても、アメリカが何かを摑んだことは間違いないだろう。もしかしたらアンプルもアメリカの手に渡っているかもしれない。だが、今回ばかりは一歩も後へ引くわけにはいかんのだ。たとえ連中にアンプルの中身が知れたところで、すぐに対応策を講じることは不可能だ。たしかに最初の作戦は思わぬ事故で失敗はしたが、利はまだ我々にある」

「いくらアメリカとはいえ、有効なワクチンの開発には時間を要するでしょうし、用意しなければならないワクチンは、兵士向けだけとは限りませんからな。米軍、韓国軍、それに日本人と韓国人すべてに行き渡る量ともなれば、そう簡単にはいきません」

「それが準備できる間に作戦が思惑通りにいけば……、つまり日本という後方支援基地を事実上使用不能にしてしまえばいいのだ」

「日本を隔離列島にしてしまえばいいと……」

「その通りだ。その点、我々の作戦は、現時点では何ら根本的には変更されていない。ただ日本潜入に際しては、それなりのお膳立てと工夫が必要になっただけだ。私がこうして物を抱えて北京に来たのは、そうした理由からだ」

「前回のように海からの侵入はさすがに危険が伴いますからな。いくら日本とはいえ、あのような事件の後ともなれば……」

「実際、海上警備は自衛隊、海上保安庁、それに米海軍まで出て、かなり厳重になっている。陸上も日本海側は警察が厳重な警戒を行なっている。もはや今までのように海から日本に侵入するというのは、そう簡単ではない」

「作戦の発令は、その態勢が収まりを見せてから、というわけですか」

「それは今の時点では何とも言えない。命令があり次第、としかな」

「なるほど」高は一つ大きく頷くと、「で、そのお膳立てと工夫というやつは」と話を続けた。

「それは大使館に着いてから話そう。孫大尉も交えてな。説明は一度で済ませたい」

徐は、きっと前に向けた視線を一度たりとも逸らすことなく言った。

三人を乗せたベンツは北京市内に向かう高速道路を通常よりも少し遅い速度で、真っすぐに走り抜けて行った。

*

恭介の訓練カリキュラムは、当初のスケジュールよりも遥かに早く進んでいた。

それは訓練を担当するワーグナーにとって、驚き以外の何物でもなかった。工作員としての現場でのキャリアに比べれば、訓練教官としてのそれは、さほど長いとは言えなかったが、それでもその間に、これほど優秀な訓練生、いや、もはや第一線の工作員といってもいいだろう、これほど優秀な人材に会ったことがなかった。

射撃、格闘技、それに襲撃……もちろん語学を含む座学でも、恭介は少なくともワーグナーが知る限り、後にも先にもピカ一の成績を残していた。

いったいこんなやつを、どうやって見つけてきたんだ。

訓練担当のワーグナーには、もちろん恭介に関しての情報はある程度知らされてはいたが、それもすべてではない。ベーカーが保持している必要最小限の情報が教えられていたにすぎない。それは諜報組織に身を置く者にとっては当然のことだった。諜報機関にとって機密事項の漏洩は、最も頭を悩ませる課題の一つであり、身にまとう衣類のように、常についてまわる最大の問題だった。自分たちが相手の情報を欲する気持ちは、相手もまた同じである。諜報員をリクルートし、しかるべき組織に潜り込ませ、情報を得る。それとほぼ同じ程度に、相手も自分たちの情報を摑んでいる。そう考えておいて間違いないのが、この世界の常識というものだ。

その被害を最小限に抑えるのは、任務を遂行する者には必要最低限の情報だけを与え、全貌を知る者は極力少なくする。つまりは情報の分断化にほかならない。それは決して地位の高さに比例するものではなく、時と場合によって与えられる極めて限定的な資格による。ワーグナーに与えられた任務は、この男を一人前の工作員に育てることであり、そのためにすべてを知る必要もなければ、そうした資格も与えられてはいなかった。

しかし、自分が教える者の情報を十分に持たないまま、工作員として最高の技術を教育していく、それがたとえしかるべき資格を持った人間たちのスクリーニングによって間違いないという判定を下された者だとしても、ワーグナーは、一抹の不安を覚えずにいられなかった。

これまでの期間、この男に自分が教えてきたのは、紛れもなく人を倒す手段にほかならなかった。それも最も効率よく、かつ効果的に倒す手段だ。事実、いま目の前でこの男が行なっているのは、通常身の回りにある物を使って、いかに多くの人間を倒すか……手製爆弾の作り方だ。彼が我々の思惑通りに働いてくれれば、それに越したことはないのだが、それが逆の方向に向けば、我々はとんでもない怪物に知恵をつけ、訓練を施していることになる。

少なくともこの男だけは、敵にまわして戦いたくはない。

ワーグナーは、その経歴ゆえに、過酷な運命を辿る人間を数多く見てきた。ほとんどは闇から闇に葬り去られ、この世から消えた本当の理由が公になるものは、ほんの一握りにも満たなかった。いや消え去った事実さえ明らかにならないほうがむしろ当たり前だった。その点から言えば、彼は運命論者でもなければ、むやみやたらに神に祈るといったタイプの人間でもなかったが、鮮やかな手つきで黙々と手製の爆弾を作り上げていく恭介を見るにつけ、心の中で祈りの言葉を吐かずにはいられなかった。

一方の恭介にしてみれば、いきなりクアラルンプールでCIAにリクルートされ、訓練を受けることになった最初の間は、運命の皮肉な巡り合わせを呪い、拭い去れない屈辱と抵抗感にさいなまれはしたが、訓練が進むにつれ、微妙に自分の心の中に起きつつある変化に気づき始めていた。

考えてみれば、ここで受ける訓練のほとんど——いや、もはやすべてと言ってもいいだろう——は、闇の世界に生きる恭介にとって、必要な知識と技術以外の何物でもなかった。射撃、襲撃、尾行、そして爆発物の製造方法、語学……こうした知識、それも最先端のものを効率よく、最高のスタッフをあてがって教育してくれるのだ。当然、ここで教え込まれる知識は、通常の世界で使用すれば法に触れるものばかりだ。それは彼らが信ずる正義、そして国家の安全というものが、法の理念の下にではなく、非合法活動の積み重ね、つまりは犯罪行為によって維持されていることの何よりの証だった。

——いつかここで学んだことが役に立つ日が来る——事の経緯は別として、いつの間にか恭介は、ここでの訓練をたのしむようにさえなっていた。

いま目の前の机の上には、釘、ベアリング、ボルト、ナット、コイン、安全ピン、剃刀、釣り針、ワイヤー・ハンガー、日本では一〇〇円ライターと呼ばれる簡易型のライター……どこの家庭にでも転がっている品々に混じって、黒色火薬の入った缶や鉄パイプ、それに数種類のリード線が転がっていた。こうした品々を組みあわせることによって、人を傷つけ、あるいは殺すこともできる道具を製造することができるのだ。

極端な話、一〇〇円ライターと煙草、それに一〇センチに満たないビニールテープがあれば、小さな爆弾を作り上げることもできる。それも、ものの一分とかからないうちにだ。もちろんこの程度の仕掛けのものは、人を殺すことなどできはしないが、それでも状況によっては、深手を負わせることは可能だろう。鉄パイプ爆弾にしてもそうだ。専門的知識もいらなければ、技術と呼べるものもいらない。どこの金物屋でも売っている鉄パイプを用意し、両端の外側に捻子山を切る。中に黒色火薬を詰め込み、鉄の蓋で両端を閉じる。一方の蓋には四分の一インチ程度の穴をあけ、そこにフィルターのついていない煙草の吸い差しを一本差し込めばそれで終わりだ。煙草が根元まで燃焼し、中にぎっしりと詰まった黒色火薬を爆発させるまでに、四分から七分もあれば十分だろう。時間の精度に問題はあるが、ちょっとした時限爆弾となるわけだ。殺傷力を強めようとするなら、黒色火薬とともに、ベアリングやボルト、あるいは釣り針や剃刀を入れてやればいい。ほかにも、たとえば軍の破壊工作に用いられるプラスチック爆薬のC―4も、どこの園芸店でも当たり前に買える肥料を二種類、それにこれまた薬局で簡単に買える薬品と、グラインダーつきのコーヒーメーカーが一つあれば、簡単に作ることができる。

こうした一連の爆弾製造に関する基礎的な学習をしながら、いま、恭介はより実践的な仕掛けの一つを学んでいた。

「よし、今度は電球を利用した爆弾を作ってみよう」

ワーグナーが命じると、恭介は黙って机の上に置かれた数々の器具の中から八〇ワットの電球を手にした。タオルでそれを包み、ハンマーを軽くその上から当てる。三度目の衝撃でタオルの中で鈍い破裂音がした。中は飛び散ったガラスの破片で一杯になっているに違いない。恭介は慎重な手つきでタオルを開けた。砕けたガラスがタオル一面に付着し、蛍光灯の光にキラキラと反射した。微細な破片で手を切らぬよう注意を払いながら、捻子山が切られた電球の金属部分を摘み上げる。剝き出しになったフィラメントが、ぶるぶると震えているのが分かる。どうやら作業はうまくいったようだ。髪の毛のように細く、バネ状に巻かれたフィラメントに切断された形跡はない。

「この爆弾はフィラメントが雷管の役割をする。ちゃんと繋がっているかどうか、それを確認することを忘れないことだ」

　ワーグナーが、恭介の作業ぶりに満足しながらも、あえてポイントを補足説明する。

　そんなことは分かっているとばかりに、恭介は手にしていた電球の残骸を机の上に置くと、爆弾の本体を製造しにかかった。それはまるでプラモデルを組み立てるように易しい作業だった。水道管の本体。二五センチばかりの長さに切断されたパイプの両側には、すでに捻子山が切られている。その片方に、シャーレのような形をした鉄の蓋をねじ込んで塞ぐ。しっかりと蓋がねじ込まれたところで、それを机の上に立てる。ぽっかりと口を開けた円筒形の筒の開口部に、ケント紙を漏斗状にして差し込む。黒色火薬とベアリングを両手に持ち、二つの物質が筒の中で均一になるように調節しながら流し込む。筒の中が火薬とベアリングによって三分の二ほど満たされたところで、漏斗を外し、フィラメントが剝き出しになった電球をそっと差し込んだ。そして再び火薬とベアリングを流し込む。筒の中がそれらで満たされたことを確認した恭介は、筒のもう一方を塞ぐべく蓋を手にした。やはりシャーレのような形状をした蓋には、中央に直径一インチの穴が開けられていた。

それは電球のねじ込み部分の直径と同じ大きさであり、恭介が右にゆっくりと蓋を回転させる動作を止めた時には、長さ約二七センチの円筒形をした鉄の電球が出来上がっていた。筒の片方の底から突き出た電球のねじ込み部分の形状から、鉄でできた哺乳瓶といった印象だ。

「いい出来だ。ベアリングと火薬の配合の度合いも悪くない」

ワーグナーは、間違ってもお世辞を言ったり、冗談で人を褒めるような類の人間ではない。実際、恭介がこのパイプ爆弾を作る一連の工程は見事なものだった。日頃からこうした爆発物の取り扱いに慣れている人間ならともかく、ずぶの素人、それも少なくとも自分が知る限り、初めて一人で、最初から最後まで作り上げる人間の手際としては、なかなか見事なものだった。

何の経験もなしに、初めてこうした物を作る人間の手つきには、恐怖から来る戸惑いや躊躇いというものが必ずあるものだ。逆に爆発物の恐怖を知っている人間には、ツボを心得ているがゆえの、慎重さからくるリズムの狂いというものがある。

恭介の一連の作業の中にあったのは、後者のそれだった。だがそれは、教えられた知識を正確に理解していることを裏付けると同時に、こうした危険な爆発物を扱う上では欠かせない度胸を持ちあわせていることをも意味していた。

「あとは、これを電球の代わりに部屋にセットすれば、仕掛けは完了というわけだが……
……」

さすがに額にじっとりと浮かんだ汗を拭いながら、恭介は聞いた。「この程度の爆弾で、どのくらいの殺傷能力があるものなんだ」

「そうだな、それは仕掛けた場所にもよるが」ワーグナーは少し考えると、「もしもこの部屋の中央に仕掛けたとしたら、中の人間は確実に殲滅できるだろう」

恭介の目が、素早く部屋の大きさを推し量る。日本流に言うなら、二〇畳に少し欠ける程度か。もし日本で使うとなれば十分な威力だが……。

「しかし、部屋の中央にある電球の代わりにこれを仕掛けるとなれば、たいていの場合、それがメインの照明になっているはずだ。当然スイッチは部屋に入るドア近くの壁面にあると考えられる。となれば、被害を受けるのはスイッチを押した一人だけ、ということになるのでは」

「もちろんその可能性が高い」ワーグナーは、いいところをついたとばかりにニヤリと笑った。

「実際の工作活動では、一人を倒せばいいケースも、そうでない場合もある。複数の目標を一瞬のうちに殲滅する方法は他にもある」

「なるほど。時に応じて使用する道具も違ってくる、と」

「その通りだ。この一連の訓練は、銃による狙撃ではなく、目標とする一人を罠にかけて倒すためのものだ。それも確実に倒すための」

「それなら問題ないだろう。あんたが言う通りの破壊力を、この爆弾が発揮するならね」

「試してみるかね」

「ぜひ」

一〇〇のデータを示されるより、実際の効果を自らの目で確認したほうが確実というものだ。恭介は一も二もなくワーグナーの提案に同意した。

「こっちへ来たまえ」

そういうとワーグナーは踵(きびす)を返し、部屋を出ていく。完成したばかりの電球爆弾は机の上に置かれたままだ。恭介は電球爆弾を無造作に手で持つと、すぐにワーグナーの後を追った。部屋の出口の扉が分厚い鉄の二重構造になっているのは、万が一の事故に備えてのことだろう。長い通路を五〇メートル程歩いた先に、ひときわ鮮かに赤く塗られた扉で閉ざされた部屋がある。

「ここだ」

ワーグナーは立ち止まると、赤い扉を開け、恭介を先に中に入れた。そこは窓一つない小さな部屋で、机の上には数台のテレビモニターと、どうやらそれに画像を映し出すためのものらしいコントロール・パネルが置かれていた。慣れた手つきでワーグナーがいくつかの機械に電源を入れていく。鈍い音とともに電流が通う音がし、テレビモニターに画像が現われる。スチール製の机、それにソファ。ご丁寧にもその上にはダミーの人形まで置いてある。

「O.K. ミスター・アサクラ。それじゃ始めよう」一連の準備が整ったところで、ワーグナーは手順の説明にかかった。「このモニターに映し出されているのは、この奥、つまりその二重扉の中の世界だ。これから君はその扉を開け、中に入り電球爆弾を仕掛ける」

「着火は？」

「ここから行なう」

ワーグナーがコントロール・パネルの中にある一群のスイッチを指差した。

つまりあんたを信じろということか。セットした直後にこいつがスイッチを入れたら、その時点で俺は御陀仏ってわけだからな。いいだろう。ワーグナー。信じてやるよ。

恭介は肩をすくめた。それが返事だった。

まるで船の防水扉のような分厚い鉄の扉に手をかけ、最初の扉を開ける。一メートルに満たない距離を置いて第二の扉があった。そこに恭介が手をかけた時、

「最初に、いまセットされている電球が正常に点灯するかどうか一度消灯してチェックをする。再び点灯を確認して、それを消した時点で合図をする。作業はそれから行なってくれ」

「分かった」

妥当な指示だ。もしも電球切れを起こしていることを知らずに爆弾をセットしようものなら、俺の体はその時点で粉微塵だ。

恭介は第二の扉を開けた。そこには、いましがたモニターで見たのと寸分違わぬ部屋があった。

「消灯」

パチリという乾いた音とともに、窓一つない部屋の中の灯が消えた。

「点灯」

再びワーグナーが吠える。

「O．K．確認した」

「消灯」

部屋の中の光景が闇の中に溶け込んで見えなくなる。開けられたままの二重扉を通して差し込んでくる蛍光灯の僅かな光を頼りに、恭介は部屋の中に入った。その際にまたいだ二番目の扉を取りつけた梁の厚さからして、壁の厚みは一メートルはあるだろう。それもブロックではなく完全なコンクリートで出来ている。

薄暗い部屋の中を中央まで進んだ恭介は、電球の真下に置かれたテーブルの上に飛び乗ると電球を外しにかかった。適度な力をこめながら電球を回し、取り外す。そしていよいよ手製の爆弾の仕掛けに入る。

変な気を起こすんじゃねえぞ、ワーグナー。

恭介は心の中で悪態をつきながら、今度は逆回しに爆弾をセットした。

これで、よし。

時間にすれば、作業開始から終了まで一分もかからなかっただろうが、作業が終了した時、恭介は自分の背中がじっとりと汗ばんでいるのを感じた。

そのままの姿勢で机から飛び降りる。その時部屋の奥に普通の家の窓と同じ大きさの空間があるのが見えた。ガラスは入れられておらず、その向こうには、たぶん二メートルほどはあるだろうか、それほどの間隔を置いて強靭（きょうじん）なコンクリートの壁が見える。おそらくはこの部屋で起きる爆風を外に逃がすものだろう。

早々に部屋を出ると第二の扉を渾身（こんしん）の力を込めて閉じ、三か所で固定する。そして第一の扉……。

「気分はどうだったかね。ミスター・アサクラ」

ワーグナーが珍しく、ちらりと恭介のほうを見ると皮肉の混じったうすら笑いを浮かべた。

「お察しの通り。あんまりいい気分じゃなかった」

「俺がいつスイッチを入れるかと、気が気じゃなかったか」

「信じてはいたがね、少なくとも俺をここで吹っ飛ばすほど馬鹿じゃないって程度には」

「優秀な工作員は国家の財産だからな」

冗談とも本気ともつかない口調でワーグナーが言った。その時にはもうすでに彼の顔から笑いは失（う）せていた。

「さあ、始めよう」

決して繊細とは言いがたいワーグナーの指が、コントロール・パネルの上を這（は）い、二つのスイッチを入れた。乾いた音が鳴る度に、サイドボードの上、それに壁面に埋め込まれた照明に明りが灯る。モニターには部屋の中の様子が浮かび上がっている。モニターの個数、それに撮影角度がそれぞれ違うことから、部屋の三か所にカメラが埋め込まれていることが分かる。

「後はこのスイッチを入れればいいだけだが……君がやるかね」

ワーグナーは赤いプラスチックで出来たスイッチを指差した。

「いいだろう」

恭介が歩み寄るのに合わせ、ワーグナーが体をずらしてスペースを開ける。スイッチの前に立った。目でお互いに合図を交わす。そしてワーグナーが頷いたのが、最終的な爆破許可だった。

恭介の指がスイッチにかかり、その指先にいくぶんかの力が込められた。

突如、腹を震わせるような爆発音が鳴り響いた。衝撃は床を伝い、正面の壁を軋ませるような凄まじいものだった。モニターの中の画像が、一瞬にして白い煙と破壊された器具の破片が飛び交うものに変わった。巨大な雹が、高速で走る車のフロントガラスにぶち当たるような音がする。

「いい花火だ」ワーグナーが結果に満足したと言わんばかりの口調で言った。「破壊の威力は自分の目で直接確認するといい」

恭介は頷くと二重扉を開けた。二つ目の扉を開けると、強い硝煙の匂いとともに、粉々になった鉄パイプやその中に入れられたベアリングによって破壊された備品や、微細な粒子となって空中を漂うコンクリート片の埃(ほこり)が鼻の粘膜を刺激するのが分かった。

突如ゴーッという音がすると、淀(よど)んでいた空気が、奥に開けられた窓の部分に向かって流れ出していく。靄(もや)がかかったような白い煙が排出されるにつれて、室内の様子が明らかになる。

破壊は凄まじいの一語につきた。恭介が電球爆弾を仕掛ける際に使ったテーブルは、中央に巨大な穴が開き、その周囲には無数の穴が開いている。ソファもまた同じだ。爆発の際に無数の鋭い破片と化した鉄パイプの名残と思われる鉄片が突き刺さり、それはダミーの人形の表面にも見える。いやそればかりではない、不自然な形に折れ曲がったダミーの表面には、ショットガンの一撃を浴びたかのような無数の穴が開いている。部屋の奥に置かれたスチールの机もまた同じだった。材質にかかわらず、この部屋にあるものはすべて間違いなく破壊の脅威から逃れることはできなかった。この爆弾が一般の家の中で使用された場合を考えると、生と死を分ける間に例外という言葉は存在しないだろう。間違いなくそこにあるものは、死そのものであったろう。ここに欠けているものがあるとすれば、爆風と金属片によってずたずたにされた肉と血の匂い、ただそれだけだ。

「ちょっとしたもんだろう。少しばかりの知識と訓練を積めば、身近にある物を使っただけで、これだけの効果を発揮する爆発物が簡単に作れる」

「まったく。正直なところ、あんなちっぽけな爆弾の威力がどれだけのものなのかと……いや、これは想像以上のものだな」

さすがの恭介も、率直な感想を洩らさざるを得なかった。

「我々の日常生活の中には、そうと気がつかないだけで、この程度の破壊力を発揮する兵器になるものがごまんとある。今まで君に教えたことは、そのほんの一部にすぎない」

「つまり、基礎中の基礎というわけか」

「その通りだ」ワーグナーは不敵な笑みを浮かべると、「あとは、どうやってこうした爆発物を効果的に使うか。それを習得するのが君の次のカリキュラムだ」

「つまり応用編……」

「その通りだ」

面白い、と恭介は思った。これをいかなる形で使用するか。もちろん当面はＣＩＡのために使うことになるのだろうが、これからの自分にとっても、こうした知識は必ずや役に立つ機会があるだろう。そうした観点からすれば、まさにここは知識の宝庫だ。

すでに恭介の中にわだかまっていた屈辱感や敗北感は完全になくなっていた。今その胸中にあるものは、高揚感と新しい知識に対する貪欲なまでの飢餓感だった。

こいつらが俺を利用しようと思っていたら大間違いだ。逆にこいつらを俺が利用してやるんだ。

恭介の顔に歪んだ笑いが浮かんだ。

「よろしい。それじゃ、さっそく応用編の授業といこう」

ワーグナーは恭介の肩を軽く叩くと、出口に向かって歩き始めた。経験豊富なこの男にして、恭介が持っている本当の闇の部分の危険さに、まだ気がついてはいなかった。

＊

「もう一度言っていただけますか、長官。プリオン……ですって？　何ですか、それは」

長官室には、ハーマン、エヴァンス、ベーカーと、いつもの三人が集められていた。時間は午後六時をとうに回っている。この日の午後、緊急招集された国家安全保障会議の席上、ユーサムリッドで分析されたアンプルの中身に関して、新たな報告があった。そのことについてホッジスが話し始めると、すぐに最初の質問が、ハーマンの口をついて出た。

「蛋白質の一種だ」

「蛋白質？　それがいったいどういう害をもたらすというんです」

「クロイツフェルト・ヤコブ病という病気を知っているかね」

「ＣＪＤですか……あまり聞いたことがありませんな」

ハーマンが怪訝な顔で言った。

「スクレイピー、あるいはＢＳＥと言ったら分かるかな」

「それなら知っています。スクレイピーは、羊の脳がスポンジ状になって狂い死ぬ。ＢＳＥは牛がまったく同じ症状を起こして死ぬという病気です」

「それと同様の症状が人間に起きるのがＣＪＤだ。別名致死性痴呆症とも呼ばれるものだ」ホッジスは緊張感みなぎる表情を崩すことなく話を続けた。「人間、いや人間に限らず動物の脳にはプリオンが必ず含まれているものだが、こいつがなにかの要因で変化すると、スクレイピー型プリオンになる」

「そいつがCJDを引き起こすというわけですか」

「それは、ウイルスなのですか」

ハーマン、そしてベーカーがソファの上で身を乗り出して続けざまに質問する。

「問題はそこなのだ。これまでは、CJDの発症の多くは、スクレイピー型プリオンに汚染された乾燥硬膜の移植、あるいは角膜の移植によるものがほとんどと言われてきた。もっとも経口摂取となると話は別だがね。九六年にイギリスを席捲したBSEの原因は、スクレイピーにかかった羊の肉を混ぜた飼料から感染したという可能性が極めて高いと言われているし、同時にCJDを発症した患者については、BSEにかかっていた牛の肉から感染したと考えるのが自然という見方も多い。こうした点から言えば、スクレイピー型プリオンは間違いなく感染力を持ったウイルスのような存在であることが疑われているのだが、感染因子は物理的、化学的、生物学的に異常な特性を示していて、ウイルスの存在はこれまで証明されていないのだ。つまりスクレイピー型プリオンに汚染された脳硬膜や角膜を意図的に移植されたか、汚染された肉を摂取しないかぎりは、伝染するものではないというのが定説だった。しかもこのプリオン蛋白は、遺伝子を持っていないというのが定説でね」

「遺伝子を持っていない？　それなのにどうしてスクレイピー型プリオンが体内に入ると、

ＣＪＤを発症するんです。異常蛋白か何か分かりませんが、遺伝子を持たずして体内で増殖していくなんてことがありうるんですか」

「失礼した。遺伝子がないというのは、通常型プリオンとスクレイピー型プリオンの間に、遺伝学的に相違点が見つからないという意味だ。その点については、なんらかの遺伝子をこの物質が持っているのではないかと疑っている科学者もいまだに多い。だが、今のところ二つのプリオンはＤＮＡもＲＮＡも同じ構造を持つ極めて特殊な蛋白質という位置づけがなされているだけでね。ただスクレイピー型プリオンがＣＪＤを引き起こす原因なのかという点に関していうなら、答はイエスだ。これについては、八七年に食品医薬品局（ＦＤＡ）がその危険性を指摘している。脳外科の手術の際には開頭部を塞（ふさ）ぐために乾燥脳硬膜が移植されるが、ドイツのビー・ブラウン社から輸入されたものの中にＣＪＤが原因で死んだ遺体から採取されたものがあった」

「それを移植された患者がＣＪＤを発症したのですね」

ハーマンが聞いた。

「その通りだ。ＦＤＡの対応は素早かったよ。輸入乾燥硬膜によると見られるＣＪＤの患者が最低限、つまりたった一人発生したところで、ビー・ブラウン社製の乾燥硬膜の輸入を禁止したのだからね。連中は職務をまったく見事に果たしたわけだ」

「しかしたった一人の発症で、スクレイピー型プリオンとの因果関係が立証できるものなんですかね」

「それが立派に立証されたのだ。実験室レベルではもちろんのこと、臨床学的にもね」

「臨床学的にも？　長官はいまたった一人の被害で済んだとおっしゃいましたね。私は医学についてはまったくの素人ですが、たった一例の発症で、立証されたと言うには十分なものなのですか」

当然の疑問というものだった。ホッジスはまだ話は途中だと言わんばかりに、

「ところが、ＦＤＡの警告を無視して、ビー・ブラウン社製の乾燥硬膜を使い続けた国があるのだよ」

「危険を知りつつですか？　そんな馬鹿な。いったいそんなたわけたことをする国はどこです」

「日本さ」

「日本……」

「そうだ。日本の厚生省はＦＤＡが警告を出した後も、数年にわたってこの乾燥硬膜を輸入し続けることを許可した。その結果、何も知らずにスクレイピー型プリオンを移植された患者の中から数十人というＣＪＤの患者が発生したのだ」

「なんてこった」

「まったくひどい話さ。ひどいといえば、その製造元だったビー・ブラウン社が乾燥硬膜を製造するに当たっても信じられない話があってね」

三人は黙ってホッジスの次の言葉を待った。

「乾燥硬膜は人工的に造られるものではない。死体から脳硬膜を剝がし、それを乾燥させて造るものなのだが、これは主に身元不明、あるいは引き取り手のない死体から採取される。本来ならばＣＪＤで死んだ可能性のある死体の脳硬膜は使用されない。だがここで死体を管理する人間がちょいとした小金稼ぎに走った……」

「……ひどい話だ」

「ああ、まったくな。乾燥硬膜は、どの死体から採取されたものか、ロットナンバーで管理されている。ＦＤＡが、早い時点でビー・ブラウン社製の乾燥硬膜とＣＪＤとの因果関係を結びつけることができたのも、そのお陰でね」

「それが日本で発生したＣＪＤの患者とも一致したというわけですね」

「その通りだ。わが国および日本でのＣＪＤの発生は間違いなくスクレイピー型プリオンの感染によるものだ。そしていったん発症すると、期間の長短はあるが一〇〇パーセントの確率で死に至る……」

「つまり治療法はない、と」

それまで、一人口を開くことなくじっと耳を傾けていたエヴァンスが聞いた。

「ない」ホッジスは断言した。「初期症状として歩行障害が起きる。そして痴呆、異常肢位、ミオクローヌス（間代性筋痙攣）、錐体外路徴候、無動無言、錐体路徴候……」

「それが例のアンプルの中に組み込まれていたというのですか」

ハーマンが沈んだ口調で言った。

「一〇〇パーセントそうだとは言いきれないが、その可能性が極めて高いということだけは言える」

ホッジスは、虚ろな視線をテーブルの上のマグに向けると、小さな溜息を洩らした。

「つまり連中は、インフルエンザのウイルスの中にボツリヌス菌の遺伝子を組み込んだだけでなく、スクレイピー型プリオンの遺伝子まで組み込んだ可能性があると……」

「その通りだ」

「しかし、世界中の科学者が必死になっても解明できずにいる遺伝子を、北の科学者が解明するなんて、そんなことがありうるものでしょうか」

エヴァンスの顔には、とうてい信じられないといった色が浮かんでいる。

「北の科学者だけでは無理だろう。しかし今回のウイルス兵器に関しては、ロシアの技術力が大きく貢献していると見ていいだろう。旧ソ連時代、あの国では生物兵器の開発が盛んに行なわれていたからな。それにCJDの発見も最近のものではない。一九二〇年にはすでに最初の症例が発表され、スクレイピーの実験的伝播もまた早くから知られていた歴史がある。連中が鉄のカーテンの向こうで、密かにスクレイピー型プリオン遺伝子の解明に力を入れ、解析に成功していたという可能性も否定できない。そして何よりも体制崩壊後のソ連からは、こうした技術に携わっていた数多くの科学者がイラン、イラク、リビア、そして北朝鮮に流出して、現在も兵器の開発に携わっているのは紛れもない事実というものだからな」

「しかし、もしもこれが本当に、単にインフルエンザ・ウイルスにボツリヌス菌の遺伝子を組み込んだに留まらず、スクレイピー型プリオン遺伝子を組み込んだものだとしたら、いったいどうなるのです」

「事態は深刻だよ、テッド……」ホッジスの目がエヴァンスの顔を見据えた。「インフルエンザにボツリヌス菌の遺伝子を組み込んだものならば、対応するワクチンの開発は可能だろう。もちろん、それには時間が必要で、北の今後の出方次第では、半島有事を想定して我々が立案したオペレーション五〇二七はまったく機能しなくなる。だが、ここにスクレイピー型プリオンの遺伝子が含まれているとなれば、話はまた別の形で根底から崩れてしまう。先にも言ったがＣＪＤには治療法が確立されていない。そしていったん発症すれば致死率は一〇〇パーセントだ。いや、それだけじゃない。ＣＪＤの最も厄介なのは、発症までの期間が極めて長いことにある。早くて一年から二年、遅ければ三〇年後に発症する可能性もある。もしもこの組み換えウイルスに感染した者が何万、いや何十万という単位で出てみたまえ。国中に痴呆症にかかった人間が蔓延することになる。そうなれば、罹患した患者の面倒をみるのにどれだけの人間が従事しなければならないことになるか……」

「……神様……」

エヴァンスの顔からはすでに血の気が引いている。いや彼ばかりではない、ハーマン、ベーカーの顔からも血の気が失せ、恐怖のせいで瞬きすることを忘れた目がホッジスの顔を見つめている。

「これは、まさに核以上に厄介な兵器だ。一度ばらまかれたら最後、今後何十年という長期にわたって、国家、いや国民も、とてつもない負の遺産を抱えていかざるを得ないことを意味する。そうした点から言えば、この生物兵器は地雷だよ。それも、殺すことを目的としない地雷と同じ発想でつくられたものだ」

殺すことを目的としない地雷。この言葉に何の説明もいらなかった。足を奪い、手を奪い、あるいは視力を奪いながらも、生き続けさせる。いかに不自由な体になろうとも、命あるかぎり人間は生き続けなければならない。そして国家、家族も面倒をみていかなければならない。死者を作り出すよりも、そのほうが、敵に与える精神的、肉体的、そして経済的ダメージは遥（はる）かに大きいものなのだ。

「長官」重苦しい沈黙に耐えかねたようにベーカーが口を開いた。「もしも、このウイルス兵器がおっしゃる通りスクレイピー型プリオン遺伝子を含んでいたとしたら、それも空気感染で広がるものなのですか。もちろん連中がインフルエンザ・ウイルスの中にそれを組み込んだことを考えれば、その可能性は高いのでしょうが……」

「正直なところ、それについては明確な答がない」ホッジスは苦渋に満ちた顔で言った。

「ＣＪＤが経口感染、経気道感染で起きたという確実な症例はないが、外傷などの傷口、あるいは汚染された手で目をこするといった行為から感染するとは考えられている」

「すると、インフルエンザ、それにボツリヌス菌は別としてＣＪＤについては、空気感染しながら広がるという可能性は低いと考えてよろしいのですね」

ベーカーの声にいくぶんの期待が込められているのが分かる。だがホッジスの答はそれを見事に打ち砕くものだった。

「インフルエンザのウイルスは目蓋にも取りつくんだ。私も初めて知ったがね……」

「喉や鼻腔粘膜じゃないんですか」

「もちろん、そうしたところも好むが、いま言ったようにＣＪＤが経気道感染で起きたという症例はない。つまり連中が考えているのは、ベクターとなるインフルエンザ・ウイルスが特性を発揮して目の粘膜にウイルスが取りつき、脳に直結している視神経を経由して中枢神経系に蓄積される……」

「なんてこった。よくもそんなことを考えやがったもんだ」

ハーマンが罵りの言葉を上げた。

「そこから先は言わずもがなだ。たとえ戦争に勝利したとしても、いったんこの兵器が使われたとなれば、一年半から三〇年にわたって、患者が発生し続けるってわけだ。それこそインフルエンザの患者が出る度に、ＣＪＤの恐怖におびえながら過ごさねばならなくなる。こいつは我々の想定していた生物兵器の概念を根底からくつがえしてくれる代物だ。今まで、生物兵器はいかに即効性を持たせるか、つまり短時間で効果的に多くの兵力を無力化する方向に向いていた。こうしたスロー・ウイルスにカテゴライズされるものが使用される可能性など、まったく考えもしていなかったからな」

「で、安全保障会議の結論はなんと」

ハーマンが気を取り直したようにソファの上で身を正し、長官に向き直った。

「断固阻止だ。それも極秘裏にな。我々だけじゃない。陸軍、海軍情報部にも厳命が下った。連中がウイルス兵器を使用する国は日本だが、目標は在日米軍基地だ。もしもあの兵器がやつらの思惑通りに使われたら、半島は間違いなく北によって侵略、ことによると統一される可能性もある」

「しかし、阻止しろと言われても、日本への侵入方法はいくらでもあります」

「もちろん、最悪の事態も論議された」

「ウイルスがばらまかれたという前提に立っての話ですか」

「そうだ」

「で、その時には」

「幸い日本は海に囲まれた島国だ」

ハーマンの顔に驚愕の色が宿った。

「まさか、列島ごと隔離するってわけじゃないでしょうね」

「最悪の場合、被害を最小限に抑えるためには、そうせざるを得ないだろう」

「それでは在日米軍は……」

「そうならないためにも、全力を挙げて連中の作戦を阻止しなければならないのだ。いかなる手を使ってもな」ホッジスは断固とした口調で言い放つと、今までとは打って変わった鋭い目で、前にいる三人を見た。「とにかく、組織の全力を挙げて連中の動向をつかむことだ。日本ばかりじゃないぞ。在外支局にも緊急指令を発して、北朝鮮の動きを世界的な規模で把握するんだ。すでに連中は潜入に一度失敗している。今度はどんな手を使ってくるか分からんからな」

*

北京に着いて三日目のまだ夜も明けきらぬ早朝、徐少佐はベッドから起きだすと、支度にとりかかった。三〇分ほどの時間をかけて長いシャワーを浴びた。使用するシャンプーも石鹸（せっけん）も日本製のものだった。コックを閉じ、洗面台に向かう。壁一面に貼られた鏡の前に立ち、シェービング・フォームをたっぷりと使って髭（ひげ）を剃（そ）る。ムースを頭髪になじませ、ドライヤーで髪形を整える。最後にもう一度バスタオルを使って、新たに浮いた汗をふき取ると、腋（わき）の下に制汗剤を塗り、仕上げにシャネルのアンテウスをスプレーした。

ベッドルームに戻った徐は、真新しい下着を身につけ始めた。白のブリーフに同色の丸首シャツ。これもまた日本製のものだ。ワイド・スプレッド・カラーのシャツを身につけ、ヘリンボーン柄のネクタイを締める。クローゼットからスーツを取り出し、ベッドの上に放り投げた。ゆったりとヨーロピアン調に仕上げられたダブルのスーツだ。

徐はそれを身につけると、北朝鮮から運んできたアタッシェケースを開けた。中には不自然に膨らんだ厚みのあるビニール袋が入っている。その中のものを一つ取り出す。それは撮影済みのフィルムのパトローネのように見えた。徐はその上部に突き出た巻き取り用の突起をおもむろに引いた。蓋が開き中が丸見えになる。本来ならばフィルムが入っているはずの場所に、琥珀色のアンプルの突起部分が見えた。パトローネの内壁には、ウレタンの緩衝材が貼りつけられている。

アンプルの突起を摘み、そっと引き出してみる。薄いガラスの中には、容器の三分の二ほどのところまで、白い粉末がびっしりと詰まっている。

これなら、万が一、税関で所持品検査があったとしても分かりはしまい。

出来栄えに満足した徐の顔に自然と不敵な笑いが宿った。その頃合いを見計らったように、部屋のドアが二度ノックされた。

「入りたまえ」

答えながら、サイドボードの上の時計に自然と目をやった。七時三〇分。何もかも予定通りに事は運んでいた。朝食の時間だった。

「失礼します」

ドアが開くとトレーに朝食を載せた慎中尉が入ってきた。

「おはようございます。少佐」

窓際に置かれたテーブルの上にトレーを載せた慎が、徐に向き直ると、初めてスーツに身を包んだ徐の全身を見た。

「よくお似合いです。これならどこから見ても日本人そのものです」

「そうかね」

実際どこをどう見ても鏡の中にいるのは、ごくありふれた日本のビジネスマン以外の何者でもない。徐は、満足しながらもいくぶん照れたような表情を顔に浮かべ、再びベッドの上に広げたままにしておいたアタッシェケースを探った。中の仕切りから、一冊のパスポートが取り出された。赤の地に菊の紋章。それを挟むように『日本国旅券』『JAPAN PASSPORT』の文字が金で箔押しされている。紛れもない本物のパスポートだった。日本に不正入国を図る外国人は跡を絶たないが、その多くが所持しているのは偽造パスポートだ。その際に問題になるのが、パスポートの表紙の材質である。写真が転写され名前が書き込まれた所持者との照合部分の偽造はうまくいっても、意外なことに、最も簡単そうに見える表紙に、本物と同じ質感を持たせることが極めて難しいのだ。それは両者を並べて見れば一目瞭然といった不自然さで、ましてや毎日何百何千というパスポートを見ている入国審査官の目をごまかすことなど、よほどの幸運に恵まれなければ不可能なことだ。その一方で、本物の日本のパスポートを手に入れることが難しいかというと、実はそれほど難しくはない。海外旅行など珍しくもない時勢だが、国内には海外に出ることなど考えもしない人間が数多くいる。中でも、定職にもつかず、日々の生活にも困窮している状況にある者は恰好のターゲットになる。僅か数万円の金と引き換えに、そうした人間の戸籍抄本と住民票を手に入れる。健康保険証は借りるだけでいい。問題になりそうなのは、写真つきの会社の身分証明書の類だが、これなどは偽造しようと思えば造作もないことだ。すべての書類を揃え、都道府県の発券窓口へ。あとは一週間から一〇日後の葉書の到着を待てば、紛れもない本物のパスポートが手に入るというわけだ。窓口の係員はパスポートを渡す際に、そこにプリントされた写真と受け取りに来た本人とが相違ないかどうか、文字通り見た目で判断するだけで、この時点で不正が発覚する可能性は事実上ゼロといってもいい。

これは、中国や東南アジアからの不正入国者用に『蛇頭』が実際にやっている手口の一つなのだが、より強大な組織、それも国家の一機関が行なうとなれば、朝飯前というものだ。

事実、徐も二か月前に、新潟県の海岸から夜の闇に乗じて行なった潜入工作訓練、引き続いて一か月ばかりの滞在の際に、この手順に従って、埼玉県旅券課によって発行された紛れもない本物の日本のパスポートを手に入れていた。任務を終了して、北朝鮮に戻る際は、日本人『川口俊二』としてバンコックに向けて出国し、北京経由で帰国した。もしもこのパスポートの中で、本当に偽造されたものがあるとすれば、それは二〇日前にバンコックの中国大使館が発行したことになっているビザと入国スタンプだけだ。

このパスポートを見る限りにおいては、川口俊二こと徐承九（スング）が二〇日前にバンコックを経由して日本から観光目的で中国にやってきたことを示す以外に、何の痕跡（こんせき）も発見できなかった。

「少佐。これがチケットです」

慎は胸の内ポケットを探ると、一綴（つづ）りのエア・チケットを差し出した。

「ありがとう」

徐はそれを受け取ると、そのままの恰好で朝食がセットされたテーブルに歩み寄り、椅子に腰掛けた。芳しいコーヒーの匂いが鼻をつく。すでに平壌を発つ以前から、食事はすべてウエスタン・スタイルのものに変えていた。民族特有の食事には、自分では気づかないだけで、他国の人間には明らかにそうと分かる強い香辛料が含まれている。体に染みついた匂いが、思わぬところで自分たちのアイデンティティを露見させることも考えられなくはない。今日、この大使館を出たら、それ以降、内面はともかく、少なくとも外見は日本人、川口俊二になりきらねばならないのだ。

コーヒーに口をつける前に、徐はグラスに満たされたミルクを一息に半分ほど飲み、おもむろに、たったいま渡されたばかりのエア・チケットを開いて見る。

それは、見ようによっては、実に奇妙なルートを辿っていた。徐の出発は明朝、まず最初に北京からバンコックに飛び、そのままトランジットでシンガポールへ向かう。そこで一泊した後、直行便でフランクフルトへ飛び、二日の滞在の後、東京に入るというものだった。直行便で行けば、当面の目的地東京までは僅か四時間しかかからないが、わざわざヨーロッパ経由にしたのには、それなりの理由があった。

一つには、先の潜入工作に失敗してからの、日本、そして米国当局の動きである。極東の海軍兵力の主軸をなす第七艦隊は、空母キティホークを始めとして、艦隊に所属する艦船のすべてがルーティンとなっている哨戒航海を取りやめ、急遽、黄海に展開していた。

一方の日本もまた、日本海に自衛隊艦艇や海上保安庁の巡視船を集結させ、空からの哨戒もまた、これまでになく厳重になっていた。この二点をとってみても、日米両国がアンプルの中身について既に分析を済ませ、第二の侵入を防ぐべく警戒網を敷いていることは間違いなかった。通常、日本でなくとも、税関検査は、乗客の出発地や使用航空会社によって異なるものだ。東南アジア、インド、あるいはパキスタンといった麻薬が容易く手に入りやすい国からの到着者の荷物検査は厳しくなり、欧米からの人間に関しては緩くなる傾向がある。ましてやこうした状況下だ。東南アジアやインド、パキスタンに加えて、中国から到着する人間への税関検査は、これまで以上に厳しいものになるだろう。税関でフィルムのパトローネに入れたアンプルが発見される可能性は極めて低いとは思うが、念を入れるに越したことはない。二度目の失敗は、もはや許されないのだ。リスクは考えうる限り低いほうがいい。

それが今回の作戦を立案するに当たって、上層部が出した結論だった。

徐は内容を確認したチケットを胸のポケットにしまうと、テーブルの上に置かれた朝食を平らげにかかった。バターがたっぷりと塗られた二枚のトースト。二個の目玉焼きの傍らには、ソーセージが二本添えられている。平壌に住むことを許された特権階級に属する徐にしても、夢のような食事だった。

慢性的な食糧不足が続き、餓死者が続出している祖国の現状が脳裏をよぎった。

国家の危機的な状況を劇的に改善する方法は、もはや南進、ひいては半島の統一しかないのだ。たしかにアメリカは食料や原油の援助をしてくれてはいるが、それも生かさず殺さず、だ……危機を救うための根本的な解決策に結びつきはしない。このままではそう遠くない将来、わが祖国は崩壊し、北の人間は長きにわたってさらにひどい辛酸を舐めることになるだろう。かつての東ドイツが国家崩壊後にどんな目にあったか……それよりもさらに残酷な運命が……。

徐は食事を残さず平らげると、ゆっくりと立ち上がった。

「うまかったよ。ありがとう」

すかさず慎が歩み寄り、空になった食器を片づけ始める。

「日本で使用する名刺、健康保険証、免許証……必要なものはすべてアタッシェケースの脇に揃えておきました。出発は九時です。それまでに少佐ご自身で最後のチェックをしておいて下さい」

そう言うと、トレーを持って部屋を出ていった。ふと目をやったサイドボードの上の時計は、八時少し前を指している。

あと一時間か。

徐はゆっくりとベッドに歩み寄ると、アタッシェケースの脇に並べられた小道具を、一つ一つ自らの手で確かめながら、出発前の最後の準備に入った。

＊

ＣＩＡが全世界の——といっても主に北朝鮮大使館がある国のだが——支局に監視強化の指令を出して、すでにまる二日が経っていた。特に平壌と定期便で結ばれている北京支局には、通常の駐在員に加えて、七名のメンバーが派遣されていた。いずれも東洋系ばかりで、そのうち一人は女性局員だった。北朝鮮大使館の正門を挟み、それぞれ一ブロックほど離れた路地に、それとなく停めた車の中から、館内に出入りする車、あるいは人間を窺う。もちろん大使館の所属を示すようなナンバーはつけていない。薄汚れた中古の日本車の車内でそれとない視線で気配を探るのだ。それも相手に監視を気づかれないように、時折、位置を変え、または車を入れ替えるという作業をこなさなければならない。ポジションによっては、ルームミラーを使っての監視もやむをえない。そうした苦労を重ねているにもかかわらず、これまでのところはかばかしい収穫はなかった。

「いったい連中の何を見張れというの」

九月とはいえ、早朝。エンジンを止めた車内はたちまちのうちに底冷えがしてくる。探す相手も分からなければ、いつまでという期限も分からない。ただ不審な動きがないかどうかを探れという指令は、いくらなんでも、あまりにも漠然としすぎていた。

助手席のシートに体を預けた姿勢のままじっとルームミラーに視線を固定して、アマンダ・リーは東部訛りの英語で言った。今年二七歳。移民三世のリーはなりこそ中国人だが、仕草、言葉は完璧なアメリカ人だった。

「とにかく、不審と思われる動き、あるいは人物が現われたら些細なことでもいい。報告を上げろとのお達しだ。よっぽど大きな何かがあるんだよ」

リーよりも五つばかり歳を食っている分だけ、ＣＩＡでの経験も長いジョー・フォングが、運転席で僅かに肩をすくめた。中国人なら決してしないその仕草に、リーに対する同意の気持ちが込められていた。リーはルームミラーを使い、フォングは角度を調節したサイドミラーを使って車内から大使館の正門を見ている。

限られた鏡の中の世界では、門番がゲートの前に設けられたボックスの中にいるだけで、動きというものがまったくなかった。つい二〇分前、八時三〇分に交代したチームからは、昨夜一〇時に一台の車が館内に入って行ったきりで、それ以降の動きは何も報告されていなかった。いつもは煙ったようにはっきりしない空が、今日はやけに抜けがいい。すっかり昇った太陽が、初秋の北京の大気を貫いていく。

まったくコロラドのような朝だな。これでわけの分からない任務さえなければ、ジョギングには最高なんだが。

デンバー生まれのフォングは、清冽な大気と豊かな自然に満ちた生まれ故郷のことを思い出していた。ともすると、睡魔が、長閑な故郷の情景と重なって、まだ時差がとれていない体を襲ってくる。

くそ、昨夜はメラトニンを飲んで、たっぷりと睡眠を取ったはずなんだが。

フォングは、そう思うと無性にコーヒーが飲みたくなった。だが北京の街で、車に乗ったままコーヒーを啜るカップルなどいやしない。それに張り込み中に、いかに神経を高ぶらせ任務に集中するためとはいえ、利尿作用のあるコーヒーをガブ飲みすれば、どんなことになるか。それはあまり利口な行為とは言えない。フォングは睡魔を振り払うかのように目をしばたたかせ、サイドミラーの中の世界に集中した。その時だった。まるでマネキン人形のようにゲートの前で直立不動の姿勢を崩さなかった門番に動きがあった。リーとの間に置いたトランシーバーが短い音を発した。北朝鮮大使館の門を挟んだ反対側一ブロックの路地から監視を続けている、もう一つの監視チームからのものだ。

『チャーリー、デルタだ。見えるか、何か出てくるぞ』

最初の呼びだしのコールは、それぞれのチームにつけられた符丁だ。Aチームはアルファ、Bチームはブラボー、Cはチャーリー、Dはデルタといった具合だ。

「デルタ、確認した」

リーが、周囲の通行人に注意を払いながら答えた。

ついいましがたまで感じていた睡魔など、もうどこかへ吹っ飛んでしまっている。フォングはサイドミラーの中の世界に全神経を集中した。リーもトランシーバーを膝の上に置いたまま、椅子にもたれた恰好を維持し、微動だにしない。視線だけをルームミラーに集中している。

門番が堅く閉じられた門を引き開けた。制服に身をつつんだ門番が型にはまったような敬礼をすると同時に、旧型のベンツがゆっくりと姿を現わす。白い車体に朝の日差しを反射させながら、通りに出ると、徐々にスピードを上げ、こちらに向かって近づいてくる。

「アマンダ！」

「大丈夫、準備はいいわ」

リーはそう言うと、小型のビデオカメラを取り出し、向かってくるベンツに勘でレンズを向けた。ファインダーを覗きながらじっくりと撮りたいところだが、相手に気づかれてはまずい。ベンツの動きに合わせ、リーのビデオカメラが、ゆっくりと動く。

『チャーリー、こちらが先に出る』

トランシーバーから、デルタチームの男の緊張した声が早口で聞こえる。すでにベンツはフォングが停車している位置からは、二ブロック先まで進み、加速しながらどんどん遠ざかっていく。

ルームミラーを慌ただしい手つきで本来のポジションに直す。フォングの視線に、中古のセドリックが路地から左折してきた。どう見てもそれは、たまたま通りがかった車が、路地からストリートに向けて左折してきたようにしか見えない。これならば尾行が開始されたとはわからないだろう。セドリックは、決して速度を不自然に上げることなく、法定速度を維持したままフォングの傍らを駆け抜けていく。すれ違いざまに助手席に座る男が見えたが、こちらに一瞥もくれはしない。目指す目標を見失うことのないよう、全神経を前方のベンツに向けているのだ。

セドリックが二ブロックほど走り去ったところで、フォングはサイドミラーでたった今ベンツが出てきた大使館の門を観察した。門番がゆっくりと門を閉ざしているのが見えた。それを確認したフォングはイグニッション・キーを捻るとエンジンをかけた。オートマチックのギアをドライブ・モードに入れ、ブレーキをリリースする。すでにベンツは視界から消え、デルタチームのセドリックが遥か先に見えるだけだ。

ここまで距離を開ければ尾行を開始しても、気づかれはしないだろう。

そう判断したフォングは、後続車に気をつかいながら、ハンドルを僅かに右に切る。アクセルペダルに乗せた足に徐々に力が籠る。加速を始めたところで、助手席に座ったリーが視線を前方に向けたまま、トランシーバーとは別に車内に持ち込んでいた携帯無線機のマイクを握った。

「イーグル、イーグル。こちらチャーリー」

リーがアメリカ大使館の一室に設けられた作戦司令室を呼びだす。ハスキーな声に緊張と興奮が混じっているのが分かった。

『イーグル。チャーリーどうぞ』

デジタル暗号化された信号を使っているせいで、無線が傍受される危険はなかった。リーの声が自然と大きなものに変わった。

「いま、ベンツが一台、大使館から出ました。デルタチームが尾行を開始しています。我々も後に続きます。北朝鮮大使館の監視を続けているのはアルファチームだけです。増援を要請します」

『チャーリー。了解した』

リーはマイクを元の位置に戻すと、前方に注意を集中した。遥か先を行くセドリックが突然右折のサインを出すのが分かった。リーはバッグの中から北京市街の地図を出し、位置を確認する。

「どこへ行くのかしら。このままだと、高速のランプへ向かっているような気がするけど」

「高速？　だとすると空港かな」

「その可能性は高いわね」

「もしそうだとすれば、高速に入った所で、デルタとポジションをチェンジしたほうがいいな」

当然の考えだった。広く見通しのいい高速では、背後にピッタリついたままの尾行は目立つ危険が高くなる。

「デルタ、チャーリー」

『チャーリーどうぞ』

緊迫した男の低い声が、小さなスピーカーを通して聞こえてくる。

「このままだと空港へ向かう高速に乗るようだけど、どう」

『ああ、こちらもそう睨んでいたところだ』

「もし高速に乗ったら、その時点でポジションを入れ換えましょう」

『分かった。方向を確認したら、こちらから報告する』

「了解」

九時を回った時間。すでに街は動き始めていた。通りを行き交う人々、自転車、それに車の量も目に見えて増してくる。ベンツ、セドリック、そして自分たちの車の間に一般車両が入り込むのは、こちらの存在を目立たなくする役割をしてくれはするが、ともすると目標を見失う可能性を格段に高いものにする。

だが北朝鮮大使館から出てきたベンツは、街を走る多くの車の中にあって、あまりにも目立ちすぎる存在だった。尾行は慎重に、そして順調に進んだ。

『チャーリー、デルタだ』

「デルタどうぞ」

『こちらの読み通りだ。連中は空港行きの高速に乗った』

「了解」

そうなれば、一刻も早く前を行くセドリックに追いつくことだ。フォングの運転がにわかに荒くなった。忙しげに車線を変え、車の群れを掻き分けるようにしながら前へ出ようとする。気短なドライバーが抗議のクラクションを時折鳴らしてくるが、そんなことはお構いなしだ。

「イーグル、チャーリー」

『チャーリーどうぞ』

「連中は高速に乗ったわ。空港に向かっているもよう」

『空港?』無線の向こうの声が急に緊張を帯びたものに変わった。『絶対に見失うな。目的地が空港だとすれば、彼らがそこからどこへ行くのか。あるいは誰かをピックアップするつもりなのか、それを確認するんだ』

「了解」

本部との無線交信を終わらせたタイミングを見計らったように、トランシーバーからコールがあった。

『チャーリー、どこだ』

「もう高速のランプが見えるところよ」

『早くしてくれ。車の量はさほど多くない。このまま尾行を続ければ気づかれる恐れがある』

「分かった」

リーがそう答えるのと、フォングがウインカーを点滅させながら高速のランプへ入ったのは、ほぼ同じタイミングだった。アプローチから本線に入る間に、フォングはアクセルを思いっきり踏み込んだ。エンジンが金切り声を上げ、回転計の針がレッドゾーン近くに跳ね上がり、シフトアップしていくに従って、それが忙しく上下する。

「いま高速に入った」

『了解。こちらは少し距離を置く』

前方を走るセドリックを捉えるまでに、五分の時間を費やした。フォングはそのままの勢いでセドリックを追い越すと、少し速度を落とした。遥か前方に、豆粒のように小さなベンツが見える。再びアクセルを僅かに踏み込み速度を上げると、徐々にその距離を詰めにかかる。確実に距離が狭まってくる。このまま行けば、もう空港までは一五分といったところだろう。走行車線を走るリムジンバスの後方につき、時折車の位置を僅かにずらしてベンツの存在を確認する。距離は四〇〇メートル。これ以上車間を詰めるのは危険だ。近づくのは空港出口のランプが近くなってからでいい。

北京空港にアプローチする飛行機が見え始める。翼面積を最大にするためにフルにしたフラップ、ギアの一つ一つがはっきりと見えるあたりになって、フォングは加速を始めると、リムジンバスを追い抜き、ベンツとの距離を詰めにかかった。

空港出口の表示が見え始める。ふとルームミラーを見ると、セドリックがリムジンの陰から追い越し車線に入るのが見えた。

「アマンダ。ここから先、デルタとは別行動だ」ハンドルとアクセルを慎重に操りながら、フォングは命じた。「おそらく連中はベンツをターミナルへ横づけするだろう。連中よりも少し離れた所で君を降ろす。デルタには、空港に着いたらそのまま駐車場に入り、そこから連中を写真に捉えるよう言ってくれ。特にターミナルに入るやつ。もしもピックアップが目的なら、そいつもだ」

「分かったわ」

リーは即座にトランシーバーを手にすると、フォングの指示を復誦した。すかさず心得たとばかりの返事がスピーカーから聞こえてきた。撮影のポイントを確保するためには、連中よりも先に空港に着かなければならない。セドリックがルームミラーの中で、みるみるうちに大きさを増し、すぐ傍らを疾走していく。このスピードならば、出口に到着するまでにベンツを捉えることは間違いない。

北京首都空港は、大国の首都空港の多くが立体的な造形美を誇示するのに比して、どちらかといえば前近代的な造りになっている。二階建ての空港ターミナルビルの一階部分に設けられた出入口の外にはタクシー乗場があり、道路を挟んだ反対側にはリムジンバス乗場が、そしてその後方には広大な駐車場が広がっている。つまりターミナルに出入りする人間を撮影するには、望遠レンズつきのカメラがあれば、駐車場は絶好のポイントとなる。

フォングはベンツの後に続く形で高速を降り、空港ターミナルへとゆっくりと車を進めた。

『チャーリー、デルタだ。ポジションを確保した。入口か出口かはまだ分からんが、どちらにしても撮影には問題ない』

「了解」

リーの声が低くなった。目の前のベンツはターミナルに差しかかったが、まだ止まる気配はない。

どうやら出国ではないようだな。するとピックアップか。

「アマンダ。僕らはここで停まろう」

そこから先は分かっているとばかりにリーは頷くと、車が停止するや否やドアを開け、路上に降り立った。

『いまベンツを確認した。入国の出口に向かっているようだ』

デルタチームの密やかな声が、フォング一人になった狭い室内に響く。

さあ、うまくやってくれよ。

フォングはアマンダを降ろすと、すぐに車を発車させた。ベンツが国際線ターミナルの前、客待ちのタクシーの列に並列駐車する形で停止するのが見えた。車線が狭くなったせいで、早くもちょっとした渋滞がその後尾から起こり始める。

普段こんな行為を目の前でやられたらいらつくところだが、この時ばかりはありがたかった。監視するのにこれほど都合のいい状況はない。

フォングの視線が、ベンツに集中する。リーが人混みを掻き分けるように、ゆっくりとベンツのほうに向かって近づいていくのが見える。

いいぞアマンダ。実に自然な動きだ。

ベンツの後部ドアが二つ同時に開いた。明らかに身なりの違う二人が、左右に開いたドアから降り立った。ゆったりとした作りのヨーロピアン調のスーツに身をつつんだ男と、それに比べると粗雑な作りのスーツを着た男だ。

ロビーに近いほうのドアから降りた男は、アタッシェケースを手に、タクシー待ちの列を横切ったところで立ち止まった。反対側のドアを出た男が、ベンツの後をまわり、駆け寄る。

いったい何をするつもりだ。誰かをピックアップするのなら、あの手にぶら下げたアタッシェケースはなんだ。これから会う人間に手渡すつもりか。

フォングの脳裏でこれから展開するであろう可能性が、猛烈な勢いでシミュレートされていく。

いや待て、誰かにあのアタッシェケースを手渡すつもりなら、何もこんな方法を取らなくともいいはずだ。大使館の中で受け渡しを行なえばいいだけの話だ。それともここでやらなければならない、何か切迫した事情でもあるのだろうか。

だが次の瞬間、二人は意外な行動に出た。歩道で二人は極めて短い会話を交わすと、がっちりと握手をして別れた。ヨーロピアン調のスーツを着た男をそこに残すと、もう一人の男は、たったいま降りたばかりのベンツに乗り込んだ。ドアが閉まるとすぐにベンツは静かに走り始めた。走行可能な車線が一つ増えたために、後続の車の流れが急によくなる。その流れに従って、フォングはアクセルを踏んだ。歩道に立った男との距離が急速に狭まる。フォングは顔を動かさず、目だけでその男を追い、追い抜きざまにその男の顔と服装を素早く観察した。自然な感じでボリュームを持ってセットされた頭髪は整髪料を使用した形跡をさほど感じさせない。ワイド・スプレッド・カラーのシャツにヘリンボーン柄のタイ。ダークグレーのダブルのスーツは、どう見ても共産国家の人間というよりは、西側の国のビジネスマンといった外見だ。

前方の車に注意を払いながら、今度はルームミラーでその男の行動を監視する。タクシー待ちの列に並んだ男は、そのまま動かない。背後にはもう二人ほどの客が、スーツケースを手に並び始めている。そして三人目にリーが並ぶのが見えた。

「デルタ、写真はうまく撮影できたか」

『ああ、ばっちりだ。運転席の男は駄目だったが、外に出た二人は確実に捉(とら)えた。しかしいったい連中は何をするつもりなんだ。空港に着いたと思ったら、今度はタクシー待ちの列に並んだぞ』

「分からん」フォングは正直に言った。だがその一方で、一つの考えが確信に変わり始めた。不可解な行動の背後には、それなりの理由というものがある。「デルタ、どうも匂うな。どうやらＣＩＡ(カンパニー)が探し求めているのは、こいつかもしれん」

『ベンツはどうする』

「放っておけ。監視をこいつ一人に集中するんだ。やつがこれからタクシーを拾ってどこへ行くのか、それを突き止めるんだ」

『よしきた。それじゃ我々もこれから駐車場を出て、タクシーを追跡できるようにしておこう』

「アマンダはこちらがピックアップする。尾行の手順は、空港までの手順と同じでいこう」

『了解』

フォングは、トランシーバーを助手席のシートの上に放り投げると、リーが残していったバッグの中から無線機を取り出した。

「チャーリーからイーグル。目標と思われる人物を捕捉した。尾行を続ける」

早口の英語がフォングの口から流れた。

7

一日にラングレーと自宅を二往復する。長きにわたって諜報(ちょうほう)の最前線に身を置くベーカーにしても、こうした事態は数えるほどしかなかった。当直の局員から自宅に電話があったのが深夜零時。ベッドの中で、いつもなら安らぎを覚える妻のクリスティーヌの静かな寝息が、かえって、この数週間、一時たりとも脳裏から離れないウイルス兵器への恐怖を掻(か)き立てる。慢性的な睡眠不足に陥っていることは自覚していた。だが、眠ろうとすればするほど、逆に頭は冴(さ)え、眠りへの道を遠ざける。

メラトニンの助けを借りようか。

そうも考えたが、いつ緊急連絡が入るかもしれない。なにしろ世界中に張り巡らした組織の全機能を挙げ、北の次の出方を探っている最中なのだ。肝心な時に、脳下垂体ホルモンを刺激し睡魔を呼ぶ薬が効いていたのでは話にならない。かといってアルコールの力を借りるのも論外だ。どうしようもない苦しさと恐怖を振り払おうと寝返りを打った瞬間、ベッドサイドの電話が鳴った。

来た！

深夜の電話は迷惑きわまりないものだ。だが今夜ばかりは違った。この時間に鳴る電話は、監視を続けている北朝鮮になんらかの動きがあったことを知らせるものに違いなかった。それが悪い知らせか、あるいはよい知らせなのか分からないが、どちらにしても、何の情報も得られないままじっと待ちの態勢を取っているよりは遥(はる)かにましだ。

即座に受話器を取り上げたベーカーの耳に、聞きなれた男の声が飛び込んできた。

『ロン。すぐにこちらに来ていただきたいのですが』

電話で要件を話さないのはルールの一つだ。すぐにラングレーへ来い。その言葉にはそれなりの意味がある。

「分かった。すぐに行く」

「ロン、出かけるの」

電話のベルが鳴ったのはただの一度だったが、眠りを妨げられたクリスティーヌが、はっきりとしない口調で言った。

「ああ。起こしてしまってすまない。君はゆっくり休んでくれ」

「今夜は帰れるの」

重い目蓋(まぶた)をうっすらと開けて、夫を見る妻の視線があった。

「いや、戻れないと思う」

そう言うとベーカーはベッドを抜け出した。

芝生に覆われた前庭が広がる住宅街に人気(ひとけ)があろうはずもなく、水銀灯の光の中に、すでに明りの消えた瀟洒な家並みが薄ぼんやりと浮かび上がっている。インターステイトに入るとオレンジ色の街路灯の下を走り、交通量が少ないせいで、ラングレーに着くまで、ベッドを抜け出して四〇分ほどしかかかっていなかった。

オフィスに入るとすぐに、さきほど電話をかけてきた当直の男、マーク・ホワイトソンが数枚のペーパーを手に駆け寄ってきた。

「申しわけありませんな、深夜に。もうお休みじゃなかったですか」

「いや、寝つかれなくていたところだった」

ベーカーは短く言葉を返すと、ガラスで仕切られた奥の一画、自分の部屋を目で指した。部屋の中に他の人間はいなかったが、落ち着いて話をするには、やはり自分のオフィスのほうがいい。

そこへ向かって歩きながら、ベーカーは上着を脱いだ。ドアを開けるとすぐにそれをハンガーに掛ける。その間にホワイトソンがドアを閉め、ベーカーの机の前の椅子に座る。

「さあ、マーク、何があった」

ベーカーは自分の席に腰を下ろしながら訊いた。

「北京支局からの緊急情報です」

「北京？」

「これです」

ホワイトソンが数枚のドキュメンテーションと電送写真をベーカーの前に置いた。奪い取るように手にする。

眼球が忙しげに左右に動き、猛烈なスピードで文字の羅列がベーカーの脳裏にインプットされていく。時折視線が、もう一方の手に持った電送写真に移る。

読み終えるまでに二分しかかからなかった。

「どう思う、マーク」

ペーパーから目を上げたベーカーが静かに言った。

「こいつは、かなり脈ありと見ますね」ホワイトソンは、すでにベーカーが獲物が網にかかったという確信を得ていることを見抜いていた。第一、自分をじっと見据えている瞳の力が違っていた。ここ数週間の間に溜まった疲労や焦りの色というものが見事に消え失せている。いま彼が欲しているのは、手にした情報に対する自分の分析ではない。見解を聞くふりをしながら、彼自身の考えをまとめにかかっているのだ。「一つは行動パターンです。尾行チームからの報告によれば、こいつは北朝鮮大使館を出て、いったん空港に向かい、そこから再び北京市内に引き返しています。それもわざわざタクシーを使ってね。それから向かったところが長城飯店で、そこにチェックインしています。どう考えても、これは不自然な行動です」

「たしかに不自然な行動だな。なぜ、こんなことをすると思う」

「最も可能性の高いのは、身分をここで変えようとしているんじゃないでしょうか。もちろん、ここで先に到着しているクーリエと接触を持つということも考えられなくはありませんが、それにしては服装が妙です」

「なるほど」

ベーカーの目がデルタチームによって撮影された電送写真に向けられる。コンピュータを介して送られてきた写真画像は、コダックのサーマル・プリンターによってプリントアウトされ、銀塩写真のネガの粒子の一つ一つが分かるほど鮮明なものだった。

「この恰好は、まるで日本人そのものです。北の連中が普段身につけているような野暮ったさの欠片もありません。ヘアスタイルもそうです。もしもこいつが完璧な日本語を喋れば、どこから見ても日本人でしょう」

ホワイトソンが指摘した点は、ベーカーも気がついていた。北朝鮮人から日本人になり変わる……。もちろんパスポート一つあれば、形式上は日本人になれる。だが連中も馬鹿ではない。二度目の作戦は、何がなんでも成功させなければならないと必死だろう。となれば、準備には万全を期して、その前段階から念には念を入れた工作を行なうに違いない。

人でごった返す空港から、タクシーでホテルにチェックインする。この恰好ならば、どうみても日本人のビジネスマンだ。そこで日本のパスポートを使い、日本名でチェックインする。それも長城飯店という、欧米人が好んで利用するホテルを選んでだ。敵の懐に飛び込むには、早い時点から……確実に身分を隠すには、多少の時間はかかっても、ステップを重ねれば重ねるほどいいというわけだ。

その時、ベーカーの脳裏に、閃くものがあった。

長城飯店？

「マーク。長城飯店は、たしかシェラトンとの合弁で経営しているホテルだったな」

「そうです」

答を聞くや否や、ベーカーは電話を手にした。短縮された四桁の番号が計算機のキーを叩くかのようなスピードで押される。

「ロジャー。ロナルド・ベーカーだ」

『ハァイ、ロン』

北京のアメリカ大使館内にある作戦本部の責任者、ロジャー・ディクソンの声が鮮明に聞こえる。

もちろんこの通話は通常の電話回線を使用したものではない。中国当局による盗聴の危険を避けるために、地球の周回軌道上に打ち上げられた衛星を経由して行なわれているのだ。しかも傍受解読の危険を考慮して、すべての通信はデジタル暗号化されている。

「いまレポートを見たところだ。どうやら君たちの摑んだ男が、連中が放った二本目の矢の可能性が高い」

『ほかの国はどうだ。何か動きはあったのか』

「いや、今のところ、網にかかったのは北京の男だけだ」

『そうか』

「監視は続行しているんだろうな」

『もちろんだ。北朝鮮大使館の監視も続けているが、こいつが出て以来、目立った動きはない。こちらも君のところに送った写真の男が一番くさいと睨んでいる。幸い、長城飯店は普段から欧米人の利用者が多いところでね。張り込みをかけるには絶好のところさ。まず監視の目を気づかれることはあるまい』

「長城飯店はシェラトンとの合弁だったな」

『その通りだ』

「例の男だが、どんな名前でチェックインしているか、調べられるか」

『すでに始めているよ』ディクソンは当然のことを聞くなとばかりに、含み笑いを嚙み殺した声で言った。『数は少ないが、あの長城飯店にはアメリカ人の従業員もいる。すでにその線から、男がどんな名前、国籍でチェックインしているか、調べにかかっている』

「どれくらい時間がかかる」

『そう急かすな。いくら同国人とはいえ、一般市民に依頼するんだ。それなりの手順を踏まねばならないし、時間も必要だ』

ディクソンの言うことはもっともだった。アメリカならば、警察、あるいはFBIでもいい、捜査権を振りかざし、有無を言わさずチェックイン・リストを調べるのはわけのないことだが、場所は北京だ。かといって中国当局の協力を得て、などということは論外だ。なにかしらの理由をつけて、協力者に調べてもらう以外にない。

『だが、そうだな、あと半日もあれば。なにしろチェックインの時間は分かっている。あとはそこから名前と国籍を追っていけばいいだけだ』

「O．K．ロジャー。半日でやってくれ」ベーカーは言葉じりを捉えるかのように念を押すと、「それからもう一つ、すぐに実行してほしいことがある」

『なんだ』

「そいつがどんな名前と国籍を使っているか判明した時点で、全航空会社に当たって、予約名簿の中にそいつの名前がないかどうか調べてくれ。目的地もだ」

『おやすいご用だ』

「もしもそいつが我々が見つけようとしている人間なら、必ずここ数日のうちに中国を出国して日本に向かうはずだ。もちろん直接日本に向かうかどうかは分からんがな」

受話器を置いた瞬間、ベーカーの脳裏に、北朝鮮が日本に持ち込もうとしたウイルス兵器の恐怖が再び蘇った。

この男が探し求める男であってほしいという反面、そうでなければいいという相矛盾する二つの考えがぶつかり合った。

連中が最初の失敗に懲りて、作戦を中止してくれればいいのだが……。

それはベーカーの本心ではあったが、状況を考えると、あまりにも楽観的すぎる考え、というより、もはや祈りであることにベーカーは気がついた。

一の矢を放った連中が二の矢を放つことを止めるはずはない。ましてやあれほどのウイルス兵器を手にしたのだ。連中は絶対やるに決まっている。現時点で我々がなすべきことはただ一つ。今回の作戦もまた失敗に終わらせること。ただそれだけだ。

ベーカーの長い夜は、まだ始まったばかりだった。

*

長官室にいつもの四人が顔を揃えたのは、朝の早い職員がオフィスにぼつぼつ顔を見せ始める七時を回ったあたりのことだった。充血した目。腫(は)れた目蓋(まぶた)。それに何よりも昨日の朝から当たっていないせいで、青黴(あおかび)のようにうっすらと顔の半分を覆った髭(ひげ)が、ベーカーが徹夜明けであることを無言のうちに語っていた。

「すると北京の連中は、その男が日本人名で長城飯店にチェックインしたことを摑んだんだな」

北京での昨夜の一連の動きをベーカーが報告し終えるなり、情報担当副長官(DDI)のウイリアム・ハーマンが質問を発した。

「はい。連中はよくやってくれました。マークした男は長城飯店に『シュンジ・カワグチ』という日本人名でチェックインしています」

「間違いはないのか」

「ええ、チェックインの時間は尾行したチームが正確に摑んでいます」

「他の国籍。つまり日本人以外の名前を使ってチェックインした可能性は」

情報担当らしい慎重さでハーマンが念を押す。

「それも調べました。報告によると、長城飯店にチェックインした客は、自動的にコンピュータに記録されます。その記録によると、たしかにカワグチの前後にチェックインした客が数組ありましたが」

「数組？」

「ええ、そのいずれもが一人ではなかったのです。二人ないしは三人、とにかく単独でのチェックインではありませんでした。それもアメリカ人です。東洋系はカワグチ一人です」

「すると、それが大使館からわざわざ空港を経由して来た男に間違いないというわけだ」

「消去法ですが、そういうことです」

「つまり北朝鮮国籍の男が、ここで日本人になり代わったというわけだ」

ハーマンの言葉が終わると、四人はそれぞれに目を合わせ、お互いの認識を確認しあった。

「で、やつが次にどういった行動に出るか、推測はできているのか」

作戦担当副長官（DDO）のテッド・エヴァンスが訊（き）いた。

「北京発の、各航空会社の予約リストを洗いました」質問などされなくとも、それを話そうとしていたとばかりの素早い反応でベーカーが答えた。「明日、北京からシンガポールに向かう便にS・カワグチの名前がありました」

「シンガポール？　日本じゃないのか」

ハーマンが意外な地名を聞いたとばかりに、ソファの上で半身を起こした。

「違います」

「人違いじゃないのか。カワグチという名前が、日本の中では珍しい部類に入るものかどうかは知らんが、同姓という可能性だってあるだろう。いったい北京の連中はどれくらい先まで予約リストを洗ったんだ」

「一週間先までです。たしかに同姓の人間の可能性は捨てきれませんが、少なくともこれから先一週間の予約リストに、カワグチという名前は、明日のシンガポール行きの便にしかありませんでした」ベーカーはきっぱりと断言すると、さらに語調を強めて話を続けた。

「連中の一連の行動から考えると、シンガポール行きの便に予約したカワグチは、長城飯店の男と同一人物と考えるのが極めて妥当だと考えます」

「その根拠は」

長官のジェイ・ホッジスが抑揚のない声で、冷たい視線をベーカーに向ける。

「おそらく、長城飯店にチェックインしたのは、例のウイルス兵器を日本に持ち込むクーリエでしょう。そうじゃないと、わざわざ大使館を出たあと北京市内に引き返し、偽名を使ってホテルに宿泊する理由が分かりません」

「彼は北朝鮮から北京までのクーリエで、そこで第二のクーリエ、つまり日本にブツを運ぶ第二のクーリエと落ち合う。そういうことも考えられるんじゃないのかね」

「フロントではパスポートの提示を求めたりせんからな。予約者の名前を確認するのはせいぜいがクレジットカード一枚だ」

　ハーマンがホッジスの意見を補足した。

「もちろんその可能性は捨てきれません。北京支局は監視の人数を倍増させ、七〇パーセントを長城飯店に、三〇パーセントの人員を北朝鮮大使館の監視に当たらせています。カワグチが宿泊している部屋の向かい、それに隣に部屋を取り、完全な監視態勢を取っています。ロビー、カフェテリアにも監視員を配置しています。幸い長城飯店はシェラトンとの合弁で、もともと欧米人の宿泊客が多いホテルです。我々のような人間がたむろしていても、怪しまれることはありません。もっとも、ホテルでこの男が次の誰かとすり替わるということは考えにくいことではありますが」

「ほう、それはどうしてかね」

「身なりです」ベーカーはホッジスの顔を正面から見据え、机の上に広げた写真をそっと中央に押し出した。「こいつは完全に日本人のなりをしています。もしも誰かとここで落ち合うならば、この時点で、わざわざここまで日本人になりきる必要があるでしょうか」

　三人の視線が、8×10（エイト・バイ・テン）に引き伸ばされた写真に集まる。

「失礼」僅（わず）かばかりの間を置いて、ハーマンが写真を拾い上げ、目の前に翳（かざ）す。「悪くないセンスだな。日本人にしても上出来だ」

「それに、長城飯店にチェックインしたカワグチが、誰かとすり替わったとしても、その名前を使ってシンガポールに向かうことは、まず間違いないでしょう」

「で、シンガポールから先は？　分かっているのか」

　ハーマンが写真を机の上に戻しながら聞いた。

「現在シンガポール支局が、ホテル、それに航空会社の予約リストを洗っています。もしもそのままの名前でホテルも飛行機も予約しているとすれば、必ず次の目的地が分かります。それも今日のうちに……。もちろんホテルについては確実というわけではありませんが、飛行機については絶対に分かるはずです」

「そうなれば、日本への侵入経路もはっきりとするわけだ」

「もっとも、素直にシンガポールから日本に向かうとは限りませんが……なにしろあそこは東南アジアのハブ空港ですからね。あるいは、そこからさらに経由地を重ねる可能性も捨てきれません」

「よろしい。どうやらこの男が、連中の放ったクーリエの二便の可能性が強くなったことは確かなようだ」

　ホッジスはハーマンを見ると、かすかに頷き、何事かを合図した。その仕草に応じてハーマンは膝の上のファイルを開くと、一枚のペーパーを取り出した。

「『マーズ』から未明に届いた情報だ」この情報がラングレーに届いたのは午前三時。そのお陰で彼も、また多少の時間差はあったが他の二人も深夜の呼び出し電話で叩き起こされ、未明の出勤を余儀なくされていたのだ。

「この情報は三日前に発信されたものだ。文面は極めて短いものだが、内容は北京の動きを裏づけるものだ」

　ベーカーの前にペーパーが突き出された。そこから、すでに三人が文面に目を通しているのが分かった。


　生物兵器を所持した工作員が北京に向かう。

　最終目的地は日本。

　経由地は不明。


「この写真の男が直接日本にウイルス兵器を持ち込むのかどうかは分からないが、少なくとも我々が当面の目標を捕捉したことだけは確かなようだ」

　ベーカーの視線がペーパーから離れたところで、ホッジスが言った。「となれば、これからどういうアクションを取るかだが」

「我々の取る行動に選択肢はないと思いますが、長官」エヴァンスが、やることは分かりきっているとばかりに口を開いた。「連中の計画を未然に防ぐためには、方法は一つです」

　その瞳に断固たる決意の色とともに、冷酷な光が宿った。

「処分するということか」

　ハーマンが事もなげに言う。

「たしかにそれしか方法はないだろうな……。とにかくあのアンプルの中のウイルスが拡散した瞬間から、その周囲にいる人間に感染が始まる。それを未然に防ぐためには、そうした行動を起こす暇も与えずに行動不能にする。それしかあるまい」

ホッジスが同意の意思を示す。

「もしもこの男がクーリエだとすれば、面は割れています。入国審査で身柄を拘束することもできるんじゃないですか」

せっかく北京の連中が苦労して目標を捕捉したのだ。それを活用すれば……。

だが、そうしたベーカーの考えは、エヴァンスの次の言葉で即座に否定された。

「入国審査、税関でもいいが、身柄を拘束した瞬間にウイルスをその場でばらまかない保証がどこにある」三人の冷たい目がベーカーに容赦なく投げかけられる。「八七年大韓航空機爆破事件の時のバハレーンでの出来事を覚えているだろう。日本人を装った男女の北朝鮮工作員の所持していた旅券が偽造だと発覚した瞬間、二人とも青酸カプセルを嚙み砕いて自殺を図った。それと同じ事態が起きないとも限らない。ましてや今回やつが所持しているものは、ウイルス兵器だ。それを人でごったがえす空港でばらまかれてみろ、大量の感染者が出ることは間違いない。それに今回やつが所持しているウイルスが、同じようにアンプルに入れられているとも限らない。たとえばエア・ゾル状にしてばらまけるようなものだったら、どうする」

たしかにエヴァンスの言うことはもっともだった。未然に防ぐためには、やはり相手に気づかれることなく処分する――それ以外に方法はなさそうだった。

「そのためには、とにかくやつの日本への侵入ルート、それに時期を知ることだ」エヴァンスの目がベーカーを見た。「ロン、シンガポール支局の尻を叩け。全力を挙げてやつの行動予定を摑めとな」

＊

自分のオフィスがある部屋にベーカーが戻り、シンガポール大使館の中にある支局に指示を伝え終わった頃には、すでに時間は九時に近かった。

疲労はもうピークに達していた。このところ睡眠らしい睡眠を取れない日々が続いていた上に、昨夜は完全な徹夜だった。もうとうに二四時間以上、寝ていないのだ。さらに早朝から緊張を強いられる会議ときた。思考が定まらず、脳味噌が、まるであの悪夢のようなウイルス兵器に含まれたスクレイピー型プリオンによって侵されてしまったような錯覚を覚える。ここですぐにでもオフィスを後にし、家に帰ってベッドの中に潜り込みたいところだが、そうはいかない。考えなければならないこと、やらなければならないことは山ほどあった。

その第一は、やつをどこで捉え、どういった方法で処分するかだ。処分――つまり殺害するといっても、方法はそう簡単なものではない。アメリカ国内ならまだしも、他の国でのこととなればなおさらだ。銃を使ってズドン、あるいはナイフを用いてグサリと一突きというわけにはいかない。暗殺というものは、綿密な計画と準備、しかるべき能力を持った工作員の存在があって初めて可能になるものだ。そのためにはそれなりの時間というものがどうしてもかかる。

それを考えると、日本侵入を企むクーリエがどういうルートを取り、その経由地にどれだけの期間留まるか、それを確実に知らなければならない。しかしベーカーには、どう考えてもクーリエが日本に潜入するまで、そのチャンスはないように思えた。事実もう半日もすれば、やつは北京を発ちシンガポールへ向かう。少なくとも北京で目標を処分するチャンスはない。となればシンガポールか……。だがやつがシンガポールにどれだけ滞在するのか、どこに滞在するのか。行動が分からない。

もちろんこうした状況で、殺害行為を行なう方法がないわけではない。ちょっとした小道具、一例をあげるなら、背後から密かに近づき、傘やステッキに仕込んだ毒針をふくらはぎの辺りに打ち込んでやればいい。極めて古典的、かつシンプルな方法だが、こうした技術が今の時代においてもたまに使われることがあるのは事実だ。

だがそれを行なうにも、それなりの訓練を受けた工作員の存在が不可欠だ。諜報機関に働く者なら誰もがこうした行為を平然と行なえると思ったら大間違いだ。いかにＣＩＡといえども、縁もゆかりもない人間を平然と殺すことができる能力を持った人材はそう多くない。支局、つまり大使館の中に、こうした特殊能力を保持する工作員が常駐しているわけではないのだ。

ベーカーの脳裏に、そうした実績のある工作員の名前があがった。

彼らならうまくやるだろうが、問題はタイミングだな。これからすぐにシンガポールに刺客を送ったとしても、準備にはそれなりの時間がかかる。そうなれば次の目的地でやるか……。だがそこでも準備期間にある程度の時間を必要とすることは変わりない……いっそのこと、最終目的地の日本で網を張るか……それならば何とかなるかもしれない。

ベーカーは考えに一つの結論を見た気がした。その時、オフィスのドアが二度ノックされた。

「入りたまえ」

ドアが開くと、秘書のキャロル・マクマホンが爽やかな笑顔とともに現われた。ベーカーの秘書として働いてもう一〇年になる。妻を除けば、女性として、いや人間としても最も身近な存在で、かつ長く継続的な関係にある。

「今朝は早くからミーティングがあったみたいね、ロン」

中年の女性らしく、パーマをかけた濃いブラウンの髪は短くまとめられ、この国の多くの女性同様、ダイエットの最大の敵である甘いデザートを口にする習慣から抜けきれていないせいで、堂々たる体を花柄のワンピースに包んでいる。ファンデーションなのかコロンなのかは分からぬが、甘い化粧の匂いが仄かに漂ってくる。そう、ほとんどの場合、この匂いとともに自分の朝が始まることを、ベーカーは改めて思い出した。

「今朝早くじゃないさ。叩き起こされたのが、深夜零時だ。それからずっとってわけでね」

いかに自分の秘書とはいえ、仕事の詳細は話すわけにはいかないが、この程度のことなら許容される日常会話の一つだ。ベーカーは溜息まじりに言った。

「だと思ったわ」

「そんなにひどい顔をしてるかい」

「ええ、まるで遭難した家族の安否が分からずに、三日ほど、まんじりともできない夜を過ごしたって感じかしら」いささかの同情が込められていた。職務がら、上司がこんな姿をさらすのを見るのは、何も今回が初めてのことではない。「もしも今夜あたり奥様とディナーに行く約束でもしてるんだったら、すぐに家に帰ってシャワーを浴びて髭を剃って……それから夕方まで睡眠をとらないことには、レストランで門前払いを食らうことは間違いないわね」

「あいにく、そんな約束なんかありはしないさ、キャロル」

「たとえ約束があったとしても、これじゃ無理よね」

そう言うと、マクマホンは小脇に抱えていた五つのファイル・ボックスを机の上に置いた。資格を持つ者以外は中を見ることができないものであることが分かる。

「……ホーリー・マカロニ……」

ベーカーの口から罵りの言葉が洩れた。

ただでさえ忙しいって時に限ってこうだ。くそ!

「ロン。朝食は？」

椅子に座った姿勢のまま両手を広げ、あからさまに顔をしかめたベーカーを見て、キャロルが気の毒そうな声で聞いた。

「まだだ」

「じゃあ昨日の夜からずっと？」

「そういうことになるかな」

言われて初めて、ベーカーはそのことに気がついた。だが北京、シンガポールとの連絡に追われ、さらに何が入っているかまだ確かめてはいないが、五つのファイルを目の前にしていると、食欲など湧いてくるはずもなかった。

「ちょっと待ってて」

キャロルはそう言うなり、身を翻して部屋を出ていく。

その間にベーカーは、五つのファイル・ボックスに記載された発信者の名前を確認した。四つ目までは、さほど興味を引くものはなかった。内容も差し迫ったものとは思えない。おそらくは情報のアップ・デートぐらいのものだろう。なにしろ最大の危機を引き起こす可能性のある人間は、いま現在、北京に潜んでいるのだから……。だが、五つ目のボックス、最後の一つに書かれた発信人の名前を目にした途端、ベーカーの表情が変わった。

『グレゴリー・ホルムズ』

それは『農場(ザ・ファーム)』の統括責任者からのものだった。疲労に淀(よど)んでいたベーカーの目に生気が蘇(よみがえ)った。堅く閉じられたボックスの封印を無造作に破った時、キャロルがマグに入れたコーヒーと二つばかりのペーストリーをペーパーナプキンに包んで入ってきた。

「さあ、どうぞ（ヒア・ウィ・ゴー）」

芳しいコーヒーの匂いが鼻をつく。

「ありがとう、キャロル」

ベーカーはちらりと目を上げると、丁寧な口調で礼を言った。いかに一〇年にわたって自分に仕えてきた秘書でも、コーヒーやペーストリーのサービスは職分のうちに入ってはいない。つまりは彼女の自発的な行為……善意にほかならない。

「どういたしまして」

彼女は笑みとともに、部屋を出ていった。ドアが閉まる音と同時に、ファイル・ボックスが開けられた。

もどかしげな手つきで中のペーパーを取り出す。二〇枚ほどの分量だ。ベーカーの目がカバー・シートに書かれた文字を追う。

『キョウスケ・アサクラに関する訓練レポート――担当教官アレックス・ワーグナー』

ゴシックで書かれた表題の右上隅には『DO NOT COPY. EYES ONLY』のスタンプが赤インクで捺（お）してある。そして左隅には通し番号。

カバー・シートを捲（めく）ったベーカーの目が、ページの上を忙（せわ）しげに追い始める。

レポートには、各訓練項目に関する六段階評価のスコアと、それに対するコメントが記載されている。ベーカーはまずスコアだけを追った。それは驚嘆すべきものだった。

おいおい、こいつはいったい何者だ……すべての項目が『E』じゃないか。

『E』評価は、六段階の中でも最も高い『エクセレント』の略だ。後にも先にも、こんなスコアを見たことがなかった。それに加えて、評価者は、これまで極めて困難といわれた任務をこなし、現在でも事態によっては現場に赴くこともある現CIAの伝説的存在――といっても、その存在を知る者は限られてはいたが――アレックス・ワーグナーだ。ついさっき、シンガポールでのクーリエ暗殺を考えた際に、真っ先にベーカーの頭の中に浮かんだのはこの男の名前だった。その点から言っても並みの教官が与える『E』評価とはわけが違う。

あの男のレベルからすれば、EはおろかA+いやA-評価を得ることとさえ並みたいていのことではない。その男がE評価を与えた。つまりアサクラの能力は彼と同等、もしくはそれ以上ということか。

ベーカーはスコアにざっと目を通したところで、今度は前に戻って二ページ目にある総評を読み始めた。

アサクラの能力については正直なところ驚嘆すべきものがある。各訓練項目についての評価は別途添付のスコア、及びコメント欄に詳しく記載するが、すべての項目において最高の能力を発揮した。特筆すべき点は多々あるが、中でも知力および判断力の高さは群を抜いている。もしもこの男が、今回農場(ザ・ファーム)で我々の訓練を受ける以前に同様の訓練を受けたことがないとすれば、少なくとも私がこれまで教官として訓練したいかなる工作員候補生の能力をも凌ぐものであることは間違いない。私の経験上からも断言するが、現在のアサクラの持つ能力は、工作員としてはもちろん、SEALSの第一線部隊の中にあっても、トップクラスのものである……。

総論を読み進めるうちに、ベーカーは疲労に打ちひしがれた精神がにわかに高揚してくるのを無意識のうちに感じていた。ページを捲る手ももどかしく、各訓練項目のスコアの下の欄に記載されたコメントを貪るように読み進めた。

「ガッデム……こいつは、大変な資源を手に入れたもんだ」

報告書のすべてを読み終えるまでに三〇分を要したが、時間の感覚など、どこかへ吹き飛んでいた。ようやく報告書から目を上げた時には、ベーカーの顔は紅潮し、その目には探し求めた答を苦しみ抜いた後に見つけた充実感が溢れていた。分厚いレポートをボックスに戻し、それを机の引き出しにしまい込んだ。ずいぶん前に、キャロルが置いていったままになっているコーヒーとペーストリーが目についた。

ふと猛烈な空腹を覚えたベーカーは、白い砂糖の固まりがたっぷりと塗られたペーストリーを一つ摘み上げると、貪るように口にした。咀嚼する間もなく、すっかり冷えきったコーヒーで胃の中に送り込む。まるでバリウム検査を受けるため絶食を続けていたような状態にあった胃からエネルギーが吸収され、血糖値が上がり、思考力が高まっていくような気がした。

二口目を口に入れ、今度は前よりもゆっくりと咀嚼する。甘いペーストリーを一嚙みする度に、ベーカーの脳裏で、これからの手順がブロックを一つずつ積み上げるように組み立てられていく。そして二つ目のペーストリーを平らげ、マグの中のコーヒーを飲み干したところで、ベーカーはおもむろに机の上の受話器を取り上げた。ゆっくりと三桁の番号を押した。

「ロナルド・ベーカーです。至急にお話ししたい件がありますが、時間を頂戴できますか」

会話が済み再び受話器が置かれるまで、一〇秒ほどのことだった。相手の答に満足したベーカーは、引き出しを開け、先ほどしまい込んだファイルを取り出すと、立ち上がった。行き先は、たった今アポイントメントを取ったＤＤＯのテッド・エヴァンスの部屋だった。

＊

「久しぶりだな。ミスター・アサクラ」

ベーカーが恭介の前に姿を現わしたのは、翌日の午前中のことだった。

ラングレーからそう遠くない一戸建て住宅の二階のリビング。初めて二人が顔を合わせた部屋だった。

どうやら昨日から今日にかけて少しは睡眠の時間があったらしい。ベーカーの顔からは疲労の色は消え、顔の半分を覆っていた髭もきれいに剃り落とされている。自然な仕草でベーカーが手を差し出した時、恭介は微かに漂ってくる石鹸の匂いを感じた。

椅子に座り、無言のまま、恭介は差し出された手を握り返した。

「訓練は極めて順調に終了したようだな」

ベーカーは恭介と向かい合うように置かれたソファに腰を下ろした。もともと日本人にしては彫りの深い恭介の顔立ちが、この二か月の間に引き締まり、精悍さを増したような気がする。

「ああ、色々と勉強させてもらった」

恭介は感情の籠らない声で言うと、机の上に置いていたゴロワーズのパッケージを手にし、中の一本を口にくわえて火をつけた。僅かに顎を上げ、すぼめた薄い唇から白い煙が天井に向けて吐き出される。フランス煙草の独特な匂いが、ベーカーの嗅覚をくすぐった。

「正直言って、君の能力には驚嘆したよ。私もこの仕事について随分になる。もちろんその間には、数多くの工作員を使ってきたが、訓練段階で君ほど高い能力を発揮した者には初めてお目にかかった。実に素晴らしいスコアだった」

「それは、どうも……天下のＣＩＡからお墨付きをもらえるとは、光栄なことだ」

恭介は不遜ともとれる口調で答えた。

「もちろん、いま言ったのは訓練段階での話だがね。なにも我々の世界の仕事に限ったことじゃないが、訓練と実地の成果が一致しないのは世の常というものだ。私としては君がこれから与えられる任務においても、訓練と同じ成果を発揮してくれることを期待して止まないのだが……」

その言葉から、ベーカーがなぜ今日ここに現われたのか、その意味を恭介は悟った。

「要件に入ったらどうだ、ミスター・ベーカー。ここに来たのはそんなお世辞を言うためじゃないだろう」

「その通りだ」ベーカーは椅子の上で足を組み直すと、体の前で両手を合わせるような姿勢を取り、恭介を上目遣いに見た。その表情が一変し、深刻な皺が眉間に寄った。「実は、たいへん厄介な問題が起きた」

「厄介な問題？」くわえたゴロワーズが、口許でひときわ赤く燃える。「例のチャイナ・コネクションが動き始めたのか」

「いや、そうじゃない。北朝鮮だ」

「北朝鮮？」

意外な国名を聞いたとばかりに、恭介が訊き返した。

「順を追って話そう。実はこの件に関しては、まだ限られた者にしか知らされてはいないのだが……」ベーカーはそこでいったん言葉を区切ると、部屋の中の何か所かを落ち着きのない目で見た。この部屋は盗聴器と隠しカメラによって、一階の部屋からその一部始終を監視されているはずだったが、すでにそれも人払いしてあった。誰が聞き耳を立て、監視しているわけでもなかったが、そうした仕掛けがしてあることを知っている身からすれば、それでもどこか落ち着かないものがあった。ベーカーはぐっと身を乗り出すと、声を落として話し始めた。「実は、北は密かに南進の準備に入ったと考えられる」

「南進？　つまり韓国に向けて軍事行動を起こすということか」

「その可能性が極めて高い。最初の事件は、君がちょうどここに着いた日に起きた。三人の工作員が夜陰に乗じて日本海側の能登半島から侵入を図った。能登は知っているな」

「もちろん」

「連中にしてみれば、日本潜入に当たって今まで何度も繰り返してきた手順に沿ったものだったのだろうが、そこで一つ大きなアクシデントに見舞われた。こちらにとってはまったく幸運以外の何物でもなかったのだが、沿岸近くに仕掛けられた漁網に引っかかって、三人とも溺死《できし》したのだ」

「なんとも間抜けな話だ」

そう言いつつも、一方で、ダイバーを見舞う事故の中で漁網によるものが決して少なくないことを、恭介は思い出していた。昼間のレジャー・ダイブでもその手の事故はまま起こることだ。ましてや夜。それも予《あらかじ》め定められた地点に上陸しなければならず、もしもその直前に網が仕掛けられたりすれば、それに絡まったとしても何の不思議もない。

「日本の警察当局の手によって検死が行なわれ、所持品が調べられた。問題はその中の一人が所持していた七本のアンプルだ」

「アンプル？」

「そうだ。大きさにしてこのぐらいの、極めて薄いガラスによって出来たアンプルだ」

ベーカーは、右の親指と人差指を広げると、恭介の前に翳(かざ)した。

「そのアンプルの中にはウイルス兵器が入っていた」

「ウイルス兵器？」

「そうだ、今まで我々が想定もしていなかったウイルスを粉末状にしたものが、その中に入っていた」

「想定していなかったということは、そのウイルスは遺伝子を操作して人工的に作り上げたものなのか」

ベーカーは黙って頷(うなず)くと、

「連中が持ち込もうとしたウイルスは、インフルエンザをベースに、そこに二つの違う毒性のあるウイルスの遺伝子を組み込ませたものだ。一つはボツリヌス菌、もう一つはプリオンだ」

「ボツリヌス菌は分かるが、プリオンというのは初めて聞いた」

「クロイツフェルト・ヤコブ病(CJD)というのを聞いたことがあるかね」

「たしかBSEに似た症状を起こす病だったと思うが。人間の脳が徐々にスポンジ状になり、痴呆(ちほう)状態に陥り、やがて死に至るという病……」

「その通りだ。もともとこのプリオンという物質は蛋白質(たんぱくしつ)で、通常の人間の脳にも存在する物質なのだ。しかしそこになんらかの要因でスクレイピー型プリオンが発生、あるいは感染するとクロイツフェルト・ヤコブ病を発症する。だが、その原因については、ウイルスによるのではないかという説と、それを否定する説があり、わが国の生物学者プルジナー博士が後者の説での研究でノーベル賞をもらった後も論争は絶えず、実はまだはっきりしたところは解明されていないといってもいい状況なのだそうだ」

「それを、北の連中が突き止め、生物兵器に仕立てあげることに成功したというのか」恭介は、にわかには信じがたいといった表情を浮かべ、三分の一ほどの長さになったゴロワーズを灰皿に擦りつけた。「それも世界中の科学者が束になっても解明できない謎を、あの前近代的な国の科学者が？」

「当然の疑問というものだ。北朝鮮一国ではとうていこんな兵器を作り上げるのは不可能なことだっただろう。ロシア、というよりはカザフスタンから北に渡った科学者によって、株が持ちだされた可能性が極めて高いと我々は見ている。実際、旧ソ連時代にはこの手の研究は盛んに行なわれていたし、崩壊後は生物兵器の研究に従事していた科学者が、リビア、イラク、それに北朝鮮に渡っていることを我々は摑んでいる」

「なるほど、旧ソ連の科学力があれば、そうした兵器を手にできたとしても不思議はないというわけか」

「遺伝子の組み換えには、膨大な作業量と時間がかかる。だが、いったん成功すれば、あとは培養してやるだけで、簡単に増殖を始める」

「それを、北が南進する際に後方支援基地となる日本でばらまき、混乱に陥れようと企てたわけか」

「いや、連中の狙いはもっと具体的なものだと我々は見ている。連中のターゲットは在日米軍基地だろう」

「その根拠は？」

「アンプルの数だ。現在、主だった米軍基地は日本国内に七か所ある。連中はそこで密かに持ち込んだ生物兵器を使用しようとしたに違いない。もし連中が計画通り、散布に成功していたら、どんなことになっていたか……感染した兵士にまず最初に現われる症状は、インフルエンザにかかったのと同じようなものだろう。咳、発熱、倦怠感……。だがそれと並行して体内ではボツリヌス・トキシンが発現する。運動神経が徐々に麻痺しはじめ、目だとか口、物を飲み込む、発音する、そういったことがだんだんおかしくなる。最終的には横隔膜を動かす神経が麻痺するので、呼吸困難で死に至る。このウイルスの存在を知らない医師は、死因を悪性インフルエンザによる心不全と判断するだろう」

「だが、そうした死者が続発すれば、当然みんなが疑問を抱くだろう」

「もちろん。だがこのウイルスは空気感染していくんだ。感染者が発症する前に各基地間を移動することも考えられる。もちろん、在日米軍基地と本国を結ぶ便に感染者が乗り込み、感染が米国本土や世界のあちこちに及ぶことも考えられる。そして最も厄介なのは……

……」

「プリオンというわけか」

「その通りだ」ベーカーは溜息（ためいき）を洩（も）らした。「正直なところ、クロイツフェルト・ヤコブ病の発症メカニズムはまだ分かってはいない。ただ言えるのは、もしもこれがスクレイピー型プリオンの遺伝子が組み込まれたものだとすれば、たとえインフルエンザ、ボツリヌス・トキシンに対しての対応策を講じることができたとしても、わが国はいつ大量のCJDの患者を抱えるか分からないという不安を未来永劫（えいごう）にわたって持ち続けなければならないことになる。なにしろこのスクレイピー型プリオンは、きわめつきのスロー・ウイルスみたいなものだ。感染から発症まで早くとも一年半、遅ければ三〇年もかかる」

「しかし連中は、どうやってこの生物兵器で、在日米軍兵士を狙い撃ちして感染させるつもりだったんだろう」

「粉末状になったウイルスを封じ込めたアンプルは、極めて薄いガラスで出来ていた。粉末自体も極めて粒子の細かいものだった。米兵の集まるクラブやバーで、床に転がし、そいつを誰かが踏めば、その空間にいた者は間違いなく感染するだろう」

「なるほど……。ミスター・ベーカー。一つ聞きたいことがある」

「なんだ」

「そのアンプルの内容の分析は、どの機関で行なわれたのか……日本の警察か、それとも……」

「我々……正確に言えば、陸軍の伝染病医学研究所、通称USAMRIID（ユーサムリッド）で行なわれた」

「よく日本の警察が開封して中身の調査にかからなかったものだな」

恭介は、ベーカーがこれから自分にどういった任務を与えようとしているのか、すでにその答を会話の中から見出していた。おそらくは、北の作戦を未然に阻止するために日本へ行けというのだろう。だがもし、日本の警察が中身を調査しようと、不用意にアンプルに手をつけていたとすれば、すでに感染者が出ていてもおかしくはない。目に見えない、しかもその対処の方法が見つかっていないウイルスが蔓延しはじめている国へ行くなど、まっぴらだ。

「その点については……」と、一瞬『マーズ』の存在を口にしかけたベーカーは口籠ったが、「日本の捜査当局も、政府も実に協力的だった」

「つまり、まったくの手つかず状態で、アンプルの全量を手に入れたというわけだな」

「その通りだ」ベーカーは頷いた。

「もう一つ質問がある」

「なんだね」

「どうしてアメリカ政府は、今回の北の行為を宣戦布告とみなして先制攻撃をかけないんだ。たしかアメリカ軍には、北に南進の兆しがあった時点で、先制攻撃をかけ北を徹底的に叩くプランがあったんじゃないのかな」

「オペレーション五〇二七のことだな」ベーカーは短い吐息をついた。「ミスター・アサクラ。わが国が戦争行為を行なうに際しては二つの条件がある。一つはわが国の国益に重大な影響があるとみなされた場合。もう一つは戦争にかかるコストだ」

「なるほど、それでオイル利権の絡む中東には手を出すが、残忍極まりない殺戮(さつりく)行為が平然と行なわれているアフリカの内戦には目もくれないというわけか。世界の警察官が聞いてあきれる」

皮肉な笑いとともに辛辣(しんらつ)な言葉が恭介の口をついて出た。だが、ベーカーはさしたる反応も見せずに淡々と話を続けた。

「今回の場合は第一の条件は満たしている。まさにわが国の喉元(のどもと)に匕首(あいくち)が突きつけられたも同然だからな。だがオペレーション五〇二七は、はっきり言って絵に描いた餅(もち)だ。作戦的には成立しても、あまりにもコストがかかりすぎる。それにたとえコストの問題がクリアできたとしても、実際に北と事を構えれば、おそらくわが軍の死傷者数は五万を超えるだろう。とてもじゃないが朝鮮半島を守るという大義名分があったにしても、世論を納得させうる数字じゃない。それにたとえ半島を統一できたとしても、今度は新たな問題が持ち上がる……」

「それはどういうことだ」

少し喋(しゃべ)りすぎたことに気がついたベーカーは、しばしの間沈黙し、

「それは、また時間がある時にゆっくりと話して聞かせよう。とにかく君にはすぐにやってもらわなければならない任務ができた」

経緯の説明はこれで終わりだとばかりに本題に

戻った。「実は、北の工作員が、北京、シンガポール、フランクフルトを経て日本へ向かおうとしている。現在その男はシンガポールにいるが、今日の午後の便でフランクフルトへ飛び、そこから日本への便を予約している。こいつがウイルス兵器を運ぶクーリエである可能性が極めて高い。あるいは実際に、この男が工作に当たるのかもしれない」

やはり、そうきたか。

「君にすぐに日本に飛んでもらいたい。そして、その男を捕捉(ほそく)し……」

「始末しろというのか」

恭介の手が、机の上のゴロワーズのパッケージに伸びた。中の一本を口にくわえ、火をつける。ライターの火が反射した瞳(ひとみ)に、冷たい輝きが映る。

「そうだ。それもウイルス兵器を使用する前にな」

「楽な任務じゃないな。ただ始末するだけじゃ駄目だ。間違ってもアンプルの中身を外気に触れさせてはならない。つまり完全な形で回収できる状態で、任務を達成しろというのだな」

「そういうことになる」

「新米の工作員に与える任務としては、ずいぶんと難しいものに思えるが」

「並みの能力ならばね……」

長い沈黙があった。二人の男は間に置かれたテーブルを挟んでお互いの視線を一点に固定したまま、じっと見つめ合った。

最初に動いたのは恭介だった。ゴロワーズを一息、大きく吸い込むと、「いいだろう」言うなりそれを灰皿に擦りつけた。「ただ約束は守ってくれ。俺が君たちに協力するのは、この一回だけだ。この任務が終われば、俺とあんたたちは赤の他人。お互い何もなかった、知らなかった。そうした関係になるということをな」

「いいだろう」ベーカーは、即座に返答を返すと立ち上がった。「それじゃ、すぐにここを発つ準備をしてくれ。アンドリューズに飛行機が用意してある。作戦の概要は、日本までの飛行機の中で話されるだろう」

*

「滞在目的は？」

「商用です」

「期間はどれくらいの予定ですかな」

「三日間です」

入国書類の記載事項を改めて確認する入国審査官の問いかけに、徐少佐は淀みない英語で答えた。

口髭をたくわえた入国審査官が、表情一つ変えることなく、無骨な指とは不釣り合いなほどの軽やかさでキーボードを叩き、必要事項をコンピュータにインプットしていく。

問題点が一切ないことを確認した係官は、入国書類を抜き取ると、パスポートにスタンプを押し、無言のまま差し出すと、徐の後にできた長い列の次の乗客を手招きした。

赤い表紙に菊の金の紋章が箔押しされたパスポートを受け取ると、徐はフロアを一つ下がったところにあるバゲッジクレームへと向かった。シンガポールとフランクフルトとの時差は七時間あるが、ゆったりとしたビジネスクラスで十分な睡眠を取ったせいで、長旅の疲れもさして感じてはいなかった。ただ一つ不快に感ずるものがあるとすれば、全身の皮膚の上をくまなく覆って乾いた汗の名残だった。

だがそれも、あと二時間もすれば、清潔なバスルームの中でたっぷりと湯を使い、手つかずの石鹼を使って洗い流すことができる。

徐はいかにもビジネスマン然とした足取りで、一階のバゲッジクレームへ続く階段を颯爽と下りていく。

シンガポールからの便には、収容能力の約半分に相当する二〇〇名ほどの乗客が乗っていた。その多くは、ヨーロッパのハブ空港としてのフランクフルト行きというせいもあってか、西洋人の客の姿が目立った。その中にあって、自分の背後に、少し遅れながら同じように階段を下り始めた白人の姿があることに、徐は気がつかなかった。グレーの頭髪。がっしりとした肩幅。キャメルのブレザーに濃い茶色のパンツ。上着のボタンを開けたままにしているせいで、腹の部分に多少の贅肉がついていることが分かり、それがどこにでもいる中年のビジネスマンといった印象を与える。

CIAの監視はすでに北京から始まっていた。『シュンジ・カワグチ』の名前が、北京発シンガポール行きの予約リストに載っていることが確認されるや、直ちに同じ便に監視員の予約がなされた。そしてシンガポールからフランクフルト……。カワグチが西側の国に入ったところで、監視は遥かにやりやすいものになっていた。何といっても大使館に配備できる要員の数も違えば、行動も遥かに目立たないものになる。この男もシンガポールからここまで、普通のビジネスマンを装いながら、ずっとカワグチの監視を続けてきたのだった。

徐は階段を下りると、乗ってきた便名が表示されているターンテーブルの前にゆっくりとした足取りで進んだ。高い天井から室内を照らしだす蛍光灯の光が、ジュラルミンの肌が剝き出しになったターンテーブルに反射し、無機的な光を放っている。周囲にはすでに入国審査を終わらせたファーストクラスと、徐よりも先に出たビジネスクラスの乗客が空港備え付けのカートを手に、預けた荷物が出てくるのを待っている。

徐はアタッシェケース一つを手に、ターンテーブルの前に立った。カートは持っていなかった。続いて階段を下りてきた監視員が一般乗客を一人挟んで立った。

間もなく、ひときわ甲高いベルがロビーに響き渡ると、ゴトリという音とともにターンテーブルが回り始めた。まるで潜水艦が浮上するかのように、最初の荷物が地下の荷捌き場から姿を現わす。

最初の荷物が流れ始めて五分も経った頃だろうか、監視員が目の前に流れてきたスーツケースを拾い上げ、こちらは予め用意していたカートにそれを載せた。だが彼は、すぐにはそこを立ち去らず、まるでもう一つの荷物を待つような様子で、徐の監視を続けた。

突如、徐の手が動いた。艶消しのシルバーの樹脂で出来たスーツケースの柄を摑むと、反動をつけてターンテーブルから引き上げた。間違いなく北京からシンガポールへ、そしてフランクフルトへと、彼が携行し続けたスーツケースだった。

徐は、スーツケースを立てると、底についた滑車を使って、ゆっくりと税関に向かって歩き始める。監視員は一呼吸置いてそれに続いた。

いくつかある税関のブースの前には長い列ができつつあった。徐は当然のごとくその中で最も短い列に並んだ。そしてその背後に、ピタリと監視員がつく。

できることなら、やつのケースを開けてくれると助かるんだが……。

だが監視員のそうした願いは、叶えられなかった。税関吏は乗客が差し出す申告シートを抜き取り、お決まりの質問を繰り返しては中を見ることもせずに、次々とそこを通過させる。カワグチの場合もそうだった。

「何か申告するものは」

「いいえ、何も」

カワグチが返す言葉にも、さしたる注意を払うこともなければ、興味すらみせずにそこを通した。そして自分の時も同じだった。

短かな時間のうちに、監視員と徐の距離が開いた。徐はスーツケースを押しながら、真っすぐ、ロビーへ続く出口の方向に歩いていく。税関ブースを出た所には、通貨をマルクに替えるための銀行があったが、それには目もくれない。どうやら当面の滞在に必要な金はすでに持っているようだった。ゲートの通過を許されると同時に、監視員は少し早足で、その距離を詰めにかかった。

ロビーに出ると、そこは出迎えの人々でごった返していた。徐はその人混みに注意を払うこともなく、そのままスーツケースを押していく。

どうやら迎えの人間はいないらしい。

その行動はシンガポールでも同じで、徐は他人との接触を一切断ち、完全な単独行動を続けていた。

おそらく、ここでも同じ行動を取るのだろう。

そう監視員の男が思った時、人混みの中から、自分を見つめる一人の男と視線が合った。ワークシャツの上にサマーセーター。それにジーンズというカジュアルな服装をした三〇歳ほどの男だった。視線が合った瞬間、それがフランクフルトで待ち受けているCIAの人間であることが分かった。監視員は素早く前を行く徐を目で指した。その合図に軽いウインクが返ってくる。CIAのベルリン支局にも、カワグチの写真はすでに電送されていることは知っていた。そしてこの空港ロビーには、少なくとも四人の現地監視員が配置されているはずだ。いま返されたウインクは、監視態勢がすべて間違いなく機能している、という合図だった。

シンガポールから徐を追ってきた監視員は、そのまま徐の後に続いてロビーの出口へと歩いていく。その先にタクシー乗場の表示が見える。

このままタクシーでホテルへ直行か。

それもまた徐がシンガポールに到着した時の行動パターンと同じだ。

その時、急に徐が立ち止まった。彼はそこで周囲を見渡すと、方向を変え、ロビーの片隅に並んでいる公衆電話へ向かって歩き始めた。

ここで自分が彼に続いて同じ方向に行くわけにはいかない。

すでに目標をフランクフルトの連中が捕捉(ほそく)していることは間違いない。ここからは連中に任せるしかない。

そう判断したシンガポールからの監視員は、真っすぐタクシー乗場に向かって歩いて行った。

徐は、壁際にずらりと並んだ一番端の公衆電話に取りつくと、ポケットから硬貨を取り出し、それを投入した。体を斜めにしたせいでプッシュホンのボタンがすべての位置から死角になった。その指が迷うことなく番号を押していくのが肩の動きから分かる。

背後から、カジュアルな恰好(かっこう)をした新たな監視員が、空いたままになっている徐の隣の公衆電話に自然な足取りで近づいていく。すでに番号を確認することは不可能だが、会話の中に何か役に立つものがあるかもしれない。もちろん会話が英語とドイツ語以外の言葉でなされたらお手上げだが、それでも可能性はゼロというわけではない。

新たな監視員は、その少ない可能性を祈りながら徐の隣の公衆電話に取りつこうとした。

しかしその努力はまったく報われなかった。徐はほんの一言か二言、声を潜めて何事かを話すとすぐに受話器を置いた。空港の騒めきの中にあって、それはあまりに小さな声であった上に、新たな監視員が近づく間もなく終了した。

くそ！

監視員は、心の中で罵声を上げたが、そんな感情をおくびにも出さず、それから、妻のいる自宅に向けて電話をかけるという演技をしなければならなかった。それもドイツ語でだ。

徐は、その男の声を聞きながら悠然とした足取りで、タクシー乗場に向かって歩き始めた。

＊

「川口俊二についての調査結果が出ましたよ。ミスター・リズニック」公安調査庁の応接室で、外事第二課長の林田が、ゆっくりだが明瞭な英語で言った。「川口は実在する人物でした」

北京で長城飯店にチェックインした男の名前が判明した時点で、CIA日本支局は川口が実在する人物か、あるいはそうでないのか、それを確認すべく、早々に日本の公安当局に接触を図った。その結果が出たのだ。

「やはりね。で、その人物は今どこに」

「埼玉県にいます」

「いったいどんな人物なのです。その川口という男は」

「今年四〇歳。この男、職を転々としてましてね。現在は無職です」

「なるほど」

やっぱりそうか。とうてい海外に出かける機会もない日本人を狙って、本物のパスポートを手に入れたというわけだな。『蛇頭』がよく使う手だ。だがこれで少なくとも北京から日本に向けて潜入を試みようとしている男の正体が、ほぼ割れたも同然になった。

リズニックは、疑いが確信に変わった感触を確かめるように頷いた。

「調査の段階で実に興味深いことが分かりました」林田は、リズニックを探るような目で見ると、数枚の書類と写真をテーブルの上に置いた。「これが現在埼玉にいる川口で、こちらがパスポートを取得した際に申請書類に添付された写真です。どうです、似ても似つかぬ別人でしょう」

埼玉にいると言われた写真の中の川口は、起き抜けのままどこかへ出かけようとしていたところを撮影されたのだろう。寝乱れた髪、しばらく当たっていないことが明白な髭が、もともと鼠のように貧相な顔に拍車をかけている。薄汚れた白いTシャツ。顎を突きだし猫背になった姿勢が、世の中から落ちこぼれた人間特有のすえた匂いを漂わせる。

一方のパスポート申請用紙に貼られた写真はまったくそれとは対照的なもので、真ん中から左右に分けた頭髪はボリュームを持たせてごく自然な感じで分けられ、正面からレンズを睨む目には、挑みかかるような意志の強さがある。きっちり喉元で締められたネクタイ。仕立てのいいスーツ。どこから見ても一〇年有効のパスポートを持つに相応しいビジネスマンといったところだ。本物の川口よりも、偽の川口が所持したほうがむしろ自然な感じがする。

「ちなみに、パスポートを申請するにあたって埼玉県旅券課に提出した書類は、すべて本物でした。もちろん写真を除けばね」同席していた課長補佐の武田が林田の言葉を継いだ。「それともう一つ、彼の出入国記録を調べました。彼はパスポートを手にした翌週、今から一か月前に北京に向けて出国しています。そしてその後、日本に入国したレコードはない」

「まさかあなた方は、この男の身柄を拘束したりはしていないでしょうね」

「もちろんその気になればいつでもできますがね。だが、これは中国からの密航者がわが国のパスポートを手に入れ、不正入国を図ったというような類のものではないのでしょう。そうじゃなければ、あなた方がわざわざ動くなんてことはないでしょうからな」

リズニックは林田の問いかけに何の反応も示さなかった。だがそれが質問を肯定したことになるのは分かっていた。

「つまり、この男は北の工作員というわけですな」

林田は念を押すように言った。

「残念ながらミスター・ハヤシダ、私は答える権限を与えられておりません」

「ミスター・リズニック。これは、連中が例のアンプルを日本に持ち込もうとした、あの一件と関係しているのじゃありませんか」

林田の容赦ない質問が飛んだ。

正直なところ、林田のみならず公安当局や警察の間にも、北朝鮮の三人の工作員が日本に持ち込もうと企てたアンプルの処置に対して、不快な感情が澱のように溜まっていたことは紛れもない事実だった。本来ならば、あのアンプルの中身は日本のしかるべき機関の手によって調査分析され、解明されるのが筋というものだった。それを上層部からの命令で、明確な理由を知らされないままに、アンプルはいずこかへと持ち去られた。もちろんそれがアメリカの手に渡ったことはすぐに見当がついた。おそらくあのアンプルの中には何かの毒物、あるいは生物兵器が入っていたのだろう。そうだとすれば、実際のところ、日本とアメリカの研究機関では、施設の点においても分析の能力の点においても歴然とした差があるのは紛れもない事実だった。しかし、北の矛先は自分たちに向けられたのであって、アメリカに向けられたものではない。

林田も、多くの公安関係者もそう思っていた。そしてもう一つの不満は、アメリカがあの事件をきっかけにして、北の動きについて何かを摑んでいることは間違いないにもかかわらず、その一切を明らかにしない点にあった。それはもはや邪推とは言えないもので、事実あの事件から間もなく、オーストラリアにいた第七艦隊は黄海に展開し、警戒態勢を解いてはいない。それに今回の『川口俊二』という男の身辺調査の依頼だ。

俺たちはお前らの下働きでもなければ、ましてや興信所の役割をするためにいるんじゃない。

だが、すべてのカードをアメリカが握っているのも事実だった。日本は海外でスパイ活動をする能力を持ちあわせてもいなければ、海外情報のほとんどをアメリカの諜報（ちょうほう）機関に頼っているのが現実だからだ。

「それにも、今のところ答える許可を私は与えられておりません」

リズニックが平然とした表情を崩さずに答えた。

「冗談じゃない。連中の矛先は我々、つまり日本に向けられているんだ。私たちはあなた方の使いっ走りじゃない。少なくともこの国の安全を守る義務というものがある」

「ミスター・ハヤシダ。お気持ちは分かりますが、ここであなたの質問に答えるわけにはいかないのです」

「それならこの川口をとっ捕まえて、背後関係を洗うか。我々も独自の捜査をすることになりますが」

武田が、いささか怒気を含んだ口調で言った。

「そんなことは、できますまい」リズニックはあくまでも冷静だった。そして机の上に置かれた冷めたコーヒーを口にすると、「よろしい、一つだけ申し上げておきましょう。今回の事件は、おそらくあなた方が考えている以上に深刻な問題を孕（はら）んでいるのです。連中の目的は日本ではない。少なくともこれだけは確実です」

「日本じゃない？」

意外な言葉に、林田が身を乗り出した。

「そうです。連中の狙いは、我々アメリカです。ミスター・ハヤシダ。我々は何としても連中の企てを未然に防がねばならないのです。あなた方の立場を考えれば、おっしゃることはもっともです。おそらく私があなたの立場なら同じ反応を示すでしょう。ですが、どうかこの件については、事態がもう少しはっきりするまで我々にお任せいただきたい」

リズニックはそう言うと、机の上に置かれた二人の川口の写真とパスポート申請書類をアタッシェケースに入れ始めた。そして最後に、

「今あなたに申し上げたことでも、立派な越権行為です。これがあなたに対する私のせめてもの好意と受け取っていただけるとありがたいのですが」

真摯な口調で言うと、席を立った。

8

国家偵察局（NRO）の当直士官が衛星から送られてくる画像に異常を発見したのは、ワシントンが深夜二時を迎えた頃のことだった。上空遥か二〇〇マイルを飛ぶ衛星から送られてくる画像は驚くほど鮮明で、夕刻の朝鮮半島北東部の海岸線を映し出している。

おや……。

当直士官が目を止めたのは、半島の中でも特に注意を払わなければならないポイントの一つ、清津（チョンジン）だった。その港から南南東の洋上に、青く塗られたキャンバスを鋭いペン先でひっかいたような二本の白い筋がある。周辺の海は凪いでおり、そこからも明らかに船の航跡であることが分かった。

当直士官は、コンソールの上のいくつかの装置を慣れた手つきで操作した。その指令は周回軌道を回る偵察衛星に即座に伝達され、レンズの角度の修正とともに目標が拡大された。二隻の船舶がモニター画面一杯に映し出された。二隻はおよそ一〇キロほどの距離を置いて、日本海を南東に向けて進んでいる。

さらにコンソールを操作し、ズームをかける。先頭を突き進む船が画面一杯に拡大される。白く塗られた船体。ほぼ中央に設けられた居住区。そして二階建てのブリッジ。煙突にペイントされたファンネルマークも見える。

一見したところ、船体の大きさ、形からいっても、主に沿岸で操業する漁船といった印象を受けるが、すぐに不審な点が目についた。まず漁船ならば、主に前方甲板に置かれているはずの漁具や、捕獲した魚を収納しておく箱の類が一切ない。そこには、一枚の大きな防水布で覆われたものが何か置かれているだけだ。夜間操業には欠かせない集魚灯もない。ブリッジの上には、レーダーとともに、通常の漁船にしてはあまりにも不自然な数のアンテナが乱立している。

こいつは、北の工作船だな。

当直士官は、三度コンソールを操作すると、後続の船舶に照準を合わせ、観察を始めた。こちらの船にも同じような特徴が見て取れた。

これもまた工作船だろう。目的地は日本とみて間違いない。

巨大な湖と形容してもおかしくない日本海を隔てるだけとはいえ、日本、韓国、それに北朝鮮の漁船の外観には、それぞれの国の特徴というものが例外なく反映されるものだ。清津港を出て南東に針路をとっている二隻の船は、日本の漁船の特徴を備えている上に、この装備だ。北が日本に向けてなんらかの行動を取ろうとしているのは容易に推測できた。

朝鮮半島を監視することを常としている当直士官にとって、いま直面している事態は、さほど珍しいことではなかった。緊張を強いられるのは、この二隻、あるいはどちらかが日本の領海を侵犯することが確実視された時点からのことで、領海ぎりぎりで引き返す場合も多々ある。

だが、いずれにせよ、かかる事態において当直士官がなすべきことは、予め厳密に決められていた。

彼はコンソールの脇に置かれた電話を手にした。国防総省の担当者へのホットラインだった。受話器を持ち上げると、最初の呼び出し音が鳴り止まぬうちに相手が出た。

「北の工作船が、清津を出港しました……二隻です……ええ……現在、南東に針路を取り、日本に向かっています」

当直士官は、いつものように要点だけを話すと、最後に、

「これからも継続してこの船の監視を続けます。もうすぐ当該海域は夜になりますが、うまくすれば次の衛星でも継続して監視ができるかもしれません」

そう言うと受話器を置いた。

＊

恭介はおよそ二か月ぶりに祖国の土を踏んだ。いや恭介の場合、単に日本の土を踏んだと言ったほうが当たっているだろう。ロンドンで生まれ、小学校の一時期こそ日本で過ごしたが、それから大学を卒業し、コカイン・ビジネスを始めるまでは、ずっとアメリカで生活していたのだ。国籍こそ日本だが、それだけをもって日本を祖国と言うには、外地で

の生活が長すぎた。おまけに、恭介が降り立ったのは、たしかに日本列島の一部には違いないが、正確に言えば、世界中に点在するアメリカの〝飛び地〟とも言える横田基地だった。

C—5ギャラクシーから降り立った恭介の頰を一陣の風が撫でる。空港のエプロンに特有の、ケロシン熱を帯びた匂いが嗅覚をくすぐる。日没が近い秋空に、濃いブルーから赤に近いオレンジへと見事なグラデーションがかかり、その先には富士山を黒いシルエットとして浮かび上がらせながら、太陽が沈もうとしている。

「ミスター・アサクラ」

エプロンで待ちかまえていた一人の男がゆっくりと歩み寄る。濃い茶色のヘリンボーン地のスーツ。額から頭頂までは見事に禿げ上がり、周囲をぐるりと覆った黒い猫っ毛が風に靡いている。身長は恭介と同程度だが、痩せた体が華奢な印象を与える。黒縁のボストン眼鏡のせいだろうか、どことなく人のよさを感じさせる。

「トッド・ベントンだ」恭介と正対したところで、名乗りながら右手を差し出した。

「ウエルカム・バック・トゥ・ジャパン」

お帰りなさいもないもんだろう。

恭介は一言も発することなく手を差し出した。握りあった手の上で、二人の視線が交差した。一瞬だが、ベントンの目に、自分を値踏みするかのような鋭い光が宿ったのを、恭介は見逃さなかった。外見こそ人のいい親爺然としてはいるが、やはり諜報機関に身をおく者だ。油断のできない雰囲気が、そこはかとなく漂っている。

「長旅で疲れただろう」

ベントンは、いかにもアメリカ人といった気安さで問いかけてくる。

「軍用機でのフライトは慣れていないものでね。お世辞にも快適とは言えなかったな」

「たしかに君がいつも使っているファーストクラスのようにはいかなかったことだろうが」ベントンは豪快な笑いを放つと、「まあ、そこのところは勘弁してくれたまえ。その代わりと言っちゃなんだが、日本名物の交通渋滞にはかからずに都心に行けるようにしてある」

「それはありがたいことだな」

「もっとも、時間が短いというだけで、特別なシートが用意してあるわけじゃない。むしろこいつの座席よりも窮屈かもしれんがね」ベントンはギャラクシーを顎で指すと、再び豪快な笑いを返し、「早々ですまんが、あまり時間がない。すぐに出発だ」先に立って歩き始めた。

その先には、上半分が白、下半分が黒に塗り分けられた間に細い赤いストライプが入ったヘリコプターが駐機していた。そこから恭介は、次の自分の行き先がどこなのか、大方の見当がついた。いかにヘリコプターとはいえ、東京のど真ん中に自由に離着陸などできはしない。だがこのヘリだけは別だ。米軍で毎日発行される『スターズ・アンド・ストライプス』の所属。それがヘリの正体だった。西麻布の交差点近くにある『スターズ・アンド・ストライプス』のオフィス近くに設けられたヘリポートには、米軍は自由に離着陸するのを常としているのだ。

二人が近づいてくるのを見たパイロットが、忙しげに腕を動かし、エンジンをスタートさせにかかる。機体上部に二機搭載されたタービン・エンジンが唸りを上げ、ローターがゆっくりと回り始める。

すでに開かれていたドアから二人が乗り込むと同時に、強烈なダウンフォースが地上に向かって吹きつける。恭介が預けておいたスーツケースが地上係員の手によってヘリに積み込まれたところで、ドアが閉められる。その男が身を屈めながら安全圏に小走りに去って行く間に、二人は、天井で轟音を上げるエンジンとローターの騒音から耳を守るために備え付けのレシーバーを耳にあてた。

『準備はいいですか。離陸します』

管制塔の離陸許可が下りると、すかさず前に座ったパイロットの声がレシーバーを通して聞こえてきた。ベントンはちらりと恭介を見た。それに恭介が目で答える。すでに安全ベルトの装着も済んでいる。

「ああ、いつでもどうぞ。最短距離で頼むよ」

『任しといて下さい』

パイロットの声が終わらないうちに機体が浮き上がると、次の瞬間には、恭介の眼下に夜の明りが灯り始めた横田の町が広がる。ヘリはさほどの高度を取らないまま水平飛行に入ると、機首を都心に向け、帰るべき鳩舎をみつけたレース鳩のように、一直線に東京西郊上空を駆け抜けて行った。

＊

国家偵察局(NRO)から国防総省(ペンタゴン)に入った〝北の工作船が清津を出港、日本に向けて航行中〟の情報は、日米が長い間続けてきた共同作戦の要項に従って、迅速に関係部署へ伝達されていた。海上自衛隊・作戦情報支援隊から自衛艦隊司令部へ。そしてさらには航空集団司令部、護衛艦隊司令部へと伝えられた。

工作船出港の情報はままあることだが、今回ばかりは情報に接した日本側の緊張度が格段に違っていた。情報に接した誰もが、二か月前に能登で起きた三人の工作員の日本潜入未遂事件と今回の工作船を結びつけて考えていた。

もちろんこの時点においても、潜入に失敗した工作員が所持していたアンプルの件は厳秘事項とされたため、日本国内においては極めて一握りの者しかその存在を知らず、ましてやその正体を詳しく知る者は皆無だった。

領海侵犯、ましてや工作員の国内潜入は、日本にとっては由々しきことだが、北朝鮮によるこうした行為は日常的に行なわれており、数十人の日本人が拉致(らち)されたという事実を除けば、国家に直接的な被害をもたらしたというケースは僅(わず)かであることも事実だった。

また、いつものスパイごっこが始まったか——一握りの人間を除く、彼らの本当の目的を知らないほとんどの者たちは、いささか緊張感に欠ける感情の下、決められたルーティンに従って黙々と任務をこなそうとしていた。

しかし、通常の手順に従って防衛機能が動きだし、それが実働部隊に伝えられるあたりになったところで、そうした雰囲気は一変した。

「北朝鮮工作船の領海侵犯を、なんとしても阻止せよ」

防衛庁長官からの厳命が下ったのである。それが、首相の越村の命を受けての指令であったことは言うまでもない。

越村もまた、アンプルの中身がどのようなものであったのか、まだその本当のところを知らされてはいなかった。だが、三人の工作員が水死体として発見された直後、アメリカ大統領との電話で、生物兵器である可能性が高いアンプルの分析をアメリカ当局に委ねた経緯から、今回の工作船の出港をそのことと結びつけて考えずにはいられなかった。

もしも工作員に潜入され、得体の知れない生物兵器を東京で使用されたら……。

情報がもたらされるとすぐに、八戸から海上自衛隊のP3C対潜哨戒(しょうかい)機が飛び立ち、警戒監視の任についた。先の事件以来、海上自衛隊の艦船の多くが日本海に展開し、また、少なくない数の米軍の艦艇もそれに加わった。

国家偵察局(NRO)の衛星が捉(とら)えた工作船の針路から想定航行ルートが割り出され、公海上、領海線上、そして領海内と三重の監視網が敷かれた。だが、広大な海の中から二隻のちっぽけな工作船を捜すのは容易なことではない。言うまでもないことだが、日本海を航行しているのはこの二隻ばかりではない。北朝鮮、韓国、そして日本と、膨大な数の漁船がこの瞬間にも操業を続けており、それに加えてこの海域を航行する国際船舶もある。イージス艦のレーダーはこれらの船舶の映像を輝点として捉える能力を保持してはいても、どれが工作船で、どれが一般船舶なのか、それを判別する能力を持ちあわせてはいない。

結局は、哨戒任務にあたっているP3Cが、あるいは艦船が不審船を発見し、それを肉眼で確認してからでないと、具体的な対処ができないのが現実というものだった。ただ一つ〝幸運〟という天の恵みを除いては……。

＊

「北の工作船が清津を出ただと」

四人の中でラングレーに最後に到着した長官のホッジスが言った。といってもその前にオフィスに駆け込んだDDIのハーマンとは一〇分の差もなかったろう。四人ともいつもと同じ身なりをしているにもかかわらず、どことなく生活臭が漂っているのは、未明に当直の職員から電話で叩き起こされたせいだ。

「ええ、NROの偵察衛星が最後に確認したのが、午前五時のことですから……」ハーマンはサイドボードの上の時計を見ると、「ちょうど一時間前のことになります」

「すると、もうすでに情報はペンタゴンから日本の自衛隊には伝えられているな」

「いつもの手順に従って、発見と同時に警報メッセージが流されています」ベーカーがまだ完全に読み終えていないファイルを慌ただしく捲り始める。「例の工作員の水死体が発見されてから、日本海側は海上自衛隊、海上保安庁によって厳戒態勢が敷かれています。現在の状況は……」ベーカーの手が中の一ページで止まった。「公海上、領海線上、領海内の三段階に分けて艦船を配置して、警備に当たっているようです。それに八戸の、これは三沢に近い所ですが、海上自衛隊のP3Cが上空から哨戒任務につきました。それからわが軍のフリゲート艦とイージス艦も日本海に数隻展開して、自衛隊を支援しています」

「工作船の位置は摑んでいるのか」

「最後に確認したのは現地時間の午後五時。日没間際でした。清津から南東にコースを取ってそのまま直進していることは確認できていますが、それ以降は不明です。針路を変えずに真っすぐ進むとすれば、能登にぶちあたりますが、素直にそのままのコースを取るとは考えられません」

「となると、海上の監視網で工作船の存在を識別するのは困難になるな」

　ホッジスにも、数多くの一般漁船の中から、たった二隻の工作船をレーダーの目だけで特定するのがどれだけ困難な作業か、容易に想像がついた。

「なにしろ、カリフォルニアと同じ長さの海岸線を持つ国ですからね。途中でコースを変えられれば、上陸可能な地点はいくらでもあります」

　DDOのエヴァンスが言った。

　ホッジスはそこで押し黙り、少しの間何事かを考えているふうだったが、

「どう考える」

　三人の目を交互に見ながら静かに尋ねた。

「今回の北朝鮮の行動ですか」

　ハーマンが質問の意味を確認した。

「そうだ」

「これを、先と同じように工作員、あるいは例のアンプルを日本に持ち込もうとしていると考えるのは、少しばかり無理があると思いますね」

　ハーマンは眉をしかめるようにしながら言った。

「その根拠は」

「第一に、わが軍の第七艦隊が黄海を中心に展開していることは、北も知っています。それに日本海側の海上監視がこれまでになく強化されていることも十分承知のはずです。そこに、わざわざこれ見よがしに工作船を出航させる……これは諜報活動の常識からすれば、理解に苦しむ動きです。これじゃ、まるで自分たちを発見してくれと言わんばかりじゃないですか」

「コースを変えて、韓国に侵入を図るということは考えられんのか」

「まったく考えられないことではありませんが、現時点で韓国を目標とするのは、日本に潜入するより遥かに難しい状況にあります。日本での例の一件以来、韓国軍は沿岸警備に第一級の厳戒態勢を敷いて、それこそ黄海側、日本海側とも蟻の這い出る隙間もありません。連中の狙いが韓国だとしても、領海に入った時点、あるいは沿岸に近づいた時点で発見され、攻撃を受けることは、まず間違いありません。韓国は日本とは違いますからね。韓国軍と工作船との間で交戦状態に陥ることになるでしょう。しかし、そんなことをしても何の意味もありません。もし連中が本気で韓国潜入を企てるなら、漁船に偽装した工作船などを使うわけがありません。やつらの常套手段の鮫級潜水艦を使うか、小型潜水艇を使うでしょう」

「すると、やはり目的は日本か」

どうも釈然としないといった口調で、ホッジスが呟いた。

「長官。こうは考えられないでしょうか」

ベーカーが、ファイルを閉じると、ホッジス、そして左右に座る二人の高官の顔を交互に見ながら言った。

ホッジスが目で次の言葉を促す。

「こいつは陽動作戦じゃないでしょうか」

「陽動作戦？」

ハーマンが怪訝な表情でベーカーを見た。

「そうです。今回の工作船の動きは、例のアンプルを再び日本に運び込むために、注意を日本海上に向けさせようとしているんじゃないか……そうは考えられませんか」三人の視線がベーカーに集中する。「これまでの連中の動きから判断すると、アンプルのクーリエは、おそらく今フランクフルトにいる例の『カワグチ』と見て間違いないでしょう。先に報告したように、日本の公安当局の調査によれば、本物の『カワグチ』は現在も日本におり、フランクフルトにいる『カワグチ』はまったくの別人です。彼は本物の日本のパスポートを使って北京、シンガポール、そしてフランクフルトを経由して、今日の午後の便で日本に飛ぶことになっています。この男の動きと工作船の動きをリンクして考えれば、一連の動きも説明がつくような気がするのですが」

「つまり日本海側に日本、そして我々の注意を引きつけ、その一方で正規のパスポートを使って日本に入国するというわけか」

「その通りです、長官。北京からの男がなぜシンガポール、フランクフルトといった迂回ルートを取って日本へ入国しようとするのか、実はこれには根拠があるのです」

「根拠？　どんな」

「空港での税関チェックです。これは日本に限ったことではないのですが、西側諸国のほとんどの空港ではチェックの対象となる荷物にはある種の傾向があるのです」ベーカーは自分の言葉にじっと聞き入る三人の反応に満足すると、話を進めた。

「挙動不審者、または犯罪にからむ情報が事前にもたらされていれば、もちろん徹底的に調査されますが、日本の場合、到着便の出発地が東南アジア、あるいはインドといった、麻薬、あるいは偽ブランド品の持ち込みルートと目されている便については、税関のチェックも厳しくなります。中国や香港からの便も同様です。日本では禁止されている漢方薬をそうとは知らずに持ち帰る観光客が多いですからね。その点、欧米からの便の乗客については格段に甘くなります。ましてや、海外を頻繁に往復しているビジネスマンともなれば、まず荷物を開けられる可能性は限りなくゼロに近いでしょう」

「なるほど、プロキシと同じ理屈だな」

「プロキシ？　なんだね、それは」

耳慣れない言葉にホッジスが反応した。

「ハッカーが自分の身元を隠すために用いる手段の一つです。どこかのコンピュータに侵入しようと試みる時に、いくつかのサーバーを経由する。そうすることによって自分の痕跡を消し去るのです」

「いい譬えですね、テッド。まさに『カワグチ』がとっている手段はプロキシそのものです。たしかにパスポートには各国の出入国スタンプが記録として残りますが、少なくとも日本に到着し、入国、そして税関審査を受けた時には、『カワグチ』は実際は北京から来たにもかかわらず、フランクフルトから到着したように見える」

「なるほど、フランクフルトから帰国したビジネスマン……予約してある航空会社はどこだ」

「ルフトハンザです。それもビジネスクラスを予約しています」

「それなら、まず税関での検査はなし、フリーパスで通過できるというわけだな」

「まず間違いなくそうなるでしょうな」ホッジスの言葉を追認したところで、ベーカーはぐっと身を乗り出した。「おそらく、日本海を航行している工作船はダミーです。目的はフランクフルトの男を日本に入国させることに間違いないでしょう。そこでですが……」

「日本の当局にそれを伝えるか否か、ということだな」

ホッジスが心得ているとばかりに頷(うなず)いた。

「ええ」

「現在『カワグチ』は我々の監視下にある。だが所持しているものが例のウイルス兵器だとすれば、下手な動きはとれない。連中も馬鹿じゃない。当然アンプルが発見される確率の最も高い税関では、不測の事態に備えてそれなりの準備をしているだろう。果たしてやつが何を、どういう形で所持しているのか、それが分からない限り、下手な手出しは禁物だ」

「ロン。もしも、この事実を日本の当局が知ったら、どういう手に出ると思う」

ホッジスの言葉を継ぐ形でハーマンが聞いた。

「当然、どこかの時点で身柄の拘束に動くでしょうね」

「そうだろう。だが前にも言ったように、連中は、捕えられるよりも簡単に死を選択する人間だ。自身、ウイルス兵器に感染することなど厭(いと)わないだろう。わが軍の兵士、あるいは家族が密集する狭い空間であのアンプルを破壊し、ウイルスをまき散らす……そのこと自体がすでに命を捨てるつもりでいることを証明している。『カミカゼ』さ。これが空港でまき散らされるような事態にでもなれば、大変なことになる。それを防ぐ方法はただ一つしかない」

「気づかれないうちに、一瞬のうちに行動不能な状態にする」

ベーカーの目が細くなった。それに同調するかのように、三人の目も不穏な光を帯びる。

「知っての通り、日本の当局にそれだけの能力はない。何事も平和裏に解決するのが好きなお国柄だからな。平和を保つには、その背後で非合法の活動も必要なのだ。理屈が通用しない国、人間……そうした相手に対処する方法は一つしかないことも、連中にはとうてい理解できやしない。真相を知らせても、事態を複雑にするだけで問題の解決には結びつかない」

「それに、今回の目標は在日米軍であって日本ではない。わが軍、ひいてはわが国が危機に直面しているのだ。そして問題を解決できるのは、我々をおいてほかにない」

「それでは、当初の予定どおり作戦を進めていいのですね」

「それでいい」ホッジスが断言した。「この件については、すでに国家安全保障会議の承諾も得ている。ロン、CIA(我々)の価値と能力が改めて試される時が来ているのだ。失敗は許されん。すべては隠密裏に、そして、すみやかに実行されなければならない」

「分かりました。すでに、こちらの工作員は日本に送り込んでいます。すべて計画通りに……」

＊

「改めて自己紹介しよう。一等書記官のトッド・ベントンだ」

恭介の前に分厚い掌が差し出された。

だが、それがこの男の本当の肩書でないことは明白だった。そうでなければ、ラングレーで訓練を受けた自分を横田まで迎えにくるはずがない。

「で、本当のところは」

恭介はその手を握り返しながら、答の分かりきった質問をした。

「いやにはっきり聞くじゃないか」ボストン眼鏡の下で柔和な目が細くなった。「ここまでくれば駆け引きなしってわけだな」

「CIA日本支局長……そうだろう」

諜報機関の人間が大使館勤務の書記官に身分を隠して駐在するのは、どこの国でもほぼ例外なく行なわれていることだ。ここまでくれば馬鹿でも想像はつく。いや諜報機関ばかりではない。連邦捜査局、麻薬捜査局……そうした機関の要員もまた、同じように書記官という身分で駐在しているのだ。

「その通りだ」ベントンはあっさり自分の本当の身分を明かすと、「そして、ここから先、君は私の指揮下に入ってもらうことになる」

ロッカーを開け、ヘリンボーン地の上衣をハンガーに掛けた。

「君もゆっくりするといい」

その言葉に促されるように、恭介はブレザーを脱ぐと、差し出されたベントンの手に渡した。別のハンガーにそれを掛けた手が、ロッカーの上の段に伸びる。

「飲むかね」ベントンの手に、まださほど手をつけられていないジャック・ダニエルの瓶が握られていた。「明日からは忙しくなる。難しい仕事をこなす前には、リラックスすることも必要だ」

四角いボトルを応接セットの机の上に置くと、ベントンは恭介に椅子を勧め、傍らに置かれたサイドボードの扉を開いて、二つのシングルグラスを取り出した。

琥珀色の液体が、二つのグラスを満たしたところで、その一つを持ち上げると、

「乾杯」

恭介の前に座ったベントンは短く言い、それを目の高さに持ち上げた。恭介もまた、無言のまま同じ仕草でそれに応える。

テネシー・バーボンの芳しい匂いが嗅覚を刺激する。恭介は一気に半分ほどを口の中に放り込んだ。生のままのアルコールが口の粘膜を刺激する感触を十分に味わい、それを胃の中に送り込む。喉の粘膜を焼きながら胃に送り込まれたテネシー・サワー・アンド・マッシュが一気に弾ける。

「どうかね、久々の日本は。一週間のマレーシア旅行が、図らずも二か月の旅になってしまったわけだが」

「これが旅と呼べるものかね」

ベントンの問いに、口の端に皮肉な笑いを浮かべて答えながら、恭介はここに来るまでに車窓から見た東京の街の光景を思い出していた。

横田を飛び立ったヘリは西麻布の交差点から青山方向に少し行ったところにある『スターズ・アンド・ストライプス』の敷地内にあるヘリポートに着陸した。そこには一台の車が待っており、ヘリのローターが停止しないうちに、恭介とベントンを乗せると、外苑西通りを広尾の方向に向かって走り始めた。赤坂にあるアメリカ大使館に着くまでに、僅かの間だが、ネオンに彩られた懐かしい光景が車窓を流れていった。何もかも二か月前と変わらぬ光景だった。変わったものがあるとすれば、人々の服装がいくぶん厚く、ダークトーンの色彩になった程度のことだろう。すでに退社時間を過ぎた街は、人で溢れ、日本が直面しようとしている危機の欠片も感じられなかった。

「たしかに、快適なものとは言いがたかっただろうが」

ベントンは悪びれる様子もなく、無邪気な笑いを浮かべた。彼は最初の一杯を一気にあおり、二杯目をグラスに注ぎにかかっている。禿げ上がった頭にほんのりと赤みがさしてくる。

「まる二か月の間、たっぷりと絞られたんだ。ミリタリー・スクールの六年間も決して楽じゃなかったが、それでもこの二か月間に比べれば、子供の遊びみたいなものだった」

すでに自分の経歴については、ラングレーにいるベーカーと同程度のことは知っているに違いない。

「当たり前だろう。ミリタリー・スクールといっても、しょせんはいいとこの坊ちゃんが、規律正しい生活を送りながらちょっとした軍隊もどきの気分を味わう場だ。実戦に必要な教育を施す場じゃない。だが、正直言って、君の能力にはラングレーの連中も驚いている。私も訓練の詳細な報告を受けているが、すべての点において最高のスコアとはな。少なくとも私の記憶にある限り、これだけの短期間で、完璧(かんぺき)なスコアを残した訓練生はいなかった」

「それは光栄だな」恭介は、そう答えつつ胸のポケットからゴロワーズのパッケージを取り出すと、「煙草はいいかな」返事を聞くまでもなく、中の一本をくわえた。

「規則では、このビルの中は禁煙ということになっているのだが……」

「非合法活動は、君たちの常とするところじゃないのかね」

「その通りだ」

ベントンは豪快に笑うと立ち上がり、サイドボードの中から灰皿を取り出した。その間に恭介は火をつけ、深く吸い込んだ煙を吐き出した。

「で、その後、状況に変化はあったのか」

「いや、今のところ、すべてはこちらの読み通りに動いている」

「クーリエと目される男は、フランクフルトに入ったままなんだな」

「その通りだ。男の名前は『シュンジ・カワグチ』。現地時間の今夜フランクフルトを発(た)

つルフトハンザの成田行きに予約が入っている」

「なるほど。それで、やつを捕捉したところで、どうする」

「それについては……」と、ベントンが言いかけたところで、部屋のドアがノックされた。

「入りたまえ」

ベントンの言葉が終わるや否や、ドアが開き、一枚のペーパーを手にした、まだ年若い男が入ってきた。その顔にただならぬ緊張の色が見てとれる。

「トッド」若い男は何かを言いかけ、恭介の顔を見ると急に口籠った。気配を察したベントンが立ち上がり、「失礼」と恭介に一言断りを入れると、部屋を出た。閉じられたドアが再び開き、ベントンが姿を現わすまで五分もかからなかった。

「失礼した」

再び恭介の前に座ったベントンは、今までとは違った厳しい顔つきになっていた。何事かを考えるように、短い言葉を発したその口にシングルグラスの中の液体を、半分放り込む。

「何か、想定外の動きでもあったのか」

ベントンが受けた報告がどうやら自分とは無関係ではないと悟った恭介が、聞いた。

「北が、日本海で妙な動きを始めた」

「日本海で？」

「ああ。ＮＲＯの偵察衛星が、今日の午後、二隻の工作船が清津を出て、日本海を南東に向けて航行しているのを捉えたそうだ」

「すると、再度、海からの侵入を図ろうとしているのか」

「いや、それは分からん。可能性はないとは言えないが……だが最初の潜入失敗が発覚して以来、日本海は日本の自衛隊、海上保安庁、それに米国海軍の艦艇が厳戒態勢を敷いているのは、北も分かっているはずだ。そこにあえて工作船を航行させるなんてことは考えられないのだが……」

　その時、ベントンの机の上の電話が鳴った。

「度々すまんな」ベントンは立ち上がると、受話器を持ち上げるなり低い声で言った。

「トッド・ベントン……」

　恭介は二本目のゴロワーズをくわえ、火をつけた。受話器を耳にあてながら、ベントンはじっと恭介を見ている。

「ロン！」

　聞き覚えのある名前が、ベントンの口をついて出た。どうやら電話はラングレーのロナルド・ベーカーからのものらしい。ベントンは恭介に視線を向けたまま、自分からは時折口を挟むだけで、じっと話を聞いている。

「ああ、その報告はたったいま聞いたところだ。なにしろミスター・アサクラを迎えに行っていたものでな……ああ、無事着いた。いま私の目の前にいる……で、そちらは今回の連中の動きをどう見ているんだ……なるほどそうか……」

たって続いた。

話は最後に「了解した」というベントンの言葉によって終わるまで、およそ一〇分にわたって続いた。

「失礼した……」

ベントンは再び恭介の前に座ると、ベーカーとの話の内容をかいつまんで喋りだした。

「ラングレーでは、今回の北の工作船の動きは、ある種の陽動作戦ではないかと分析している。本命はやはりフランクフルトの男であることに変わりはないと見ている」

「注意を日本海に向けさせておいて、空路、通常の入国手続きをしてくるクーリエの行動をバックアップしようという魂胆か」

「その通りだ。たぶん間違いなくそれが本筋だろう。やつの行動パターンからしても、そう考えるのが自然だ」

「行動パターン……」

「ああ。やつが本物の日本のパスポートを所持していることは聞いているな」

恭介は黙って頷いた。

「もちろん本物の『カワグチ』が日本にいることは日本の公安当局が確認している。カワグチは、いくばくかの金と引き換えに名義を貸しただけに過ぎない」

「『蛇頭』がよく使う手だ」

「本物のパスポートを所持している限り、入国審査の段階で引っかかることはまずありえない。北京から直接日本への侵入を企てたとしても、怪しまれることはないだろう。にもかかわらず、やつは、わざわざシンガポール、フランクフルトを経由して日本へ入るというルートをとった……」

「痕跡を消すため……か。入国審査はともかく、税関検査は出発地、使用したキャリアによって厳しさが違うからな」

「さすがだな、ミスター・アサクラ」ベントンは久々の笑いを口の端に浮かべた。「ラングレーもそう読んでいる。フランクフルト、つまりビジネス路線、一流のキャリアを使用して帰国するビジネスマンの荷物なんて、そうそう開けられるもんじゃないからな」

恭介は、もう何本目かになるゴロワーズを灰皿に擦りつけると、

「一つ訊きたいことがある」

肺に僅かに残った煙を吐き出しながら、ドスのきいた声で言った。

「なにかね」

「いま、日本の公安当局が川口の身元を調べたと言ったが」

「その通りだ」

「今回の作戦には日本の公安当局が絡むのか」

「だとしたら」

「俺は降りる」

「なぜ」

「少しは俺の身になって考えてみるんだな。どんな大義名分があったとしても、これから

俺がやろうとしていることは、この国じゃ、間違いなく法に触れることだ。それを日本の公安当局がたとえ黙認したとしても、今後日本で生きていくとなれば、当然マークされる存在になる。あんたたちに俺の存在が知れてしまったのは仕方ないが、それ以上の厄介事に巻き込まれるのは、ごめんだ」

「ミスター・アサクラ。その点については心配しなくていい」ベントンは、そう言うとソファの上でぐっと身を乗り出した。「今回の件については、必要最低限のこと以外は日本の当局には知らせていない」

「必要最低限とは、どの程度だ」

「潜入に失敗した工作員が所持していたアンプルの中身が、生物兵器である可能性が高いこと——あえて言うならそれだけだ。可能性というのは、日本には内容物についての分析能力がないと我々が判断したからだ。生物兵器の分析にはそれなりのノウハウと施設が不可欠だ。だが日本にその能力はない。不用意に中身の分析を始めれば、その時点で生物兵器は猛威を振るい始める。我々はその可能性を告げ、すみやかに回収物を渡すよう、大統領を通じて越村首相に依頼し、手に入れることに成功した」

「で、その結果は日本に知らせたのか」

「いいや」ベントンはボストン眼鏡の奥の目を閉じると、皮肉な笑いを浮かべ、首をゆっくりと左右に振った。「連中の目的は、日本を混乱に陥れることではない。南進に当たって、在日米軍基地を無力化することだ。つまり日本を舞台にしてはいるが、直接的な危機に晒されているのはわが国だ」

「しかし、それでよく日本の当局が納得したな」

「そりゃあ反発しているさ。分析の結果を知らせろと、あらゆる筋を通して言ってきている。だが、それを知ったところで、連中に何ができる」ベントンの口調にいささかの傲慢さが感じ取れる。「入国審査で、あるいは税関で、クーリエとおぼしき『カワグチ』の身柄を確保して終わりか？　あるいはそのまま泳がせて国内にすでに潜入している工作員を摘発して事件解決か？　だがその際に生物兵器をばらまかれない保証がどこにある。どんな形であのブツを持ち込もうとしているか分からないのに……。いいかね、この生物兵器はどんなことがあっても使用させてはならないのだ。そしてもう一つ、この作戦は完全な失敗のうちに終わらせ、連中の南進という企みを根本的に叩き潰さねばならないのだ。そのためには、クーリエはもちろん、国内にすでに潜入している工作員も、完全に無力化せねばならんのだ」

　工作員を無力化させる……つまりは殺せと言っているにほかならない。たしかにその点からすれば、そうしたオプションを持たない日本の当局と関わりを持つことはないはずだ。

　恭介は無言のまま、ベントンの目をじっと見つめた。そのブルーの瞳には断固たる決意の色が浮かんでいた。

「なるほど、よく分かった」

「したがって、君の存在が日本の公安当局にばれることはない。それに我々にしても君の存在が明らかになることは、何の利益も生まないどころか、不利益に繋がることになるからな」

「それはどういう意味だ」

恭介は静かに尋ねた。

「もはや君は、我々の大切な資源だということだ」

「なんともありがたいお言葉ですな、ミスター・ベントン」恭介は丁寧な口調で言った。

「だが、一つだけ言っておく」

「なんだね」

「いま、あなたは資源という言い方をしたが、俺が協力するのは今回一度きりだ。この仕事が終わったら、俺と関わりを持つことはもちろん、存在すらなかったものにするという約束が大前提にあることを忘れないでほしい。もしこの約束が反故にされるようなことがあれば……」

「あれば？　どうすると言うのかね」

「俺にも、それなりの心積もりというものがある」

恭介の瞳が底光りを見せた。視線を逸らしたくなるような衝動に駆られたベントンの脳裏に、目の前に座る男の訓練成績がよぎった。ラングレー始まって以来の優秀な成績を残した男……。あの訓練所は、誰にでも高いスコアを与えるほど甘い場所ではない。強靭な体力、精神力、そして明晰な頭脳があらゆるシチュエーションにおいて要求される場所なのだ。この男がその気になれば、どんな手を打ってくるかも分からない……。

ベントンがその時感じていたのは、紛れもない恐怖、この男なら何をしでかしてもおかしくはないという確信にほかならなかった。

*

ブリッジは、計器の文字盤を映し出す数少ない薄暗い明りがいくつか見えるだけで、闇に閉ざされた中にあった。海は凪いでいたが、高速で海原を切り裂いて進む船首からは、海水が絶えず飛沫となってブリッジの風防に吹きつけてくる。円形のサイトスクリーンの前に立った男は腕時計を見た。計器盤の僅かな光を反射して、蛍光塗料の塗られた針が午前三時を示そうとしているのが分かった。

「現在位置は」

「間もなく日本の領海にかかります。艇長」

ブリッジの後方に設置された海図台の上に身を被せるようにしながら、定規とデバイダーを器用に使って現在位置の確認に余念のなかった男が答えた。海図に反射した薄暗いライトを下から受けて、強い陰影のついた顔が闇の中に不気味に浮き上がる。

「艇長、そろそろ予定の時刻ですが……」

傍らで海上にじっと目を凝らしていたもう一人の男が、艇長の動きにつられるように腕時計で時間を確認する。

艇長は再び前方に向けていた視線を逸らさないまま、

「レーダー」静かに言うと「二号艇の動きは」と続けた。

「すでに一時間前から、探知範囲の外にいます」

「周囲の船舶は」

「ずいぶん漁船が出ています。もっともこの中に、日本の海上自衛隊や海上保安庁、それに米軍の艦艇も含まれているのかもしれませんが」

ブリッジの中央後方で、フードのついたレーダースクリーンを監視していた男が、顔も上げずに答を返す。

何もかも予定通りだった。清津を出港して以来、この船は針路を南東に取り、そのまま変更することなく、ほぼ一直線に日本に向かうコースを取っていた。このまま行けば能登に到達する。この船と対をなして行動していた二号艇は、日没と同時に針路を東に深く取り、新潟に向かうコースを取り始めていた。

当然、二隻の船の動きは、すでに日本海に展開している海上自衛隊、海上保安庁、それに米海軍のレーダー監視網によって捕捉されていることは間違いなかった。だが、自分たちのレーダーに映る多くの輝点の中からその存在を特定できないのと同様に、連中もまた自分たちの存在を、この海に数多く存在する船と同様に、単なる輝点の一つとしか捉え得ていないに違いない。

「針路を〇三五へ。速力変更、最微速へ」

「針路〇三五。速度、最微速」

副長が指示を復誦し、針路の変更を操舵手に告げながら、テレグラフのレバーを操作した。軽やかにベルが鳴り、船体後方にあるエンジンルームへと指示が伝えられる。

船首が大きく回頭するにつれて、闇の中に夜間操業を続ける漁船の漁火が視界に入ってくる。白銀の光の固まりが遠く一列に並ぶ。漆黒の闇の中で肉眼では確認できないが、おそらくはその辺りが水平線となるのだろう。唸りを上げていたエンジンが急速に静かになる。船首によって切り裂かれ、舷側から後方に流れていく波の音が、ブリッジの中にもはっきりと聞こえだす。

「針路〇三五に乗りました。このまま維持します」

「それでいい」

艇長は操舵手の声に答えると、

「副長、始めよう」

傍らに立つ男に次の行動を促した。

「分かりました」

副長はその指示がくることを予期していたように、迷うことなくブリッジの後方に向かって歩き始めると、後方の居住区に続くドアを開け、姿を消した。

「レーダー。これから先、画像に映っている輝点の動きを見逃すな。コースを変えてこちらに向かってくる船舶は、すべて日本の警備当局、あるいは米軍艦と考えていい。それらの位置をもれなく航海士に報告しろ」

「分かりました」

レーダー手が相変わらずスクリーンから目を離すことなく答える。その声が緊張に満ちているのが分かる。

「艇長、無線室です」

伝声管を通して、先ほどブリッジを去った副長の声が聞こえてくる。

「艇長だ」

「準備はすべて整いました。いつでも大丈夫です」

艇長は反射的に腕時計を見た、午前三時を一〇分ほど回っている。予定の時間より一〇分ほど遅れてはいるが、この程度ならば誤差の範囲だ。

「よし、すぐに発信してくれ」

「分かりました」

直後、工作船から短波無線が発信された。それは時間にして一秒にも満たなかったが、彼らにとっては、十分すぎるほどの時間だった。

「いま、発信しました」

「速度そのまま。針路変更、〇九〇へ」

「針路変更します。新針路〇九〇」

艇長の言葉に操舵手が即座に反応し、舵輪を回す。再び外界の光景に変化が現われる。

船首の回頭が終わらないうちに、伝声管を通して再び副長の声が聞こえてきた。

「艇長、いま二号艇の発信した電波を確認しました」

「分かった」

それは計画がすべて予定通りに実行された証しだった。薄暗いブリッジの中で、艇長の顔に緊張が漲った。

いま発した電波で、間違いなく我々二隻の位置は確実に捕捉されたことだろう。にもかかわらず、これから数時間の間、自分たちは日本の領海を侵犯し続けなければならない。最初に自分たちを発見するのが、対潜哨戒機ならばさほど厄介ではないが、警戒に当たっている艦船となれば話は別だ。フリゲート艦や、イージス艦に体当たりでもされれば、あるいは万が一砲撃され、直撃弾を受ければ、こんな小さな船はひとたまりもない。

接触を避ける最小限の距離を残しながら領海侵犯を続け、そしてこちらの存在を連中が確実に捕捉した時点で、領海外に向けて逃げ出す。それが自分たちに与えられた任務なのだ。失敗は許されない。

艇長は、ぐいとサイトスクリーンに顔を近づけると、今までにもまして鋭い視線を、視界のすべてに向け始めた。

*

フランクフルト空港一階にあるルフトハンザ航空のカウンターに徐が姿を現わしたのは、

現地時間の午後八時のことだった。アタッシェケースとスーツケースを一つずつ手に下げ、ヨーロピアン・スタイルのゆったりとした仕立てのダブルのスーツに身をつつんだ姿は、どう見ても旅慣れた日本のビジネスマンといった恰好だった。

長い列のできているエコノミークラスの乗客を尻目に、まっすぐビジネスクラスのカウンターに進んでくる徐を素早く見つけたルフトハンザの職員が、慇懃な笑みをたたえて姿勢を正した。

「チェックインをお願いしたいのですが」

徐はそう言いながら、自然な仕草で胸の内ポケットからパスポートと航空券を取り出した。

「ミスター・カワグチ……今日は成田まででよろしいのですね」

「そうです」

答える間に、手にしていたスーツケースをカウンターの間に設置された秤に載せる。

職員が所定の事項をコンピュータの端末に打ち込んでいく。

「確かにご予約承っております。席のご指定はないようですが、特にご希望は?」

「通路側なら、どこでも」

旅慣れたビジネスマンらしい選択だった。

「かしこまりました。お預けになる荷物は一つですか」

「ええ」

再び職員の手がキーボードの上を走る。少しの時間をおいて、搭乗券とともにバゲッジ・タグが吐き出される。

「OK．こちらが搭乗券です」

職員はバゲッジ・タグの番号照会のための紙片を封筒にホッチキスで止めると、搭乗券とともに徐に差し出した。

「出発は、二七番ゲートになります。出発は今のところ定刻通りです。それまではビジネスクラスのラウンジでおくつろぎ下さい」

職員は待合室までの地図がプリントされた紙片を差し出すと、タグをスーツケースの把手に取り付け、秤から後方を流れるコンベアへと移動させた。

「どうもありがとう」

スーツケースがコンベアを流れていくのを確認した徐は、片手を上げて軽く頭を下げると、アタッシェケース一つを手に、出国審査場へと向かう。無愛想な出入国審査官が無表情なまま出国のスタンプを無造作に押すと、パスポートを返してよこす。無言のまま受け取った徐は、今度は手荷物検査場へと向から。

「搭乗券を拝見します」

日々同じ動作と言葉を口にすることを仕事とする係官に、予め手にしていた搭乗券を差し出しながら、徐はアタッシェケースを目の前のコンベアに載せた。開口部に暖簾が下がったX線検査機の中にアタッシェケースが吸い込まれるのを見ながら、金属探知機のゲートをくぐる。

ここが最後の関門だが、不審を抱かれることはあるまい。X線によって透視されたアタッシェケースの画像は、予め用意された日本語のドキュメンテーションと、ノートが薄い影となって映るだけだ。中身のフィルムを抜いてアンプルを組み込んだ七つのパトローネは、黒いシャドウとなって見えるだろうが、別段不審を抱かれるような代物ではない。たとえ疑いを抱かれ、アタッシェケースを開けられたところで、それはどう見ても撮影済みのフィルムだ。

ことは徐の目論見通りに運んだ。

アタッシェケースの中身に係官の興味を引くような物はなかった。透視装置の入口と同様の暖簾がかかった出口から、アタッシェケースが姿を現わすと、係官は自分のなすべき仕事は終わったとばかりに、徐に前進を促した。

アタッシェケースを受け取った徐は、そのまま免税店が並ぶエリアへと歩き始めた。

その次に手荷物検査エリアを通ったのは、大柄の白人男性だった。手荷物はアタッシェケース一つ。黄色のポロシャツに焦げ茶のブレザー、ベージュのコットンパンツといった、長い飛行の間、いかにリラックスして過ごすか心得ていると言わんばかりの服装をした男だった。

徐の監視は、フランクフルトでも完璧に行なわれていた。宿泊したホテルには、正面の部屋に出入りを監視する要員が配置され、隣の部屋では壁を通して二四時間盗聴が行なわれた。だが彼がフランクフルトに来て以来、動きらしい動きといえば、到着した際に空港から公衆電話を使って何処かへかけた短い電話が一本あっただけで、それ以外に人との接触というものがまったくなかった。食事はルームサービスを取るか、昼間街に出ることはあっても、ファーストフード店でハンバーガーを齧る程度のものだった。もちろん人の出入りが多いこうした場所は、仲間同士の連絡場所に使われることが少なくない。実際に顔を突きあわせて接触をせずとも、テーブルの下にメモを残す、あるいは予めドロップ・ポイントと決めた街の中のゴミ箱の中にメモを落とす……といった方法が用いられるのはよくあることだった。徐が街に出たのはほんの数回のことだったが、ファーストフード店では、CIAのベルリン支局は全力を挙げて、完璧な態勢で監視に当たった。彼が立ち去った後も、店には一人の監視員が残り、その後に同じ席を利用した人間に不審な行動がないか見張り、あるいは一定の時間が経過した後には、食べたくもないフレンチフライとコーラ、それにハンバーガーをオーダーし、その席に座ってテーブルの下を探らなければならなかった。

結局ここフランクフルトでは、最初の電話以外、不審な行動は何一つなかった。もっとも、そのことは、逆にCIAの人間たちに一つの確信を持たせるに至った。

やつは明確な意志を持って行動している。それは日本潜入だ。

徐はその予想を裏切らなかった。事実すでに日本行きの便にチェックインし、すでに出国手続きまで終えている。

徐の次に手荷物検査場を抜けた男は、フランクフルトから日本までの監視員だった。

ここまで来れば、後は日本行きの飛行機に乗るだけだ。まさか飛行機の中でなんらかの行動に出ることはあるまい。

ビジネスクラスのラウンジに向かって歩いていく徐の背後にさりげない視線を向けながらそう確信した監視員は、免税店が立ち並ぶ一画に公衆電話を見つけると、受話器を取った。コインを入れ無造作にボタンをプッシュすると、一方的に短いメッセージを送った。

「何もかも想定通りだ。やつは東京行きの便に乗る。すでに出国手続きを終えてビジネスクラスのラウンジに入った」

だが、この時から監視員が機内で徐を再び捕捉するまでの間、僅かな空白の時間ができた。

＊

ほんの一瞬、日本海を航行する二隻の北朝鮮工作船から発せられた信号は、次の瞬間、防衛庁の情報本部によって傍受され、その発信位置が特定された。かろうじて日本の領海を侵犯していない公海上から発信されたものであった。情報は直ちに作戦行動に入っていたすべての航空機、自衛艦に向けて伝えられた。日本海に展開していた日米のイージス艦もまた、その発信位置を特定し、同時にレーダー上でも、周辺海域に数多く点在する船舶の中から、工作船と目される二隻を特定していた。輝点の一つは、すでに領海を侵犯し、ゆっくりとだが能登方向に向かって航行し、もう一つは新潟方向に向かって進んでいる。

能登に向かっている工作船にもっとも近いところにいるのは、領海線上の監視任務に当たっていた海上自衛隊の護衛艦だったが、それでも二〇キロの距離があった。

公海上、領海線上、そして領海内に配置された艦艇の間で交わされる交信頻度がにわかに増した。工作船の位置は、夜明けが近い日本海上で哨戒任務を続けているP3Cにも伝えられ、直ちに現場海域に向かうよう指示が出された。

＊

工作船のブリッジに、レーダーを覗いていた男の緊張と興奮が入り交じった甲高い声が響いた。

「艇長、連中はこちらの位置を把握したようです。針路を変更して向かってくる輝点が確認できます」

「よし、それらの位置は」

レーダーを覗き込んでいた男は、該当する輝点の位置を次々に読み上げる。七隻の船がこちらに向かってくるのが分かった。海図台に身を被せるようにしている航海士が、その位置を赤鉛筆で記入していく。

「艇長、連中は公海上、領海線上、それに領海内の三方向から、こちらに向かってきています」

その言葉に、艇長がゆっくりとした足取りで海図台に歩み寄り、位置を確認する。

「どうします、針路を変えますか」

「いや、まだだ」

艇長は再び元の位置に戻ると、落ち着いた声で言った。

間もなく夜が明ける。一番最初にコンタクトしてくるのは艦艇ではない。おそらく空から、たぶん対潜哨戒機によって発見されることになるだろう。針路を変えるのはそれからだ。こちらが何者であるのか、そして領海侵犯したことを連中に確実に分からせなければ、目的を達したとは言えない。

だが、そうした艇長の筋書きに反して、その機会はずっと早くやってきた。

突如、夜明け前の静寂を破るように、遠く爆音が聞こえてきた。単調なエンジンの唸り。それは垂直に空気を切り裂くプロペラの軽やかなものとは違い、平行にローターを回転させることで、重力に逆らって浮力を得るヘリコプター独特の重々しい爆音だった。

サイトスクリーンに顔を押しつけんばかりにして、爆音の聞こえてくる方向に艇長の目が向けられる。空は漆黒の闇から、濃いグレーに変わりつつあった。それをバックに、フラッシュライトの点滅光、それに回転灯の赤い点滅が見えた。

おそらく、最も近いところにいた護衛艦に搭載されていた対潜哨戒ヘリだろう。P３Cよりも速度、哨戒範囲は格段に落ちるが、哨戒能力、少なくともこの距離でこちらを発見する能力に大差はない。いやむしろ空中停止という、飛行機にはない能力を持つ分だけ、こちらの存在を確認するには適している。

点滅光は、工作船の前方一キロばかりの所を、左から右にゆっくりと移動していく。突如、単調な唸りを上げていたローターの音の波長が変わった。フラッシュライトと赤色灯の位置が変化し、コースを変えたのが分かる。爆音が急速に近づいてくる。

捕捉したな！

「針路、速度、変更用意！」

艇長が叫ぶのと同時に、強烈な光がヘリコプターから工作船に向けて照射された。舞台のスポットライトのような白銀の光だ。闇に慣れた目には眩しすぎるその光から目を守ろうとするかのように、艇長は手を翳して影をつくった。ヘリはホバーリングの態勢に入ったらしく、ランディング・ライトの光の位置は動かない。照らしだされた甲板が、操業中の烏賊釣り船のように露になっている。

「艇長！」

副長の言葉に促されるように、艇長は大声で叫んだ。

「速度を最高に。針路は……」

「二七〇を進言します」

海図に書き込んだ監視艦艇の位置を確認していた航海士が顔を上げた。一瞬そちらを振り向いた艇長の目に、緊張で目が吊り上がった航海士の顔が飛び込んでくる。

「針路を二七〇へ」

「新針路二七〇！　最高速度！」

副長が指示を復誦しながら、テレグラフを操作する。ブリッジに充満した緊張感とはほど遠い間の抜けたベルの音が軽やかに鳴り響く。

「新針路二七〇」

操舵手が舵輪を力一杯に回す。咳き込むようなエンジンの音が、すぐに呼吸を整え、波長を徐々に高くしていく。船首がぐっと持ち上がり、船体が強烈なパワーによって押されるのが分かる。加速するにつれて、船首の回頭が早くなる。

おそらくはヘリもホバーリングを続けながら観測位置を変えているのだろう、正面から工作船を捉えていたランディング・ライトの位置が、側面からのものに変わっていく。

「針路二七〇を確保しました」

「このまま全速力で走れば、領海外に出るまで敵艦船との接触は避けられます」

操舵手の声に続いて、航海長が叫ぶ。

「レーダー手！　領海外の敵艦艇の配置は」

反応物がグリーンの輝点で表わされるレーダースクリーンの中で、明らかに動きが激しくなったものの位置が読み上げられる。

「どうだ、航海長」

たったいま読み上げられたばかりの位置を海図に書き終えた航海長が顔を上げた。ブリッジの窓を通して、差し込んでくる白い光がその額に反射し、そこにうっすらと汗が滲んでいるのが分かる。

「最高速力を維持できれば、敵艦艇との接触はなんとか避けられそうです。もちろん夜が明ければ目視される範囲には入るでしょうが……」

「それでいい」

とにかく公海上に出てしまいさえすれば、もう後を追ってくることはない。

艇長は、頷く(うなず)と波飛沫(しぶき)を激しく上げながら突き進み始めた船首方向に視線を固定した。後はエンジンがそれまでトラブルなく動いてくれることを願うだけだ。逃げきりさえすれば、そのまま清津に向けて通常航海に入る。それで今回の任務は終わりだ。

工作船は、随伴するようにピタリとついてくるヘリに見張られながら、速度を上げていった。船首から上がる飛沫がウインドシールドにかかり、視界を確保するために艇長がサイトスクリーンのモーターを入れなければならなくなった時、その速度は三五ノットという驚異的なスピードに上がっていた。

もはやそれは漁船の形をした船舶では考えられない速度であり、それ自体がこの船の正体を明かすことに繋(つな)がったが、むしろ正体を明かすこと、それが彼らに与えられた任務だった。

9

未明の電話はどんな人間にとっても不愉快なものだ。おかまいなしに鳴り続ける呼び出し音は、電話を受けた者にまず間違いなく不吉な予感を与える。

「ハロー……」

三度目の呼び出し音で、恭介はベッドサイドの受話器を持ち上げた。夕刻、ベントンのオフィスでジャック・ダニエルを数杯飲んだ後、解放された恭介は六本木にあるアメリカ大使館職員用の宿舎の一室へ案内された。いくら裏通りにあろうとも、六本木という、東京でも有数の繁華街の中に広大な敷地を構える宿舎棟の群れは、アメリカの国力の象徴そのものだ。

恭介が案内された部屋も、日本流に言うなら三LDKの間取りで、リビング一つとっても二〇畳は十分にあった。ダイニングには、たったいま届けられたことが分かる、瑞々しい光を放つ鮨が桶に入れて置かれていた。コーナーにはちょっとしたホームバーに用いられるオーク材の家具が置かれており、ところ狭しと主だった種類のアルコールの瓶が並べられていた。それもすべて未開封のままだ。その傍らには、小さいがワインセラーも用意されている。温度コントロールされたちゃんとしたものだ。中の数本を取り出してラベルを見ると、いずれもカリフォルニアのナパ・ヴァレー産のものだった。赤はオーパス・ワン、それにフリーマーク・アーヴィーのカベルネソービニヨン。白はヒーズバーグのシャルドネだった。悪くないチョイスだった。へたなヨーロピアン・ワインを飲むよりは、ナパ産の上等なワインのほうが数段ましだ。

白の一本を取り出すと、ワインセラーの扉を閉めた。だがすぐには栓を開けない。バケツの中に冷蔵庫の中の氷をぶちまけ、それを差し込む。久々に一人で味わうアルコールへの誘惑をいったん断ち切るかのように、恭介はベッドルームへ向かい、無造作に着衣を脱ぐと、一糸まとわぬ姿になった。

暖色灯の柔らかい光が恭介の全身にまつわりつき、筋肉の凹凸に従って、微妙な陰影を作り上げる。バスルームに入り、熱いシャワーを浴びる。アメリカ大陸、そして太平洋を横断してくる間の汗と埃が、たちまちのうちに洗い流されていく。

たっぷりと泡立てたバス・ソープで全身を覆う。シャンプーの泡で頭髪をゆっくりと掻き分け、長い時間をかけて洗い流す。豊富な黒髪が軋みを上げたところで、湯を冷水に変え、弛緩した全身の筋肉を引き締める。

当分の間、こんなハリウッド・シャワーを浴びることなどあるまい。

バスルームを出たときには、すでに二〇分の時間が過ぎていた。濡れた黒髪と全身についた水滴を清潔なバスタオルでふき取り、バスローブを全裸の体に直接はおった恭介は、ダイニングへと向かった。シャワーで交感神経が刺激された上に、石鹸(せっけん)やシャンプーの残り香が、体と精神の緊張を解きほぐす働きをした。本能が目覚め、猛烈な空腹を感じる。

バケツの中からヒーズバーグの白を取り出す。コルクの栓を慣れた手つきで抜き、中の液体をワイングラスに満たした。テイスティングなどという面倒な行為はなしだ。たちまちのうちに、ワイングラスの表面が室温との温度差で曇る。

恭介は立ったまま、薄い黄金色をした液体を一口啜(すす)った。空気と液体が口の中で混じるよう、口を尖(とが)らせ息を吸い込んでやる。よく混じったところで、歯茎の間をゆっくりと転がしてやる。仄(ほの)かな酸味、硬質な口当たり……申し分のないシャルドネだった。二口目を口の中に含みながら椅子に腰かけ、鮨桶を覆ったラップを剝(は)がす。

誰が考えたのか、ワインと鮨とは奇妙な取りあわせだったが、明日からの任務を考えれば軽いアルコールで済ましておくに越したことはない。

三人前はあった鮨をすべて平らげた時には、ボトルの中は空になっていた。最後にグラスに半分ばかり残ったワインを一気に飲み干すと、ほどよい酔いが恭介の全身に回った。

全身の神経と筋肉が弛緩し、急激な睡魔に襲われた。糊(のり)のきいた冷たいシーツ。堅めのマットがやたらと恋しくなる。その欲望がかなえられた満足感に浸る間もなく、恭介は深い眠りに落ちていった。

そして心地よい眠りを破ったのが、この電話だった。

『トッド・ベントンだ』受話器の向こうから、力強い男の声が聞こえてきた。『どうやら、まだ寝ていたようだな』

　恭介はベッドの上に半身を起こす。

「ああ……だが、もう大丈夫だ。睡眠は十分にとれた」

　その間に、自分の五感を確かめてみる。昨夜体内に入れたワイン一本分のアルコールの痕跡はどこにもなかった。むしろその働きによって、すっかりリラックスした体は、完璧なまでに疲労という言葉から解放された状態にあった。頭脳が急速に覚醒してくるのが分かった。

『それは、結構だ』

「で、何があった。こんな時間に電話とは只事じゃないな」

『ああ、君が寝ている間に、二つの大きな動きがあった』

「なんだ」

『一つは北の工作船の動きだ。例の二隻は日本領海を侵犯してほどなく、短い電波を発した。まるで自分たちからその位置を教えるようにな』

　どんなに短い電波でも、傍受能力を持つ最低二か所の施設がキャッチすることができれば、発信源を点として特定することができる。電波の飛んできた方向の延長線上、その二本の線が交わる所がそうだ。日本には自衛隊の無線傍受施設だけでも七か所、それに米軍のものを加えれば、もっと大きな数になる。ましてや今回、本土にあるこれらの施設の耳は日本海に向けられ、さらに海上では、イージス艦を始めとする多くの艦艇が工作船の存在を摑もうと、厳戒態勢を敷いているのだ。

「やはり、君たちが想定した通り、二隻の工作船は囮というわけか」

『そう見るのが自然だろう。すでに工作船は、日本の海上自衛隊のヘリが捕捉した。現在、領海外に向けて全速力で逃走に入ったそうだ』

「で、日本はその二隻の工作船をどうするつもりだ」

『さてね。その件で、いま政府は上を下への大騒ぎだ。まあ、領海侵犯船は拿捕するのが妥当なところなのだろうが、連中が素直に停船命令に従うわけもない。かといって無理やり停めようと迂闊に近づけば、連中が反撃に転じることも十分考えられる』

「機関銃、あるいはRPGを持っていても不思議じゃない。そんなものでもぶっ放されて死者でも出れば、それこそ日本側にとっちゃ大問題だ」

『まったく不思議な国だよ。軍隊は国を守るためにあるんじゃないのかね。そこに属する者に、死の危険がつきまとうのは当たり前の話なのにな』

「そんなことは今に始まったことじゃない」恭介は軽く鼻を鳴らすと、「で、フランクフルトの男については」

『こちらも予定通り、日本行きの便に乗った』

「到着は今日の夕方というわけだな」

『その通りだ。ミスター・アサクラ。いよいよ我々の出番だ。すべてはこれからの我々の働きにかかっている。失敗は許されない』

そんなことは百も承知だ。この忌々しい組織から抜け出すためにも、何がなんでもやり遂げなければならない。

完全に覚醒した恭介の体に、熱い血が流れだす。

『ミスター・アサクラ。これからすぐに私のオフィスに来てほしい。すでに迎えの人間が君の宿舎の前で待っている。これからの手順を打ち合わせておきたい』

「分かった。だがその前にシャワーを浴びる時間ぐらいはあるんだろうな」

『いいだろう。長い一日になるだろうからな。三〇分やろう』

「それじゃ、三〇分後に」

受話器を置いた恭介は、体に掛けていた毛布を跳ねのけると、勢いよくベッドを抜け出した。一糸まとわぬ裸体が、闇の中に亡霊のように浮かび上がった。

＊

機内での男の様子に不審な点は何一つとしてなかった。フランクフルトを離陸してまもなく始まったミールサービスでは、十分にアルコールを体に入れた。それもウオッカの小瓶を三本もオンザロックで空けた。決して上等とはいえないミールも残さず平らげ、食中酒のワインも数杯飲んだ。おまけに食後にはコニャックを二杯も飲んだ。

酒量にいささか行き過ぎの感は否めなかったが、それを除けば、いかにも旅慣れたビジネスマンの機内での様子そのものだった。そして映画を上映するために窓のブラインドが降ろされ、照明が落とされると、男は椅子をリクライニングさせ、毛布を首の位置まで引き上げて眠り始めた。

ともすると襲いかかる睡魔を必死にこらえながら、監視員はその男から注意を逸らさなかった。

日本まであと七時間。この機内で何か事を起こすとは考えられないが……。

薄暗い機内で、スクリーンに映し出される映画の画面に目を向けるふりをしながら、監視員は目標から一瞬たりとも目を離すことなく監視を続けた。

＊

早朝の館内に人の気配はなかった。恭介を宿舎からエスコートしてきた男は、ベントンの部屋のドアを二度ノックすると、返事を待たずにノブを回した。体をずらし、恭介に中に入るよう促す。恭介が部屋に入ったところで、背後でドアの閉まる音がした。

「時間が正確なのは何よりだ」ベントンは二人きりになったところで静かに言った。「昨夜はゆっくり眠れたかね」

「ええ、ぐっすりと。久々に本格的な日本食にもありつけたし、何よりもワインセラーのコレクションはなかなかのものだった。誰が揃えたものかは知らないが、『ヒーズバーグ』を置いておくとは、ワインの味が値段に比例するものではないということを知っている人間が、こんな無粋な組織にもいるということだな。うまい食事に酒。何よりの安眠剤だった」

恭介はお世辞抜きで言った。ベントンは恭介の言葉に満足した様子で頷き返すと、

「コーヒーはレギュラーかね、それとも……」

「ブラックで結構」

自ら立ち上がり、パーコレーターの中の黒い液体を新しいマグに注ぎ、半分になっていた自分のマグにも注ぎ足した。

執務机を挟んで向きあう恭介に、マグが差し出される。熱く黒い液体が舌を焦し、食道をゆっくりと胃に向かって滑り落ちていく。

「で、二隻の工作船はその後どうなった」

「三五ノットの速度で領海外に向けてまっしぐらだ。自衛隊のヘリとP3Cが捕捉したが、なんの手出しもしちゃいない。艦艇で拿捕するのも叶わなかった。日本の護衛艦やイージス艦の足をもってしても、これほどの高速は出せはしない。もっともそれはわが軍の艦艇にしても同じだがな」

「すると、このまま見逃すというわけだな」

「下手に深追いすれば、北の戦闘機が出てくる可能性もある。そうした事態は、日本政府としてみれば最悪のシナリオに違いない。もちろん我々にしても、そうした事態はあまり好ましいものではないがね」

「なるほど」

「やはり、先ほども言ったように、これは陽動作戦と見るべきだろう。本命は間違いない、この男だ」

ベントンは数枚の写真の束を机の上に広げた。

恭介にとっては、もはや頭の中に焼きついた男の顔が写っているものばかりだった。見覚えのないものは、シンガポール、あるいはフランクフルトで密かに撮影されたものだろう。

「到着は夕方に成田に着くルフトハンザだったな」

「現在のところ、到着は定刻通り一六時五五分だ」

「そこから鬼ごっこの始まりってわけか」

「そういうことだ」ベントンは、一枚の紙を机の上に広げた。成田空港の到着ターミナルの詳細な図面だった。「男は『シュンジ・カワグチ』名義のパスポートを所持して、第二ターミナルから出てくる。やつがここで、迎えの人間と接触するのか、あるいは自力でどこかのアジトに向かうのかは分からない。フランクフルトからは尾行がついているが、カワグチを確認し次第、こちらの尾行が開始される手筈になっている」

ベントンの指が監視員を配置するポイントを次々に指していく。税関審査を抜けた後、ロビーへの出口は一つしかない。そこを中心に、リムジンバスのカウンター、タクシー乗場、JR、京成電鉄……考えられるすべての移動ポイントに、尾行のための要員が配置されている。

「もし、迎えの人間がやつをピックアップしたら」

「もちろんすぐに追尾できる態勢は出来ている。尾行のための車は駐車場に一台、それにターミナルビルを出たところに二台、待機している」

「そんなに日本のＣＩＡ支局には人間がいるのか」

　ＣＩＡの日本支局には常駐の人間は七人しかいないはずだ。それも、そのほとんどは、どこからみても外国人そのものといった連中だ。そんな人間が、群れをなして追跡を始めれば、どんな阿呆でも気がつかないわけがない。ましてや、今回日本に送り込まれてくる男は、単独行動をしている点から考えても、北の工作員の中でも折り紙つきの能力を持っているに違いない。

「今回は、ラングレー、それにアジア地域の支局員が急遽応援に駆りだされている。土地勘という点では、たしかに問題はある。そこで極めて異例なケースだが、陸軍情報部から、しかるべき人材がこのオペレーションに加わっている」

「陸軍情報部？」

　意外な組織の名前に、恭介は思わず訊き返した。アメリカの諜報機関は何もＣＩＡだけではない。いまベントンが言った陸軍情報部や海軍情報部、それに諜報機関という意味合いから言えば、いささかの違いはあるがＦＢＩもある。だがこれらは、それぞれが独自の立場、目的で動き、時にその縄張り意識から反目することはあっても、合同で一つのオペレーションを行なうというのは聞いたこともない。

「ああ、そうだ。陸軍情報部が今回の尾行、監視任務に加わる」そうした恭介の内心の疑問を察したかのように、ベントンは言った。「なにしろキャンプ・ザマだけでも一五〇人もの陸軍情報部員が常駐しているんだ」

「一五〇人?」

「そうだ。もっとも全員が我々のような諜報活動に当たっているわけではない。実際に一般世間で諜報活動と考えられているような仕事に当たっているのは、その中のほんの一握りで、多くは、日本の出版物やニュースを事細かに分析するという、地味な仕事に従事している」

「だが、その一握りの人間たちは、君たちのように、必要とあれば非合法活動にも従事するというわけだ」

「その通りだ。我々のために働いてくれるスパイをリクルートし、管理することもある。連中の日本での最も輝かしい実績の一つは、旧ソ連のKGBの大物幹部だったレフチェンコをアメリカに亡命させたことだろう」

レフチェンコ事件は、米ソ冷戦たけなわの八〇年代初頭に起きた、日本が当事国の一つとしてはからずも巻き込まれることになった亡命事件の一つだ。夕刻、都内の東急キャピタルホテルにふらりと一人で現われたKGBの高官レフチェンコが、そこに居合わせた陸軍情報部員に、突如アメリカへの亡命の意思を明らかにしたのだ。常識では考えられない高官の亡命要請にアメリカは大いに驚き、大変な騒ぎになったが、ソ連大使館にいるKG

Bが動きだす前に、そのままレフチェンコを成田へと移送。パンナムの最終便に乗せ、早々にアメリカへ亡命させることに成功したのだった。

「残念ながらね……」ベントンは肩をすくめた。「ツキがたまたま連中にあったということさ。だがツキも実力のうちだ。正直なところ、活動の目的は我々と異なる部分はあるが、彼らの実力はそう捨てたもんじゃない。ちょうど今、別室では今回の監視任務にあたるスタッフたちの合同ミーティングが行なわれているところだ」

その会議とは別に、ベントンから直々(じきじき)に作戦の説明を受ける。それが、今回のオペレーションにおいて恭介が特別な任務を課せられていることを、言外に語っている。

「で、私はどうすればいい」

「先ほども話した通り、カワグチがどういう行動に出るかはまったく分からない。我々の想定外の行動に出る可能性もある」

「それで」

「それに正直なところ、日本の地理、交通機関を誰よりも熟知しているのは君だ。成田に派遣する監視チームがカワグチの動きを捕捉(ほそく)できればよし。だがそうでない場合、君は臨機応変に対応して、尾行を続けてほしい」

「それは、もし、隙があればその場でカワグチを始末してもいいということを意味するのか」

「いや……単に倒すというだけなら、そう難しくない。殺(や)るオプションはいくらでも考えつく」

「それじゃ、どうしろと」

「ミスター・アサクラ。これは極めて難しい任務なのだ」ベントンはボストン眼鏡の下からじっと恭介を見る。「一つは、連中が何度同じ手を使っても、我々は必ず連中の作戦を失敗させる、つまり未然に防ぐ能力があるということを思い知らせてやらなければならない。それともう一つは……」

「もう一つは」

恭介の瞳孔が小さくなった。その目に冷酷な光が宿る。

「もう一つは、カワグチが必ずや所持しているアンプルを、無傷のまま、我々の手で回収しなければならない」

「つまり、人の多いような場所で、単に始末するだけでは駄目だということだな」

「その通りだ」

「難しい話だな」

「だが、君にはそれをやり遂げるだけの力と頭脳があると我々は信じている」

くそ！　ここがアメリカ国内、あるいはどこか白人でも目立たない国なら、こんな訳の分からない日本人に運命を委ねずとも済んだものを。

じっと恭介と視線を合わせながら、実のところベントンは、内心では別の男の名前を思い出していた。

アレックス・ワーグナー……あいつが使えれば。

ワーグナーがザ・ファームで恭介の教官を務めたこと、そして、その男が最上級の成績を恭介に与えたことをベントンは知っていたが、それでも、いざ実戦となれば経験がものを言うものだ。その点、恭介はザ・ファームでは伝説的存在になりうる素質を持った存在ではあるが、現場ではまだその一ページ目に何の足跡も残してはいない、まったくのルーキーだった。

二人のストリートギャングを倒した過去があると言っても、それは偶然の産物だ。明確な意思をもって人を殺すことが、この男にできるのか……。

まだ恭介の本性を知らないベントンは、心の片隅に澱のようにこびりついた不安を拭い去ることができなかった。

＊

フランクフルトからの便が成田空港の第二ターミナルにスポットインしたのは、予定を二〇分ほど過ぎた午後五時一五分のことだった。タキシングの時間を考えれば定刻通りの到着といってもいい。機が停止するとすぐに、多くの乗客が一斉に立ち上がり、およそ一二時間の長旅に硬くなった体をほぐすように大きく伸びをする。ボーディング・ゲートが伸び、ドアが開けられると、まず最初にファーストクラスの乗客が、次にビジネスクラスの乗客がフライト・アテンダントの笑顔に見送られながら機を後にする。

長いフライトの間に十分な睡眠を取ったカワグチの顔には、夕食の際にしこたま飲んだアルコールの痕跡もなかった。タキシングの間に上着を着込むと、彼は颯爽とした足取りで通路を歩き、ボーディング・ゲートを渡り始めた。

数人の客を挟んで尾行を始めた監視員は、その時初めて、カワグチの手にアタッシェケースとは別にもう一つ、手提袋が持たれていることに気がついた。

フランクフルトで出国手続きをした際には、持ち物はアタッシェケース一つだったはずだ。いったいどこであの手提袋を手に入れたんだ。免税店のもののようだが、まさか空港、あるいは機内で、別の人間と何かの受け渡しがあったんじゃないだろうな。もしそうだとしたら、目標は単独行動とは限らなくなる。二人、もしくはそれ以上の人間がやつをサポートしているか、あるいは同行していることになる。だとしたら、これから先のオペレーションの手順が違ってくる……。

監視員のそうした心情に関係なく、徐は検疫を抜け入国審査へと向かう。ここで、再び監視の目が行き届かなくなる空白の時間が生ずる。徐は迷うことなく『日本人』と表示された列の最後尾に並んだ。監視員は『外国人』と表示された列の最後尾だ。幸いこちらの列のほうがまだ短かかった。

監視員はパスポートを片手に、何気ない仕草でカワグチの様子を窺った。赤い表紙のパスポートを片手に、まったく落ち着いた様子で順番が来るのをおとなしく待っている。

外国人の入国審査では、滞在目的、期間など、いくつかの質問があるのが決まりというものだが、日本人の場合は管理カードを取られ、入国スタンプを押してもらいさえすればそれで終わりだ。当然日本人の列のほうが、早く進む。

　幸いなことに、カワグチと監視員が入国審査のブースを出たのはほぼ同時だった。一階の税関審査場に続く階段をカワグチが降り始める。その背後から少しの間を置いて監視員が続く。

　一階の税関審査場の前にあるバゲッジクレーム。カワグチはカートを持たずに、ターンテーブルの前に立った。まだ荷物が流れてくるまでには僅かな時間がありそうだった。

　監視員はそれを確認すると、カワグチを視線の片隅に置きながら、階段下にある公衆電話に向かう。予め渡されていたテレフォンカードを使い、一一桁の番号を押した。回線が繋がる短い時間。すぐに相手が出た。到着ロビーで監視に当たっているチームのリーダーだった。

「やつは入国審査を通った。いまバゲッジが出てくるのを待っているところだ」

　早口の英語が男の口をついて出た。

＊

「了解した」

　通話はその一言で終わった。

「目標は入国審査をパスした。いまバゲッジが出てくるのを待っているところだ。もうすぐ出てくるぞ。準備に入れ」

その指示は予め決められた連絡手順に沿って一分以内に、空港に配置された監視員たちの間に漏れなく伝わった。もちろん恭介にもだ。一人ロビーの片隅に佇む恭介は、他の監視員とは別に、地下のJRの駅に続く階段付近にいた。もちろん彼の近くにも、二人の監視員がいたが、それぞれまったくの別行動だった。

オックスフォード地のボタンダウンシャツの上に、濃紺のウインドブレーカー。カーキ色のチノーズのパンツにトップサイダーといういでたちだった。いずれも十分に着込んでいることが分かるものだ。手には安物の布地のブリーフケース。これならば、空港で働く職員が制服、あるいは作業服から解放された姿だといっても十分に通用するだろう。

ウインドブレーカーのポケットの中でバイブレーション・モードにしておいた携帯電話が震えた。すかさず取り出し、受信モードにする。

「目標はこれから通関審査に入る。準備しろ」

無言のまま携帯電話を当てた恭介の耳に、張り詰めた口調の英語が流れてくる。

「了解」

おそらくは、自分が尾行する必要はあるまい。だが、目標は自らの目で確認しておきたい。遅かれ早かれ、やつを始末することになるのはこの俺だ。写真で見たやつの顔は頭の中に焼きつけてあるが、実際に現物を見るのとは印象がずいぶんと違うものだ。

恭介は次のコールを待つべく、柱に背を預けると、携帯電話をまたウインドブレーカーのポケットに戻した。

＊

ターンテーブルから先に荷物をピックアップしたのは、監視員のほうだった。

よし、これで間違いなく、外で待ち受ける監視チームにやつを引き継げる。

監視員はささやかな幸運に感謝しながらカワグチの様子を窺った。ほどなくカワグチの手が動き、目の前に流れてきたスーツケースを手に取った。

滑車のついたほうを下にし、スーツケースを立てると、その上にアタッシェケースを置いた。右手にはパスポートとともに免税店の袋が握られている。

「失礼……」

まったく訛りのない完璧な日本語が、初めてその口から流れた。

後方の人間が道を空け、体を入れ換える。監視員はごく自然な動作で、その背後からカワグチを追尾する。税関には長い列ができていた。監視員は最も短い列に並ぶべく、カワグチを途中で追い越した。

やつよりも先に出れば、確実に外の監視チームに尾行を引き継ぐことができる。ロビーには当然東京支局の連中もいる。俺の顔は連中も知っている。やつが出てくるまで再会を懐かしむふりをしながら、短い立話でもしていればいい。

最も短い列の最後尾に着いた瞬間、カワグチがロビーを左のほうに向かって進んで行くのが目の端に入った。

どこに行くんだ？

監視員はそこで初めて、カワグチが持っている手提袋の意味を悟った。

自分が並んだのは「免税」と書かれた表示が緑色に光るカウンターの列であり、カワグチが向かっているのは「課税」と書かれた赤いランプが灯る人気のないカウンターだったのだ。

ガッデム！　なんてこった！　そういうことか。

カワグチは北京を出て以来、完全にCIAの監視下にあったが、そのことに気づいた様子はなかった。となれば、やつが考えていることはただ一つだけだ。

わざわざ自分から、課税対象となる物を所持している、そう申告する善良な人間の持ち物を改めて開けて詳細にチェックする税関吏など、そういるものではない。

果たして、「課税」と表示されたカウンターに向かったカワグチを税関吏は、穏やかな笑みを浮かべながら迎えた。

「ルフトハンザでフランクフルトから。商用です……」

慣れた口調で言うと、徐は税関吏にパスポートを手渡した。

それを一瞥した税関吏は、

「申告品は何ですか？」

「シュリヒテ・シュタインヘーガーを五本」

「ああ、スピリッツですね……」徐が差し出した袋の中身を見ながら言った。「ほかには申告するものはありませんね」

「ありません」

「分かりました」

税関吏は申告用紙に所定の金額を書き込むと、

「それでは、あそこで納税を行なって下さい」

そう言うと、アタッシェケースにもスーツケースにも興味を示さず、徐を通した。

思わぬ展開に監視員は焦った。東京支局にはやつの写真は山ほど送ってあり、見逃すことはないとは思うが、万が一にでもそうした事態に陥れば、取り返しのつかないことになる。あわてて列から抜け出ると、再びターンテーブル近くの公衆電話へ取って返す。後方に目をやると、カワグチは納税窓口に申告書類を提出している。

相手はすぐに出た。もう一度振り返ると、カワグチはもう金を払い終えて、出口へと向かっている。

「やつは、いま出口からロビーに出る。グレーのダブルのスーツ。スーツケースとアタッシェ、それに免税店の袋を持っているやつだ。見失うな。いまだ！　いま出た！」

監視員は、鼓動を早めた心臓の圧力に押されるような早口で、受話器に向かって言った。

*

突然の電話にもリーダーの男は驚かなかった。写真で見慣れた男の顔を見つけだすのはそう難しいことではなかった。むしろそのタイミングを知らせてくれた電話は、それをより確実なものにしただけだ。

電話を切ると同時に自動ドアが開き、カワグチが現われた。

さあ、ここからやつがどうするかだ。もしも迎えが来ているならば、この場で接触があるはずだ。それとも外か。あるいは自力で何処かへ向かうのか……。

カワグチは、ゆっくりとした足取りでロビーを進んでいく。成田空港の構造は熟知しているといった様子だ。その後ろ姿を目で追いながら、リーダーは携帯電話を操作する準備に入った。

「チーム・フォー。目標はそちらへ行った」

『了解した……』

JRへの通路を監視していたチームから、静かな声で返事があった。

*

恭介の携帯電話が再び震えた。

『目標はJRを使うようだ。グレーのダブルのスーツ。スーツケースとアタッシェ。それに免税店の袋を持っている』

「分かった」

回線を切った携帯電話をウインドブレーカーのポケットに入れながら、恭介は到着ロビーの方向に視線を向ける。こちらに向かってくる多くの人の波の中に、目指す男が見えた。脳裏に叩き込んだ顔と寸分違わぬ男だった。

カワグチは真っすぐにＪＲの自動券売機に歩いていくと立ち止まり、頭上に掲げられた運賃表を見た。どうやら総武線から横須賀線に直結する快速エアポート成田を使うようだ。発車案内を見ると、七分後に発車する列車がある。

監視員の一人がその背後に近づいて行く。

カワグチはポケットから札入れを出すと、中から一枚の紙幣を取り出し、券売機に差し込んでボタンを押した。切符と釣り銭を手にしたカワグチは、荷物を持ち、ゆっくりとした歩調で改札へと向かう。それに入れ替わって、監視員がたったいま押されたボタンの金額を確認し、同額の切符を買う。

恭介は、カワグチが改札を通ったところで、ゆっくりと歩き始めた。チノーズのパンツの尻のポケットに入れたカードケースからイオカードを取り出すと、改札から構内へと入っていく。ホームの中ほどにできた短い列の最後尾にカワグチが立っている。その一つ向こうの列には、監視員がいる。恭介は、カワグチを監視員とで挟むように、手前の列に並んだ。

やつのことはしっかりと頭の中に叩き込んだ。東京から先の尾行は専門のチームに任せておけばいい。自分が行動を開始するのは、やつが目的地に着いて、しかるべき準備が整ってからだ。

＊

カワグチと同じ車両に乗り込んだ恭介は、東京駅で監視員が下車したのを確認すると、自分も電車を降りた。どうやら尾行の引き継ぎはスムーズに行ったらしい。ここからは、一人で赤坂のアメリカ大使館に戻ることになっていた。

東京駅の地下構内を地上に向かう途中で公衆電話が目に入った。クアラルンプールでCIAに拉致(らち)されて以来、プライベートな電話をかける隙はなかった。たった一人になった今がチャンスだった。その意味では、CIAもカワグチを気にするあまり恭介に関しては お留守になった、あるいはすっかり信用しているということなのか。いずれにせよまる二か月の間、東京でコカイン・ディーリングをしている田代とも、ディスクの処理を手助けしてくれたファルージオとも、ただの一度もコンタクトしていなかった。

灰色の電話機は、国内、国際電話共用のものだった。恭介はテレフォンカードを取り出すと、まず最初に八桁(けた)の番号を押した。

呼び出し音が鳴り始める。一回、二回、三回……。

くそ、折角のチャンスだというのに、あの野郎どこかへ出かけているのか。

恭介の胸中に怒りと焦りの感情が首をもたげた瞬間、繋がった。

『はい……』

くぐもった男の声が聞こえる。

「田代か」

『そうですが……朝倉さん……ですか』

まるで、死んだと思っていた人間の声を聞いたと言わんばかりの戸惑った声が、受話器を通して聞こえてくる。

「そうだ」

『どうしたんですか。この二か月、全然連絡がないので、どうなったのかと……いや心配していたんです』

「詳しいことは話せないが、とりあえず俺は無事だ」

『いま、どこにいるんです』

「日本とだけ言っておこう。ちょっとしたトラブルに巻き込まれてな」

『トラブル？』

「ああ、詳しくは話せないが、少々厄介なことになっている」

しょせん手足となって働くチンピラに毛が生えたような男だ。それにいま自分が置かれている状況をこいつに話したところで、どうなるものでもない。

恭介は簡単に田代の質問を撥ねつけると、

「ビジネスのほうはどうなってる」

『順調です。いまのところ問題は何もありません』

「ブツも予定どおり入ってきてるんだな」

『ええ』

「で、量は」

『伸びてますよ』田代の声がにわかに誇らしげなものに変わった。『〝ひよこ〟たちがよく働いてくれてるもんで』

「どの位だ」

『この二か月で、一五パーセントの伸びです』

「一五パーセント?」

納得がいかない数字だった。恭介が供給するコカインを捌く〝ひよこ〟は、しかるべき基準にしたがって選び抜いた人間たちばかりだ。いわば厳選されたメンバーズクラブのようなもので、ストリートで相手を選ばず金と引き換えにブツを渡す売人の類とは違う。

「どうしてそんなに急に供給量が増えたんだ。たしかにあれを使い続ければ、量は増えるには違いないが、それにしても尋常な伸びじゃないぞ。〝ひよこ〟の数が増えたのか」

『いえ〝ひよこ〟の数は変わっちゃいません……ただ』

「ただ、なんだ」

『オーダーの量が全体的に上がってるんです』

「田代……」恭介の声に冷たいものが混じった。「お前、まさか、自分で直接ブツを流したりしてるんじゃないだろうな」

もとはといえば渋谷のチーマー崩れだ。管理する者、つまり自分がいなくなれば何をしでかすか分かったもんじゃない。このビジネスに必要なのは、法を破る度胸じゃない。そしてこれは金のためだけにやっているのでもない。誰も考えもつかない方法で、直接相手と接触を持つことなく売買を成立させる。自分の知恵と力を試す、最高のゲームなのだ。金はその対価としてついてくるだけで、いわばスコアのようなものだ。金を目的として闇雲に走れば、必ずや露見する。そしていったん発覚したシステムは二度と使えはしない。だが、この田代には、その辺りの理屈がどうも分かっていないようだ。

『そんなことしてないですよ』

恭介は無言のまま、次の言葉を待った。不安は人を能弁にするものだ。

『信じて下さいよ、朝倉さん。俺だって、組織の怖さは知ってますよ。自分でブツを流してこのルートを潰しでもしたら、どんな目に遭うか——そんなこと言われなくとも分かってます』

「田代よ」恭介は静かに言った。「いま、お前が言った言葉、もう一度よく肝に銘じておけ。俺が戻るまで、まだ少しばかり時間がかかるだろうが、その時、もしもお前がルールを破っていることが、つまり独断で余計なことをしていることが分かったら……」

受話器の向こうで、田代の喉が鳴るのが分かった。

「お前の役割は終わりだ」

その言葉に何の説明もいらなかった。『役割が終わる』——それは、コカインを運ぶコンテナのシッピング・インフォメーションを得るためだけに、組織にコカイン漬にされ、使い捨てにされる〝鸚鵡〟と同じ運命を辿るということだ。

『分かってます』

「それならいい。とにかくしっかりやることだ」

恭介はそう言うと、受話器を置いた。

耳障りな音を立てながら、テレフォンカードが電話から吐き出される。それをケースに入れると、返す手でクレジットカードを取り出した。〇〇一を最初に押し、国番号の一を押す。それから一〇桁の番号をプッシュした。

『ハロー……』

懐かしい嗄れ声が、受話器の向こうから聞こえてきた。

「ボブ、私だ」

『キョウスケか！』虚を衝かれたような、ひときわ大きな声が受話器を通して聞こえてくる。『どこにいたんだ。クアラルンプールでの取引が成功したことはラス・バッケンから聞いたが、それ以来ぷつりと連絡が途絶えたので心配していた。まあお前のことだから、万に一つのこともないとは思っていたが……』

ファルージオは久々に聞く恭介の声に、興奮と安堵の感情を隠しきれないといった様子でまくしたてた。

「ボブ……実はいま、厄介な事態に陥っている」

『厄介な事態？』ファルージオはそう訊き返すや『いま、どこからかけている』

「東京だ。残念ながら詳しいことを話している時間はないが、どうしようもない事情でCIAで働くことになった」

『C・I・A……冗談だろう』

「冗談でこんなことは言えないさ。とにかくクアラルンプールで連中の罠にまんまと引っかかった」

『例のディスクの件でか』

「いや、そうじゃない。とにかく詳しいことを話している時間がない。ようやくあなたと連絡する機会ができたので、とりあえず報告だけはしておきたくて電話をしたんだ。事が済むまでまだ暫く時間がかかる。その間連絡が取れるかどうかはわからないが……ボブ」

『なんだ』

「事と次第によっては、いまCIAで抱えている仕事が終わったところで、日本を離れることも考えなければならなくなるかもしれない」

『それは、身分を変える必要があるということか』

「ああ、そうだ」

『それならば、お安いご用だ。本物のアメリカのパスポート、それにソシアル・セキュリティ・カードを手に入れることなんか、わけもないことだ』

「今後の状況次第ではそうなるかもしれない。とにかくその準備だけはしておいてくれないか」

『分かった。だがそうなれば東京での今までのビジネスは……』

「ボブ、その件については、その時点で話そう。ただ一つ、私が日本を離れる時は、今までのビジネスは手じまいの時だと思ってくれ」

『もう一人、東京でお前の下で働くやつにやらせるわけにはいかんのか』

「それは止めたほうがいい。詳しいことはそうなった時点で話すが、とにかく私が日本を離れることと、今までのビジネスが終わることとは同義語だと思ってくれ」

『分かった』

「それじゃ」

『キョウスケ……』受話器を置こうとした恭介の耳に、ファルージオの声が聞こえてきた。

『お前のことだ、心配はないとは思うが、連中を甘く見るな。時としてやつらは俺たちよりもしたたかだからな』

「ありがとう。肝に銘じておくよ」

『気をつけてな……マイ・サン』

受話器を置いた恭介の耳に、ファルージオが最後に言った『マイ・サン』の言葉が、温かな余韻を引いて残った。

クレジットカードをケースに戻した恭介は、家路に向かうサラリーマンの群れに逆らうように、通路を出口に向かって早足で歩き始めた。

*

東京駅の南口からタクシーを拾い、赤坂のアメリカ大使館に戻った恭介は、そのままベントンの部屋に向かった。

「まあ、かけたまえ」

執務机の前に座るベントンが、ボストン眼鏡の下から目の前の椅子を指す。

「カワグチを確認できたかね」

「ああ、しっかりと脳裏に焼きつけた」

「それは結構」

「で、尾行の首尾は？」

落ち着いたベントンの様子から尾行が成功したことは間違いなさそうだったが、あえて聞いた。

「ついさっき報告が入ったところだ」ベントンはゆっくりと体を椅子の背もたれに預けると、眼鏡を外し、レンズをハンカチーフで拭き始めた。「やつは、品川で降りると、そこからタクシーを拾って北品川にある一軒家に入った」

「そこが、やつらのアジトというわけか」

「たぶん間違いないだろう。もっともそこを中心に行動をするのか、あるいはまた別の拠点に移るのかは分からんがな」

「監視は続けているのか」

「ああ、今のところ六人が三チームに分かれて監視を続けている」

ベントンはそう言いながら、二枚の大判の紙を取り出した。一枚は北品川地域のおおまかな地図。もう一枚はカワグチが入った一軒家を中心として周辺の家や道路が記載されている、さらに詳細な地図だった。

「監視班はここと、ここと、ここの三か所に分かれて、張り込みに入った」ベントンは詳細な地図の三か所を指で示した。「周辺の道路は込み入っている上に、路幅が狭い。だが路上駐車の車が多いせいで、暫くの間は今の監視態勢のままでも怪しまれることはないと思う。だが、そう長い間この方法を取るのは具合が悪い」

「で、どうする」

「まず、この駐車場に移動指揮所を置くことを考えている」ベントンの指が一軒家の前を通る路地の突き当たりにある駐車場を指した。「それと、ちょうどこの家の前には、古いアパートがある。このアパートに空きがあれば、そこに監視所を設ける」

「運よく空きがあれば、の話だろう」

ベントンは肩をすくめた。

「たしかに、君の言う通りだ。運よく空きがあればの話だがな。現在駐車場、それにアパートがアベイラブルであるかどうかは確認中だ」

「空きがない場合は？」

「駐車場は、この時間になっても三分の一ほどの空きがあるそうだ。おそらく、ここは大丈夫だろう。問題はアパートだが、幸い周辺には高層のオフィスビルも多い。距離は多少あるが、連中のアジトを監視するにはさほど問題にならない。とにかく人の出入りが確実に確認できるポジションを確保できさえすればそれでいい」

「なるほど。で、それからは」

「まず連中が何人で行動するのか、それを確認しなければならない。たぶん、最低でも七人の工作員が出入りするはずだ。あるいは、カワグチのほかの人間は、すでに中にいるのかもしれない」

「借り主の調査は」

「それも、すでに始めている」

「日本の捜査当局の手を借りてか」

ベントンは恭介の質問を鼻で笑って一蹴（いっしゅう）した。

「その程度のことを調べる我々の資源（リソース）は、日本社会の中に、それこそ山ほどいる。民間企業、もちろん官公庁の中にもね。今回のオペレーションには陸軍情報部も加わっている。その数を入れれば、それこそ君が想像する以上の数になるだろう」

「なるほど」

「だが連中の行動を正確に摑(つか)むには、中の様子を正確に把握する必要がある」

「盗聴か」

「そうだ。これは早急に行なわなければならない」

「手はあるのか」

「我々を誰だと思っているのかね。CIAだぞ。……現代のテクノロジーの進歩というやつは、それこそ日進月歩、目を見張るものがあってな、ましてやプロフェッショナルの使うものだ。アキハバラで売っているものなんて子供騙(だま)しの玩具(おもちゃ)のようなものさ」

ベントンは引き出しを開けると、中から極小のニッカド電池ほどの大きさの円盤を取り出し、机の上に放り投げた。

「こいつを窓の辺りにでも貼りつけておけば、日本の家なら中の会話は漏れなく聞くことができる。仕掛けるのもそう難しいことじゃない。その点日本というのは、実にこうした機器を仕掛けるのに向いていてね、前庭なんてもんは、よほどの豪邸でもなきゃありゃしない。通りに玄関のドアが面しているバラックみたいな家がほとんどときている。通りすがりに出窓の下にでも貼りつけりゃ、それで終わりさ」

「受信半径は」

「およそ三〇〇メートル」

「たいしたもんだ」

「すでに監視班は盗聴器の仕掛けに動いた。中の状況が分かるようになるまで、それほど時間はかからないだろう。君の出番はそれからだ。今夜はゆっくり休んでくれ。おそらく明日からは、君も現場に張りついてもらうことになるだろうからな。忙しくなるぞ」

*

徐が入った一軒家は、ドアを開けると、すぐにキッチン。その奥には一〇畳の和室が襖（ふすま）を挟んで続いている。二階は六畳の和室が二つといった、ごく平凡な間取りになっていた。一〇畳の間には中央にテーブルが置かれ、五人の男と、女が一人、徐を囲むように座っていた。一般家庭にある家具らしいものといえば、大きな洋服箪笥（だんす）にテレビと電話ぐらいのものだろう。生活臭にはいささか乏しい部屋だった。片隅の畳の上に無造作に置かれたラジオが、違和感をことさら大きなものにしている。箪笥の傍らには、徐が持ち込んだスーツケースと免税店の紙袋が置いてある。

「長旅でお疲れでしょう、徐少佐」

すぐ隣に座った男が言った。

「これが今回の作戦を行なうメンバー全員か」

徐は、いささか傲慢（ごうまん）とも取れる口調で言った。

「そうです」男は丁寧な口調で返事をすると、「申し遅れました、私は安章憲（アンツアンシエン）であります。三沢を担当します」

隣に座る男を見た。それに促されるように、

「李斗栄（リートウロン）であります。横田を担当します」

「蘇鎮轍（スーツンツォー）であります。岩国担当です」

「孫景花（スウンチンホウ）です。横須賀を担当します」

次々に自己紹介が始まった。それが一巡したところで、「普段ここを使っているのは誰だ」

徐が聞いた。

「私と、孫の二人です」

安がただ一人の女性である孫を指して言った。年の頃は二〇歳を少しまわったあたりだろうか。肩までかかる長い髪にメッシュが入り、原色のシャツにジーンズをはいている。どこから見ても日本のいまどきの女だが、本国でならふしだらを通り越した、とうてい考えられないような恰好（かっこう）だった。それが孫の本意でないことは分かっていても、思わず徐は顔をしかめそうになる。だが横須賀を担当するとなれば、こうした恰好も止むを得ないのだと、自らを納得させた。なにしろ横須賀には米兵、それも黒人を目的に日本の若い女が群がる。その中に紛れ込み、作戦を行なうには、それなりの恰好というものが要求される。

だが不快な感情がその視線に現われたのか、徐と目が合った孫の視線がすっと落ちた。

「普段は二人で夫婦を装っているというわけだな」

「その通りです」

「全員で、顔を合わせるのは」

「これが初めてです」安は、歯切れよく答える。「もちろん個々に出入りしてはおりますが、全員が顔を合わせることは今まで一度も」

「すると、これが全員揃っての初めての会合となるわけだ」

「はい。普段は私と孫以外は都内各地でばらばらに暮らしていますから」

「よろしい……」徐はその答に満足したように頷くと、「それでは、これから今回の任務の詳細を説明する」

　徐が部屋に入って以来、会話はすべて朝鮮語で行なわれていた。一戸建てとはいえ、安っぽいモルタルの壁は、防音という言葉とはほど遠い。ましてや隣家との間隔などないに等しいときている。明らかにリズムの違う話し声が聞こえれば、あらぬ疑いを抱かれないとも限らない。徐はそれまでにもまして、声を落とした。

「今回の作戦の目的は、在日米軍の機能を完全に無力化することにある」

　徐は説明を始めると同時に、傍らに置いたアタッシェケースを引き寄せ、テーブルの上に置いた。全員の視線が集中する。徐はロックを外すとケースを開き、中からビニール袋を取り出し、アタッシェケースを元の位置に戻した。ビニール袋の中に手が入り、なんの変哲もない、フィルムのパトローネが取り出された。

「連中の力を無力化させるのは、なにも難しいことではない。これが完全に連中の機能を麻痺させてくれる」

　六人の目が、空中にかざされた一個のパトローネに注がれたが、にわかには徐の言っている意味を理解できないでいるようだった。それはどう見ても撮影済みのフィルムでしかなかった。自軍の通常兵器をもってしても、あるいは核を搭載したテポドンやノドンを落としたとしても、アメリカ軍を無力化させることなど、とうてい無理なことは、長期間日本に潜伏し、その力をいやというほど見せつけられてきた人間たちには十分に分かっていた。

「納得がいかんようだな。不思議な話に聞こえるかね、安君」

「いえ、そういうわけではないのですが……」

「いや、諸君が納得いかないのも、もっともだ」

徐は口の端に不遜な笑いを浮かべると、両手の指先を器用に動かしてパトローネを分解し始めた。上部に突きだした蓋の突起を摘み上げると、僅かな力でそれはすぽんと抜けた。中には薄く緩衝材が入れてあった。徐の手つきが繊細なものに変わる。パトローネの中に右の人差指と親指をぐいと入れると、中の容器を慎重に引き抜いた。琥珀色の半透明のアンプルが中から姿を現わした。隠し入れた容器の形状に合わせたものであろう、日本の当局によって回収された前回のアンプルに比べると、首の部分は短く、内容物を収納する部分が幾分ずんぐりしている。電球から差し込む光で、容器の底から三分の二ほどの所まで粉末状の物質が溜まっているのが分かる。

「それが、米軍を無力化させるものですか」

安が期待の中にも、どこか釈然としないものを隠せない声で聞いた。

「そうだ。こんな小さなもの一つでも、核ミサイル一発を基地にぶち込むよりも何倍もの効果を発するんだ」

「生物兵器ですか」

「その通りだ。中にはインフルエンザ・ウイルスにボツリヌス菌の遺伝子を組み込んで粉末にしたものが入っている」徐はあえてプリオン遺伝子の存在を話さなかった。「こいつを米兵がたむろする酒場、あるいは基地内でばらまくと、どんなことになると思う」

　六人の目の表情が明らかに変わった。期待と興奮の入り交じった熱い視線がアンプルに注がれる。だがボツリヌス菌の名前は知っていても、その具体的な効能に関して知る者はそうはいない。六人は無言のまま、徐の次の言葉を待った。

「元来、ボツリヌス菌は嫌気性の菌で、空気感染はしない。だが我々の科学力はそれを空気感染させることに成功したのだ。インフルエンザ・ウイルスにボツリヌス菌の核酸を組み込むことによってな。この微細な粉末は、アンプルが破裂すると同時に狭い空間の中に充満するだろう。それはなにも難しいことではない。先ほども言ったように、米兵の集まる酒場の床にでも転がせばそれで済むことだ。ただし、この容器はチタンで出来ている。容器に入ったままでは、かなりの衝撃を与えても中のアンプルは割れない。確実にアンプル本体を取り出すのを忘れないことだ。……空気中に舞った粉末は、呼吸とともに米兵どもの喉、あるいは目蓋に取りつくことになる。最初に現われるのは風邪の症状だ。喉が痛み、鼻水が出るといった具合にな。もちろん発熱もするだろう。症状はだんだんひどくなるが、そこまで行きつくには少し時間がかかる。多少の風邪気があったくらいで勤務を休まれたりしたのでは効果が限定されるからな。やがてやつらは咳をし始める。それによって体内で増殖を始めているウイルスは空気中に漂い、次々に新しい感染者を作る……」

「凄い……」

誰からともなく感嘆の声が洩れた。

「そこで体内に入ったボツリヌス・トキシンがいよいよ活動を始める。運動神経の麻痺が始まり、目や口の動きがおかしくなる。物が飲み込めなくなる。最終的には横隔膜を動かす神経が麻痺し、呼吸ができなくなり、絶命する……」

じっと息を潜めて徐の説明に聞き入っていた六人の間から、一斉に溜息が洩れた。

「だが最初のうちは、これがウイルス兵器によるものだとは、連中は考えもしないだろう。威力の強いインフルエンザによる死亡、その程度にしか考えないだろう。連中がただならぬ事態だと気づいた時にはもう遅い。諸君が知っての通り、基地間の人間の往来は日常頻繁に行なわれている。もちろん日本国内だけではない。日本と米本国との間も日常的に人の行き来がある」

「すると、感染は米本国の本隊にも広がる可能性もあるわけですね」

「十分に」

徐は六人の視線を一点に集めていたアンプルを再びパトローネに戻すと、蓋をしてビニール袋にしまった。

「もはや言うまでもないことだが、諸君の任務は、これを、担当する各基地の米兵に感染させることにある」

六人の目に緊張の色が走った。間違いなく米兵に感染させる——それは同時に自分もあのアンプルの中に入ったウイルスに感染する可能性、いや間違いなく感染することを意味すると悟ったからだ。国家への強い忠誠心を持つ人間の中から厳選され、工作員として特別な訓練を施された人間たち。不測の事態に備えて、常に青酸カリの入ったカプセルを携帯し、死ぬことも辞さない覚悟のある者でも、作戦の実行が即自分にも確実に死が訪れることとなれば、反応が違って当然というものだ。ましてやその死は突然に来るものでもなければ、即座に訪れるものでもない。アンプルの中に入ったウイルスに感染した米兵同様に、死は緩(ゆる)やかに訪れるのだ。

だがそうした反応も、徐にはすでに予想されたものだった。

「どうやら作戦の実行が、君たちも同時にウイルスに感染することになると心配しているようだな」

「いえ、少佐。私たちはすでにその覚悟はできています。国家のために死ぬ——そんなことは恐れてはいません」

据わった目を徐に向けながら、即座に反応したのは安だった。一同がその剣幕に押されたように頷く。

「心配するには及ばん」徐は緊張した空気を一変させるような笑みをもらした。「君たちに、米兵と心中しろなどとは言っていない」

そう言うと、さきほどパトローネをしまったビニール袋の中から、錠剤が入った透明な小瓶を取り出した。

「これはウイルス兵器に対抗するワクチンの錠剤だ。これを作戦の三日前から一日一錠ずつ服用してもらう。それで諸君らは、ウイルスに感染することなく、無事任務を遂行することができるというわけだ」

誰もが無表情のまま徐の言葉に聞き入った。徐が披露した錠剤は、ウイルス兵器に対するワクチンなどという代物ではなかった。ただのビタミン剤だ。いかに死を覚悟した工作員とはいえ、いざその時になれば実行を躊躇(ちゅうちょ)する者が出ないとは限らない。徐の言葉は効果的だった。工作員たちは張り詰めていた緊張感から解放され、場の雰囲気がにわかに和らいでいった。

「さあ諸君、今夜は大いに飲もうじゃないか」

そうした気配を察したかのように徐は言うと、立ち上がり、スーツケースの隣に置いた免税店の紙袋を取り上げ、中からシュリヒテ・シュタインヘーガーの陶器の瓶をかざした。彫像のように固まっていた工作員たちの姿勢が崩れ、くつろいだものになる。孫が楚々(そそ)として立ち上がり、グラスを取りに行くのだろう、キッチンへ入る。

「だがその前に」

徐は腕時計を見た。針は間もなく午前零時を指そうとしている。毎晩定時に流れる平壌放送の時間だった。この放送の最後に決まって流される、膨大な数字の読み上げ。それが日本各地に潜む工作員たちへの指示だった。徐はアタッシェケースの中から、今回の任務に際して特別に作成された暗号帳を取り出すと、ラジオのスイッチを入れ、レシーバーで耳を覆った。

その傍らから、安がそっとノートとペンを差し出した。

彼らが実際に、密かに乾杯したのは、それから一時間半後のことだった。

＊

恭介の宿舎の電話が鳴ったのは、翌日の昼近くのことだった。

『いま、そちらに迎えをやった。今度は長くなると思ってくれ』

受話器を通して聞こえてくるベントンの声に緊張の色が窺えた。

ほどなく迎えの男がやってきた。恭介は、昨日とは違う色の紺のチノーズのパンツ。それにブルーのオックスフォード地のボタンダウンシャツ。そして濃紺のジャンパーをはおると、六本木の宿舎を後にした。赤坂のアメリカ大使館には、職員専用の入口から入り、男の先導でまっすぐベントンの部屋へと向かう。前回と同じように、同行していた男は部屋のドアを開けると姿を消した。

執務机に向かって座るベントンの顔には疲労の色がありありと見てとれた。額から頭頂部まで見事に禿げ上がった頭皮の上には脂が浮かび、てかてかと光っている。ボストン眼鏡の下から恭介を見る目は充血して、殺気立った雰囲気が漂ってくる。昨夜一睡もしていないことが見てとれた。

「昨夜はゆっくりと休めたかね、ミスター・アサクラ」

「ええ、十分に。……どうやらその様子だと昨夜は働き通しだったようですな、ミスター・ベントン」

「お察しの通りだ。まったく、日本在任中にこんなでかい事件に出くわすとは思わなかった」

疲れのせいか、珍しくベントンは本音を洩らした。

それはそうだろう。CIAの日本支局長。たしかに諜報(ちょうほう)戦の現状からいえば、日本は世界中のスパイが鎬(しのぎ)を削る場であることに間違いはない。ほとんどの日本人が知らないだけで、この国にはありとあらゆる国の諜報機関が支局を開設している。だがその主な任務は、日本の先端テクノロジーや、極東地域の情報収集の拠点としてのもの、あるいは北朝鮮、中国の動向について日本の公安当局とのレポ的なものであり、実行力を行使しなければならない南米や中東のような地域のものとはいささか趣が異なる。CIAがたった七人の駐在員しか置いていないのが何よりの証拠だ。それが、いまやまさに実行力を発揮することを余儀なくされた状態にあるのだ。

「で、連中に動きはあったのか」

「一つずつ順を追って説明しよう」ベントンは例によって執務机の前にある椅子に掛ける

よう動作で示した。「あれから間もなく、盗聴器を仕掛けることに成功した」

「で」

「会話の盗聴に成功したのは、カワグチが、持ち込んだウイルス兵器について工作員に説明を始めたあたりからだ」

「やはりカワグチは例のウイルスを持ち込んだんだな」

「カワグチ……というより徐と呼ぼう。本当の名前が分かったからな。とにかくやつは、七本のアンプルに入れたウイルス兵器を所持している。狙いはやはり在日米軍基地だ。アジトの中には徐のほかに六人の工作員がいた。まず間違いなく、連中が作戦を実行するメンバーだ。そのうちの一人は女だ」

「なるほど」

一軒家を借り、普通の市民を装うのだ。そのためには夫婦と見せかけるのが一番いい。女の存在は不可欠というものだ。

「連中はことによると『カミカゼ』を決行する覚悟でいるのかもしれない」

「カミカゼ？」

「ああ、徐のやつ工作員を前にして言いやがった。ウイルス兵器に対処するワクチンを持参したとな」

「ワクチン？　連中はそんなものを持っているのか」

「その件については、すぐに本国へ連絡したが、結論はまだ出ていない。もちろんスクレイピー型なのか、あるいは通常型プリオンなのかは分からんが、得体の知れない蛋白質の遺伝子をインフルエンザ・ウイルスにボツリヌス菌の毒素遺伝子とともに組み込むことに成功した連中だ。あるいはインフルエンザやボツリヌス菌に対抗できるワクチンを開発したのかもしれない。だが、プリオンに対してはどうかな。もしもスクレイピー型プリオンに対抗できるようなワクチンを開発していたとすれば、こりゃ大変なことだ。それこそクロイツフェルト・ヤコブなんて不治の病がこの世からなくなってしまうことになるんだからな……。まあ、いかに国家に忠誠を誓い、命を捨てることも辞さぬ覚悟でいる工作員とて人の子だ。死ぬのは怖いさ。いざ実行の段になって、自分がウイルス兵器に感染し、じわじわと死んでいくなんてことになれば、躊躇するやつの一人や二人、出てきてもおかしくはない」

「つまり、安心して作戦を実行させる方便の可能性がある、ということだな」

「その可能性は多分にある」

ベントンはそう言うと、マグの中に入ったコーヒーを一口啜った。

「君も飲むかね」

「いや結構」恭介はベントンの申し出を即座に断ると、「で、実行の日は決まったのか」

「それは、まだのようだ。どうやら決行の日は、平壌放送を通じて指示がされるようだ」

「どうして、そんなことが分かった」

「連中、一応の説明が終わったあと何を始めやがったと思う」ベントンは充血した目を細めながら忌々しげな口調で言った。「酒盛りさ」

「酒盛り？　それが平壌放送とどういう関係があるんだ」

「酒盛りを始める前に一時間半ほどの沈黙があった。午前零時から一時半までのな」

「それが平壌放送の時間と一致するってわけか」

「あくまでも状況からの推測だがな」

「その推測が当たっていることを祈るよ」恭介の口調にいささかの皮肉が混じる。「それで、いまの現場の様子はどうなっている」

「今朝七時から八時までの間に四人の男が、時間をずらして出ていった」

「じゃあ、すでにウイルス兵器は分散して所持されたのか」

「先を急がずに聞け」ベントンは苛立った言葉を投げた。「会話の内容からして、それはまずない。決行の日までにもう一度連中はあの場所に集まることになっている」

「それは間違いないんだな」

「間違いない。ウイルス兵器は、まだ徐がまとめて所持していると見ていいだろう。連中もこの兵器を日本に持ち込むのは二度目だ。一度目は知っての通り、思わぬアクシデントで失敗している。二度目は絶対に成功させなければならない。アンプルを持った人間が、万が一にも事故に遭う、あるいは何らかのアクシデントで決行の日に予定通り決行できない可能性もある」

「で、その日までは、徐が一括管理するというわけだな」

「おそらく」

「当然、今朝アジトを出た工作員に尾行はつけてあるんだろうな」

「その点はぬかりない。日本の地理、交通事情を熟知した陸軍情報部の連中が、チームを組んで監視を続けている」

「現場の監視状況は」

「駐車場は、やはり思った通り空きがあった。すぐにスペースを確保し、無線機や監視装置を積んだワゴン車の配置は終わっている」

「すると、路上の監視員はすでに退去させてあるというわけだな」

「その通りだ。いくらなんでも四六時中路上に車を停めていたら、いやでも目につくからな」

「もう一つの監視ポイントはどうなった」

「それについては、満足がいく場所を確保できた」

ベントンは周辺地図を机の上に広げると、中の一ポイントを指で叩いた。

それは大きなオフィスビルだった。再開発の進む品川の港南口とは反対側の、国道一号線沿いの小高い丘の上にそびえ立つ、ツインタワーだ。

「このビルの一〇階から二〇階まではアメリカ企業の日本本社になっていてね。一九階はワンフロアすべてが大小の会議室になっている。ここからならば、やつらのアジトの出入りを監視することができる」

東海道線、山手線、京浜東北線、それに新幹線を挟み、距離にして直線でも一キロはあるだろう。だが、ハイテク装置の塊のような現在の監視装置を使用すれば、様子は手に取るように分かる。それが夜間でも何の問題もない。むしろ距離が離れ、壁面のほとんどが窓に覆われた高層ビルからともなれば、監視されていることなど、まったく気づかれることはないだろう。

「もちろん、こちらのほうの手筈も整っているんだろうな」

「ああ」ベントンは口の端に含み笑いを浮かべた。「午前三時にいきなり電話で叩き起こされた現地法人の社長……もちろんアメリカ人だがね、さすがに最初はずいぶんと不機嫌な声を洩らしたらしいが、なにしろ大使館からの要請だ。目的が何であるかなんて説明するまでもなく、二つ返事でＯＫさ。朝七時から下見をして、最高のポジションにある会議室を押さえ、機材の搬入もすでに済んでいる」

なるほど、それだけ大きな規模の外資系企業の日本法人本社ともなれば、見慣れないアメリカ人が出入りしても怪しまれることはないだろう。

「そこでだ」ベントンは姿勢を正すと、恭介に向き直った。「いよいよ君の出番だ」

「やつらを片づけるのか」

「ただ片づけるなら難しいことじゃない。都内各地に散らばった四人の工作員を一人ずつ始末するだけなら、なにも君の手を借りずともな。だが……」

「やつらを始末し、かつ七本のアンプルを無傷のまま回収する。そのために俺の力が必要というわけだな」

「その通りだ。なにしろここは日本だからな。狙撃というような派手な方法は取れない。第一このオペレーション自体、日本の警察はおろか公安当局にも知らせてはいないんだからな」

「だが、始末するということは、死人が出るということだ。それも七人もの人間を一時に始末するんだ。やつらの死体はどうする。それもあんたたちの手で闇から闇へと葬り去るつもりか」

「作戦が終われば、どんな説明でもつくさ」

ベントンの言葉に傲慢さが宿る。

国がどこであってもＣＩＡの、いやアメリカの正義は常に通用するというわけだ。

「それに、説明自体が必ずしも必要とは限らない」

「死体をそのままにして知らんぷりを決め込むのか。まさか、七つもの死体袋を民家から運び出すわけにもいかんだろう」

たとえ七人を周囲の人間に知られることなく始末したとしても、そのまま放置すれば腐敗が進み、異臭を発するのは間違いない。射殺体となって発見されるのか、それとも別の形になるのかは、これからの状況次第というものだ。当然この連中が真相を日本の当局に明かさない限り、警察は大量殺人事件として捜査を始めるだろう。だが七人の人間たちの身元が判明するのは時間の問題だ。日本に本来存在しないはずの人間たちが被害者ということはすぐに調べがつく。そこから先は、もはや可能性と推測の範疇(はんちゅう)の問題だ。

「とにかく、その件についてては、君は何一つ心配しなくていい」

恭介は肩をすくめた。

「とにかく、作戦の成否は君の双肩にかかっている。そこでだ……」ベントンは左手で受話器を持ち上げると、人差指を立てた右手を恭介の前に突き出し、少し待つようにサインを送った。「ベントンだ。待たせてすまなかった……ああ、すぐに私の部屋に来てくれ」

短い会話を交わすと受話器を置いた。

すぐに短いノックがあって、ドアが開いた。そこに立っている男を見た恭介は驚きの声を上げた。

「ワーグナー！」

ザ・ファームで自分の訓練のすべてを担当した男、アレックス・ワーグナーだった。

「久しぶりだな、ミスター・アサクラ……といっても、ラングレーで別れてそれほど経ってはいないがな」

恭介の『どういうことだ』と言わんばかりの視線がベントンに向けられる。

「今回の作戦に当たって、現場で指揮をとってもらうことにした。ザ・ファームでは、アレックスが君の訓練を担当した教官だったそうだし、彼には十分な実戦の経験がある。ベストパートナーだと思うがね」

ベントンは二人の顔を交互に見ながら言った。

「ミスター・ベントン。ミスター・アサクラの能力については私が保証する。彼なら間違いなく任務をやり遂げる」

「それは結構」ベントンは満足げに頷(うなず)いた。「では早速(さっそく)だが、任務に取りかかってもらおう。とりあえず君たちは、監視場所となったビルの会議室で待機を始めてくれたまえ。そこから先はアレックス、君が指揮をとってくれ。よろしく頼むぞ」

「着いた早々にこれだからな。毎度のこととはいえ、なんとも人使いの荒いことで……」

ワーグナーは恭介の肩を軽く叩いた。それが任務開始の合図だった。

10

徐が起きた時には、時計は午後一時を回っていた。昨夜はフランクフルトから持ち込んだシュリヒテ・シュタインヘーガーを五本、全部空にした。唯一の女性である孫はさすがに少し口をつけただけだったから、一人がほぼ一本ちかくを空けた勘定になる。ドイツ独特の蒸留酒、口当たりはジンに似ているそれを、六〜七〇〇ミリリットルずつ飲んだのだ。それもストレートで。

目蓋が重かった。口の中が粘り気をおび、松脂を舐めたようないやな感触が粘膜を覆っている。喉の渇きと、排尿の欲求を覚えた徐は、床を抜け出すと粗末な階段を下りた。一階のキッチンでは、孫が流しに向かって包丁を使っている。ガスコンロの上には鍋がかかり、蓋の隙間から湯気を上げている。

「昨夜はよく眠れましたか」

「ああ、ぐっすり眠れた」

「少佐、お風呂を沸かしてあります。もしよろしければ、食事の前にどうぞ」

孫の笑顔が新鮮だった。祖国を後にして一週間。この間に見たどこの国でもお目にかからなかった爽(さわ)やかな笑顔だった。外見こそ日本人を装い、髪の色を変え、濃い化粧に派手な服を着てはいるが、精神は表情に表われるものだ。

ふと徐の脳裏に、祖国に残した妻と二人の子供のことが思い出された。その姿に、課せられた任務の重責がダブる。

任務を成功させる。在日米軍基地に勤務する米兵を、アンプルの中のウイルスに間違いなく感染させる。だがそれは同時に、自らも確実にウイルスに冒されることを意味する。その先に待ち構えているのは死だ。指令があり次第、自分は沖縄に飛ぶことになっていた。散布する場所も第一候補から第三候補まで、状況によって考えてあった。その場所に侵入し、アンプルを容器(パトローネ)から取り出し、床に落とす。多分その時点で、薄いガラスで出来た容器は、粉々に砕け散るだろう。もしも容器が割れないようなら、自らの足で踏み潰(つぶ)す。あるいは壁、什器(じゅうき)の類(たぐい)に叩(たた)きつける。その瞬間、中の粉末は確実に大気中に拡散し、取りつく粘膜を探し求めながら空間を漂い始める。だがそれで任務が終わるわけではない。感染者となった自分はそれから東京に戻り、動けなくなるまで人混み、それも閉ざされた空間を彷徨(さまよ)い歩く。映画館、劇場、デパート、地下街……とにかく人が密集し、閉ざされた空間であればあるほどいい。それは米軍に基地を提供している日本にも甚大な被害を及ぼすだろう。

自らの死と引き換えに祖国は繁栄への道を歩み始め、愛する妻そして子供たちは、慈愛溢(あふ)れる偉大なる首領様の保護の下で幸せな生活を約束されるのだ。

それでいいのだ。軍人として文字通り祖国の礎となる。これほどの名誉があろうか。

徐は、そう自分に言い聞かせた。

「他の連中はどうした」

「安は日雇いの仕事に出ています。予め決まっていた仕事ですから、急に休むわけにもいきませんので。他の四人は今朝、時間をずらして帰りました」

「そうか」

排尿を済ませた徐は、それから長い風呂を使った。フランクフルトを出てから初めてつかる湯だった。いや北京の大使館を出てからと言ったほうが当たっているかもしれない。深いバスタブにつかると、体内に残ったアルコールが汗とともに抜け出、自分では気がついていなかった筋肉の緊張が弛緩していくのが分かる。芳しい石鹸とシャンプーの匂い。へばりついていた汗と垢が流れ落ちていくのが分かった。

風呂を出ると、脱衣場に新しい下着が用意してあった。汚れた下着を傍らに置いてあった洗濯機に入れ、着替えを済ます。乾いたタオルでまだ濡れている髪を拭きながらキッチンに戻ると、食卓の上には、たったいま作り上げたばかりの料理が並んでいた。

懐かしい祖国の料理だった。

「心ばかりのもので、お口に合えばいいのですが……」

孫はそう言いながら、電気釜の蓋を開けた。ふわりとした湯気が上がり、炊きたての白米の匂いが嗅覚を刺激する。徐は猛烈な食欲を感じた。

こんな匂いを嗅ぐのはいつ以来だろう。

再び祖国に残る家族の顔が脳裏に蘇る。

徐の口を軽くさせたのは、そうした感傷的な気分のせいだったかもしれないし、あるいは狭い空間に孫と二人でいるという気安さのためだったのかもしれない。

徐が炊きたての飯の一杯目を平らげ、二杯目の一口を頬張ったところで、孫が聞いた。

「少佐、今回の作戦は、いよいよ南に向けて進攻するということなのでしょうか」

徐の箸が止まった。短い沈黙があった。それは一介の工作員にすぎない孫が知る必要のないことだった。

気まずい沈黙が流れた。孫は自分の間違いに気づき、慌てて自ら質問に終止符を打とうとした。

「申しわけありません、少佐……こんなことは聞くべきじゃ……」

「いや、いいだろう。君が知りたい気持ちも分からないではない。祖国の運命が君たちのこれからの工作の成否如何にかかっているんだからな」

「……」

孫は黙って目を伏せた。

「実はそれに関しては、私も分からない。そうかもしれないし、そうでないかもしれない」

「そうでないかも？　だったらなぜこんな作戦を」

「君たちも日本に潜入してから長い月日が経っている。米軍の力がどれだけのものか十分に熟知しているだろう。現実的な話をすれば、現在のわが軍の兵力、装備をもってしてはとうてい米韓合同軍に太刀打ちできるものではない」

孫は黙って頷いた。

「だが、先に発表されたオペレーション五〇二七が事実上遂行不能な状態、つまり米軍が戦闘状態に入る前に甚大な被害が出て、作戦の遂行が不可能という状態に陥れば話は違ってくる。わが軍にも勝利、ひいては念願の南北統一の可能性も出てくる。だがその一方で、たとえ最初のうちは戦況がわが軍に有利に働いたとしても、果たしてアメリカがそのまま黙ってそれを許すかどうか、それが問題になってくるだろう」

「つまり、巻き返しに出てくるか否かということですね」

「その通りだ。もしも我々に半島統一のチャンスがあるとすれば、電撃的に、極めて短期間に完全に半島を制圧することが要求される。そうでない場合は……」

「そうでない場合は？」

「戦闘は長期に及ぶことになるだろう。そうなれば圧倒的にわが軍は不利だ。下手をすれば、逆に我々がやられる可能性も決して少なくはない」

「ならばなぜ、あえてそうした危険を冒してまで」

「可能性としてはもう一つある。米軍を危機的状況に追い込むことによって、いままで以上により大きな経済援助を勝ち取ることだ」

孫が大きく頷いた。

「我々はこれまでも、核開発、NPTやIAEAからの脱退、軽水炉建設交渉、テポドン・ミサイルの発射などを取引の条件にしてアメリカから経済援助を勝ち得てきた。だが、それも十分とは言えない。連中にしてみれば、生かさず殺さずの援助でしかない。その背景にあるのは極東における米軍兵力、つまり日本をベースにした強大な兵力があってのことだ。我々は剣を持ち、連中は銃を持つ。そうした状況の中で交渉を続けてきたのだ。その銃がもしも故障して弾が出なくなる。弾丸の補給はおろか、新しい銃の補充もままならないということになったら、どうなると思う」

「交渉は飛躍的に我々に有利になるでしょうね」

孫の顔は、ぱっと輝きを増した。

「その通りだ。わが偉大なる首領様がどちらの道を模索しておられるのかは、我々ごときの知るところではないが、いずれにしても事の成否が我々の工作如何にかかっていることは間違いないのだ」

徐はそう言い放つと、もうこれでこの話は打ち切りだとばかりに、再び料理を口に運び始めた。

＊

そこから五〇メートルほど離れたところにある駐車場には、一台のキャラバンが停まっていた。後部のサイドウインドウ、それに後方の窓はボディと同じアイボリーの色に塗装され、これでどこかの警備会社のロゴでもマーキングされていれば、さしずめ現金輸送車といった外観だった。運転席と助手席の後ろには、後部の荷台を遮断する形で黒いロールカーテンが下ろされている。密室となった狭い空間では、二人の男が一言も発することなく任務をこなしていた。荷台の内壁はウレタンラバーに覆われ、中の音が外に漏れないよう工夫がされている。狭い空間には受信機、録音機、発信機、それに外の様子を監視するためのモニター装置が所狭しと並んでいる。キャラバンの側面、天井近くに開けられた小さな穴に差し込まれたCCDカメラから送られてくる映像をモニターしているのは、東京支局駐在員のクリーブ・ディクソン。レシーバーを通して、アジトの盗聴器から聞こえてくる会話にじっと耳を傾けているのは、エリック・リズニックだった。二人は荷台の両面に並んだ機器の間の僅(わず)かな隙間に、文字通り背を貼りつけんばかりの不自由な体勢を強いられながら、ずっとアジトの様子を窺(うかが)っていた。もう九月の末とはいえ、露天の駐車場に停めたキャラバンには、秋の陽光が容赦なく照りつけてくる。電子機器が排出する熱に加え、直射日光を浴びた荷台は二人の体温と相まって、蒸し風呂(ぶろ)のような状態になっていた。

ネクタイなどとうの昔に外してしまっていた。ボタンを外し大きく開いた胸元には汗が玉となって噴き出している。汗をたっぷりと吸い込んだ背中の部分は、ブルーのシャツの色が、ひときわ濃く変色している。

だがレシーバーを通して聞こえてくる徐と孫の会話は、そんな苦行にも似た監視任務の苦しさを忘れさせるに十分だった。いま聞こえてくる朝鮮語で交わされる二人の会話は、世間話といったたわいもないものとは違い、工作員たちが、そして北がこれからどういう行動をとろうとしているのか、それに確実ではないが、何を狙いとしているのか、その一端を知る重要なものだった。

大きな円形のリールに巻かれたテープが、音もなくゆっくりと回転を続けている。間違いなく会話が録音されていることを示す赤いランプが灯り、会話の語調の変化にともなって、レベルを示す針が激しく行き来する。

その隣に設置された無線機は、盗聴器の受信機に同調しており、会話の内容はリアルタイムで赤坂にあるアメリカ大使館内の作戦本部と、小高い丘の上にある高層ビルの中の第二監視所に転送されているはずだった。

徐と孫の会話が一段落したところで、

「クリーブ、作戦本部、それに第二監視所でも今の会話が受信されたかどうか、確認してくれ」

リズニックがレシーバーで覆われた両耳に神経を集中させながら、素早く、小声で命じた。

「分かった」

無線機は受信機からの転送モードになっているせいで使えない。ディクソンは監視モニターの上に置いた携帯電話を手にすると、最初にアメリカ大使館にある作戦本部を呼びだした。

「チーム・ワンだ。いまの会話の受信状況を確認したい」

大柄な白人には小さすぎる携帯電話を通じて、問題なく会話が傍受されたことが告げられる。時間にして僅か五秒たらずの会話だ。返す手で高層ビルの中にある第二監視所を呼びだす。

「チーム・ツー……」

同じ会話が繰り返される。

「両方ともO．K．だ。問題ない……」

ディクソンの言葉にリズニックは小さく頷くと、それまでにもまして、レシーバーの中の世界に全神経を集中していった。

＊

「さて、この会話をどう評価すべきかだが……」

品川駅から北品川、そして大崎までを一望できる高層ビルの会議室で、恭介がリアルタイムで英語に訳した徐と孫の会話を聞き終わったところで、ワーグナーが言った。

一五畳ほどの広さはあるだろう。窓際には、豆粒のように見えるアジトを監視すべく、一高倍率の昼夜兼用の双眼鏡、撮影機材、それに無線機が並べられている。一人の男が、一点に向けて固定した双眼鏡から目を離すことなくアジトの監視を続けている。もう一人の男は、いつでもシャッターが切れるように、二メートルの望遠レンズが装着されたカメラの後方で待機をしている。監視車を経由し、増幅して送られてくる盗聴電波の受信機からは、空電の音だけが聞こえてくる。

「何も変わらんさ」恭介は間髪を容れず言いきった。「選択肢ができたのはアメリカ国家であり、我々じゃない。いずれにしても連中がウイルス兵器を在日米軍基地七か所でばらまくことに変わりはない。我々のすべきことに何の変わりもない」

「その通りだ」

ワーグナーは静かに言った。

「問題は、いかにして連中の工作を未然に防ぐかだが……」

恭介がそこまで言った時、ワーグナーが話の続きを目で制すと、

ここを出て二人で話そう。

隣の部屋を目で指した。

二人は鍵のかかった会議室を出ると、予め用意された隣の会議室に移った。部屋を出たところで、このアメリカ企業に働く社員たちと出くわした。恭介もワーグナーもカジュアルな恰好をしていたが、なんの不審を抱かれるものでもなかった。合理性を追求するアメリカ企業では、情報管理部門やマーケティング、企画といった内勤を主にする人間たちは、普段からスーツの着用が免除されるところが少なくない。日本企業ではユニフォームのようになっている背広にネクタイを着用するのは、社外の客と会うことを余儀なくされる営

業職ぐらいのものだ。ましてや、胸にはこの会社が発行したビジターズカードをぶら下げている。本社、あるいはどこかの国の出張者が会議をしているという程度にしか思われないはずだった。

次の部屋は監視所となった部屋よりもかなり小さく、八畳ほどの大きさしかなかった。二人は中央に置かれたテーブルを挟んで、向きあう形で座った。

「さて、ミスター・アサクラ。連中をどうやって始末するかだが」

ワーグナーはゆっくりと落ち着いた口調で話し始めた。人殺しの話。それも誰にも気づかれることなくやり遂げなければならないというのに、ビジネスの話をするような、淡々とした物言いだった。

「状況的に見て、要求通りに任務を遂行するのは極めて困難だな。なにしろアジトは一軒家とはいえ、ご覧の通りの住宅密集地だ。しかも一人ずつ消していったのでは、相手に気づかれる」

恭介は大きく頷(うなず)いた。

「おそらく今の状況から考えて、作戦の実行前に七人のメンバーがもう一度あのアジトに集合するのは間違いない。一気に片をつけるなら、その時だな」

「だが、それは容易なことじゃない。爆発物を使えば一気に片をつけることができるが、それでは例のウイルス兵器が周囲に拡散する危険性がある」

「何も爆発物を使うだけが方法じゃない」

「と言うと」

「おそらく集合は、決行の日から逆算して最低三日前になる」

ワーグナーの脳裏には状況がシミュレートされているのだろう、視線をテーブルの一点に固定しながら言った。

例のワクチンの効能を述べた徐の言葉から逆算したのだろう。恭介は黙って頷いた。

「決行の日は平壌放送を通じて指令が送られてくる。つまり午前一時半。当然それから全員に招集がかけられるだろうが、集まるのは早くともその日の朝のことになる」

「その時には、徐、孫、安……三人の人間が中にいることになるが」

「その通りだ。だがこの三人を、残り四人が集まる前に倒すことができれば、あとは一気に片をつけることも不可能ではない」

「アンブッシュをかけるのか」

「アンブッシュと言ってもいいが、この場合、罠と言ったほうがいいかもしれない」

ワーグナーはこの部屋に移る際に持ち込んだ、アタッシェケースよりも二回りは大きいジュラルミン製のトランクをテーブルの上に載せた。二か所で止めた金具を外し、蓋を開く。中身を一瞥した恭介が、小さく口笛を鳴らした。

収納物の形状に合わせて切り込みを入れたウレタンを敷き詰めたその中は、ちょっとした兵器の収納庫だった。ザ・ファームで何度となく射撃訓練で用いたSIG／ザウエルに比べて銃身が剝き出しになった拳銃は、恭介が初めてお目にかかる代物だった。ルガー・

マークII。アメリカのスターム・ルガー社製の二二口径の銃だ。しかも銃身をオリジナルより短くし、先端にサイレンサーを装着できるよう加工した特製らしい。派手な撃ち合いには向かないが、至近距離での銃撃となれば、威力の点では問題はない。むしろ口径が小さい分だけ、命中精度は高くなる。それに用いるサイレンサー。そして弾丸の入った箱。手榴弾の形状をしたものが三つ。それに訓練中にもお目にかからなかった見慣れない器具が数個収納されている。

「とにかく三人を最初に片づけることができれば、後はどうにかなる」

「たとえあんたが考えていることが正しいとしても……」恭介はトランクに手を伸ばすとウレタンの切り込みに手を入れ、ルガー・マークIIを手にした。久々に味わう冷たい鉄の感触だった。大きさの割りには持ち重りのする重量に体内の血がにわかに熱くなり、それと同時に感情が静かに冷えていくのを感ずる。「その三人を倒すのが最も難しい。どうやらこいつを使う以外に方法はなさそうだな」

「おそらくな」ワーグナーはその考えに同意した。「だが、利は我々にある。少なくとも連中がどういう形で、いつ動くか。そいつが分かっているだけでもな。思いがけないチャンスがやってくることがあるかもしれない」

　それはワーグナーがこれまでこなしてきた多くの実戦経験から学んだことの一つだった。

「だがそれと同じ確率で、不測の事態が起こることもあるんじゃないのか」

「その通りだ。だがミスター・アサクラ。今回のケースは失敗は絶対に許されんのだよ。

何があっても連中の工作を未然に防がねばならんのだ。この作戦には一〇〇パーセントの成功か、一〇〇パーセントの失敗しかないんだ。残念なことにな」

*

ラングレーに徐と孫の会話の内容がもたらされたのは、赤坂のアメリカ大使館に置かれた作戦本部が監視車からの無線をリアルタイムで傍受してから一時間後のことだった。当直の職員からの電話にベーカーが叩き起こされたのが午前二時。それからラングレーまで深夜のインターステイトを飛ばして四〇分。レポートに目を通し、ホッジス、ハーマン、エヴァンスに報告を入れ、急遽会議を持つことになって全員が揃うまでに、それからさらに一時間半を要した。

午前四時。もちろん秘書は登庁していないこの時刻、最終的には登庁した長官直々の呼び出しが会議の招集を告げる合図となった。

一番最初に長官室に姿を現わしたのは、ベーカーだった。数冊のファイルとともに、三部のコピーを小脇に抱えていた。早朝の挨拶を交わす間もなく、

「長官、これがついさっき送られてきた、工作員の会話を盗聴した記録です」

一部がホッジスの手に渡される。執務机に座ったホッジスが、老眼鏡をかけ目を通し始めたところで、ハーマン、エヴァンスの二人が次々に姿を現わした。二人の手にもコピーが手渡される。

三人が目を通す間に、ベーカーはコーヒーメーカーに新たな粉をセットする。

「なるほど、連中のオプションは二つあるというわけか」

いち早く文面を読み終えたのは情報担当副長官のハーマンだった。

「米朝次官級会議はいつだった」

「ちょうど一か月後、ジュネーヴで行なわれることになっています」

　ホッジスの問いにベーカーが即座に答を返した。

「一か月……事が連中の目論見通りに進めば、十分にわが軍の機能を麻痺状態にする、あるいは大混乱に陥れることは可能というわけだな」

「どちらのオプションを連中が選ぶにしても、絶好のタイミングですよ、長官」

作戦担当副長官のエヴァンスが忌々しげに、応接セットの机の上にコピーを放り投げる。

「いや、必ずしも連中の目的はどちらか一つとは限らないかもしれない」ホッジスは執務机から立ち上がると、応接セットのほうへゆっくりと歩を進めながら言った。「この二つはオプションと呼ぶには相応しくないものかもしれない」

　三人の目がホッジスに集中した。

「作戦が二段階に分かれている、ということも考えられる」

　応接セットのソファにホッジスが腰を下ろした。

「それはどういうことですか」

「分からんかね、ロン」

老眼鏡の奥の老獪な目がベーカーをじろりとみた。

「連中は、両方を念頭において、今回の作戦を進めているという可能性もあるということだ」

「つまり、在日米軍基地を事実上使用不能な状態にしたところで、交渉の場でこれまで以上の法外な経済援助や支援の条件を勝ち取る。それを果たせればよし、そういかなかった場合は南進に出るということですか」

「その通りだ。もしも在日米軍基地が使用不能に陥れば、事実上、韓国軍、それに在韓米軍は極東に孤立した存在となる」

「空軍勢力についてはアラスカの第一一空軍、それに本土に駐屯している部隊を直接半島に派遣することができます。それに第七艦隊はすでに黄海に展開中です」

エヴァンスが語気を強めて言った。

「砲弾が雨あられと降り注ぐ中にどうやって派遣するんだ。北は常に一万門以上の長距離砲と多連装ロケット砲の照準をソウルに合わせているんだぞ。そんな中に部隊を送り込むなんてことは自殺行為だ」

「連中も南進に当たっては十分な武器、弾薬、医薬品を運ぶ時間が必要なはずです。その間に半島に部隊を集結させることができれば……」

「それは従来の想定での話だ。連中の工作が成功し、ウイルスによる感染者がわが軍に出たとなれば、そうはいかない。こちらの物資の補給線、つまり兵站が完全に断たれることになる。在日米軍基地なしでは、とうてい北を叩くことなど不可能だ」

「くそ！」エヴァンスが吐き捨てるように言った。「それじゃ、もしも連中の工作が成功したとしたら、我々には何のオプションも残されていないというわけですか。一か月後の米朝次官級会議で北が出してくるであろう法外な要求を呑むしか手がないと」

「だから絶対に、連中の工作は未然に防がねばならんのだ」ホッジスは断固とした口調で続けた。「そもそもオペレーション五〇二七などという代物は、しょせん紙の上で立案された戦略にすぎない。膨大な戦費。数千、いや万単位にも及ぶかもしれない戦死者。たとえそうした問題にあえて目を瞑って戦いに勝利したとしても、世論は絶対に許さない。それに半島統一後には、中国との関係という厄介な問題を抱えることになる。どれをとっても、この作戦を正当化できるものなどありはしないのだ。それどころか、ウイルス兵器が密かにばらまかれれば、確実にわが軍に犠牲者が出ることは間違いない。もっとも隔離が早ければ被害は最小限に抑えられるかもしれない。インフルエンザ、それにボツリヌス菌だけならば、対処の仕方がないわけじゃないからな。だがもう一つ、連中が所持しているウイルス兵器にはプリオンの遺伝子が組み込まれている。こいつがどう働くか分からない。まったくのブラックボックスだ。たとえ感染者をインフルエンザ、ボツリヌス・トキシンの脅威から救ったとしても、その人間がクロイツフェルト・ヤコブ病を発症しないという保証はどこにもないんだ。そんなことが世間に洩れてみろ、大変なことになる」

「その点はどうなんだ、ビル。ユーサムリッドでは何か進展はあったのか」

エヴァンスがハーマンに聞いた。

「進展と言えるものは何もない」ハーマンは眉間に深い皺を寄せ、首を振った。「考えてもみろ。プリオンの遺伝子は分かっていても、そこから先、つまりそいつがスクレイピー型のプリオンなのか、そうじゃないのか、それを特定する手立てなんてないんだ。そんなに簡単に、通常プリオンがスクレイピー型プリオンに変化するメカニズムが解明できるんだったら、長い間『謎の蛋白』なんて言われ続けてきたはずがないじゃないか」

「とにかくだ」ホッジスが、議論に終止符を打つように強い語調で、二人の会話に割って入った。

「問題の解決方法は極めて単純明快だ。いかなる手段を使っても連中の工作を失敗のうちに終わらせる」

三人の視線がベーカーに集中した。

「それについては、現場は万全の態勢を敷いています。すでにしかるべき訓練を受けた工作員が二名、いつでも行動に移れる状況にあります」

「腕は確かなんだろうな」

ハーマンが念を押すように聞いた。

「確かです。アレックス・ワーグナー……」

「アレックス？　彼はたしかにピカ一の工作員には違いないが、日本で行動するには目立ちすぎる。彼はアングロサクソンだぞ」

「今回、彼は実際に行動はしません。あくまでもこちらの作戦を完璧に行なうために、現場で指揮をとらせるべく急遽派遣しただけです」

「じゃあ、誰が直接手を下すんだ」

「キョウスケ・アサクラ」

「キョウスケ・アサクラ？　何者だ。初めて聞く名前だが」

「日本人です」

「日本人。そいつぁ結構な話だが、信頼できるのか」

「我々の機関で働くという意味ではまったくのルーキーですがね。ザ・ファーム始まって以来の成績で訓練を終了した男です」

「実戦経験のない工作員を、こんな重要な任務に当たらせているのか」

いったい何を考えていると言わんばかりの非難めいた口調でハーマンが叫んだ。

「こいつはただのルーキーじゃない、ビル」エヴァンスがベーカーを弁護するように口を挟んだ。「訓練はすべてワーグナーが担当した。彼の評価も最高のものだった。少なくとも自分と同等、あるいはそれ以上と」

「とにかく、日本のチームは北の実行部隊の動向を完全に把握しています。たしかにアサクラはルーキーには違いありませんが、あの国で我々が隠密裏に事を起こすには、彼を中心として作戦を実行する以外にないのです」

「ワーグナーとペアを組んで行動すると考えていいのだな」

ベーカーの言葉に念を押すようにハーマンが聞いた。

「その通りです。とにかく矢は放たれたのです。あとは彼らの力を信じるほか手はありません」

「分かった。とにかく全力を挙げて連中の工作を阻止するよう、指示を徹底させてくれ」

会議の終わりを告げるようにホッジスが言った。その背後、窓の全面を覆ったブラインドの隙間に、薄いグレーの光が漏れてくる。夜明けが近かった。それは同時に北の作戦の実行日がまた一日、確実に近づいたことを示していた。

*

それから二日の間、北の工作員の間に動きらしい動きはなかった。アジトとなった一軒家には徐、孫、安の三人が暮らし、安はいつものように朝がくると日雇いの仕事に出かけて行った。一方、残る四人を監視するチームから寄せられる情報も、毎日代わり映えのしないものだった。

現場指揮所となる高層ビルの中に常駐しながら、恭介はその間に二度、この一軒家を下見していた。一度は昼間、二度目は夜間の下見だった。

夜間に行なった下見は、アジトの中の三人が平壌放送を聞き終わり、床についた後に行なった。中の平面図もすでに頭の中にインプットされていた。ドアは木製の合板で出来ており、覗き窓もない。チェーンロックはあるだろうが、ドアを開けさせさえすれば、その人間が誰であろうと、即座に倒すことができるだろう。問題は不審を抱かれないように、どうやってドアを開けさせるかだ。それもチェーンロックを相手に外させなければ、最低でも三人はいるとみられる中の人間たちを倒すことはできない。

まずはその方法が問題だ。それと連中を倒すのに用いる銃の性能だ。ワーグナーが推奨するものだけに、こうした攻撃に用いるのに最も適したものに違いはないだろうが、実際に自分で試すまでは、評価できない。このように住宅が肩を寄せ合うように密集した地帯。それもアメリカとは違って、薄い壁で出来た家の中の物音はすべて筒抜けになると考えていい。誰にも気づかれることなく、最低でも三発の弾丸を発射するのだ。やはりこれは銃に慣れると同時に性能を確認しておく必要がある。たとえ三人を倒すことができたとしても、周囲の住人に気づかれたら、すべてが台無しになる。

恭介はそう判断すると、高層ビルの中に設けられた監視所に戻った。夜間用の双眼鏡と望遠レンズを装着したカメラの後方で、二人の男が電気を消した暗い部屋の中で監視を続けている。片隅に寄せられたテーブルの上の盗聴器の受信機からは、密やかな寝息が聞こえてくる。その前に座っていたワーグナーが、下見から帰ってきた恭介を見た。

「どうだった」

「そうだな」

恭介はゴロワーズを取り出すと、パッケージの中の一本を口にくわえた。マッチを擦り、火を灯すと、驚くほどの明るい光が一瞬部屋の中をオレンジ色に浮かび上がらせる。芳しい香りが狭い室内に充満する。

「いずれにしても、ドアを開けさせることはそう難しくはない」ぼうっとひときわ明るくゴロワーズが燃え、恭介の口から白い煙が吐き出される。「だが、誰が出るにしても、チェーンロックを最初から解除することは、まずあるまい」

「最初の一人は倒せても、残る人間を始末するのは難しいというわけだな」

「その通りだ。実行の際には、いまの状況から、最低三人の人間が中にいると考えていいだろう。ドアを開けた最初の一人を倒す。それだけなら何の問題もない。だがチェーンロックを外すとなれば時間がかかる。力任せに引き開けるという方法もないわけではないが、大きな物音がする。あれだけの住宅密集地だ。大きな物音を不審に思う住人が出てきてもおかしくはない。それ以前に、最初の一人が倒されれば、中の二人が襲撃に気がつかないわけがない。そうなれば当然連中も反撃に転じてくるだろう。銃を所持しているかどうかは分からないが、騒動は避けられない」

恭介の報告を聞いたワーグナーの口から深刻な溜息が洩れた。体を思いきり椅子に預け、両の手で髪を掻き上げる。

「それともう一つ。問題というわけではないが、確かめておきたいことがある」

恭介はゴロワーズをもう一口吸った。

「なんだ」

「連中を倒すのに使用する銃の性能だ」

「ルガー・マークIIのことかね」

「そうだ。当然サイレンサーを用いるのだろうが、この銃の消音効果がどの程度のものなのか、俺は知らない。それにまだこの銃については実際に撃ったことがない」

「消音効果については問題ない。おそらく聞こえるのは、作動部が動く程度の音だ。そうだな、タイプライターを叩いた程度の音しかしない。だが、たしかに君の言うように、銃については一度試射しておいたほうがいいだろう。もちろんこの点についても、ザ・ファームで君が慣れ親しんだシグよりも、遥かに扱いやすいが」

「あんたの言うことだ。間違いはないだろう。だがそれを、自分で確認しておきたい」

「いいだろう。だが試射となれば、ここから一番近いのは厚木の陸軍基地の中にあるシューティング・レンジということになるが……」

「消音効果があんたの言う通りだとすれば、そこまで行く必要はない」

「近くで試せるところがあるのか」

「三〇分ほどのドライブになるがいいか」

「いいだろう。侵入の件についても、夜風に当たれば、何かいいアイディアが湧いてくるかもしれない」

　恭介は頷くとゴロワーズを灰皿に擦りつけた。その間にワーグナーはジュラルミンのトランクを開くと、ルガー・マークIIとサイレンサー、それに銃弾を一箱取り出した。

「ちょっと出かけてくる。何か変化があったら、すぐに連絡してくれ」

監視を続けている男が振り向いた。ワーグナーは手にした携帯電話をかざして見せた。

会議室を出た二人は、貨物用エレベーターを使って地下二階にある駐車場に降りた。そこに停めた一台のグロリアに乗り込む。ハンドルを握るのは恭介だ。

地下駐車場を出たグロリアは、すぐに国道一号に乗り、川崎方面へと向かった。

「どこへ行くんだ」

何度目かの信号で停止した時にワーグナーが聞いた。

「カワサキという所だ」

「そこなら誰に知られることなく試射ができるというわけかね」

「ああ、カワサキの東京湾に面したところはすべてコンビナートになっている。おまけに運河が複雑に入り組んでいて夜間ともなればまったく人気がない」

「どうしてそんなことを知っている」

アメリカから運び込まれるコカインを密かに引き取る場所。そのために自分の頭の中には川崎一帯のコンビナートの状況、運河の地理が完璧に叩き込まれている……などとは口が裂けても言えやしない。

「考えごとをするには持ってこいの場所だからな。無機的な鉄のオブジェ。そこに灯る明りが水面に映る……。現実を離れて考えをまとめるには、いい場所さ」

恭介は嘘を言った。

「詩人のようなことを言うじゃないか」

恭介は口の端に軽い笑みを浮かべて、その言葉に応えた。

「だが悪くはないことだ。こういった任務につく人間にはそういう素養も必要だ。我々の任務は個人的に何の恨みもないどころか、一面識もない人間を殺ることが多い。もちろん国家、ひいてはそこで暮らす人々を守るという大義があってのことだがな。だが、ともすると人間的感情を失いそうになることがあるものだ。ましてや、こうした任務につく人間には家庭というものがないケースが多いからな」

「あんた、独り者か」

恭介の言葉に一瞬ワーグナーが黙った。

「まあ、お互いのことはあまり知らないほうがいい。この任務が終わったら、知らない者同士になるんだ」

恭介は黙って頷いた。会話の成り行きから反射的に口をついて出た言葉とはいえ、もともと恭介に、その返事に異存があろうはずもなかった。過去など忘れるためにあるものだ。過去には結果はあっても可能性の欠片もない。

再び狭い車内に沈黙が訪れた。グロリアは、産業道路を走り、首都高速の浜川崎のインターの手前で左に曲がった。風景が一変し、コンビナートの群れの中に倉庫が点在する地帯に入る。何本目かの運河を渡った所で恭介は車を止めると、道端にある自動販売機で缶入りのコークを四本買った。

「日本はどこに行っても自動販売機だらけだな。煙草やビールの自販機までも無造作に置いてある。これじゃ未成年に喫煙や飲酒を奨励しているようなもんだ。アメリカじゃ考えられない」

「それは別の理由だ。アメリカで路上に自販機を置いたら、一晩のうちに影も形もなくなってしまうだろうさ」

「それだけ日本は安全な国ってことか。いや結構な話だ」

恭介は次の橋を渡ったところで、右にハンドルを切った。運河に沿って一車線の道がある。

工場なのか倉庫なのかは分からぬが、バラックのような建物とコンクリートの防潮堤に挟まれた路地のような道だ。その半ばで恭介は車を停めた。

「ここなら大丈夫だ」

恭介はドアを開けると路上に降り立った。近くのコンビナートに灯る明りが、闇に沈んだ無機的な周囲の光景を浮かび上がらせる。続いてワーグナーが降り立つ。手にはルガー・マークIIとサイレンサーを無造作にぶら下げている。恭介は一〇メートルほど先の防潮堤の上に四本のコークを等間隔で並べた。戻ってきた恭介に、ワーグナーはサイレンサーとルガーを手渡した。

「弾丸はマガジンに一〇発装塡（そうてん）してある。この銃の装塡可能な弾丸数だ」

説明を聞きながら、恭介はサイレンサーをルガーの銃口に装着する。約三インチに短くされた銃身の付根まで覆うタイプのサイレンサーは、六インチ半の長さを持ち、銃身先端にある照星が通る溝が、途中まで開けてある。溝の終点はカギ型に横に広げられ、サイレンサーを⅛回転させると、照星を利用したストッパーになる。さらにサイレンサー後端にはベルトクランプが取り付けられ、板バネを利用したバックルを倒して銃身基部に固定するようになっていた。完全に装着し終えた時、それは六インチ半の銃身長になった。この大きさなら、脇腹のホルスターに入れ、抜き出すのにもさほどの不自由はないだろう。

「この銃を扱うのは初めてだと言ったが、操作の手順は分かっているんだろうな」

闇の中からワーグナーの声が聞こえた。

ルガー・マークIIは、ブローバックのオートマチックだが、遊底の構造が通常のものとはいささか異なる。初弾をチャンバーに送り込むためには、銃身の後部延長線上にあるボルトを引かなければならない。それはちょうど採血をする際に注射器のポンプを引く様に似ていた。恭介は、心得ているとばかりに遊底を引くと、初弾をチャンバーの中に送り込んだ。

右手を真っすぐ伸ばし、ゆっくりと上げる。黒いシルエットとなった四つの缶が、サイレンサーを装着した銃身の延長線上に現われる。左手でグリップを握った右手を包みこむ。同時に左の腕を曲げ、脇腹に押し当てて絞り込むようにしながら照準を固定する。サイレンサーを装着してフロントヘヴィーになったせいで、反動による銃身の跳ね上がりはほとんどない。ましてや二二口径の場合は、通常でも無視できる範囲のことだ。

初弾の狙いは缶ではなく、それらを載せた防潮堤のコンクリートだ。銃のくせを見るために着弾点を確認する必要があると考えたからだった。

誰が落書きしたものか、コンクリートの上にはわけの分からない文字がスプレーでペイントされている。ひどく特徴的な文字の中央に狙いを定める。トリガーにかけた指先に力が込められた。瞬間、軽い衝撃とともに、作動部の金属が擦れあう音がした。コンクリートにぶち当たった弾丸の音が闇の中で弾けた。着弾の衝撃で砕け散ったコンクリートが散乱する音がする。

二二口径に使用される弾丸は五・五六ミリで、フルメタルジャケット被甲弾は用いられない。鉛が剝き出しになった弾丸が使用される。その分、口径は小さいが、目標に与えるダメージは想像以上に大きい。

たしかにタイプライターを打った程度の音しかしない。少なくとも発砲音の点においては、住宅密集地で使用しても不審を抱く者などいやしないだろう。

初弾を発射し終えた恭介は、サイレンサーの消音効果に満足すると、ゆっくりと着弾点に向かって歩み寄った。着弾点はほぼ狙ったところにあった。小さな衝撃、小さな発射音。これならば至近距離から片手で発砲しても、まず間違いなく目標をぶち抜くことは可能だろう。

銃の性能に満足した恭介は、再び元の位置に戻ると、今度は片手でコークの缶に狙いを定めた。ブローバックのオートマチック機能をもった拳銃のチャンバー内にはすでに二発目の弾丸が装塡されている。右端のコークの缶に狙いを定めた。引き金を引いた。金属の擦れあう僅かな音が終わらないうちに、コークの缶が弾着音とともに凄まじい勢いで宙に舞った。

「相変わらず、いい腕だ」

ワーグナーの満足した声が、闇の中に響いた。

その声に押されるように、恭介は残りの三つの缶を次々に吹き飛ばしていった。

銃の反動は小さなものだったが、えも言われぬ爽快感が恭介の体の中を駆け抜けていく。血が熱くたぎり、背筋に粟立つような闘争本能が蘇ってくるのを感じる。それは同時に、ここ数日の間、狭い部屋に閉じ込められていたせいで爆発しそうになっていた、恭介の体に潜む野獣のような本能を覚醒させた。

どうやったら、あの家のドアを開けさせることができるか……。

脳裏に二度にわたって下見をした家の様子がビデオを再生するように蘇ってきた。

もしかすると、この手が使えるかもしれない。

闇の中で恭介は歯を剝き出しにして、声を出すことなく笑った。

「アレックス」

恭介は初めてワーグナーのファーストネームを呼んだ。

「なんだね」

「ドアを開かせる方法を見つけたよ。この手は使えるかもしれない」

「それはどの程度確実な方法なんだ」

「さあね。だが、たとえ失敗したとしても、連中に不審を抱かれるような行為じゃない。試してみる価値はある」

闇の中に恭介の声が低く響いた。まるで血に飢えた野獣の唸(うな)りのように……。

＊

日本に着いてからもう一週間が経とうとしていた。毎晩、深夜に流される平壌放送から、いまだ実行の指示が流れてこないことに、徐は苛立(いらだ)っていた。日本に自分が潜入したこと、そして工作員たちとのコンタクトに成功したことは、すでに本国には、しかるべき連絡網を通じて報告がなされているはずだった。

いつ来るか分からない指令。それは待ち伏せの任務についた兵士の心理状態と同じで、常に緊張を強いられ、それだけでも精神的、肉体的疲労を覚えさせられるものだった。まして や死を覚悟で任務に赴くことを決意した身には、あまりにも長い時間だった。

そしてこの夜、徐の神経をさらに刺激する情報がテレビを通じてもたらされた。それは日々決まって報じられる天気予報だった。

『大型の台風一五号は依然北上を続け、このままの進路をたどれば、明日の午後には沖縄は暴風雨圏内に入ります。この台風は中心気圧が九四〇ヘクトパスカル、瞬間最大風速四〇メートルと、強い風とともに、典型的な雨台風で、このままの勢いを維持すると一時間に一二〇から一三〇ミリの豪雨をもたらす危険があります。もしこの台風が沖縄を直撃することになれば、甚大な被害を及ぼすことも考えられ、厳重な警戒が必要です』

沖縄は徐の担当地域だ。他の基地は陸路でも行くことができるが、沖縄だけは違う。実行指令が来るのは決行日の三、四日前と平壌を発つ前に聞かされていた。沖縄には以前日本に潜入した際に行ったことはあるが、重大な任務を決行するに当たっては、もう一度実行前に場所を下見しておく必要がある。もしも台風の接近と、実行日が重なることになれば、思わぬところで計画に狂いが生じる可能性も出てくる。

焦りにも似た感情の中に、漠然とした不安が頭をもたげてくる。徐はそうした感情を打ち消すようにテレビを消した。その上の置き時計を見る。針は間もなく午前零時を指そうとしていた。数分後には平壌放送が始まる。

畳の上に置かれた短波ラジオを卓袱台の上に載せ、電源を入れる。レシーバーで両耳を覆うと、断続的に降り続く雨のような空電の音が聞こえてくる。アタッシェケースから暗号帳、ノートとペンを取り出す。すべての準備が終わったのを見計らったように、突如空電の音が止み、僅かな間を置いて放送が始まった。傍らから孫が淹れ替えたばかりの茶をそっと卓袱台の上に置く。長い静寂の時間が流れた。部屋の中には時折、遠くを通る列車の音が聞こえてくるだけで、孫も安も咳一つすることなく、じっと息をひそめて徐の手元を見つめている。

一時間が経過したところで、突如徐の顔に緊張の色が走った。暗号の読み上げが始まったのだ。五分も経った頃だろうか、今まで卓袱台の一点を見つめて動かなかった徐の目に変化があった。それはこの一週間、毎夜決まった時間に決まった行動を繰り返してきた中にあって、初めて徐が見せた動きらしい動きだった。その目が一瞬、安、孫の二人に注がれる。

来た！

放送を直接聞いていない二人にも、その時がついにやって来たことを予感させるに十分な目の動きだった。狭い部屋の中に、張り裂けそうな緊張感が充満する。

次の瞬間、徐の手が猛烈なスピードで動き始め、紙の上に数字が次々と書かれていく。徐以外には何の意味もなさない数字の羅列だったが、そこに工作の決行を告げる重大な意味が隠されていることは間違いなかった。

再び沈黙の時間が流れた。一時半。徐は大きな溜息(ためいき)を一つ洩(も)らすと、レシーバーを外した。

一刻も早く結果を聞きたげな表情を浮かべ熱い視線を注ぐ二人を無視して、徐はおもむろに暗号帳を開き、たったいま紙に書き取った数字との照合を始めた。

結果が出るまで五分と時間はかからなかった。徐の目が上がった。

「指令が来た」

待つ時間が長かったわりには、結果を告げる言葉は短く簡潔だった。

「で、実行日はいつですか」

「四日後だ」

すがりつくような安の言葉に徐は悠然として答えた。

「四日後！」

安と孫の熱い視線が交錯する。

その一方で、徐は困ったことになったと思った。先ほどテレビを通じて報じられた天気予報が脳裏に浮かんでくる。

早ければ明日には、沖縄は暴風雨圏内に入ると言った。台風が予報通りの進路を取り、沖縄を直撃するようになれば、へたをすれば二日間は沖縄へ向かう飛行機は全便欠航という事態に陥る可能性も出てくる。文字通り沖縄は孤島と化すのだ。今回の工作で最も重要なポジションを占めるのが沖縄だった。海兵隊第三師団。半島有事の際には、真っ先に投入される陸上兵力があそこにはある。これを無力化できるか否かでは、事の成り行きがまったく違ってくる。もちろん予報通り台風が沖縄を直撃することになったとしても、四日後までには現地に入ることは可能だろう。だがウイルスを最も効果的にばらまくためには、どうしても入念な下見をもう一度やっておく必要がある。

しかし不運と幸運は対をなすものだ、と徐は思った。

台風の最中、いくら享楽的に生きることを常とするアメリカ人でも、わざわざ遊びに外出する人間は、そうはいないだろう。台風一過。回復した天候に誘われるように、抑圧された数日のストレスを発散させるべく、非番の兵士たちが一斉に街に繰り出すことになり、バーやクラブは通常の日に比べて人でごった返すことになるだろう。そこでウイルスをまけば、より以上の効果を上げることができる。そのためにも、なんとしても今日中に沖縄に入らなければ……。

徐はそう考えた。

「安」

「はい」

「私は今日一番の便で沖縄に向かう。まごまごしていると、台風が近づいて沖縄に入るのが遅くなる可能性があるからな。そこで頼みがある」

「なんでしょうか」

「まず一つは、全員に招集をかけてほしい」

「いますぐにですか」

「いや、今日の昼にここに集まるようにしてくれればいい。そのほうが目立たないだろうから」

「分かりました」

「そこで、例のアンプルを全員に手渡してくれ。前にも言ったが特別な操作は必要ない。容器から取り出して床に転がして踏みつけるか、カウンターの縁に叩きつけるにしても、さほど力を入れなくとも、アンプルは粉々に砕け散る。それと、予防ワクチンの錠剤を各自に間違いなく渡してほしい」

徐はそう言うと、部屋の隅に置いておいたアタッシェケースからフィルムのパトローネに内蔵されたウイルス兵器を取り出し、卓袱台の上に置いた。その中の一個を自分用に確保すると、残りの六個をビニール袋ごと安のほうに押しやった。

初めて実際にウイルス兵器を手にした安が、興奮を隠しきれない面持ちで中身を確認した。

「それから、これはワクチンだ」

徐は白い錠剤がびっしりと詰まった小瓶を開けると、自分の分を取り出し、残りを容器ごと安に渡した。

「明日から、一日一錠、毎日必ず服用するんだ。いいな」

安が黙って頷(うなず)いた。

「それじゃさっそく、連絡を取ってくれ」

「分かりました」

安はウイルス兵器の入ったビニール袋と、錠剤の入った瓶を卓袱台の上に揃えて置くと、立ち上がり、電話を手にした。

日本の国内に密かに潜入している工作員たちが漏れなく聞く平壌放送のせいで、深夜の電話にもかかわらず、連絡はスムーズにいった。四人の工作員全員に連絡を取り終えるのに、一五分ほどしかかからなかった。

「少佐、全員に指示を伝えました。今日の昼に、ここに集結することになりました」

傍らに座って一部始終を無言のまま聞いていた徐に報告は必要なかったが、あえて安は言った。

「よろしい。とにかく手ぬかりのないようにやってくれ」

「はい。必ず」

「それから孫、例のものを用意してくれ」

「分かりました」

徐の指示を受けた孫が、立ち上がると、洋服箪笥の中にしまっておいた一丁の拳銃を取り出し、卓袱台の上に置いた。FNブローニングをモデルに北朝鮮で開発された70式拳銃だった。グリップ・パネル上方にある五角星のレリーフが目に染みた。

満足したように頷いた徐は、突如立ち上がると、今度は自ら受話器を取り、長い番号を押した。こちらの相手もすぐに出た。

「今日の一番の便でそちらに向かう……そうだ……手筈通り車を用意しておいてくれ……ああ那覇空港の駐車場でいい。ナンバーは？」徐の指先が動き、車のナンバーを書き取っていく。「それから例のものを、ダッシュボードの中に入れておくことを忘れずにな。よろしく頼む」

そう言うと徐は静かに受話器を置いた。

これで準備はすべて整った。あとは実行を残すのみだ。

徐の顔に不敵な笑いが浮かんだ。すでに時間は深夜二時半を回っていたが、今夜は眠れそうになかった。どうせあと四時間もすれば空港に向かわなければならない。徐は今夜は一睡もしないことに決めた。

＊

「まずいな。これじゃ一気に片をつけるのは難しいぞ」

明りを消した部屋の中で恭介が言った。

「相手は二手に分かれるか」

ワーグナーが、腕組みをしながら苦々しげに答えた。

「だが、連中の集合時間が分かったのは収穫だ。こっちの思惑通りにいけば、六人は間違いなく倒すことができる。それも静かにな……」

「どうやら、そのようだな」

「問題は、沖縄に向かう徐だ。こいつをどうするかだ……」

闇の中で恭介の視線がワーグナーに向けられる。

安と孫の二人。それに残りの四人は引き受けられるが、二手に分かれられてしまえば、物理的に自分が倒すことは不可能だ。こうなれば選択肢は一つしかない。

「賭けに出るか」

ワーグナーが意を決したように言った。

「賭け？」

「ああ。沖縄じゃアメリカ人も珍しくはないだろう」

「つまりあんたが殺るってわけか」

「他にどんな方法がある」

「状況から考えればその手しかないだろうな。だが、いかに米兵がゴロゴロしている沖縄とはいえ、あんたが徐の後をつけ回すわけにはいかないだろう。そんなことをすれば馬鹿でも尾行に気がつく」

「そんなことは分かっている。行動に出るなら、早いうちにしなければならないだろう」

「まさか羽田に向かう途中で殺るっていうんじゃないだろうな」

「いや、それは状況から考えて無理だ」

「ならばどうする」

「チャンスはやつが那覇に着いて市内に出るまでしかないだろう。たしか、やつは車を駐車場に用意しておくように言っていたな」

「駐車場で殺るのか」

「数少ないチャンスの中で、そこが一番最適なポイントだな。車に乗り込む寸前、あるいは駐車場に向かう途中。えてして空港の駐車場というのは人気の少ないのが常だ」

「可能性としてはないわけじゃないだろうが、アメリカの駐車場とは状況がかなり違う。那覇の駐車場は、たしかターミナルビルの前、それも三階建ての屋内だ。人の目がまったくないというのは、よほどの幸運がなければな」

「いや、運はあるかもしれない」ワーグナーは静かに言った。「天候だ」

「天候？」

「ああ。台風だ。風もさることながら、典型的な雨台風だそうじゃないか。明日中には沖縄は暴風雨圏内に入るという予報だ。駐車場が屋内でも風雨の音が銃声を消してくれる。それに、たとえ人気があったとしても、外の天候に気をとられて周囲への注意はおろそかになるものだ」

「賭けだな」

「そうかもしれない。だがとにかくこうなった以上、チャンスはそこしかないな」

ワーグナーはそう言うと、机の上に置かれた電話を手にした。

「トッドか。ワーグナーだ」

相手はアメリカ大使館の作戦本部にいるトッド・ベントンだった。

「連中の会話は聞いたな……そうだ、徐は一足早く一人沖縄に向かう。少し作戦を変更しなければならない」

ワーグナーは、たったいま恭介と交わした会話の内容を話した。

「ああ、こうなった以上それしか手はないだろう。そこで至急調べてほしいことがある。一つは沖縄のベースにコンタクトして、今日の東京からの最初の便が着く頃の天候予測だ。最新のものを教えてくれ。それともう一つは、銃が必要だ。サイレンサーもな……ああ、そうだ。タイプはルガー・マークII。言うまでもないが弾丸は五・五六ミリを二〇発。マガジン二本分だ……準備でき次第、そいつをここまで届けてほしい。どのくらいかかる」

短い間があった。

「それなら十分余裕があるな。とにかく俺はやっと一緒に朝一番の便で沖縄に飛ぶ……少々手荒な手段を取ることになるが、それも仕方ないだろう。とにかくいま言ったこと二つを至急やってくれ。そうだ、一つ言い忘れた。ボストンバッグを一つ用意してくれ。中は着古した衣類でもなんでもいい。恰好がつくように詰め込んだやつをな……そうだ、頼んだぞ」

ワーグナーは、そう言うと受話器を置いた。

「アレックス。銃を持って機内に乗り込むつもりか。俺はCIAの工作員だなんてことをカウンターで言っても通用しないぞ」

「まさか」ワーグナーは恭介の言葉を鼻で笑って一蹴した。「カウンター預けのバッグの中に入れて運び込む。国内便のカウンター預けの荷物はX線検査なんかしないからな」

「なるほど」

恭介はニヤリと笑った。

「とにかく、徐がアジトを出た後は、キョウスケ、ここは君一人で受け持たなければならなくなる。やれるか」

「これ以上のハプニングがなければな。うまくいくだろうさ」

「そう願うよ」

「だが、もし予想外のことが起きれば、こちらも少々荒っぽい手段に打って出なければならないことになるとは思うが」

闇の中で二人の視線が合った。互いに実力を知り尽くした者同士だけに通ずる、信頼に満ちた感情が通いあう。

やってみせるさ、絶対に。

そこには、図らずもＣＩＡにリクルートされ今回の任務に巻き込まれることになった過去の経緯へのこだわりなど、微塵もなかった。いま恭介の感情を支配しているものは、大きなトロフィーサイズの獲物を照準に捉えた時に覚える静かな興奮。まさに血のゲームを楽しむハンターのそれだった。

＊

羽田空港のビッグバードに徐が姿を現わしたのは朝の七時のことだった。沖縄那覇行きの一番早い便が日本航空の９０１便で、出発時間は八時一五分であることは予め調べてあった。早朝のロビーには、各地に向かう出張のビジネスマン風の男たちの姿が目立った。徐はタクシーを降りると真っすぐに日本航空のカウンターに向かった。高い天井の中ほどに設置されている発着案内の電光掲示板に目がいった。沖縄行き９０１便の備考欄には今のところ何の表示もされていない。

どうやら定刻通りに便は飛ぶらしい。

徐は微かに安堵の吐息を洩らすと、発券窓口の前に立った。

「沖縄まで、９０１便をお願いしたいのですが」

徐の口から流暢(りゅうちょう)な日本語が流れた。

「ご予約は承っておりますでしょうか」

「いいえ」

「少々お待ち下さい」

９０１便が満席でないことは、後方に設置された掲示板に表示されてある。

「お取りできます。お名前をいただけますか」

「川口俊二」

徐は日本入国の時に使ったパスポートに記載された名前を言った。続けて聞かれた年齢、電話番号はまったくのでたらめだ。

「お預りする荷物はございますか」

徐はアタッシェケースと、銃と衣類を入れたボストンバッグを所持していた。

「これをお願いします」

バッグを預けると、ほどなく搭乗券が手渡された。料金は現金で支払った。

「領収書はいかがいたしましょうか」

身なりからしてビジネスマンだと踏んだのだろう。カウンターの女性が聞いた。

「いや結構……」

そう言うと、徐はアタッシェケース一つで搭乗口へと向かった。ガードマンが立ち、機内に持ち込む手荷物と、凶器になりそうなものを所持していないか、検査を行なっている。パトローネに入れたウイルス兵器はアタッシェケースの中だったが、たとえX線で透視されても分かるわけがない。目論見(もくろみ)通りに検査場を抜けた徐は、広大な構内を搭乗ゲートに向かって歩き始めた。

その後方、かろうじて徐の姿が見える辺りをワーグナーは歩いていた。もはやここまで来れば徐の姿を見失うことはない。那覇までは、逃げ場のない同じ空間で時間を共にするのだ。もはやそれは尾行というような小むずかしい行為ではなかった。

ボーディング・ゲートの前にずらりと並んだ椅子に徐が腰を下ろした。ワーグナーはそこから三列ほど後方の椅子に座った。出発時刻まではまだ三〇分ほどある。搭乗案内が始まるまで一五分はあるだろう。さすがに極東最大の米軍基地のある島へ向かう便らしく、アメリカ人の姿も見える。その中に交じると、ワーグナーの存在も、なんの違和感もなかった。売店で買ったばかりの『ジャパンタイムズ』を広げ、活字と徐の姿を交互に見る。時間は刻々と出発時刻に近づいていく。しかし出発の一〇分前になっても搭乗アナウンスはなかった。

便名を記した表示板に変化があった。

『天候調査中』

それと同時に、制服に身を包んだ女性職員の穏やかな声がロビーに響いた。

『日本航空から沖縄行き901便のご搭乗をお待ちの皆様にお知らせいたします。沖縄地方に接近中の台風一五号の影響のため、ただいま目的地空港の天候調査を行なっております。ご搭乗のご案内まで、いま暫くお待ち下さいませ』

すでにゲートのまわりは、搭乗を待つ乗客たちで溢れかえっている。その中からどよめきが起きた。

日本語を解さないワーグナーは、それがフライトの中止を意味するものか、しばし待てということなのか、すぐには分からなかった。間髪を容れずどよめきの中から、英語のアナウンスが聞こえ始めた。

天候調査か。もしこれでこの便が飛ばないということになれば、やつはまず間違いなくアジトに戻る。そうなれば手順は狂うが、結果的には当初の計画通り、あの場所でやつを倒すことが可能になる。

ワーグナーは携帯電話を胸のポケットから取り出すと、ボタンを操作した。恭介の番号だった。

「ワーグナーだ。出発は遅れることになった……ああ、そうだ。天候調査中だとさ……出発できるかどうか分からない……いずれにしても、到着が予定より遅れることは間違いない……ああ、それで構わない。そちらは予定通りやってくれ」

そう言うと、ワーグナーは電話を切った。

待つこと二〇分。次のアナウンスがあった。

『日本航空から沖縄行き901便にご搭乗のお客様にご案内申し上げます。大変お待たせいたしました。これより皆様を機内へとご案内申し上げますが、沖縄地方は台風一五号の接近により、天候状態が悪く、場合によっては着陸ができず、途中引き返すか、あるいは福岡に降りるということも考えられますので、予めご了承の上ご搭乗下さいますようお願い申し上げます』

前よりも大きなどよめきが起きたが、天候が相手となれば文句の言いようもない。ゲート前のロビーにたむろしていた乗客の中に自然と長い列ができ始める。

厄介なことになった。もし沖縄への到着が遅れれば、下見に使える時間は少なくなる。どこで撒いても、そこに米兵がいる限り、確実にウイルスは感染していくだろうが、初期感染者が多ければ多いほど効果は上がるというものだ。そのためには、やはりいくつかのポイントを下見し、その中から最も効果的なところを選びたい。沖縄まで二時間半。なんとか天候がもってくれればいいのだが……。だがこうなった以上、運を天に任せるしかない。

徐は心の底から念じながら、席を立つと列の最後尾に向かって歩き始めた。

それを確認したワーグナーは新聞を折り畳むとその背後に並ぶべく立ち上がった。

なんとか沖縄に到着してほしい。その思いはワーグナーにしても同じことだった。

羽田に引き返すならともかく、福岡に降りられでもしたら厄介なことになる。東京とは違って監視網も敷かれてはいない。つまり完全な単独行動になる。尾行、監視。それもまったく土地勘のない場所での話だ。だが一つだけ分かっていることは、やつが沖縄に向かうということだ。たとえ福岡で足止めを食らうことになっても、那覇の空港閉鎖が解かれた時点で、その一番最初の便にやつは必ず乗る。

ワーグナーは列に向かって歩き始めた足を止めると、再び携帯電話を取り出した。

「ワーグナーだ。少々厄介なことになった……」

短くなっていく列の中の徐に油断ない視線を送りながら、ワーグナーはベントンに状況の報告を行なった。

11

恭介がワーグナーから報告を受けたのは、すべての準備を整え、監視所となっている高層ビル内の会議室を、いままさに出ようとしていた時だった。

「分かった……」

計画というものはあくまでも計画だ。状況によって刻々と変化するものだ。

その程度の理屈は恭介にも分かっていた。人間の本当の能力というものは、そうした想定外の事態にいかに柔軟に対応できるかだ。これから間もなく自分が行なう行為に際しても、まったく予期しない事態が待ち受けていることは十分に考えられる。

だが、予期しなかった事態の展開は、恭介のテンションを高め、目的の完遂への意志をより強固なものにする働きをした。

作戦に必要な道具を詰めたボストンバッグを手にした恭介の目に、冷たい刃のような殺気と緊張感がみなぎった。

「始めるぞ」

部屋の中でアジトを監視する二人の男たちの、どちらにともなく声をかけた。

カメラの後ろで待機していた男が携帯電話を操作する。

「チーム・ワン……メッセンジャーがそちらに向かう」

短い会話が終わると、新たな番号を呼びだす。

「チーム・ツーだ。これから行動に入る」

アメリカ大使館内に置かれた作戦本部への報告だった。

これもまた短い会話だった。携帯電話を耳から離した男が、ゆっくりと頷いた。

決行が了承されたのだ。

恭介は無言のまま部屋を出た。ずらりと並んだ会議室の前を、書類を小脇に抱えた従業員たちが行き交う。ビジターのものとはいえ、自社のIDカードを首からぶら下げた目の前の男が、これから人を殺しにいくなどと、その中の誰一人、想像だにできなかったろう。

IDカードを使って、エレベーターホールに通じるドアを開ける。地下駐車場に降りると、すでにそこにはグロリアが待機していた。行き先は告げるまでもないことだった。ハンドルを握る東洋系の男は、恭介が助手席に乗ったことを確認すると、アクセルを踏み込んだ。リノリウムでコーティングされた床とタイヤが擦れあい、女の悲鳴のような甲高い音が鳴る。

地上に出たグロリアはすぐに国道一号に乗り、品川駅の手前でUターンすると、いま来た道を逆方向に走り始めた。八ツ山橋の手前で京浜急行の踏切を越え、北品川に入る。目的の場所まであと三〇〇メートルもないだろう。

「ここでいい」

運転手がブレーキを踏んだ。ボストンバッグを手に車を降りた恭介に、

「グッド・ラック」

運転手が声をかけた。

微かにそれに頷き、恭介はドアを閉めると、監視車が停まっている駐車場に向かって歩き始めた。背後でグロリアがエンジンをふかしながらUターンする気配がする。だが恭介はもう振り返ることはなかった。

対向二車線の道路に沿った歩道をしばらく歩き、左の路地に入る。駐車場が見えてくる。その奥に一台のキャラバンが停まっている。歩調を変えることなくゆっくりとその車に近づく。タイミングを見はからったように、スライド式のドアが開かれた。それまでとは打って変わって、素早くその中に恭介は体を滑り込ませた。即座にドアが閉められる。監視装置や盗聴器の傍受に使用する機器、それに無線の発信機がところ狭しと置かれた車内は、男が三人も入ると、さすがに身動きが思うに任せない状態になった。

「中の様子はどうだ」

「いまのところ変化はない」

恭介の問いに答えたのはリズニックだった。男三人が発する体温、呼吸が狭い車内の温度を上昇させていく。だがもはや三人にとって、不快な環境は気になるほどのものではなかった。作戦が最大の山場を迎えようとしている緊張感に、三人の意識はそれぞれの仕事

を全うすることに集中していた。

「中にいるのは安と孫の二人だな」

恭介はボストンバッグのジッパーを引き開けた。

「ああ、二人とも一階にいる。ずっとテレビの音が聞こえている。おそらく沖縄の天候が気になるんだろう。今朝からどこの局も、ことあるごとに台風情報を流しているからな」

「そいつは好都合だ」

感情の籠らない声で言いながら、ボストンバッグの中に手を入れ、布に包まれた物体を取り出す。掌に載せた包みを恭介は無造作に開いた。ルガー・マークIIが薄暗い車内で、冷たい光を放った。それを左手に持った恭介は、右手をボストンバッグの中に入れ、もう一つの布包みを取りだした。円筒形の小さな包みだった。布を取り去ると、中から6インチ半のサイレンサーが姿を現わした。恭介の手が機械的に動き、二つの物体を合体させにかかる。金属が擦れ合う音に、リズニック、ディクソンの二人の視線がそこに集中する。アジトを監視するモニターからは、普段と何一つ変わることのない、平穏な空気に満ちた住宅街が映し出されている。狭い車内でいま行なわれているのは、その光景に相反した殺しの準備そのものだった。監視画像を見慣れた二人に、外の光景と、目の前で行なわれている行為とのアンバランスさが言いようのない違和感を与えた。

二人の視線に少しの注意も向けることなく、恭介は黙々と作業を続けた。マガジンを取り出し、弾丸の入った箱から、一発ずつ確実に五・五六ミリ弾を装填していく。金属が触れあう音が、時計が秒針を刻むような無情な響きを放つ。

その音に現実に引き戻されたように、二人は再び監視と盗聴の任務に入った。

三つのマガジンにそれぞれ一〇発ずつの弾丸を装塡し終えた恭介は、その一つをグリップの中に差し込んだ。準備の済んだ拳銃（けんじゅう）を傍らに置き、再びバッグの中を探る。握りこぶし大の樹脂で出来たボンベが取り出された。上部には噴出口らしきものがあり、何かの器械が格納されたと見えるユニットが取りつけられている。本体の側面には、厚めの両面テープがカバーシートを剝（は）がされないまま貼りつけられている。次に取り出したのは、防毒マスクだった。S―10ガスマスク。ＳＡＳ（特殊空挺任務隊）で使用されるこのガスマスクには、通話用マイクも取りつけられている。それに加えて、今回の作戦に当たっては特別なフィルターが装着されているはずだった。

「無線機は……」

自らが持ち込んだ装備に漏れがないことを確認した恭介は、二人のどちらにともなく聞いた。

「こいつだ」

リズニックは、煙草のパッケージの半分ほどの無線機を差し出した。

「ベルトの腰の部分に取りつけよう」

「わかった」

恭介の提案にしたがって、リズニックが狭い車内で体を捻（ひね）りながら無線機を取りつける。

「マイクはシャツの胸の部分に取りつける。ガスマスクをした後は、無線機のジャックを変えてくれればいい」

リズニックが武骨な手のわりには器用な手つきで、体のそれぞれのポイントに機器を取りつけていくのに任せながら、恭介は無言で頷いた。

「O.K.これでいい。マスクを着けるまでの受信はこいつだ」

小さなイヤピースが恭介の前に差し出された。文字通り耳栓といった感じのもので、さっそくそれを装着したところで、

「テスト、テスト……」

ディクソンが囁くような小さな声で機能の確認を行なった。

「大丈夫、感度は良好だ」

「O.K.これで準備完了だ」

恭介はボストンバッグの中から、ビジネスマンがよく使用するショルダーバッグを取り出した。入念なことに、使い込まれていることが傍目にもはっきりと分かる代物だ。蓋を開け、その中にボンベとガスマスクを入れた。バッグの体裁を整えるために、マスクのフィルターは外してある。ショルダーホルスターをワークシャツの上に装着する。ルガー・マークIIの後部に突き出た遊底を引き、初弾をチャンバーの中に送り込む。安全装置をかけてホルスターの中に収めると、最後の仕上げに上からジャンパーをはおった。

強靭な筋肉に覆われた分厚い胸が、ジャンパーの下に忍ばせた凶器を見事に隠す役割を

した。予備の弾倉を二つ、それと小さな発信機様のものをポケットに入れた。

「これでいい」

三人の視線が狭い空間で交錯した。ディクソンの目が外を窺う監視用モニターに注がれる。リズニックが両耳に当てたままにしていたレシーバーに神経を集中する。

僅かの間があった。

「中の様子に変わりはない。二人は一階にいる」

それが決行の合図だった。

「それじゃ行ってくる」

「うまくやってくれ」

恭介はそれに片手を上げて答えると、スライド式のドアを引き開けた。秋の陽光に包まれた世界に身を投げ出す。一瞬見上げた澄み切った青空が眩しかった。その背後でドアが閉められる音が聞こえた。

ここから先は、たった一人で任務をこなさなければならない。

痺れるような緊張感が全身を流れる。だがそれは、恭介にとって決して不快なものではなかった。むしろ、それは快感と言ってもいいものだった。どんなハンティングにも運というものがつきものだ。大きな獲物を狩れるか否かは、腕の問題だけではない。運、そして相手を上回る知恵があって初めて成し遂げられるものだ。獲物はすでに目の前にいる。まさにこれから先は、自分の腕、そして知恵が試される時なのだ。

駐車場を出た恭介は、極めて自然な歩調でアジトへと近づいていく。

『中の状況に変化はない』

「……分かった……」

イヤピースを通じて聞こえてくるリズニックの声に、僅かに口を動かして答える。

アジトの前に来た。粗末な合板で出来たドアが目の前にある。このドアをノックしたら最後、もう引き返せない。突っ走るだけだ。さすがに心臓の鼓動が速くなる。体中にアドレナリンが染み出してくるのが分かる。

ドアの上を見上げた。

やはり、どこにもシールがない。

次の瞬間、恭介は反射的にドアをノックしていた。一度目のノックに反応はなかった。少しの間を置いて二度目のノックをする。

「はい……どなたですか……」

今度は反応があった。女の声……孫だ。

「NHKの受信料の徴収に伺いました」

「NHK？」

「ええ、受信料の契約をまだされていないようなので、是非お支払いのほうをお願いしたいのですが……」

恭介は精一杯の演技をして、努めて明るく、そして恐縮した口調で言った。

「受信料……ですか……」

中から困惑した孫の声が聞こえてきた。ドアが細めに開いた。

＊

孫は困惑していた。日本に潜入する前に受けた訓練では、たしかにそうしたシステムがあることを教わった記憶がある。だがここへ越してきて半年、ただの一度もそんな人間の訪問を受けたことはなかった。思わず居間にいる安のほうを見た。二人とも流暢(りゅうちょう)な日本語を喋(しゃべ)るが、面倒な会話は避けたかった。申し出を拒否するのか、受け入れるのか。二人は一瞬迷った。

密かに日本人になりすまして潜入する工作員には、摩擦は絶対に避けろという教育が徹底して行なわれていた。その点からすれば、ここで下手に申し出を拒絶するよりも、受け入れたほうが事は簡単に済む。しょせん、いくばくかの金を払えばいいことだ。それに間もなく仲間もやってくる。邪魔な人間は早々に追っ払う手だ。

安は反射的にテレビを消していたが、もはやその存在を隠しようもなく、かえって不審に思われてはと、要求に応じろとばかりに、孫に頷(うなず)いた。

孫はチェーンをかけたまま、ドアを細めに開けた。そこに立っていたのは身長一八〇センチはある、三〇代半ばの男だった。にこやかな笑顔を顔一杯に浮かべながら、腰を折り深々と礼をする。その男の動作に不審な点は何も見当たらないように思えた。

「申しわけございませんが、テレビはお持ちでいらっしゃいますよね」

男の目がドアの隙間から奥の居間を窺うように動いた。

「はい」

孫は答えた。

「そうですか。それでは受信契約のほうをぜひお願いしたいのですが」

男はあくまでも丁重だった。

「いくらですか」

「まずカラーの地上波だけですと月一三九五円、二か月分からになりますので二七九〇円。でも、たとえば年間ですと割引がついて一万五四九〇円になります。もちろん振り込みという方法もございますが、折角こうやって参りましたので、出来ましたら現金で……」

「二か月後には引っ越すんですが……」

二か月どころか、工作が終われば早々にここを引き払うことになるだろう。孫は咄嗟に嘘を言った。

「そうですか。それでは、その二か月分、二七九〇円ということで……」

「分かりました」

孫はドアにかけたチェーンロックを外した。見られて困るものは何一つとしてない。家具は少ないが、最低限生活臭が漂うような体裁は整えてある。

財布を取りに奥の居間に向かうべく、男に背を向けた。

*

孫が二、三歩歩きかけたところで、恭介は行動を起こした。ショルダーバッグを玄関の三和土に置きながら、右の手をジャンパーの内側に差し込む。グリップをしっかり握り、安全装置を外しながらゆっくりと引き出した。サイレンサーを装着したルガー・マークIIの銃口をゆっくりと孫に向けながら、後ろ手でドアを閉めた。開かれていた空間から差し込んでいた秋の陽光が遮られ、不吉な影に覆われたように薄暗くなった。その気配に孫が反射的に振り返った。シンクの前に設けられた窓から、曇りガラスを通して弱められた外光が差し込んでくる。影のように佇む男。その姿がやけに巨大に見えた。右手が不自然に自分に向けられている。その先に持たれたものを目にした孫の目が驚愕で見開かれた。拳銃、それも不自然に長い銃身……サイレンサーを装着していることが分かった。

孫の口許が、何かを叫ぼうと動くように恭介には思えた。だが孫の反応はそれ以上進むことがなかった。的と定めた孫のふくよかな胸が、恭介の目の中一杯に広がった。サイレンサーの先が、間違いなく的を点として捉えたことを瞬時に判断した恭介は、躊躇することなく引き金を引いた。

タイプライターを叩いたような銃声が一発鳴った。同時に肉を叩きつけたような湿った音がし、着弾したポイントに小さな穴が開く。狙い通り左胸部、心臓の上だ。

もんどりうって孫が居間の畳の上に倒れる。柔らかな体が、不自然な中にどこか女性らしい優美な曲線を残しながら折れ曲がる。

恭介は初弾の命中を確認しながら、野獣を思わせるしなやかさで残る一人、安に向かって、跳躍にも近い歩幅で突進した。

あまりに突然の出来事に、安は呆けたような表情を浮かべ、迫りくる男を見ていた。その男が手にしているものを見た瞬間、安もまた自分に迫りつつある危機をはっきりと悟った。防御する手立ては何もなかった。拳銃、刃物……武器の一つも身のまわりにはない。

反射的に、畳の上に座っていた身を起こし、恭介に飛びかかるべく身構えようとした。だが、それはあまりにも空しい行為だった。むしろそれは、迫りくる敵に的を大きくする役割をしこそすれ、とうてい反撃、あるいは防御とは呼べないものだった。

死のささやかな咆哮が二度鳴った。湿った音がそれに重なる。安の胸に小さな穴が二つ開いたのがはっきりと分かる。至近距離から放たれた五・五六ミリ弾の衝撃をあまねく吸収した安の体が、仰向けに倒れる。鉛が剥き出しになった弾頭は、これほど近くから発射されても人体を貫通することはない。命中と同時に弾頭が潰れ、抵抗が大きくなるせいで急速に勢いを失うからだ。

スニーカーを履いたまま卓袱台を飛び越え、安の上にまたがるような姿勢を取り、銃口を額に向けた。だがもはやとどめをさす必要などないことは明白だった。安は弱々しく息をしていた。それがみるみるうちに不規則なものへと変わっていく。目の前で自分の額に銃口を向けている男の顔を、信じられないような目で見つめている。

まだ自分に何が起きたのか、それすらも理解していないような目だった。安は恭介から視線を離さなかった。死の兆候は確実に現われていた。徐々に瞳孔(どうこう)が拡散し、呼吸の間隔が長くなっていく。最後に、この世の名残を惜しむように大きく息をした。それが最後の生物反応だった。

恭介の視線が動き、射入口に向けられた。白いシャツに開いた二つの小さな穴の周囲には、にじみ出た赤い鮮血が広がり始めている。

ぐずぐずしてはいられない。

恭介は少し離れたところに倒れている孫の様子を窺(うかが)った。やはり仰向けになって倒れている彼女は、一発の銃弾で心臓を撃ち抜かれ、完全に絶命していた。

「チーム・ワン。二人片づけた」

恭介はとりあえず成果を報告すると、さっそく二人の死体を片づけにかかった。畳の上に血が染み出ると、余分な処置を施さなければならなくなる。

『了解した』

リズニックの声がイヤピースを通じて聞こえてくる。その声を聞きながら、恭介は押入れの戸を引き開けた。上下二段に仕切られた中には、上の段に何組かの布団が積み重ねられ、下の段は何も入っていなかった。いまや単なる人の形をした肉と化した孫と安の死体を、次々にその中に押し込んだ。

命中した際に吹き飛んだかもしれない肉の断片、あるいは血飛沫(しぶき)がないかを入念に確認する。どうやらその気配はなさそうだった。床に散乱した二発の空薬莢（やっきょう）を拾い、ポケットに入れる。玄関に引き返しながら台所の床に落ちた最初の一発の空薬莢も同様に拾い上げた。

　三和土に置いたショルダーバッグを持って居間に戻る。中から取り出したのは、樹脂で出来た握りこぶし大の六角形の形をしたボンベだった。上部についた二つの噴出口。その中間に取りつけられたユニットの小さなスイッチを押した。一ミリほどの大きさのファイバーの先に赤い光が灯った。作動状態に入ったことを確認し、両面テープのカバーシートを剝（は）がす。その場にかがみこみ、卓袱台の下にボンベをしっかりと貼りつけた。

　これで準備はすべて整った。あとはこの二人が所持しているウイルス兵器を見つけださなければ。

　恭介は改めて部屋の中を見渡した。モルタル造りの古ぼけた一軒家に相応（ふさわ）しく、安っぽい家具が並んでいる。それも使い古されたことが一目瞭然（りょうぜん）のものばかりだ。おそらくはどこかのリサイクル・ショップあたりで購入したものに違いない。その中にあって、洋服簞（だん）笥（す）の脇に置いてあるトランクが目についた。どう考えても部屋の雰囲気、それに調度品と比べると相応しくない、別の匂いのするものだった。

　こいつか……。

　恭介はトランクを卓袱台の上に置くと、二か所で留められた金具を外した。ロックはかかっていなかった。中を開けると、数枚の書類とともに歪（いびつ）に膨らんだビニール袋があった。

小さなプラスチック片をスライドさせ、ジップロックを開ける。中を覗くと予期した通り、フィルムのパトローネが入っている。数を数えると六個。だが数のわりには持ち重りのするパトローネが、普通の材質で出来ているものではないことに、恭介は気がついた。

間違いない。これがやつらが撒こうとしているウイルス兵器だ。

念のため、パトローネ上部に突き出た突起を摘んで、そっと力をこめる。薄いウレタンの緩衝材に包まれるように、アンプルの上部が見えた。細心の注意を払いながら摘み出してみる。琥珀色のアンプルの全容が明らかになった。窓から差し込んでくる光に翳して見ると、底から三分の二ほどのところまで、白く微細な粉末が詰められている。

これ一つを撒くだけで、あの巨大な基地を麻痺状態に陥らせることができるのか……。まさにこれこそが科学が負の方向に向かって働いた成果だった。人間の知力というものは時として、圧倒的に優位にあるように見える物理的な力をも完璧なまでに無力化してしまうことができるのだ。

人を倒すということに関しては、絶え間ない格闘術の訓練による鍛え抜かれた強靭な肉体と武器を行使すること以外の経験を持たない恭介にとって、それは初めて感じる恐怖だった。

恭介はアンプルを元の状態に戻す前に、空になったパトローネの重さをもう一度手で計った。ガラスのアンプルに封じ込められたウイルス兵器を不慮の衝撃から保護するために、モリブデン、あるいはチタンの類の特殊金属が使用されているらしい。材質が薄いわりには、持ち重りがし、かなりの強度があることを確認したところで、恭介は六個のパトローネをビニール袋の中に戻した。持参したショルダーバッグの中にそれを入れると、代わりにガスマスクを取り出した。

「チーム・ワン。ウイルス兵器を回収した。これから次の行動に入る」

『チーム・ワン、了解』

恭介は分解しておいたガスマスクのフィルターを所定の位置にねじ込んだ。機能に問題がないことを確認すると、ショルダーバッグを持って天袋の戸を引き開けた。大の男がようやく一人入り込める空間が口を開けた。

おっとその前に……。

トランクの蓋を閉じると恭介はそれを洋服箪笥の中に押し込んだ。

あとは連中の到着を待つだけだ。

ぽっかりと口を開けた狭く暗い空間に、恭介の体が滑り込んでいく。中から戸を閉めると、質素な一軒家の中は、ついいましがたここで行なわれた殺戮が嘘であったかのような静寂に満たされた。

*

こんなひどい揺れを経験するのはワーグナーにとっても初めてのことだった。いや正確に言えば『民間機で』という言葉がその頭につく。かつて別の任務で輸送機に乗り込み、嵐の洋上を航行する航空母艦に着艦した際には、もっとひどい揺れに遭遇したことはあった。だが軍の、それも変更がきかない任務を遂行する軍用機と民間機とでは、飛ぶ、あるいは降りるということの意味が違う。民間機はなによりも安全を最優先して飛ぶものだ。

機は二度目のアプローチに向けて雲の中を降下しているに違いなかった。だが上下左右に激しく揺られ、機内のどこからか絶えず悲鳴が上がるような状態が続くと、それが果たして降下を続けているものかどうか、はっきりしない。窓の外には灰色一色の世界が広がっている。雲の薄い部分に差しかかると、主翼に吹きつける雨が煙のようになって後方に猛烈な速度で吹き飛んでいくのが見えた。

本当に降りられるのか……。

ワーグナーが思った瞬間、エンジン音の波長が変わった。巨大な機体に大きな推力が加わるのが分かる。激しい揺れはまだ続いていたが、機が上昇に転じたのが感じ取れる。しばらくすると、厚い雲を突き抜けた窓の外に青空が広がった。小さな窓から差し込んでくる透明な光が眩(まばゆ)いばかりの輝きを放つ。機内に安堵(あんど)の吐息が洩(も)れた。

『操縦室からご搭乗の皆様に申し上げます』突如機内アナウンスが流れ始めた。『当機は二度那覇空港への着陸を試みましたが、天候不良のため着陸を取り止め、これより福岡へと向かいます。お急ぎのところまことに申しわけございませんが、ご了承願います。なお福岡着陸以降のことについては地上の係員から追ってご説明申し上げます』

それに続いて、英語で同じ内容が繰り返された。失望と安堵の溜息(ためいき)が乗客の間から一斉に潰れた。

よし。これでやつの計画は大幅に変更を余儀なくされる。沖縄へ飛ぶ便は、早くとも明日の午後、あるいは夜になるだろう。

ワーグナーはほくそ笑んだ。だがその一方で、予期しない事態に直面したのは自分も同じことであることに気がついた。

やつをマークしているのは、俺一人だ。福岡に関しては土地勘も何もない。万が一にでもやつを見失うことがあれば、取り返しのつかないことになる。もちろん那覇空港には今も、そしてこれからも陸軍情報部の連中が監視の目を光らせてはいるが、尾行が途切れるのは好ましい状態とは言えない。なにしろ連中は徐の顔を実際に見てはいない。写真と実物を見間違えるのはよくあることだ。ましてやつは、どこから見ても日本人のなりをしている。空港でロストすれば、そこでゲームセットだ。

不安が頭をもたげてくる。

それは一方の徐にしても同じことだった。アナウンスとともに、反射的に彼は腕時計を見た。

出発が三〇分遅れ、さらに二度着陸を試みたために、到着時間を遥かに過ぎ、針はもう一一時を回っている。そろそろ、都内に散っていた四人のメンバーがアジトに集まってくる時間だった。

安に引き継いだ任務は難しいことではない。アンプルと、ワクチンと偽ったビタミン剤を渡すだけだ。それを受け取り次第、六人はそれぞれの任務地に向かい、実行の準備を始めるだろう。だが最重点基地は、作戦実行責任者である自らが受け持つ沖縄だ。どんなことがあっても失敗は許されない。那覇に飛ぶ便が再開されるのはいつのことだろうか。明日か、それとも明後日なのか……。

いずれにしても、与えられた時間が少なくなっていくことは確かだった。

*

恭介は天袋の狭い空間の中でガスマスクを装着した。前髪を後方に掻き上げ、額を出す。毛髪がマスクとの間に挟まると密着性が失われ、そこからガスが忍び込んでくることになりかねない。細心の注意を払いながら装着を終えると、マスクに取りつけられたイヤピースを耳に入れた。マイクは内蔵されているので、それに気を遣う必要はない。腰のベルトに取りつけた発信機を探り、いままで繋がっていたラインを外し、それをガスマスクから伸びているものと入れ換える。視界を確保するために二つ開けられた窓は、認識できる範囲が極めて限られる。マスクを着用した息苦しさと、この視界の制限によってパニックを起こす兵士も少なくない。もちろんこうした訓練をザ・ファームで受けていた恭介にはそんな心配は無用なことだった。

「チーム・ワン。いまマスクを装着した。受信状況を教えてくれ」

『チーム・ワンだ。感度は良好だ』

マスクを装着しているせいで、恭介の声はくぐもったものになったが、イヤピースから聞こえてくるリズニックの声は明瞭だった。

「四人の動向について、何か情報は入っているか」

『ああ。全員がそちらに向かって移動中だ。一番早いやつは、すでに品川に着いてそちらに徒歩で向かっている。残りの三人も間もなく品川に到着する。おそらく一〇分程度の時間差で全員が到着するだろう』

「分かった」

キーは最初の一人がどういう行動に出るかだ。彼はここに到着すると同時に当然ドアをノックするだろう。だがいまや骸と化して押入れの中にいる二人の返事はない。さてそこでどうするか。ドアの鍵は開けたままにしてある。不審を抱きながらもノブを回して中に入るか。それとも中に入るのを躊躇するか。

もっとも四人が引き返したとしても、すでに六本のアンプルはこちらの手中にある。目的はすでに達成されたと言っていい。残りの四人の工作員の存在については、日本の公安当局に教えてやればいいだけの話だ。

「チーム・ワン。一つ確認したいことがある」

『なんだ』

「連中が異変に気づき、部屋に入らなかった場合だ」

間髪を容れず返答があった。ベントンの声だった。キャラバンとの交信は、すべてアメリカ大使館内の作戦本部にリレーされているのだ。

『そうなった場合でも、我々は別の形で断固たる処置をとる』

『断固たる処置』それが意味するところに何の解説もいらなかった。

『今回の連中の行為は、わが国に向けた明らかな戦闘行為だ。連中が我々に牙を剝けば、どんなことになるか、思い知らせてやらなければならない。とにかく状況は流動的だが、もし四人がその部屋に揃うようなことになれば、計画に変更はない。予定通りやってくれ』

「分かった」

力には力。それも密かに進められた工作には、密かに準備された工作で対処するというわけだ。その結果を表舞台でどう利用するのかは知ったことではないが、論理は至って単純なものだった。

無線を切った恭介は、その手でジャンパーのポケットを探り、キャラバンの中でそこに入れた小さなユニットを取り出した。消しゴムほどの樹脂の塊。上部に一つ突起がある。四人が揃ったところでこのボタンを押せば、この狭い室内にいる人間は間違いなく無力化される。

その時イヤピースの向こうから、リズニックの声が聞こえた。

『チーム・ワンだ。最初の男がそちらに向かった。間もなく路地に入る』

「了解」

恭介は樹脂のユニットを前に置くと、その傍らに置いたルガー・マークIIを手にし、遊底を引いた。最初の一発がチャンバーの中に送り込まれ、セーフティがかけられた。

＊

最初にアジトに到着したのは蘇だった。グレーのスラックス。ストライプの入ったシャツの上にはベージュの粗末なジャンパーを着て、手には膨らんだボストンバッグをぶら下げている。アンプルを受け取り次第、岩国に向かうのだろう、おそらくは三日分程度の着替えがその中に詰められているに違いない。整髪料をつかってしっかりと七三に分けられた頭髪。年の頃は三〇にさしかかったばかりというところか。尖った顎が特徴的な男だった。

蘇はアジトの家の前にくると、何気ない仕草で辺りを窺った。周囲に何の異常もないことを確認すると、立ち止まり、合板でできた粗末な造りのドアをノックした。

いつもなら、待ち構えていたように孫、あるいは安の声が聞こえてくるはずだった。だが、しんと静まり返った家の中から期待した返事はなかった。人の気配さえ感じられない。

何をしてるんだ。

訪問者である自分の行為自体は誰に見られようと何の疑いも持たれるものではなかったが、これから重大な任務を、誰にも気づかれることなくこなさなければならないということを考えると、一刻も早く中に入りたかった。なにしろこの時間に集中して、四人の人間がこの家にやってくることになっているのだ。

重大な局面に際して、予想外の事態に直面すると、人はほぼ例外なく焦りの感情を覚える。

蘇はその感情をぶつけるように、一度目よりも少しばかり力を込めてドアをノックした。

しばしの静寂。やはり何の応答もなかった。

おかしい。二人が揃って出かけるなんてことは、今まで一度もなかったはずだが……。

反射的に蘇の手がノブにかかった。右に捻(ひね)ってみた。何の抵抗もなく金属の把手(とって)が回り、ドアが開いた。半身を中に入れ、様子を窺う。台所と居間を隔てる戸は開いたままで、一階の全容が露(あらわ)になった。だがそこにいるべき二人の姿はない。

変だ。いったい二人はどこへ行ったんだ。

蘇は迷った。ありとあらゆる可能性が脳裏を駆け巡る。

作戦が日本の当局に発覚した？　いや、そんなことはない。もし連中が事前に俺たちの行動を察知していたとすれば、全員が揃ったところで踏み込むはずだ。仮に二人の存在だけがなんらかの理由で発覚したのならば、今頃はこの家のまわりには公安の人間たちが出入りしているはずだ。だが、そんな気配はない。

となれば……。

蘇の目が二階に続く階段に向けられる。

二階か。

蘇は後ろ手でドアを閉めた。部屋の中が少し薄暗くなった。革靴を脱ぎ、二階への階段を上がる。蘇が一歩ずつ踏み締めるごとに、古い造りの階段が軋みをあげる。

二階には二つの部屋があった。

「孫……安……」

小声で二人の名前を呼んでみる。やはり反応がない。家の中は静まり返ったままだ。やはりどこかへ出かけたのだろうか。しかし二人揃ってこの大事な時に出かける用事なんて何があるんだ。

再び階段を降りた蘇は、居間へと足を進めた。部屋の中は一週間ほど前に来た時の状態そのままで、特に変わったところはない。

待つしかないか。

蘇は苛立ちを抑えるように、ジャンパーのポケットを探ると、ハイライトを取り出し、中の一本に火をつけた。畳の上に腰を下ろし、卓袱台の上に置かれた灰皿を引き寄せる。二口ばかり吸ったところで、玄関のドアがノックされた。蘇はハイライトを灰皿に擦りつけて火をもみ消すと、ゆっくりと玄関に向かった。

「どなたですか……」

自分でも声が緊張しているのが分かる。

「私です……」

囁くような声が返ってくる。李だ。ドアを開けると、同年配の男が同じような恰好をし

て立っている。素早く身を室内に入れ、ドアを閉めたところで、

「まだ全員揃ってはいないんですか」

李が奥のほうを窺うようにして聞いた。

「全員どころか、肝心の安と孫がいない」

「なんですって！」李の顔が一瞬にして蒼白になった。「どこへ行ったんですか」

「分からない。特に変わったところはないようなのだが……」

蘇は居間のほうを振り向きながら言った。その間に李がスニーカーを脱いで上がり込む。

「いったいどこへ行ったんだ。こんな肝心な時に」

「分からん」

「宇部への便は何時ですか」

李が腕時計を気にしながら聞いた。もうすでに正午に近い。

「二時の便を予約してある。ここを出てタクシーを拾い、天王洲からモノレールを使えば一時間みれば十分だ。時間は大丈夫なのだが……」

「それにしても、どこへ行ったんでしょう」

蘇が先にたって、先ほどまで座っていた居間に引き返す。動揺を隠しきれない様子で、李がそれに続く。

「こうなったら、待つしかない」

「まさか日本の公安に……」

不吉な予感に怯えるように李が身を乗り出した。

「いや、もしそうならば、いま頃はここは公安関係者で一杯のはずだ」

「それはそうですが」

「それにもし、公安が我々の動きに気づき、身柄を確保しようとするのなら、二人だけということはないはずだ」

「じゃあ、いったいどうしたというんですか。あの二人はどこへ行ったんですか」

声を潜めてはいるものの、李の口調が荒くなった。その問いに答える代わりに、蘇は深い溜息を洩らしながら、首を静かに振った。

ドアがノックされた。

「来たか」

だが、それは少なくとも孫、安の二人でないことは明白だった。もしも二人ならばノックなどしやしない。

李が小走りにドアに駆け寄る。

「どなたですか」

囁くような返答があった。ドアを開けた。二人の男が立っていた。劉と張だった。ドアを閉めたところで、李の口から事情を聞いた二人の顔が強張った。

「どうしたんだろう」

ついいましがた、蘇と李の間で交わされた会話が繰り返された。

「私は一時半の長崎行きの便を予約しています。あと三〇分以内にあの二人が帰ってこなければ、便を変更しなければなりません」

佐世保を担当することになっている劉の声には焦りの色が浮かんでいる。間に合わなければ便を変更するだけの話だが、何があっても成功させなければならない重大な任務の最初での変更は、できれば避けたい。

それは他の三人にしても同じだった。靴を脱ぐのももどかしく、二人は李を押しのけるようにしながら、居間にいる蘇の元へ向かった。

「いったいどうしたことです、これは」

嚙（か）みつかんばかりの形相で、劉が言った。

「分からん。何があったのか、まったく分からん」

蘇が苛立ちを隠しきれない形相で、再びハイライトを口にくわえようとした。

「トランクは……」

「トランク？」

劉の言葉の意味を悟った三人の目が、一斉に部屋の中になければならないはずのトランクを探すべく激しく動く。

「ない。ないぞ。どこにあるんだ、トランクは！」

蘇が口にくわえたハイライトを灰皿の上に投げ捨てるように置き、立ち上がった。

狭い居間の中で四人の男が一瞬棒立ちになった。

「探せ!」

四人の男が一斉に動いた。トランクを収納できそうな場所はそう多くなかった。まず最初に目がいったのは押入れだった。劉の手が把手(とって)にかかり、戸を勢いよく引き開けた。そこに転がる物を目にした劉の体が恐怖で硬直した。探し求める二人が見つかった。それも変わり果てた姿となって。

＊

いまだ!

恭介はその時を待っていた。四人が居間の中、それも卓袱台の近くに集まっている。願ってもない状況になった。これから残忍な行為を実行しなければならないというのに、穏やかな笑いがマスクで覆われた顔一杯に広がっていく。

恭介は手の中の樹脂製ユニットの上に突き出たスイッチを押した。微弱な電波が発信され、それは間髪を容(い)れず卓袱台の下に貼りつけられたボンベの噴出口の受信ユニットへと伝えられた。機能は完璧(かんぺき)に働いた。高圧ガスを封じ込めていた弁が開き、二つの噴出口から中の気体が爆発的に噴きだした。ボンベの中身は濃縮された亜酸化窒素だった。この気体は呼吸とともに体内に入ると、顔の筋肉に麻痺(まひ)が起こり、笑ったように見えることから笑気と呼ばれる。通常外科手術をする際に全身麻酔に用いられるガスだ。猛烈な勢いで噴出した笑気ガスは一瞬のうちに、狭い室内に充満した。それは四人の男を一瞬にして深い眠りに陥らせるに十分過ぎる量だった。

押入れの中の死体を発見したとたんに、卓袱台の下で起きた噴出音。それが四人が目にし、耳にしたこの世の最後の光景であり、音となった。数秒もしないうちに、四人はその場に崩れるように倒れた。

ガスの噴出音が徐々に小さくなっていく。そして静寂が訪れた。

「チーム・ワン。四人はおねんねだ。これから始末する」

『チーム・ワン、了解した……』

地の底から聞こえる死神の囁きのような余韻を残して、リズニックの声が答えた。

ゆっくりと天袋の戸を引き開ける。狭い居間が一望の下に見渡せる。四人の男たちはある者は仰向けに、またある者は俯(うつぶ)せの恰好で畳の上に横たわっている。狭い空間から体を引き出し、開け放たれたままの押入れの仕切りに足をかけ、畳の上に降り立つ。その手にはルガー・マークIIが握られている。座布団を取り上げ、仰向けになった男の顔を覆う。それが誰なのかそんなことは構いはしなかった。座布団で顔を覆ったのは、人体の破壊の瞬間を見たくないからでもなければ、死を自らの手で与える罪悪感を少しでも軽くするためでもない。自分の着衣に血飛沫(しぶき)や肉片がかからないようにするためだ。

押し当てた座布団の下で、なだらかな曲線を描く中央に、サイレンサーの照準を定める。恭介は躊躇(ちゅうちょ)することなく、セーフティを外すとトリガーを引いた。死を与えたにしては、あまりにもささやかな衝撃と発射音だった。座布団に覆われた額とおぼしき辺りに、小さな穴が開いた。弾丸の衝撃か、それとも最後の生体反応だったのかは分からぬが、男の体が一瞬ぴくりと動いた。恭介は淡々と四人の頭部にそれぞれ一発ずつの弾丸を撃ち込んだ。

床に散らばった四つの空薬莢を回収しながら成果を確認する。弾丸は眉間の中央、あるいは後頭部中央を正確に撃ち抜いていた。小さな射入口から鮮血が細い帯となって流れ出している。粘度が低いように感じるのは、頭蓋内で破壊された脳から染み出した液が混じっているせいだろう。

空薬莢をポケットに入れ、卓袱台の下に貼りつけたボンベを回収し、ショルダーバッグに入れた。

「チーム・ワン。すべて終わった。これからそちらに戻る」

恭介は玄関のドアに向かいながら言った。

『了解した。通りに人影はない。今なら出ても大丈夫だ』

三和土に立ち、ガスマスクを外す前に一つ大きな息をした。笑気ガスはまだこの空間に充満している。もしも室内で一呼吸でもすれば、その場で自分もおねんねだ。フィルターを通る空気の音がひときわ高く鳴った。即座にマスクを外し、素早くそれをバッグにしまう。フィルターを外すのは後のことだ。そのせいでバッグの外見が多少歪になろうとも、そんなことに構ってはいられない。

ノブを捻り外に出た。後ろ手でドアを閉める。二歩ばかり歩いたところで、恭介は大きく息を吸い込んだ。数時間ぶりに吸う新鮮な空気が、血流に乗って体内の隅々まで行き渡るのが分かった。

　路地を監視車に向かって歩きながら、マスクが密着していた額の辺りを手の甲で拭った。乱れた髪を直すべく、両手で掻き上げた。瞬間見上げた秋の空の碧が目に染みた。

＊

　ワーグナーは焦っていた。那覇への着陸を断念し、福岡に降りた901便からは、スポットインすると四〇〇人を超える乗客が一気に吐き出された。乗客は地上係員の指示に従い、群れとなってロビーへと向かう。出発前にカウンターで荷物を預けた客は、その前にそれを回収すべく、ターンテーブルの前に集まる。さすがにリゾート地へ向かう便だけあって、他の国内線に比べると、圧倒的に人が多い。コンベアの前にたむろする人波の中から徐の姿を捜すのも一苦労だった。なんとか徐の姿を見つけることはできたが、問題はここからだ。荷物の出てくる順番、その時間差がどれだけのものなのか。そしてその後やつがどう動くのか、ここから先の徐の行動は、もはや運に頼るしかない。

　徐はバッグを回収すれば、すぐにカウンターへと向かうだろう。すぐにその後をつけるか。いやそれはできない。自分のバッグの中には、ルガー・マークIIに実弾の詰まった箱が入っている。そのバッグを放棄して立ち去れば、当然持ち主のいない荷物として航空会社の手によって保管される。バッグについたタグの番号とチケットの番号を照合すれば、持ち主は分かるが、もし不審貨物として中を調べられるようなことにでもなれば、大騒ぎになるだろう。

ワーグナーは、自分のバッグが徐のものよりも先に出てくることを祈った。

コンベアが動き始める。しばらくの後、先に出てきたのは徐のボストンバッグだった。彼はそれをピックアップすると、早々にロビーに向けて、バゲッジクレームを後にした。

早く出てこい！　早く！

コンベアの速度が異常に遅く感じる。その場を立ち去って行く徐の姿とコンベアの上の荷物を交互に見ながら、ワーグナーは心の中で罵りの言葉を吐いた。四角く切られた搬出口から目指すバッグが出てきた。ワーグナーは、

「エクスキューズ・ミー」

という言葉を繰り返しながら、一刻も早くバッグを拾い上げるべく、コンベアに沿って移動する。ようやく自分のバッグを手にした時、すでに徐の姿はバゲッジクレームから消えていた。

後を追うべく、急ぎ足でロビーに向かう。そこは、はからずも代替空港に降り立つことになった901便の乗客で一杯だった。さながらラッシュアワーの駅のプラットホームという有様だ。その人込みの中から徐の姿を捜しだすのは並大抵のことではなかった。

なにしろどいつもこいつも同じ色の髪をしているのだ。ありとあらゆる人種が集まる本国ならば、少なくとも東洋系の人間に絞って確認していけばいい。だが、ここではその方法は通じない。かろうじて女は外すことができる程度のことでしかない。しかもこれだけ

人間が密集していると、服装であたりをつけるのも難しい。結局は一人一人の顔を見て確認するしかない。

福岡から沖縄までの振り替え切符を発行するカウンターは、どこも長蛇の列だ。

その列の一つ一つに目を配りながら、ワーグナーは一番短い列――といってもどの列も大差ないのだが――の後方に並んだ。

振り替えチケットをもらった乗客たちが、次々に列を離れていく。徐はまだ見つからない。おそらくこの時点では、たとえ振り替えチケットを手に入れたとしても、便の予約まではできないだろう。台風が過ぎ去り那覇空港が着陸可能な状態になるのは、明日なのか、明後日なのか分かりはしないからだ。それは台風の進路と速度が決めることで、航空会社が決めることではない。

徐もまた同じことを考えていた。福岡から那覇へ向かう便は一日何便もあるが、今日明日は運行スケジュールが大幅に狂うことが考えられた。もしも明日、運行が可能になるとしても、全便が飛べるとは限らない。すべては状況次第だ。全便飛べるかもしれないし、あるいは一便だけかもしれない。それに加えて、沖縄を目指すこれだけの人間が福岡に留まり、運行の再開を待つことになる。たとえ全便の運行が予定通り行なわれたとしても、運びきれない事態に陥ることも十分に考えられる。

いかに早く沖縄に入るか。

福岡へのダイバートのアナウンスを聞くとすぐ、徐の脳裏に浮かんだのはそのことだった。

おそらく各地から那覇に向かう便は、すでに運休になるか、飛行中のものがあったとしても途中で引き返すだろう。901便の後に飛んだ便がダイバートするとしても、ここ福岡に降りるだろう。そうなれば、那覇が運行可能な状態になったとしても、すみやかに搭乗券を手に入れることは難しくなるに決まっている。

ちょうど通りかかったフライト・アテンダントを呼び止め、列車時刻表を持ってくるようリクエストした。分厚い冊子の後半には、航空機の国内線の時刻表が掲載されている。その中から九州から沖縄へ向けての便をチェックした。鹿児島と那覇を結ぶ便が四便と、福岡に次いで多い。次に福岡と鹿児島を結ぶ便を調べる。一三もの便がある。

鹿児島・那覇ルートを使うのが最も早く沖縄に入れる可能性が高いように思えた。

ワーグナーが振り替え手続きを待つ乗客たちの中に徐の姿を見つけることができないのも当たり前の話だった。彼はバゲッジクレームでバッグを手にすると、そのまま真っすぐにエアーニッポンのカウンターに向かっていたのだ。

「明日の鹿児島から那覇の便を予約したいのですが。席はありますか」

「少々お待ち下さいませ」

グラウンドホステスがキーを叩いた。

「十分にお席は空いてございます」

「それじゃ予約を入れて下さい」

「かしこまりました。お名前を頂戴できますでしょうか」

「川口俊二」

「川口様……年齢とご連絡先のお電話番号をお願いいたします」

徐は羽田でしたように、思いつくままにでたらめの年齢と電話番号を言った。入力が終わるとチケットが手渡された。料金を現金で支払った徐は、次に日本エアコミューターの発券カウンターに向かった。

「一三時四五分発の鹿児島便をお願いしたいのですが」

「かしこまりました」

制服を着たグラウンドホステスが、キーボードを叩いた。

「一名様でよろしいですか」

「結構です」

お決まりの質問がいくつかあり、徐の手にチケットが渡された。

「定刻の出発を予定しておりますので、あちらの出発ゲートから中へお入り下さい」

徐はボストンバッグをカウンターで預けると、アタッシェケース一つの身軽な体となって、再びボーディング・ゲートへと歩いて行った。

人の群れの中に徐の姿を探し求めるワーグナーは、ついぞ目標を捕えることはできなかった。

彼は完全に徐を見失った。

*

恭介がアジトでの仕事を成功裏に終わらせ、キャラバンに戻ると暫くして、東洋系の男が姿を現わし無言のまま車を発車させた。赤坂にあるアメリカ大使館に恭介を乗せたその車が到着したのは、午後一時半のことだった。地下駐車場に停止するとすぐにサイドドアが引き開けられ、リズニック、ディクソン、恭介の三人が降り立った。

エレベーターを使って、作戦本部の置かれたフロアへと上がる。リズニックがドアをノックすると、内部から施錠が解かれる音がし、ドアが開いた。

ベントンが満面に笑みを浮かべ三人を迎え入れた。すぐにその笑いが恭介一人に向けられる。分厚い手が差し出される。恭介は表情を変えることなくその手を握り返した。

「いい仕事だった。ミスター・アサクラ。完璧だ。実に見事な仕事だった」

ベントンの禿げ上がった額から頭部には脂が浮いている。興奮のせいだろう、いつもは白い肌が薔薇色に輝いている。

「仕事が成功したのはいいが、連中の死体の始末はどうするつもりなんだ。まさか死体袋に入れて運び出すわけにもいくまい」

「そんなことは、いずれ誰かが気がつくさ」

「あのまま放っておくのか」

「この時期でも二日もすれば腐敗が始まる。あれだけの住宅密集地だ。三、四日のうちには異変を察知した周辺の住民が騒ぎだすに決まってる」

「それでいいのか」

「何がだ」

「六人もの人間の射殺死体が発見されれば大騒ぎになる。当然、警察が徹底的な捜査を始めるだろう」

「だからといって何が分かる。日本の警察は当然連中の身元を洗おうとするだろう。だがどこをどうつついても、被害者の身元は分からない。いやその前に、部屋に残っている短波ラジオ、暗号帳……そうしたものから、正体はすぐに掴むことにはなるだろうがね」

「それで、君たちは知らぬ存ぜぬを決め込むというわけか」

「我々が殺ったという証拠はどこにもない。たとえ分かったとしても、連中が我々に抗議するかね。そんなことはありはしない」

　恭介はベントンの顔を正面から見据えた。

　いったい、やつらを始末したのは誰だと考えているんだ。直接手を下したのは俺だ。たしかにアジトに侵入する時も、出る時も周辺の住人に目撃された気配はなかったとは思う。通行人にも特に不審を抱かれる行動は取らなかった。たとえどこからか見られていたとしても人間の記憶というものは曖昧なもので、三、四日も前のことを明確に覚えている人間などいやしないだろう。だが曖昧な記憶というものを手がかりに事件を解決しようとするのが警察の常というものだ。その当事者となるのはこの俺だ。

「もっとも事件が解決したあかつきには、しかるべき事情説明を公安当局にすることにはなると思うが……」不穏な気配を感じたのか、ベントンが取り繕うように言った。「だがそれは、私がここで決めることではない。ラングレーの判断を仰いでのことだがね」

「まるでカウボーイ気取りだな。他国で派手な工作をやっておきながら、恩着せがましく結果だけを教えてやるってわけか」

「君に害が及ぶことはないよ、ミスター・アサクラ」

ベントンは恭介の肩を二度三度と宥めるように軽く叩いた。

「君はもはや我々の重要な資源だ。貴重な人材を危機に陥れることなど、するわけがないじゃないか」

やはりそうか。仕事はこの一度きりと言っておきながら、俺をこのまま使う腹か。

恭介の唇が白くなった。もともと端から連中の約束など信じてはいなかったが、こうもあからさまに言われると、抑えきれない感情が表情に現われた。だが恭介は、爆発しそうになる怒りと屈辱を、すんでのところでこらえた。

こんな下っ端と話をしてもしょうがない。日本支局長をつとめているとは言っても、しょせんはラングレーの指令の下で働く人間にすぎない。俺の交渉相手はこいつじゃない。それにもしラングレーが約束を破るようなことがあれば、その時はその時で、また別の手がある。

その時、テーブルの上に置かれた携帯電話が鋭い着信音を立てた。

「ベントン」

支局長が自ら電話を取り、名乗った。

『ベントンか、ワーグナーだ』

電話は福岡にいるワーグナーからだった。心なしか電話の向こうの声が緊張の色を帯びている。

「どうした」

『緊急事態だ。やつを見失った』

「なんだって」

リトマス試験紙が反応したかのように、ベントンの顔から一気に血の気が引いていく。

『901便は台風のために那覇には降りられなかった。ダイバートして福岡止まりとなった』

「それで」

『やつが飛行機を降りて荷物を受け取り、ロビーに出たところまでは確認したのだが、そこで見失った』

「なんてこった」

その部分に銃弾を食らったかのように、髪のない頭部にベントンの手が当てられた。

それから暫くの間、ワーグナーから徐を見失うまでの状況説明があった。

『いずれにしても、やつはまだ沖縄には入っていない。これだけは確かだ』

「全便欠航となれば渡る手立てがないからな」

『乗客には、振り替えチケットが発行された。天候が回復し次第、福岡から那覇に向かうことになる』

「つまりそれまでは、福岡市内に潜伏している可能性が高いというわけだな」

『ああ、身動きのしようがないからな』

「となれば、やつは天候の回復を待って再び福岡空港に現われるというわけだ」

『問題はいつ天候が回復し、どの便に乗るかだ。日本航空は状況次第で臨時便を出すことも考えられると言っているが、そうでない場合は俺がうまくやつと同じ便に乗れるとは限らない。空席状況次第だが……』

「那覇空港には陸軍情報部の連中が監視の目を光らせているが」

『ベントン。それだけじゃ十分とは言えないぞ。たしかに写真では嫌というほど徐の顔を見て脳裏に焼きつけているかもしれないが、連中の中には実物を見ている人間はいないんだ。それにうまく見つけることができたとしても、やつを殺れる人間がその中にいるのか』

「たしかにそうだ」

『念には念を入れておく必要がある。徐の顔を実際に見ている人間、それに殺れる能力を持った人間が張り込みに加わるべきだ』

ベントンの顔が反射的に恭介を見た。

『アサクラはどうなった』

まるでベントンの動きを見透かしたようにワーグナーが恭介の名前を言った。

「完璧に仕事をこなしてくれた。こちらの六人はすべて計画通りに始末した。アンプルも無傷のまま回収した」

『ベントン。アサクラをなんとか沖縄に送れないか』

「この台風の中を飛ばせというのか。そいつぁ無理だ」

『いや、必ずしもすぐでなくていい。福岡からの一番機が那覇に到着する前に着いていれば、問題はない』

「分かった。なんとかしてみよう。さっそく空軍とコンタクトする」

『頼む』

「で、君はどうするんだ」

『やつは必ずここに現われる。俺は一番機が飛ぶまでここで張り込みを続ける』

長い会話が終わった。ベントンが深い溜息(ためいき)を洩(も)らすと、恭介のほうを見た。

「何があった」

恭介のぶしつけな質問に、

「ワーグナーが徐を見失った」

「なんだって」

「心配するな、やつは沖縄へはまだ入っちゃいない。乗っていた飛行機が台風のせいで那覇へ降りられず、福岡へダイバートしたんだ。その混乱の最中にどこかへ消えた。多分福岡の街のどこかで息を潜めているにちがいなかろう」

「それでどうする」

「ミスター・アサクラ……沖縄へ飛んでくれ。ワーグナーがやつと同じ便に乗れればいいが、そういかない可能性も出てきた。先回りできるのは君だけだ」そこでいったん言葉を切ったベントンの目に冷酷な光が走った。「それに、やつを始末できる能力を持った人間もな」

「しかし、沖縄は台風の真っ只中だ。どんな飛行機が飛べるってんだ」

「もちろん、そんなことはできはしない。着陸可能な状態になってすぐの話だ。その点についてはこれから直ちに空軍に手配をする」

「それまでは用済みってことだな」

「ああ、十分な働きをしてもらったからな。宿舎に戻って休んでくれていい。準備ができ次第、こちらから呼び出しをかける」

「なんともありがたいことだな」

恭介は皮肉の籠った言葉を返した。

「徐も今頃は福岡のどこかで、計画通りにいかないことにいらつきながらも体を休めていることだろうさ」

「これで再び立場は五分と五分になったというわけだな」

「その通りだ」

ベントンは疲労の色を隠しきれない顔をしながら、視線を落とした。

徐を乗せた飛行機がすでに鹿児島に向かって飛行中であることなど、誰一人として想像もしなかった。

12

六本木の宿舎に戻った恭介は、まず最初に長いシャワーを浴びた。いったい何日ぶりのことになるのだろう。監視任務について以来初めてのシャワーだった。

至福の一時を過ごした恭介は、滴る水をバスタオルで拭うと、試合前のボクサーのように、それを頭から被り、パイル地のバスローブをはおるとリビングに出た。秋の午後の柔らかな日差しがレースのカーテンを通して、部屋一杯に差し込んでくる。

ふと猛烈なアルコールへの欲求を覚えた。任務を計画通り、寸分の狂いもなく成し遂げたとはいえ、六人の人間を殺したのだ。そのことに何の罪悪感も覚えるものではなかったが、残忍な行為の興奮が、まだ心の隅で熾火のようになって残っている。

恭介はまるでその最後の火を消そうとするかのように、キッチンに向かうと、ゼネラル・エレクトリック製の大型冷蔵庫の扉を開けた。強さよりも、体と心の火照りを静めてくれるよく冷えたアルコールがほしかった。シャンペンでもあれば申し分のないところだが、生憎そんな気の利いたものはなかった。めったなことでは口にしないビールを選んだ。ゴールドとグリーンにペイントされた缶。『ミラー』と赤字で記してある。缶の中の冷えた液体が、一気に喉を通っていくのがはっきりと分かる。よく冷えたアルコールと炭酸の刺激が心地よかった。すぐに最初の缶が空になった。だが、いかにも安っぽいアルコールは、それだけでは恭介を満足させるに至らなかった。僅かに心の片隅に残った興奮を抑える役割はしたが、十分ではなかった。むしろ微弱なアルコールを含んだ液体は、それが呼び水になったかのように、さらに強いアルコールへの欲求を恭介に覚えさせた。

二つ目の缶を取り出し、キッチンのテーブルに置くと、何種類もの酒が並んでいるキャビネットの中からジャック・ダニエルを選び、ショットグラスを並べて置いた。琥珀色の液体を注ぎ、一気に胃の中に送りこむ。強いアルコールが熱の固まりとなって、みぞおちの下の辺りで爆発する。すかさず冷えたビールを流しこんでやる。燃え盛った炎が音を立てて消えるように、冷たいビールが熱を吸収する。その余韻が火照った血流に乗り、全身に拡散していく。

ショットグラスの三杯目を送りこんだところで、ようやく精神が完全に解放の方向に向かい始めたことが分かった。体内に潜んでいた疲労が一気に噴きだしてきた。それと同時に、遅くともこれから二四時間以内に必ずや訪れるであろう、最後の任務のことに考えがいく。

連中が行動を起こすのは三日後のことだ。福岡で足止めを余儀なくされている徐は、さぞかし焦っていることだろう。下見をし、ウイルスをばらまくのに最も効果的な場所を選ばなければならないのだ。それはどこだろう。たった一つのアンプルを使って最大の効果をあげる場所……。米兵が集まるクラブやバーか。狭い空間。籠った空気。

ふと恭介の目が壁に掛かったカレンダーに向けられる。

三日後は金曜日だった。

任務から解放された兵士たちは、解放感からどっと街に繰り出すに違いない。ましてや台風の過ぎ去った後ともなれば、いつにもまして街は賑やかになる。となれば基地周辺の繁華街が一番狙われる可能性が高いとみるべきだろう。

自分ならどうする。どこを狙う……。

恭介は徐の立場になって考えを巡らした。

もちろん、ワーグナーが再び徐を福岡で捕捉することができれば、彼が直接手を下すことになるのかもしれぬが、事がそう思惑通りに運ぶとは限らない。事実、彼が徐の姿を空港でロストするという事態が起きている。自分が沖縄に入るのは徐よりも早くなるだろう。そうなれば、手を下すのは自分である可能性も出てきて当然だ。

ふと、徐がアジトを出る前に、どこかへかけた電話の内容が思い出された。

やつは車を駐車場に用意しておくようにと言っていた。それにたしか、ダッシュボードに何かを入れておくようにと言った。それは何だろう。武器……拳銃か。いや、今回の作戦に銃は必要ないはずだ。銃撃戦が起こるとすれば、それは工作以前にやつの正体、つまり北の工作員ということがばれた場合だ。しかし、もしそうなっても、当然北はいつものようにシラをきり通すだろう。そうであれば、自らの行動に国家の責任という重しを感じる必要がないことから、逆に何がなんでも任務を遂行しようと、徐が必死の抵抗を試みることは十分に考えられる。やはり拳銃か……。ほかに何か準備しておくものはないのだろうか。アジトのキー？　いや、そんなものではない。もっと今回の作戦に必要な何かだ。より作戦を効果的にする何か……。

酔いの回り始めた頭で恭介は必死に考えた。

作戦をより効果的なものにする……それは米兵の中にいかにより多くの初期感染者を出すかだ。兵士の集まる場所……キャンプ！　そうかキャンプを直接狙うという手もある。だがキャンプに入るためにはどうする。普通の人間はキャンプの中にそう簡単に入れはしない。もちろん基地内で働く日本人は少なくないが、そうした人間になりすますとでもいうのか。いや、そうじゃない。基地内で働く人間の入れるエリアは限られている。たとえそうだとして、うまく基地内に入り込めたとしても、多くの兵士に初期感染者を出すことを目的とするなら、不特定多数の基地から兵士が集まってくるクラブやバーのほうが効果的である上に、危険も少ない。待てよ。不特定多数の人間が集まる場所？

恭介の頭に閃(ひらめ)くものがあった。

恭介は立ち上がると、近くにあった電話を取った。

「ベントン。アサクラだ」

『どうした』

「一つだけ聞きたいことがある」

「沖縄の各キャンプにはPXがあったな」

『なんだ』

『ああ、あるが』

「そこに出入りする業者は多いのか」

『そうだな、よく調べてみないと正確なところは分からないが、PXに限って言えばそう多くはない』

「だが日用品の仕入れとか、そうしたものを運び込むのはどうしているんだ」

受話器の向こうから、忍び笑いが聞こえた。

『キャンプのPXで販売されるものは、すべてアメリカ本国から送られてくるのさ。それこそ石鹸(せっけん)の一つから衣類、家具に至るまでね。ちょっとした企業なら、〝ガバメント〟というセクションがあって、国防総省の発注があると、通常よりも遥(はる)かに安い値段で軍に納入するよう態勢が整っている。それもPXに納める商品はすべて無税でね』

「どこにいても、本国と同じもので、同じ生活ができるようにというわけか」

『その通りだ』

「メンテナンスに関してはどうだ」

『メンテナンス？　基地内の建物とかそれに付随する機器類のことか』

「そうだ」

『おい、考えてもみろよ。戦車の通れる橋を一晩で川に架けてしまう工兵や、エレクトロニクス関係のスペシャリストがごまんといるんだぜ。どうしてそんなことをさせるのに、外部の人間を使う必要がある。基地内のメンテナンスなんて、自分たちでやってしまえるさ。なぜ、そんなことを聞く。何か気になることでもあるのか』

「いや……ただちょっと引っかかるものがあってな」

『とにかく、徐を再び捕捉するのが先だ。君にもう一度働いてもらう可能性も高い。それに備えて、ゆっくりと休んでいてくれ。準備が整い次第、こちらから連絡する』

回線の切れる音が妙に耳にこびりついて離れない。釈然としない何かが残った。ベントンは物資のすべてが本国から送られてくると言ったが、本当にそうだろうか。それとも俺の考え過ぎか……。やはりやつの狙いは基地周辺に密集するバーやクラブなのだろうか。もしそうだとすれば、やつを片づけるのは下見の最中にやらなければならないことになる。人通りの多い市街地で、誰に見られることなく銃を使って始末する……それはいくらなんでも不可能だ。それならば……。

恭介は再び受話器を取り上げ、ボタンをプッシュした。

「ベントン。度々すまないが、至急用意してもらいたいものが二、三ある」

『なんだ』

受話器の向こうからベントンが聞いた。

鹿児島の市街から少し離れたホテルに徐がチェックインしたのは、夕刻五時近くのことだった。部屋の窓からは夕闇に沈んで行く錦江湾が一望の下に見渡せた。

壁際にシングルベッドが一つ置かれ、人一人がようやく通れるほどの僅かな間隔で机が置いてある。北京で泊った長城飯店に比べれば粗末な部屋だったが、それでも本国で暮らすアパートに比べれば、スペースはともかく、清潔さ、備品の質においては格段の違いがあった。

＊

徐は部屋に入るとすぐに、机の上の電話を手にした。押された番号は北品川にあるアジトのものだった。アンプルが計画通り、残る四人のメンバーに確実に渡されたかどうか、それを確認したかった。回線はすぐに繋がった。呼び出し音が鳴る。一回、二回、三回……。受話器を取り上げる者は誰もいなかった。

どうしたんだ。三沢、岩国、佐世保へ飛ぶ連中はすでに東京を発ったには違いないが、横須賀を担当する孫は、いてもいいはずだ。それとも、もう行動に入ったのか。

ふと、一週間の間かいがいしく自分の面倒をみてくれた孫の顔が脳裏に浮かんだ。いまどきの日本人の若い女になりすますべく、自らの意志に反して髪を茶色に染め、派手な服を着ることに耐えながら、食事を用意し、洗濯までもしてくれた孫。今回の任務の先に待ち受ける彼女の運命を考えた時、徐の心に切ないばかりのやるせなさが込み上げてくる。

まだ二〇歳を越したばかりだというのに、祖国に命を捧げることになるのだ。たとえそのことを事前に知ろうとも、彼女ならば進んでその任務を引き受けこそすれ、決して尻込みすることはなかっただろう。一週間の間、寝食を共にした徐には、痛いほど分かっていた。

　早々に横須賀に向かい、ウイルスを撒くのに最も相応しい場所を探しているのかもしれない。事態は決行に向けて刻々と進んでいるのだ。計画通りに行っていないのは自分だけだ。くそ！　この台風さえなければ……。

　徐の心を再び焦りが支配し始める。自分のいかなる力、能力を持ってしても打破できない事態。まさに運を天に任せるしかない状況を、徐は心底呪った。

　心を静めようとするかのように、床の上に置いたボストンバッグを開けた。中に入った衣類を掻き分け、底に隠された70式拳銃を手にした。鈍い黒色に光る拳銃からマガジンを引き抜き、装塡されていた七・六五ミリ弾を一つずつベッドの上に並べていく。全部で八発の銃弾が横一列になったところで、再びそれをマガジンに戻した。おそらくはこの拳銃を使用することはないだろう。たとえ使用するようなことになったとしても、戦うことを目的として日夜厳しい訓練に明け暮れている敵兵たちのまっただ中にあっては、身を守る手段どころか、何の慰めにもならないことは百も承知だった。

　だが一発ずつ銃弾を装塡する度に、マガジンと銃弾が触れ合う無機的な金属音は、乱れた心臓の鼓動を正常に戻すペースメーカーのごとくに、徐の苛立つ神経を鎮める役割をした。

すべての弾丸を装塡し終えたところで、天気予報が気になった。部屋のコーナーに置かれたテレビのスイッチを入れた。リモコンを使いザッピングする間に、防波堤に押し寄せる大波を背景に暴風雨の中で必死にマイクを持ち、レポートをする記者の姿が飛び込んできた。NHKの五時のニュースだった。

『速度をあげた台風一五号は先ほど沖縄に上陸しました。中心気圧は九四〇ヘクトパスカル。最大瞬間風速は四〇メートルと勢力は一向に衰えてはおりません。強い風もさることながら、この台風は典型的な雨台風で、一時間に一二〇ミリという集中豪雨並みの降雨量を記録しており、沖縄各地に深刻な被害を及ぼすおそれがあり、気象台では全島に厳重な警戒を呼びかけております』

吹き飛ばされそうになりながら、必死にレポートする記者の姿が消え、沖縄の街の様子が映し出された。強風に折れた街路樹。吹き飛ぶ看板。川のようになった道路を、水飛沫（しぶき）を上げながら走る自動車……。

『台風は、今夜中にも沖縄を通過し、このままの進路を取れば東シナ海に抜けるものと思われ、明日の午前中には暴風雨圏を脱する見通しです。この台風のため、現在、沖縄と各地を結ぶ空の便、船の便ともにダイヤは大幅に乱れ、交通機関は空、海ともに完全に麻痺（まひ）状態にあります』

その声に被（かぶ）せて、フライトをキャンセルされた乗客たちが、空港のロビーの椅子に所在なげに座っている様子が映し出された。

そうか、明日の午前中には回復するか。やはり福岡から鹿児島に飛んでおいて正解だった。たしかに福岡から那覇への便は多いが、あれだけの人間が福岡で足止めを食らったのだ。あのまま福岡に留まっていたら、那覇に着くのはいつのことになっていたか分かったものじゃない。

少し気持ちが軽くなった。ちょっとした機転が、下手をすれば二日無駄にするところを、一日に抑えることに成功したのだ。無駄にした一日は痛いが、致命的というわけではない。大丈夫、計画は予定通り実行される。

徐は再び電話を取った。前よりも一つ長い番号を押した。すぐに出た相手と短い会話を交わし終えると、彼は小さな溜息を洩らし、衣服を脱ぎ、それから長い風呂を浴びた。

＊

部屋の電話が鳴った。熟睡していた恭介は、音のするほうに手を伸ばし、受話器を持ち上げた。カーテンを閉めきった部屋は、まだ深い闇の中にあった。

「ハロー……」

まだ覚醒しない頭のせいで、恭介の声はどこか間延びしている。

『おやすみ中のところ悪いが、出発の準備をしてくれ』

丁寧な言葉遣いだったが、ベントンは有無を言わせぬ口調で言った。

「分かった……シャワーを浴びる時間はあるか」

急速に意識が覚醒していくのが分かる。酒はこの部屋に着いてジャック・ダニエルをストレートで三杯、チェイサーとしてビールを二缶空けただけだ。アルコールはとうの昔に恭介の体から抜けていた。

『残念ながらそんな時間はない。これからすぐ、横田から沖縄に向かってもらう』

「いま何時だ」

『午前三時だ』

「この時間じゃ、ヘリは使えんな」

『その通りだ。横田までは高速を使うが一時間半はかかるだろう。横田には空軍のガルフストリームが待機している。沖縄の天候はまだ回復してはいないが、台風がこのまま東シナ海に抜けるとすれば、君を乗せた機が沖縄上空に達する頃には、どうにか降りられるような状態になっているだろうということだ』

「降りられなければどうする」

『上空待機をしてチャンスを窺う。何がなんでも那覇空港が再開される前に君を降ろす』

「無茶な話だな」

『無茶でもなんでもいい。パラシュートをつけて飛び降りさせるという手もある』

「馬鹿なことを言うな」もちろんベントンの言葉は冗談だということは分かっていた。恭介は軽い笑い声をたてた。「分かった。すぐに準備する」

明りを灯し、ベッドを抜け出た。いつもの習慣通りの一糸まとわぬ裸体が露になる。下着をつけ、オックスフォード地の濃紺のボタンダウンシャツを着る。カーキ色のチノーズのパンツを履く。リビングに向かい、テーブルの上に置いておいたルガー・マークIIをホルスターから抜き取る。グリップ底部についているリリースレバーを押してマガジンを外す。中に一〇発、装塡可能なだけの銃弾が込められていることを確認する。傍らにある予備のマガジンも同様に確かめた。ボルトを引いてチャンバーの中に弾丸が入っていないことをチェックし、一つ目のマガジンを銃把の底から押し入れた。カチリと音がし、完全にセットされたことが分かる。ショルダーホルスターを装着し、ルガーを差し込んだ。その上からシャツとほぼ同色の薄手のウインドブレーカーをはおった。パンツのポケットに予備のマガジンを入れる。それからウインドブレーカーのポケットに、昨日ベントンに依頼して運んでもらったものに手を加えた工作物を入れた。テーブルの上には最後に単三の乾電池が一つ残った。恭介はそれを予備のマガジンを入れた反対側のポケットに無造作に入れた。

約束の時間まではまだ少し間があった。

バスルームへ向かい、鏡の前に立つ。寝乱れた髪が少し気になった。恭介はムースを手にすると、ドライヤーとブラシを使って、それを整えた。ウインドブレーカーの下に忍ばせたルガーの存在は、どう見ても分からない。

これで準備はすべて整った。やつを殺るのは俺になるのかワーグナーになるのかは分からんが、いずれにしても今日中に片をつけなければならないだろう。

鏡の中の恭介の澄み切った目に、冷徹な光が宿った。それは、曇り一つない純粋な氷の中に、見かけとは違う何かが潜んでいることを一瞬悟らせるような小さな閃(ひらめ)きだった。

そのタイミングを見計らったかのように、部屋のチャイムが鳴った。

＊

横田を午前五時に飛び立った空軍のガルフストリームが嘉手納(かでな)に降り立ったのは、予定よりも一時間遅れた午前八時のことだった。台風の暴風雨が去るのが予想よりも遅れ、上空待機を余儀なくされた結果だった。台風の余波の風は気まぐれに吹き、通常ならば、どんなパイロットでも着陸を断念するところだったが、『多少の危険を冒してでも嘉手納に着陸しろ』という厳命を受けた機長は、決死の覚悟で着陸を決行した。

生暖かい風が吹く嘉手納基地のスポットに降り立った恭介を待っていたのは、陸軍情報部の二人の男だった。男たちはすべてを心得ているとばかりに、無言のままクラウンの後部座席を空けると恭介をそこに乗せた。広大な基地内を走り始めるとすぐに、助手席の男が後ろを振り返ることもなく喋(しゃべ)り始めた。挨拶(あいさつ)はもちろん、自己紹介などなしだ。

「状況を説明しておく」

恭介は黙って頷(うなず)いた。

「空港は昨日から我々の監視下にある。ロビーには到着出口に三人。ターミナルを出たところに二人。それに駐車場に三人だ。もっともまだ那覇空港は閉鎖された状態にあるので、ロビーとターミナル出口の監視は解いてあるがね」

「那覇が降りられる状態になるのは、何時ごろになる予想だ」

「空軍さんの話だと、あと一時間半もすれば大丈夫だろうということだ」

「となると、それを見越してそろそろ各地から那覇に向けて飛び立つ便が出てきてもおかしくはないということだな」

「先ほど確認したところによると、東京からの最初の便は三〇分遅れで那覇に向けて飛び立つそうだ」

「東京からの便はどうでもいい。福岡からの便はどうだ」

「そうだったな。失礼した。福岡からの便も間もなく出発する」

「那覇まではどれくらいだ」

「この調子なら一時間もあれば……」

「初便の到着には、十分間に合うってわけだな」

「その通りだ」

「車は」

「駐車場の一階に用意してある。白のカローラだ。もちろん沖縄ナンバーの一般車だ」

恭介は黙って頷いた。

「那覇空港に到着したら、我々は君をその車の所で降ろす。そこから先、監視チームとの連絡はこの無線機を使って行なう。君のコールネームは〝ジョーカー〟だ」

男は、僅かに体をずらすと、小さな無線機とマイク、それにイヤピースを恭介に手渡した。心得ているとばかりに、恭介はそれらを所定の場所に装着していく。

クラウンは国道五八号を順調に南下して行く。右手には時折、南国特有の、アクアブルーに煌めく海が見える。台風が過ぎ去った空は雲一つなく、早くも強烈な太陽が降り注いでいたが、まだ風が強いのだろう、刷毛で引っ掻いたような白波が立っている。左手にはここが日本かと見まごうばかりの瀟洒な家並み、それに階層の低いビルが芝生に覆われた広大な敷地の中に建っている。ところどころに、その敷地内に向かって伸びる進入路があり、遥か先には守衛のいるゲートが見える。沖縄の各地に展開している米軍基地だった。それはまさに、日本の中にアメリカそのものを持ち込んだ光景にほかならなかった。

『キャンプのPXで販売されるものは、すべてアメリカ本国から送られてくるのさ。それこそ石鹸の一つから衣類、家具に至るまでね』

ふとベントンが洩らした言葉が思い出された。どこにいようとも本国と同じ待遇と環境を保証する――それが、軍が兵士を徴募するに当たってのうたい文句だった。自分たちの生活が、国がこの世で最も優れたものであることを疑わないアメリカの姿がそこにあった。いや生活だけじゃない。連中は自分たちの主義、主張も常に最高のものと信じて疑ってはいないのだ。

日本という国を舞台にしながら、まるで自国で起きた事件のごとくに振るまう今回の事件への対応が如実にそれを物語っていた。

北の訓練地域に兵士を運ぶのだろう。暗緑色に塗られた軍用トラックの列とすれ違う。ビーチには本土からの観光客だろうか、時折、強い風がまだ吹きつけるというのに、水着に着替えた若い女性の姿も散見できる。

その姿が、いまこの島に迫りつつある危機、それを防ごうとする三人が乗った車内を支配している張り詰めた緊張感の中で、言いようのない違和感を与える。

海兵隊のヘリコプター部隊が使用する普天間飛行場に差しかかったところで、車内の静寂を破るように、二機の戦闘ヘリコプター〝コブラ〟が腹に響くような爆音を轟かせながら、離陸していくのが見えた。

巨大な旅客機よりも天候の制限を受けやすいヘリの訓練が始まった。それは同時に、徐を乗せた便が那覇に着陸できる状態になったことの証しでもあった。

＊

福岡空港の出発ロビーは人でごった返していた。日本各地に向かう人々に加え、昨日ここで足止めを食らった901便の乗客が、席取り合戦を演じているのだ。日本航空の沖縄行きの第一便は九時発の921便だが、それはすでに満席の表示が出ている。収容しきれなかった乗客たちは、振り替え搭乗券の裏にエンドーズメントのスタンプを押してもらい、同時刻に沖縄に向かう全日空121便にブッキングしていく。だが、すぐにこちらのカウンターにも満席の表示がなされた。その次に早いのは、二〇分遅れで出るJASの891

便だが、それにもすでに長い列が出来ている。いずれの便に乗るにしても、一度は必ず日本航空のカウンターに姿を現わさなければならない。ここで待てばやつを捕捉できるはず……いや必ずできる。

ワーグナーは少し離れたところにある椅子に座って、日本航空のカウンターで手続きを行なう人間たちに細心の注意を払いながら監視を続けた。

時間はすでに九時に近かった。ロビーに柔らかなチャイムが響き、搭乗案内のアナウンスが流れ始めた。

『日本航空からご搭乗最終案内を申し上げます。日本航空９２１便沖縄行きは、定刻通り沖縄、那覇空港に向けて間もなく出発いたします。お客様はお急ぎご搭乗下さいませ』

日本語に続いて英語で同じ内容がアナウンスされる。それが終わったかと思うと、今度は全日空便への搭乗の最終案内が流れた。

いったいどうなっているんだ。やつは姿を現わさない。見逃してしまったのだろうか。

ワーグナーの脳裏に不吉な予感が走る。

いや、そんなことはない。文字通り黒山の人だかりだが、入口、それにカウンターに並ぶ人間は漏れなくチェックした。実物を昨日まる半日にわたって尾行してきたんだ。あの顔、あの姿はいまでも鮮烈に脳裏に焼きついている。やつはまだ現われちゃいないんだ。いったい何が起きたんだろう。作戦が変更になったのか。北品川のアジトの連中が始末されたことに気がついたのだろうか。

ワーグナーは焦った。そうした心情を助長するかのように、ＪＡＳのカウンターの後のボード、８９１便と書かれた場所に『満席』のカードがかかった。

おかしい。もしも計画通りにことを運ぼうとするなら、一刻も早く那覇行きの便に乗るはずだ。それが現われない。次に飛ぶのは全日空の１２３便だが、こいつの出発は一一時半だ。ずいぶんと時間が空く。やつはまる一日を無駄にすることを余儀なくされている。決行前に下見をしようとするなら、一分一秒でも時間が惜しいはずだ。それが現われない……。

ワーグナーは携帯電話を取り出すと、ボタンを操作した。

「ベントン。ワーグナーだ」

『待ちかねたぞ。やつは姿を現わしたか』

「それが、まだやってこない」

『まだだと？　いったいどういうわけだ』

「ほぼ同時刻にここから那覇に向けて三便が飛ぶことになっているんだが、やつはそのどれにも搭乗した気配がない」

『見逃したんじゃないのか』

「馬鹿を言うな。こっちはここで、昨夜から一睡もしないでやつが現われるのを待っているんだ。見逃したはずはない」

『ならばどういうわけだ。まさか別の人間と入れ替わったんじゃないだろうな』

「いや、その可能性は極めて低い。そもそも昨日の便が福岡に降りたのは、彼にとっても予定外の出来事だったはずだ。ほかの人間と入れ替わることなどありえない」

『まさか、気づかれたんじゃないだろうな』

「チーム・ツーはまだ監視を続けているのか」

『ああ。アジトには人の出入りはなかった。ただ、昨日の夕方と今朝の二度電話があったがね』

「何時頃の話だ」

『昨日は夕方の五時頃、今朝は七時頃だ』

「それが徐からのものだということは考えられるな。それ以降は」

『それ以降は何もない』

やはり異変に気がついたのだろうか。だが、たった一、二度の電話に相手が出なかったからといって、何かがあったと察知するだろうか。盗聴していた会話の中には、そうした手順は何もなかったはずだ。だがそうでなければ、なぜやつはここに姿を現わさない……。

さすがのワーグナーも考えれば考えるほど混乱するばかりだった。それはこれまで数多くの難しい任務をこなしてきた、半ば伝説的な工作員が初めて覚える屈辱だった。

「アサクラはどうなった」

『早朝、横田から沖縄に向かった。現在嘉手納から那覇に向かって移動中だ。間もなく那覇空港に着く頃だろう。陸軍情報部の連中も配置を完了している』

「とにかくこの事態をすぐに知らせてくれ。次の沖縄便は一一時半に福岡を発(た)つ。私はこのままここで監視を続ける」

『了解した』

ベントンの声がにわかに緊張を帯びていくのがはっきりと分かった。

＊

徐を乗せたエアーニッポン111便は定刻から三〇分遅れの一〇時一〇分に鹿児島空港を飛び立った。離陸するとすぐにバンクを取った飛行機の窓の下に噴煙を上げる桜島が見えた。

思わぬ台風の襲来で一日を無駄にしたが、ここまでくれば後は下見を済ませ、アンプルの中のウイルス兵器をまくのに最も適した場所の当たりをつけるだけだ。実行の日は金曜日。ふと『T・G・I・F』という言葉が脳裏に浮かんだ。『サンクス・ガッド・イッツ・フライデー』、任務から解放された兵士たちが最もくつろぎ、アメリカ人の常として享楽的な夜を過ごす日だ。おそらくはバーで、クラブで、決して豊かとはいえない賃金のせいで、ビールを舐(な)めるようにしながら、踊り狂い、下卑たスラングの会話を楽しむのに違いない。

あり余る体力から発せられる熱と淀(よど)んだ空気が充満する狭い空間……。そこで、アンプルを破壊する。弾丸を使うわけでもなければ、爆弾を使うわけでもない。薄いガラス容器の中の粉末が空間に漂い、兵士たちの喉、あるいは目蓋に取りつくだけで、最大級のダメージを連中に与えることになるのだ。

　その瞬間をイメージしただけでも、徐は背筋が粟立つような興奮を覚えた。それが同時に、徐自らがウイルスに感染し、数日のうちに確実に死を迎えることになるのも、百も承知だった。『一人一殺』とは第二次世界大戦末期に日本軍兵士が合言葉のごとく口にした文句だが、自分の場合は違う。一人で何千、いや何万という兵士を倒すことになるかもしれないのだ。たとえ初期症状に対応できたとしても、このウイルスは今後何十年にもわたってアメリカ社会を、日本を、いや西側諸国を苦しめることになるのだ。

　極東のアメリカの軍事拠点と、それに協力する日本が、目に見えないウイルスの恐怖、そしてそれに伴う混乱に陥れば、事はあらゆる面でわが国に有利に働くことになるだろう。その礎としてわが身を捧げる。これほどの幸せがあるだろうか。

　その一方で昨日と今朝の二度、品川のアジトに電話をかけたにもかかわらず、誰一人として受話器を取り上げる者がいなかったことが気になった。

　明確な指令があり、いったん作戦行動に入れば、連絡を極力少なくするのは常というものだが、徐は言いようのない不安が心中で増幅されていくのを抑え切れないでいた。そうした心情を払拭しようとするかのように、彼は自分が本国を出て以来の行動を改めて思い返してみた。

　少なくとも自分が感ずる限りにおいては、アメリカの連中にこれまでの行動が気づかれている気配はなかったと思う。もちろん日本の公安にもだ。いま自分がこうして無事目的地に向かいつつあるのが何よりの証拠だ。もしも我々の動きがすでに察知されているとすれば、日本に入国して以来、これまでになんらかのアクションが取られていたはずだ。連中が何の手も下すことなくじっとしているわけがない。それに今回の作戦は、我々の組織の中でも極めて一握りの人間しか知らないことで、そこから情報が漏れることなどあり得ない。だが物事というものは、目的を果たすまで油断は禁物だ。何が起こるか、一瞬先のことなど誰にも分かりはしない。事実、予定では昨日沖縄に到着しているはずが、台風の到来という予期しなかった事態のせいで、一日を無駄にしてしまったではないか。今回の任務はいままでのようなスパイごっことはわけが違う。まさに実戦行動そのものなのだ。そして任務が完遂できて初めて、我々の勝利が不動のものになる。とにかく油断は禁物だ。

機の姿勢が変わった。旋回を終了し、バンクが修正され一直線に上昇を続けていく。噴煙を上げる桜島が後方へと去っていく。

美しい国だ。

ふと、徐は思った。徐の目が前席のシートの下に置いたアタッシェケースに向けられる。だがこの美しい国も、やがて見かけだけの国になる。景色も何も変わらない。だがここで暮らす人々は、確実に病にむしばまれていくのだ。

窓に顔を押しつけるようにしながら、次第に遠ざかっていく桜島を見ていた徐の目が僅(わず)かに細くなった。

13

台風の余波が去った沖縄の空は、一片の雲も見えないほどに晴れ上がっていた。九月末とはいっても、南国の太陽に十分熱せられた外気のせいで、車の中は蒸し風呂(ぶろ)のような暑さになっていた。

駐車場の一階に停めた車の運転席で、気の遠くなりそうな暑さに耐えながら、恭介は周囲に油断ない視線を走らせていた。薄手のウインドブレーカーを脱ぎたい衝動にかられることもしばしばだったが、それでは上体に装着したショルダーホルスターが露(あらわ)になってしまう。いつ現われるか分からない相手を待ちながら、うだるような暑さに耐える。それはまさに拷問に等しい行為だった。そしてさらにそれに追い打ちをかけるように、恭介の神経を苛立(いらだ)たせたのはベントンからの連絡だった。

ワーグナーが福岡で徐を見失った。そのことは今朝東京を発つ前に聞かされてはいたが、今朝になっても徐は福岡空港に姿を見せてはいない、とベントンは言った。見過ごしたことなどありえないというおまけつきだ。

ならば、やつはどうやって沖縄に入るつもりだ。もっと遅い便で来るのか。

気の遠くなりそうな暑さが、ともすると恭介の思考能力と注意力を削ぎそうになる。流れ出る額の汗をハンカチで拭いながら、恭介はかつてブラウン大学の学生時代に格闘技の訓練を受けた、デービッド・ベイヤーの言葉を思い出していた。アメリカ陸軍の特殊部隊、グリーンベレーの一員としてベトナム戦争に参加したベイヤーは、めったなことでは彼の地での任務について話すことはなかったが、それでも折にふれ、その断片を恭介に話して聞かせることがあった。その一つが『アンブッシュ』、つまり待ち伏せの話だった。

猛烈な湿気と暑さ。そこここに潜む毒虫や蛇。ブービートラップの恐怖。見通しのまったくきかないジャングルの中で一歩足を進めることは、生の確認をすることでもあり、同時に突然の死を迎えてもおかしくない行為だった。そしていつ現われるか分からない敵をジャングルの中でじっと待つ忍耐。アンブッシュの成否を分けるものは、忍耐と注意力の持続以外の何物でもない。恐怖に耐えながら、中には、運よく待ち伏せ地点へと辿り着いた時点で精根尽き果て、本能の欲求に負けうたた寝をする者も出てくる。だがそうした少しの油断は、戦場では間違いなく死に繋がるのだ、とベイヤーは言った。

いま恭介が置かれている状況は、まさにベイヤーが言ったベトナムの戦場そのものだった。忍耐と、細心の注意。それなくしてアンブッシュは成功しない。

針の進みを遅く感じていた時計が、ようやく一〇時半を指した。にわかにイヤピースを通じて聞こえてくる無線の頻度が高くなった。空港ロビー、出口で監視を続けている陸軍情報部の人間たちが連絡を取りあっているのだ。

『いま日本航空の921便が着いた』

そして間もなく、

『全日空121便到着……』

続々と福岡からの便についての情報が聞こえてくる。

『乗客が出てくる……』

緊張した声を最後に長い沈黙があった。諜報機関としての目的はCIAとは異なるが、能力的には陸軍情報部とてそう劣るわけではない。実物を見ていないとはいえ、徐の姿を見落とす可能性は極めて少ないだろう。なにしろ八人のプロフェッショナルが目を光らせているのだ。

だが再び長い沈黙の後に聞こえてきた言葉は、恭介を少なからず失望させるものだった。

『921にも121にも該当する男は乗っていない』

やはりワーグナーの報告に間違いはなかった。徐は少なくともこの二つの便には乗っていなかったのだ。

『間もなくJASの891便が到着する。それに乗っているかもしれない』

おそらくそれも同じ結果だろう。ワーグナーはたしかに昨日福岡でへまをしたが、同じ過ちを二度繰り返すような男ではない。すると、午後の便だろうか。たしかこの後は全日空の123だ。福岡発は一一時三〇分のはずだ。もしやつがそれに乗るとすれば、そろそろベントンから連絡があってもいいはずだ。

果たして、それから間もなく知らされたＪＡＳ８９１便についても同じ報告がなされた。監視員の口調には明らかに失望の色が見て取れた。

ベントンからは何も言ってこない。と言うことは、１２３にも乗っていないということか。那覇空港にはその後も、続々と日本各地からの便が到着してくる。

恭介は苛立つ心を静めようとするかのように、ゴロワーズを口にくわえた。台風の吹き戻しというやつか、蒸し風呂のようになっていた狭い車内に、急に南国の風が吹き込んでくる。額に流れ出た汗が引いていくのが分かる。最初の一口を肺の中に深々と送り込んだ。何時間ぶりかのニコチンが血流に乗り、体の隅々まで行き渡るのを感じる。シートの上で上体を前に倒し、背中に風を当てた。ベットリと湿った背中に当たる風が心地よかった。何気なく時計に目をやった。短針と長針が頂点で重なり合おうとしている。と、その時だった。

『ジョーカー！　やつが現われた。いまターミナルを出て、駐車場に向かっている』

監視員の一人の声がイヤピースから聞こえた。潜めてはいるが、声がひっくり返っている。泡を食って、慌てていることが分かった。

『間違いないのか』

と別の男の声。

『間違いない。やつだ。ボストンバッグにアタッシェケース。知らされていた通りの恰好だ』

『ちくしょう、どこから来た。福岡からの乗客はとっくにターミナルを出たのに』

そんなことはどうでもよかった。恭介はゴロワーズを窓から放り投げると、正面にあるターミナルビルのほうを見た。徐の姿がすぐに見つかった。成田空港で見た姿がそこにあった。

「ジョーカー、目標を確認した」

どんな手を使ったのかは分からぬが、とにかくやつは那覇に姿を現わしたのだ。

徐はターミナルビルの前の道路を横切ると、真っすぐ駐車場に向かってくる。予め（あらかじ）ピックアップする車の駐車位置は知っているらしい。

瞬間、恭介の脳裏にワーグナーが言った計画が思い出された。

やつが車に乗り込む時がチャンスだ。乗り込む寸前、こいつで片をつける。

恭介の手が反射的にウインドブレーカーの中のルガーを握った。だが、それは状況的にどう見ても不可能だった。駐車場には、停めてある車をピックアップしようとしている何人かの人間がいる。中には大きな荷物をトランクに積み込もうとしているのもいる。おそらく他の階も同じことだろう。ここで殺る（や）には人目が多すぎた。

『ジョーカー、やつはエレベーターに乗った。一人でだ……。いま二階で止まった。二階だ！　二階で降りた。間違いない』

ロビーから尾行してきた男が喘ぐ（あえ）ような口調で言うのが、イヤピースを通じて聞こえてくる。

「ジョーカーだ。ここで殺るのは無理だ、とりあえず尾行する」

『……了解』

くぐもった男の声が聞こえてきた。

恭介は徐の動きに注意を払いながら、携帯電話を取り出した。ボタンをプッシュする。回線はすぐに繋がった。

「ベントン。やつが現われた……ああ、そうだ那覇にな……いや、ここで片づけるのは状況的に無理だ。これから尾行に入る」

恭介は徐の行動を窺いながら、イグニッション・キーを回した。エンジンがかかると、エアコンから冷気が噴きだした。酸素不足で喘ぐ金魚が酸素を得たように、恭介の顔に生気が蘇ってくる。サイドブレーキを外し、ギアをドライブ・モードに入れた。出口には向かわず、二階へ続くアプローチへ向けて、カローラはゆっくりと動きだした。

＊

徐は駐車場ビルの二階でエレベーターを降りると、電話で指定された位置に向かった。駐車スペースは半分ほどしか埋まっていない。奥まったところに停めてある白のクラウンはすぐに見つかった。家族連れと見られる四人ほどの人間がいるだけで、他に人影はなかった。ゆっくりとした歩調で目指すクラウンに向けて歩を進める。後部にまわり、身を屈めた。それはまるでトランクを開けるような動作だった。素早くバンパーの裏に手を入れ、凹みの中を探る。本来ならば何もないはずの部分に手に触れるものがあった。固いプラスチックで出来たマッチ箱ほどの容器。その一つの面にはマグネットが取りつけられている。万一の場合に備えて、予備のスペアキーを隠しておくボックスだ。

蓋をスライドさせると、型通りに詰められたスポンジの中に、キーが一つ収納されていた。徐はそのキーを使ってトランクを開けると、ボストンバッグを放り入れた。ジッパーを開け、衣類の下に隠した70式拳銃を取りだす。撃鉄は起きていない。遊底を僅かに引き、初弾がチャンバーの中に装填されていないことを確認する。完全に安全状態にあることをチェックし、マガジンを装填した徐は、何気ない仕草で周囲を見渡した。

自分に注意を向ける人間がいないことを確認し、おもむろに拳銃を腰のベルトの間に差し込んだ。ゆったりとした作りのスーツのせいで、外観からはそこに潜む凶器の存在は完全に隠された。

トランクを閉め、運転席のドアを開ける。中に籠った熱が放出され、徐の頰を撫でる。運転席に乗り込み、アタッシェケースを助手席に置くと、返す手でイグニッション・キーを回した。エンジンは一発でかかった。セルモーターの音こそ聞こえたが、アイドリング状態になるとエンジン音はほとんど聞こえない。

いい車だ。

車の状態に満足した徐は、カーナビのスイッチを入れた。パネルに埋め込まれた小さなスクリーンに、鮮かな色で沖縄の地図が浮かび上がる。現在位置を示す矢印が、寸分の狂いもなく那覇空港の駐車場を示している。

まったく便利な道具があったものだ。これぱかりはアメリカ軍に感謝しなければならない。おかげで目的地まで迷うことなく行けるというものだ。

ポケットを探り、予め道順を記した紙片を取り出すと、ギアレバーの後ろのスペースに置いた。

さあ行くとするか。

ハンドルに手をかける。吸い付くような感触が心地よかった。徐はその感触を味わう間もなく、ギアをドライブ・モードに入れた。クラウンは停車位置を離れ、ゆっくりと出口に向かって走り始めた。その直前に目の前をゆっくりと通過したカローラがあることに、徐は気がつかなかった。

＊

駐車場の出口で料金を支払う恭介のすぐ背後に、白のクラウンの姿が見えた。自動料金支払い機に紙幣を差し込みながら、ルームミラーを使って、後方の車の様子を窺う。

クラウンのハンドルを握っているのは間違いなく徐だった。それも一人で乗っている。

恭介はその状況に満足すると、ゆっくりとカローラのアクセルを踏んだ。パーキングビルを出ると進行方向は左右二つの選択肢があるが、その先はいずれにしても国道三三一にぶつかる。間違いなくやつは右折するだろう。問題はここから一キロにも満たないところにある交差点だ。ここで那覇市内に向かうコースを取るか、それとも南下の道を選ぶかで道路が異なる。南下の道を選ぶとなればそのまま交差点を直進、県道二三一那覇空港線を走ることになる。だがその選択肢はないと恭介は考えた。

やつの狙いは米軍基地もしくはその周辺だ。那覇空港から南には、米軍の基地はない。所持しているウイルス兵器で最大限の効果を狙うなら、米兵の集まる場所を狙うはずだ。となれば、北上の道を選ぶはずだ。

恭介はアクセルを微妙に調整しながら、ルームミラーに前方と同じ頻度で注意を傾けた。数台のタクシー、一般車両が、制限速度よりもやや遅いスピードで走るカローラを追い越していく。ルームミラーの中にまだ徐の乗るクラウンの影はない。問題の交差点に差しかかったところで信号が赤に変わった。数台の車が後ろにつく。その後ろに一瞬白い車のボディが見えた。三台ばかり後だ。どちらのウインカーが点滅しているのかは分からない。

やつか？　左折してくれるといいのだが……。

恭介は左折のウインカーをすでに点滅させている。カチカチという方向指示音よりも、心臓の鼓動のほうが速くなっているのが分かる。

信号が変わった。

アクセルを踏み込み、ハンドルを左に切る。

ついて来るか。

曲がり際に恭介は体を捻(ひね)り、後方を見た。白いクラウンの左側面に取りつけられたオレンジ色のウインカーが点滅している。

よし！　思った通りだ。

恭介は、制限速度を守りながらカローラを走らせた。片側二車線の追越車線を使って、後ろについていた車が追い越していく。それにクラウンが続いた。それから二台の車を追い越させたところで、恭介はカローラのアクセルを踏み込んだ。ここから国道三三一までは一本道だ。見失うことはない。あとはやつに気づかれないよう、それだけに専念すればいい。

前方に注意を払いながら携帯電話を取り出し、ボタンを操作する。

「ベントン、アサクラだ」

『アサクラ！　どうなっている。まさかやつを見失ったんじゃないだろうな』

「心配するな。いま尾行中だ。やつは那覇空港から国道三三一に向かっている。たぶん北上するつもりだろう」

『よかった』ベントンの口調がいくぶん和らいだ。『ついさっき、陸軍情報部の監視チームから連絡を受けたところだ。徐のやつ、どこからともなく突然現われたそうじゃないか』

「そうなのか」

ずっと駐車場にいた恭介が、徐が姿を現わした詳しい状況を知るわけがない。

『連中、ずいぶん泡を食ったみたいだぞ。少なくともやつが福岡から来たのではないことだけは確かなようだ』

ふと、恭介の脳裏に、徐が日本に入り込んだ際に使った手口が思い出された。

「福岡からどこかを経由したのかもしれない。ジャンボジェット一機分の乗客が福岡に取り残されたんだ。たとえ翌日天候が回復したとしても、便の再開を待つ乗客で朝早くから空港はごった返すだろうからな。そのまま九州のどこか、あるいは大阪あたりまで飛んだのかもしれない」

『なるほど、その手があったか。道理で、福岡で網にひっかからなかったわけだ』

「で、陸軍情報部の連中はどうしている」

『いま、慌てて君の後を追おうとしているところだ』

「間に合うかな。空港の連中が我々に追いつくのはおそらく道路事情から考えて無理だ。網を張るにしても、やつがこれからどこへ向かうか、それが分からないことにはどうにもならない。それに頭数だけあっても、いいというわけでもないからな」

『その通りだ』

「いずれにしても、やつを始末するのは俺の仕事になりそうだ」

『どうやら、そのようだな……』

ベントンの声に、いささかの祈りが込められているような気がする。

「何か別な動きがあって、万一手助けが必要な時は、またこちらから連絡する」

恭介はそう言うと、一方的に電話を切った。

クラウンは国道三三一に合流した。急に交通量が多くなる。国場川と那覇港の境に架かる明治橋を渡った。ここを越えると那覇の市街地に入ることになる。三〇〇メートルほど行ったところで、クラウンのウインカーが突如右折のサインを出した。交差点に掲げられた道路案内板には、国道三三〇と三二九の表示とともに、高速道路のインターチェンジを示すグリーンの掲示がある。『沖縄自動車道　那覇』の文字が書かれている。

　やつはどうやら高速に乗るようだ。なるほど、沖縄自動車道沿いには米軍基地が展開しているからな。どこへ行くにも最短時間で行けるというわけか。無駄にした一日を取り戻すためには、最適の手段というわけだ。

　だが高速道路での単独尾行は、交通量にもよるが、決して簡単なものではない。車の流れが単調な上に、出口も限られている分だけ尾行に気づかれる可能性が高くなる。ましてや巨象を倒すべく蟻が牙(きば)をむこうとしているのだ。おそらくやつは尾行の有無に細心の注意を払っているに違いない。カウボーイもどきの冒険的行為は慎むべきだろう。

　恭介は、南国の強い日差しから目を守ることを初めて思いだしたかのようにサングラスをかけると、携帯電話を操作した。

「ベントン、頼みがある。やつは沖縄自動車道に乗るようだ。このまま単独で尾行を続けると、やつに気づかれる可能性が高い。海兵隊のヘリで上空から監視を行なえないか……ああ、天候に問題はないはずだ。目標は白のクラウン。ヘリの無線の周波数をこちらが監視用にしていたものに同調させてくれ」

そう告げると恭介は、徐のクラウンを見逃さないよう、再び前方に注意を集中した。

*

クラウンは快調に沖縄自動車道を北上していた。雲一つない紺碧の空から降り注ぐ太陽の熱を冷ますように、エアコンから噴き出してくる冷気が心地よかった。優れた防音性を誇るクラウンの室内には、囁くようなエンジンの音と、エアコンの音が聞こえるだけだった。

快適なドライブはともすると、これから先に遂行しなければならない任務を忘れさせそうになる。一定の間隔でルームミラーをのぞき、後方に注意を向けるが特に不審な車は見当たらなかった。命を賭けた任務さえなければ、まさにリゾート気分を満喫するところだ。徐は沖縄の地に降り立ったのは二度目だったが、最初に来た時からこの島が好きになっていた。

そうした一時の和やかな気分を現実に引き戻すかのように、突如静寂を破る爆音が聞こえてきた。ふとその方向に目をやった徐の視界に、海兵隊の戦闘ヘリ〝コブラ〟が姿を現わした。コブラは猛烈な勢いで、沖縄自動車道を横切ると、クルリと右に旋回し丘の向こうに消えて行った。テールにペイントされた『MARINES』の文字が見えた。その爆音が止むと間もなく、今度はさらに大きな爆音が聞こえてくる。明らかにヘリとは異なる、もっと大きな爆音だった。ヘリが消えて行った丘の向こうから、突如二機の戦闘機が、機首を僅かに上に向け上昇してくるのが見える。それは異様な光景だった。何かに持ち上げられるようにほぼ垂直に上昇する戦闘機。それが一定の高度で停止したかと思うと、今度は徐々に前方に向かって加速を始める。垂直離着陸が可能な、ハリアー戦闘機だった。

ふと徐の視線が、カーナビに向けられた。

地図上には、普天間飛行場の文字が現われていた。コブラのようなスマートな戦闘ヘリはもちろんのこと、垂直離着陸が可能な戦闘機など、北朝鮮は装備してはいなかった。写真では何度も見たことはあった。それらの性能についてもデータとして頭の中に叩き込んであった。だが初めて実際に目の当たりにするアメリカの軍事力は、その二つを見ただけでも徐の心に脅威と恐怖を与えるのに十分だった。

この連中が、総力を挙げてわが国を攻撃してきたら、実際のところそう長くは戦えない。何がなんでもこの島の米軍を無力化しなければ。だが、武力というものは、何もたったいま目にしたような重兵器だけでもなければ、兵士の多寡だけでもない。いま自分が所持しているアンプルの粉の中には、数百万、いやそれ以上のウイルスという兵士がいる。こいつを散布すれば、いま目にしたヘリも戦闘機もただの機械に変わる。動かす人間が行動不能に陥るのだからな。

徐は自分の体が熱くなるのを感じた。任務の遂行に新たな決意が湧き上がってくる。

この美しい自然を破壊することもなく、敵だけが死に絶えていく。なんと素晴らしい光景だろう。

徐の表情が、一瞬だが、恍惚としたものに変わった。それが同時に自分の死を意味することへの恐怖など、もうどこにもなかった。

はやる気持ちを表わすかのようにアクセルが少し強く踏み込まれた。後方の遥か上空から、一機のコブラによって、自分の車がずっと追尾されていることなど、さすがの徐にして気がつくはずもなかった。

＊

『ジョーカー、目標は減速した。どうやら高速を降りるらしい』

緊迫したコブラのパイロット――正確には前席に座るガナー――の声がイヤピースから聞こえてきた。

ふと目をやると、『金武出口』という表示がある。どうやら徐はここで高速を降りるらしい。徐のクラウンとの距離がおよそ一キロあることは分かっていた。通話が完全に終了しないうちに、恭介はアクセルを踏み込むと速度を上げた。ほどなく出口へのアプローチにさしかかる。そして減速。大きくループしているインターチェンジのカーブで、カローラに装着されたちゃちなタイヤが悲鳴を上げた。

料金所に差しかかった頃には、クラウンはすでに料金を払い終えて、一般道へと向かって走り始めていた。だがここまで来れば徐の目的地は明白だった。金武町。この街には沖縄に展開する米軍基地の中でも最大級の規模を誇る海兵隊の基地『キャンプ・ハンセン』

がある。そしてここで暮らす若い兵士たちが厳しい訓練の合間にばか騒ぎをして過ごす、米兵御用達の一大歓楽街がある。ウイルス兵器をばらまくには、最も適した場所の一つだった。

いったん視界から消え去ったクラウンを再び捉えたのは、国道三二九を北に走り始めて間もなくのことだった。間には五台ほどの車がいたが、それほど尾行の妨げになるものではなかった。むしろ那覇空港から一本道の高速道路を尾行するよりも、目立たない分だけ、ずっと楽だ。

「ジョーカーだ。目標を捕捉した。協力に感謝する」

恭介は一方的にヘリからの監視終了の宣言を行なった。

クラウンは金武インターの出口から二キロばかり走った、繁華街にさしかかった所で右折すると、路地の中に車を乗り入れて行く。パーキングの小さな表示板がある。どうやら徐はそこに車を停めるらしい。恭介は路地の手前五〇メートルほど離れた路上にカローラを停止させると、後を追った。

急ぎ足で、クラウンが入った路地に向かう。ちょうどパーキングから出てきた徐の後ろ姿が見えた。

午後三時。通りは閑散としていた。だが、この一帯が、夜になれば、昼間とは様相が一変するであろうことは明白だった。そこには日本であって日本でない雰囲気が漂っていた。米兵相手のクラブやバーが軒をつらね、横文字が氾濫している。

ふと恭介は、バンコックのパッポン通りを思い出した。外国人相手のバーやクラブが密集し、夜ともなれば毒々しいネオンの洪水となる。本能と欲望の塊と化した男たちは、金と引き換えにそれをぶちまけるべき女を、目を血走らせながら物色する。淫猥な会話。怒号。罵声。剝き出しとなった雄と雌の本性が激しく渦巻き、そしてぶつかり合い、膨大なエネルギーとなって溢れだす。夜の帳が下りるとともに、この一帯にはそれと同じになる匂いがあった。

本国で海兵隊員としての基礎訓練を受け、沖縄に派遣されてきたアメリカの二〇歳前後の田舎育ちの若い兵士たちにとっては、まさに初めて目にする歓楽の地と映ることだろう。沖縄に来ても海兵隊の厳しい訓練は緩むことはない。いやむしろ訓練は実戦を想定したものを前提としている分だけ、より厳しいものに変わる。二週間に一度支払われる給料。激しい訓練によって鍛え抜かれた体力。そして解放感……。それがこの一帯で爆発するのだ。欲望の処理をするのは、主にフィリピンの女たちだが、そんなことに構うやつなどいやしない。男たちの頭が、肉体が、要求するのはただ一つ、金と引き換えにやらせる『女』だ。喧騒は、時として、力と力のぶつかりあいに繫がり、この一帯には週末ともなればMPが巡回することになる。

まさにベトナム戦争当時のバンコックさながらの狂騒が、ここではいまだに繰り広げられるのだ。

そうした点から考えれば、徐が所持しているウイルス兵器を撒くにはお誂え向きの場所の一つと言えた。

　徐は一時間ほどかけて、一帯を歩き回った。おそらくは今夜にでも、この中の二、三の店に顔を出すべく当たりをつけているのだろう。明日は金曜日だ。その時にどの店が一番混みあうのか、店のサイズ、流行り具合を外観から判断しているに違いない。

　徐の足がクラウンを停めた駐車場へと向かっていく。

　恭介は、尾行をやめると急いでカローラへ戻った。エンジンをかけ、パーキングのある路地へと車を乗り入れる。そして停止。エンジンはかけたままだ。短い時間の後、クラウンが姿を現わすと、ゆっくりと一方通行の路地を走り始める。そして再び国道三二九へ出た。クラウンは国道へ出ると、金武インターチェンジの方向に向かって南下し始めた。

　今度はどこへ向かうんだ。再び高速に乗ってさらに北上するのか。となるとキャンプ・シュワーブか。いや、それならば高速を使うよりも国道を使うはずだ。方向が逆だ。

　恭介の疑念はすぐに解けた。それも思いもしなかった徐の行動で、だ。

　国道に出てすぐ、クラウンのウインカーが右に点滅した。すぐ後ろにつけていた恭介だったが、さすがに即座にそれに続くことは躊躇われた。いくらなんでも、尾行に気づかれる。金武の繁華街から後ろについてきた車が、即座に同方向に曲がったのでは、尾行に気づかれる。とっさに直進することを決断した恭介は、クラウンの傍らを通り過ぎながら、徐が進もうとする先を見た。

「な、なんだ！」

それを確認した恭介の口から驚きの声が洩(も)れた。その先にあるもの、それはキャンプ・ハンセンへのアクセスロードで、その遥か先には海兵隊の制服に身を包んだ守衛(ガード)のいるブースが見えた。

ルームミラーの中で小さくなって行くクラウンが、対向車が途切れた瞬間を見計らって、右折した。徐を乗せたクラウンはキャンプ・ハンセンに向かって真っすぐに進んで行った。

14

徐は右折のタイミングを窺いながら、ダッシュボードを開けた。中にはラミネート加工された一枚のカードが入っていた。キャンプの中に自由に出入りできる日本人業者はそう多くはない。その中で北の工作員が目をつけたのが、写真業者だった。演習場や軍事施設を併設していることを除けば、キャンプの中はちょっとした街と同じ機能を持っている。ゲームセンターやボウリング場などの娯楽施設や、バー、レストラン。ハンバーガーやフライドチキン、ピッツアといったファーストフードの店もある。もちろんPXもある。キャンプ・ハンセンに常駐する人員は五〇〇〇名以上とされるが、これは兵士に限った数字であり、彼らの家族はその中に含まれてはいない。まさに一つのアメリカの街が存在しているのだ。

軍人たちの家族は、平均的なアメリカ人の常として、パートタイムで施設の中で働く者も少なくない。もちろんこのキャンプ内で消費される物資のほとんどは、アメリカ本国から送られてくるのだが、数少ない例外も、そこには存在する。徐たちが目をつけた写真業もその一つで、フィルムやレンズ付きフィルム（使い捨てカメラ）はニューヨーク州ロチエスターにあるイーストマン・コダック本社から直接調達され、ここに送られてくる。だが、その最終工程である現像用機器、印画紙、ケミカルといったものは、その性質上日本の業者を入れざるを得ない。ミニラボと呼ばれる小型現像機の保守点検、ケミカルの補塡、需要量が必ずしもフィルムの消費量と比例しないペーパーの供給。この点に関して言えば、どうしても日本の業者を使わなくては業務は成り立たないのだ。

徐は一段とクラウンの速度を落として、守衛の立ちはだかっているブースへと近づいていく。沖縄最大の米軍基地とはいえ、通常はよほどのことがなければＩＤを窓越しに示すだけで、停止を命じられることはない。鍛え抜かれた体をカーキ色の軍服で固め、頭にクリムゾン・カラーのベレーを被った、まだ若い兵士が仁王立ちになって、こちらを見ている。

徐は、最徐行しながら窓越しにＩＤを示した。

守衛の兵士は、表示されたカードにさしたる興味を示すことなく、右手を胸の高さまで持ち上げると、掌をひらひらと振った。『行ってよし』という合図だった。

徐はすでに自分に関心を失った米兵にＩＤを持った手を上げて答えると、アクセルを踏み、守衛ブースを通過した。ここから先、目的地までは一本道だった。直線だった道路が緩やかに左にカーブする。その先に、いかにもアメリカらしい、一階建てのわりには背の高いビルの群れが見えてきた。ＰＸや娯楽施設の集まる建物だ。

何が沖縄最大の米軍キャンプだ。これじゃ偽のパスポートを使って敵国に入り込むよりも簡単な仕事だ。わが人民軍ならこうはいかない。軍事施設に入る者は漏れなく厳しいチェックを受ける。規律と統制。それが完璧になされてこそ軍というものだ。なりこそでかいが、こんな堕落した軍隊に、反旗を翻す国がどうしてことごとくやられてしまうのか。

徐の心に、得心がいかないゆえの苛立ちと、怒りが込み上げてくる。だがそれも長くは続かなかった。たとえ巨象といえども、体内に宿った一匹の虫によって死に至ることもある。そう、俺はすでにその虫となって象の体内に侵入することに成功したのだ。それもただの虫じゃない。この虫は猛烈な毒を持ち、その毒を増殖させ、その上、群れを越えて次々に感染させていく恐ろしい虫なのだ。

徐の不気味な笑い声が、室内に響くかすかなエンジン音をかき消した。クラウンはビルの群れの前をゆっくりと走りながら、左側に広がる駐車場に乗り入れた。まだ勤務時間の最中だからだろう。三分の一ほどのスペースが埋まっているだけで、十分に余裕があった。空きスペースの一つにクラウンを停止させた。

おそらく明日は、ここも週末を楽しむ米兵で一杯になるに違いない。金武の街にウイルスをばらまくか、それともここにするか。それはここを下見したあと、今夜、金武の繁華街の賑わいぶりを見て決めればいい。いずれにしても選択肢が増えることは決して悪いことじゃない。

徐はサイドブレーキを引くと、エンジンを切った。静寂の余韻を味わう間もなく、助手席に置いたアタッシェケースを開けた。おもむろに中にあったパトローネをスーツのポケットに入れる。今日ここで撒くと決めたわけではないが、実戦の感触を確かめておきたい。つまりはちょっとした予行演習のつもりがそうさせたのだった。アタッシェケースを目立たぬように助手席の床に置いた。ドアを閉め、ロックがかかったことを確認した徐は真っすぐに建物に向かって歩いて行った。

＊

恭介は徐の乗ったクラウンをやり過ごすと、すぐに左折し、路地を一回りして再び国道に出た。アクセルを踏み込み、キャンプ・ハンセンのゲートへ通ずるアクセスロードへとカローラを左折させた。少し先に守衛の立つブースが見えた。クラウンの姿が見えないところをみると、すでに基地内に入ったのだろう。ポケットを探り、一枚のカードを取り出す。

東京を発つ前にベントンに用意させておいて正解だった。こいつがなければここで追跡を断念しなければならないところだった。日本人のなりをした俺が『ＣＩＡだ。北の工作員を追跡している』などとあの守衛に言ったところで、どこの馬鹿が信用するだろうか。たちまち下車を命じられ、身柄を拘束されるのがおちだ。たとえ今からベントンにしかるべき筋に話を通して便宜を図ってもらうとしても、かなりの時間がかかる。その間にやつは、基地内の下見を終わらせ、悠々とここを立ち去るだろう。いやもしかしたら、ここでウイルスを撒いてしまわないとも限らない。

恭介は守衛の立つ位置まで来ると、カローラを停止させた。窓を開け、IDを見せようとした。だが意外にも、守衛はもう十分だと言わんばかりの態度で、『通れ』という仕草をした。むしろ一旦停止した恭介に訝しげな視線を投げかけてさえいる。

恭介の胸中に、徐とは違った意味での怒りが込み上げてくる。

たしかにここを簡単に通しても、キャンプ内に展開する各軍事施設に入るには厳しいチェックがなされるのだろう。だがこの広大なキャンプの中で暮らす人間たち、それも軍人、その家族が出入りするところに厳しいチェックなどありはしない。どうりで徐のやつが第一の関門であるここを、まさにフリーパスで通過できたはずだ。これじゃIDが偽造であっても分かりはしない。

感情が踏み込むアクセルに伝わった。カローラの非力なエンジンが悲鳴を上げる。恭介は見失った徐のクラウンを一刻も早く捕捉すべく、緩い坂を一気に駆け登った。正面に大きな建物の群れが見えてくる。それがPXであることはすぐに分かった。

だが広大な施設のどこに徐が向かったのか、それが問題だった。大きな街のような広大なキャンプの中に紛れ込んだ一台の車を探す。それはとうてい不可能な行為のように思えた。

くそ！　あのゲートでもっと厳しく一台一台を入念にチェックしていれば、こんなことにはならなかったものを。

再び怒りが込み上げてくる。恭介は感情の高ぶりを必死に抑え込もうとした。怒り、焦り、そうした意識が思考を狂わせ、判断を誤らせることに繋がることは分かっていた。

まずは自分が徐になってものを考えることだ。この敷地内に潜入することに成功した。だが軍事施設の中に入り込むのは難しいだろう。先に考えたように、たとえゲートを無事通過できたとしても、それは単に第一関門を突破できたにすぎない。ましてやあの恰好だ。

恭介の脳裏に、徐のスーツ姿が思い出される。

あんな服装で、軍服姿の人間ばかりの建物の中に入り込むのは無理だ。受付で、当然、訪問先、目的、アポイントメントを取った人間を聞かれるに違いない。軍内部に協力者でもいれば話は別だが、それならなにも金武の街を下見したり、キャンプ・ハンセンの中に入らずとも、アンプルを手渡す方法はいくらでもある。やつは自ら手を下そうとしているから、こうした行動をとっているのだ。

恭介の思考がフルに回転し始める。それと同時に急速に冷静さを取り戻していく。

あの服装で入っても怪しまれない場所……そうだ、PXか。あそこなら、平日の夕方、夜、ましてや週末ともなれば、多くの軍人やその家族でごった返す。考えてみれば基地の中でこれほどウイルス兵器をまくのに相応しい場所はない。

左手には広大な駐車場が広がっている。まださほど車の数は多くない。恭介は賭けに出た。基地内に大きなPXはそう多くない。いま目の前にあるものは最大級のものの一つだった。

順番から見てもこいつを最初に下見するだろう。もしもここで見つからなければ、金武の街でやつを張るしかない。

　恭介はゆっくりと駐車場に車を乗り入れた。アスファルトの地面に白く引かれた線の中に整然と駐車した車の群れの中を最微速で走る。注意深い視線を左右に走らせる。取りあえずは徐の乗っていた車の色が目標になる。白のクラウン。そいつがチェックの対象だ。幸いなことに、クラウンなどという高級車に乗る軍人はそう多くはなかった。それに加えて白い色は、よく目立った。

　五分ほど、駐車場の中を流したところで、目指す色、目指す車種の車が見つかった。ブレーキを踏み、ナンバーを確認した。心臓が一度大きく高鳴った。間違いなく徐の車だった。

　やはりやつは、このＰＸの下見に入っているのだ。

　クラウンの周囲にはすでに別の車が駐車している。恭介は五台ほどおいた所にカローラを停車させた。

　チャンスだ。ここを逃せば、やつを始末するにはかなりの無理をしなければならない。いや正確に言えば、徐を殺ること自体は難しいことではない。だが誰にも気づかれず、自分の姿を目撃されずに目的を完遂するのはここ、この時しかないと恭介は考えた。だが片をつけるにしても、不測の事態が起きないとは限らない。やつらが作戦を実行するのは明日のことだが、これからの状況によっては、今日ここでやつがウイルス兵器を使用する可能性がないとも言えない。

携帯電話を取りだし、ベントンを呼びだした。

「ベントン、やつはキャンプ・ハンセンのPXの中に入った」

『なんだって！』

驚愕（きょうがく）した声が返ってくる。

「ここで一気に片をつける。だが状況次第では、やつがここで例のウイルスを使用しないとは限らない」

『絶対に阻止するんだ』

喘（あえ）ぐようなベントンの声。

「分かっている。だが最悪のケースは想定しておくべきだ。万が一に備えて化学戦部隊を出動待機させておいてくれ」

『分かった』

「だがあくまでも、こちらの要請があるまでは絶対に手だしはするな。少なくともやつはまだこちらの存在に気がついてはいない。勝機はこちらにある」

『了解した』

電話を切ると、恭介はカローラを降りた。早足でクラウンに向かう。パンツのポケットに手を入れる。運転席のドアウインドウから車内の様子を窺（うかが）う。助手席の床には見慣れたアタッシェケースがその存在を隠すように置かれている。それを見ながらロックピック・ガンを取り出す。その名の示す通り、開錠用の器具だ。それはちゃちなブリキの玩具（おもちゃ）のピストルのような形をしており、銃身に相当する部分には針（ピック）がついている。これが内部のピンに当たり、錠のメカニズムを動かす。調整するにはそれなりのテクニックというものが必要だが、ザ・ファームでの訓練で腕を磨いてきた恭介は、たちまちのうちに当たりをつけた。少なくとも日本車のロックを解除するのはアメ車に比べれば、遥（はる）かに易しい。すかさずシリンダーを回すべくテンションレンチを鍵穴（かぎあな）に入れる。自動車のロックを解除するには、ドアウインドウの隙間から薄い鋼板を差し込み、ピックするのが普通だと思われているようだが、集中ロック方式のクラウンのような車では、そうした方法で鍵を開けようとすると中のユニットが折れてしまう。

一眼レフのシャッターを切ったような音とともに、ロックが外れた。すかさず返す手でドアのノブを引く。露（あらわ）になった運転席に上半身を突っ込む。自分の動作がひどくのろく、時間の経過がやけに早いように感じられる。助手席の床の上に置かれたアタッシェケースを取り上げた。ロックはかかっていない。そっと開けると、中には携帯用の短波ラジオや暗号帳などが入っていた。もしや……と思ったが、アンプルを入れたフィルムのパトローネは、やはりない。

やつが持っているというわけか。殺るにしても、その前にばらまかれたりしないようにしなければ……。

アタッシェケースを元の位置に戻し、返す手でポケットに手を入れた。昨夜、ベントンにリクエストして取り寄せたものを組みあわせて作り上げた『仕掛け』を取り出す。

『ショットガンの銃弾にゴムのボール。それに絶縁電線、単三電池、薄い銅板、洗濯ばさみ、メタルテープだって？　いったい、そんなものをどうするってんだ』

恭介のリクエストを聞くなり、ベントンは何をしでかすつもりだとばかりに、訝るような声で訊いた。だが最前線で敵と向かい合う兵士の要求は、何よりも優先されるのは戦場に限ったことではない。しばらくの後、リクエストした品はすべて恭介の元に届けられた。

それから一時間ばかりの時間を費やして作り上げたのが、この仕掛けだった。

ショットガンの鉛の弾丸を抜き取り、その代わりに硬質ゴムの粒をほぼ同量入れた。モリブデン、あるいはチタンでできたパトローネならば、この直撃を食らってもその衝撃に十分耐えられると踏んだからだ。

火薬が装填されている部分に外側から小さな穴を開け、そこに二本の絶縁電線の先端部のビニール被膜を剝がしてニクロム線を剝き出しにして捻じり合わせたものを突っ込み、一方は瞬間接着剤で固定する。ショットガンの銃弾からは絶縁電線が二本に分かれて伸び、一方は洗濯ばさみがバネによって密着する部分へ貼りつけられた小さな銅板の一つへと繋がれた。洗濯ばさみのもう一方の密着する部分からは、やはりそこに貼りつけられた銅板から一本の絶縁電線が伸びており、その先はいまのところ何にも繋がれてはいない。

恭介は、ショットガンの銃弾の炸裂方向を運転席のほうに向け、ハンドル軸下部の、ドライバーからは死角になる部分にメタルテープで厳重に固定した。割りばしを削って造った楔を洗濯ばさみの密着部分、つまり銅板が合わさる部分に嚙ませる。再びメタルテープで洗濯ばさみのグリップの一方をハンドル軸下部の、たったいま取りつけたばかりのショットガンの銃弾の後方に固定した。木製の楔には黒く塗られた一本の凧糸が取りつけられている。それをアクセルの上部に結びつける。アクセルを踏むと、凧糸で楔が引っぱられる仕組みだ。

最後の仕上げとして恭介は単三電池を取りだすと、側面に瞬間接着剤を塗り、それを洗濯ばさみとほぼ同じ位置に貼り付けた。楔によって銅板が完全に絶縁されていることを確認する。ショットガンの弾丸と、楔によって絶縁された部分から伸びる絶縁電線のビニールの被膜が、それぞれ五ミリほど剝がされた部分からニクロム線を剝き出しにしている。恭介はそれぞれを単三電池の＋と－の部分に押し当て、瞬間接着剤で固定した。

すべての作業が終わるまでに、五分ほどかかった。その間に数台の車がクラウンの前を通って行ったが、駐車中の自動車の運転席に潜り込む男に気づく者はいなかった。

作業が終了した時、恭介は初めて自分の全身が汗に塗れているのに気がついた。額の汗を拭い、別の手でロックをかけドアを閉めた。後は獲物を罠にかかるように追い詰めるだけだ。

ゆっくりと周囲を見渡す。まだ勤務時間が明けていないＰＸの周囲はさほど人が多くない。その状況に恭介は満足すると、急ぎ足でＰＸに向かって歩いて行った。

その目は、間もなく確実に現われる獲物の通り道に罠をしかけた猟師が収穫を確信した、自信に満ち溢れたものになっていた。

＊

徐はPXの中にいた。海外で工作活動に当たることが少なくない身にしても、米軍基地の中に潜入するのはこれが初めての経験だった。そこは本国と比べるとまったくの別世界だった。PXの中にはありとあらゆるものが揃っていた。豊富な食料、衣類、靴、家具、家電製品、ミュージックCD、パーソナル・コンピュータ……。別の建物の中にはゲームセンターがあり、学校を終えた米兵の子供たちが奇声、罵声、そして歓喜の声を上げながら、一心不乱にアーケードゲームに興じている。

豊かさと自由がそこにはあった。だが生まれてこのかた、秩序と忠誠こそが国家を存続させる上で最も重要なことと叩き込まれてきた徐にとって、それは嫌悪を感じこそすれ、決して羨望を覚えるような光景ではなかった。奇妙な髪形、だらしのない服装。そして誰はばかることなく上げる嬌声。おまけに男が耳飾りまでしている。

自由が行き着く先にあるものは、無秩序と退廃だけだ。

徐は、そうした子供たちの行為を見るにつけ、自由と豊かさの代償としてアメリカが失ったものを見た思いがした。そして貧しくはあっても、忠誠に基づく秩序に保たれた祖国がより一層美しいものに思えた。

だが任務のことを考えると、この場所も悪くはなかった。金武の街に週末に繰り出すのは若い海兵隊の兵士がほとんどだろう。おそらくはそれも本国を離れ、赴任してきて間もない新兵に毛が生えた程度の人間たちだろう。だがＰＸには、そうした人間はもちろん、士官、それに階級を問わずそれらの家族が集まる。より大きな効果を狙うなら、感染する人間の範囲が広がったほうがいい。やはりここにするか……。

時間はすでに五時を指そうとしていた。あと一時間もすれば、任務から解放された兵士たちが三々五々集まってくるはずだった。

明日はもっと多くの兵士、家族が集まってくる。

その光景を想像しただけでも、徐は背筋に熱いものが走るのを感じた。このまましばらくの間ここに居て、ウイルスをばらまきたい衝動にすら駆られた。だが決行は明日だ。どちらにするかは、今夜、金武の街の狂態を見てからでも遅くはない。今晩じっくりと考えることにしよう。

徐は下見の目的が果たせたことに満足すると、ＰＸの中をもう一回りすることにした。

＊

アーケードゲームから発せられる派手な電子音が耳についた。子供たちが無意識のうちに発するスラングが狭い空間に充満している。シューティングゲームから聞こえてくる銃声がナーバスになった恭介の神経に突き刺さる。ゲームルームの入口から、一通り中の様子を窺い、そこに徐の姿のないことを確認した恭介は、さらに奥へと歩を進めた。

盗難防止用の探知器のある入口があった。その奥には家電品や、コンピュータが陳列された部屋があった。迷彩服や通常の制服に身を包んだ米兵たちの、品定めに余念のない姿が散見された。ここにも徐の姿はなかった。

となれば日用品を販売する別棟のPXの中か。

そう判断した恭介は、短い通路を抜けアイボリー・カラーに塗られたひときわ大きな建物へと向かった。万が一の場合に備えて、カローラを降りる前にルガーのボルトを引き、初弾はチャンバーの中に送り込んである。後は安全装置を解除すれば、トリガーを引くだけで銃弾が発射される。

おそらくそんなことにはならないとは思うが、準備をしておいて無駄ということはない。いやありとあらゆる可能性を考えて準備しておくことが、自らの身を守ることに繋がる。恭介はこれまでの幾多の経験から、備えというものの重要性を本能のごとく理解し、身につけていた。手が胸元に自然に伸び、ウインドブレーカーのファスナーを半ばまで引き下げた。これでショルダーホルスターからルガーをいつでも引き出せる状態になった。

日用品を売るPXの入口まで、さほど距離はなかった。安っぽいアルミの枠に透明なガラスがはめ込まれたドアを押し開ける。途端に懐かしい匂いが恭介の鼻孔をくすぐった。石鹸や洗剤に含まれる香料が混じり合ったような、一種独特の甘い匂い。アメリカのスーパーマーケットならば、必ず漂ってくる懐かしい匂いだった。

中に入るとすぐにレジがあり、精算を待つ列には、夕餉の買いだしの時間のせいか、普段着姿の主婦とおぼしき女性の姿が多い。制服姿の軍人の姿は数えるほどしか見当たらない。ましてや制服を着用していない男の姿はほとんど皆無といってもよかった。

これならば、この広い空間の中でも徐の姿を見つけることは難しいことではあるまい。

そう踏んだ恭介は、それとない視線を周囲に満遍なく向けながら、さまざまな食品が陳列されている棚に囲まれた通路の一つ一つを注意深く見ながらゆっくりとした歩調で歩き始めた。

食料品のエリアには徐の姿は確認できなかった。目当ての商品を山のように入れた大きなカートを押した婦人たちの姿が散見できるだけだ。小さな子供を連れている姿も多い。時折駄々をこねるような泣き声。本能の赴くままに商品に手を伸ばす子供を制止する声が聞こえる。ＰＸでなくとも、どこのスーパーマーケットでも見られる、ごく当たり前の光景が目の前にあった。この空間に恐ろしいウイルス兵器を持った人間が侵入していることなど想像だにできない、平和に満ちあふれた光景だった。そしてそれは、いま恭介の心中を支配している切迫感、緊張感とは、あまりにかけ離れていた。

油断ない視線を周囲に走らせながら、さらに奥へと進む。

食料品のエリアの奥は日用品が置かれた区画になっていた。恭介は、縦に並んだ陳列棚の一つ一つの通路に目を走らせながら、ゆっくりと歩いた。一つ目の通路には誰もいなかった。二つ目の通路も同じ。三つ目の通路に差しかかったところで、大柄の白人の女性が一人、大きなカートを押しながらゆっくりとこちらに歩いてくるのが目に入った。悪しき食習慣の結果だろう、通路の半ばを塞いでしまうほど、体全体に不必要な肉がたっぷりとついた中年の女だった。カートを押しながら歩を進める度に、ゆったりとした作りのジョーゼットの生地の下の弛んだ肉が動くのが分かった。その背後に人の影が見えた。それを確認しようと恭介の足が一瞬止まった。

女性は目指す物を見つけたのだろう、足を停めると体の位置を変え、陳列棚に手を伸ばした。瞬間、その背後にいる人の姿、いや正確にいえばその顔がはっきりと確認できた。

徐だ……！

恭介の心臓の鼓動が一瞬、高鳴った。成田で初めて実物を見、そして那覇空港で捕捉したまぎれもない北の工作員の姿がそこにあった。追いに追い続けてきた男が、手を伸ばせばすぐのところにいた。女の体越しに見える徐は、黄色いパッケージがびっしりと並んだ陳列棚に向かって手を伸ばしている。その小さな箱を無造作に摘み上げた刹那、不敵な笑いに頰の筋肉が僅かに弛緩するのが見えた。フィルムのパッケージであることはすぐに分かった。この瞬間、彼が何を考えているのか、何の説明もいらなかった。いま胸に呑んだルガーを抜き、指先に少しばかりの力を込めれば、徐を倒せることは間違いなかった。

それは時間にして僅か一、二秒のことだっただろう。恭介のすべての動きが停止した。だが、それに相反して、体から緊張感とともに発せられる殺気を防ぐための自制が緩んだことに、恭介は気がつかなかった。

陳列棚から乾電池のパッケージをカートに入れた女が再び、恭介のほうに向かって歩き始めた。

*

徐は黄色いパッケージを見つめながら、明日からこの島で起こる恐怖の日々に思いをはせていた。いま自分のスーツのポケットに入っているもの。それはこの黄色いパッケージの中のパトローネと外見上は寸分違わぬものだが、中身はまったく違うものだ。白い粉。インフルエンザ・ウイルスをベクターとしてボツリヌス菌、それにプリオンの遺伝子を組み込んだウイルス兵器。それがいったん空中に漂いだし、人体に感染すれば、間違いなく確実に広がっていくという代物だ。効果に比して作業は極めて簡単なものだ。チタンの容器、その内面を覆ったウレタンの緩衝材に守られている薄いガラスで出来たアンプルを破壊してやればいいだけのことだ。

週末の喧騒に包まれるであろう金武の街、あるいはここで撒くか、どちらにしてもその行為を実行するのにおよそ困難という言葉は見当たらない。事実、在日米軍の基地最大のキャンプの中にも、こうして何の問題もなく潜入することができた。すべてはうまくいく。もはや勝利はわが手にある。

徐は込み上げる歓喜の感情を抑えることはできなかった。作戦の成功が自分の死を意味するものであっても、祖国に命を捧げる幸福感、そして何よりも世界最大の国家に絶大なダメージを与え、長きにわたって苦しめることになるであろう、己れなき後の未来に酔った。

よし、もう十分だ。ここを立ち去ることにしよう。

黄色のパッケージを元の位置に戻したその時だった。至福に満ちた感情を、一瞬にしてかき消すような、不穏な気配を徐は感じ取った。それは工作員として働いてきた人間が身につけている、一つの本能とも言える特殊な能力のなせる業だったのかもしれない。背筋を粟立(あわだ)たせるような危険な気配……。

誰かが俺を見ている。それも明確な意志を持って……。

徐の目が、気配の漂ってくる方向を向いた。ついいましがたまで傍らにいた女は、こちらに背を向け、カートを押しながらゆっくりと通路を立ち去って行こうとしている。その大柄な女の肩越しに自分を凝視している男と目が合った。三〇代半ばの東洋系の男だ。徐の頭脳が、凄(すさ)まじい勢いで男の正体についての可能性を探り始める。米軍に東洋系の男がいても、なんら不思議ではないが、兵士である可能性は即座に否定された。海兵隊、いや陸軍でも兵士は髪を短く刈り上げているのが普通だ。内勤、あるいは後方支援部隊に属する兵士だとしても、この男の髪形はこの場所には相応(ふさわ)しくない。服装もあまりにカジュアルすぎる。それ以上に、いま視線を合わせている目だ。自分に向ける視線、そこには自分に危害を加えようとしている明確な意志の光がある。

ばれた！

この男は、俺が何者か、そして何の目的でここにいるかを知っている！

反射的に徐の左手が上着のポケットの中に入れられた。こうなれば、アンプルをここで叩き割ってウイルスをばらまくしかない。捕まったり、殺されたりする前に……。周囲にはさほどの人間はいないが、騒ぎを起こせば人が寄ってくる。狙った通りの最大限の効果を得ることができるかどうかは分からないが、とにかく一〇人でも二〇人でも感染者を出すことができれば、あとは空気感染で乗数的に増えていくのだ。それに、日本国内の他の六か所の基地では、それぞれのメンバーがウイルスを撒く。そうなれば感染者の基地間の移動に伴って、沖縄、いや世界中の基地に広がっていくことは間違いない。

だが、中のアンプルを取り出している余裕はなかった。徐はパトローネを取り出すと、そのまま力一杯、陳列棚の角に叩きつけた。金属同士がぶつかり合う激しい音がした。スチールで出来た棚が大きく揺れ、陳列されていた商品が、派手な音を立てて床に散乱する。

傍らにいた女が、驚愕の色を露にして振り返る。

ざまあみろ！　これで終わりだ！

急激な神経の高ぶりと同時に、体中にアドレナリンが溢れ始めるのを感じながら、徐は自分が叩きつけた左手の中のパトローネを見た。

だが、それは徐の期待に反して、何の変化も起こしてはいなかった。大きくひしゃげて、中のアンプルが粉々に砕けているはずが、僅かに表面に塗られた黄色い塗装が剝がれているだけだった。薄いスチールの棚に打ちつけた程度の衝撃では、チタンで出来たパトローネを変形させるには不十分だったのだ。

徐は焦った。ウイルスをばらまくには、やはり中のアンプルを取り出さなければならな

い。いま、すぐに……間に合うか⁉

徐の視界に、驚愕の視線を向ける女の背後で、男がウインドブレーカーの中に手を入れるのが見えた。それが何を意味するか、もはや説明はいらなかった。左手に持ったパトローネをポケットに戻しながら、空いた右手が腰のベルトに挟んだ70式拳銃に伸びた。

＊

徐がポケットに入れていた物体を棚に叩きつけた瞬間、恭介は一瞬、恐怖の感情に襲われた。

パトローネの中のアンプルが衝撃によって破壊されれば、ウイルスは瞬く間にこの空間に充満する。反射的にこの場からの避難も考えた。だが、すぐにアンプルを収納している容器が、モリブデンあるいはチタンで出来ていることを思いだした。それなら、人間の力で薄いスチールの棚に叩きつけた程度の衝撃では、容器に傷をつけることはまず無理だ。ましてや大きく揺れた棚が、衝撃のショックを吸収してしまうとなればなおさらのことだ。あの容器がどの程度の衝撃に耐えられるかは、すでに計算済みだ。そうでなければ、やつの車にわざわざショットガンの弾丸を改造した罠を取りつけたりするものか。いずれにせよ、こうなった以上、ここで殺るしかない。

もはや選択肢などありはしなかった。ウインドブレーカーの下のショルダーホルスターに忍ばせたルガー・マークIIに手を伸ばした。

やはりパトローネは何の損傷も受けなかったらしい。徐は驚愕に目を剝いている。だが次の瞬間、徐の右手がスーツの腰の部分に伸びるのが見えた。

抜く！

距離はおよそ四メートル。素人ならともかく、それなりの訓練を受けた工作員ならば、外すより当てる可能性のほうが高い。

目前まで迫っていた女が邪魔になった。下手な動きをされれば、やつを仕留めることはできない。

「どけ！」

恭介は、思いきり、目の前の女を左手で払った。脂肪の塊のような巨体が勢いよく吹き飛び、陳列棚にぶち当たる。衝撃を吸収できなかった棚がゆっくりと傾いたかと思うと、凄まじい轟音とともに倒れた。女が悲鳴を上げる。商品が床にぶち当たり、派手な音が空間に充満する。

徐は銃を抜きながら、倒壊していない棚の陰に身を隠そうとしている。素早くルガーの銃口を向け、初弾を発射した。密やかな発射音、そして軽やかな衝撃。

手応えはあった。だが相手が床に転がらないところをみると、どうやら致命傷を与えるには至らなかったらしい。すかさず反撃を予期して、恭介もまた陳列棚の陰に身を隠す。

さあ、どっちだ。右に出るのか、左か。

恭介は陳列棚に背を押しつけながら、徐の次の動きに全神経を集中した。

＊

左の肘をハンマーで殴られたような衝撃があった。目をやると、スーツの左肘の部分が赤黒く濡れ、血が染みだしている。銃の発射音が聞こえなかったところから、相手はサイレンサーを装着していることが分かった。傷の具合からするとおそらくは二二口径。となれば、鉛が剝き出しになった弾丸のせいで、着弾の瞬間に潰れた弾頭によって肘の骨が砕かれているに違いない。それが証拠に、左手の神経がなくなってしまったように、まったく自由が利かなかった。片手しか使えない状態では、パトローネのキャップを外してアンプルを取り出すことはできない。

どうする。

徐は混乱する頭で必死に考えた。一瞬、パトローネに銃口を押しつけて撃ち、容器ごと破壊することを考えた。そうすれば、いかにチタンで出来ているとはいえ、容器自体を破壊することは可能だろう。だが、発射と同時に銃口から噴出する高熱ガスのせいで、アンプルのなかのウイルスが死滅することも考えられる。

状況は最悪だが、とにかくここから脱出する手だ。夜まで逃げきればいいんだ。外に出て車に行き着くことができれば、なんとかなる。

徐は腹を据えると、床の上に座り込み、上体を陳列棚にもたせかける姿勢を取った。70式拳銃を両足で挟み、遊底をスライドさせると初弾をチャンバーの中に送り込んだ。この陳列棚の向こうに自分を撃った男が息を潜めていることは分かっていた。右手に拳銃を握り直した徐は、ゆっくりと立ち上がった。陳列棚が轟音を立てて倒れたのを察知した人々が、何事かと寄ってくるのが分かる。

　こうなれば騒ぎをもっと大きくして、それに乗じて脱出するしかない。

　そっと、陳列棚が倒れた通路の気配を窺う。先ほどまで自分の隣で買物をしていた女がぶざまにひっくり返り、助けを求めている。その向こうからは、騒ぎを聞きつけた人間が数人、駆け寄ってきている。徐は女に狙いを定めると、トリガーを引いた。耳をつんざくような銃声が、広い空間に谺した。密閉された中でのそれは、通常よりもはるかに高く、何が起きたのかを周囲の人間に認知させるには十分すぎる音だった。弾丸は女の臀部に当たり、着弾の衝撃で巨体が半回転した。女の悲鳴は、周囲から一斉に上がった同様の叫び声にかき消された。広い店内に分散していた客たちが、悲鳴を上げ、右往左往しながらも出口の方向に向かって身を屈めながら駆けだす。どこにこれほどの人がいたのかというような人数だった。

　チャンスとみた徐は、間合いを計った。おそらく相手は、左右両方の通路に注意を払って、こちらの出方を窺っているに違いない。だが陳列棚が倒れた通路は逃走に利用できない。ふと反対側を見ると、すぐ近くを、一刻も早く外に逃げ出そうと客たちが駆けていくのが見えた。閉ざされた空間の中では、銃がどこで発射されたのか、銃声が共鳴して特定できなかったに違いない。

よし、この一本の通路を抜ければ、なんとかなる。

徐は決心した。背中をぴたりと陳列棚に押しつける。

……一、二、三！

隣の棚に向かって身を躍らせると同時に、トリガーを続けざまに、男が隠れていると思われる方向に向かって二度引いた。

凄まじい銃声が再び空間に充満し、無数の悲鳴が上がった。

＊

恭介にとって、それは予期した動きの一つだった。だが、突然現われた徐の姿に、一瞬反応が遅れた。それ以上に、徐の銃から発射された弾丸から身を守ることが何よりも優先された。

僅かにのぞかせた顔のすぐ先を、衝撃とともに熱い塊が、死の余韻を残しながらかすめていった。

すぐに、隣の陳列棚に向かって消えていく足を狙って、トリガーを二度引いた。だがそれは陳列棚の最下段に置かれた洗剤のボトルを激しく破裂させただけだった。

くそ！　外した！

恭介は即座に身を翻すと、徐の走り去った方向に向かって床を蹴り、野獣のようなしなやかさでダッシュした。

＊

徐は一気に窓際まで走った。パニックに陥り、出口に向かって逃げ出す人々がやってくる。その一団に合流する前に、ポケットの中に拳銃を入れる。グリップは握りしめたまま、もちろんトリガーにも指を添えたままだ。

恐怖に駆られた人々は、身を屈めるようにしながら、あるいは四つん這いになりながら、出口を目指している。途中から合流した、左肘を打ち抜かれて血を流す男に注意を向ける人間などいやしなかった。

出口へ！　出口へ！　とにかく外に出れば、駐車場に行き着くことができれば、なんとかなる。

徐の脳裏にはそれしかなかった。

＊

同方向に向かってダッシュした恭介だったが、陳列棚の間にある数本の通路を抜ける前には、徐の反撃に注意を払わなければならなかった。もちろん出口に向かって殺到する客の姿は目に入っていた。徐の狙いとするところも分かってはいた。だがその前に自分が殺られたのでは話にならない。恭介はあくまでも冷静だった。

各通路に注意を払いながら、出口に向けて走り抜けて行く客の間にもチェックの目を怠ることはなかった。瞬間、スーツ姿の徐を恭介の目が捉えた。反射的にルガーをその方向に向けた。だが、逃げ惑う一団の中にいる徐一人を狙い撃ちするのはあまりにも危険な行為だった。奇跡を信じてトリガーを引くほど恭介は楽観主義者ではなかった。

くそ！

恭介は罵りの言葉を投げつけると、徐の後を追い始めた。

＊

狭い出口はPXから逃げ出そうとする客で、収拾のつかない事態に陥っていた。粗末なアルミサッシにはめ込まれていたガラスが砕ける音がする。それがさらに人々の恐怖に拍車をかける。客の多くは普段着を着た婦人たちだったが、中には軍服を着た兵士の姿も見える。

外へ。外へ。

怒号と罵声、そして悲鳴が混じりあう。その中に紛れ込んだ徐は、もはや安全な場所、つまり屋外へ出ようとする集団の一人にしか見えなかった。

銃弾に打ち抜かれた左の肘に感覚が戻り始めるのが分かった。無感覚だったその部分に、心臓の鼓動に合わせるように激痛が一定の周期で襲ってきた。右の手は相変わらずポケットに入れられ、拳銃をいつでも抜ける状態になっていた。

ラッシュアワーの電車のドアからプラットホームに押し出されるように、徐は通路に出た。

　不自由な左手、ポケットに右手を突っこんだままの不自然な体勢を取ることを余儀なくされていたところに、背後からの圧力が加わって徐の姿勢が大きく乱れた。よろけながら、必死に体勢を立て直そうとしながら見やった前方に、戦闘服に身を包んだ男の姿が目に入った。腕には黒い腕章が巻かれ、白抜きで『MP』の文字が鮮やかに記してある。ぐっと前方に伸ばされた太い腕の先には、ベレッタのM9が握られている。

　誰かが通報したのだろう。駆けつけたMPが早くも自分を捕えるべく警戒網を敷き始めたのだ。だが、徐は最後の冷静さを失ってはいなかった。通常MPは二人がチームを組み任務にあたる。屋内で起きた、このような騒動を鎮圧する際に、最少人数で彼らが取るアクションには決まりがある。イン・アンド・アウトのバックアップ態勢。つまり一人は屋内で拳銃を構え、もう一人は外——おそらくこの通路を出た屋外への出口——でショットガンを構えて、自分が出てくるのを待ち構えているに違いない。いま目の前にいるMPは一人だけ。つまり、まず一人を倒せばいいことになる。

　ふと、MPの目が自分に向けられるのが分かった。不自然に垂れ下がった左手。その肘の部分は血で赤黒く濡れている。そうでなくとも、スーツを着込んだ東洋人の男の姿は、逃げ惑う人々の間にあって、いやでも注意を引く。

　徐に向けられた視線が固定され、MPの手に握られたM9の銃口が動き出す。

　徐は床に倒れ込みながら右手をポケットから抜いた。その手には70式拳銃が握られていた。チャンバーの中にはすでに銃弾が装塡され、それを発射しても三発残りがある。

二人の男を倒す方法を瞬時に考えながら、トリガーを引いた。

「動くな！」

おそらくMPはそう叫ぼうとしたのに違いない。だがその言葉は半ばで途切れ、最後まで発せられることはなかった。鋭い二発の銃声がその声をMPの命とともに搔き消した。

発射された弾丸は、初弾がMPの胸に当たり、二発目は顔面を中央から捉えたのが分かった。すでにほぼ安全圏に達したと、ささやかな安堵を覚えつつあった群衆は再びパニックに陥った。だが今度の銃声は今までとは違い、すぐ身近で起きた分だけ人々の反応は違っていた。その場から逃げることを止め、本能的に一斉に床の上に身を伏せ、頭を抱えるという姿勢を取った。

あと一人。あと一人片づければ、駐車場はもうすぐ先だ。

徐は、床に伏せたままの姿勢で、もう一人のMPがいると覚しき屋外への出口に向かって叫んだ。

「身柄を確保した！　入ってこい！」

驚くほど滑らかな英語が徐の口から発せられた。残り二発の弾丸が入った拳銃の銃口は、出口の方向に向けられている。左腕は利かないが、伏せ撃ちの姿勢を取っている分だけ、狙いは正確につけられる。

果たして、徐の予期した通り、もう一人のMPの姿が、まだ明るい外の光を背に受け、シルエットとなって浮かび上がった。絶え間ない訓練によって鍛え上げられた屈強な体が、ショットガンを構え銃口をこちらに向けながら、いつでも発射できる姿勢を取っているのが分かった。だが、一斉に伏せた人々の中から、ほぼ同様の姿勢を取る徐の姿を特定しろというのは、そもそもが酷な要求というものだった。

70式拳銃の照準がシルエットの胸部を捉えた。躊躇（ちゅうちょ）することなく徐は残り二発の弾丸をそこに送りこんだ。再び上がる発砲音。死の息吹に怯（おび）える悲鳴が一斉に上がった。

ショットガンを構えた黒いシルエットが、見えない力でいきなり突き飛ばされたように後方に吹き飛ぶ。すでに初弾がチャンバーに送り込まれていたショットガンが暴発し、散弾が天井に当たって、砕け散った建材が霰（あられ）のように降りそそぐ。

断続的に起きた発砲に、もはや床に伏せた人々の間からは悲鳴すら起きない。じっと恐怖に耐えているだけだ。

時間はなかった。もはや弾丸のすべてを撃ち尽くしてしまった。駐車場に停めたクラウンの中のアタッシェケースには予備の弾倉があるが、それを手にするまでは文字通りの丸腰だ。こうしている間にも、ＰＸの中で撃ちあった男が追いついてくるかもしれない。

徐は立ち上がると、猛然と駐車場に向けて走り始めた。

＊

われ先にＰＸから逃げ出そうと出口に殺到した人々の動きが、突如外から聞こえてきた二発の鋭い銃声とともに止まった。反射的に、音のする方向から離れようと人の波が逆流を始めた。

銃声のタイプから、それが拳銃のものであることが分かった。

ＭＰか。

人の波に押され、後ずさりしながら恭介は反射的に考えた。

これだけ派手な撃ち合いが行なわれたのだ。時間的にはＭＰが到着して、男が捕まっていてもおかしくはなかった。だが、その考えは、次に再び起きた鋭い二発の銃声、それに重なるように聞こえてきた、明らかにショットガンのものと分かる一発の発砲音によって、即座に否定された。

やつはまだ生きている。

恭介は人の波に逆らいながら、出口へと急いだ。もうドアはすぐそこにある。もはや相手が女だろうと、軍人だろうとそんなことに構いはしなかった。鍛え抜かれた腕力を発揮し、邪魔になる人間を、かなり手荒い仕草で掻き分けながら出口へと歩を進めた。

ようやくＰＸを出たところで、一斉に床に伏せたまま微動だにしない人々の姿が目に入った。少し離れた所には、一人のＭＰが胸と顔面を打ち抜かれ、仰向けに転がっていた。視線を出口に向けると、そこにはもう一人のＭＰが、体をくの字にして倒れている。その傍らにはショットガンが転がっている。

やつは、取りあえず最初の関門を突破したのだ。問題はこれから先どこへ行くかだ。

恭介は床に伏せたまま動かずにいる人々の間を、大きな歩幅で飛ぶように、外に向けてダッシュした。傍らにショットガンを放り出したまま絶命しているMPのところまで来たところで足を止めた。二車線の道路を挟み、その向こうは広大な駐車場になっている。そこに停まっている車の間を、一目散に駆けていく徐の姿が目に入った。徐が、自分が乗ってきたクラウンに戻ろうとしていることは明らかだった。

それを確認した恭介の顔が、不敵な笑いで歪んだ。その目に宿る表情は、自分の仕掛けた罠に長い間追い続けた獲物が掛かることを確信したハンターのそれに似ていた。

恭介は、手にしていたルガーをショルダーホルスターに収めると、ゆっくりとクラウンの方向に向かって歩き始めた。もはや銃弾を補充する必要はなかった。獲物に止めを刺すには一発、あるいは二発の銃弾があれば十分だった。

徐の姿は、クラウンに向かって確実に小さくなっていく。その後ろ姿を見ながら、恭介はふと奇妙な感覚に襲われた。

これから数分以内に確実に死を迎える人間を見る。病を抱えているのでもなければ、致命的な深手を負っているのでもない。完全に生きている人間が死を迎える。そしてそれを知っているのは、この世で自分一人だけだ。神というものがもし本当に存在するのなら、常に人間をこうした視点で見ているのだろうか……。

＊

徐はキーを取りだすと、ロックを解除した。把手を引きドアを開けた。痛みが激しくなる左腕を庇いながら、体を運転席に滑り込ませた。追っ手の姿は見えなかった。視線をちらりと助手席の床に置いたアタッシェケースに走らせた。

とりあえず拳銃に銃弾を補充しなければ。ゲートはすでに封鎖、あるいは検問が行なわれているかもしれない。そうなれば強行突破しなければならなくなる。突破できたら、今夜か明日の晩、金武の街で撒こう。

徐はアタッシェケースを取り上げると、中から新しいマガジンを取り出した。グリップ底部にあるリリースボタンを操作し、空になったマガジンと入れ換える。股間に拳銃を挟み、右手を使って遊底をスライドさせ、チャンバーの中に初弾を送り込んだ。

それをドアのポケットに差し込み、返す手で体を捻じるようにして左のポケットを探った。冷たい金属の塊が手に触れた。チタンで出来たパトローネだった。それを取り出すと、おもむろにキャップの部分を歯でこじ開けた。硬く閉められた容器を開けるのは、少しばかりの労力を要したが、さほどの時間はかからなかった。パトローネ内部に、緩衝材に包まれたアンプルの琥珀色のガラスが見えた。

もしもゲートを突破するのが不可能な時は、その手前でこいつで突いてアンプルを破壊する。

徐はアタッシェケースの中から一本のペンを取り出すと、パトローネとともに助手席のシートの上に置いた。

そうなれば間違いなくこの狭い空間はウイルスで満たされる。もちろんそれは自分が感染者となることを意味する。だが俺を捕まえようとする人間も、ドアを開けた瞬間に、ウイルスに感染する。連中に捕まるのも悪くはない手だ。当然厳しい取り調べが始まるだろう。この車も米軍当局の手によって詳しく調べられるだろう。そうなれば俺を尋問する人間、捜査員、こうした連中が確実に感染者となっていくことは間違いない。

当初の目論見(もくろみ)よりは、最初はかなり小規模な発症とはなるが、効果という点では、まったく意味をなさないというわけではない。うまくすればこの基地、いや沖縄を未曾有(みぞう)の混乱に陥れることも十分に期待できる。

徐の心に一筋の光明が差し込み、それは興奮となって彼の体を震えさせた。その口許(くちもと)が笑いで歪んだ。

徐はイグニッション・キーを差し込んだ。アクセルに足がかかる。キーが右に回され、セルモーターの音を聞く間もなく、アクセルを踏み込んだ。

その瞬間、洗濯ばさみに嚙(か)まされた木製の楔(くさび)が外れ、密着面の両面に貼られた銅板が完全に触れあった。楔によって絶縁されていた回路が繫(つな)がった。単三電池の電流が電線の中を流れ、それはショットガンの火薬の中で繫がれたニクロム線の部分でショートを起こし、スパークした。無煙火薬が爆発し、中に装塡(そうてん)された数十個の硬いゴムの粒を凄(すさ)まじい勢いで前方に向けて射出した。

距離が近いせいで、ゴムの弾丸は広範囲には広がらなかった。強烈な衝撃が徐の腹部を襲った。建造物を破壊する鉄球をそのまま食らったような衝撃だった。一瞬にして息が止まり、内臓が口から噴き出してきそうな感覚に襲われた。爆発音がしたような気がしたが、それが何によるものかは分からなかった。急速に意識が遠のいていく。まだ十分に明るかったはずの空が急速に闇の中に消えていく。どこかで火薬の匂いがしたような気がした。それが、徐がこの世で感じた最後のものになった。

*

炸裂音は思ったよりも大きなものだった。車内で起きたとはいえ、やはりショットガンの弾丸が炸裂した音は、拳銃のそれとは重量感が違った。

恭介は駐車している車の列の間を縫うように、クラウンに向かって走った。サイドウインドウ越しに中の様子を窺う。硬質ゴムの散弾をほぼゼロに等しい至近距離から集中的に腹部に食らった徐はぴくりとも動かない。助手席に鮮かな黄色に塗られたパトローネが置かれているのが目についた。キャップが開いて中身が見えていることに、一瞬ぎくりとしたが、よく見ると、どうやら中身はダメージを受けてはいないらしいことが分かった。

クラウンのドアの把手に手をかけた。まだロックされていないドアが開く。瞬間室内に籠った火薬の燃焼した匂いが鼻をついた。徐は絶命したのか、あるいは気を失っているのかは分からぬがピクリともしない。通常のショットガンに詰められた鉛の弾丸を、これだけの至近距離から食らえば、腹部はさながらミンチにも等しい状態になっていたに違いないが、ゴムに変えていたせいで、血がにじむ程度できれいなものだった。恭介は助手席のシートの上にあるアンプルの入ったパトローネを回収すると、徐の上体を助手席のほうに押しやった。

ウインドブレーカーの下からサイレンサーのついたルガーを取り出した。力なく横倒しになったその頭部に狙いを定め、無造作に二度トリガーを引いた。着弾の衝撃で、徐の頭が踊るように二度跳ねた。まるでそこに大きな黒子(ほくろ)ができたかのように、小さな穴が二つ開いた。

もはや徐が絶命したことに何の確認もいらなかった。

ルガーから排出された空薬莢(やっきょう)など放っておけばいい。どうせここはすべて米軍、つまりはアメリカの管轄下にある。事件は闇から闇へと葬り去られるに決まっている。だが、自分が、事情を知らない米軍当局者と関わりを持つのは、あまり好ましいこととは言えなかった。たとえＣＩＡの仕事をこなしただけとはいえ、自分の顔が、存在がこれ以上多くの人間に明らかになるのはごめん被(こうむ)りたい。

恭介はカローラにとって返すと、すぐにエンジンをスタートさせた。ふと前を見やると、まだ数は少ないが先ほどの炸裂音を耳にした人間たちが、立ち止まってこちらを見ている。ギアを入れアクセルを踏む。一刻も早くここを立ち去りたいのは山々だが、暴走に近い速度でここを出ていくのは、却って私がやりましたと言わんばかりのことになる。恭介は何事もなかったかのようにゆっくりと、ビルから一番遠い出口から駐車場を出た。すぐにキャンプ・ハンセンから国道に続くアプローチに入る。さすがにあれだけ派手な銃撃戦が行なわれた後だけあって、ゲートは基地に入ってきた時とは異なり、厳しい検問が始まっていた。

速度を落として近づくカローラの前に、海兵隊員が立ちふさがり、停止を命じた。

恭介は、東京を発つ前に準備していたＩＤを無言のまま海兵隊員に手渡した。正真正銘の海兵隊少佐の身分証明書だ。

それを確認した海兵隊員の姿勢が改まった。

「結構です少佐。どうぞお通り下さい」

丁重な敬礼と歯切れのいい言葉が返ってきた。

恭介はそれに軽く答礼を返すと、静かにアクセルを踏んだ。

国道三二九にぶつかったところで、左折した。あとは沖縄自動車道に入り、那覇へ引き返すだけだった。

恭介は車が順調に走り始めたところで携帯電話を取り出し、ボタンを操作した。相手はすぐに出た。

「ベントン。アサクラだ。いま徐をキャンプ・ハンセンの中で始末した。ウイルス兵器は私の手元にある。それからキャンプの中ではちょっとした騒ぎがあったが、後はよろしく頼む……化学戦部隊の出動要請は解除してくれて結構だ」

沖縄自動車道に入った頃には、雲一つない青い空の色が大分濃くなっていた。道の前方の空は早くも薄い黄色に変色し始めている。恭介は沈み行く太陽に向かって思いきりアクセルを踏み込んだ。

15

一週間後、クアラルンプール発成田行き、日本航空724便のシートに、すっかりリラックスした様子で身を沈める朝倉恭介の姿があった。

沖縄から帰るとすぐに、恭介はアメリカ大使館内に設置された作戦本部で、沖縄での出来事すべてを報告した。七本のアンプルを目の前にしたベントンは、緊張から解放された笑顔を浮かべながら、恭介の功績を最大級の賛辞をもって讃えた。その傍らで、今回ばかりは見事にしてやられたワーグナーが黙ってそれを見ていた。

「さて、ミスター・アサクラ、これで君と我々の仕事は終わりになる。この二か月余、我々と君の間には何もなかった。何も起きなかった。そういうことになる。もっとも、個人的な意見を言わせてもらうならば、これほどの能力を持った人間とたった一回の仕事で縁を切ってしまうというのは、はなはだ残念なことだ。しかしラングレーからの指示とあれば仕方がない。私がどうこう言う問題じゃないからな」

「君たちの下で働くのは一回だけ。それが最初からの約束だ」

「そういう約束だったそうだな」ベントンは大きく頷いた。「だがその前に、君にやってもらいたい、いや、やってもらわなければならない仕事がある」

「おい、いま、仕事はこの一回だけと言ったはずだぞ」

恭介の顔は強張った。このままずるずるとこの連中の仕事を続けるつもりなど、毛頭ありはしない。

「いや、これは別の仕事じゃない。君はもう一度クアラルンプールに戻らなければならない。出入国記録をきれいにしておくためにな」

ベントンはそう言うと、一冊のパスポートを恭介の前に放り投げた。オリジナルの恭介のパスポートだった。ページを捲って見ると、その何ページ目かに、マレーシアの長期滞在ビザがスタンプされていた。

「クアラルンプールまでは空軍機を用意してある。ただし、今回はホテルの予約まではとっていないがね。現状復帰……我々は約束を守るということだ」

それが恭介の、ＣＩＡでの最後の任務になった。だが連中の言葉を素直に信じるほど、恭介はお人よしでもなければ馬鹿でもない。これほどの能力を実戦で発揮した工作員をそう簡単に連中が手放すはずはない。なだめすかし、あるいは脅し、あらゆる手を講じて自分を手中に収めようとするだろう。恭介はすでにこれから成田に着くとすぐに、ニューヨーク行きの便に乗り継ぐ手配をしていた。ニューヨークではファルージオが恭介の写真を貼った本物のアメリカのパスポートを準備しているはずだった。いずれは日本に戻らなければならないが、しばらくは連中の手の届かない所に身を隠す手だ。

長い旅になりそうだった。久方ぶりに体に入れたアルコールの酔いが心地よかった。

恭介はシートをフルフラットにすると、薄い毛布を胸のところまで引き上げ、深い眠りに落ちていった。

＊

「さぞや痛快な場面でしたでしょうな、それは。その場に居あわすことができなくて残念なくらいです」

　CIAの長官室で、情報担当副長官(DDI)のハーマンが笑いを堪えきれずに白い歯を剝(む)き出しにした。この朝一番のミーティングで、長官のホッジスの口から、先日スイスのジュネーヴで行なわれた米朝次官級会議の結果を知らされた直後の発言だった。

「で、北朝鮮の代表団は、結局、現状維持の経済援助で納得せざるを得なかったというわけですな」

　作戦担当副長官(DDO)のエヴァンスが聞いた。

「そういうことだ。最初は連中、何の根拠もなく南進をほのめかしながら、法外な要求を突きつけてきたのだが、例のアンプルの入ったパトローネを見せてやった途端に血相を変えたそうだ」

「それはそうでしょう。作戦の成否が分からないまま悶々(もんもん)としていたところだったでしょうからね」

「見せたのはパトローネだけなんでしょう」

「いいや」ホッジスは大きく首を振った。「連中がウイルス兵器を入れておいたアンプルのダミーを入れておいた。会議の席上、北の次官に、そいつが入ったパトローネを手渡してやったのさ。連中にはそれで我々が一四個すべてのウイルス兵器を手に入れたということが分かったっていうわけさ。本物のアンプルはすべてユーサムリッドのバイオハザード・エリア、レベル4の中の保管庫に眠っている」

「それで、少しは脅してやったのですか」

エヴァンスに代わって、ハーマンが聞いた。

「ああ。だからこそ連中は強引な要求を取り下げたのさ」ホッジスはニヤリと笑うと、「連中もさぞかし驚いただろうさ。『貴国が我々にくれようとしたプレゼントは、すべて貴国にお返ししておいた。すでにしかるべき場所に配置してある』そう言われたんだからな。連中の顔から血の気が引くのがはっきりと分かったそうだ」

ハーマンが大声を出して笑った。

「もしも言うことを聞かなければ、自国で開発したウイルスが国内で活動を始めるぞと、ブラフをかけたわけですな」

「その通りだ。あのウイルスの恐ろしさは誰よりも連中が一番よく知っているからな」

「まさに地雷を仕掛けられたといったところだったでしょうな。どこにあるか分からない。いつ爆発するか分からない」

る」

「狙いを定めて発射したつもりのミサイルが、突如方向を変え、自分たちに向かってく

「まさに自業自得というやつさ。我々に脅しをかけようと開発した兵器の影に自分たちが怯(おび)えながら過ごさねばならんのだからな。これで連中も少しはおとなしくなるだろう」

「それにしても、今回日本で作戦に当たった工作員の手際は見事なものでしたな。なんと言ったかな。あの男」

「キョウスケ・アサクラです」

ハーマンの問いにベーカーが初めて口を開いた。

「東京のアジトで始末した六人の死体はどうしたんだ」

「最後の一人を沖縄で片づけてすぐ、詳細を日本の公安当局に説明しました」

「連中かんかんだっただろう」

「そりゃそうです。自国の主権がまったく無視されたんですから。日本じゃなくても怒りますよ。日本にはテロ組織に対応するSWATだってある、彼らを使えば自分たちでも十分対応できた、と」

「日本のSWAT？　なにか実戦に出動した事件があったか」

ハーマンは嘲笑(ちようしよう)を隠さず言った。

「まあ、実績と言えば、狂言のようなハイジャック事件で一度……」

「とうてい実戦を経験したとは言えない代物じゃないか。そんな連中が、一歩間違えば取

り返しのつかない今回のようなケースに対応できるものか。あんな危険きわまりない物をばらまこうとしたテロリストでも、いつもの人道主義ってやつで、殺すことなどできはしない。それに、そもそも連中の目標は日本ではなかったのだ。在日米軍基地。つまり我々の喉元に直接刃を向けてきたのだ。あの事態を解決できるのは我々をおいて他になかった」

「日本政府には今回の事件について、大統領から直接コシムラ首相に事後説明が行なわれ、事の次第はすべて了解してもらった。その点については問題はない、もちろん、日本の公安当局には、なにかしらの禍根を残すことになるとは思うがね」

「ですが、彼らにしたところで、実際のところ海外の諜報機関の動きは、我々がもたらす情報に頼らざるを得ない。その状況はこれからも、なんら変わるものじゃありませんがね」

傲慢なハーマンの言葉を聞き流すように、ホッジスの顔がベーカーに向いた。

「アサクラという男は、実戦を経験するのは今回が初めてということだが、それにしては、よくもこれだけの成果を残せたものだな」

「彼を使うことにしたのは、日本人であるがゆえに、あの国で任務に当たるにおいて目立たないということ。ブラウンで中国語、朝鮮語の教育を受け高い成績を残していること。それと不可抗力とはいえ人を殺めた過去があるという点から選びました。以前にも申し上げましたが、彼はザ・ファーム始まって以来の最短期間、かつ最高のスコアで訓練を終えています。しかも、彼の専任担当教官はあのアレックス・ワーグナーでした」

「あのアレックスがそれほどの評価をしたのなら、今回の成果も十分に納得がいくというものだ。今後も、我々の貴重な戦力となることは間違いないな」

エヴァンスがとんだ拾い物をしたとばかりの口調で言った。

「アサクラとは、任務は今回限りという約束をしています」

「まさか、その約束とやらを守るつもりじゃないだろうな、ええ、ロン。こんな優秀な工作員はめったなことじゃ手に入らない。要は資質の問題だ。いくら訓練を入念に施したとしても、しょせん資質のない人間は工作員として使い物にならない。これから先は中国情勢も難しい局面を迎えることは間違いない。その時にこの男がいたら、どれだけ役に立つことか」

「そんなことは分かっています。ただ……」

ベーカーはそこで次の言葉を言いよどんだ。恭介の働きはたしかに見事というほかなかった。極東の日本という国で、これほど難しい任務をこなせる工作員は、CIA広しといえども二人といないことは分かっていた。だが、そのあまりの優秀さが、ベーカーには気になっていた。優秀さ。つまり今回のケースにおいては、人を何人も平然と殺し得る能力のことだ。どんな工作員でも、いかに任務とはいえ、人を平然と殺せるようになるには、ずいぶん経験がいるものだ。いや、どんなに経験を積んだとしても、まともな神経の持ち主ならば、そこに躊躇い、嫌悪の感情というものが芽生えるものだ。それを、七人もの人間を見事に始末してみせた……。

ベーカーは、恭介の裏に潜む何かの匂いを嗅ぎつけていた。もしかすると、我々はとんでもない人間をリクルートし、最高の教育を施してしまったのかもしれない。

「ただ、なんだ」

エヴァンスが急に黙りこくったベーカーに、その理由を話せとばかりに先を促した。

「まあ、いい」

そんな論議は現場でやってくれとばかりに、ホッジスが言った。

「とにかく、オペレーションがうまくいったことだけは確かだ。たしかにそのアサクラとやらは、今後の我々の活動に大きな役割を果たしてくれそうな人材らしい。ロン、テッドの言う通り、こんな人材をみすみす手放す手はないぞ」

ホッジスはそう言い放つと、ベーカーの返事を待つまでもなく散会を宣言した。

ハーマンとエヴァンスは、各々のオフィスへと戻って行った。ベーカーもまたエレベーターに乗り、自分のオフィスへと降りた。午前九時。すでにセクションの全員が登庁して黙々と仕事を始めている。いつもと変わらぬ光景だ。パーティションで仕切られた間の通路を抜け、ガラス張りになった自分のオフィスへ入った。

ふと執務机の上に置かれた封筒が目に入った。黄色い封筒。CIA内部で使われている見慣れた連絡便用のものだった。

誰からだろう。

ベーカーは手にしていたファイルを執務机の上に置くと、差し出し人の欄を見た。『ケント・オストハルト』所属欄に記載されているコードはロードアイランドのプロビデンス支局からのものだった。

来たか。

ベーカーは椅子に座ることもせずに、封を破った。

恭介のあまりの優秀さ、人を殺すことすら躊躇しない冷徹なまでの行動から、まだ自分が知らない闇の部分が彼にはある、とベーカーは睨んだ。もちろん香港の幽霊会社、日本で運営している名前ばかりの投資顧問会社、金にからむ一連の不審な点については、全容とまではいかないまでも、そこに何か表に出せないものが潜んでいることは分かっていた。だが問題は金のことではない。ベーカーが闇の部分と感じ、知りたかったのはもっと恭介の根源にかかわるもの、つまり人間性に潜む何かだ。

恭介が沖縄で北朝鮮の最後の工作員、徐を片づけてすぐ、ベーカーはプロビデンスにいるオストハルトに恭介のブラウン大学時代の生活、特に人間関係について徹底的に洗い直すよう命じた。その結果が、いま届いた封筒の中にあるのだ。

報告書はA4レターサイズの紙に、二〇枚という長いものになっていた。ベーカーの目がせわしなく左右に動きながらも、最初のページから一文字一文字を、一行一行を追い始めた。五ページほど進んだところで、その目がペーパーの上の一点で止まった。

信じられないものを目にしたとばかりにその目が見開かれ、驚愕の表情が浮かんだ。呆けたように、口が半開きになった。分厚い報告書を持った手が瘧にかかったように小刻みに震えだした。

ベーカーの視線が止まった部分には、『交友関係』の見出しの下に、数人の名前とその人間たちの経歴が記してあった。

デービッド・ベイヤーなど、数人の見覚えのある名前の中に、今回初めて目にするものがあった。

『リチャード・ファルージオ――アサクラがブラウンに入学してから一年間、寮のルームメイトとして生活を共にした。リチャードはニューヨーク・マフィアのボスと目されるロバート・ファルージオの長男で、在学中アサクラとリチャードはかなり親密な交友関係にあったと推測される。それは当時同寮に暮らしていた卒業生の証言からも裏付けられている。リチャードは三年次の冬休みに不慮の交通事故で死亡。その後、ファルージオ家とアサクラの関係は今のところ不明』

なんてこった……。

ベーカーの手から、報告書が滑り落ちた。

あのロバート・ファルージオの長男と、ブラウンの寮で同室だっただと。もしもアサクラがそれ以降もファルージオとなんらかの接触を続けていたとしたら……いやそうならば、今回のオペレーションで発揮したアサクラの能力についても納得がいく。昨年起きたニューヨーク・マフィアの内紛。それに伴う、フロリダで起きた襲撃事件……これらに彼が関与していたとしたら。我々はとんでもない人間に最高の訓練を施し、ただでさえ鋭い牙(きば)と爪を持つ野獣のそれを、さらに研ぎすまさせたあげく野に放ってしまったのかもしれない……。すぐに日本支局に連絡を取って、彼の動向を摑(つか)まなければ……。

ベーカーは背筋に粟立(あわだ)つような戦慄(せんりつ)と恐怖を覚えつつ、震える手で受話器を持ち上げた。自分の推測が間違っていてくれることを祈りつつ……。

その頃恭介が、成田からニューヨークに向かう飛行機のファーストクラスで、シャンペンの心地よい酔いに身を任せ、フルフラットにしたシートの上で優雅な眠りを貪(むさぼ)っていることなど、ベーカーには想像だにできないことだった。

了

〈参考文献及び資料〉
この作品を執筆するにあたって、次の書籍、雑誌等を参考にさせていただきました。
ここに書き記し、お礼申し上げます。

スローウイルス感染とプリオン　山内一也・立石潤 監修（近代出版）
情報公開法でとらえた沖縄の米軍　梅林宏道 著（高文研）
図解雑学ウイルス　児玉浩憲著（ナツメ社）
世界の奇病・感染症マップ　中原英臣・佐川峻 著（経済界）
スパイ・ブック　H・キース・メルトン 著／伏見威蕃 訳（朝日新聞社）
最新軍用銃事典　床井雅美著（並木書房）
ホット・ゾーン　リチャード・プレストン 著／高見浩 訳（小学館文庫）
SAPIO　一九九九年三月一〇日号（小学館）
　辺真一　これが米韓軍の先制攻撃まで想定した対北・新「5027作戦」の詳細だ
週刊新潮　一九九九年六月二四日号（新潮社）
　麻生幾　北朝鮮「侵入船」を迎え撃った「緊迫の8時間」
月刊Gun　一九九九年一一月号（国際出版）

本作品はフィクションであり、実在の人物・団体・国家とは一切関係がありません。

解説　ターゲットはC

野崎六助

楡周平の小説はいつもヒーローのいない世界のように始まる。ヒーロー小説としては、むしろ異色の進行だ。

本作においては、諜報（ちょうほう）世界を束ねる男たちの密談がプロローグとなる。彼らによれば、「北の共和国」の脅威を取り除き、武力をもって「平定」するのは容易（たやす）いけれど、最上のミッションとはいえない。北朝鮮をアジアのヒール国家として封印し、不穏な紛争の「火種」として存続させる戦略こそ求められている。そうした分析を補強するように、大量の武器密輸や生物兵器開発といった動きが、彼らのもとに報告される。

彼らCIAは、そして、日本で活動できる有能な現場工作員が必要だ、と結論する。彼らが注目したのは、ヒーロー朝倉恭介（あさくらきょうすけ）の経歴だった。

――そこで場面が切り換わって、舞台は東京の都心。ヒーロー朝倉の姿がクローズショットで読者の前に現れてくるのだ。彼は国際電話でビジネスに関する打ち合わせを交わしている。相手はマフィアのボス。ビジネスとは、彼が独力で日本に開いたコカイン供給ネットワーク。

本書は、『Cの福音』で初登場した悪のヒーロー朝倉シリーズの一冊である。悪と正義の主人公を交互に配した〈朝倉恭介―川瀬雅彦〉シリーズの五作目（朝倉の単独主人公作としては三作目）となる。次作（現在のところのシリーズ最終作）では、いよいよ闇と光のヒーロー二人が対決をむかえる。そうしたクライマックスの前奏という意味では最高度の燃焼をおびた作品だ。

もちろん、シリーズの各作品は、単体であれ六作セットであれ、どちらでも愉しめる仕様になっている。私見をいえば、どちらの方向から読むにしろ、本作『ターゲット』が最強の出来映えだ。単体作品としてもベスト、シリーズの要の位置としても最も重要だろう。

少しだけ、この六作のシリーズについて解説しておこう。

楡周平における「Cの効用」について。

第一作『Cの福音』の各章は、アルファベットのCに始まる一語で表されていた。これには、たんなるスタイリッシュな趣向以上のものがあると思える。Cは福音なのだ。悪の階段を踏破していくヒーローを抱きとめる福音。朝倉は、Cの申し子、Cの貴公子なのだ。

この物語で、朝倉は、ドット・コム・ビジネスによる麻薬密売網を日本につくりあげる。『Cの福音』は、コンピュータ元年といわれた一九九五年の一年後に発表された。コカインとコンピュータを結びつけた作者のストーリー・アイデアの先見性が光る。小説での、物資卸元はマフィア（コーザ・ノストラ）。

つまり、ヒーローを支える三種の神器（三つのC）がここに揃っている。コンピュータ

―コカイン―コーザ・ノストラ。三つのCを、三位一体にいただくことによって、彼は悪のサクセス・ストーリーの第一階梯を踏みだした、といえるだろう。

悪と正義のシリーズとしては三作目（単独主人公としては二作目）の『猛禽の宴』は、シリーズ最高のガン・アクションを爆発させた。舞台のほとんどがアメリカで、作者の「国際派」ぶりをアピールした。マフィアの内部抗争、ポスト冷戦世界では常態となった武器流失。装甲車なみの防備を搭載したボスの車が公道上でグレネード・ランチャーの攻撃を受け、ボスは再起不能の重傷を受ける。後ろ盾を喪ったヒーローも内部抗争に巻きこまれ、報復を決意する。終局には、武装ヘリコプターによる凄まじい襲撃戦に身を投げていくのだ。

目ざましいアクション巨編だが、物語の構造としては、ひとつながりの続編となる。「福音としてのC」は前作から動いていない。三種のCを束ねるヒーローのビジネスは不動だ。ビジネスとCの貴公子たる自らを防衛するために、彼は、全身をもって闘ったのだから。

では、悪に対する正義、シリーズでは偶数巻となるヒーロー川瀬の物語はどうか。正義よりも悪を応援したいのはエンタテインメント読者の大勢、作者もまたそこに逆らうことはむずかしく、正義のヒーローは「Cの効用」の想定外なのか？　いやいや、そんなことはない。

こちらもまた、Cの貴公子たることを、間違いなく作者によって保証されているのである。タイトルをみよう。
第二作『クーデター』
第四作『クラッシュ』
Cの頭文字はこちらにも鮮やかだ。いや、いっそう黒々と刻印されているようにも感じられる。
注釈しておけば、『クーデター』は、カルト宗教集団による蜂起計画に、自衛隊の一部への計画の浸透とロシアン・マフィアを通した武器調達をからめたストーリーだ。フィクションには現実の事件の投影が明らかだろう。事件とは、九五年に起こったオウム真理教集団によるサリン・テロだ。
そして『クラッシュ』は、コンピュータ・ウイルスによるネットワーク・システムへの攻撃を題材とする。これは、『Cの福音』の主人公がコンピュータを三種の神器の一つとして活用したことと裏表にある。コンピュータ元年から比較的初期にユーザーとなった層には親しい実感だったと思えるが、インターネットは至便さとともに脆弱性も備えている。マイクロソフト・ウインドウズが独走していた時期にあって、ウイルス・ソフトの蔓延はかぎりない脅威でもあったろう。
クーデター、コンピュータ・クラッシュ。この二つのCは、朝倉を支える三位一体構造のような強固なフォルムを示しているとはいいがたい。どちらかといえば、点と点だ。Cドットが二つ、かけ離れてぽつんと置かれているような様相だ。

このように考えると、同じ「Cの効用」でも、使われ方がかなり違うことに気づく。九五年段階で顕わになった社会不安、そしてインターネットの大衆的普及の落とし穴。シリーズの正義、ヒーロー川瀬のサイドにおいては、Cは、作者の優れて鋭敏な現代感覚を表す記号になっていると思える。

悪と正義のヒーローは交替で、ジグザグの軌跡をもって物語を通過してきた。「Cの福音」のありようは、当然ながら、それぞれあまりに対照的だ。一方は狂熱的ともいえるCの信徒だが、一方は距離をおいた冷徹さでCを観察する。

――と、ここまでいえば、両者が二回ずつ登場した後にくる、シリーズ五作目の本作の重要さが、さらに明らかになるだろう。

クーデター小説は（あくまでフィクションの次元の話だが）、人為的パニック・サスペンスだといえる。五作目『ターゲット』は、二作目『クーデター』の設定を押し進め、外国の侵攻という危機レベルをテーマにした。北朝鮮による武力攻撃。その点、ポリティカル・サスペンスの「流行」に同調した一面はあるにしても、安易な反北プロパガンダには流れていない。四作目のコンピュータ・ウイルスのアイデアは、現実レベルのバイオ兵器開発へと発展した。そういった「危機管理小説」の側面はさておき、この解説では、ここまでの論点を引き継ぎ、ヒーローにおける「Cの効用」の危機について注意してみよう。

『ターゲット』において、もう一つのCが介入してきた。もう一つのC――CIA。たんなる介入的要素ではない。ヒーロー朝倉を支える三種のCの均衡を破り、崩壊に運びかねない、別種のCだ。

本作では、CIAは、朝倉とマフィア（コーザ・ノストラ）との結びつきを知るには到らない。もう一つのCは、既存の三種のCを知らぬままだが、知る可能性はいくらでも生じてくるはずだ。その意味で、ラストの、CIA高官が襲われる戦慄（せんりつ）は暗示的だ。彼らは、一人のエージェントを獲得したつもりで、じつは、野獣を訓練してとんでもない怪物に育ててあげてしまったのではないか、と気づく。つまり、彼らがヒーローの秘密をつかむ時、彼らの友好関係は無に帰する。朝倉を支えるCを一つに統合するべく彼らは全力をあげるだろう——。次作への予告編をはらんで、この一作は閉じられる、というわけだ。

　余計なことを一つ付言しておけば、無法のはぐれ者が体制内エージェントへ飼い慣らされるという状況は、エンタテインメント小説にあって、先例のあるものだ。大藪春彦（おおやぶはるひこ）の初期作品にそうした転生の例がいくつも見つけられる。本作にみられたとおり、ヒーローは罠（わな）にはまり、退路を断たれ、協力はするが一回きりの例外だと自らを納得させる。組織に縛られることは悪からの脱出ではない。ただの妥協だ。野獣のようなヒーローは、終局には、自滅するかどこか別天地に逃亡するかしか生き延びる途（みち）を持たない。どこに逃亡しようが追ってくるのが（フィクションにおいては）CIAに代表される諜報組織だ。

　大藪作品と本シリーズ（とくに、悪の奇数巻）との系譜は明らかだろう。朝倉という命名に、古い読者はどうしても大藪の『蘇える金狼』の朝倉哲也（てつや）を重ね合わせてしまう。けれども、大藪のヒーローと楡のヒーローが立つ時代には、およそワンサイクル三十年の時差がある。先にみたとおり、楡作品の語り口は、ヒーローを常に短く切り換わる多数の視点の一つによって呈示するものだ。野獣の熱狂はあっても、全面的に一作を充満させることはない。よりクールに醒めている。それは、楡周平が野獣降臨を描く第二世代であることの証しといえるだろう。

本作品は二〇〇五年一〇月に宝島社文庫より
刊行されました。

ターゲット

楡周平（にれしゅうへい）

平成21年 2月25日　初版発行
令和6年 12月10日　17版発行

発行者●山下直久

発行●株式会社KADOKAWA
〒102-8177　東京都千代田区富士見2-13-3
電話　0570-002-301（ナビダイヤル）

角川文庫 15573

印刷所●株式会社KADOKAWA
製本所●株式会社KADOKAWA

表紙画●和田三造

◎本書の無断複製（コピー、スキャン、デジタル化等）並びに無断複製物の譲渡および配信は、著作権法上での例外を除き禁じられています。また、本書を代行業者等の第三者に依頼して複製する行為は、たとえ個人や家庭内での利用であっても一切認められておりません。
◎定価はカバーに表示してあります。

●お問い合わせ
https://www.kadokawa.co.jp/（「お問い合わせ」へお進みください）
※内容によっては、お答えできない場合があります。
※サポートは日本国内のみとさせていただきます。
※Japanese text only

©Syuhei Nire 1999, 2005, 2009　Printed in Japan
ISBN978-4-04-376507-2　C0193

角川文庫発刊に際して

角川源義

第二次世界大戦の敗北は、軍事力の敗北であった以上に、私たちの若い文化力の敗退であった。私たちの文化が戦争に対して如何に無力であり、単なるあだ花に過ぎなかったかを、私たちは身を以て体験し痛感した。西洋近代文化の摂取にとって、明治以後八十年の歳月は決して短かすぎたとは言えない。にもかかわらず、近代文化の伝統を確立し、自由な批判と柔軟な良識に富む文化層として自らを形成することに私たちは失敗して来た。そしてこれは、各層への文化の普及滲透を任務とする出版人の責任でもあった。

一九四五年以来、私たちは再び振出しに戻り、第一歩から踏み出すことを余儀なくされた。これは大きな不幸ではあるが、反面、これまでの混沌・未熟・歪曲の中にあった我が国の文化に秩序と確たる基礎を齎らすためには絶好の機会でもある。角川書店は、このような祖国の文化的危機にあたり、微力をも顧みず再建の礎石たるべき抱負と決意とをもって出発したが、ここに創立以来の念願を果すべく角川文庫を発刊する。これまで刊行されたあらゆる全集叢書文庫類の長所と短所とを検討し、古今東西の不朽の典籍を、良心的編集のもとに、廉価に、そして書架にふさわしい美本として、多くのひとびとに提供しようとする。しかし私たちは徒らに百科全書的な知識のジレッタントを作ることを目的とせず、あくまで祖国の文化に秩序と再建への道を示し、この文庫を角川書店の栄ある事業として、今後永久に継続発展せしめ、学芸と教養との殿堂として大成せんことを期したい。多くの読書子の愛情ある忠言と支持とによって、この希望と抱負とを完遂せしめられんことを願う。

一九四九年五月三日

角川文庫ベストセラー

マリア・プロジェクト　楡　周平

妊娠22週目の胎児の卵巣に存在する700万個の卵子。この生物学上の事実が、巨額の金をもたらすプロジェクトを生んだ！　その神を冒瀆する所業に一人の男が立ち向かうが……。

フェイク　楡　周平

大学を卒業したが内定をもらえず、銀座のクラブ「クイーン」でボーイとして働き始めた陽一。多額の借金を返済するため、世間を欺き、大金を手中に収めようとするが……。軽妙なタッチの成り上がり拝金小説。

クレイジーボーイズ　楡　周平

世界のエネルギー事情を一変させる画期的な発明を成し遂げた父が謀殺された。特許権の継承者である息子の哲治は、絶体絶命の危地に追い込まれるが……時代の最先端を疾走する超絶エンタテインメント。

スリーパー　楡　周平

殺人罪で米国の刑務所に服役する由良は、任務と引き替えに出獄、CIAのスリーパー（秘密工作員）となる。海外で活動する由良のもとに、沖縄でのミサイルテロの情報が……著者渾身の国際謀略長編！

ミッション建国　楡　周平

若き与党青年局長の甲斐孝輔は、日本の最大の問題は少子化だと考えていた。若い官僚や政治家と組んで勉強会を立ち上げた甲斐だったが、重鎮から圧力がかかり……日本の将来を見据え未来に光を灯す政治小説。

角川文庫ベストセラー

骨の記憶　楡　周平

貧しい家に生まれた一郎。集団就職のため東京に行った矢先、人違いで死亡記事が出てしまう。一郎は全てを捨てるため、焼死した他人に成り変わることに。運送業で成功するも、過去の呪縛から逃れられず——。

ドッグファイト　楡　周平

物流の雄、コンゴウ陸送経営企画部の郡司は、入社18年目にして営業部へ転属した。担当となったネット通販大手スイフトの合理的すぎる経営方針に反抗心を抱き、新企画を立ち上げ打倒スイフトへと動き出す。

Cの福音　楡　周平

商社マンの長男としてロンドンで生まれ、フィラデルフィアで天涯孤独になった朝倉恭介。彼が作り上げたのは、コンピュータを駆使したコカイン密輸の完璧なシステムだった。著者の記念碑的デビュー作。

クーデター　楡　周平

日本海沿岸の原発を謎の武装軍団が狙う。米原潜の頭上でロシア船が爆発。東京では米国大使館と警視庁に同時多発テロ。日本を襲う未曾有の危機。〝朝倉恭介vs川瀬雅彦〟シリーズ第2弾！

猛禽の宴　楡　周平

NYマフィアのボスを後ろ盾にコカイン・ビジネスで成功してきた朝倉恭介。だがマフィア間の抗争で闇ルートが危機に瀕し、恭介の血は沸き立つ。〝朝倉恭介vs川瀬雅彦〟シリーズ第3弾！

角川文庫ベストセラー

クラッシュ　楡　周平天才女性プログラマー・キャサリンは、インターネットに陵辱され、ネット社会への復讐を誓った。凶暴なウィルス「エボラ」が、全世界を未曾有の恐怖に陥れる。地球規模のサイバー・テロを描く。

朝倉恭介　楡　周平悪のヒーロー、朝倉恭介が作り上げたコカイン密輸の完璧なシステムがついに白日の下に。警察からもCIAからも追われる恭介。そして訪れた川瀬雅彦との対決。〝朝倉恭介vs川瀬雅彦〟シリーズ最終巻。

青い蜃気楼　小説エンロン　黒木　亮規制緩和の流れに乗ってエネルギー先物取引で急成長を果たしたエンロンは、2001年12月、史上最大の倒産劇を演じた。グローバルスタンダードへの信頼を一気に失墜させた、その粉飾決算と債務隠しの全容!!

トップ・レフト　ウォール街の鷲を撃て　黒木　亮イランで巨大融資案件がもちあがった。融資団主幹事を狙う大手邦銀ロンドン支店の今西の前に、米系投資銀行の龍花が立ちはだかる。弱肉強食の国際金融ビジネスを描ききった衝撃のデビュー作。

巨大投資銀行（バルジブラケット）（上）（下）　黒木　亮狂熱の八〇年代なかば、米国の投資銀行は金融技術を駆使し、莫大な利益を稼ぎ出していた。旧態依然とした邦銀を飛び出してウォール街の投資銀行に身を投じた桂木は、変化にとまどいながらも成長を重ねる。

角川文庫ベストセラー

シルクロードの滑走路　黒木亮

東洋物産モスクワ駐在員・小川智は、キルギス共和国との航空機ファイナンス契約を試みるが、交渉は困難を極める。緊迫の国際ビジネスと、激動のユーラシアをたくましく生きる諸民族への共感を描く。

貸し込み（上）（下）　黒木亮

バブル最盛期に行った脳梗塞患者への過剰融資で訴えられた大手都銀は、元行員の右近に全責任を負わせようとする。我が身に降りかかった嫌疑を晴らし、巨悪を告発するべく右近は、証言台に立つことを決意する。

排出権商人　黒木亮

排出権市場開拓のため世界各地に飛んだ大手エンジニアリング会社の松川冴子。そこで彼女が見たものは……。環境保護の美名の下に繰り広げられる排出権ビジネスの実態を描いた傑作！

ザ・コストカッター　黒木亮

名うてのコストカッター・蛭田が大手スポーツ用品メーカーの新社長に就任。やがて始まる非情のリストラに対抗したのはニューヨークのカラ売り屋だった。熾烈を極めた両者の闘いの行方は……!?

エネルギー（上）（下）　黒木亮

サハリンの巨大ガス田開発、イランの「日の丸油田」、エネルギー・デリバティブで儲けようとする投資銀行。世界のエネルギー市場で男たちは何を見たのか。壮大な国際ビジネス小説。

角川文庫ベストセラー

新版　リスクは金なり　黒木亮

駅伝に打ち込んだ大学時代、国際金融マンとして経験した異文化、人生の目標の見つけ方、世界の街と食……。海外生活30年の経済小説家がグローバルな視点で書いた充実のエッセイ集。書籍未発表作品を多数収録。

鉄のあけぼの　(上)(下)　黒木亮

敗戦国・日本に、世界最新鋭の製鉄所をうち建て、高度経済成長の扉を開いた伝説の経営者・西山弥太郎。病に斃れる最期の瞬間まで最高の鉄づくりに執念を燃やした〝鉄のパイオニア〟の生涯を描く大河小説。

世界をこの目で　黒木亮

これまで訪れた国は80ヶ国。国際金融マン時代から小説家となった今も「真実」を追いかけ、鞄一つで世界を飛び回る。そんな著者が自分の旅を振り返り、「世界の見方」を伝授する白熱のエッセイ集。

投資アドバイザー有利子　幸田真音

貯蓄から投資への機運が高まる中、証券会社のやり手投資アドバイザー・財前有利子は、個人客の投資相談に取り組んでいる。個人金融資産運用の世界を描く、コミカル・エンタテインメント経済小説の誕生！

Ｈｅｌｌｏ，ＣＥＯ．　ハロー シーイーオー　幸田真音

外資系カード会社に勤務する27歳の藤崎翔は、会社が大規模なリストラ策を打ち出したことを機に独立、仲間たちと新規事業を立ち上げる。ＣＥＯ（最高経営責任者）として舵取りを任されるが……青春経済小説！

角川文庫ベストセラー

財務省の階段
幸田真音

財務省の若手官僚が自殺した。遺されたノートには昭和初期の経済政策が綴られていた――彼の真意とは？国会議事堂、日銀、マスコミ、金融市場を舞台に、経済の裏側に巣くう禍々しいものの正体に迫る！

ランウェイ（上）（下）
幸田真音

有名ブランドの販売員として働く真昼にバイヤーとして活躍できるチャンスが巡ってきた。ファッションの仕事の魅力に目覚めはばたく女性を描く、新時代のサクセス・ストーリー。

天佑なり（上）（下）
高橋是清・百年前の日本国債
幸田真音

足軽の家の養子となった少年、のちの高橋是清は、英語を学び、渡米。奴隷として売られる体験もしつつ、帰国後は官・民を問わず様々な職に就く。不世出の財政家になった生涯とは。第33回新田次郎文学賞受賞作。

この日のために（上）（下）
池田勇人・東京五輪への軌跡
幸田真音

新聞記者で水泳指導者としても活動する田畑政治は、幻となったオリンピックを再び東京で開催しようと動き始める。時を同じくして、池田勇人は大蔵省を経て、政治の世界へと身を投じていく――。

あきんど
絹屋半兵衛
幸田真音

幕末の近江で古着を商う絹屋半兵衛は、妻留津とともに染付磁器に挑む。最初の窯での失敗、販売ルート開拓の困難など、様々な壁にぶつかりながら、何とか良質な「湖東焼」を作り出すことに成功するが……。

角川文庫ベストセラー

金融腐蝕列島 (上)(下)　高杉良

大手都銀・協立銀行の竹中治夫は、本店総務部へ異動になった。総会屋対策の担当だった。組織の論理の前に、心ならずも不正融資に手を貸す竹中。相次ぐ金融不祥事に、銀行の暗部にメスを入れた長編経済小説。

呪縛 (上)(下)　金融腐蝕列島Ⅱ　高杉良

金融不祥事が明るみに出た大手都銀。強制捜査、逮捕への不安、上層部の葛藤が渦巻く。自らの誇りを賭け、銀行の健全化と再生のために、ミドルたちは組織の呪縛にどう立ち向かうのか。衝撃の経済小説。

再生 (上)(下)　続・金融腐蝕列島　高杉良

金融不祥事で危機に陥った協立銀行。不良債権の回収と処理に奔走する竹中は、住宅管理機構との対応を命じられ、新たな不良債権に関わる。社外からの攻撃と銀行の論理の狭間で苦悩するミドルの姿を描く長編。

消失 (上)(中)(下)　金融腐蝕列島・完結編　高杉良

竹中治夫は、JFG銀行の発足を大阪・中之島支店長として迎えた。金融当局は不良債権処理の圧力を強め、行内では旧東亜系への露骨な排除が始まる。常務として本部に戻った竹中最後の選択は。シリーズ完結！

燃ゆるとき　高杉良

築地魚市場の片隅に興した零細企業が、「マルちゃん」ブランドで一部上場企業に育つまでを描く。東洋水産の創業者・森和夫は「社員を大事にする」経営理念のもと、様々な障壁を乗り越えてゆく実名経済小説。

角川文庫ベストセラー

小説 創業社長死す 高杉良

東邦食品工業創業者の小林貢太郎が急死し社内が揺れ動く。大株主の支持を得た社長の筒井は、周囲を蹴落としワンマン体制を築きあげるが……多くの企業が直面する経営承継問題に切り込むビジネス小説！

東京にオリンピックを呼んだ男 高杉良

戦後日本の復興を印象付ける、1964年の東京オリンピック。その陰には、一人の日系人の奮闘があった——。日本のスポーツ界や経済界に大きな影響を与えたフレッド・和田の立志伝。

起業闘争 高杉良

リーダー・碓井優の下、大企業・石川島播磨重工業を集団で辞めた80人の男たち。苛烈さを増す情報処理産業を舞台に、寄らば大樹の陰を良しとせず、信じる道を貫いた者たちの果敢な行動を描いた実名企業小説。

マグマ 真山仁

地熱発電の研究に命をかける研究者、原発廃止を提唱する政治家。様々な思惑が交錯する中、新ビジネスに成功の道はあるのか？ 今まさに注目される次世代エネルギーの可能性を探る、大型経済情報小説。

ダブルギアリング 連鎖破綻 真山仁 香住究

真山仁が『ハゲタカ』の前年に大手生保社員と合作で発表した幻の第1作、ついに文庫化！ 破綻の危機に瀕した大手生保を舞台に人びとの欲望が渦巻く大型ビジネス小説。真山仁の全てがここにある！